作家IP工场

东海龙女 —— 著

三眼神捕

之 神目如电

山西出版传媒集团

北岳文艺出版社
·太原

图书在版编目(CIP)数据

三眼神捕之神目如电 / 东海龙女著. — 太原：北岳文艺出版社，2020.6
ISBN 978-7-5378-6170-0

Ⅰ.①三… Ⅱ.①东… Ⅲ.①长篇小说－中国－当代
Ⅳ.①I247.5

中国版本图书馆CIP数据核字(2020)第045796号

书　名：三眼神捕之神目如电	策　　划：王朝军　高海霞	印装监制：郭　勇
著　者：东海龙女	责任编辑：高海霞	装帧设计：张永文

出版发行：山西出版传媒集团·北岳文艺出版社
地址：山西省太原市并州南路57号　邮编：030012
电话：0351-5628696（发行部）　0351-5628688（总编室）
传真：0351-5628680
网址：http://www.bywy.com
E－mail：bywycbs@163.com
经销商：新华书店
印刷装订：山西人民印刷有限责任公司

开本：787mm×1092mm　1/16
字数：408千字　印张：26
版次：2020年6月第1版　印次：2020年6月山西第1次印刷
书号：ISBN 978-7-5378-6170-0
定价：59.80元

目录

001 / 怨憎会

135 / 求不得

275 / 五蕴

357 / 番外篇 白头

目
录

怨憎会

"铮!"

青锋剑身脱手而出,在虚空中划过一道雪亮的弧线,遽然落地!

持剑者空手而立,惊疑地睁大了眼睛,但身子已慢慢软倒,终于"扑通"一声,昏倒在地。

摇动的烛光,在他的脸上投下一片可疑的阴影。

已有数人抢上前去,悄然将他抬到一边。

站在对面的是个面色黧黑的汉子,露出得意之色,大声道:"谁敢不服,尽管上来!"

他吐词的尾部,带有明显的拗音,与京都的官话有些不同。

浓黑油亮的粗发,在脑勺处盘成一个半歪的鬏髻,用指头宽的银环绾住,明晃晃的,颇为刺眼。连同那江南所贡的上好火红锦缎所制,但样式古怪、斜襟齐膝的短袄,一看便知是僚疆人才有的装束。

此时抬走那持剑者的人中,有一年轻男子喝道:"我瞧得分明,他根本尚未与你对战,连剑身也没沾上你衣角,便不知被你用了什么古怪法子将他弄倒了!若不是你用到了阴狠歹毒的毒药,我就不信,单凭什么符咒就能制服他这京都一流的剑术高手!"

殿室空阔,两侧设有长席,端坐有数十名宾客,从服色来看,多是三四品的官员。只有近主位的席上,坐有两个华服男子,一着紫袍,一着玄袍,显然身份颇为贵重。

此时那着玄袍者眉头紧拧，显然压抑着怒气，只是瞪着主宾位上那个老者，也不说一句话。按当朝的规矩，主位旁便是主宾位了。此时主位尚虚，显然主人还未到来。主宾位上，孤零零地只坐着那老者一人。

他的随丛原是坐在侧席上，所以身边空旷些倒也应该。只是连本该近身侍候的宫人们也是远远地避开，甚至连倒茶添水也免了——老者面前的桌上还放着一只掐丝珐琅茶壶，显然是方便他自斟自饮的，就显得有些怪异了。

这老者看岁数也是上了六十了，可是说不清是六十、七十，还是八十，也是黧黑的面色，相貌并不丑陋，但双目上似乎蒙着一层白翳，毫无光彩，且双颊下陷，越显得颌骨突出，有一种说不出的怪异之感。他的随从皆穿着颜色鲜艳的上好锦缎，他偏偏穿一件葛布丝棉袍子，袍色还洗得有些发白，头上戴了顶磨盘般的帽子，帽檐上镶着一块极大的银饰，看不出是什么图案，但比起那汉子的银环明显要精美贵气了许多。

老者身后不远处，有六个中年汉子笔直而立，都是皮肤黧黑，身形壮健，腰间挂有银饰的弯刀，脸上也都露出倨傲的神色。

只那老者恍若未闻，只低着头，缓缓啜饮手中一盏茶水，似乎那水中滋味，美妙到令他忘却了身畔的一切。

那黧黑汉子听年轻男子叱骂，又见许多人向他怒目而视，心下更是畅快，哈哈大笑道："你们不服吗？但凡中毒者，必有腥恶之气，肌肤五官都有变化，你且瞧瞧他身上哪有一星半点儿的药力？早说过我僚疆符咒神术举世无双！便不用那些神药，也一样无人能敌。哼，我僚疆儿郎，于两军对阵中，也是天生的英武蛮力，哪像你们中土人，只会些花拳绣腿、枪枪棒棒，纵然好看，终究没什么用处！"

"呛！"玄袍人身后的一名侍从拔剑而出，朗声道："谷城不才，愿请赐教！"

"谷城"二字一出，殿中人等十有八九都投来了惊愕的目光。

这人虽做侍从装扮，但气宇轩昂，颇有渊渟岳峙之势，且目光清湛，神采内敛，一看便知是内外兼修的高手。

就连那着紫袍的白皙男子，也忍不住开口道："京中谁不知你追风剑谷城的名头？追风十三剑，疾胜劲风，奔逾闪电，当日在蜀中，便是遇上唐门以'疾快密狠'著称的暗器满天花雨，你就凭这十三剑式，也将那满天花雨般的数百枚暗器尽皆击落，被誉为武林第一快剑。若不是罗爵爷昔年大恩，以你之才，也不会只是屈就侍从一职。如今大祭司等远来是客，"他看了那老者一眼，"要是伤了贵客，可显得咱们也如化外之人般，不懂得待客礼仪之道了。"

他不过二十六七岁，团脸浓眉，一派养尊处优的气度。但这几句明着是客气，暗里却褒了谷城，贬了那些獠人，显然心中也不满已久。

众人纷纷道："张公子所言极是。"

这男子张勇，本是勋贵出身，母亲是先皇的妹妹蔡国长公主，荫封五品骁骑将军，其实是一直在京城里混的公子哥儿，并没真正上过战场。但为人随和又没有架子，官内官外对他评价都不错。此时在这宴会上数他最尊，他都发了话，谁人不肯凑趣附和？

那老者却恰在此时，放下手中茶盏，抬起头来，白睁着两只空洞的眼窟，笑眯眯地说了两个字："不妨。"

除了他那几个从人，其他殿中人脸色都微微一变。张勇不料他竟如此说话，脸上常有的温和笑意，也在瞬间全然敛去，冷冷道："既如此，请多保重。"

那黧黑汉子笑道："此咒名为怨憎会，想必你们这些汉人也听说过这三个字，佛家言人有八苦，生、老、病、死、爱别离、怨憎会、求不得、五蕴炽盛，须知人生不如意事，十之八九，因不如意，便生出怨憎，怨憎相会，必有大苦。但凡人身，无处可避。我这咒术，便如人间怨憎相会般，任你是贵人贱民，还是高手庸人，断断是无法抵抗的，还是提前认输的好！"

他这番话说得倒是颇为文雅，丝毫没有獠人的粗野，听起来着实令人匪夷所思，细想来又似有无限玄奥，但在座者又有谁肯相信？

谷城手执长剑，已走到那黧黑汉子对面，剑身横转，双手托起，行礼道："请。"

两人相距不过十步，但谷城这剑锋一转，却忽有冷风蓬然而生，那黧黑汉子背后的一排烛灯，被这冷风一激，扑簌簌地尽皆熄灭了！

众人的惊叹声，更是此起彼伏："好剑气！""果然不愧是谷城！""不知怎样的功力，才能凝气如此！"

那被称为罗爵爷的玄袍人正是新被封为安泰伯的勋贵罗观,他本来心中甚是气闷,此时见谷城露了这一手,先声夺人,阴沉的脸色才略为开朗了些,露出一丝笑意。

那葛衣老者及从人们却是一派视若无睹的样子,尤其是那老者,他居然又慢吞吞地拿起了茶盏,连头也不曾向场内的方向抬上一抬。

而那出言搦战的黧黑汉子,更是纹丝不动地站在原地,只向他龇牙笑了笑,那笑意中却尽是轻蔑。

谷城大怒,他本来在武林中便有不弱的声名,只是为了报答罗观曾经的恩德,这才许诺为其做上三年侍从。但寻常人谁不知他的身份?便是王公贵族,也不曾对他如此轻视。当下,他欺身而进,剑风激荡,化为一道冷厉的气幕,向对方席卷而去!

他深知僚疆人多精于毒术巫蛊,因此十分谨慎,一上来便用了追风十三剑中的"风罩明罗",以真气激发剑风,宛若天罗般将身边护得严严实实,即使对方将毒药水泼过来,也无法浸入半分!而那剑风所化的气幕,又暗挟无限劲气,若对方内力不济,顷刻间便会被击飞开去,自然也就没了反抗之力。

谁知那黧黑汉子见他袭来,却并没有拔刀相抗,反而双手十指张开,瞬间在胸前变化数种手形,目中蓦然有金赤之光,迸射而出,霎时狰狞之态,真如妖魔一般,令人心生惧意。

只听他口中喝道:"倒!"

众人只见谷城去势凌厉,如风似电,当真不负追风之名,本来心中都为之一安。谁知那黧黑汉子这个"倒"字甫出,空中剑风之幕,顿时崩解殆尽!谷城砰然倒地,居然已人事不省!

惊呼声中,罗观腾身站起,手一指那黧黑汉子,厉声道:"若无用毒,便是妖术!来人,将僚疆这些妖人给本爵拿下!"

那黧黑汉子本来洋洋得意,一听此言,顿时慌了,向那葛袍老者叫道:"大祭司!这些汉人仗着人多欺负咱们!"

葛袍老者还未答言,只听殿下有人干咳一声,道:"且慢!"

话音不高,沙哑中又有些尖利,偏话尾又带着软绵绵的意味,一听便是宫中阉宦才有的声音,殿中沸腾顿时被压了下去,变作一片静寂,连罗观也恨恨地收了手,口中说道:"大总管!这些僚人擅用歪门邪道……"

"爵爷慎言。"

殿角走出一人来,将手中的拂尘甩了甩,满面堆上笑意,道:"僚疆自归顺我天朝以来,一直颇为恭顺。特别是上次太后微恙,名医束手,也是大祭司令人送来秘药,才让太后转危为安的。连圣上都说,僚人那些符咒毒术,倒也不无用途,何况大祭司他们远来是客,明相虽为设宴之主,但因公务稍有些延迟,这才让爵爷和张公子先代为应酬。哪有主人一时气性,竟与客人拌嘴的道理?"

尽管此前他也是满口谦辞,以卑贱之身不能与士大夫同席的借口,任罗观等人不管怎样劝说,始终恭敬地侍立在一旁,臂弯中的拂尘就像他这个人一样,规规矩矩地靠在肘弯里,不曾动上一丝半毫。然而他便是再谦恭一千倍,只怕也没人敢稍稍低看他那么一眼。

他穿着圆帽小衫,正是宫中宦官的服饰,但胸口所绣的却是正三品官员才有的七尾孔雀翎,翎毛中杂绣赤金丝线,华丽耀目。

其实他的权势便是有些正一品的大员,也未必及得上。

因为在这宫中,以宦官身领正三品衔的,也只能是他——整个皇宫大内的总管,大名鼎鼎的陈驳。

前朝遗训,为牢记阉宦之祸,宫中所有宦官都必须以兽类为名,以示他们是地位卑下的人,不能干涉政事。

"驳"字虽为兽,但却被允许保留了姓氏,显然所得圣宠,与众不同。

况且驳这种兽,并不是什么低贱的兽类。《山海经》中记载说:"驳,状如白马,锯齿,能食虎豹。"

大总管因其手段阴狠,行事毒辣,真有生食虎豹之能,与"驳"这个名字,真是相得益彰。

与跋扈孤傲的明照清不同,陈驳为人卑下隐忍,在民间声名不显,但在宫内却无人不惧、无人不知他是当今圣上和太后最为信赖的心腹。此时他既然发了话,便是隐隐代表了圣上和太后对僚疆的态度,众人自然不敢再有非议。

那黧黑汉子的惊惶之色这才退去,洋洋道:"这话不错!我僚疆以神咒之术镇守，连圣上和太后都多有褒奖，偏是爵爷的手下不服，在这开宴前的间隙，要跟我切磋一二，技不如人，一再落败，又怪得谁来？实不相瞒，这怨憎会的咒术名字，就是你们明相所取，便是我赤华的名字，也是蒙太后亲赐的，难道堂堂天朝太后和宰相，还比不上你们有见地？"

罗观张了张口，愤恨与尴尬交织的神情，凝固在他的脸上。

他身后群情汹涌的侍卫们也是瞪大了眼睛，敢怒却不敢言。而先前那个侍卫，连同谷城在内，却是满脸黑气，昏睡如死。任他们用尽解药金针，也无法救醒。

这僚人赤华的话语虽然狂妄，极不中听，但所言倒是实情。僚人尚未完全开化，历朝驻扎僚疆的汉人官员往往只徒有其名，根本不能节制，近百年来更是公然自立，不纳贡，不称臣，驱逐汉人，甚至冲府杀官之事也屡屡发生。每每朝中派出大军也多无功而返，一来僚人骁勇粗野，极擅毒药巫蛊之术，防不胜防；二来汉人军士又多不能适应当地瘴疠之气，折损颇多，一向都令当政者颇为头痛。

直到二十多年前，当时只是一个年轻翰林的明照清主动请缨，以智计手段安定僚疆，令之彻底向天朝纳贡称臣。归顺之后，朝廷的确对僚疆颇为优容。不仅岁节多有金帛的厚赐，且因太后病重，是僚疆派人送来珍药才转危为安，从此连僚疆的咒术毒药也不再是禁忌。朝中一些显贵甚至还与僚人悄悄来往，重金求得一些罕有的毒药，用途自然模糊不清。朝中几次倾轧的风波中，那些神秘丧命的官员背后，也有着这些毒药的影子，但他们品级不高，且证据不足，太后对僚疆之事，又明里暗里多有庇护之意，最后也都不了了之。

故此这番僚疆大祭司来朝，太后才专门在夜棠宫设下宴席，又令宰相明照清主持，其优容待遇远远超过了寻常土人首领。

只是如此一来，看不惯僚疆来人的朝中亲贵大臣就更多了，这才有了开席之前，安泰伯罗观的侍卫主动向僚人挑战一事。只是没想到，他本想给僚人一个下马威，没想到却折了己方两人，颜面上更是挂不住了。

更糟的是谷城二人昏迷不醒，他又着实拉不下面子向僚人求助，偏那僚疆大祭司乌果，恰在此时放下茶盏，嘴角带一丝若有若无的笑意，淡然地看着他，显然是要他出口相求。一时之间，罗观不禁心如火焚。

陈驳的拂尘微微一动，正待上前和和稀泥，却听有人说道："怨憎会？果然是个好名字，只是这咒术稀松得紧，不过是侥幸施为罢了，若是妄谈无敌，便要笑掉天下人的大牙了。"

这声音清冷又柔和，犹如春风初解的河水，片片碎冰相击一般，陈驳眼皮微微一跳，看了过去：说话的果然是左侧席上的那个年轻女子。

殿内温暖如春，众人大多都除去了外服的貂鼠皮裘，只着薄薄的锦袍。满目华贵色彩中，她那一身毫无纹饰的素锦长袍，便分外的洁净出尘，衬出一张同样雪白的脸庞、一双乌黑的眸子和一点嫣红的樱唇。一眼看过去，便仿佛朝阳初升雪野，万物刹那间也明媚了起来。

艳色照人的女子，宫中并不少见。

但陈驳却知道，眼前这个被称为乐神的女子苏兰泽，与剑神舒高炽、技神张白石、捕神杨恩并称"剑技捕乐"四神，擅音律、精药理、博闻广识，据说还有一身好功夫，却不是空有其貌的人。

也只有她才能成为这唯一一个堂而皇之地坐在这夜棠宫的客席上的女流，所以即使先前她一直静坐不语，也照样吸引了不少好奇的目光。

赤华并不认得她，从鼻子里嗤了一声，道："你一个女人，懂得什么！"

此言一出，众人怒色更重，有许多人虽不知道苏兰泽的身份，但出现在宫中宴席上的唯一女子，想必不是泛泛之辈，这些僚人却如此肆言无礼。有脾气火暴些的，便有跃跃欲试之态。

素色一闪，却是苏兰泽站起身来，向张勇道："公子，可肯借个人与兰泽，会会这僚疆的咒术？"

乌果目光一闪，看了过来。

张勇心中对僚人有气，闻言忙道："不知苏姑娘所指何人？若是擅长内家功夫的高手，我这里倒还有几个。"

他知道内家功夫练到一定程度，也能达到百毒不侵，但所谓百毒，其实也只是一些普通的毒药，遇上强劲刁钻的剧毒，血肉之躯也难以阻挡。但总是内家高手得胜的机会会更大一些。

苏兰泽摇了摇头，道："对付这种山野粗鄙之术，还用不着公子麾下的高手。"

　　她妙目注视，但见廊庑之下的垂幔中影影绰绰立有数名女子，微一沉吟，指向其中一人道："就是她吧。"

　　垂幔一动，出来的是个绿衣宫人，却并不是苏兰泽所指的那一个。

　　看她样子不过三十来岁，相貌端丽，穿淡绿宫装，髻上插有金凤钗，凤口吐出珠串，那些珍珠虽只有米粒大小，却闪动着圆润的荧光，一望便知不是凡品。

　　绿衣宫人向着苏兰泽行了一礼，微笑道："苏姑娘说笑了，您方才所指的绮罗姑娘，只擅歌舞罢了，并无丝毫武功，哪里当得起如此重任？"她举止大方，毫无局促之态，像是个有些位份的宫人。张勇一见是她，也不禁踌躇一下，道："绿罗姑娘所言有理……"

　　苏兰泽似乎并未听出他的犹豫之意，淡淡道："我要是再换，僚人只怕会以为我们有了惧意。"

　　她话语虽淡然，却颇为执拗，张勇素来听闻过她聪慧的名声，当下毫不犹疑，沉声道："让那绮罗出来吧。"

　　绿罗在宫中历练多年，颇有识人之能，见苏兰泽虽然白衣素袍，通身毫无奢华之物，然而清标艳仪，自有一种令人心折的风范，终是不敢违拗，又行一礼，缓缓退回垂幔之后。不知她俯身说了句什么，但闻环佩叮当，却是一个丽人娉娉婷婷地走了出来。

　　此女子不过十六七岁的年纪，美艳中尚有清稚，却更是增添了几分魅惑之意。她的装束与普通宫人不同，似乎倒是一流的歌舞伎：梳有高高的望仙双鬟，额头上有一串沉重的红宝璎珞，曼妙的身姿也只裹着一袭绯红广袖流仙裙，裸露出半截玉光细致的小臂，足上蹬一双莲瓣丝履，行走间如凌波迎风般袅娜诱人。

　　她弯腰行礼，莺声呖呖道："奴婢绮罗，见过各位大人。"言毕方缓缓抬起头来，却叫人眼前一亮：肌肤似玉，长眉纤纤，尤其是那双妙目，黑如点漆，灵光四溢，只这一顾盼之间，每个人都生出一种"她看到我了"的喜悦，实在是个活色生香的美人。

　　顿时在座大多数人都起了怜香惜玉之心，忍不住在心里思忖道："这样一个美人，若是在那些僚人手下有了闪失，岂不可惜？"

苏兰泽不为所动，指了指赤华，向绮罗道："你且过去，与他比试比试。"

此言一出，满座皆惊，便是绮罗也有了惊惶之意，迟疑道："奴家并无武功，恐怕……"

苏兰泽淡淡道："便是要你没有武功，才更能让这些僚人明白，所谓咒术，根本不值一提！"

赤华大怒，原本僚人习性颇为粗野，此时更是被苏兰泽激出了凶性，狞笑道："此咒威力，先前不过只试了十之二三。若全力施为，只怕这官人性命不保，到时可别怪我！"

苏兰泽并不理他，向绮罗道："你肯吗？"

张勇情急，想要说些什么，绮罗却收敛了惊愕之色，坦然答道："愿听姑娘差遣。"

苏兰泽目视赤华，道："我知道你僚疆咒术，若不施于人身，便会反噬主人，你若性命不保，到时可别怪我！"

众人见她神色平淡，看不出她所言真假，但赤华凶性既发，也顾不了许多，断然道："生死由命，绝无他言！"

苏兰泽轻轻哼了一声，道："好一个生死由命。这官人不会武功，你若除了咒术，还想以武力制她，又该如何？"

那大祭司乌果手中一顿，不觉已将茶盏放回了案几之上。

赤华脱口说道："除咒术外，我绝不用武力！"

苏兰泽颔首道："那你二人可如先前一般，相隔十步，若你咒术不能制她，反噬自身，当然你必死无疑。你若妄想冲破这十步，以武力犯她，你也不必活了。言止于此，众人可证！"

言毕，苏兰泽将清亮的眸子缓缓扫视殿内一周，意即征询。包括张勇、罗观在内等众人纷纷点头，有几个年轻些的官员更是热血沸腾，叫道："有言在先，若还有人不顾廉耻，我天朝颜面何存！""正是正是！我等皆可为证！"陈驳微皱眉头，却见乌果脸上的笑意似乎慢慢有些僵了。

赤华大不耐烦，叫道："要试便试，多言何益！"

苏兰泽端详绮罗两眼，目光落到她腕上一串红玛瑙佛珠上，道："你可会念佛号?"

绮罗有些诧异,但仍恭顺地答道:"奴婢的主人多年礼佛,早晚课必是不落的,奴婢耳濡目染也背得几部经书。"

苏兰泽点头道:"《心经》中说,'是故空中无色,无受想行识,无眼耳鼻舌身意,无色身香味触法……'这几句话的含义,你自然是懂的。接下来,你便断六根、灭六尘,只管站在那里,心中默默背诵你的经文,无论发生什么事情,不能睁开眼睛,只有闻到此花的香气,你方能睁眼,如何?"

她走到绮罗身边,摊开手掌,掌心里是一朵初绽的白兰。

白兰花原是江南一带常见的花朵,村女乡妇们往往簪在鬓边,取其芬芳之意,但也正因随处可见,这种花难登大雅之堂、金玉之室。

但明照清钟爱白兰,相府后苑遍植此花,且建了一处极精美的楼阁,以兰苑为名,又命花匠培育许多新种,极尽妍姿,渐渐白兰也成了珍卉奇葩。显贵们多有效仿,甚至连宫中也不能免俗地种了许多。

这夜棠宫虽在内宫,但距嫔妃所居的宫殿颇远,倒紧挨着皇帝理事的勤政殿,一向都是皇帝为示亲近,对所宠外臣赐宴的地方。所以,夜棠宫建得恢宏壮丽,尤其是到了夜晚,廊下殿中足有上百盏烛灯,光影辉煌,犹如白昼。

夜棠宫的名字中有一个"棠"字,乃是取自东坡咏海棠的诗句"只恐夜深花睡去,故烧高烛照红妆",其实宫殿外并没有种植海棠,倒有一片茂盛的白兰花树。

眼下虽是冬天,并非白兰花开的时节,夜棠宫外的白兰树自然也是一片萧瑟。但宫中往往有暖室花房,四季珍卉多有盛开。宫人们要讨好明照清,自然那花房中少不得要移植一棵白兰树,而殿内插瓶的鲜花里,也少不了白兰的影子。苏兰泽掌中这一朵,也不知从哪只瓶中取来的。

绮罗虽不明白苏兰泽的意思,当下仍点头称诺。

苏兰泽又微微一笑,道:"只是凡人并非圣贤,哪能真的六根齐断?我这里还有一丸灵药,服下便能使你暂时耳不能闻、身不能感,只需闭上眼睛,便是身处修罗地狱,你也只当清风过境,可助你更加寂灭入定。"

言毕，她竟然真取出一丸指头大小的绿色药球，递给绮罗。

绮罗微一犹豫，纳入口中，吞了下去，随即双手合十，竟然真的闭上双眼，宛若老僧入定般一动不动。

乌果手掌一按案几，正欲起身，随即又强行忍住，只是脸色已经变了。

赤华全无察觉，狞笑道："不过是一丸药罢了，便是这般装神弄鬼，又有何用？"

言毕，目中射出金赤之光，双手结印，蓦然间已变化数种手形，口中念念有词，只是不闻声音，与方才一般无异！

殿中一片静寂，只听见赤华诡异的念叨和烛油燃烧时的滋滋声。

赤华口唇翕动，目中光芒也越来越盛，先是金赤，到最后越来越艳，竟变作赤红之色，宛若恶鬼！但绮罗却如泥塑般立在当地，便是头发丝也没动上一根。

蓦地，赤华大喝一声"倒"！满脸赤色上涌，便如要滴出血来一般，眼中赤红如焰，似乎随时便要喷薄而出！

众人心中随之一跳，但看绮罗时，却见她依旧安然合目，甚至连衣裙也无丝毫起伏，仿佛当真眼、耳、鼻舌、声意瞬间齐绝，整个人的生气都收敛于内，再配上那高髻仙裙，恍然便如壁画的上天女一般恬静端雅，哪里有一丝倒下的征兆！

"啊！"赤华忽然发出一声长啸，整个人凌空跃起，双手张开，如一团诡异烈焰，向绮罗猛扑而去！

几乎所有人都失声叫道："住手！"

"啪！"有白影横空而来，却是苏兰泽拦在绮罗身前！她手腕轻扬，袖底飞出一条白色绫带，夭矫如游龙，只是微微一摆，便已缠上赤华双手！

众人眼前一花，只听赤华惨叫声中，整个人凌空飞出，"砰"的一声，重重撞在殿门之上，又重重摔落在地！

苏兰泽一挥绫带，将其重又缠在腕间，冷哼道："无耻之徒，虽死犹辱！"

这个"辱"字尚未说完，只听噼噼啪啪之声不绝，有如炒豆一般，从赤华身上传来。

张勇吃了一惊,正待细看时,却见当空一团白影飞来,是苏兰泽随手扯下一段垂在殿中的绡纱帘幕,抛了过去,恰好将赤华兜头盖脸罩得严严实实!

乌果在僚疆身为大祭司,地位颇高,近年来实权在握,甚至僚人首领废立都掌握在他的手中,俨然便是僚疆之王,横行惯的人,如何受得了这等窝囊气?他终于忍不住,腾身站起,沉声道:"这位姑娘好手段!既然姓苏,自称兰泽,又颇识药理,还懂得我僚疆咒术,想必正是乐神苏兰泽了!但不知与我徒弟有何怨仇,竟然下此狠手!"

赤华最初还在惨叫连连,但随着那噼啪之声越来越响,他的叫声也越来越弱。但眼尖的人却看得清楚,那绡纱下的人形似乎越来越小,而大团大团的污黑腥血却透过绡纱沁了出来。其他僚人虽然很快奔了过去,但显然对这种咒术反噬也无计可施。

苏兰泽冷冷道:"大祭司莫不是耳聋眼瞎,提前便没了眼耳鼻舌身意?否则方才我与你徒弟定下生死由命之约时,怎不见你有丝毫阻拦之意?倒是你教出来的好徒儿,背信弃义,毁诺忘言,居然还妄想加害这位官人!如今他咎由自取,咒术反噬,又与我有何相干?"

罗观心下大快,朗声道:"正是!我们这许多人皆可为证!你情我愿之事,大祭司又怎能偏护?便是太后她老人家在此,也一定英明无私!"

陈驳眼见乌果额头青筋突突跳动,越来越是剧烈,心中微凛,上前一把握住他的手腕,笑道:"不过是些玩闹罢了,莫伤了和气。以咱家看来,大祭司的爱徒一条命倒也是保住了,身体损伤,徐徐调养便是。要是惊动了太后,岂不违了大祭司不远千里来朝的忠心?"

乌果只觉腕上经脉一热,却是一缕真气自陈驳指间而出,牢牢按下了自己体内的劲气!他暗中接连发力,却始终无法冲破陈驳真气的封锁,心头一惊,知道对方修为极深,且地位之高,受太后之宠,自己远不能及,又听出陈驳话中的警告之意,当下只好强行按下怒意,缓缓坐了回去。

陈驳附在他耳边,悄声道:"先不说这位苏姑娘,她身边那位可是隐退许久,这次蒙圣上旨意,亲召入宫的,要是惹怒了他……"

乌果忽然想起一个人来,遽然向苏兰泽先前所坐之处望了过去!

其实殿中许多人都在偷偷观望，但一触及那席上所坐的灰衣男子，目光又都触电似的闪了开去。

因了烛火的照耀，殿中数幅垂幔在席间投下数片阴影。那个男子便隐在其中一片阴影里。他不过二十七八岁的年纪，却神态微倦，偶尔还咳嗽几声，显然有病症在身。所着也只是简单的灰氅长袍，然而只有仔细注目，才觉那层层衣褶里似乎藏着的都是一段段岁月的尘埃。还有他的那双眼睛——似乎是感受到了众人质询的目光，那双眼睛漫然抬了起来。

便是乌果一见之下，也不禁触电似的垂下眼去，心中陡惊！

除了皇帝和太后，在这宫中，他还从未躲避过任何人的眼神。

然而，那样一双黑晶晶的眼睛，瞳孔深处有一种坚毅明亮的神采，如春风柔煦，又如急电劈空，蓦然闪现，直触人心，任是谁也不信，这样一双眼睛，根本无法视物。可是天下人都相信，冥冥之中，他还有第三只眼睛，能勘破生死的迷雾，上穷碧落，下视幽冥。

"任你黄泉深藏，我自神目如电。"乌果刹那间所想到的，只有这两句广为流传的话语。不得不承认，这一刻，在他的心里，也认为所言无虚。

也只有杨恩，才不愧"三眼捕神"之名吧！

当下借陈驳一扶之势，乌果缓缓坐回位中。

苏兰泽此时却从袖中拿出那朵白兰，在绮罗鼻端轻轻一晃，或许有香气入鼻，绮罗果然慢慢睁开眼来，才只稍一环视，便看到了那团绡纱下的人形，惊道："这是怎么了？"

苏兰泽微笑道："不过是自作自受罢了。"

倒是罗观颇为钦敬，大大出了口恶气，先前的颜面也找回了大半，笑问道："不知苏姑娘用何妙计，只遣了一个不会武功的宫人，便令那赤华一败涂地？"

这正是众人心中疑问，连同乌果都竖起耳朵，想听苏兰泽怎生回答。

苏兰泽看着那绿罗带着绮罗退入帘后，答道："倒也算不上什么妙计，不过是略懂些人心罢了。"

罗观颇有些不解，又道："愿闻其详。"

苏兰泽扫了乌果一眼，淡淡道："我虽不知道这怨憎会的咒术，是依照怎样的法门，或许的确有独到之处，但这天下的符咒之术，无不是一种控制精神的力量。若你定力够强，便是天魔施咒，也难奈你何。但世人生来就有七情六欲，任是怎样出色的人物，总有自己的弱点。依我想来，若是论真实本领，十个赤华也抵不过追风剑谷城。可是谷城此人既然出色，必然孤傲，若对其轻视，便能将他激怒。怨憎既生，定力涣散，心神也不能保持圆满无碍的境界，此时咒术就极易奏效了。若再随便挑出一人，或许不会孤傲轻视，但对赤华有畏惧之心，贪生怕死，自然也有怨憎，同样会被咒术所噬。"

张勇"啊"了一声，若有所思道："所以苏姑娘你不肯在这殿中挑人，却挑中了刚刚过来的官人绮罗。正是因为绮罗不曾亲见赤华咒术的厉害，心中首先没有畏惧。又让赤华允诺不施加武力，加上姑娘您的灵药，所以绮罗的身体暂时失去了感觉。而她默然诵经时，也能使意念纯一。所以，无论咒术如何厉害，终是无法寻到破绽，毫无武功的绮罗，却胜过了追风剑谷城，竟令赤华被咒术反噬而败，实在是……"

他一向口齿清晰，句句都令人信服，然而说到此处，似乎自己也已词竭。而众人听到此处，虽觉匪夷所思，但又觉理当如此，一时都静默无言。

苏兰泽微微一笑，道："世间事也是如此——无论怨憎如何相会，激起多少暴戾血腥，只需沉默，便能相克。"

有两个僚人阴沉着脸连纱带人，尽都抬出殿外，也不知怎生安置去了。另有官人宦官悄悄过来，用了干净的巾子擦地，不多时便已血腥尽除，又恢复了先前的一派富丽气象。

"啪啪啪！"三声清脆的掌声响起，却是张勇笑嘻嘻地站起身来，向陈驳道："大总管，看样子明相公务缠身，一时难得过来。趁其间隙，不如叫人唱唱曲，助助兴，你看如何？"

陈驳一怔，明白张勇是担心这样苦等下去，会再生出事来，苦笑道："公子这可为难老奴了，明相为人清正，最忌歌舞，老奴怎敢擅自做主？"

明照清是进士出身，为官已有二十多年，先为翰林清修，后为封疆大吏，现又至宰相之尊。先后历经两朝天子，门生故旧无数。若论资历威望，只怕还要胜过靠外戚得宠的长安侯胡循一筹。

先帝曾亲赐八字评语："日月既出，涵照海清。"这被认为是对明照清最高的赞誉。

明照清是扬州人氏，却一向严苛刚正，不像江南仕子们喜好歌舞伎乐，连陈驳也不敢违逆。

张勇不以为然，笑嘻嘻道："这支曲子十分清丽，舞伎也异常出色，且是开宴前华阳宫的淑静太妃令人送来助兴的，不是那些媚俗的东西，明相一定会喜欢。"

蔡国长公主向来长袖善舞，与宫中各贵人往来也很亲近，张勇自小随母亲出入宫廷，与各宫也颇为熟稔，尤其与淑静太妃最为亲近。

这位淑静太妃膝下并无所出，但为人向来敦厚宽和，便是在前朝时也是如此，既不得宠，亦不冷清，所以先帝的嫔妃们或死或废，或幽或贬，到本朝还能安享尊荣，且与太后相交甚厚者，就只有她一人。当今圣上继位后，兴建一座宏伟华丽的宫殿，号为隆庆，作为太后寝宫，又稍加修缮华阳宫，请淑静太妃入住其中，与太后为邻伴。能住在这个地方，可见当今的太后和圣上应该对她颇为尊重。

而淑静太妃据说是乐籍出身，精通伎乐，格调高致，宫中歌舞伎多经她的指点。且当今圣上常喜欢将宫人赐给权贵为妾，意示亲厚，这些宫人出宫前，只要一经淑静太妃调教，便大为不同，很得好评。

此番她好意助兴，又是为了讨太后的欢心，便是明照清也不能不承这个人情。

张勇再轻轻一击掌，殿侧厚厚的帘幕后，顿时笙乐齐奏，丝竹盈耳。有个女子婉声唱道："兰白一何哀，长生琼之台……"

"是《兰哀》啊，太妃原来叫人唱的，竟是这支曲子。"苏兰泽悄声向杨恩道，"明相就是来了，也一定不会生气。"

"这曲子近来风靡京都，可惜只有半阕。"邻席上，罗观与张翰林也在谈论，"词曲其实都平常，不过是扬州寻常的俚调，却因了明相喜欢，竟然红极一时。"

"据说明相以千金求《兰哀》的下半阕，至今未果。不过如此一来，这曲子倒是更有名气，连太妃竟也知道了。"

忽闻环佩叮当，又有香风扑面，一个高髻长裙的丽人从帘幕之后翩然舞了出来。绫带翻飞之间，舞姿虽然十分婉媚，但那垂袖和裙摆却只如湖水微微波动，更具一种含蓄的美态。此人赫然正是绮罗，此时她重施脂粉，更显美艳。

但见她且歌且舞，口唇开合，唱道："凤因发青籽，怨憎逐尘开……"舞到急处，裙摆如花瓣般旋开，众人只觉眼前一亮，原来那广袖流仙裙的缝隙间杂绣金银丝线，五色灿烂，经烛光一映，更显华彩耀眼。但饶是如此，她的吐辞气息丝毫不乱，依旧是徐徐唱来，清亮柔婉。

众人被丽色歌喉所迷，个个屏息静气，那些僚人更是连眼都不肯眨上一眨，唯恐错过了一丝半毫。连乌果都眼睛一亮，又徐徐眯了起来。

淙淙数声，乐音又起，却是领首的乐师弹起筝来，指法空灵，与歌声相和，引人入胜："零落远江湖，辗转别戚爱。谁知怨憎苦，非从幽香来……"

唱到此处，乐音蓦止，那丽人停了舞姿，向着众人敛袖行礼。众人发出一阵叹息声，张翰林脸上浮起失望之色，大声道："丽人绝色，舞姿倾城，淑静太妃果然盛情，只可惜还是只有半阕。"

杨恩并不沾酒，杯中盛的清水不觉已饮了过半，向苏兰泽道："听说这《兰哀》，讲的是一个女子深爱一个男子，两人约定以白兰为定情之物。后来男子远行寻求功名，女子在家乡等候，忧郁而终。女子临终前写下半阕曲子，说是曲如此情，终是残缺，是也不是？"

苏兰泽执壶帮他续满，低声道："自明相重金求下半阕后，也不知多少士子文人，便不为千金，也为博他青眼，填了许多新词，也不乏文采卓然之作，明相却偏偏一个也没看中。"她放下铜壶，也微笑道，"外人都猜想明相年轻时，曾负过这样一个女子，他又偏爱白兰，说不定这曲中男子就是他本人呢！这绮罗虽然歌喉舞姿都算出色，但年纪尚轻，历事亦浅，远不能体会那曲中所述，绵绵岁月之中，似乎永无穷尽的爱恨怨憎交织之苦。"

那绮罗款款过来，俯身取过一盏酒，向着张翰林嫣然一笑："绮罗的主人新得了下半阕的《兰哀》，倒有几分意思。大人且饮此杯，绮罗便唱那新得的下半阕与大人听。"

她执杯的五指有如削葱，兼之眼波盈盈，张翰林哪里抵抗得住，当即接过，一饮而尽，又自斟一杯。

　　正待要饮下时，忽听"砰砰"两声巨响，殿门被猛地推开！一队衣甲鲜明的侍卫鱼贯而入，却不进殿中，只在殿门成雁字排开，执器立定。为首者却是个穿着便袍的年轻人，他方一进来，苏兰泽轻呼一声："是韶山！"

　　烛火耀目，更映出了那年轻人轮廓分明的俊脸、浓黑稚拙的双眉——不是那昔年落梅镇的旧识、如今的缉捕司新捕快鲁韶山，更是何人？他入京时日不长，但听说已在缉捕司崭露头角，甚至还因长安侯一案，得到了圣上的亲口嘉许，在缉捕司新一代的捕快中，算是最被推许的一位。和以前相比，他的目光锐利了许多，神情中更添了几分稳重。

　　殿中寂静如死，众人无论是端杯的、欢笑的、侧身交谈的，都在瞬间僵在了那里，所有目光皆都投到了鲁韶山身上。

　　鲁韶山的目光在苏兰泽和杨恩脸上一扫而过，躬身道："圣上有旨，传杨恩与苏兰泽觐见！"

　　口中虽然说着官话，但他那闪亮的眸子，却流露出了重逢后真实的欣喜，以及一掠而过的担忧之色。杨恩默默伏身一礼，随即长身而起，苏兰泽悄无声息地站在他身边，二人一起走出门去。鲁韶山带上众侍卫，随后跟出。

　　便是再愚钝之人，见到这副场景，也应该觉出了不妙。原定主持宴会的宰相忽然告病，前来传旨的不是宦官，竟然是缉捕司捕快，而且恰好请走了以断案如神著称的杨恩及苏兰泽。想必宫闱之中，必有大事发生，纵然张勇竭力周旋，但气氛终究还是有些异样。

　　步出夜棠宫时，天色早已黑透了，各处宫殿廊下都已点起纱灯，倒衬得天边数颗星辰只有些微弱光芒。

　　鲁韶山疾步走到杨恩身边，甚至都没来得及寒暄一句，便悄声急促地说道："圣上密旨，宣捕神大人至上林宫。"

　　"上林宫？"杨恩目光一闪，"这不是上林公主的居所吗？难道公主她……"

　　"不是公主，是淑静太妃……太妃薨了。"

杨恩心中一沉,手指不知不觉已绕在了竹笛尾端的红流苏上。

二十五年前,先皇的一名后妃,诞下公主后就因病去世了。有相师说公主命相带煞,需要离宫暂避。所以那位小公主很快便被送出宫去,先帝虽只有一位太子,却有十几个公主,这件事也就很快杳不可闻。

直到三年前,朝廷突然下诏,命令地方官员前往僚疆,隆重以公主的全副銮驾仪仗,从僚疆巫教的总坛迎回一位年轻女子。据说她就是那位小公主,现在她长大成人,又避过了那些凶险不吉的日月,当然要恢复应有的尊荣。太后一见投缘,十分喜欢她,竟在宫中为她安置住处,又封她为公主,尊号上林,而她的母亲也被追尊为贞慧太妃。而这位公主,据说是在僚疆总坛长大,且由巫教大祭司乌果收在膝下为徒,所以封赠她的举动,也算是向僚人表达示好之意。

乌果现在如此春风得意,与曾收过这位公主徒弟也不无关系。

虽然上林公主得到太后的宠爱,但她幼时在僚疆毕竟生活艰苦,因一次风寒用错了药,竟然废了双腿,全靠轮椅代步,所以性情更是古怪,一向深居简出,除了敕封公主的大典上,她坐着肩舆,群臣远远见过一次外,平时她根本不肯露面。而且她是在僚疆巫教总坛长大,听说还是大祭司乌果的关门弟子,特别擅长制作各种古怪的毒药蛊虫。所以宫内宫外说起她来,总是小心翼翼,敬而远之。

而长安侯中毒一案中,也曾浮现出这位上林公主的影子,凶手甚至假扮她的爱婢茹姬,还盗用过她所擅毒药病死疑的名头,来毒害长安侯。

虽然最后查明此案与她无关,但这位公主的名头却委实令人难忘。

淑静太妃探视她后,便薨于邻近上林宫的浴金殿,而又是一幅怎样的画,值得太妃一改恬静的性子,匆匆趁夜前来,要亲自赠给这位神秘莫测的上林公主?

琐窗半开,冷风满殿,吹得帐幔飘舞,而南壁上的一幅画卷也随之翻飞,下端的画轴敲击壁面,发出轻微的"托托"声。

画卷长一尺六分,宽一尺,上绘两束兰花,并根而生。兰叶舒展有致,淡黄的花瓣随意点缀其间,姿态婀娜,墨意润泽,如真正的兰花般生机勃勃。

鲁韶山在画前停下来,顿了顿,道:"太妃夜临上林宫,便是为了送这幅兰花给上林公主,谁想竟遭遇不测……"

"不,"苏兰泽摇头道,"韶山,这画上不是兰花,而是一兰一蕙。"

"蕙草?"鲁韶山睁大了眼,抬手搔了搔头,这是苏兰泽最熟悉的动作,刹那间,那个鲁莽拙直的小捕快仿佛又回来了。她不禁莞尔:"世人往往将兰蕙并称,却不知兰为香花,蕙为香草,蕙的形态很像兰,就是颜色不同。"

鲁韶山仔细看时,果见那画中花瓣淡黄带绿,更显娇弱妩媚,的确与兰花的高洁雪白不太一样。

画卷下角题道:"兰蕙齐芳。"又有一行小字曰:"兰蕙生前庭,待风含微熏。谁知芬芳久,婉转动君心。"

他入京都缉捕司已有一段时日,时常因办案查阅前朝档案,自然认出这正是先帝御笔。这诗大约是帝妃闲暇时的戏谑之作,虽不算上品,但颇有情致。

只听一人笑道:"苏姑娘好眼力,此画出自前朝画师施久南之手,画中的确还有一株蕙草。只因太妃闺名之中,便有一个'蕙'字。"

声音尖利,哪怕是刻意谦恭的语气,也掩不住阴冷的意味,这人正是陈驳。

"大总管怎么得闲过来?"杨恩微笑着转过头来,目光炯然,停落在陈驳脸上,令得他在一刹那间,有了许多人都经历过的错觉:有如此目光的人,眼睛怎么会看不见?

"兹事体大,"陈驳收了笑意,恭然道,"圣上密旨,令在下在宫中听从捕神差遣,务必查清太妃一案……及……"他意味深长地顿了顿,"相关事宜。"

"那好,"杨恩再不多话,单刀直入,"太妃遇害之处在哪里?不知遗容可能瞻仰否?"

或许罪行可以被遮掩,但尸首一定会留下线索。活人或许会紧咬牙关,死者却有无声的语言。

"事关宫闱,太妃遗体又已收殓,捕神大人就不必去了。宫中女官早已勘验过,没有明伤,亦非中毒……"

陈驳神色不变:"或许是受惊吓而毙。"

"太妃深夜来此,是与公主相见的,怎么会受到惊吓?公主她……"

"发现她尸首的地方,并不是在公主寝殿,而是在上林宫后的浴金殿。"

苏兰泽颇有些惊异："浴金殿？可是前朝金妃……"

"正是前朝金妃故居之所。"陈驳手中的拂尘不易察觉地拂了一拂。

华阳宫的近侍宫人，都被拘了来，此时在殿中满满地站了一排，大多面露惊恐之色。

"酉时六刻，太妃前往上林宫，说是想把《兰蕙图》送给公主。公主体弱，正沉睡之中，只有侍女茹姬隔帐答话。太妃怜爱公主，所以不肯叫醒她，屏退了奴婢等人，独自在帐外等候。酉时七刻，太妃忽然从公主寝殿出来，乘轿舆由角门入浴金殿。太妃让奴婢等远远避在一旁，独自进入殿中。

"直至酉时十刻，仍不见太妃返回，我等试探着进入浴金殿，便发现太妃已薨逝。"

那答话的宫人小玉年纪尚幼，最多不过十五六岁，自入殿来一直低头束手而立，此时虽然勉力答话，但裙摆却一直在瑟瑟颤抖。

鲁韶山有些不忍地转过头去，向杨恩道："我奉旨在宫中办事，圣上令我前去锁拿宫人回来问话，当时是酉时十一刻。

"现在是戌时，距太妃被害已有三刻。"

天色近晚，外殿影影绰绰点起灯烛，却没人敢入内殿。一排排的人影，立在那里，却像是没有生命的剪影。

"太妃本在上林宫中等候公主醒来，为何忽然前往浴金殿？"杨恩"望"向正低头拭泪的小玉，后者微微一怔，低声道："奴婢等人当时都被屏退，只有太妃独处宫中……奴婢不知……不知……"

"小玉姑娘，你随太妃前往浴金殿，又是第一个发现太妃出事的宫人。当时太妃进入浴金殿后，可有什么异常？"

小玉悚然抬起头来，双手乱摇，浑然已失了礼仪分寸："我……奴婢和绿罗姐姐当时远远地站在浴金殿外，背对着殿门，这是太妃的规矩……所以我们什么也没看见，什么也不……不知道……后来绿罗姐姐去了夜棠宫，奴婢在浴金殿外等得久了，站起来时一时头晕，不知怎的就不省人事。等醒来后，才听说太妃……太妃已经……"她忽然掩面哭了起来，"后来的事……都是大总管……"

"绿罗？"苏兰泽忽然向陈驳问道，"可是方才夜棠宫中的那个绿罗？"陈驳脸色阴沉，道："正是。"顿了顿，又道，"不过今晚夜棠宫的歌舞伎人，当初都交给了太妃负责，故此她后来便去了夜棠宫。"

但杨恩却紧跟着问了下去："你从未进入浴金殿，而禀告陈总管后，所有宫人都被即时看管起来，你自然也一直在此，根本不会有机会回去沐浴更衣。那么，你鞋底的红泥从何而来？"

蓦然抬头，仿佛只是刹那间的错觉，陈驳看见那温蔼的年轻男子，一双早已失明的眼睛中竟射出熠熠的光彩。

鲁韶山眼睛一亮，盯到了小玉那双浅绿色弓鞋之上，但鞋面上并无丝毫异状。

"你怎么会看到……"小玉仓皇地退后几步，惊惧地望着他。

"我只是从你的脚步声听出来的。"杨恩平静地道，"椒土原本颗粒较细，呈赤红色，微带芳香又很有黏性，但时间长后，气味色泽虽在，土质却比一般的泥土要坚硬许多。宫中的绣鞋很软，附着这些椒土后反而会变硬，走路的声音也会听起来更沉闷些。宫中向来只有皇后的宫中，才会在墙壁上涂有椒土，意为'椒房'。如今圣上并未立后，整座宫中，太后素性俭朴，并不用这些东西，也只有当初金妃颇得圣宠，浴金殿墙壁才涂有椒土。只有年长失修，才会有一些泥土剥落在地。"

鲁韶山这才发现，小玉双足四周的地面上，散落了些许深色泥粉，只是太过细微，灯下若不仔细，根本无法看见。

小玉睁大眼睛，两只手不禁紧紧握住了自己的衣襟，却说不出一个字来。

天色近晚，外殿影影绰绰点起灯烛，却没人敢入内殿。

杨恩半侧着脸，灯烛微光，在脸庞分明的轮廓间缓缓流动："太妃一事，如果不能查明，依前朝律令，小玉姑娘，你们……"

为了堵住流言，所有华阳宫的人只有殉葬一途。

"金妃当年薨时，宫人饱食后活闭于墓中，以此作为她的生殉。后来重修外墓道时打开过墓门，据说门后堆满白骨，全都扑在门壁之上，留下无数惨白的指印。"苏兰泽在此时开了口，话语中满是悲悯，"可想而知，那些宫人临死前的绝望惨烈。"

　　阴冷的风无孔不入，不知究竟来自哪里，却吹得人肌肤生粟。帐幔在风中飘飞，筛落下阴沉的影子；南壁上的一幅画卷也随之发出轻微的"托托"声，像是谁躲在暗处，嗜嗜怪笑。

　　忽听磕磕有声，却是小玉的牙关相磕，脸色惨白，身子随之抖动，像是秋风中的树叶，随时便要飘落在地。

　　苏兰泽正要再开言，小玉已"扑通"一声跪下来："捕神大人！奴婢那晚……看到了鬼！有鬼！是浴金殿的鬼啊！"

　　"胡说八道！"陈驳阴森森喝道，"太妃是贵人，岂能被鬼怪所害？我看她是独居日久，思念先帝才愿随之下地！"

　　生殉的莫大恐惧，甚至盖过了对陈驳的畏意，小玉颤抖得几不成声："太妃入浴金殿后……奴婢原是背对着殿门站着的，可是后来，隐约听见殿中有人说话，不仅是太妃……还有……还有一个男子……一时好奇，奴婢就悄悄跟随入内……看见殿中多了一个人影！那人影……那人影起先躲在帐幔后，是个男子的低沉声音，他……"

　　"殿中根本不可能有他人！若有旁人进去，守殿宫女会不知道？"陈驳已顾不得许多，厉声呵斥道。

　　"不是的！真有一个男子，开始他问太妃：'你来此殿，是想得到玉琳琅吗？'太妃说的话……说的话奴婢听不懂……好像说到了兰花，又说到了蕙草……再后来……后来太妃……太妃忽然叫了起来，听起来……已经不像她平素的声音，我从窗缝里偷偷看进去，只见那男子竟然渐渐飘了起来！鬼魂！只有鬼魂才能这个样子啊……"

　　小玉尖利的叫声在黑暗中如枭啼猿哭，瘆人无比，让人听在耳中，臂上汗毛根根直竖了起来："我当时一动也不敢动，太妃骇得也惊呆了，那鬼魂对她越逼越近，她也无法动弹，只是一直叫道：'报应！哈哈！报应！'奴婢吓得瘫软在地，喉咙也像被堵住，一声也叫不出来，然后……然后忽然就晕了过去……等奴婢醒来时，已经被人带到了这里，而太妃也已经……"

　　"当时浴金殿中根本不可能有他人！若有旁人进去，守殿宫女会不知道？侍卫们闻声赶到时，也只有你一个人昏倒在浴金殿大门外！"陈驳已顾不得体统，厉声呵斥道，"来人！把这个妖言惑众的贱婢拖出去！"

有两名侍卫应声而入，一把夹起小玉往门口拖去。

小玉一边拼命挣扎，一边尖声叫道："我没有胡说！当时那男子说话，绿罗姐姐也听得清清楚楚……那不是人……是浴金殿……"

陈驳拂尘一挥，万千细丝如瀑暴涨，顿时将小玉瘦弱的身躯凌空卷起，往墙边狠狠掷去！

杨恩没想到他竟敢忽施毒手，抢前一步时，早已来不及了！只听"砰"的一声闷响，不知是谁先叫了一声，几乎所有人都尖叫起来，有胆小的宫人已猛地用衣袖捂住了头脸：小玉俯卧在地，满头乌发四下披散，掩住了头脸。却有黏稠暗红的液体，如数条细蛇，从那素白宫装之下，缓缓爬出，向四面八方流去。

小玉竟然已经死了。

"陈驳大胆，竟敢当着我们的面对小玉下毒手！"苏兰泽蹙眉道，"虽说以他的身份，击杀个把宫人并不会获罪，可也忒狠毒了些！"

"陈驳看样子是在遮盖宫闱中的一些秘密，小玉便被带了下去，但是，她也活不成了。当众击杀，不过是为了震慑我们。只是绿罗明明就是和小玉一起守在浴金殿外等候太妃，却擅自先行离开，前往夜棠宫。或许真如小玉所言，她是听到殿中有异，想要抽身事外，才托词离开的。果然是积年的老宫人，晓得趋利避害，只是……"鲁韶山叹息道。

"金妃之死，两朝都忌讳颇深，更传她死后阴魂不散，一直留在浴金殿中，那里也无人敢居，几近荒废。太后于前朝时心中便忌讳金妃，自不会容许关于她鬼魂的传说流传于宫中……韶山，你怕不怕？"

苏兰泽手提宫灯，另一手扶着杨恩，扭头笑看一眼鲁韶山。从纱绡中透出的灯光，照出一堵高高的朱色宫墙。数枝深色的梅花探过墙头，送来清冽的芬芳。

原以为要出了上林宫，才能进入浴金殿。此时才知道从上林宫的后殿拐入西北角门，便可直达浴金殿。

行走在一道高峻的宫墙之下，墙的那边，就是宫中第一胜景梅苑。苑内种有千余株梅花，想必在黑夜中盛放时，一定宛若香海。

"天下没有厉鬼，往往是人的不安在作祟。"鲁韶山挺了挺胸，答道，"再者，我乃缉捕司的捕快，惩奸镇恶是生平本分，自有浩然之气，何惧鬼怪？"

杨恩微微一笑，苏兰泽也含着笑，指尖感受到杨恩衣袖上传来的温度，心中安然许多。

"欲解伤心蛊，唯有爱别离。"外传病逝实则是中了伤心蛊毒而薨的金妃，在那个名叫朴正焕的、忠于她并一手创立幽冥门的家臣怎么也找不到名为爱别离的解药后，他已经陪同金妃那美丽的身躯，一同长眠于黄金墓底那神秘浩渺的碧玉海洋之中。这浴金殿中，又哪来的金妃鬼魂？

只是，那爱别离实为不可避免的人生八苦之一。世上相爱的人，若非生相别，便是死相离。是不是该感谢上苍，自己与杨恩直到现在还好好地在一起。

甬道尽头，又是一道角门，门外衣甲鲜明，兵刃林立，竟有数十名宫中侍卫在此把守。他们验过令牌后便开了门，门后蹲坐着两个守门的老宫人，一声不吭，只是惊恐地看着他们，身子紧紧倚着门扉。

刚入门中，苏兰泽叹道："好一处浴金殿！"

四周寂无人声，甚至没有光亮。然而楼阁堆叠，飞檐重叠，依稀可见当时之盛。如今那些阴影静静地沉积在夜色里，却似一头沉睡中的庞大怪兽。

苏兰泽推开一面窗扇，灰尘扑簌簌落下来，露出雕镂精美的紫檀木底。

鲁韶山忍不住惊叹道："不愧是金妃的故居！"

梅苑甚至整座上林宫，在三十年前都是浴金殿的一部分。所以即使重修上林宫，亦并没有关闭当时可供来往的角门。而它们的旧主人，正是先帝最宠爱的金妃。先帝曾引温泉水入殿中，"浴金殿"三字，便是由金妃这个"金"字而来。登浴金殿东楼，梅林香雪之海便能尽收眼底。至于其池阁之丽，地势之优，在宫中首推第一。

金妃薨后，温泉水枯，人人都说天怜红颜。先帝或许是不愿触景伤情，令人建了两道宫墙，将梅苑和部分宫室隔了出去。不久后先帝西归，浴金殿也就此荒废。

"韶山，连你也没见到太妃遗容？"杨恩忽然的问话，令后者犹豫了一下，还是坦然地答道："大总管奉旨宣了我来，只告诉我太妃已薨，地点竟然是在浴金殿。华阳宫众人需全部锁拿，但不能向外泄露半分。其余的，他不吐一字，我也不能问他。但太妃出事后，整座浴金殿便被守卫看住，再无人能入内，现场应该没受到多大破坏。"

"死人的尸首往往最能留下线索，连太妃遗体都见不着，追查此案便会艰难许多。"

"浴金池？"苏兰泽放下灯笼，叹道，"佳人芳迹，也荒败如此了。"

鲁韶山却"咦"了一声，道："这里收拾得好干净！"

昏暗的灯光下，透过残破不堪的重重纱帘，可以看见几方青玉石池，虽一看便知荒废许久，毫无人气，但的确洁净无尘。从那些砌成梅花、方菱、云朵状的池形和池底静卧的石兽、鸳鸯之类，依稀可见当年碧泉满池、石兽浸润的盛况。

恍惚间，有女子的嬉笑声在室内响起，柔腻得如同上好的琼脂。

灯光朦胧，连同池中蒸腾起的白色蒸气一起，化为迷茫的云雾。云雾笼罩下，是飘满花瓣的水面，石兽和鸳鸯们都鲜活过来，由着嬉笑的女子在水中浮沉坐抱，看不清她的面目，只见层层曼妙轻纱迎风披拂，带来女子瀑布般的发影、洁白耀眼的肤光，还有温热袭人的芬芳。

似梦如幻，是耶？非耶？

胸臆间微微一凉，这一切都消失了。苏兰泽的眼前又是那副遍布尘灰的冷清景象。灯笼的微光下，女子、温泉、芬芳刹那间消失得无影无踪。

一阵风来，灯火忽然黯淡了许多，残破的纱帘后，赫然出现一个黑影！它似乎足不沾地，蹑空而行，宽大的衣袖剪影在壁上飘飘荡荡，真如鬼魅一般。

苏兰泽彻底清醒了！

几乎与此同时，鲁韶山的声音响起："站住！"

人既跃起，手已抽出腰间铁尺，当面猛击而下！

鲁韶山功夫本就不错，自入缉捕司后，多得同门前辈指点，于这铁尺上已有些修为。这一尺击下，无论角度力道，都颇为精妙，尺头直逼黑影面门，尺身横移，又暗中锁住胸腹要害，无论对方是退是避，都难逃出尺影的范围。

那一瞬间！最不可思议的事情发生了！那黑影以腰腹为界，竟然豁然断开！上下两截身影都轻飘飘地挪了开去，恰好避过了这一尺！这两截身影又在半空中合而为一，发出喈喈的怪笑声！

冷风蓦至，手中灯笼的火焰忽而转为瘆人的青碧色，"噗"的一声，竟然熄灭了！

苏兰泽顿时觉得背上一寒，喝道："什么人装神弄鬼？"

只听"啪"的一声，微光满室，却是杨恩打着了火折子，屈指微弹，已落入灯笼之中，重又点燃了烛芯。

但见一条黑影已越出纱帘，跌跌撞撞，向着干涸的池中一步步走下！

苏兰泽低喝一声，如白云出岫般，无比轻盈地跃起身形，向那条黑影扑去！

人在空中，长袖已经披拂而出，宛若山间雾带，蓦地缠住那条黑影，便将他拽了回来！

她只恐那黑影便是装神弄鬼的主谋，再一卷一挥便极为疾捷，只听"扑通"一声，袖面展开，黑影已重重摔到了地上！

杨恩一手负后，另一手执着一根翠绿竹笛，通身却隐有气机流动，如山渊静峙。苏兰泽连兵器都没有，但她那雪白的袖角依然半卷半舒，其隐含的杀气却不输于任何锋刃。

二人隐成合围之势，一起向着黑影逼去。鲁韶山虽然没有动手，但也警觉地守在门口，堵住了黑影可逃跑的后路。

黑影呻吟一声，却没有任何暴起伤人的举动，反而抬头叫道："苏姑娘！杨大人！鲁捕头！是我！我……"

半仰的脸上已没了那种可怕的阴沉，只有无尽的恐惧，使得整张面孔都失去了颜色，在暗淡的灯光下，愈发显得狼狈不堪。

这人竟然是本应留在浴金殿外的陈驳。

苏兰泽没有说话，杨恩手中的竹笛在掌缘轻轻一磕，陈驳不禁一凛，连忙道："我原是有急事才追着三位赶来的，谁知刚到门外，好像听到了女子的嬉笑声，迷迷糊糊就进来了……难道……难道真的……"

他似乎心有余悸，看向那满是灰尘的青玉石池，却没有再说下去。

鲁韶山忍不住道:"寻常人入内,或许会被这殿内残留的昔日繁华所慑,大总管你长居宫中,见惯场面,何至于如此呢?"

陈驳有些恼怒,冷冷地正待开口,整个人忽然呆住了!

他张口结舌,目光定定地望向前方,脸色已经变得煞白!

苏鲁二人的目光不由得随着投了过去,也都吃了一惊:池边立有一盏青铜雁形宫灯,足有半人多高。虽布满灰尘,但那雁颈却依然修长光洁,忠实地顶起莲花状的灯盏。错彩镂金的灯罩早朽坏了半边,露出熄灭多年的灯芯。

然而此时那灯盏上、灯芯旁,却赫然出现了一朵白兰!花色新鲜,仿佛不久前才离开枝头,尚幽幽吐出香氛,但衬着这满室飘摇的灯影、断续的尘吊,却更增添了几分诡异的意味。

苏兰泽已戴上一双轻薄雪白的冰绡手套,从灯盏上取下那朵白兰。她查看片刻,对鲁韶山轻轻摇了摇头,示意此花并没有什么异常。

京都无人不知,数年前,宰相明照清不惜重金,在相府中建了一所名为兰苑的庭园,种有从扬州移来的上千株白兰花,并令花匠们精心培植,如今已有数十个品种。据说盛夏时节,白兰花开成一片,香飘百里,花色映着月色,如梦如烟。这番景致被称为"兰烟映月",是京都十大盛景之一。

眼前的这一朵,比起寻常的白兰花,更要大上几分,一看便知是精心培育出来的珍卉奇葩。蕊如笔头,花似脂玉,即使有了些许枯萎,但在晨阳的光影中,仍呈现出一层隐约的金粉色,美得令人窒息。

"太妃在此遇害后,那些宫人们可有见过这朵金妆玉兰?"杨恩问陈驳。

"没有……当时我曾亲自赶来查看,并不见这朵金妆玉兰,何况后来我又派侍卫封锁此殿,连一只蝙蝠都飞不进来!难道……难道……"

陈驳的脸色已经变成了死灰,目光也越来越惊怖,连嘴唇都不由得颤抖起来,喃喃重复了两次话语,一向为表矜持而自称的"某"也变成了"我",与他那赫赫声名实在是很不相符。鲁韶山不禁暗里皱了皱眉头,想道:"这就是大名鼎鼎的陈驳?便是明相再喜欢这花,摘一朵也罪不至死!阉人就是阉人,一朵花就吓成这样!喜怒显形,胸无城府,也不知那些朝中大臣、后苑宫人怎会那样怕他!"

杨恩衣袖轻拂，手中执着的竹笛，悄无声息地没入袖中，目光如剑，直直刺向陈驳，使得后者竟然不敢正视："大总管，此处荒凉，门外阶石、门内帷帘上都布满蛛灰，偏是地面池中被清扫得干干净净，显然是一时仓促权益之举，可是大总管使人为之？"

"这……这……"

陈驳目光微闪，杨恩似乎也并不需要他的回答，缓缓道："太妃遗体，或许因皇家体面，我这样卸任的外官及兰泽这样没有品级的民女，不能轻易得见。但太妃遇害的第一现场就是这浴金殿，为何宫中要匆忙清除痕迹？"

陈驳神色镇定："太妃停灵于浴金殿，自然是要将停灵之所清除干净。"

杨恩语气不急不怒，但词锋渐渐锐利："凶手明知今晚有夜棠宫的夜宴，守卫必定森严，仍敢对宫中贵人放肆残暴，必有所恃，不可不虑！若是大总管再含辞未吐，或许很快就有下一人受害了！"

陈驳眉头微动，如阴冷水面上漾开一圈水纹，但随即又恢复平静："捕神言重了，某对此也是一筹莫展，岂敢隐瞒捕神？"

"杨恩！"苏兰泽的声音传来，"这宫灯大有古怪！"她站在那盏青铜雁形宫灯旁，错彩镂金的灯罩连同盏台灯芯，都已被她取下来放在一边，露出长长的雁颈。那里其实是一根弯曲的铜管，且被巧妙地设计成了中空，当它贯注了清水后，可以将燃烧时产生的油脂烟雾和炭粒残渣融入其中，以保持殿室的洁净。

当然，废置多年后，雁颈中的清水早已干涸。但苏兰泽此时戴有冰绡手套的纤手中，却捏着一根银簪，簪头原是被她扎入管内残渣中，此时方慢慢拔了出来。

原本银亮的簪头，渐渐变成了灰色。

"是百年醉。方才我们入殿来所见那些幻象，说不定就是受了这药。而太妃所见，也未必是真有男子，小玉所言也未必是实，或许都是受药力的影响产生的幻象……"

或许是错觉，鲁韶山只觉陈驳的眼中有锐光一闪而过。

据说只需要指头大小的一丸百年醉，在较密闭的环境中，可以持续四十年左右的效力，只是价格不菲，富贵人家的藏宝库中多放置此药来防盗。

"百年醉最多只能让人昏昏沉沉而已，怎会生出这样强大的幻象？除非是用了其他的秘药混杂，只是宫禁森严，又怎会让寻常人带入药物？"

鲁韶山话音未落，苏兰泽便含义莫名地向杨恩瞥了一眼。

杨恩脸色微微一变："我们去找大祭司！"

"乌果？"陈驳脸色也变了，"此时正当宴会之时，因这等事去贸然请他过来，会不会……"他心中已然猜到了少许端倪，但正因如此，才方寸大乱。

灰影一闪，却是杨恩已抢步而出，苏鲁二人随后而去，只有夜空中飘来杨恩一句淡淡的话语："只愿不要去得迟了……"

陈驳心中一动，不由得迈步跟上去。

三人才奔出上林宫，隔着树木湖石，远远只见夜棠宫灯火通明，丝竹喧闹之声远远传来，似乎并无异状。

苏兰泽轻轻吁了口气，扶住杨恩道："慢些吧，你的伤还未好透，若伤了真气……"

一言未了，眼前忽然一黑！却是夜棠宫那边烛火尽数熄灭，顿时化入无穷黑暗之中！

苏兰泽只觉手中一空，微风飒然，却是杨恩已提气疾奔而去，心头一紧，凝就一口真气，也飞身纵起，紧跟杨恩身后。此时奔得甚疾，冬夜寒风又厉，只割得耳鬓肌肤生疼。

忽听人喝道："什么人？"

冷意蓦现，直逼面门！苏兰泽长袖一拂，袖底双指已捺了上去，触指只觉一阵森寒，竟然是兵刃！心念一闪，便呼道："大总管！"

陈驳的声音响起来，隐约有了威压之意："你们不在勤政殿随侍明相，怎的来到此处？"

"大总管"三字一出，被苏兰泽压住兵刃那人便知是陈驳到了，言语间却并不似寻常宫人侍卫那样恭敬："明相见过陛下后，正前往夜棠宫，因见烛火忽然熄了，只恐有异，便命我等在此守卫，他已先往夜棠宫中去了。"

苏兰泽只觉指下兵刃挣了挣，显然是那人不甘，想要把兵刃夺回去，但觉对方内力浑厚，显然是个高手，当下无声一笑，松了手指，道："我道是哪来的侍卫这样大胆，明知宫中贵人颇多，不问个清楚就敢动用兵刃，原来是明相的影卫！"

只听那人冷冷道："姑娘的真气精纯悠长，又有极寒之象，显然修习的是水脉的内功。想必这宫中贵客之中，也只有乐神苏兰泽有如此功夫了。苏姑娘真是好本事！"

苏兰泽不料他只从自己这一捺之中，便能说得如此清楚，微微一怔，笑道："这位影卫大人过誉了。"

那人哼了一声，颇为倨傲，道："大总管，明相恐怕已至夜棠宫中，请各位过去吧。"

鲁韶山暗想："素闻明相跋扈，单看麾下这个影卫，便知传闻不虚了。"

陈驳颇有城府，自然不会在此与他计较，平平道："既如此，我们快些过去吧。"

从灯火熄灭到重新亮起，不过是顷刻的功夫，夜棠宫正殿之中，却仿佛从温煦的春日落入了酷寒的严冬。

所有人已被赶到一角兀立，并有侍卫看守起来。其实不必看守，他们也成了泥塑木偶，整座殿中，只听到烛灯燃烧的滋滋轻响。

没有狼藉一地的杯盘，甚至连酒水都未曾洒落一滴，然而正座上，却有暗红的鲜血融成一泊，血泊中伏有一人，身上如蜂窝般密集了触目惊心的血洞，仍有血水汩汩而出。那镶有巨大银饰的磨盘般的帽子已滚落在一边，沾满污血，越让那满头白发在遍地零乱中分外显眼。

竟然正是乌果！

侍卫们密密围住的是兀立在乌果尸身边的两个女子，一人广袖高髻，神情漠然，手中紧紧握住一柄匕首，那匕首犹自有血滴沥沥而下。

苏兰泽只向那女子望了一眼，便认了出来："是绮罗！"

另一人紧紧依着绮罗，原是以手捂面的，身躯也如风中树叶般颤抖不已。此时，手方从脸上缓缓移开，露出一张脂粉半脱的苍白脸庞来。

二人发鬓零乱，钗滑钏落，甚至连绿罗的淡绿外衫也已被撕裂半截，落在血泊之中，浸成了暗红色，露出的月白中衣下摆上也溅满血迹，看上去颇为狼狈，先前端华的仪态已荡然无存。

张勇已经先叫了出来："绿罗姑娘！你……你为何如此？"他看样子与这绿罗平时颇为熟识，此时睁大眼睛，一脸不容置信之色。

绿罗身体抖得更是厉害，几乎站立不稳，牙齿紧紧咬住下唇，却一字也不肯答他。

宴席主位之后便是一面极大的三扇黑漆螺钿屏风，此时屏后传来淡淡的男声："捕神既然来了，这里就交给你了。"

杨恩并没有犹豫，躬身应道："谨遵明相之令。"

苏兰泽心中微微一动，从未想过，名闻天下的宰相，孤傲刚强的明照清，竟有着这样一把柔和的声音。

听说他是扬州人，生长于那山温水软的江南，能高中进士，自然是才华出众，还那样喜爱梅曲，想必年轻时也曾是风度翩翩倚楼红袖招的佳公子。只是这京都风霜终是改变了他，昔日温雅肃爽的风范，恐怕也只剩下这一把柔和的声音了。

杨恩转过身来，双目落在绿罗脸上，在烛光的照耀下，那双眸子熠然生光，似乎不但能够视物，甚至能看入人的心底："你二人向来居于深宫，与大祭司无冤无仇，是受何人指使加害于他？"

张勇与罗观等人互视一眼。他们多在宫中行走，这绿罗颇有体面，谁人不知她是淑静太妃的心腹？但事涉宫闱，谁又敢在此胡言乱语？

绿罗一把从绮罗手中抢过匕首，虽然全身仍在颤抖，却似乎有了些许勇气，昂然道："我要杀死这个禽兽僚人！何须指使！若说指使，我便是受绮罗的指使！"

"住口！"几乎是明照清与僚人护卫的话同时响起，班虎更是目眦欲裂，赤红着眼睛，若不是顾忌屏风后的明照清，他恨不得马上扑过来将她乱刀砍死："大祭司乃是受天朝晋封过的贵人，岂容你这贱婢污蔑！"

"什么大祭司！他就是个禽兽！禽兽！"绿罗泪水刹那间涌出来，转头看向张勇，"张公子，这个老禽兽，他害死了锦罗！"

"锦罗？"张勇一惊，似乎想起了什么，"你的义妹……那个擅跳折枝舞的锦罗？"

"正是锦罗。"绿罗脸上泪水奔流，目光如刀子般剜向那具尸身，充满了怨憎和仇恨，"昨夜他歇在棠梨宫，太妃本来一番好意，让锦罗等人献舞给他解闷，结果他偏偏留下了锦罗……等我接信赶去时，锦罗已经是一具尸体，她……"

绿罗牙齿咬破下唇，一缕鲜血从那里流下来，更显触目惊心："她全身赤裸，遍布伤痕，下身……不忍卒观……"

众人倒吸一口冷气，看向那几个僚人护卫，他们脸上表情古怪，似乎是不以为然，又似乎有几分惧意，却令人一看便知这绿罗所言不虚。

绿罗身后便是幔帐，那些歌舞伎等本来在帐后瑟缩成一团，此时听到锦罗的讯息，不禁都"啊"的一声，哭了起来。

"堂堂大祭司怎可如此！"屏风后只听"砰"的一声，似乎是明照清将手掌在桌几上重重一拍，声音中已多了几分冷厉，"在宫中胆敢行此虐奸之事，实在大胆！"

那个叫班虎的护卫首领噎了噎，躬身道："大祭司酒醉失态，今早已向太后和太妃请罪，太后仁慈，已免罪责，且命人好好抚恤该宫人……"

"那是一条人命！谁稀罕你们的抚恤！"绿罗厉声喝道，她的嘴唇已被咬破，双目中如有凄风灼焰并存，"太妃令我率众舞伎前来夜棠宫助兴，临行前，她心中不忍，悄悄告诉我说……说这个禽兽又看中了几个女子，甚至还包括我……"

话已至此，众人看向她的目光中，恐惧、鄙夷之中，又带上了几分同情和怜悯。

想来不仅是绿罗，甚至是绮罗，也是乌果看中之人。她们岂肯受此大辱？明知必死，自然会奋起一搏。

那些舞伎听到此处，有几个平时就与绿罗要好，此时又是感激，又是伤心，竟然从帐后冲出来，虽被侍卫们拦阻下来，却都忍不住哭起来道："绿罗姐姐，多谢有你，不然我们都要……死在这禽兽手里……"

只听一人怒声道:"僚疆等人近年来仗着朝中一些贵人们的优容,在这京都中闹出的乌烟瘴气也不止一件半桩!便是我这翰林穷官儿,也时常有所耳闻!如今竟然连宫人也敢沾惹,将本国圣颜又置于何处!"

说话那人相貌虽然文弱,但此时双目怒瞪,倒也有几分铮铮风骨,正是张翰林。他向着屏风后举手一拱,厉声道:"明相英明,我朝优容僚人,不过是想着率土之滨莫非王臣,但也得这些僚人自认为臣!他做出这等悖上阴狠之事,简直连畜生都不如,还谈得上为人臣吗?还望明相做主!"

"明相做主?"绿罗的唇角竟然露出一丝讥讽的笑意。她的目光也望向屏风之后,面色苍白如纸,眸中凄色退去,却有焰光闪动,仿佛两束地狱烈火在那里熊熊燃烧,映得她那张端华典雅的面容,竟如鬼魅一般,"听说大祭司乌果,因少时体弱且潜心研习毒术,也因此男根尽废,全没了男欢女爱的能耐,所以性格也更是孤僻狠毒,不知多少无辜女子因此受害……"

全殿一片哗然,年轻的宫人掩住了脸,而其他人大多面面相觑。

班虎脸上红了又青,青了又红,若不是顾忌那屏风后的明照清,恐怕已上来砍了绿罗千万刀:"兀那女子,胆敢……胆敢……"

绿罗那种混杂了讥讽和仇恨的笑意,显得更是深了:"你身为乌果大弟子,岂能不知?便是明相,昔年征战僚疆,后又得大祭司助力颇多,自然也是早就知晓的。"

鲁韶山微微皱眉,忖道:"她这番话说得大是古怪。"偶一瞥间,只见陈驳束袖站在人群中极不显眼之处,眼中闪过一道寒光。

绿罗却已接着说了下去:"都说明相一直对昔年相识的一个女子念念于心,哪怕富贵后也矢志不忘,甚至不惜花费千金苦求《兰哀》的下阕,为何却不肯为这些被僚人所害的女子求个公道?难道说明相的重情重义、誓言相许,全都是骗人的鬼话……"

话音未落,只听明照清冷哼一声。众人只觉眼前一闪,仿佛只是风吹过烛影,却有一道寒光直奔绿罗咽喉!

鲁韶山本能地拔出铁尺,已失声叫出来:"影卫!"

但凡京都贵介,麾下多养有护卫甚至死士,他们各负奇技,对主人也是忠心耿耿，但最有名的应该就是明照清麾下的十二影卫了。据说他们都是一流的高手，极擅格斗，轻功卓绝，且还修习过东洋忍术，极擅于斗室庭院之中隐藏身形，如烟似影，令人难以察觉，故称为影卫。

鲁韶山明知自己的铁尺无法拦截那影卫，仍飞身向前，心头却勃然大怒："这明照清身为宰相，他的护卫竟敢当场格杀嫌犯，果真是跋扈之极！"

忽觉眼前灰影一闪，跨步、舒袖、伸指、屈弹这一系列的动作，如花朵般优雅地徐徐绽放，仿佛只在刹那，但刹那又仿佛极慢，明明每个动作都看得那样清晰，却又快疾如电，后发而先至，那根弯曲的食指只是轻轻弹直，竟然凭空按住了那道寒光！

殿中已有人叫起来："寸短光阴！弹指神通！""是捕神！"

"咔嚓"一声，却是那寒光当中折断，跌落在地，化作两截断裂的剑刃。

那团模糊的影子见势不好，回身便待纵跃而起，手爪如风，捏向绮罗的咽喉！

明照清的喝声响起："影卫住手！"

杨恩的"寸短光阴"再妙，毕竟是晚了一步，能击断对方兵刃已是神速，却没想到对方毫不留恋，当即撤下兵刃攻向绮罗，杨恩当下也只能身形斜飞而起，竹笛划处，幻出一片光影，于半空中挡住了那只鬼气森森的手爪！

而几乎与此同时，一片带有腥臭的黑点扑面而来！苏兰泽虽瞧出不对，但此时来援，已是迟了一步！

杨恩心中一沉，知道自己再难回护绿罗二人，运气于袖，当空一招，那些飞向他的黑点顿时被激飞四溅！而那团影子觑出空隙，竟然一跃而起，手爪反向绿罗拍去！

恰在此刻，只见绯影一晃，却是绮罗竟然挡在了绿罗身前！只听碎裂声响，那手爪堪堪印上了绮罗的胸腹！

绮罗受了这重重一击，身形微晃，却并没有如那影子所想，当场吐血倒地，反而伸出一条欺雪赛霜的手臂，紧紧扣住了他的手爪！

那影子惊叫一声："你是……"只觉大力扣住之下，根本无法挣脱，眼瞅着那些腥黑的点子，伴随着簌簌轻响，已尽数打在自己与绮罗身上！

只听一声惨叫,那团影子跌落在地,若有似无的烟气蓦然散去,露出正翻滚不休的男子身形。这男子相貌倒是普通,但身形精瘦,着一身窄袖紧身鼠灰短衣,只是此时已被打成了蜂窝一般,尚有腥臭的灰色烟雾从那些指头大小的窟窿中腾了起来。

杨恩竹笛一挥,已指向了身边一人,淡淡道:"班虎大人,你既是大祭司的首席弟子,又是他近身的侍卫首领,也常随大祭司出入宫廷,怎的就忘了宫中规矩,竟敢在这里用上了五毒砂?"

一听五毒砂之名,便是有意要为这影卫讨条性命的张勇,也轻咳一声,用手帕重新捂住了嘴巴。

僚疆毒术毒器中,这五毒砂能排入前五,便是因为它沾肉即腐,且根本没有解药。

有"噗噗"的声音发出,却是受伤影卫的身上冒出更多腥臭灰烟,那灰烟瞬间裹绕全身,只闻惨叫连连,那人身形蜷缩扭曲,骨肉须臾间化为黑水,连衣角也荡然无存。众人惊叫起来,慌乱中连连后退,若不是侍卫环伺,恨不得立刻便逃出殿去。

班虎只觉那笛端隐有劲气吞吐,心知杨恩真气凝聚其上,与利刃也并无差别,哪里还敢有丝毫异动?但他兀自嘴硬道:"我僚人所习皆是毒术,出手立判生死,且这影卫在宫中各贵人面前行为鬼祟,我便是杀了他,也不算死罪!"

杨恩皱眉道:"你这把五毒砂所向之处,恐怕不仅是为了夺那影卫性命,便是绿罗、绮罗,也难以幸存!"

班虎正要说话,忽然睁大了眼睛,又惊又怒,叫道:"你……你到底是什么人?为何不惧我这五毒砂?"

众人视线随之投过去,也不禁都失声惊呼。只见地上绯影动了一动,竟然是绮罗慢慢地爬了起来!

只听碎声不绝,如雨落石街,却是她额间那串璎珞先前被五毒砂击中,那处丝线宝珠自然腐蚀断裂,其余的五彩玉珠宝石随之散开,顿时噼噼啪啪地落了一地。

原先被璎珞所覆盖的光洁的额上,露出了两个诡异的小洞,粗如手指,腥黑骇人，一看便知是被毒砂所蚀。

再看那绯红的广袖流仙裙，也早已被五毒砂蚀出了无数小洞，甚至是裸露在外的小臂、手腕、颈项处也是如此，那些小洞中冒出一缕缕腥臭的烟雾，尚在袅袅飘动。

可是没有血水，没有脓液，甚至没有惨叫。

说不上轻捷，但也绝不迟缓，她就这样慢慢爬起来，慢慢站直了身子。纵然衣饰发髻都已散乱不堪，却看不出她有丝毫痛苦，她的双眸澈然，红唇微合，还是那样清艳又妖娆，还带有几分楚楚无邪。她安静地站在绿罗身前，双手交握于身前，背脊挺直，足尖轻盈，下颌微微扬起，仿佛随时便要随乐而舞。

然正因为此，才更令人毛骨悚然。

班虎的模样更像是见到了最恐怖的鬼魅一般。甚至连屏风后都悄无声息，似乎是明照清也骇得噤住了。

鲁韶山心中又是骇然，又是愤怒，涨红了脸，向屏风处扬声道："案件尚在调查之中，影卫却要格杀嫌犯，明相就是这么节制麾下吗？在下受命办案，可是一定要保得嫌犯的安全！"

他有初生牛犊之勇，此时深恨明照清手下影卫攻击嫌犯，便直言不讳，却令得旁人变了颜色：多年来明照清权柄日盛，连皇帝召见都温言以加，何曾受过缉捕司一个小小的捕快的质问？

只听屏风后面之人叹了一口气，却并没有发怒，淡淡道："你懂什么？"

鲁韶山更是怒火中烧，他倔劲上来，根本无惧对方身份，正要再次质问。倒是杨恩轻轻咳嗽一声，撤去逼在班虎喉头的竹笛，反向前走了两步，站在绮罗与绿罗的对面，温言道："绿罗姑娘，你还有何言，我自然会让你说个一清二楚。"

鲁韶山心中古怪之意又起，忖道："捕神大人不是心如铁石之人，怎的对绮罗姑娘之伤不闻不问？"但他见苏兰泽只是默立不言，心知他二人必有计较，当即也不再说话。

绿罗的脸色更是苍白，眼中的灼焰却消失了，黑洞洞的，毫无光彩，在烛影下有如幽灵般。

"还有何言？"她的声音幽幽响起，不紧不慢，"杀了乌果，我心愿已了。明相，"她声音柔和下来，却听起来更令人起栗："听说您以千金寻求《兰哀》的下阕？妾身倒是新得了半阕，先前绮罗本来要唱的，却因捕神二人离开，不曾唱出来，此刻我便唱给您听一遍，如何？"

似乎根本不需要明照清的允可，她已细声唱了出来："兰白一何哀，似是风雨来。玉碎琳琅梦，人别华阳台……"

歌声婉转，依稀似是《兰哀》的调子，却又说不出哪里有些不同，更奇怪的是，这歌词与流传已久的《兰哀》并无丝毫相似，但被她这样幽幽唱出来，任是不懂音律之人，也能听出当中有着如山谷夜雾般极深的仇怨。

鲁韶山心中一动，汗毛顿时炸了起来："怪道如此熟悉，可不正是浴金殿中，那鬼魅所歌的曲子？"

屏风后"砰"的一声碎响，似乎是茶盏被打翻在地。

而此时歌声依旧，"兰摧在金殿，月缺伤襟怀，红颜不知处，生死两徘徊……"那个"徊"字尚未唱完，明照清的声音蓦地响起，又急又狠："拿下！"

寒光一闪，却是绿罗匕首挥起，向自己腹部用力插下！

只听衣袖飒然，众侍卫一齐扑了上去！但最快的还是杨恩。

杨恩早在绿罗唱到"生死"二字时，便长袖拂出，待得她挥匕自刎，他的手指已在那一瞬间按向了匕首锋尖！真气激荡，指头顿时坚如铁石，绿罗这一刺，明明已逼近胸腹，却无法再往下半分！

但谁也没有想到，绯影一闪，却是绮罗旋风般地转身，一道寒光从她腰间飞卷而出，如灵蛇般飞快地卷上绿罗的脖颈！

而与此同时，数道刀气一起攻到，噗噗声中，尽数都刺入了那千娇百媚的绮罗体内！

明照清的喝声如惊雷怒电："不要！"

这声音终究是迟了。

就在最后电光石火的一瞬间，血光喷溅，绿罗的脸上露出一丝诡异笑意，一把抱住绮罗，两人颓然倒地！绮罗悄无声息，一动不动，而绿罗还抽搐了两下，随即气绝。一道鲜血自她的喉间喷薄而出，顷刻便汇入了乌果身下的大片血泊之中。

素锦长袍，如雪般白，映出遍地血腥。莲花瓣似的绣履，踩在暗红的血泊里。

看着俯身检查乌果尸身的苏兰泽，鲁韶山的心中似乎也浮起一种异样的感觉。苏兰泽跟随在杨恩的身边，不知经历过世间多少的繁华与凶险。然而不管她在怎样的环境下，无论是桂殿玉堂，还是修罗地狱，似乎她永远都是她，并不会因为环境的变化，影响到她分毫。

此时绿罗既死，其余人也没有留在夜棠宫主殿的必要，自然由明照清安排，该软禁的软禁，该看管的看管，该放走的放走。此时殿中，除了地上三具尸身，便是杨恩、苏兰泽与鲁韶山三人了。

"凶器可有异状？"杨恩问道。

苏兰泽摇头道："只是普通的精钢匕首，没有任何标记。乌果正是死在绿罗的这柄匕首下。"她戴有雪晶色鲛纱手套的指头，正轻轻拭过一带薄密银白的软剑，指头只轻轻一用力，那剑身便如三月的柳条般，柔软地弯曲起来。

"这柄软剑便携又锋利，看上去也有些年头，而且有内府上用的印记，应该是宫中旧物。我让宫人去查过档案，不出预料，这剑果然没有记录。说起来，这种珍贵的杀人利器，不管是得到的还是失去的，谁也不愿让别人发现。"

"尸身如何？"杨恩问道。

苏兰泽脱下沾了血渍的雪晶色鲛纱手套，答道："乌果身中十六刀，第一刀在心脏，一刀毙命，接下来十四刀全无章法，不过是胡乱捅刺罢了，但血迹喷溅，显然用尽了全力。足以看出凶手对大祭司怨毒极深，不仅是要杀他，更是泄愤。"

"寻常人做下如此凶案，第一刀必是迸发全部心力，刀痕最深，接下来，心情恢复，慌乱起伏，刀痕应该是深浅不一。我曾见识过一品红最出色的女刺客红绡的能力，她从小便经过严训，杀人便如吃饭一般，心性冷酷远胜寻常女子。但以她之能，杀人也最多只能刺入六刀，到第七刀时，力道变衰，心旌也开始出现动摇，刀痕亦与前六刀不同。但大祭司所中前十五刀的刀痕深度力道几乎一样，从始而终都沉着利落,并无丝毫慌乱。这般冷静如铁石,行凶者是男子的可能性更大一些。"

她将手套塞入一只油纸信封中,淡淡道:"但我想,这凶手既不是男人,也不是绿罗。"

殿中又寂静下来,烛灯的滋滋声听起来分外刺耳。

鲁韶山只觉得自己的喉咙又干又痒,说出来的话也是又涩又刺耳:"那么,就应该是……"

"是绮罗。"

一灯如豆,漆黑中就只这一点光亮。但这室中的两个人,像是恨不得这一点光亮都不要有,都将自己紧紧地掩藏在灯后的黑暗里。

那如豆大小的灯光,仿佛只是一个奇妙的界点,分开了尊卑与明暗。

陈驳就跪在灯下,此时不得不略略抬起头,把自己从黑暗的墨黑中,半浸出一张惶恐的脸来:"就是绮罗……杀了乌果,又杀了绿罗……"

他小心地斟酌着每个字:"绮罗……老奴已经带了过来……"

烛火跳了跳,仿佛是眼花一般,一盏灯变成了三盏。

陈驳吹灭火折子,更小心地往后退了一步,轻轻地从身后的黑暗里往前推出了一个人。

一个曾经美丽的女子。

她的高髻已经半堕半散,广袖斜襟在五毒砂与刀剑的袭击下,也破碎了大半,特别是胸腹处的衣衫几乎尽碎,连同那雪白的酥胸和小腹也被捣出许多窟窿,翻腾出肉色的皮、淡黄的脂、惨白的骨茬,不堪入目。

但这依然没有影响她那娇艳的容色:顾盼的明眸、微翘的红唇、艳黑的鬓发,原本是美极了的一张脸,却如此泰然自若地长在一副稀烂的身躯上,她那样若无其事的神态,比起嫫母东施来,更有一种令人胆寒心惊的丑恶。

甚至是陈驳,都不敢再看她一眼。

灯后的黑暗里,忽然伸出一只手来,捏住了丽人那吹弹可破的脸颊。

陈驳颈后肌肉不禁一颤。

"光滑细腻，似有余温……"黑暗中那人语气平淡地说道，似乎当真是高坐于春日的玉堂之上，审视新进的美人一般。

"老奴已细细地看过，这个绮罗并不是一个真正的人。选用一架新鲜人骨，以骨骼为支撑，再覆盖药水硝制的人皮，如此躯干四肢便制成了。只是头颅制作要麻烦许多，要先取新鲜的骷髅头，再用上好白蜡木刻成的面部块骨，在骷髅头的表层上一一黏合严实，外涂漆水，掩住了木纹，又以手掌打磨，务必使其表面润滑光洁，如此可以使面容丰满，人皮覆上时更加逼真。眼珠是一对鸦青宝石，中有猫眼一般的瞳晕，在不同的光照下瞳晕大小不一，如此便可显示顾盼生辉的神采，发髻更是真正的人发。但这只算是偃师门中二流的手段，并非出神入化的精品。且这种人皮虽经过特殊的硝制，不会腐败发臭，但要保持活人一般的弹性，却必须要用加入秘药的新鲜血肉制成的烂糜，每两日涂抹一次，用以滋养这张人皮。"

陈驳在"丽人"后腰处轻轻一按，原本微笑的她顿时双眉微蹙起来，充满楚楚可怜之态。

"躯干各处应该有机关，不但可调动四肢，甚至连五官的动静亦可操纵。颦笑嗔怒，宛若生人。"

"若不是真人，怎能瞒过官人们的眼睛，让她混入夜棠宫中来？"落在丽人脸颊上的那只手，并没有因此颤动分毫，甚至是指尖更加用力一些，将她面部的肌肉扯了扯，"唔，明知是死人的肌肤，却有如此上佳的弹性，这偃师门二流之作已令人惊骇了……还有这对作为眼睛的鸦青宝石，可不是寻常官人所能得到的宝物。"

"是……是……"陈驳的腰低得犹如一张弯弓，"老奴已经查过，这绮罗的确是两日前出现在太妃宫中的，但是四处宫门都没有她入宫的记录！是老奴疏忽，可是谁又能想到，太妃宫中竟会平白多出这么个人来……"

"哦？"黑暗中那人的语气里，已多了几分黑云压城般的沉重，"操纵这傀儡的人是绿罗。绿罗在宫中身份不低，又是从何处习得这样操控傀儡的秘术？听说偃师门这种秘术，讲究的是与傀儡心意相通，以人的精神来代替傀儡的一魂一魄，最远甚至可相隔丈许，不必通过肢体的接触，便能自如操纵傀儡的举动。这操纵傀儡之术，既为偃师门不传之秘，也不能一朝一夕练成，这绿罗应该是出身偃师门，且早有图谋。"

"他们花了这样大的功夫，所图的究竟是什么！"

陈驳的腰越来越佝偻，几乎要弯到了地上。

手指松开，绮罗被按得凹下的肌肤复又平滑，而那只手也收了回去，唯从黑暗中传来窸窣之声，似乎是用绢巾擦拭手指："还有太妃……竟然连你堂堂大总管都没有瞧出蹊跷，这可奇了。要是哪一天有人来了兴致，竟想要做出个如你大总管一模一样的傀儡来接近君上，大总管你便是在事后死上一千次，也是无用了！"

陈驳的额上冒出一层细汗，"扑通"一声跪下去："老奴该死！偃师门被诛灭已有二十余载！老奴实在没有想到，尚有余孽藏于宫中，且与外廷私相往来！"

"你们可还记得，锦衣陆府那件案子？"夜棠宫中，杨恩若有所思道。

"记得！那个偏执又可怜的陆家娘子吴胭脂，为了要丈夫履行白头相守的誓言，竟然将他杀死，做成了永远陪伴在身边的傀儡……"鲁韶山忽然想起一事，不禁打了个寒噤，"难道说绮罗……"

"是偃师门的肉傀儡。"苏兰泽的眸中亮光一闪，一字一顿道："是肉傀儡，不是木傀儡。"

偃师门，最早出自《列子·汤问》中的一个典故。

据说周穆王西巡狩猎时，在归途中遇到了一位自称偃师的神秘匠人。偃师献给周穆王一名伶人，伶人举手投足，随意自如，歌声清越而合乎音律，舞姿百变而应乎节拍，周穆王于是招来自己的侍妾们一起观看，就在表演将结束之时，这个伶人竟向一个最美丽的侍妾飞去调戏的眼风。周穆王不禁大怒，想要杀了偃师和伶人。

偃师畏惧，赶紧禀告说："这个伶人并不是真人，而是小民用木头做出来的傀儡啊，凭借巧妙的机枢牵引，用暗中的力量控制，才使它的举动像真人一模一样。又怎么可能真的调戏大王的爱妾呢？"

周穆王并不肯相信，于是偃师竟然当众剥下伶人的外皮和毛发，露出里面的躯干，果然是以木头、皮甲、胶漆等材料制作出来的，然而不论是肝、胆、心、肺、脾、肾、肠、胃、筋骨、关节、皮毛、齿发等，全都精细入微。等偃师重新把这些零件拼好后，那个伶人又立刻且歌且舞，鲜活如生！周穆王不禁佩服地感叹："原来人工之巧，竟也能达到造化之工啊！"

偃师之术，与后来的公输般、墨子等人创立的机关之术又不一样。机关术多以畜力作为动力，用机枢来控制，如守城、攻击、运输等，讲究力道刚硬，有肃杀之风，多用于行军打仗刺探情报等。

所谓公输般的飞鸢、墨子的连弩车、诸葛武侯的"木牛流马"就是此类。与剑神舒高炽、捕神杨恩、乐神苏兰泽齐名的技神张白石，便是公输般后人，极擅官殿暗室的机关之术，世皆称之鲁班门。

但偃师所制作的木傀儡，无论人兽禽都栩栩如生，追求细节的极致逼真和最精巧，不像机关之术只追求肃杀阳刚，务要一击中的，外表却甚是粗糙；且与鲁班门不同的是，偃师术不需要借助外来的力量，而纯粹通过一种世代相传的秘术，聚集和贯注一种神秘的力量，来驱使其鲜活灵动。

懂得制作和驱使秘术的门派，被称为偃师门。他们最初不过是制作一些倡伶木傀儡卖艺为生，到后来他们的技艺愈发精湛，甚至可以听从主人的命令，暴起伤人，充当没有生命的刺客。

据说先帝晚年时，心痛金妃之死，遍寻天下偃师妙手，终于为他做出一具形貌肖似金妃的木傀儡。他朝夕拥"她"在怀，不久便暴病身亡，据坊间流言，先帝之死或许正与木傀儡有关。当时的皇后，也就是如今的皇太后以"妖术惑众"为由，严令追缉偃师门人，牵连数百人被下旨赐死，偃师门从此在江湖上销声匿迹，而那些巧夺天工的木傀儡也都被付之一炬。

三十年来，偃师门人再也没有出现过，而"偃师门"三个字，也成了惑众妖术的代名词，黎民百姓连提一提都怕大祸临头。甚至是皮影戏的偶人，也只在近几年才悄然出现，唯恐触了禁忌。

锦衣陆府的陆夫人吴胭脂，正是忌讳自己偃师门人的出身，担心受到夫家的厌弃，对丈夫又爱痴入骨，这才做下丧心病狂之事，亲手杀死丈夫，剥下外皮，做成了一具任由自己摆布的傀儡。

鲁韶山睁大了眼睛，回想那绮罗的一颦一笑，无不是媚艳入骨，简直是活色生香，与那坐在轮椅上沉默寡言的陆子庭相比，简直是天壤之别，后者似乎更符合世人对偃师门的认知，更接近于传说中令周穆王都难辨真假的傀儡。除了没有灵魂，这傀儡与真正的生人，竟是一般无二。

"绮罗做得再精致，也不过是个肉傀儡，制作'她'的那人虽然手段灵巧，但与偃师门真正的绝学木傀儡相比，还是有很大差距。"苏兰泽拔下银簪，将一旁的烛灯挑得更亮了些，"偃师门的傀儡之中，最易制作的是以活人尸骨为底托的肉傀儡，而最难制作的便是传说中周穆王曾见过的那种木傀儡。只因活人尸骨极易腐坏，但木质却能够长久存在。当初陆夫人吴胭脂也只能制作骨骼脏腑为木质的傀儡，却终究不能用以木头、皮甲、胶漆等材料制出栩栩如生的表皮，而只能用活生生的人皮……其骨骼应该还是用的人骨，比起吴胭脂所制的木骨人皮傀儡还要差上一筹。"

"而偃师门的木傀儡，认为'上者承天之和'，不必伤害其他的生灵，便能化无知无识的木石为活生生的人形，才是制作傀儡的最高境界。所以木傀儡的骨骼皮肤皆为木头、皮甲、胶漆等材料所制，甚至是眼珠亦为木制，但毫无破绽，制作完后亦无须着意保养。当年吴胭脂制作陆子庭的肉身傀儡，只用到一张人皮；而绮罗却是人骨人皮所制，眼睛也要靠鸦青宝石才能以假乱真。也就是说，制作绮罗之人，对于偃师秘术的掌握，只是粗通皮毛，并未得到精髓，所依仗的不过是傀儡外形的考究精美、掩人耳目罢了。其术法的层级，比起吴胭脂还要更低，更是远远比不上当年的……"

她叹了一口气，却没有再说下去。

杨恩微微一笑："当时在殿中我就想知道，兰泽你为何就独独从那些人中，挑出了绮罗来对付赤华呢？"

鲁韶山又瞪大眼睛看他："难道苏姑娘和捕神在绮罗身中毒砂之前已发现了她……她并非活人？"

杨恩不以为意："我是个瞎子，眼睛看不到，就不得不借助耳鼻之力。我只是觉得，兰泽将她从幔帐后请出来时，若是个普通女子，处于这样的场合，无论如何，也该心跳加快，言语迟疑，说话发声吐气，都与平时不太一样才对。可是这个绮罗，她的话语平静下仍有迟疑，发声吐气显得还有些惶恐，这都是正常不过的反应，可是……可是为何这样的吐气呼吸，却与她行走的步伐不合呢？"

"捕神大人的意思是？"

杨恩含笑"看"向苏兰泽："不是听兰泽来说缘由吗？"

"小女子没有捕神大人洞察入微的感知力，更是听不到别人的心跳率动。"苏兰泽挑了挑眉毛，笑道，"只是当时，赤华气焰嚣张，我一心想寻个镇静些又不会武功的人来，只有从那些官人内宦中找。绮罗等人刚被带过来，尚没有见过谷城大败的惨状，心中自然不会有畏惧之情。我之所以从这群舞伎中挑出她，不过是因为她的步伐最是平稳，每一步几乎都是同样的距离和力度，以为这样的女子，天性比其他人更要镇定一些，更易取胜罢了。"

鲁韶山"啊"的一声叫起来："原来捕神和苏姑娘都不是神仙，并不是事先就发现了她的蹊跷！"

苏兰泽嫣然一笑，虽是在这污血横流、烛光摇曳的夜棠宫中，那笑容仍如百合芙蕖般清新动人："我只是想，这怨憎会的咒术，不过是利用人的负面情绪，加以扩大从而乱人心神罢了，说穿了不值一提。我手头有那种可以令人神智封闭的药丸，药力加上这女子天性的镇定，足以不受到赤华的影响。只是……"

她眉头微微一蹙，"只是我离她越近，越是觉得有些不对劲。她的声音中似乎有迟疑也有害怕，她的表情也适时地随之变化，但就是觉得有些不对。"

鲁韶山脱口道："若是个男子，见她那样美貌，就算心中隐隐觉得有些不对，只怕也被美色迷得神驰目眩了！哪里还会想到其他？"

苏兰泽抿嘴道："捕头说得很是，可惜当时捕头来得晚了，没见到她那舞类天魔的妖娆之姿……"

"苏姑娘！"鲁韶山脸色顿时涨红，幸得在这样的灯光下看不分明，最多不过比平时暗些罢了，"好端端地分析案情，你干吗要取笑我？我……我又岂会……岂会喜欢那样的女子……"

"那韶山喜欢怎样的女子呢？"杨恩好笑地插了进来，"说起来你的年岁也不小了，早该有心上人了啊！"

"我……我……哎呀……你们……"鲁韶山又羞又怒，偏还不敢发作，只觉自己脸上都要快被一团羞火给烫得破了，"苏姑娘还没说你是怎么确定绮罗有异的呢！"

苏兰泽见他一副要钻入地底的神态，赶紧正了正色，道："令我真正起疑的是那朵白兰。"

"白兰？"

"人人都知道，明相最爱的便是白兰，二十余年来，无论他居于何处，总会种植许多。及至有了自己的相府，更是专辟一处兰苑，遍藏白兰名种。其他达官贵人多有效仿，即使是在夜棠宫畔，也种有许多白兰花。但不知为何，二十余年来，这些在京都长大的白兰，或许因为离开了故乡扬州，失去了熟悉的滋养，竟没有一朵是有香气的。"

"绮罗若是活人，即使知道白兰无香，但是也一样可以形若无事，或许她以为你只是要跟她一起欺骗那些僚人呢？"杨恩忽然道。

"你说得对。我以白兰香气作为唤醒绮罗的记号，起初本来就是为了暗示那些僚人，我是真的明白怨憎会这种所谓咒术的弱点。因为它能影响人的心神、听觉、感知，却唯独不能对嗅觉有影响。"苏兰泽目中亮光一闪，"可是绮罗……绮罗她如果知道京都的白兰本来是没有香气的，那么她至少应该会通过一些微小的表情和目光，表示她知道我的用意。可是，我却没有发现任何变化。我用所谓白兰香气唤醒她时，她的表现是深深地吸了一口根本不存在的香气，那种表情差点让我也以为，这白兰本该是有香气的。"

"可是……可是这又说明什么了？"鲁韶山有些蒙了，不禁抓了抓脑袋。

"这场争斗是朝中贵人与僚人们的对峙，甚至之前有人还见了血，差点送了命。而杨恩和我又有薄名在外，谁都知道我们的捕神大人之所以被称为破案如神的依恃，唯因他的心思和洞察之力比常人更为缜密，而我作为常陪侍在他身边的副手，也不会是粗心大意之辈。背后操纵绮罗的人，费了大心思做出如此逼真的傀儡，对于她的一举一动自然特别小心，她步伐的行距一致或许只是个小疏忽，但却将这样大的一个破绽故意露在我们的面前，这本身不就应该是反常的吗？说起来，反常的又何止这一处？淑静太妃一向明哲保身，不然前朝嫔妃凋零，为何只有她独善其身？可是夜棠宫这样的大宴，为何她派来的舞伎却胆敢当场唱起了

《兰哀》？要知道我们那位皇太后可是最厌恶白兰的，不然整座皇宫，也不会只有宴请外臣的夜棠宫畔才种有白兰了。"

"还有今晚的时间。"杨恩缓缓道，"酉时六刻，太妃前往上林宫；酉时七刻，太妃忽然从公主寝殿出来，由角门入浴金殿；酉时十刻，宫人试探着进入浴金殿，便发现太妃已薨逝；酉时十一刻，奉旨在宫中办事的鲁捕头，被圣上传令前往夜棠宫，宣我与兰泽前往华阳宫；戌时一刻，我三人查勘太妃被害一案；戌时三刻，乌果被杀。"

"凶手似乎知道，即使是当时绮罗露出了一些马脚，我和兰泽也没有精力和时间去查看，这就为其下一步的行动争取了时间。而且凶手一点也不在意甚至是刻意地让绮罗露出一些可能被我们发现的破绽，虽然绿罗什么有价值的线索也没有说，但她的行为又似乎已说出了千言万语。"

"她的行为……"鲁韶山手扶桌沿，若有所思地坐了下去，"她唱了《兰哀》，曲中甚至说到了玉琳琅……我们三人最初相识于落梅镇，就是因为传说中新罗进献的玉琳琅出现在那里。这据说能令女子容貌长驻的宝物，到最后也不知所踪。可是所谓容貌长驻不过是个传说罢了，这宝物出自新罗，也没听见新罗有什么不老的美人嘛……"

"并不仅限于此，"苏兰泽道，"绿罗为太妃心腹宫人，自然知道乌果全身是毒，没有服下解药的人根本近不得身，只有绮罗这样的傀儡才能得手。乌果既然爱好虐杀美人，绮罗又比绿罗更是美貌，那么晚上带了绮罗来服侍乌果，她只躲在旁边操控，岂不更易得手？且别人也并不知道绮罗是受她的操纵。为何一定要选在夜棠之宴上、众目睽睽下，公然杀死乌果？"

"或许是……想让乌果的罪行大白于天下……"鲁韶山自己也觉得这理由不太靠谱，又搔了搔头，却听杨恩道："韶山说得有理。但绿罗想要大白于天下的应该不仅只有乌果的罪行，一定还有别的些什么。"

鲁韶山心中一震，却见杨恩面色平静，一如往常："绿罗亲自带来肉傀儡，又赔上自己一条性命，自然是心中有数。即使我们不懂这些暗示，夜棠宫中当场的人中，也一定有人懂的。"

"兰白一何哀，长生琼之台。夙因发青籽，怨憎逐尘开。"

悠扬笛声里，有一个低低的女声盘旋而起，唱起这支风靡帝都的《兰哀》。

院门微掩，可见几株扶疏的树木。枝头犹有积雪，远望如春日已至、繁花盛开。一个灰衣男子站在树下，笛尾垂下一绺红流苏，分外醒目。

"哗！"

一道刀气劈空而来，悄无声息中，树下石凳已被劈成两半！

刀气强横，竟没有丝毫的停滞，掠过灰衣男子，依旧向前席卷而去！

花树深处的歌声却没有断绝，响裂金石，情惑神魂："零落远江湖，辗转别戚爱。谁知怨憎苦，非从……"

刀气袭来，那树受大力激荡，枝干摇动，无数雪粉飞向空中，又纷纷扬扬地落下来。

在这漫天雪粉中，灰衣男子冲天而起，避开了刀气的袭击！正在此时，只听嗖嗖数声，无数灰雨般的细针从墙头蓬射而下，恰好将他罩在其中！而这一刻，恰好是他在空中转换内息的时候，根本无法再发力避开。

先以刀气相迫，后以针雨挡路，对时机的把握掐算得精密之至，且看那使刀之人的强横力道，那针雨之稳狠疾快，必是道中一流高手，才能配合得如此天衣无缝。

如此谋划缜密，他们对那灰衣男子的性命定是势在必得。

"唰！"红色流苏在空中一摆，竹笛已斩入匹练般的刀气中，那样脆弱的竹笛竟然没有应声破碎，反而是刀气激在笛面上，发出滋滋的轻响。

刀气本以长虹之势贯空而来，此时竟然被这一枝竹笛阻在了虚空中。

歌声却袅袅不绝，恰好唱到最后三个字："……幽香来——"

到这个"来"字时，忽有白影破空而至，仿佛千万缕劲气在刹那间从这个"来"字中喷薄而出，又迸发开去！铺天盖地而来的针雨，竟然也被这道劲气冲开一角！衣袖又是一卷一拂，余下的针雨便摧枯拉朽般哗啦啦落了一地。而墙头檐角处，传来两声惨呼，是两个身着黑衣的男子，如石头般跌落下来。

墙外有人低声赞道："乐神苏兰泽乐能通神，亦能杀人，果然名不虚传。"

伴随着已失去杀气，如寻常雨点般飘落的细针，那条白色的人影已飘然落下地面，站在花树前。

那是个穿素白衣袍的女子，容色绝丽，难描难言。

怪不得觉得那积雪之树分外耀眼，原来是她融入了雪色之中。雪色融入树木，树木融入院檐，院檐又融入那无边无际的乐音之中，又怎能不叫人意乱神迷？

这女子正是苏兰泽。

那边灰衣男子杨恩以一笛抵住刀气，凝势不动时，忽然"唰"的一声轻响，凭空刺来一柄利剑，锋刃如霜，已破开刀气，直攻向那刀客胸前要害！

那刀客被那竹笛一阻，只觉对方虽未强攻过来，但气势浑厚如高山大渊，无论自己如何催发真力，都无法撼动，渐渐成了强弩之末，哪里还挡得住这袭来的一剑？

他眼睁睁地看着剑尖寒光割上胸前衣衫。

"铮！"寒光蓦地飞上半空，又"叮"的一声落在地上。

却是杨恩撤笛回腕，另一只手屈起二指，轻轻一弹，指端真气射出，正好弹飞了那柄利剑。但那剑势极快，剑气极强，哪怕与那刀客只是擦肩而过，却还是如洞庭涌波，翻腾而起，顿时将他掀翻在地！

刀客跌倒在地，银刀也飞出老远，不知为何，他却半晌不能起身。他胸前的衣衫破裂，甚至肌肤也被剑气划出一道半指宽的血口子，但兀自不惧，只是瞪着杨恩，似乎有无限恨意。

"唰唰唰！"来客连攻三剑，剑尖上竟然有一段半尺长的剑芒，闪烁吞吐。杨恩一手执笛，一手虚弹，只听嗡嗡作响，前两剑的锋芒尽被逼了回去。

到最后一剑时，杨恩手拿竹笛蓦地上前，笛剑相交，那执剑来客再挡不住竹笛中射出的劲气，整个人如断线风筝，被击飞开去，"砰"的一声撞入廊下的阑干，那小儿腕粗的木质阑干顿时应声断裂！

"唉，燕敏你这样子，可是有负影卫之名呢！"

"啪！啪！啪！"三声击掌声过后，一个清越的男声响起来。不急不缓，却自有一种说不出的威严。

那倒在木屑中的剑客狼狈地爬起来，拾回自己的长剑，满脸通红。

居然是个穿着劲装的女子，虽是窘迫地垂手而立，但身形修长，有着不逊于男子的英武姿态。脸庞白腻丰满，嵌着一双晶亮的眸子——还是在十八九岁的妙龄，才能有那种清澈而倔强的眼神。

她有些不服气："谁让捕神方才故意示弱，半晌收拾不了那个刀客，我一时技痒才想……帮帮他……谁知……"

她的声音低下去："谁知他对上我时，却这么强……"

"原来是剑神高徒，何时竟成了明府的影卫？"

杨恩目光只一扫，那名叫燕敏的女子已急急解释："我……是师父叫我去学习的，明府的影卫正好有个空缺，其实我……我不行的……"

杨恩微微一笑，想到夜棠宫中那中了五毒砂死去的影卫，再看看眼前这个脸上还带着红晕的年轻女子，温言道："方才兰泽将细针打入那两人穴道，这刀客也被我封住穴道。不过个把时辰就会自解，到时他们自会离去。其实不劳费心。"

"什么？放他们离去？"燕敏不禁睁大了眼睛，"看他们出手狠毒，显然与你有着深仇，你就这么放虎归山，万一下次再来行刺……"

话音未落，那刀客已经嘶声叫起来："杨恩小儿！要杀便杀！要我领你情定是不能！你灭我太湖盗盟，我盟中兄弟与你仇深似海，怨憎时时于心，我只要有一口气在，绝不与你善罢甘休！"他相貌原本粗鲁，此时瞋目龇牙，更是说不出的狰狞。

另两个擅长暗器的黑衣人虽然没有说话，但眼中也射出狠毒的光芒。

燕敏倒吸一口冷气："是……是太湖盗盟的余孽？"

有人已步入院中，笑道："捕神真是妇人之仁。当初太湖盗盟勾结当地不法官吏，横行太湖，杀人越货。捕神孤身一人对太湖盗盟百余众，苦战一昼夜，双目因此而毁，身体也大受损伤。但最终只诛灭盟中首恶十三人，对其他人等一律不追究，甚至向朝廷上书求情，谋得了赦免的大恩。"

他说到此处，目光一转，看向那刀客三人，瞳孔微微收缩："难道你们怨憎的执念这么深，竟然会忘了感激人家的活命之恩吗？"

说话这人也不过四十余岁年纪，身形伟岸，比常人要高出半个头去，便凭空多了几分气势。只是，他皮肤苍白，倒像是长年不见天日般，少了些勃勃生气，然而，他眉色如淡墨，衬出一双明亮的眼——可以想象少时的如春日水波的清澈，但如今已化作深不可测的秋潭。鼻如悬胆，嘴角微抿，勇决中又流露出一种理所当然的傲慢。

他衣着考究而低调——外罩灰鼠大氅，内着一袭黄褐底色回纹锦衣，样式普通，只在衣摆、襟缘内边等处，锁有三寸印金敷彩的襕边，单看这襕边，便觉有清贵之气扑面而来。

那刀客先是被他那目光刺得微微一缩，随即破口大骂："猫哭耗子！谁求他活我们的命来？有种你就把爷爷我杀了！不然你休想余生安泰！"

锦衣人眉头一动，淡淡道："杀了。"

墙内蓦然出现六条黑影，仿佛只是一团水渍，从墙外渗透而入一般。每个人手中都执有一张弓，小巧如弩弓，丝弦莹白，一望便知不是凡物。

只听咄咄数声，那三名刺客都被箭支穿透胸腔，牢牢钉在地下！鲜血向四面喷射开去，可见箭力之强劲。

苏兰泽脸色变了。被六张神越弓环伺，莫说那三个太湖盗盟的人，便是自己与杨恩想要全身而退，也得大费周折。

因为那是神越弓！前朝名匠逢叔子所创，小巧便携，能连珠齐发，同射七箭，且箭力奇大，几乎等同于六石重弓，实在是无价无市之物。

之前只在长安侯府见过一张，还是得自当今皇帝的赏赐。而眼前这六条黑影就各执一张神越弓！此弓由即使比不上长安侯那张神越弓贵气精致，但也足够令人震惊。

"嗖嗖嗖！"箭支被飞速拔起，连同箭枝所带起的血肉模糊的尸身，都被六条黑影挟走，像水渍一样消失在墙中——或许他们根本是遁出墙外，但那样如影似烟的身形，总令人觉得不是寻常的隐没。

若不是地面还有殷红的血迹，根本不敢相信曾有三名恶盗葬身于此。

锦衣人浑若无事，向着杨恩抱了抱拳：

"越俎代庖，捕神勿怪。"

杨恩竟没有还礼，只是淡淡地"看"着他，便是谁也看出他的不悦了。燕敏忍不住看他一眼,道:"穷凶极恶之徒,早该杀了!何况得以活命仍心怀怨憎,根本不可能被感化!"

"化解怨憎最好的办法,"杨恩道,"也不是以暴易暴。"

明知他看不见的,可燕敏的脸却瞬间红了:"啊,这个……那个……"

"佛说人间八苦,"锦衣人扬了扬眉,笑道,"生、老、病、死、爱别离、怨憎会、求不得、五蕴炽盛。这本来就是越不过的心障,随性而为就是了,不过是杀几个该死的人罢了,又何必耿耿于怀呢?"

"所谓随性,性中有善,或许有恶,如果是恶,也要随性而为吗?阁下在他人宅第中随性杀人,与那些恶客又有何区别呢?"苏兰泽也是面色冷淡,向锦衣人道,"阁下何人?"

锦衣人似乎并不在意苏兰泽的冷淡,微微一笑:"在下周森泉。"

简单的五个字却显出强大的自信。似乎不需要任何的前缀,足以让人明白这五个字背后的熠熠金光。

杨恩皱了皱眉,淡淡道:"原来是都指挥使大人。"

谁不知当朝宰相明照清在朝堂上的权势炙手可热,不仅压下了太后亲侄长安侯胡遁的气焰,连带他的亲信、相府总管周森泉都成了新贵,所谓从三品都指挥使的官衔,其实也不过是挂着的虚职罢了,只怕相府他都能当半个家,京都各贵介都要礼让几分,岂是寻常从三品熬资修的官员羡慕得来的?

苏兰泽却连衣角都没颤动半分:"我们又不是相府的门生属吏,周大人对我们又能有什么见教?"

燕敏张大了嘴巴,惊讶地看着苏兰泽。但这清丽脱俗的女子微怒时自有一种凛然的风神,燕敏一向倔强娇蛮,此时也不敢再开口说一个字。

苏兰泽虽然性子清高,但对人还没这般无礼过。说不出来,或许是这周森泉看似礼节周到,实则骨子里有一种俯瞰众生的倨傲,又或许那是久居上位者不自觉的优越感,但对于向来闲云野鹤般的她来说,就分外刺眼,难以容忍。

院门"吱呀"一声推开,鲁韶山干笑着趋步进来,自说自话地回答杨恩:"是我……是我带大人来的……"

"请用茶。"

滚烫的茶汤注入五只缠枝花粉瓷盏中,越显青碧悦目。

五人盘膝坐于席间。杨恩根本没有按官场规矩来论座次的意思,鲁韶山也知道他的脾气,只是谨慎地选了下首坐好。至于燕敏,或许是因为剑神弟子的身份超然,竟然也没有推辞,便坐了下来,只是空出了最尊的主位和主宾位,留给杨苏二人和周森泉。

座席中间置有茶几,几上一只红泥小炭炉,炭火通红,稍一靠近便觉暖如阳春,更蒸出炉上壶中沁脾的茶香。但杨恩方一坐下,仍忍不住咳嗽出声。苏兰泽原是坐在那斟茶,不知怎的茶盏就化作了一件大氅,熟极而流地披到他身上,此时杨恩的第一声咳嗽才刚刚落下。

"以前我从不信有神仙眷侣,如今看了二位,似乎又该信了。"周森泉忽地一笑,似乎颇有感慨,"有的人没遇到,有的人遇到了,万般都是命,半分不由人。"

苏兰泽执壶斟茶,丝毫不理会他。而杨恩虽未答言,但目光却变得柔和起来,宛若春风,将那冷淡的神情也化得开了。燕敏的脸再次悄悄红了。

任你黄泉深藏,我自神目如电。

或许三眼捕神的这对眸子所绽放出的最迷人的神采,并不是那如电光般的洞察和震慑,而是这如春风般的温暖吧!

"捕神为何不问,周某此行的目的?"

周森泉用盏盖拂去茶水浮沫,单刀直入:"以捕神乐神之能,昨晚太妃及乌果一案,难道就真的没有怀疑过我家相爷?"

燕敏吓得全身一震,几乎要摔落手中的茶盏,一双惊疑的大眼睛瞪向了周森泉。

鲁韶山呆住了。

但随即想到,以明照清之能,纵然宫中对淑静太妃之死三缄其口,但他必定早从耳目那里知晓了此事。

周森泉面带笑意,似乎所说的不过是件饮茶之类的平常小事:"浴金殿中的那朵白兰花,可是只有我们相府才有的珍品——金妆玉兰。"

"不仅如此。"杨恩品味着盏中袅袅升起的清香,"周大人既然知道浴金殿中出现那朵白兰,想必也知道了那盏青铜雁形宫灯中的迷药,是在百日醉中掺杂了僚疆大祭司的秘药。"

"是,"周森泉居然笑着应下,"乌果虽是僚人,但一向自负。京都中的贵人虽多,但多半向他的弟子班虎等人讨要,能得他亲赠秘药的,也不过就是那几个人。而明相……正是其中之一。"

"而且明相也用过傀儡,"杨恩的话语,让鲁韶山听起来越是心惊胆战,"明相当年出镇僚疆时,因为忌惮僚人的毒术和当地的瘴气,不愿士兵折损太多,就曾向技神张白石请教,运用鲁班门的秘术,制出过傀儡来克制僚人。不过当时制出来的,并不是这样国色天香的丽人,而是木牛流马、炮车箭士。木牛冲阵,流马运粮,炮车弹石,箭士冲锋,不但威力巨大,且少了人命伤亡。真如诸葛武侯再世,才叫僚人心服归顺我朝,立下不世功业。说起来,绮罗虽然栩栩如生,但在偃师门傀儡中却只是二流,其夺人眼球之处,也不过是精美二字,要论机关之精巧,哪里比得上能上阵杀敌降服僚人的傀儡,便是鲁班门人来制作绮罗,也绝非难事。"

"所以,如果是明相先使人向乌果要来秘药,以明相在宫中的人脉能耐,不但成功地杀了太妃,还能编造出浴金殿有鬼的流言。"周森泉笑意不变,只是多了几分隐藏的冷厉,"后来为了灭口,又指使宫人绿罗,以拒虐为由,带上傀儡绮罗,利用乌果在宫中的懈怠将其刺杀……这是完全说得通的。"

"周……周大人!"鲁韶山腾地站起身来,结结巴巴道,"如此妄议,恐怕不妥!"

"你怕什么?"周森泉只是斜眼向他一扫,鲁韶山便觉面上仿佛有两把尖刀刮过,不由得心中一凛,但仍鼓起勇气,大声道:"破案讲究的是证据而非臆测!明相确有嫌疑,但其他疑点也颇多!比如上林公主,太妃是薨于她的宫中,若非与公主有关,太妃遇害前为何巴巴地送去一幅画?"

"浴金殿又紧邻上林宫,而且公主在僚疆时就是乌果最宠爱的弟子,那药也不是只有明相才能要到……只是……只是乌果被害这一桩说不通罢了,公主是不会加害乌果的,或许……或许绿罗说的是真的呢?"

他想起当时情形，不觉又肯定了几分，"我看绿罗当时的神情，当真是对乌果恨之入骨，且经查证，宫女锦罗被乌果奸虐而死确有其事！所以……"

"所以你想说，太妃遇害与乌果被杀应该是两个案子，而不应人为地串连到一起。因为如果是两个案子，则明相并非唯一嫌疑人，但两案如果合一的话，嫌疑最大的就是明相，对不对？"苏兰泽扯一扯鲁韶山的衣袖，将他拉着坐下来。她看向周森泉的目光中，便多了嘲讽之意，"周大人既敢说出这番话来，想必成竹在胸，堂堂三品都指挥使都不怕妄议其主，韶山，你急什么？"

"果然不愧是乐神。"周森泉泰然地迎上苏兰泽的目光，道，"其实我刚才说的明相的嫌疑还不够，细究起来，甚至绿罗刺杀乌果一事，也可以说是明相指使。绿罗杀乌果之时，夜棠宫灯火尽灭。这自然是防备灯火通明之下，有人相救而使刺杀不能得手。但是，能使夜棠宫二十八盏烛灯同时被打灭，这样高明的暗器功夫，僚人自然是不会的，殿中侍卫也多习外家功夫，达不到这样的境界。除了明相的影卫，谁又能做到？偏偏当时明相及影卫就在夜棠宫外。"

"绮罗行动自如，满殿无人看出破绽。而绿罗竟能如此精准地操纵肉傀儡，当然是知晓偃师门的心法。"杨恩忽然道，"要洗刷明相嫌疑，为何不从绿罗身世着手？世人共知，二十多年前，朝廷斥责偃师门妖术惑众并下令缉捕门人，当时还是刑部侍郎的明相正是最得力的主持者之一。"

周森泉一怔，目中有复杂神情一掠而过，随又恢复犀利的清明："非但不能洗刷，恐怕更是麻烦。内情如何，想必捕神在见过第二朵金妆玉兰时，很快就会知道了。"

"第二朵金妆玉兰？你是说……"杨恩微一皱眉，周森泉却蓦地将身子前倾，急促而低声道："这些案子所涉秘辛，无不是历经二十余年，捕神毕竟年轻，若没有臂助，也未必查得到相关逸闻。明相希望捕神设法求得宫中恩典，在查案之时，能将森泉带在身边，必会事半功倍！"

杨恩正待开口，却听门外传来长长的呼声："有旨到！宣杨恩、苏兰泽、鲁韶山等即刻入宫！"嗓音沙哑，略有尖利，正是宫中宦官独有的声音。

钩如虾须，挽起两边织金烟罗帐幔，一张雕镂精美的檀木妆台露了出来。妆台当中竖有镜架，上置光可鉴人的双钮铜镜。左右各放一组三层梳妆小匣，左边的匣屉内，钗钏钿珥一应俱全，却看不到胭脂水粉的踪迹。

"上林公主素有洁癖，不用御府上贡的脂粉，本来就用得极少，一概所用，都是自己亲手制作。"陈驳面无表情地站在妆台边，臂弯里的拂尘纹丝不动，"还有那些首饰里，只有一枝玉钗是她生母贞静太妃的遗物。现在，玉钗及脂粉都不见了，只留下了这个……"

右边的匣屉都是空的，直到打开第三层时，苏兰泽不禁怔住了：暗紫泛华的屉底，静静躺着一朵硕大的白兰花。

蕊如笔头，花似脂玉，又隐约泛出金粉之色，可不正跟浴金殿中神秘出现的那朵白兰花一模一样？

她心中一个念头闪过，口里已不觉问了出来："上林公主她……"

"宫中侍女最后一次见着公主，是在昨晚酉时六刻，那时，她正沉睡帐中。酉时七刻，淑静太妃前来，也没有见到公主，只是隔帐与公主的侍婢茹姬说了几句话，才匆匆前往浴金殿的。"

陈驳刻板地说道："淑静太妃生前对公主十分疼爱，如今遭遇不测，太后担心公主，所以清晨便令人来探视，谁知道公主连同茹姬……居然如鸿雁冥冥般，不知所踪。"

公主真的失踪了！

杨恩三人虽心中早察觉有异，但听陈驳明明白白说出来，不觉都是大惊。

"上林宫的侍卫……"

杨恩尚未说完，陈驳已明白他的意思："守卫十二人，一日三班。巡卫是每三刻一大巡，每刻一小巡。便是只麻雀，也难飞出去。"

更何况是两个大活人？

"侍卫们早上就封了宫，搜遍全殿，在荒废的西殿角落处发现一堆灰烬，许是烧得匆忙，仍有几枚残片没有化尽。"

陈驳从袖中取出一方帕子，轻轻展开。

帕中残破的纸片，质地细腻洁白，却是上等的罗格细纹纸，秀丽的笔致，虽然边缘焦黑，仍赫然看出是"兰"和"哀"两个字。

"《兰哀》！"鲁韶山失声叫了出来。

"上林宫的宫人们说，近来公主十分喜爱梅曲，最爱的就是这半阕《兰哀》，不仅经常让茹姬唱给她听，还感慨说：'世人只道曲中男子背弃女子，殊不知那男子也有自己诸般苦楚。若真心相爱，那女子必不致计较这些。若是两心同一，哪怕别离又有何妨？'"陈驳木木地道，"公主如此般不合闺阁的言行颇多，但宫人畏惧她的厉害，直到公主失踪后才说出来。"

"大总管字字句句，无不指向某人。"杨恩忽然开口，词锋却锐利如刀，"既然有了证据，请旨查办便是，又何必召见在下这等已然卸职的山野草民？难道正因为此事棘手，所以各方都决意要把在下推出来，可惜在下并不是偃师门的傀儡！"

陈驳脸色陡变，青红交杂，喝道："你……你胆敢……"

"我虽立誓查尽天下奇案，却只为冤死之魂，不涉廷斗党争！我虽不再有职司，却仍有圣上所赐的龙头匕！"杨恩针锋相对，"便是此时掉头而去，谁敢拦我？"

陈驳一窒，却听帐后有个男子轻叹一声，道："数年不见，你还是那个性子，看似最是温和，实则宁折不弯。"

陈驳拂尘一动，扑通跪下地去。

杨恩掀衣跪地，苏兰泽与鲁韶山随之跪拜，二人心中却隐约明白那帐后之人的身份了，想到杨恩方才态度如此强硬，不禁有些忐忑。

"非是臣性子强烈，实在是此事蹊跷甚多。"杨恩的声音仍然平稳，显然对帐后之人的出现并不意外，"说是查证太妃遇害一案，却连遗体也不让查看！既知公主去向，又为何含辞未吐？宫中有侍卫局，外城有缉捕司，查案勘疑是他们的本分，臣虽不才，亦不能接手如此不明不白的案子！"

"此事是朕思虑不周，且亦有难言之隐，你不必责怪陈驳。"那男子的语调还是一贯的柔和，只是柔和中暗蕴的威严，自然有一种令人慑服的力量，"杨卿是聪明人，当知大风起于青蘋之末。恰逢僚疆大祭司入京觐见，便有这一系列的怪事。先是太妃薨于浴金殿，后有乌果被刺夜棠宫，现在甚至连皇妹都能凭空消失。朕虽处深宫森卫之中，却有虎狼环伺之忧啊！"

"圣上方才说大风起于青蘋之末，青蘋已现，不知那大风，却是来自何方？"杨恩挺直腰身，目光炯炯，看向帐后。

"那风吗……"帐后人沉吟片刻，道，"说起来你们三人都是知情者，朕也正要说起此事。你们可还记得玉琳琅？"

又是玉琳琅，果然是玉琳琅！

玉琳琅，那传说来自新罗的贡品，跟随先帝宠妃金氏一同进入中土的宝物，据说拥有它的人，会有永不褪色的美貌。此物在进贡途中不慎遗失，引发无数人寻找争夺。在落梅镇那一案中，那个被误认为拥有玉琳琅的人——于三十年漫长的等待中，始终不老的少女小婉，终于亲手杀死爱人玉树后，放下心结，于一场纷纷扬扬的大雪中，刹那青丝变白头。

小婉老了，玉树死了，爱没有了，不老的传说消失了。可是玉琳琅，始终也没出现。

本来以为此物只是一个心结而已，没想到竟一再听到它的名字。比如前一晚绿罗的歌声，比如这一刻万乘之君的言语。

"金妃死后，玉琳琅不知所踪，当中牵涉颇多。绿罗临死前唱了半阕新的《兰哀》，曲中十分蹊跷地提到玉琳琅，而恰在此时间前后，淑静太妃遇害、上林公主失踪，宫中掀起前所未有之暗波。这几者之间，必有说不清道不明的联系。还有一事……"

陈驳不知在何时，已悄悄退了出去。

殿室幽深，哪怕还是白昼，却有着夜色清冷之意。帐后的男子声音，听起来也有了些不真实："绿罗为淑静太妃的心腹，亦是同乡。她们的同乡还有一人，便是明照清。加上如今皇妹失踪一事，杨恩，你可知风从何来？"

即使帐后的人早已走了多时，背上那种令人发冷的黏湿之感，仍久久不去。

鲁韶山揉了揉跪得生疼的膝盖，迟疑地望向杨恩，低声道："这……这都是真的吗……捕神大人……"

"或许我真不该回来。"杨恩淡淡一笑，道，"可是从我在落梅镇遇着玉琳琅一案起,便已不能脱身。先前我只是恼怒陈驳藏藏掖掖,此时知晓了一些事由,反而更激起了破案的决心。"

苏兰泽帮他整理好大氅的领口,嫣然道:"大丈夫做事,但求无愧于心,虽不愿陷入争斗,却也不会因此而惧怕。让你查,查便好了。我总是不会离开你的。"

"不愧是兰泽。"杨恩反手却在鲁韶山肩上拍了一掌,"所谓捕神,也不仅是能查案就行了……韶山,你怕不怕?"

鲁韶山见他二人言笑晏晏的模样,心中发热,豪气顿生,脱口道:"我自然是要追随大人的!"

三人相"视"一笑,先前的些许不安也烟消云散。

说起来上林宫与浴金殿、梅苑三处加起来,才是金妃当时的居所。所以上林宫的占地并不大,不过三进之所,十余间殿室罢了。但房舍都重新修缮过,所用陈设幔帐也合乎公主仪制,若就华丽而论,并不逊色于任何一所宫室。

看来传言不虚,太后的确待上林公主颇为优渥。

"我还是很奇怪,"杨恩轻轻摩挲着手中的竹笛,这是他思考时的一种习惯,"纵然此事跟玉琳琅有关,为何宫中还是不肯让我们见到太妃遗体?须知人死之后,尸身是最强有力的线索。太妃因何而死,所受何伤,竟然都没有一人向我们提起。而浴金殿中的迷药,也不足以让人致死。"

"捕神是在怀疑,或许是太妃遗体有什么不妥,为了不失皇家体面,所以即使查案的我们,也不能一观?"鲁韶山立刻明白了他的意思。

杨恩颔首,随即问苏兰泽:"兰泽,你见这整座上林宫,可有什么异常?两个大活人,总不能就这样活生生地不见啊!更何况上林公主行动不便,离开轮椅连行走都不能。"

"宫中侍卫在我们来之前,想必早将这宫中搜了个底朝天了,便是有秘道之类,难道他们发觉不了?"苏兰泽蹙眉道,"况且上林宫是在迎上林公主返宫前,由太后亲自下旨督造的,便是有什么秘道,太后也应该是最清楚的。但宫中尚无动静,可见根本就没有地道。"

她停在一张案几旁,若有所思地咬了咬唇,"只是这里……有些奇怪。"

案几后,是名家张泰秉所画的两幅花鸟画屏,屏与案几之中,露出一截粉白的墙壁。

苏兰泽纤纤玉指,便指在了那壁上。

那是一道浅灰色的痕迹,且有些深了,但只那细细一道,若不细看,只当以为是墙上的裂痕。鲁韶山暗叫惭愧,便道:"是烛烟。"

"烛烟?"

"宫中用烛,贵人们用的自然是上好的牛油烛,还混合了香料,非但没有烟熏,还有淡淡的香味。但寻常宫人所用的,却会掺杂一些松油,自然会有烟气,熏到墙上,便会有这样的印迹……我这几日奉召入宫前,多在侍卫房等候,常在墙上见到这种烛烟,也听侍卫们闲谈时说起过。"

说到此处,鲁韶山忽然悟了过来,叹道,"可见这位公主,也并不见如外人所见那样,受到尊贵的供奉。御府的那些人可是势利眼,若她真的受宠,又怎会派人送来这些掺有松油的蜡烛,用在她的寝殿之中?"

"踩低扒高,原是世情的常态,何况是在这大内宫中?也没什么稀奇。"

苏兰泽的眉头仍然没有展开:"只是我想,若是用这种蜡烛,随着蜡烛不断燃烧变短,烛烟的痕迹也会渐渐往下。为何这室中所有的烛烟痕迹,都只有那一道呢?"

她这一说,鲁韶山立刻扫视几眼室内,果见窗下几上,也有类似的一道浅灰烟痕。

忽听室外脚步声响,却是燕敏的声音响了起来:"有劳公公引路了。"

劲装打扮的燕敏,如一束三春的柔韧柳条,俏生生地站在门口,扑面而来的清新,顿时冲淡了殿中的幽暗:"三位,我是奉周大人之命来的……周大人入宫了。此时正在金水河边等候三位。"

金水河环绕皇宫内城,远远隔开外城,除了防御之用,也是涤垢送污之渠。河水宽且深,只有十二座玉带桥跨越河上,连通两岸。一过玉带桥,便是可容千人的铺满汉白玉石的广场。广场的另一端,矗立的正是朱墙金瓦的宫殿群落。

此时正中的玉带桥上，有一人倚栏而立。

宫室巍峨，广场辽阔。桥下金水河波涛滚滚，映得那锦衣斑斓的背影，凭空竟多了几分苍凉。

"听说这金水河下游可抵清江，而清江顺流而下八百里后，最终汇入之所，正是我们扬州的琵琶湖。"

锦衣人仿佛感知到了杨恩等人的到来，没有回头，略有些怅意地叹道，"少年梦，最忆是扬州。欲归归不得，早白头。"

"周大人也是扬州人？"杨恩出声道。

"我与明相是同乡。"周森泉转过身来，苍白的脸庞，平常的五官，若不是那通身逼人的气度，单论外貌而言，便是丢在人堆里也很快会被湮没。只是，谁也无法忽略那双眼睛，如深潭般清越、霜刃般锋锐，"听说捕神大人是峡州人？"

"正是。"

"峡州山峭水险，偏偏养育出捕神这样温雅的男子。倒是我们扬州，山温水软，却多出峭拔之辈。"周森泉微笑道，"年少时总觉得扬州太小，只想快些长大，催马扬鞭离开，看看外面万里的山河。但真的走过了大山大河，才发现最想念的居然还是扬州那个小地方。常常想，要是将来我死了，能埋骨在故乡的琵琶湖畔……呵呵，也没什么遗憾了。"

"周大人春秋鼎盛，又得明相青眼，正当壮年有为之时，何必做这样萧瑟之语？"杨恩淡淡地回应了一句，"周大人召见，有何要事？"

"我的人在这里发现了一些东西。"周森泉的怅意飞快地消失了，取而代之的仍是那种勇决中带有倨傲的神情，他指了指桥下奔涌的河水说，"我觉得此事对查案有用，便请了三位来。"

侍卫处一间无人的角室里，横七竖八地堆着些湿淋淋的木块。纵然这些木块被精心地劈成了不规则的长条，露出淡黄的木茬，但仍看得出上面残存的朱漆，以及用金漆、黑漆描画出的精美花纹。

"有人将这些木块以铁丝扭捆在一起，沉入金水河中。只是有一处铁丝没有扭好，一经河水大力冲刷，便散了开去，浮上了水面。"

鲁韶山拾起一块来，手不禁僵了僵，说："是翟鸟纹。"

细细的笔触，墨黑的漆色，描出精致的鸟雀头颈，只是那雀头有一根长长的翎，翎头用金漆填满，灵动又贵气。

"宫中仪制，太后、皇后轿舆用凤纹，妃、公主轿舆用翟鸟纹，郡主、县主轿舆用孔雀纹。"周森泉眼中精光一闪，"我已查过，各宫轿舆都在，唯一遗失的便是淑静太妃的那一顶。而淑静太妃当初在浴金殿遇害后，上林宫人连同太妃随从全被禁足，一时根本无人留意这顶轿舆的去向，孰料却出现在金水河中。"

杨恩静静地聆听，却不发一言。

"金水河从西向东，东西两头都设有水下的铁闸，为的是怕有人从河底潜入宫中。铁闸成网格状，中间的空隙只有婴儿拳头大小，如这样大的碎木，根本无法穿过。"周森泉好整以暇道，"所以这物件，只能来自宫中。"

"这里的上游……"

"是浴金殿！"鲁韶山叫道，"太妃前往浴金殿，然后薨逝于此。但事后她的轿舆却一直没有找到，如今却被发现丢弃在这金水河中！难道……难道轿舆与公主有关？她曾想借着这顶轿舆逃出宫去？"

"不错。"周森泉露出一丝赞赏的目光，"太妃轿舆宽大，我也问过抬舆的宫监，都说前往浴金殿时，似乎重了许多。那当时轿舆之中，除了太妃，所坐还有何人？"

鲁韶山眼睛一亮，随即又暗了下来："可是仅是一顶太妃的轿舆，也最多只能在宫中行走，并没有出宫之权。而如今搜遍全宫，也不见公主下落！"

室中一片寂静。

半晌，杨恩从怀中取出一只锦盒，他打开盒盖，送到周森泉面前："在宫外我的别馆，周大人登门提醒我看到这件东西时，应该已得知上林公主失踪的消息了吧？"

盒底躺着的是两朵开始枯萎的金妆玉兰。

周森泉注视着那朵金妆玉兰，眼神不知怎的，竟有些黯淡。

他伸手接过锦盒，另一只手忍不住轻轻抚过那边缘已萎，但仍洁白如玉的花瓣："金妆玉兰——白兰花中的极品奇葩，美冠群芳，逆时而开。多可惜，倾尽明府……不,是倾尽天下之力,也不过才盛开这样两朵最珍贵的白兰,却都败在摧花辣手之中。"

"我倒觉得,明明只是江南最常见的花朵,自由自在地生长于道旁溪畔,迎着春风而开,可有多好。却偏偏做出牡丹的娇贵模样,进入世间荣华之地,还以为自己有逆天之力,偏要在这严寒的冬天奋力盛开。"苏兰泽淡淡笑道,"反常即为妖异。要知道天地万事万物,还是顺其自然的好。不然又怎会有'强极则辱,情深不寿'的话呢?"

周森泉蓦地抬起眼来!

苏兰泽只觉脸上一疼,却是对方的目光宛若两道青锋飞掠而过,兀又湮失。她面色未变,心中暗惊:"这周森泉脚步虚浮,看样子并没有习过内家武功。但却有这样神气完足、锋利如刃的目光!显然此人心力坚厚,不是泛泛之辈!"

却见周森泉眉毛一挑,笑了起来,道:"苏姑娘说得是,倒是周某矫情了。"当下毫不在意,"啪"地关上盒盖,重又送回杨恩手中,正言道,"不过金妆玉兰的确难得,普天下也只有明府才有,且最近天气寒冷,只盛开了两朵。"

顿了顿,他又笑道:"不瞒捕神说,宫中的确有人向明府通风报信,所以得知这两朵金妆玉兰,一朵出现在浴金殿,一朵出现在上林宫时,明相便让我来找捕神了。"

"以周大人之能,又有谁能轻易从明府盗得金妆玉兰?"

杨恩已收起锦盒,"难道就没有在明府查过吗?"

周森泉苦笑道:"实不相瞒,就在前日,金妆玉兰开放了。明相便在家中设了一个小宴,请了些贵人权要过来赏兰。宴毕已是深夜,那两朵花……就不见了……"

周森泉的苦笑,怎么看上去都有些古怪:"上林公主久居深宫,太后照看周到,几乎没有见过外男。但她焚稿唱曲,十足是少女怀春的模样,后又能避过森严的护卫,连贴身爱婢茹姬都一起消失得无影无踪。而明相最珍爱的金妆玉兰,却始终出现在她的周围。如此说来,似乎明相和她竟有私情,所以先借用太妃轿舆离开上林宫。为了灭口,索性将太妃杀死。"

"据说太妃首先是被迷药迷晕,然后遇害的。那么……连乌果之死都说得通了。是乌果赠给了明相那种迷药,为了灭口就利用绿罗,干脆将乌果一并杀了。"

"更妙的是,这一切发生时,明相恰好正在大内宫中……"

他忽然笑出声来,苦意消散,倒隐带几分傲气,"普天之下,或许真的只有明照清,才敢弑太妃、杀祭司、诱拐公主,并将她安然无恙地带出深宫,庇护翼下!"

"周大人!"燕敏一直呆立在门口,似聋如哑,此时也不禁急得叫出来,"适逢多事之秋,你岂可胡言乱语?"

"周森泉之言,捕神以为如何?"目送着那锦衣的身影消失在玉带桥后,鲁韶山立即征询地望向杨恩。

"半真半假。"杨恩一手习惯性地摩挲着袖中的竹笛,道,"难道韶山当真相信了他的话不成?"

"看他神情,倒不像是作伪。而且的确是尽心尽力,运用所有人手,在查勘公主失踪一案。再者,明相此人,不仅只有跋扈,其实心机深沉,不然岂能坐在相位这么多年?"鲁韶山搔了搔头,"他权倾当朝,府中美人如云,若说竟然贪恋上林公主的美色,诱她出宫,我可是完全不信。还有……我的心里总觉得有些不安,仿佛哪里不对……"

"韶山说得有理。"苏兰泽若有所思道,"从太妃遇害时浴金殿中那口称'玉琳琅'的陌生男子,到绿罗刺杀乌果后当众质问,再到公主失踪时的金妆玉兰……这种种迹象太过明显,最大的嫌疑都是指向明照清。若真是明照清做下的,以他的手段,又岂能让人发现端倪?但话说回来,若明照清当真手头有什么重要物件作为倚仗,那么这样跋扈大胆的做法,倒也符合他一向的作风。甚至是,若玉琳琅当真与他有关,他故作高调敲山震虎也极有可能。"

"今早我听闻,明相以病为由推辞了早朝,而圣上更是下了一道旨意,令他在府中养病,暂卸一切职司。"鲁韶山越想越是头疼,"若明相当真毫无嫌疑,圣上也不会下这样的旨意。这……这到底怎么回事?"

"这几桩案子连在一起,似真还幻。韶山有一句话说得有理:'仿佛哪里不对……'不对之处,大概是这些事件的背后,有一股不清不楚的神秘力量。现在的我们，倒像戏台上的傀儡。"

杨恩露出一丝含意莫名的笑意，"圣上也好，明照清也罢，甚至是那股神秘力量，他们暗中角力，却又彼此讳忌，不便明里干涉，于是把我们三人推了出来，作为他们试探、交手的工具。"

"我职司卑微，却在夜棠之宴那日，忽蒙圣上亲自召入宫中，难道那时……"鲁韶山顿时悟出杨恩之意，背上发凉，失声道，"那我们怎么办？"

"凡事也不可臆测，免得乱了自己的阵脚。不过，正如偃师门操纵傀儡，靠的是一种精神上的秘术一样；各方想操纵我们，也是以不断出现的意外为驱动力，促使我们按照他们的意图查下去。"杨恩的笑容还是暖如春风，但看在鲁韶山眼里却有了不同的意味，"如果我们偏偏不按他们任何一方安排好的步骤走呢？这傀儡，也就不再称之为傀儡了。"

鲁韶山眼珠一转："那……难道我们不查太妃之死，也不管公主失踪？"

"查，怎么不查？不过公主已经失踪了，眼下能查的……"苏兰泽抿嘴一笑，"我猜杨恩的下一步，就是跟太妃有关。"

"知我者，兰泽也。"杨恩"啪"的一声，挥起竹笛，轻轻击在掌心，"要说明相是嫌犯，我有一处最是不解。那就是明相要杀太妃，有的是机会和理由。可是当时究竟是什么促使太妃带上先帝所赐的《兰蕙图》，趁夜赶到了上林公主的寝宫之中。茹姬当时又对太妃说了什么，使得一向谨慎处事的她竟然屏退侍女，冒着让太后不悦的危险，独自进入浴金殿的侧殿之中？"

"事后非但不让我们查勘其遗体，也严旨不许此事外泄。甚至我听说，太妃停灵所在的浴金殿正殿，戒卫森严，非有圣上特旨不得进入。究竟个中有何蹊跷？"

"所以？"

杨恩收起笛子："下一步嘛……我想看看浴金殿中太妃的遗体。"

黄昏时分，暮色微沉，天上却忽然飘起了小雪。

雪丝若有似无，沙沙地落下来，又化作氤氲水气，充盈了眼前的虚空，甚至连宫殿的轮廓，也仿佛渐渐湮化开去。

而浴金殿，正如一头苟延残喘的老兽，静静地蹲伏在这片雪色水气之中。

梅苑东角处，梅枝摇晃，寒香沁脾的一簇梅花中，鲁韶山小心翼翼地露出半张脸来。

他机警地左右看了看，喜道："捕神怎么知道这里有条路？果然没有什么人守卫。"

"嘘，有人来了！"

三人都穿着连帽的白袍，几乎与那片繁盛的白梅融为一体。此时也不敢回头，只听说话声隐约传来："天气乍暖陡寒，这几株绿萼怕是经不起折腾，暂且用丝绵先把枝干包裹起来，明日若瞧那花瓣不萎，再渐渐撤去。平时也要多瞧瞧，不然等枝干开始枯死，便难以救回来了。"

是个熟悉的声音，只是鲁韶山一时想不起来是谁。

另一个谄媚的声音，却一听便知是宫中的小宦官："公子说得是！要说这满朝贵介，有谁比得上公子您仁厚细致，连几株梅树都照看得这样精致？"

"有些梅树是皇外祖母当年亲手种植的，如今皇外祖母早已离世，唉……难免要睹物思人一些。"

"那边还有几株要看看……"

声音渐渐远去，却是朝着西南角去了。

"快走！"杨恩和苏兰泽从另一丛梅枝间钻出来，一拉鲁韶山，三人齐齐从墙头一跃而过，落在浴金殿最高的屋脊上，其姿态也是轻盈无比，仿佛只是从枝头飘来了两片悄无声息的花瓣。

鲁韶山还亏得杨恩轻轻一带，落在瓦间才没有弄出声响，心头大惭："要当个好捕快，武功差了真不行！得再加把劲练练了！"

浴金殿的屋瓦原是亮金色，但经过多年风霜的侵蚀，已褪色了不少，泛出惨白的光。在这暮色中，杨恩等人的白袍几不可辨，成了最好的保护色。又有许多荒草生于瓦楞之中，迎着寒风摇曳不定，宛若密密的屏障。

"嘘！"杨恩忽然做了个噤声的姿势，伏下身来。苏兰泽和鲁韶山一惊，赶紧也伏在一旁。

白袍覆盖头脸，只露出六双眼睛，透过那些密集的荒草，紧紧地盯向了楼下。

隔着长满荒草杂树的庭院,便是浴金殿的正殿了。

他们所在的殿室,是浴金殿最高之处,名为东楼。楼高百尺,共分三层,也是宫中最高的建筑。

据说前朝金妃常常思念故乡新罗的大海,但京都远离海滨,先帝便为她在浴金殿正殿之东建了这座东楼。东楼一边临着悬崖,崖下便是清江,清江广有百丈,深可千尺,颇有相似海湖的韵致,聊可解一解金妃的故国之思。东楼的另一边却临着梅苑,可观冬日香雪海之盛景。

当今皇帝即位后,重修宫室,唯独关闭浴金殿,这宫中胜景也就荒废了。杨恩正因为看过皇宫当年的舆图,才想出自梅苑潜入东楼的法子。

当然寻常人一是不会来这荒废的殿室,二也少有可跃上百尺高楼的轻功,是以此处的守卫是十分松懈的。

但杨恩他们万万没有想到,在这微雪薄暮之时,竟还会有人到此。

那人脚步清脆,一步步走得极响,显然毫无忌惮,奇怪的是这样大的声响,别说守卫角门处的侍卫,便是在浴金殿外殿门口看守的老宫女也应该察觉,却没有丝毫骚动。任由着那人大摇大摆地穿过正门,啪哒啪哒地走进正殿来。

正殿三面,原都有落地琐窗,但当年蒙在窗格上的纱罗早就腐烂蚀坏。此时天色还未完全黑下来,从东楼的屋脊上看下去,透过那些杂树的间隙和空洞洞的窗格,正殿内的情形仍可瞧得七八分清楚。

太妃遇害之处,是在浴金殿侧殿的浴房。当时有陈驳紧紧跟随,杨恩等人根本不能自由行走,所以也并没有进过正殿。

此时看去,或许是因为停灵的缘故,殿中被打扫得干干净净,那些桌椅几案之类已经全都搬走了,只墙上一方方明显要浅一些的印迹,令人想到那里或许挂过一张巧笑流盼的美人图,又或是精妙细腻的工笔牡丹。

但这一切的繁华风流,俱都烟消云散。

雪洞般的殿室中,只停有一方楠木棺椁,并有些纸幡、灰盆、香烛等物。棺前还放着一盏长明灯,一捻微弱灯光,映在空旷的殿室内,更显苍凉。

那人往前走了些,先露出来的是云黄裤脚外笼珠灰裙边,裙下露出一双葱绿绫子绣花鞋。

这是个女人!

仔细再看,鲁韶山便觉有些蹊跷:那裙裤鞋都是上好的料子,一看便知是个有些身份的宫女。但她却沾满泥土,污脏不堪,而且那葱绿绫子绣花鞋分明是一双单鞋,根本不应该是冬季穿着。鞋边露出一截黄白色的皮肉,竟然没有着袜!

宫中怎会有这样的女人?难道浴金殿真是有鬼?

鲁韶山顿觉汗毛上竖,忍不住看向杨恩,却见他正闭目聆听;而苏兰泽也是一眨不眨盯向正殿,没有丝毫惧怕之色。他咬了咬牙,睁大眼睛,向正殿看去,却听见沙哑的歌声,从殿中响起:"兰白宁何哀,长生琼之台。凤因发青籽,怨憎逐尘开……"

是《兰哀》!绮罗也唱过的《兰哀》!

不,现在想来,绮罗根本就没唱过,所有的傀儡都是不会说话的,全靠操纵它的人,用腹语来代替它发声。

那么当时唱这半阕《兰哀》的人,其实是绿罗。

绿罗不是死了吗?

难道死人唱歌,都是这样沙哑的?

他的汗毛又在疯狂地上竖,背上冷飕飕的,不知是雪的凉意,还是凉意涌出心底。

"零落远江湖,辗转别戚爱。谁知其中苦,非从幽香来……"

白兰啊,你的命运是多么悲哀。原本是瑶池琼台的仙种,却不慎落入了红尘。大概是因为前世的因缘,才流落在江湖中吧,经历了那么多的孤独和别离,有谁知道那幽雅的香气里,竟蕴藏着怨憎之苦呢?

其实这半阕《兰哀》,原本就传唱甚广,在明照清悬以千金,寻找合乎心意的下半阕后,更是风靡一时,京都中几乎是每宴必歌。

但歌者多半是貌似绮罗这样的美貌女郎,和着丝竹牙板,或是娇声沥沥,或是泣诉幽怨。

鲁韶山从来没听过这样的唱法。

沙哑的喉咙就直直地将歌这样唱出来,没有幽微的心事,没有千回的转折,没有泣、没有诉、没有憎、没有怨，仿佛是早看尽了世间的苦难，才能唱得这样坦然的麻木。可那坦然的麻木，又宛若千万根钢针，一根根分明都是深彻入骨的苍凉。

在这样的苍凉面前，那些对鬼怪的恐惧显得如此渺小又可笑。

只让人觉得，什么都不重要。名利、权势、情爱……这一切的依附，不过是生。在生与死的大限前，一切都是浮尘飞灰。

火光陡亮，似乎是来人在殿中点着了什么东西。

但是歌声一如既往，连一丝的改变也没有。

忽然之间，鲁韶山很想听她再唱下去。他曾听过无数人续唱的下半阕，很想听听这个沙哑的喉咙，会唱出怎样痛入心肺的下半阕。

他本能地觉得，如果她唱得出来，那一定就是明照清不惜悬赏千金，也想要得到的真正的、完整的《兰哀》。

谁知歌声忽然断了！

沙哑的笑声响起来："咯咯咯咯，哈哈哈哈，花……花花呀……哎哟……"

只听门扇"砰"的一声响了，随即火光闪动，却是两个女子提着灯笼，快步走进来，随即是一阵砰砰的足底用力踩地的声音："花姑子！今天你可不能再在这里玩了！马上有人来了，你快出去呀！"

"你的胆子太大了，还敢在这里烧东西玩火？啊呀，你还把长明灯给摁灭了啊！怪不得喊痛呢！手指都焦了不是？"

"花花……我要花花……"

"这可是太妃的长明灯！什么花花！你要不是个疯子，就这纵火灭灯之罪，立马就被人打死了！这可是大不敬呢！快快，得赶紧把灯点起来！"

火光一闪，长明灯那微弱的淡黄光晕，又在正殿中出现了。

"这花姑子，人虽然疯了，冥冥之中还知道这是仇人，还把人家长明灯给摁灭了！真是作孽哟！"

"你少说几句吧，要是让人知道花姑子在太妃灵前放肆，可会要了她的小命！都怪你一时不小心，让她像平时一样在侧殿玩也就罢了，竟放进了正殿……"

两个宫女说话的声音都不年轻，显然是守护浴金殿的老人了。她们一边低声絮叨，一边拉住那呼痛不止的花姑子，快步走了出去。

"原来是个疯子！"

鲁韶山顿时好生失望。这深宫之中，阴私甚多，听那两个宫女说话，似乎这花姑子还是浴金殿的旧人。不知当年触犯谁人，竟落得这样的下场。

雪虽下得不大，但温度甚低，无法融化，不多时三人身上已覆了一层白色，远望越发与屋顶混为一体。

虽然事先就做了准备，白袍里面絮了厚厚的棉，但此时在屋顶卧得久了，也要提起内力才能御寒。

鲁韶山搓了搓冻麻的手，忽觉背上一暖，是杨恩将手掌覆在了他的背心之上。温暖的真气涌了进来，瞬间游走全身，气血也随之活动，说不出的暖融舒服。

"捕神……你自己要多注意身体……"鲁韶山心头一热，"你当年留下的内伤还没痊愈……"

话未说完，他已瞧得分明，苏兰泽的一只玉手，正按在杨恩的背心之上。

苏兰泽见他瞧过来，便对他微微一笑。

在昏暗的夜色中，她的脸庞皎洁有如明月。

"有武功极高的人来了，韶山你赶紧调整内息，跟随我真气的收放，来调整呼吸！"杨恩忽然低声道，鲁韶山自知功力远远不及他二人，便依言调息起来，果然感觉到杨恩掌上真气吞吐有序，很快他便令自己呼吸与之相律，渐渐只觉灵台清明，似乎天地都安静了下来，如此一来，哪怕是落雪这样些微的轻响，听起来也分外清晰。

"吱呀——"

殿门推处，有两人悄然走了进来。

他们的脚步异常轻盈，若不仔细，几乎辨听不清。

此时已到了掌灯时分，其他宫中的烛灯已一盏盏亮了起来，唯这浴金殿没有动静，但天气昏黑，从东楼屋顶看去，殿内情形已看不分明。

进入正殿的这二人并没有带烛灯入内，进殿后也没有说话，只是静静地立着，仿佛在打量着那具棺椁。

棺椁有什么好打量的？

鲁韶山只觉汗毛又在慢慢上竖。

忽闻风声隐约，眼前一闪，有一黑影如飞鸟般从庭前树梢掠过，跳到正殿门口。

尚未落地，一道若有若无的气息蓦地从殿窗间射出！仿佛结成细密的网，哪怕只是移动一分，都能感受到那网间传来的巨大压力，竟隐然回响有金铁之音，那是一股剑气！

殿中人果然是高手！

黑影凌空后翻，身后忽然腾起一团浓墨色的云雾，微苦的气息逸出来。竟然连剑气的凌锐都消散了三分。

"是小人！"

黑影疾速后退几步，轻声道。

"住手。"一个女子声音从殿内传来，那道凌厉剑气消失了。

那女子咳了两声，淡淡道："这么晚，以为你不来了呢！"

她的声音不再年轻，带着几分久居上位者的漠然，还略有些疲惫。

"没想到陈驭这个老东西真是厉害，把这浴金殿安排得如铁桶一般。小人本来担心那些护卫不好打发，最怕是惊动了他人……"黑影刻意地压低了声音，"不过刚才进来时看到那副场景，便知您已经得手了。"

"你献上的药不错。"女子有些不耐烦，"就是来晚了些。"

"小人唯恐办事不周全，四处转了转，看见侧殿还有几个老宫女……"

"都是几个没用的废物，还有个老疯子，她们这一辈子是出不了浴金殿的，杀了没用，留着传个话也好。哼，他倒聪明，把这个贱人的尸体苦心保护起来，他以为自己的布置固若金汤？他现时大了，心自然也大了！"

女子似乎满腹怨气，但这黑影只是唯唯连声，却不敢接话。

"咦？"女子似乎发现了什么，颇为讶异，"地上怎么会有纸灰？看这残片可不像是草纸。"

窸窣之声响起，有人在拨弄地上的纸灰。

"就是普通的字画被烧掉了……棺下还有半截画轴，可能是不小心滚进去的。"黑影道。

明明殿中有三人，除了这个女子与后来的黑影，应该就是那位剑气纵横的高手了。但不知为何，他始终没有出声。

"奇怪，这一天一夜间，并没有什么外人进入。怎么还会有人烧字画？这字画又从何而来？"

顿了顿，女子喃喃道："画轴上还覆裹着斜鸟浅草纹的吴绫，这画倒像是出自前朝画师施久南之手。"

"正是呢！怪不得小人觉得如此眼熟，以前在师父身边时，也见过同样的吴绫画轴。"黑影啧啧道，"听说这吴绫可是寸方寸金，没想到还有人舍得拿来做画轴。"

"当年施久南与张泰秉在画院供奉，甚得圣宠。他二人一擅人物，一擅花鸟，名驰天下，作品千金难求。区区一些吴绫又算得了什么？"女子的声调冷了下去，"你看到的那一轴，是那小贱人带在身边的吧？"

说到此处，她忽然"咦"的一声，似乎颇为惊诧，"这……我想起来了，这可不正是那幅《兰蕙图》？"

"《兰蕙图》？"黑影似乎不解，但这女子也不耐烦再说，冷声道，"别再磨蹭了，赶紧开棺！"

鲁韶山听到此处，暗暗一惊：这女子出现在宫中，身边又有那样的剑道高手，不用说必定身份尊贵。却为何深夜来此，甚至不顾死者安宁，定要开棺验尸？

隐约之间，只觉自己已触及一个极深的宫闱秘辛之中，心中又是紧张，又是畏惧，还有些小小的兴奋和期待。

"是是。"黑影的声音更加谄媚，"小人这就启棺。"

"当心棺椁周围，或许会有你那死鬼师父送的什么刁钻毒药，就等着别人上当呢！哼，他那种阴狠性子，未必做不出来。"

鲁韶山听得一头雾水，这"死鬼师父"与"他"似乎是两个人。但听这女子说话，对前者是鄙夷轻视，对后者却有一种复杂的情绪，似乎又是忌惮，又是不满。

他忽然想到"他"的可能性，不禁心中又是一凛。

殿内传来"格"的一声轻响，是木榫相磨的声音，似乎棺盖被移开了。

就在棺盖移开的那一刻，火折子亮了起来。

然后，随着那女子发出短促的一声"啊"，火折子顿时熄灭，而一切声响都停止了，殿内寂然如死。

天色已经黑得透了，远处的宫殿灯火通明，一间间的殿室便如散落的明珠。然这浴金殿内外都是一片漆黑。

唯一亮着的是那盏长明灯，微弱的黄光，透过窗扇上雕镂的空心图案，化作千万暗淡光束，仔细看时，却分辨不清，唯有无数暧昧微尘，在光中翻滚不休。

忽然，黑影低声说了句什么。鲁韶山内力不足，便听不分明了。

"什么？"女子声音陡尖："你说的可是真的？"

或许是得到了肯定的回答，她忽然冷笑几声："哈，哈，这可真是一饮一啄呀，终究还是殊途同归了！"

声调一转，似乎有无限怨毒："什么兰蕙齐芳，嘿嘿，都是些枯草败叶，早就该一把火烧个干净！"

"啪"的一声脆响，还带着空心的回音。

不用看，鲁韶山也猜得到，是那半卷未烧尽的画轴被狠狠地摔到了地上！

雪不知在何时停了下来，漆黑的天际隐约透出光亮，想必是月亮正冉冉升起，却被层层彤云夜色给掩盖住了。

一阵冷风卷地而来，吹得殿外的庭院中，草木簌簌摇动。

那女子连咳几声，正待令黑影退下，却听黑影低喝一声："是谁？"一道乌黑的弧光破空飞出！铿然一声，那道若有若无的剑气也在瞬间凌厉起来，蓄势待发！

恰在此时，云破月出，无限银辉，将这后院内的一草一木，都映照得清晰无比。

"嚓！"

似乎是那弧光嵌入什么硬物之中。

又一阵冷风席卷而来,吹得殿门扑扑作响,院中的杂树草丛东倒西歪。

蓦有一个女子身影,于草木之中幽然而立,云髻雾鬟,宫装曳地,是后妃的打扮。那道乌黑的弧光就紧紧钉在她的鬓边,不!是已经有半截嵌入了她的头颅之中,另半截露在外面,衬托着那乌黑云鬟,如一枝扭曲而僵硬的发钗。

仿佛是听到了呵斥声,她缓缓转过头来,一张微圆的脸庞,在月色下泛出青白的微光。

除了杨恩目不能视外,苏兰泽和鲁韶山,几乎都在那一刻,惊骇莫名!

是绮罗!

不,又不是绮罗。

虽然那眉眼与绮罗十分相似,却没有绮罗那种稚龄的清艳和妩媚,脸部的轮廓要更尖一些,加上那种淡淡的疲倦神情,倒像是年长些的绮罗。

一声女子的尖叫蓦地从殿中发出,撕破了宁静的月夜。

"怎么是你?"殿中女子显然也是异常惊骇,连声音都几乎变了,"给我杀了她!"最后这一句,显然是对殿中另两人的命令。

那黑影已穿窗而出,落到院内。自殿中院内,不约而同暴起一道凌厉剑光,连同另一道乌黑弧光,都向那宫装女子射去!

尤其是殿中用剑那人,武功均是在一流高手之列,耳目灵敏更甚常人。院中不管有任何风吹草动,哪怕是一只鸟飞过也不会逃过他的微察,但这宫装女子是何时潜伏于这宫院中的,他竟然没有丝毫的感知!何况今晚行事本来隐秘,便是那殿中女子并不发令,依他心性,也必先要将这宫装女子当场击杀!

此时事起仓促,纵然亲身扑上前去搏杀,也远不及这以自身内力激发出的剑气迅速。然而这道不输于真正锋刃的剑气,哪怕只是沾及对方的衣角,对方也会在强大的气力作用下,五脏震裂而死。

更何况黑色弧光已钉在她的鬓边,而另一道乌黑弧光又扑向了她的面门!

当然,前提是——对方是人身肉躯。

宫装女子好好地立在那里,甚至未曾负痛弯下腰去,仍是直挺挺地站着,一道乌黑弧光已钉上了她的前额,细长的尾部还在微微摆动,与鬓边垂下的另一道乌黑弧光遥遥对应。而那双黑夜般的眼珠，仍然一眨不眨地盯向殿中人，更显诡异莫名。

"轰！"一团绿色火光，忽然从她的腹中燃起，火势暗绿，焰影舞动，虽诡异却来势极猛，很快就将她完全吞没其中。只有那微圆的脸庞，在火光中似笑非笑，虽然是容貌，看上去却仿佛又是另一个人，熟悉而陌生。

连那黑影都僵立住了，甚至忘了自己发出的两道弧光，正钉在对方的头面上。

"不是你！是你！是你回来了！"

殿中的女子发出一声恐惧到了极点的尖叫，随即传来倒地的重响，此外再无声息，想必是昏了过去。

四处灯光纷纷亮起，无数脚步声、呼喊声向这边传来："是太后！"

"太后安好？"

"来人！有刺客！有刺客！"

绿火很快燃尽，绿火中的宫装女子也消失了。

喧闹声中，伏在院中的黑影犹豫了一下，跃上宫墙。

而此时有三条人影当空扑下，一人扑往殿中，另二人却成包抄之势，想要拦住那条黑影。

"轰！"剑气乍现，如长虹贯日，瞬间将两扇窗格击成无数碎块，凌空化作一面扇形气障，完美地隔在了黑影与那二人之中！而几乎与此同时，一管剑鞘自窗格中遥遥一点，已指向了那奔往殿中之人的要穴！

只这片刻延误，那黑影已有了喘息之机，如弹丸般投向墙外，顿时消失在楼檐下的黑暗里。

鲁韶山铁尺正要击向那黑影，忽觉一股强大的剑罡之风扑面而来，胸背如受重击！整个人似断线风筝般，不由自主朝身后的墙面飞了出去！

耳边只听娇叱连声，白影横空，一条柔软的绫带已啪地缠住了鲁韵山的腰身，两股力道对撞，嘶啦声响，绫带竟齐刷刷地断成两截！

但也幸得借这绫带之力缓了缓，鲁韶山没有如石子般弹上墙面，只是砰地落在了石阶之上，背脊生疼，连同胸背间内力激荡，一口气险些无法提起！

从未遇到这样强劲的敌手，连苏兰泽绫带之力也无法相敌，甚至杨恩已向那逃走的黑影弹出一指，但那曾令无数人闻风丧胆的"弹指神通"，却被一柄空剑鞘发出的劲气给牢牢锁定！

杨恩回撤后跃，衣袖卷处，已将地上卧着的鲁韶山凌空送起，掩在了自己身后。他本是好意相护，但只这轻轻一卷，鲁韶山又觉胸口真气奔涌，不禁伸手死死捂住，方才缓过劲来，心中大骇更甚听到"太后"二字时："这是哪位大内高手？一击之威便可如此？"

一条高大的身影已挡在了他们面前，虽未开言，但渊峙般的气度、冰河般的静默，却令人根本无法绕过他去。

月色清辉，照上他握在掌中那根长而薄的铁剑，通体没有任何宝石装饰，黑沉如夜，却更是彰显了他的身份。

杨恩长吸一口气，知道那黑影已越墙逃逸，索性微微一笑："剑神别来无恙？"

剑神舒高炽！鲁韶山顿时明白过来：除了这位与杨恩齐名的剑神，又有谁身负如此惊世武功，且能受到太后如此信任？

"原来是杨兄弟。"众人无法辨清名噪天下的剑神舒高炽的面目，他的身形也并不怎样伟岸，却有一种强大的压迫之感扑面而来，"杨兄弟在这深夜之中，为何出现在浴金殿？"

"剑神为何而来，小弟便为何而来。"

"……"

"所以，剑神看过什么，小弟便一定也要看过什么，才肯罢休。"杨恩的声音仍是那样平和温暖，却隐约多出了峥嵘的棱角，"小弟昔年虽受过内伤，但有兰泽和韶山相助，三人合力，未必没有还手之地。何况小弟还有龙头匕，剑神以为胜算如何？"

良久，舒高炽在黑暗中苦笑一声："不错，龙头匕……两宫相争，原也不干你我之事。我从未见过三位，相信三位也没有见过我。"

"正是如此。"杨恩十分自然地答道，"那就一言为定了。"

舒高炽哑然失笑，竟然身形一跃，如树叶般轻飘飘地掠过墙头，就这么离开了。

"烧得真是干净。"苏兰泽皱着眉头,戴上鲛晶手套,摸索着一丛草木下未烬的黑灰,"无脂油,亦无骨渣的残余。磷石粉加上了一些乌油,着火点低,所以易燃。"

乌油便是火油,是一种地底下存在的天然油料,因其色乌黑,又称乌油。有土人以细密的雉鸡毛来采集它们,收到竹筒中,当作灯油使用。官中制作一些粗使用的灯烛,往往也会用到火油,所以有少量存储。

"真的人体无法如此易燃,又烧得如此之快……"杨恩的目光在月色下越显清透,"那么是木傀儡了。"

"是真的木傀儡?怪不得长得像绮罗!"鲁韶山又紧张又兴奋,"这可是传说中偃师门早已失传的秘术!不过也只有木傀儡的材质才能烧得这样干干净净。"

"的确是制作精致。不知在傀儡体内安装了怎样的机关,估计应该是类似于火石之类的东西,令之互相擦击即可出现火花,然后点着了磷石粉,顷刻间便能烧得干干净净。"

杨恩负手站在后阶上,侧过耳来,听着越来越近的脚步声,无奈地叹了口气,"本来想悄悄地看热闹,可恨见猎心喜露了形迹,倒不得不大大方方地见人了。"

他转过身,正对上刚一只脚踏出正殿后门,面色比夜色还要黑沉的陈驳,"大总管这次总可以让我们祭拜太妃了吧?"

室内烧起十余支蜡烛,烛光明亮,大大冲淡了先前孤灯惨照的气氛。陈驳沉着脸站在棺椁边,此外空无一人。

棺椁顶盖重又被合拢,地上有半截画轴,旁边散落许多纸灰,那些纸灰只有些许被压成碎末,另一些尚不完好。

只看一眼,鲁韶山就知道刚才陈驳带了人进来,虽说是救走太后,但很有分寸。

杨恩根本不管陈驳阴沉沉的模样,道:"兰泽、韶山,你们去看看太妃。"

二人应了一声,却听陈驳冷冷道:"你们好大的胆子!"

"大总管此言差矣!"杨恩目光如刃,蓦地投向陈驳,"入这殿者,可不是我三人。我三人路过此处,偶闻声响,以为是歹人,情急之下越墙而入,以尽为臣的本分!"

他在"为臣"二字上重重一落:"倒是大总管你,千方百计不让我等查勘此案,甚至藏匿太妃遗体,居心实在叵测!"

明知他目不能视,但那锋利的目光还是让陈驳微微一缩,随即气得一时语塞:"这岂是某的主意!这……"

他生生将后几句吞了回去,狠狠一甩袖,"你们爱查,就查好了!"

苏兰泽本就对他的话毫不在意,双手已戴上了那副鲛晶手套,一跃上了置放棺椁的方形支架,运力于掌,轧轧作响地推开了棺椁顶盖。太妃是女子,验尸这种事情,自然应该是苏兰泽来亲自进行。

苏兰泽刚移开一道缝,便觉一缕难言的淡香从棺中溢出,竟没有什么异味。

那淡香是从棺中传来,或许是官中秘备的防腐药物。苏兰泽心中大定,再一用力,猛地将顶盖推开了一半,伸手入内!

她的脸色忽然变得惨白!身形微晃,几乎要落了下来!

鲁韶山陡觉不对,也顾不得什么忌讳,飞身而起,也落在支架之上,一手便稳稳扶住了苏兰泽。

他往棺中望去,霎时只觉一阵森然寒意自背心而出,顷刻冻住了全身。

棺中之人颈下严密地盖着一床曼陀罗花织金绣被,头枕曼陀罗花方枕,枕后一只曼陀罗花印金盘,用来盛放枕上人浓密的发鬓,发心戴一顶五翟吐珠金冠,并有五枝压鬓珠翠,金碧耀眼——正是彰显她太妃的身份的装裹。

那枕上宛若沉睡的女子,不过四十上下的年纪,肌肤已经僵硬,然而于珠翠的光影掩映下,仍可看出昔日的细腻和光致,显然养尊处优已久。

只是,她的相貌竟与绮罗有几分相似!

不!不仅是绮罗!与其说是像绮罗,不如说她像先前庭院中出现的宫装女子!应该说与她们三人都有着奇妙的相似。

可是比起绮罗和宫装女子，这沉睡中的淑静太妃更是年长一些。

恍惚之间，仿佛是亲眼看见了一个"女子"缓缓走过岁月，展现出少年、青年和中年时的不同模样。

这最可怖的还不是她的容貌。

曼陀罗花织金绣被已被苏兰泽掀开一半。

被中所卧的并不是品服装裹的躯体，而是一具白森森的骨架！

自肩颈以下，所有的血肉都消失得干干净净，只白骨上那一丝丝几不可辨的血渍浸痕，在提醒着目击者——"她"曾是一具新鲜的、血肉齐全的人身！

"现在捕神总该明白，为何一直没有让你们来此的原因了吧？"鲁韶山附于杨恩耳边，刚悄声说完所见的情形。陈驳阴沉地看着他们，"有些事情，知道不如不知的好。"

堂堂太妃，竟是以此等不光彩的方式死去，为着皇室体面，知道的人若只是普通人，只怕当场便会被杀了灭口。

也难怪上林宫少了一些人，想必就是他们当初装殓的太妃遗体。

"在下此时前方有刀山后面有火海，亦没有回头之路。"杨恩的话语一如既往的镇定，"大总管既咄咄进逼，又躲躲闪闪，在下若不出些非常之策，便不是被这人挥着鞭子赶，就是被那人牵着鼻子走，又谈什么破案？"

"既有勇决之意，必有坦然之心。"烛光下，苏兰泽的脸上毫无血色，却不见丝毫惧意，眸光如寒冰，"兰泽稍后再验，望大总管予以方便。"

陈驳的目光垂下来，似乎没听明白他们话中的含意，却转了话头："圣上有旨给捕神，既是在这里遇见了，便宣了吧。"

杨恩等人互一对视，便跪拜行礼，只听陈驳木木道："圣上说，梅苑的花开得好。往昔这个时候，宫中都会举行香雪之会，召外臣及命妇入内赏看。今年不巧太后和太妃还有公主都'病'了，外命妇是不请了，圣上忧心如焚，自然也不能亲自主持。所以只随便请了几家外臣，自在赏玩罢了。请三位于明日申时，也去梅苑赏香雪之海。"

"香雪之会？这名字倒也风雅。只是申时一过，太阳便落山了。在这样的天色赏梅？"眼见两个小宦官挑起灯笼，引着陈驳消失在黑暗之中，鲁韶山忍不住咕哝道，"怎么想的？"

"有咏梅的名句'疏影横斜水清浅，暗香浮动月黄昏'，这还是趁着夜色赏梅呢，有何不可？不过我看此宴无好宴，先前一个夜棠之宴，便死了几人；明相在府中开个赏兰小宴，莫名丢失了金妆玉兰。不知这赏梅又会如何？"

苏兰泽已神色如常，微笑道："申者，神也。或许眼前这些迷雾，也只有神灵才清楚所有的始末吧。"

一个"神"字，触动了鲁韶山一直的隐忧："太后她……"

"岂止是太后？"杨恩似乎明白他的想法，"玉琳琅究竟有何秘密，我们不必弄清。但这件所谓的新罗宝物，其实是早在二十多年前就掀起了轩然大波。此物一直在金妃的浴金殿中，谣传说先帝宠爱她，便是因了这件宝物的驻颜之效。但金妃薨后，玉琳琅便不知所踪。当时因这件事情，先帝勃然大怒，甚至处死了一批宫人。而上林公主之母贞静太妃，据说当时就是牵涉入此事之中，才郁郁而死的，贞静这个封号还是上林公主回朝后才加封的。"

"圣上与太后，显然都对此物十分在意。而太妃与绿罗之死，又都隐约有着玉琳琅的影子。"鲁韶山努力调动着思绪，"上林公主恰在此时失踪，明相又颇有嫌疑……事涉朝堂，恐怕没有那么简单。甚至是一向超然事外的剑神舒高炽，也终于涉足其中。燕敏她……"

不知怎的，鲁韶山忽然想起那位长身玉立、亭亭似柳，有时倔强又有时害羞的影卫姑娘，"听说夜棠宫中，明相的那名影卫死后，便空缺了一人，于是剑神派来了自己的爱徒燕敏，充作影卫保护明相。"

"可是这样一来，舒高炽的用意更是暧昧不清，这或许也并不是他本人之意，但总是叫人有些不放心。"

"韶山所言甚是……"杨恩道。

杨恩正待继续说下去，只听殿外一阵脚步声，进来的却是个面黄肌瘦、嘴尖眼小的宦官，穿着的也是管事服饰。

他却不似陈驳，一进来便弯腰行礼，谄媚地向三人俯首："方才大总管说，三位大人传唤奴才，不知有何事垂询？"

杨恩点头道："可是上林宫的首领宦官？如何称呼？"

那宦官又哈了哈腰，道："奴婢有个贱名，唤作狌余。"

狌者，就是民间俗称的黄鼠狼。他这情态也着实相像。苏兰泽好容易才忍住笑意，问道："你们公主还在抱病吗？"

公主失踪这等丑闻，就与太妃遇害一般，眼下并不能向外宣扬，只能先宣称有病，过段时间再报个"薨逝"才算完结。

狌余身为首领宦官，自然不会不知内情，小眼睛闪了闪，答道："正是。不过……三位大人若想去上林宫中探病，也在情理之中。"

杨恩悄然一笑，道："上次匆匆而去，又有大总管相陪，不敢叨扰太久，这次是得好好探视一番。"

狌余连连应是，道："奴婢这就领三位大人过去吗？"

杨恩点了点头，苏兰泽却忽然拿起案上的一支烛台，问道："你们宫中的烛台，可都是这般吗？"

这烛台是陈驳身边的人带来的，所以才照亮了正殿。其他的烛台也是此般模样，铜质烛台底座，呈倒立的莲蓬状，外沿形如覆莲，上置三层横条隔板，依次点有一根、二根、二根蜡烛，如"山"字形。手拿方便，样式简单又不失精致。

狌余迟疑一下，答道："宫中烛台多式多样，其他名贵的也有，如人形、兽形、树形烛台，且镶有很多金珠……不过上林宫一向简朴，就连公主寻常照明，都是用的这一种。"

他话说得委婉，但三人都明白过来：上林宫中，即使是上林公主，也使用的是宫中最普通的烛台，根本没有那些稀罕的名贵玩物。

与浴金殿中那废弃的足有半人多高的青铜雁形宫灯，那布满灰尘的错彩镂金灯罩相比，真是有云泥之别。再想起公主寝殿墙上，那劣等蜡烟熏出的印痕，和那低眉鼠眼的首领宦官，苏兰泽不禁摇了摇头，心道："若说上林公主竟肯抛却公主之尊离宫，倒真是与明照清私奔的可能性较大。她在这宫中看似尊贵，其实也颇为辛酸呢！"

上林宫中，冷清如昔。

因公主"病"着，门上守卫更森严了些，一律谢客不见。若不是认识杨恩是来查案的，又有狃余出示了陈驳的令牌，根本就无法进入。

不过，以上林公主之名，便是知道她"病"了，想必内外命妇也根本没什么人会来见她吧！

上次是陈驳带着，只能看到他所指给看的范围。自杨恩等人闯入浴金殿正殿后，陈驳甚至是他背后那位，都似乎默许了他们的行为。这也使得他们此番在上林宫，得以畅通无阻地查勘了一番，所有被拘起来的宫人也一一问过。

"怪了！"

等室中并无外人时，鲁韶山蹙眉道："公主寻常起居之所，竟然一应玩物都没有。难道她平时就没有任何爱好？"

"她自小在僚疆长大，除了药草也没接触过别的。现在入了宫，岂能再调弄那些？但也没学过琴棋书画，过得乏味也是正常。"

苏兰泽若有所思："咦……既然如此，她又为何深夜巴巴地让太妃送了那幅《兰蕙图》来？"

鲁韶山目光一闪："那幅《兰蕙图》……"

"太妃的闺名，叫作白蕙。"杨恩缓缓道，"我想兰蕙齐芳，应该是指的两个人，这两个人既称齐芳，多半应为姊妹。有白蕙，自然有白兰。"

"白兰！"鲁韶山脑中灵光一闪，"白兰花！兰哀！天啊，不会真是这个白兰吧……"

"你说的没错。"杨恩淡淡道，"我已让缉捕司的人帮我查到了二十多年前的一桩旧事，先帝曾有一妃，后不幸早逝。"

他一字一句看似平淡，实则沉重无比，"此妃闺名白兰，她只生下一女，这个女儿便是今天的上林公主。"

即使是早有预感，但亲耳听来仍如炸雷，鲁韶山不禁怔住："那就是贞静太妃……"

"淑静太妃与贞静太妃乃是孪生的姐妹。她二人未被封妃之前，都是侍候金妃的官人。"杨恩继续说下去，"圣上说过，绿罗和淑静太妃与明照清是同乡。其实他应该还知道，贞静太妃出自扬州白家，与明照清从小青梅竹马。只是贞静太妃是良家子入宫的，而淑静太妃却出身乐籍，难道是幼时失散，长大才相识？这就不为外人所知了。"

鲁韶山霎时明白过来：那两个傀儡，无论是木傀儡还是肉傀儡，无论是庭院中出现的宫装女子，还是绮罗！

这些傀儡的容貌举止，无不是在影射一个人，在提醒大家还有这样一个人：是白蕙，还是白兰？

"所以说……"鲁韶山只觉自己的声音颤抖起来，"那《兰哀》中的女子，其实是……明相对一支曲子都如此上心，何况是贞静太妃的亲生女儿……那上林公主是真的……落入了明府吗？"

"兰蕙生前庭，待风含微熏。谁知芬芳久，婉转动君心。"苏兰泽并没有应答鲁韶山的话，缓缓吟道，"在金妃盛宠之下，先帝还能写出这样的诗句给白氏姐妹，可见当初她们与金妃的相处是颇为融洽的。也正因此，在浴金殿正殿之中，太后看到那半截画轴时，会如此失态。"

"那卷轴既是先帝所赐之物，太妃又因此而死，毁与不毁都是为难。所以在停灵之后，陈驳让人放在灵前作为陪葬。"杨恩道，"谁知那个疯了的花姑子跑进来胡闹，竟然将它给烧了。"

他淡淡一笑，"以明照清的耳目之灵敏、记忆之深刻，明知绮罗相貌肖谁，亦知太妃为何身怀《兰蕙图》前往上林宫，却亏得他一直隐忍不说。我只想知道，如今在得知太后微服夜行浴金殿，而酷似淑静太妃的偃师门傀儡竟然也在此出现之后，他会不会对我们说哪怕一丁点的真话？"

苏兰泽却有些答非所问："奇怪，这上林公主的寝殿之中，为何只有烛烟之迹，却没看到一盏烛台呢？"

半夜时分，乌云掩月，竟又下起雪来。只是这雪却不像前半夜那些微雪，倒是越来越大，如鹅毛般纷纷扬扬，到了第二日，竟还未曾停歇。

宫城东角的梅苑门口，停下一辆普通的青布棉幔轿舆。

苏兰泽刚掀起轿舆的帘子，便觉迎面一阵寒风，夹杂雪片钻帘而入，不禁"呀"地叫了一声，向杨恩喜道："这样大的雪，想必梅苑的梅花开得越发盛了。"

杨恩难得感受到她这样欢喜的小女儿情态，心中也莫名一松，微笑道："横竖我们来得早，一会儿先不管案子，我陪你在梅苑好好走走。"

此地果然清净，偌大的苑内除了雪花簌簌落下的轻响，几不可闻。两人忍不住放轻了脚步，唯恐踩雪的咯吱声破碎了这少见的静籁。

宫中梅树皆是名种，红的似胭，白的赛雪，粉的胜霞，甚至还有淡绿如玉的，被冰雪一逼，冷香扑鼻。冰雪盈满枝头，与那修剪出苍劲虬曲之姿的枝干相映，褐白分明。

二人徜徉其中，只觉心旷神怡。

忽然听到一阵踩雪之声，苏兰泽抬起头来，隔着梅枝，远远只见雪地里过来一人。看身形是个年轻男子，身披褐红夹金绒锦大氅，头戴紫貂风帽，在雪色梅香之中，愈觉华贵夺目。

"是张公子啊！"

苏兰泽扶着杨恩，笑吟吟地从梅树下闪身出来。

那年轻男子一怔，随即掀开风帽，露出一张白净的团脸来，果然是蔡国长公主之子，曾代明照清在夜棠宫招待过僚人的张勇。

他手中提着一只藤篮，上覆葛布，篮边探出半截花铲的木柄。

"此时天色尚早，我原是担心一夜大雪，怕压断了几株幼梅，才提前过来看，未想二位也已入苑了。"他态度随意谦和，一点看不出勋贵的骄横之态，"梅苑里尽多名种，如绿萼、朱颜、重楼晕霞这些梅花，在我天朝也是数一数二的，的确值得细细赏看。"

"张公子对梅花倒很是了解呢。"杨恩微笑道，"平时也经常来照料吗？"

"正如白兰是明相最爱一般，我的最爱却是寒梅。"说到梅花，张勇的目光顿时明亮有神，"梅花生于冰雪之中，迎寒而放，虽冷不凋，如此娇艳的花朵，却有如此风骨。怎叫人不敬佩呢？"

他细长的手指无意识地抚摸着袖上缀嵌的貂毛，"何况别的花都是花叶同生，梅花却有花无叶，于最丑陋的虬枝上开出最娇艳的花朵，这才算是美之极致吧？"

他说到此处，似乎才惊觉过来，略带羞涩地一笑，忙道，"大放厥词，让二位笑话了。二位请先赏梅吧，我还要去别处瞧瞧。"

说完微一拱手，转身而去。

"张公子是个妙人，"鲁韶山不知从哪里钻了出来，嘿嘿地笑着，站到杨苏二人面前，"都说他嗜梅如狂，一点也不逊色明相的爱兰如命。"

"你来迟了，韶山，"杨恩笑着拂去他肩头的落雪，"我想已经有人等了我们很久很久。"

夹绵缅纱的帐幔，半挽在赤金钩上。透过云红色的纱影，但见梅影摇曳，疏落有致。冷香渐渐沁满帐中，但经那朱底宝相纹锦毡上的铜盆炭火一烘，便化作醺然的暖意。

周森泉着一袭光华灿烂的"万字吉祥锦"衣袍，端坐在这梅林中搭就的帐幕之中，越觉贵气逼人。锦毡上随意摆放的几只柔软绒枕，足以让他有最舒适的姿势。但他依然保持着端然的坐姿，背脊如剑鞘一般笔直，让人甚至有一种错觉，似乎随时都会有一柄锋利无比的剑，从那背脊之中弹鞘而出！

燕敏依然是侍奉在他的身后，长身踞坐，神情肃然。

看到杨恩三人踏雪而来，燕敏的眉梢终于忍不住微微一动，而周森泉的脸上也浮起了淡淡的笑，但杨恩刚一开口，便让他的笑意僵在了脸上："明相这次可是坐实了谋害太妃，掠走公主的罪名了，周大人还能有这样的闲情逸致，当真是泰山崩于前而色不变啊！"

周森泉的僵意很快化去："捕神何出此言？"

"前晚，圣上是于酉时四刻在勤政殿召见的明相，但勤政殿的小宦官说，明相在酉时六刻就已离开。太妃也是酉时六刻前往上林宫，酉时七刻，忽然前往浴金殿并遇害。酉时十一刻奉旨在宫中办事的鲁捕头，被圣上传令前往夜棠宫，宣我与兰泽前往华阳宫。戌时一刻，我三人查勘太妃被害一案；戌时三刻，乌果被杀。而戌时一刻，明相与影卫才出现在夜棠宫外……"

"在下斗胆问一句:剔除勤政殿至夜棠宫的路程以及更衣之类的琐事一刻钟,从酉时七刻至戌时一刻,足足有六刻钟的时间,明相在哪里?"

"你说错了,其实明相前往夜棠宫之时,并不是戌时一刻,而是在酉时九刻时就到了,只是当时那绮罗正在献舞,明相素来不喜歌舞声色,又不愿扫了大家的兴致,所以没有入内,只在周边随意走了走,并没有离开夜棠宫的范围。"周森泉并没有任何惊怒,徐徐说道,"此事夜棠宫的侍卫当可作证。"

"那么酉时七刻至九刻之中,明相又在哪里?"

杨恩步步紧逼:"且不论此,在下还听说另一件事,上林公主久居深宫,仅在数月前随太妃去护国寺进过香。而明相,恰好那天,也在护国寺中。"

"护国寺为皇家寺庙,往来香客不是宗室便是权贵,明相位极人臣,护国寺如何去不得?"周森泉问道。

"可是那一日,是十月二十三,并非是寻常进香之日,也非菩萨寿诞,所以几乎没有别的香客。而那一日,却正是上林公主生母、淑静太妃之姊——贞静太妃的生辰!"

周森泉忽然噤住了,目光中冷光陡现:"那……又如何?"

"昔日明相曾征战僚疆,与乌果结识,一直以来交情甚笃。此次乌果进京,还未去谒见圣上,便先去了明府。"

"那又如何?"

"跟随淑静太妃前往浴金殿的华阳宫宫人小玉,曾在太妃死后进过浴金殿,所以脚下带有浴金殿的椒土,其颗粒较细,呈赤红色,微带芳香又很有黏性,但时间长后,土质却比一般的泥土要坚硬许多。若是软底的丝履,附着这些椒土后反而会变得硬,走路的声音也会听起来更沉闷些。明相当晚进入夜棠宫时,行走时正是这种声音!"

周森泉目光寒彻入骨,但杨恩不为所动:"当初招来小玉时,因为宫中人少,行走间听得十分清晰。而明相前往夜棠宫时,本来夜棠宫人数众多,但惧明相之威,竟都屏息相待,所以那脚步声听起来也是十分清晰。我让兰泽悄悄查看过,明相所站立的屏风后,散落了一些红色土粒,正是浴金殿的椒土。"

他不急不慢,缓缓说来的仿佛只是一件最平常不过的事情:"明相自然可以不承认。不过明相一向讲究，所以有个习惯，便是一双鞋履只穿一次，便交于婢仆拿去丢弃。但那些粗使的婢仆们哪里比得上明相讲究？明着是将那些名贵的鞋履拿去丢掉了，私底下却积攒起来，只待有机会便运出府去，拆洗干净，也可换些银钱。那晚我听出明相脚步声有异后，已重金买通明府浆洗房中的仆妇，将这双鞋拿了来。"

他拍拍衣袖，又笑道，"当然我是不会像那些甘捧臭脚的六部官员一样，时时将这鞋带在身边。但明相穿着这双鞋履见过圣上，又来过夜棠宫，自然也会有眼尖的人记得。加上那椒土，算不算是一件证据？"

他顿了一顿，深吸一口梅花的冷香，"或许，根本不需要证据，只需要疑心……明相沉浮京都三十年，难道不明白自己到了怎样危险的境地吗？"

鲁韶山屏住了呼吸，只觉得整个人都要僵住了。

周森泉饶有兴味地盯着杨恩。他微笑起来，但这种微笑是最令人害怕的，仿佛一只猛虎在扑食前所刻意表现出的一种恬然自得："明相的确去过浴金殿，但并不是与太妃相见之人。小玉不是说过了吗？她所见的与太妃相会的男子在空中飘来飘去，而捕神你们三人与陈驳在浴金殿浴房之中，也只是感觉到一个鬼魅般的幻影。明相连武功都不会，自然没有嫌疑。"

"这样明相反而更加洗脱不了嫌疑！"杨恩长袖一拂，在周森泉对面坐了下来，直"视"对方："明相当年征服僚疆，靠的不正是机关之术？木牛流马炮车箭士都能造出来，区区一个傀儡又有何妨！"

"傀儡"二字，终于让周森泉的眼神有些变了，笑意从嘴角敛去："什么傀儡？"

"偃师门的傀儡！"

周森泉遽然色变，厉声道："杨恩！你好大的胆子！"

"明相号称自己的机关之术出于鲁班门，但百年来只闻鲁班门之名，却从未见过一个真正的门人现身。便是技神张白石，说的是承接鲁班门之衣钵，却也只是凭着一本鲁班门的秘籍加上自己的天资，自学而成！"

杨恩丝毫不惧，"明相在僚疆所造的那些木牛流马、炮车箭士，号称是向张白石请教过，走的也是刚勇一路，的确颇有传言中鲁班门的意味。然个中机枢窍，却异常精致细腻，与偃师门一般无异！只是偃师门以一种近似内力修为的秘术控制傀儡，而明相是以机关发条来驱使木牛流马罢了！如果想制作简单的肉傀儡，也并非难事！"

"一派胡言！"周森泉终于勃然大怒，手掌在案上重重一击，震得旁边炉上温着的酒壶立时倾翻，酒浆落在火盆中，冒起滋滋青烟。燕敏浑身一颤，但又立刻恢复了那肃然的模样。

周森泉的声音已是如锋刃般冰冷："你岂能将明相盖世功业，与那妖术惑众的偃师门相提并论！难道满朝文武都是瞎子，圣上和太后也这样容易被蒙蔽？"

"人受荣华之惑，有时真的会变成瞎子。"

杨恩从炭盆中拾起酒壶，远远往帐幕外一抛，听它噶啷啷滚入不知哪里的沟坎之下，才缓缓道："至于圣上与太后，当真是被蒙蔽了吗？"

周森泉坐直身子，满面怒意，只是死死瞪着杨恩，却不知为何，一个字也没有说出来。

"偃师门已经倾颓，其门人被诛杀殆尽，二十余年来再也没有丝毫音信。这深宫之中，却一再出现偃师门的傀儡，从肉傀儡，再到木傀儡……淑静太妃已死，除了明相，还能有谁？"

周森泉的背脊，不易察觉地颤了一颤："你……究竟知道了多少？"

"不多，但费些心思，便能打听到。毕竟也不算什么惊天大秘，只是今日之明相，非复吴下阿蒙，所以知情者讳莫如深罢了。"

杨恩坦然道："肉傀儡易得，木傀儡不易。从我在浴金殿见到那具自焚成灰的木傀儡开始，我便知道，明相一定会再来找我。"他顿了片刻，仿佛在斟字酌句般，慢慢道："因为无论是玉琳琅还是偃师门，都是明相的大忌，亦是宫中的大忌。"

"你说得不错。"周森泉满绷的劲气，似乎在这一刻泄了下去，"但凡两宫对明相有丝毫疑心，甚至都不需要确凿的证据……更可怕的是，现在偏还有着这样多的证据……"

他苦笑道："明相的确到过浴金殿，可不是酉时七刻，而是酉时十刻。明相从勤政殿出来，原是往夜棠宫而来的，路上……因故折向浴金殿，到得那里时，只见一名小宫人昏倒在殿门口,明相察觉不对,立刻转身离开,但是鞋履底面,已沾上了椒土。当时明相心情激荡,也根本没有意识到这些,而捕神你又洞察入微……但从头至尾,明相都没有见过淑静太妃!也只是你们被传召上林宫后,明相才从宫中其他途径知晓此事!"

"不知明相因何会前往浴金殿?"杨恩敏锐地问道。

"因为遇见一个故人……"周森泉略一犹豫,断然道,"此事不便多说,但捕神今日肯在此与周某相见,想必心中也根本不信明相为凶手!"

"那就问另一个问题,"杨恩倒也不纠结,"那具木傀儡,究竟出自何人之手?"

周森泉的神情忽然有了一种奇怪的变化。

他先前无论是发怒还是微笑,都只是表现在一双深湛的眼睛里以及变化的语声中,面部肌肉几乎没有动过,的确达到"喜怒不形于色"的境界。

但苏兰泽坐在一边,却观察到他的面颊在止不住地颤动,似乎是因为过度地咬紧了牙关,又似乎是太阳穴不停突突地跳动,牵扯到了颊下的青筋。然无论怎样,她只觉这张僵硬了表情的脸庞下,此时正如将熔的岩浆般剧烈地翻滚。

过了片刻,只听他轻轻吐出一口气,道:"我……我也不敢肯定……"他摇了摇头,重复道:"我也不知……是不是……"

周森泉并非庸碌之辈,纵然已刻意低调谦和,然举止间仍有威仪逼人,燕敏平日都甚是敬畏。但是见周森泉无论是对杨恩施以大礼,又或言语暗迫,甚至是词锋如刀,那个瘦削的身躯依然如常,被风一吹便似要倒下的羸弱里,却暗藏有一种说不出的坚韧,此时更是连着两个问题,让周森泉大为失态,实在是平生未见。

燕敏虽然仍是肃然跽坐,眼帘下垂,但眸子却渐渐亮起来。

"周大人不知,这也无妨。"

杨恩若有所思,安慰般地说道:"但我想请周大人答应我一个要求。"

周森泉木然地看着他:"什么要求?"

"只要今日周大人能一直待在梅苑之中,我想,我便能解开一切谜底。"

虽说是申时开宴，但梅苑盛名早就遍传京都，好不容易有了这个机会，且皇帝与太后皆不在场，哪有人不趁早前来赏玩呢？人渐渐便多了起来。官人们已提前在苑中几处盛景都搭了帐幕，这些帐幕虽不及周森泉所在的那座华丽，但都是锦褥炭火，倒也舒适。视线又开阔，既可赏梅又不受冻，那些贵介大臣们同朝为官，本就颇为熟悉，此时难得有了这么个机会，三三两两便聚在一起，喝酒赏梅，兴致十分高昂。不知不觉中，便已将近申时了。

无酒不成宴，无乐不成欢。但听喧闹声中，有一清越声音歌道："兰白一何哀，长生琼之台。凤因发青籽，怨憎逐尘开。零落远江湖，辗转别戚爱。谁知怨憎苦，非从幽香来……"

梅苑中并无歌伎，听这歌声是个年轻男子，却是从西南角传来："我生君未生，君生我已老。纵然生同时，亦难与君好。"

正是《兰哀》的调子，京中但凡有宴，多有人歌其曲，只是上半阕虽然已有，下半阕却是新词倍出，这阕《兰哀》想必也是如此。

那歌声虽是出自男子歌喉，但唱得婉约不俗，动人心弦："譬如庭前花，不随北风还……"

周森泉脸色一变，长身而起，向杨恩道："我去去便回！"言毕竟不顾其他，拔步便冲入梅林之中。

燕敏一怔，本能地想要追出去，却被杨恩伸手拦住："这曲子唱得真好，燕姑娘，你仔细听听。"

燕敏脸一红，不由得就住了脚。只听歌声幽然，如咏似叹："犹挂山中月，何曾忆白兰……"

忽然有一声惨叫，划破了香雪之海，随即脚步声起，有人叫道："张公子被刺！"

又有人叫道："是周大人！来人啊！来人啊！"

燕敏大惊，与杨恩等人飞身前去，但见有几个官员立在宫墙之下，正半蹲半站，惊慌地从地上扶起一人来，旁边丢着一柄沾满血迹的宝剑，幸得是剑刃还未出鞘。那人身披绒锦大氅，貂帽已被鲜血染出一大半暗色，不是张勇又是谁人？那几名官员见到杨恩，如遇救星般迎上来，纷纷叫道："捕神大人！张公子遇刺了！"

苏兰泽赶紧上前查看，只见张勇前额发际线处裂开一道三寸长的口子，犹自汩汩冒出鲜血，她忙取出药粉敷治，又撕下袖中手帕，密密地与他包扎。

那几名官员争先恐后地诉说，唯恐牵连了自己。

"我们是听说这西南角有几株上好的绿萼，才约了一起过来赏梅咏诗的……"

"后来听见张公子在后面的梅林中唱起《兰哀》，虽不是梅花，但那曲中意境倒也优美，正洗耳恭听，却见周大人疯了一般赶过来……"

"周大人真是疯了！他径直冲入那片梅林中，也不知咆哮了几句什么，只听见了几句'说！快说！'的话，然后，有一声重物敲击的声音，就听张公子'哎哟'一声。我们赶过去看时，却不见了周大人！"

"真是怪事，难道是落入雪坑之中了？可地面并无黑洞……我等真是无辜得很，当真是周大人呀……捕神大人……"

燕敏听到此处，却险些急哭出来："周大人不见了！我是奉令保护他的，他不见了，我怎样向明相交代？"

正七嘴八舌中，忽听张勇呻吟一声，缓缓醒转过来，一眼看到苏兰泽，面上却露出惊喜又急切的神色来，挣扎着抓向她的衣袖："苏姑娘……捕神……捕神……"

"张公子，你受伤了，需要马上送到御医院处理。"苏兰泽柔声道，但张勇眼神微转，似乎醒悟了过来，竟然挣扎着想要站起身，"不！我不走！我要去救……救……"

杨恩止住那些还在急切剖白的官员，温言道："此处有我们就行了，各位大人请回去赏梅吧。"

只听雪地上一片奔跑声，却是一群侍卫赶了过来，为首者竟是陈驳。那几名官员一见这势头，哪还用得着多说，赶紧退出梅林而去。

陈驳看清张勇伤势，顿时脸色铁青："听说是周森泉击伤了张公子？他还真是胆大！仗着明相撑腰，连勋贵都敢下手！"他转向张勇，神情却柔和了许多，"公子需得赶紧找御医疗伤，只不知周森泉因何下手？"

"不！我不要离开这里！"张勇叫了起来，随即又有些嗫嚅，"周大人他……

他……"

"伤口三寸一分，深度五分，"苏兰泽深深地望着张勇，"张公子你倒真下得去手！"

"什么？"众人几乎异口同声，"自己下的手？"

"张公子身形高大，比周大人还高出半个头。加上周大人不会武功，若是他以剑鞘击之，又如何能伤及张公子头顶正中心？又如何能造出三寸一分长、深度从头到尾几乎一致的伤口？只有自己以鞘击头，才能如此。"

感觉到所有目光投向了自己，张勇一张白皙的脸庞，顿时涨得通红，一咬牙站了起来，向来柔懦随和的目光中却多了几分坚毅："只要你们找到周大人，一切不就真相大白了吗？"

"周大人在哪里？"陈驳目光如电，只是扫了一圈，便知周森泉如鸿雁冥冥，根本无从觅迹。

"张公子，你究是何意？"鲁韶山被张勇弄得一头雾水，但杨恩的话音在此时淡淡响起，更令众人都大惊失色："张公子，《兰哀》的下半阕，是上林公主教你的吧。"

杨恩伸手招过苏兰泽和鲁韶山，在他们耳边悄然说了几句话，然后拔出龙头匕来。于众目睽睽之下，苏兰泽手执龙头匕，轻盈地跃上了那道高约两丈，呈"之"字形的西南角宫墙之顶。

狐裘上雪白的毛轻轻飘动，她看上去就像被风卷起的一缕雪魂，令得所有仰头看她的人都有瞬间的眩晕。

她抛下一条绫带，轻功不济的鲁韶山只好红着脸，缘带跃上了墙顶。

他们接下来做了一件令人惊讶的事情——居然双双跃上了浴金殿的殿顶。鲁韶山手脚并用，拨开屋顶上一方积雪，随即发出"呀"的一声轻呼。

屋顶露出了金色的琉璃瓦，历时三十余年，依然坚如铜铁，即使已褪去了那金玉的粲然，变成近乎惨白的淡金色，却依然在雪光下折射出耀眼的光芒。

苏兰泽和鲁韶山迅速地拣开那些金琉璃瓦，露出笔直平行的橡木来。

私拆宫室是大罪！即使是废弃已久的浴金殿！下面的人看得目瞪口呆，陈驳想要制止，却也明白那二人不会是无的放矢，一时怔在了那里。

金光一闪，苏兰泽举起龙头匕，何那锋利得能切金断玉的匕锋灌注了真力，连斩数下，有一段手臂粗的橡木就被切断取了出来，屋顶露出一个脸盆大小的黑洞。

奇怪的是，如此大的动作，殿内竟然没有人发现，也没有一个人出来喝问。

然后，鲁韶山整个人掉入了洞中，消失了！

在陈驳和张勇的目瞪口呆中，忽听轧轧声响，那堵隔绝了梅苑和浴金殿的宫墙上，有一截墙面缓缓移开。

皇宫讲究方正对称，暗合阴阳半分之道，所以宫城中各座宫殿的前门基脚，几乎都在一条线上，所有宫殿的形状都是方形，而不可能如庶民住所般，出现线条模糊扭曲的建筑。

所以宫中所有宫殿的大小只取决于宽度的长短，但深度却都是一样的。只有这样，才能保证所有御道的笔直成线。然而浴金殿却是个例外，因为它的后殿与梅苑相连。

梅苑占地颇广，又临崖靠江，自然地形不会太过规则。且苑中种满梅花，一望无际，又有谁注意到它是方是圆、是矩是扁？

谁也想不到，就在浴金殿的后殿与梅苑的宫墙之间，在那表面金碧辉煌的屋瓦覆盖下，有一处可借两人并行的狭长空室。掀开四块活动的地面青砖，便露出一个幽幽的洞口，有青石台阶一直伸入洞窟深处。

延台阶而下，是一条秘密的甬道。

燕敏几乎是第一个冲下甬道，随即杨恩、苏兰泽、鲁韶山鱼贯跟下，连张勇都咬牙按住头顶包帕，踉跄而入。陈驳命令侍卫们守在外面，自己赶紧跟了上去。

甬道并不长，一路上，头顶都是那些青砖地面。但砖板上巧妙地凿出很多绵密的小孔，来更换新鲜的空气。

然而甬道里却颇为温暖，众人在梅林中都冻得有些僵了，此时渐觉惬意。只是以手触及甬壁，觉出是坚硬的岩石，似乎是在山腹里穿行。

鲁韶山回想梅苑的地势，不禁在心中想道："难道这甬道竟是在那临江的山崖腹中不成？"

再行百余步，眼前豁然开朗，竟是一方极大的岩洞。洞口垂下无数藤萝，如帘一般密密挡住，透过藤萝间的空隙看去，远处竟有碧水连天！

这里果然临着清江！

洞腹甚大，可容百余人。当中一块空地，建有数间茅舍，一带竹篱，自成一处小小院落。又有许多嶙峋奇石，堆成簇簇别致的假山。有泉水自山隙沁出，自篱边缓缓淌过，聚成一处小潭，形似琵琶。那水面上浮起一团团白色的雾气，人稍一靠近，只觉暖意更重。

是温泉！此处离浴金殿不远，想必这崖中温泉与浴金殿中温泉是同一来源，难怪此处虽然隐秘，却并不阴冷。

又或许，当初正是因为发现这处温泉，才建造了浴金殿。那建殿之人，是不是早有预料，所以才在皇宫深处、山崖腹中，一并造出了这方隐秘的洞中天地？

显然受温泉滋养，水畔山石，生满青绿的浅草，甚至还种了几株白兰花，更奇的是，它们一半开花，一半吐芽，恍然如冬春交替。白兰的幽香扑来，使得这一切更显虚幻。

然而这是真实的。

茅檐下挂有一盏老式灯笼，昏黄的灯光透过外罩的半旧红绡，化作一团柔和的光晕。

梅林风雪，彻骨香寒，仿佛已在另一个世界。而这间茅舍，这团灯光，如此宁谧温馨，仿佛一直都在静静地等待着风雪夜中的归人，且等了太久太久。

然而因为一路上，所见的诡异实在太多。

最初的迷茫散尽，众人一步步走过去，竟觉如奔向龙潭虎穴。竹编的篱门有些破败，无风而轻轻摇动，再仔细看时，似乎门未动，是人的心弦在左右闪忽，上下不定。

"这幅场景……"鲁韶山疑惑地望着四周，"我曾在明府兰苑的书房里见过一幅画，画中景象便与此处十分相似，也是这样一个湖，形似琵琶，湖边有花木，有茅屋，有……白兰花……"

他的话语低了下来，"据说那是明相故里扬州。只是那湖比这个要大得多，水面宽阔，波光浩渺。"

他忽然停止了脚步。

灯笼边，檐窗下，正站立一人，若不是那领光华灿烂的"万字吉祥锦"衣袍让人认出了他的身份，否则真会以为这是一尊泥雕木塑，从千古以来，便亘立于此。

听到脚步声，他缓缓转过头来。

眉如淡墨，目如秋潭。还是那张没有表情的苍白脸庞，然而微抿的嘴角边，不见了勇决和傲慢，失去血色的唇甚至在颤抖着，流露出前所未有的惧怕和软弱。

这人正是周森泉。

他看到众人，一个字也没说，却仿佛平添了新的勇气，终于伸出手去，轻轻按在了门上。

杨恩感觉到衣袖微动，心知是一旁的燕敏出于影卫的本能，已激发了体内的真气。

"吱呀"一声，周森泉推开了那扇半掩的门扉。

燕敏一掠而出，抢先挡在周森泉身前。

周森泉一反常态，粗鲁地一把推开了她，低喝道："怕什么？她不会让我这么容易死的！"

门缓缓开了，一片寂静。

没有暗弩，没有翻板，没有毒砂，没有刀轮。

惯常在密室中应该出现的机关暗器，都没有出现。

烛灯高烧，照得满室通明。墙边生有炉火，暖煦如春。炉旁设有一张雕花大椅，因是背对着门口，只看清那椅上铺有青布棉褥，当中倚着的却是一个女子背影。

她左腕支颐，右手随意搭在膝上，尾指上带一枚双丝绞银指环，腕上有一串沉香珠串，俨然闺中少女装扮。而那一种慵懒不胜的情态，正如少女小憩方苏。

"你是谁？"周森泉心志之坚，本就异于常人。哪怕是在如此诡异之时，也强行按捺下激荡的心情，沉声问道。

"砰"的一声，门扇已经关上了。

此时杨恩等人都已在室中，最后一个进来的人是张勇。

面对众人的目光，他柔和地一笑，带着种奇怪的神情："你们走不了的。"

"既然来了，为什么要走？"周森泉寒潭般的双目，始终凝注在那椅中女子的背影上。

陈驳手中不知何时，已紧紧握着一柄匕首，此时不禁惊怒交加，向张勇喝道："张公子你可是疯了？"

一抹黑影蓦地弹起，剑气如虹，往屋顶射去！屋顶盖着的茅草，随着强劲的剑气逼近，发出滋滋的微响，飘落无数的碎屑！

这道剑气呼啸而至，既准且狠，那种一往而无畏的气势，隐然有雷霆万钧，脱离了影卫们所惯有的阴冷擅匿之风，似乎下一刻便能将整个屋顶掀起！

一剑之威，便直逼剑神舒高炽之风范！

"铮！"

金铁清响，剑气竟凌空停滞，距屋顶只有三寸，却无法近前！有一道无形真气，正如屏障般阻在剑气前，其宛若一团暖阳，一段春风，刹那间已将剑气吞没，继而消弭于无形中。

其实只是电光火石的一瞬，黑影已在空中变换了三个剑势，如行云流水般优美，却始终无法逃脱那暖阳春风的包围。

苏兰泽娇叱声中，随即只见一条白影凌空飞起，如游龙天矫，势如破竹，直取长剑！

"当！"长剑生生从真气中被拉拽了出来，重重摔在地上。

直到此时，周森泉才来得及急怒交加地喝出一声："住手！"

白影飞回，原来那条素白长绫重又缠回苏兰泽袖中。那黑影也落下来，倔强俏丽的脸却涨得通红，此人竟是燕敏。

"你……你为什么要拦我？两人斗我一个，好了不起嘛！"她哽咽起来，眼睛盯着杨恩，晶光闪动，似乎马上就会落下泪来。

"捕神是救了你！"周森泉厉声道，"你知不知道，你的小命险些葬送？还不退下？"

燕敏"呛"的一声，回剑入鞘，她不敢违抗他，但泪水眼看就要滚出来了。

杨恩柔声道："你江湖经验不足，没有察觉出来。这里屋脊和墙壁中，都隔有一层精钢所铸的钢板，外以木板相嵌，又用茅草和泥土来掩盖。若是关上了门，便固若金汤。别说是你，就算剑神亲来，也无法击溃。"

"这话说得不错，"一个女子声音自椅中传来。语声柔中带韧，明快一如男子，并没有贵女们所常有的娇怜，"在这一洞天中，你们人数众多，又都是高手。我们却只有两个弱女子，所以不得不以暗箭毒砂相伺。这室中到处都是机关，各位只要不妄动，我们自会尽地主之谊。"

她口中的一洞天，想必指的便是此处。名字倒颇为雅致，但周森泉听了这几字后，瞳孔中却闪过一束异光。

燕敏呆住了，随即脸色通红，低下头去，紧紧抓住了剑柄。

周森泉正待开口，却听苏兰泽的话声响起来："情之所至，如此之深吗？"

这话却是对着张勇说的，张勇脸上先是微微一愕，随即坦然笑道："不知捕神与苏姑娘是何时发觉的？"

"其实并不难想到是你。"苏兰泽道，"上林公主从僚疆回朝只有三年，一直居于深宫，连命妇们入宫朝拜都见不着她的面。纵然有个亲近的侍女茹姬，偶然在外行走，但想必亦有人暗中监视。"她的目光有意无意地扫了陈驳一眼，后者脸上犹凝固有怒色，此外却看不出端倪。

"她所识的人有限，唯一出宫的一次，是今年的十月二十三，由淑静太妃亲自作陪，去了一趟护国寺。大家只道那日明相去了护国寺，但我想，告诉她明相每年都会在那一天去护国寺进香的人，只会是你。"

苏兰泽道："你们是怎么相识的呢？嗯，因为有蔡国长公主这个母亲，张公子能较为自在地行走于各宫之中，听说有这么一位公主，又岂能不起好奇之心，托词前去拜见？于是……"

"你说错了。"张勇微笑着打断她，"我第一次见着她时，是在梅苑。"

"梅苑?呵,是了。"苏兰泽以手抚鬓,嫣然一笑,"梅花生有傲骨,如此娇艳花朵,却偏要凌寒而开。这是张公子你说过的话,想必是由人及花,有感而发。"

"不错,"张勇脸上露出骄傲的神情,"她命运多蹇,颠沛流离,却不像那些贵女们遇事只知哭哭啼啼,可不就是一朵梅花吗?"

"所以张公子便允下了帮她的忙?"苏兰泽心中微觉感动,放柔了声音,"不但去明相府中趁着赏兰小宴,偷走了金妆玉兰,还特意在夜棠宫的烛灯中动了手脚,在绿罗行刺的一瞬间灭掉了所有烛火?甚至是多次出入梅苑,借着养护梅花的名头,只为了给她们供应生存的食水?"

陈驳眉梢一挑,惊怒之色更深,喝道:"你好糊涂!她明明是在利用你……"

"你知道什么?"张勇轻蔑一笑,"这一切都是我自愿的!"

"他说得不错,"椅中女子的声音幽幽响起,"或许我从一开始,便在利用你。"

但见那根带有双丝绞银指环的尾指只在扶手上轻轻一拨,那庞大雕花座椅已灵巧地转过来——原来椅脚上都安装有滑轮,想必四轮之间,也一定有机栝相连控制。

她这一转过身来,众人已经看清了她的相貌。鲁韶山不由得心中一动:黛眉修长,眼珠漆黑,有三分绝色的艳丽,但鼻梁刀削般秀挺,衬得那线条坚毅的丰唇又多了七分的英气。仔细看时,却觉她那清澈中带有狡黠的目光,却似曾相识。

陈驳不禁一怔,脱口道:"你……你是谁?"

女子咯咯一笑,手中扬起一张淡黄纸页般的物事,亭亭站了起来:"大总管,我是茹姬啊。"

她手中那物,依稀可见五官,是一张轻薄如纸的人皮面具。

陈驳瞪着那茹姬,不知为何,却没有说出话来。

倒是张勇"啊"的一声,整个人便想扑上前去,却在她那隐带拒意的微笑中,不得不强忍着停了下来:"原来……原来你长的是这个样子……我终于见到了……"

他语无伦次,泪光盈目,似乎随时便要夺眶而出,"你便是利用我,我也是愿意的……"

众人却在心里大奇:看他死心塌地的模样,原以为他与上林公主有私,没想到却是她的侍女。更奇的是,张勇似乎还没有见过这茹姬的真实面目。

而以茹姬真实的美貌,在宫中决不会如以前那般默默无闻,所以她平时想必都是以人皮面具来遮掩了。

苏兰泽却似乎并没有惊异,仍是那淡然自若的模样:"起初我们也怀疑明相。因为能得到金妆玉兰之人,除了明相,就是那日赏兰小宴上的人。张公子你不但是参宴的贵客之一,听说那赏兰之宴,还是你向明相进的言。可是只听说张公子从小爱梅如痴,怎么忽然那么有兴致,去看什么金妆玉兰?"

她的目光扫过茹姬美艳的脸庞,"这倒也罢了。真正让我们起疑的是上林宫寝殿中的烛台。宫中的烛台为着美观起见,无论是三支烛管还是五支烛管,它们的底座都是讲究层次有致。但公主寝殿墙上的烛烟有好多处长度一致,但的确是高低不齐,却偏偏有几道异常齐整,这说明公主寝殿中有种烛台,其所有的烛枝所插的底座都是在同一条水平线上,而并非常见的'山'字形。"

"为何如此呢?"她扫了一眼微愕的众人,"说来好笑,我少时也干过这等事。在家中练习暗器时,也是以打灭的烛盏为记。要一次打灭十五盏烛灯,才算是过了师长们的那一关。"

苏兰泽的师承,在江湖中一向是个秘密,便是杨恩,也是第一次听她讲起少时习武的逸事,不觉都听入了神。

"可是十五盏烛灯共七十五枝烛火,又高低不齐,只一式'满天花雨'的手法便要打中,其力度千变万化,谈何容易?我不肯下力气,又想早些去玩儿,于是便央求一位家中擅机关的长辈,在低一些的烛座底安装了小小的机关。只需蜡烛燃到某一刻度时,重量变轻,烛座底部藏着的细小弹簧便向上弹起,力道虽微,却恰好能将蜡烛弹到与那些插在高一些烛座上的蜡烛同一高度。这样我只需抓住那一瞬间时机,用一式最容易的'清风穿户',便能将所有蜡烛都轻松打灭。因为此时它们都在一条直线上嘛。"

她或许是想起年少这些趣事，不禁扑哧一笑："至于蜡烛熄灭后，我悄悄地将那些做过手脚的烛座再往下一摁，自然就恢复了原状。说起来，用这一招，我可是足足骗过我那些师长们一个月呢！"

她犹带笑意的目光，最后落在张勇身上："公主虽然做事谨慎，连烛台也销毁了。但我一见公主寝殿那道烛烟，便想起我少时练功房中同样的烟痕。因为我也是偷偷练了好多次，烧了不少蜡烛，才学会了抓住那一刹那蜡烛上弹的时机，发出暗器。因为我的师长就在练功房外，隔窗看着烛火，我可不能让他们瞧出端倪来！"

张勇望向茹姬，不知怎的脸竟有些红了，低声道："你说得对，我的……我的暗器功夫是没练好，幸亏她想出这个法子……"

鲁韶山不禁在心中叹道："当真是贵介子弟，但知儿女私情，此时还在想着能不能讨那茹姬的欢心，却忘了他所做下的事情是何等严重！"

"刺杀僚疆大祭司当非易事，唯有在宫中才能令乌果的侍从退避，这是唯一的机会。但你们无法求助于宫中其他人，你的暗器水平偏又如此马马虎虎，也只能凭借机关之术了……"苏兰泽话锋一转，笑道，"不过堂堂偃师门后人，连绮罗这种肉傀儡都做得出来，又岂会在如此微小的机关上为难？"

除了杨恩之外，所有人听到"偃师门"三字，都不禁身上一震，目光投向了茹姬！

"刺杀乌果，真的是她……是她所为？"陈驳急促地盯了茹姬一眼，又望向苏兰泽，"可是……可是……"

周森泉眉头皱起，看向陈驳的目光似乎有狐疑、不解、震惊，却又含意莫名。

"他怎么能不死？"茹姬的笑容虽淡，但绽放在她那美艳的脸庞上却如春花般耀眼，"当初送我去僚疆时，你不早就明白，落在乌果大祭司手中的我，会落得怎样的下场吗？明相？"

周森泉全身一震，抬起头来。随着他抬头的姿势，一张薄纸般的面具飘落在地。而那些属于周森泉的些许收敛、隐忍都如潮汐般褪去，倒是那勇决孤直的神情，一如海底坚硬的礁石，不知经过多少海浪的洗礼和打磨，才傲然露了出来，幽暗、黝黑，但有着不输日月的熠熠光芒。

日月既出，涵照海清——正是对这位如今已宰执天下、令百官避道的权臣最好的评语。

燕敏低下头去，陈驳木脸不动，苏兰泽面露微笑，张勇目瞪口呆，而鲁韶山只觉自己背脊上已经完全被冷汗湿透了。

即使是有人皮面具的遮掩，也早就应该想得到，除了明照清，谁人能在刻意做出的谦和忍让下，仍显露出刀锋般的森寒？又有谁能驱使剑神的高弟，只是做自己身边一个小小的影卫？

世所皆知，影卫是明照清独有的护卫！当初在杨恩的别馆中时，这所谓的"周森泉"可是带了好几名影卫！

"你……你是阿奴的女儿？"明照清的话语听起来似有涩意，"我记得当年公主被送往僚疆时，同行的只有公主的奶娘阿奴。阿奴当时也刚产女不久，算起来与公主的年纪相仿，难道……就是你？阿奴她……"

茹姬看着他，含笑不语。

"你处心积虑，只是为了这一刻吧。"杨恩的手中已多了那支熟悉的竹笛，"用玉琳琅诱害太妃，让绿罗杀死乌果，上林宫中的失踪、绮罗的歌舞、浴金殿中的迷药、明府的金妆玉兰、自焚的宫装女子……你所做的一切，都是为了引起所有相关人的疑心，并诱使明相一步一步在众人的见证下，亲自踏入到这所一洞天中来！"

"因为谁也想不到……"鲁韶山喃喃道，"一个被人诱拐或掳掠的受害人，竟会是所有事件的主谋。"

"可是也没有瞒过捕神呀，"茹姬笑得还是那么灿烂，"我倒想知道，捕神是如何发现端倪的呢？其实这一连串的案件中，明相才有最大的嫌疑，毕竟在所有知晓当年情景的人看来，其一，能诱得白蕙赶往浴金殿，开口说出玉琳琅的男子，也只有他了吧？更何况，他的确是在侍卫发现白蕙尸首之前，出现在浴金殿。以他今时之地位，除了白蕙这位淑静太妃，又有谁能让他好端端地跑到那里去？"

明照清听到"白蕙"二字时，太阳穴处的青筋跳了跳，却咬牙没有开口。

"我问过明相，可是他不肯说。"杨恩笑了笑，"但我想，如今能令明相方寸大乱的，若非是出现谋逆，便是与'兰哀'相关。"

"那我便告诉你吧，我说了后，捕神也要把你的推论告诉我。"茹姬媚然一笑，"说起来，我只是在勤政殿外，他的必经之道上丢了一封信而已。信中说让他前往浴金殿，还附着两句诗。"

她曼声吟道："琵琶犹如故，兰香不长久。"

"你是阿茹！"鲁韶山霎地抬头，"怪不得……怪不得你的眼神那样熟悉！那次在锦衣陆府，你一定也是戴了人皮面具……"

那是上一年的盂兰节，锦衣陆府，如烟桥，风陵渡，漂远的莲花灯，河面腾起的夜色水烟，雾中红绡灯笼，还有提着灯笼的那个少女阿茹凄冷的歌声。

"一曲凤求凰，千古诉风流。若得同心侣，不将神仙求。山在海未枯，凰去凤亦休。高车驷马在，几人得白头。当时有明月，曾照湖边柳。琵琶犹如故，兰香不长久。"

明照清的怒气似乎在这一刻消散了，化作如水烟般沉郁的神情。他怔怔地望着茹姬，还是说不出话来。

"其实让我们不再怀疑明相，也正是你们的设计。"杨恩的手指摩挲着笛端，那里的翠色已有些泛黄，却因长期的摩挲变得如玉般光润："你真正的目标，是要抛出玉琳琅的消息，让两宫相疑。"

"哐啷！"陈驳手一软，握着的匕首落在了地上。

"因为无论是太妃还是乌果，他们地位看似尊崇，但对于今日的明相来说，要杀他们有千百种隐秘法子，根本不必如此大张旗鼓。"

杨恩的脸色一如既往的平静，"太妃被杀，看似是被僚疆秘药混合百日醉迷昏，而此药又只有乌果才有，而明相杀乌果，可以说是为了灭口。但还是那句话，明相手头有千百种药可以用，未必就一定要用僚人之药！"

"唔，可是寻常人使唤不动白蕙的心腹绿罗，更不可能让双腿行走不便的公主加上一个手无缚鸡之力的侍女一起消失在宫中呀？"茹姬含笑道。

"还是同样的道理，"杨恩淡淡道，"明相有无数奇人异士可用，又何必驱使绿罗？绿罗又何必在死前唱起《兰哀》，明明白白在歌声中唱出'玉琳琅'三字？上林公主失踪更是奇怪。就算公主曾在护国寺对明相一见倾心，明相也为了所谓的玉琳琅动了带走她的念头，但他完全可以再制造一次公主出宫的机会，然后令人劫走，甚至弄出一桩所谓的意外与所谓的公主尸首，岂不是干净利落得多？又怎会在贸然杀死太妃后，便带走公主？这样仓促草率的做法，可不符合明相素来严谨的风范！"

竹笛在杨恩的指间，闪着微光，"明相的嫌疑太真了，反不像是真的。不过你们的用意，本就是要让相关的人都明白，这一切就是你们做的！你们根本什么也不惧怕，所以才会有绮罗的出现，才会有浴金殿中当着太后自焚的宫装女子！凭她们的相貌和傀儡的身份，就足以在两宫心中，掀起轩然大波！

"可是，你们又一定要将明相牵涉进来，将僚疆牵涉进来，所以，才有了这一连串的惨案。甚至是到了最后，当你们知道成功地引来了各方的注意力后，更是不惜暴露张公子，让他以半阕《兰哀》，将我们带到了一洞天！"

杨恩目光如电，竟比常人还要犀利十分，"我想，当初你们应该是以言语诱骗了淑静太妃前往浴金殿，将双腿不便的公主藏匿于太妃轿舆之中，而你则扮作寻常跟车的宫人随在其后。及至到了浴金殿中时，你二人将太妃杀死，然后通过浴金殿的暗道来到此处，然后一直藏匿到了今天！"

"现在我只想知道，究竟是什么驱使你们两个弱女子，做出这样惊人的惨事！甚至是……杀了淑静太妃还不够，还剐尽了她的尸身！"

"哟，差点忘了，对各位客人，还没奉上茶水呢。"茹姬并不正面回答，反而掩口一笑，"我这个主人也太不周到了。"

她纤手上拂，拉了拉大椅扶手边的一根丝绦。只听内室丁零零一阵乱响，过了片刻，通往内室的门扇忽然开了，有一头包布巾的女子翩然出来，手上端有茶盘，盘中七盏滚水，热气腾腾。

众人一惊，不知这女子从何而来。仔细看时，但见她与真人身量相仿，面部却是木质雕成，以墨笔画出五官，又包有布巾，粗略看竟分辨不出，但远不如绮罗那样精致如生。竟然这也是一个傀儡！

仿佛是看出了众人的心思，茹姬又是一笑："此处无茶，可别怪我怠慢。这水可是没毒的，不过喝不喝也随你们。"

众人想起她乃是在僚疆长大的，不禁心中一凛，谁敢过去喝水？

"这室中封闭，要害我们，用毒烟便行了，的确用不着在水中下毒。"苏兰泽第一个过去，拿起两盏来，分别递给了杨恩和鲁韶山，自己也取了一盏，呷了半口，赞道，"回味清甜，好水！想必是温泉吧？"

"苏姑娘果然磊落，"茹姬眼波流动，"各位不喝水，倒是看看我这傀儡的身段，美是不美呢？"

她这一说，众人才注意到，那傀儡的面部尽管粗糙简单，但裹在布衣中的身躯却是鲜活柔软，特别是捧着茶盘的两只柔手，修长白皙，不像是木材所制。

茹姬已取过一盏滚水，端在手中："正如方才捕神大人所说，当时我先是告诉白蕙，公主想要告诉她一些关于玉琳琅的事情。果然引得她深夜前来，还假惺惺地带来了《兰蕙图》想打动公主。然后我们将计就计，将她骗去了浴金殿，我又趁其他宫人站得远远的时候，尾随白蕙入了浴金殿的浴房。然后我拿出事先准备好的男子皮影，藏在浴房破败的幔帐后，让她误以为帐后藏着真正的明照清。又令绿罗用腹语扮作男子声音，这样就能使外面站着的那个小宫人以为，白蕙在这里秘密私会一个男子，而他们谈到了玉琳琅！"

她咯咯一笑，"然后我们用药迷倒了那个小宫人，绿罗离开浴金殿赶往夜棠宫后，我一刀刺死了白蕙！"

众人不禁一颤，茹姬的笑容依然灿烂："开始我只想杀了她算了，可是在那一刻，我控制不住自己的怨憎！我不但杀了白蕙，还剐了她的尸身。其实何止如此，我还剥下她的皮肤，将血肉剁为烂糜，这才有了各位面前这具木头肉傀儡！"

只听"呕"的一声，却是燕敏捂住了嘴，俏脸苍白，似乎马上便要呕了出来！而其他人呆若木鸡，甚至是张勇都全身颤抖起来，难以置信地瞪向了茹姬："茹姬！你……你为何如此？"

"你怎能这样对待淑静太妃？"明照清终于说话了，他的嗓子有些嘶哑："你们既然处心积虑地算计我，应该早就知道了她是公主的……"

"她是公主的姨母，乌果是公主的师父。他们一个在僚疆辛苦教养我们成人，又教了那么多用药的秘术；一个在我们入宫后不顾太后的忌讳，对公主百般疼爱！而我们却杀了他们，还做出如此惨无人道的事来，真是禽兽不如，对不对？"茹姬的目光中闪动冷芒，那春花般的笑靥看上去更像是冷笑，"明相，我早就说过了，你当初既然处心积虑地将我们送去僚疆，难道就真的不明白，我们在僚疆过的是什么日子吗？"

鲁韶山只觉心中有隐约的不对，但究竟何处不对，却又说不上来。

明照清的脸色唰的一下，忽然变得煞白。

"茹姬，"内室忽然传出个女子声音来，她咳了两声，微弱地道，"他们都是虎狼之辈，一丘之貉……咳咳，你只管……只管告诉捕神……捕神大人……"

茹姬眼圈忽然一红，跨前几步，"砰"的一声，将内室门扇全部推开，大声道："你们来瞧瞧吧！瞧瞧她！"

巨大的声响，吓得众人又是一颤。

但杨恩一言不发，当先进入内室，苏兰泽和鲁韶山毫不犹豫地跟了上去，其他人才犹豫着趋到了门口，忽然都呆住了：内室只有一床一几，几上放有烛灯，极是简陋。昏黄的灯光下，一个女子卧在床上，身盖青棉被褥，枯黄的头发披散在枕上，兀自咳嗽不住，被褥也随之瑟瑟抖动。

陈驳愣了愣，腿弯一软，扑通跪在了床前。

"老奴参见公主！公主……公主受苦了！"他眼珠一转，手蓦地指向茹姬，怒道，"都是这个大胆的刁奴挟持了公主！这个刁奴还……"

"住口！"

那女子蹦出这两个字后，又是一阵剧烈的咳嗽，蜡黄的脸上泛起一片病态的红晕，"你一个阉奴，也敢对公主无礼！"

她毕竟身份尚在，陈驳不敢多言，紧紧闭上了嘴巴。

茹姬已抢前一步，坐在床上，将那女子搂了起来，半坐半躺地倚在了自己的怀中。

女子看来与茹姬年纪相仿，只是形容枯槁，奄奄一息。瘦弱的身上穿着一件上好鹅黄丝质中衣，与这室内的简陋显得颇不相宜。

明照清却一怔，敏锐地将目光投向了那个女子："公主？"

"我……我不是公主，"女子喘了两口气，枯瘦的手爪吃力地抓住了茹姬的一只手，"她……我才是茹姬……她才是真正的上……上林公主……"

张勇张大了嘴巴，彻底地呆住了！燕敏低下头去，苏兰泽与鲁韶山沉默不语，杨恩若有所思。

陈驳长叹一声，闭上了眼睛。

"你早就知道了！"明照清恼怒地瞪向陈驳，"难怪我觉得眼熟！难怪……"

"只要看公……茹姬……的长相就明白了，"陈驳睁开眼来，苦笑道，"难怪她要戴上人皮面具，也幸得上林宫一向冷清，她又行事低调……不然，只看那三分似太妃，七分似先皇的长相，哪还能让人瞧不出来……"

"可是当初回宫时，为何你不说明身份？"明照清痛怒交加地看着"茹姬"，"为何要让这样一个婢女来代替你？要是我早知道……我早知道……"

"要是你早知道上林公主还有几分像她母亲，说不定护国寺相遇时，会多几分香火之情，对不对？"

她冷笑道："可是你以为，将一个人扔到虎狼窝中煎熬二十五年，只需一朝给她点蜜水喝喝，便是天大的恩德了吗？可是我不要做什么公主，我有我的名字，奶娘说，我母亲给我起的名字叫忆兰！"

她哗的一下，揭开了女子身上盖着的棉被。

那女子并不闪躲，只是无奈而微弱地笑了笑，说："公主，你……你又何必……"

"不！"忆兰眼中泪光闪动，哽咽道，"他们不知道你吃了多少苦！"

鹅黄丝质中衣只齐膝盖，露出的半截小腿和脚踝都细得可怜，多年的坐卧使得她腿上的肌肉已萎缩大半。更可怕的是，在那细弱的腿上，却横七竖八地密布了无数伤痕！有的像刀痕，有的却是炙伤，腿肚处还有个深陷的指头大小的凹坑，显然是那里的皮肉被生生剜去了一块！

"这是……"苏兰泽的声音也不由得颤抖起来："怎么会有这么多伤痕？"

忆兰咬紧牙关，泪珠终于大颗大颗地落了下来，扑簌簌打在茹姬的头发上，顷刻间湿了一片。

"傻……傻妹妹……"茹姬挣扎着去摸她的脸,"我已经快死了……你何必……"

"你们都忘了绿罗临死前指控乌果的话吗?"忆兰抓住她的手,贴在自己脸上,泪珠却没有再掉下来,仿佛被此时眼中喷出的火焰给瞬间炙干了,"不错,绿罗是我母亲当年留在宫中的人,她隐忍在白蕙身边这么多年,就是为了等我回来!她是自愿赴死,但她说出的那些话,却并不是空穴来风!"

"你是说……"张勇失声叫了出来。

"那个舞伎锦罗是怎么死的?乌果的这种禽兽般的嗜好,明相当真不知?陈驳你也当真不知?"

陈驳一直垂首不语,而明照清的脸色已由苍白变成了死灰。

"茹姬是奶娘的女儿,当初前往僚疆时,是奶娘带着我们俩……茹姬当时与我同在襁褓之中。奶娘为了保护我,让茹姬代替了我的身份。所以她……她代替我,忍受了二十二年的折磨!"

茹姬喘息着,努力抽出自己的手,想要帮忆兰拂去鬓边的乱发,双手却一直在颤抖:"我娘……我娘说……这都不要紧,只要你……公主你好好地……好好地活着……"她的气息已经越来越轻,瞳孔中的光彩也在渐渐散去,"将来有一天,带着大小姐……你娘……回扬……扬……"

她的手蓦地垂下来,瞳孔中光彩全无,枯干的眼帘,也慢慢地合在了一起。

鲁韶山僵在了那里,苏兰泽打了个冷战,脸色慢慢地变了。

"要紧的……"忆兰喃喃道,"锦罗受过的罪,我也受过,从我八岁那年开始。"忆兰口齿清晰,一字一顿。

所有人都噤住了,甚至连杨恩都手指一紧,捏住了笛子的尾端。

忆兰轻轻放下茹姬,伸手将棉被盖了上来。她细心地掖好每一处被角,仿佛覆在被下的茹姬并不是一具没有生命的尸体,而只是在静静地熟睡。

忆兰的神情没什么变化,甚至连眉毛也没有动一动,那张美丽的面庞就像是用最坚固的玉石雕成一般,似乎连锋利的昆吾刀,也不能刻动半分。

"不错。乌果有那种令人难以启齿的嗜好,不仅是少女,还有女童……而茹姬……因为顶着公主的身份,所谓皇族血脉,更令乌果兴奋莫名,她受那种罪,从六岁就开始了。如果说，我受了一百遍罪，那茹姬所受的罪就有一千遍、一万遍……不仅如此，因了某些贵人的顾忌，她从小便被灌服各种药物，她的双腿瘫痪根本不是受了什么瘴毒，而是服下的药力冲乱了经脉……可是茹姬她说，不管怎样，一定要活下去，活下去……因为如果她这名义上的公主死了，我就更没有机会回来……"

"我们比锦罗强的一点是，乌果的所作所为虽一样令人发指，却不敢让我们横死罢了。可是像这样活着，还真不如死了……多少个夜晚，我们遍体鳞伤地互相搂抱在一起，哭得那样伤心，可还不敢让人听到……在僚疆，那个人间地狱，我们熬过了二十二年，茹姬终于让我回到了京都，她自己却油尽灯枯……"

众人原是厌恶她对淑静太妃白蕙所做的残忍的行为，可是听到此处，却似乎懂得了她的内心。

众人只觉得有一只无形的手，忽然紧紧抓住了自己的心，那种紧迫强烈的疼痛，令人刹那间几乎喘不过气来。

六岁！八岁！单只想到此节，便觉眼前出现无穷黑暗的深渊，没有丝毫勇气再往下看一眼。

鲁韶山紧紧握住拳头，如果乌果此时在面前，哪怕只是尸体，他也不知道自己会不会失控地拔出剑来，如狂风卷地般将他那张老脸剁成肉泥！

忆兰嘲讽地一笑："若非是朝中派去的人看到茹姬奄奄一息的模样，恐怕还不肯让我们回来吧，即使他们那样想从我们身上得到玉琳琅的线索……最可笑的是，那些一心想加害我们的贵人，竟是我母亲当年最亲近的人……"

"僚疆有一种咒术，叫作怨憎会，是利用人心中的怨憎之念，让其反噬神智。我常常想，那些贵人，他们的心中到底有着多深的怨憎，不但让我母亲消失得不明不白，甚至对我们这样幼小的孩子也如此暴虐！如果对他们施加那种叫作怨憎会的咒术，其反噬之力，足以让他们灰飞烟灭吧！"

"啪"，一声轻响传来，却是明照清握住拳头的力量竟使得拇指上的碧玉扳指被猛然折断。

"奶娘在僚疆的第四年便不堪折磨而死，死前将一切告诉了我和茹姬。我母亲白兰与白蕙是孪生姊妹，都出自扬州白家。白家以偃师秘术立门，但代代只有一个传人，到我母亲这一代时，她被挑中为偃师门的传人。而她的妹妹白蕙知道后，一气之下破门出走，竟然入了乐坊为歌舞伎。"

忆兰的话语听起来那样遥远，仿佛穿透了无数岁月的烟尘，纷至沓来："后来母亲以良家子入宫，而机缘巧合，白蕙也因歌舞出色被选入宫中。两人在宫中重逢时，我母亲那时经了金妃的引荐得到圣宠，已由金妃身边的女官，被封为兰嫔，白蕙却刚从宫中一个普通的舞伎被纳为美人。母亲见到妹妹自然十分惊喜，但白蕙却暗藏嫉恨。三十年前，在宫廷争斗之中，因玉琳琅丢失一事，金妃香消玉殒，五年后先帝驾崩，此案被人翻了出来，我母亲也因此获罪，从此在宫中销声匿迹，刚生下不久的我连同奶娘被送往僚疆，连累茹姬也酿成一生之悲剧！满宫嫔妃在先帝驾崩后，或死或废，白蕙远不及我母亲得宠，可是只有她一枝独秀，而且幸存到了今天，混上了所谓淑静太妃的名号，那么当年她到底扮演了什么样的角色，还用得着多说吗？"

"更可笑的是，白蕙苟活到了今天还不知满足，竟然也想知道玉琳琅的秘密。第一个在僚疆秘密找我们的人，不是别人，正是她，我亲亲的姨母——淑静太妃白蕙。她说，我母亲在最后的时刻，曾让人给她送去一封信，信上说玉琳琅所在，必须要用到偃师的木傀偶才能入内。而偃师门控制和制作木傀偶的秘诀是靠一种先天的真气，每一代传人都是靠真气相度才能继承衣钵，所以门中每代只有一个传人。而我母亲已将自己的真气度到了当时刚刚满月的我的身上。只有等我长大成人，才会自如地运用真气。她想要得到玉琳琅，就必得在我成年后，将我从僚疆接回来。"

"白蕙又说，别人都以为将我送到僚疆时，我还只是个婴儿，无足轻重。但她知道自己姐姐的手段厉害，绝不甘愿让自己女儿终老于僚疆，不仅是偃师门的真气，一定还留有其他的后招。就算我现在不知道，但有她帮着，一定能发现我母亲当年留下的关于玉琳琅的线索。如果我肯听她的话，她便想法儿将我们接回京都。哈哈，可是我真不明白，她多活了二十多年，还有什么不满足的呢？过了这么久，还对当年的事情念念不忘？"

众人仿佛都沉浸在那段惊心的往事中，只有苏兰泽轻轻叹了口气："也许在她的心里，也存在着怨憎吧。温婉的外表下，隐藏着炽热的欲求之心。以前嫉妒姐姐为继承秘术的传人，进宫又恨自己不够得宠，苟延残喘二十余年后，还恨自己比不上太后尊荣。怨憎的种子，早就种在她的心中，渐渐枝繁叶茂，终于自取灭亡。"

忆兰轻轻理顺茹姬的乱发："我想，我母亲当初选择销声匿迹，便是最好的后招。只要她生死未卜，便能使人不敢加害我的性命！说不定母亲早就料到，以白蕙那样炽热的欲望，终究舍不得不接我回来。"

"不满足自己已得到的，总以为还会有更好的。"苏兰泽叹了口气，"贞慧太妃对自己这个妹妹，还真是了解啊！"

"二十二年后，她接回了我，并且不知以什么理由说服了太后，给了母亲和我封号。"忆兰淡淡道，"她以为她即将等来自己尊荣的更高峰，却没想到等到的却是死亡。"

沉默了片刻，苏兰泽又轻声道："可是，难道贞静太妃当年就没有想过，你毕竟去僚疆时年幼，回京都之后，万一被淑静太妃所利用，又该如何？"

"呵呵，"忆兰露出奇怪的笑容，"我也是最近才明白我母亲的用意。当时奶娘临终前对我说，她告别母亲时，也问过母亲同样的问题，可是母亲只说了四个字：'你且看他。'"

"你——且——看——他——"明照清的声音极低极低，"她总是那么聪慧……"

"你且看他？"苏兰泽喃喃道，"这是寒山与拾得的对答啊——'世间谤我、欺我、辱我、笑我、轻我、贱我、恶我、骗我、如何处治乎？只是忍他、让他、由他、避他、耐他、敬他、不要理他，再待几年，你且看他。'"

"母亲不是神仙，她纵然安排了宫中的旧人，又在白蕙心中埋下了欲望的种子，可是世事瞬息万变，我能否平安回来，也只在三七之数。所以，或许她并没有指望，我能为她报仇雪恨。"

"可是那又有什么关系？万事自有因果。如果在短暂的时间中，看不出因果的相连、命运的公正，所谓'杀人放火金腰带，修桥补路无尸骸'，那也不过是因为'因'虽种下，'果'却未熟罢了。但隔了二十五年的漫长时光，不管我有没有回来寻仇，那一切的恶果，必会成熟。"

死一样的静寂中，忆兰扬起脸，平视众人，似笑非笑道："白蕙和乌果罪有应得，此时才死，便是千刀万剐，也已是便宜。当年害死我母亲的人，都得付出代价。你说是不是呢？明照清！"

"那次孟兰节，你在桥头提着红绡灯送我的时候，你便早知道我是谁了，对不对？"明照清的脸色仍是一片死灰，但目中却闪耀着骇人的光亮。

"是我。"忆兰唇边忽然绽放的笑容，真可以令世间所有人刹那晕眩，"那晚的后半夜，水汽慢慢弥漫上来，浓雾中几乎辨不清方向……我提着红绡灯，陪你从如烟桥一直走到风陵渡。"

她笑着，吟诵道："香车转彻烟尘空，桥头红绡月初透。"

那一晚，水烟迷离，帷帽下的男子风姿俊逸，仿佛终南山来的雅客，哪里像这人间的宰相？纱笼光晕，如洛神一样的女子，哪里是今日这个复仇的魔头？

桥上，他说过什么？

"在很多年前，在扬州，我有过这样的愿望，要陪着我心爱的女子，从琵琶湖一直走到邾家巷。"

无论是从如烟桥到风陵渡，还是从琵琶湖到邾家巷，不过是一炷香的时间，却仿佛是悠远的一生。

"那是我入中原的第二年，绿罗帮助我联络到了一些旧人。我渐渐查到了一些线索，开始安排复仇的计划。可是我想不出，满朝文武中，有谁敢于帮我揭开这些。正好孟兰节的时候，我们以公主要放河灯祭拜亡母的名头，让白蕙帮忙放了我出来。我发现了吴胭脂的真气出自偃师门，一路尾随而去，可是我没有想到会遇见捕神他们，还有你……我与你见的第一面，根本不在护国寺，而是在如烟桥。"

忆兰的话语仿佛也蒙上了一层迷茫的水烟，若隐若现："只是那个时候，你根本不知道我是谁。但是我却知道你！我早就从奶娘那里知道，你就是这一切的罪魁祸首！"

鲁韶山倒抽一口冷气，杨恩曾讲过的一番话顿时浮上心头。

"太妃姐妹与明相是同乡，都是扬州人。明相出身贫寒，听说父亲曾是匠人，这也是他为何对机关之术有特别领悟力的原因。后来他十八岁一举得中进士，又因宫中贵人相助，得先帝垂青。'日月既出，涵照海清。'这八字评语便是那时得到的。本来稳稳当当一个翰林位置，谁知他竟然弃文从武，先在军中效力，累积战功而得到提升。后又以机关术平定僚疆，再立功业。短短数年时间，文韬武略，震惊朝堂，才有了今天的明相……现在想来，那位对他有相助之恩的宫中贵人，或许就是淑静太妃，甚至是……贞静太妃……"

"终于等来了今天。"明照清长长地叹了一口气，灰败的脸上似乎更多的是解脱般的轻松："你母亲在哪里？我不信这些都是你奶娘讲的，你一定是……一定是在成年后，见到过你母亲，而你母亲当初在宫中消失，活不见人，死不见尸……"

忆兰咬了咬嫣红的唇，妩媚一笑，那笑容中却仿佛有万千根冰芒："我知道你明家与白家是通家之好，你父亲亡故后，你也是在扬州邾家巷白家寄住了几年。但凡不是禽兽，则无论是对白家还是我母亲，应该只会有感激之意，为何却有那样深的怨憎？"

"禽兽？呵呵，有时我真恨自己，可是一切都回不去了……

"你的母亲，白兰……"

明照清的脸庞线条，渐渐柔和："我很小的时候，母亲就不在了，十四岁那年父亲也亡故。父亲生前的好友，在我十四岁那年，接我去他在邾家巷的府上读书寄住。当时白蕙已经离家出走，他家只有白兰一个女儿。白兰当时是十六岁的年纪，一如其名，笑起来的时候，像一朵清晨含露的白兰花。"

"不知从什么时候起，我只要看到她，就会觉得有满满的开心，她对我也甚是体贴温柔，我越来越离不开她。父亲临终前曾嘱咐我要好好读书，出人头地。可那时我心里想，我什么也不要，只希望一生与白兰在一起……可是后来，她被选进了宫……

"闻讯后，我如遭晴天霹雳！可是皇命难违，我那时只是一个少年书生，自己尚寄人篱下，又如何能给她帮助？我从小孤高自傲，视名利如粪土，只有那一刻才彻骨地明白了：所谓大丈夫，非关傲骨，只有权力！

"我日夜苦读，进京赶考，高中了进士……她很高兴，想法把我引荐给先帝，先帝对我也青睐有加，我有了足够的钱还有人脉……可是我这一切都是为了找到她、接近她、带走她！金妃死后，先帝视六宫无颜色，终日只笼闭宫中。我以为我带走她的时机到了！可是我没想到！她竟然不愿意！她贪慕这皇宫的荣华，竟不愿意与我做一对远遁江湖的神仙眷侣！"

他狂傲不羁的样子，仿佛又回到了少年纵情的时刻，侃侃而谈，绝无隐瞒，似乎说的并不是要带走先帝宠妃这样大逆不道的丑闻，而是自己生平最为快意之事一般。

陈驳依然跪在地上，此时身子越来越低，脸色也越来越白，只恨不能钻入地底去，也不想听到这些要人命的逸闻。

其他人也没想到居然会听到这一段往事，亦是神情复杂，既好奇，又害怕。

只有杨恩微合双目，手指始终在轻轻摩挲着那根竹笛。

"我更没想到，她虽不愿走，但和她相貌一模一样的白蕙却找到了我！说起来，因了她酷似白兰的相貌，我之前在她面前不慎露出过端倪，以她的精细，又怎么会猜不出来？"

明照清笑了起来，笑到全身颤抖，"我们一拍即合！我们都恨白兰！我恨白兰的贪恋富贵，而她恨透了所谓的'兰蕙齐芳'！她说她不要一辈子活在姐姐的阴影下，只有除掉白兰，她才是完整的一个人。而我呢，我要白兰永远也忘不了我！若不是爱我，那便恨我！

"是！我弃文从武，想要尽快出人头地！历尽艰辛，用来自白家的机关术做出了木牛流马、炮车箭士，终于在僚疆建下功业！我投靠当时的皇后，倾囊以报，果然如愿以偿，得到了更高的权力！我逼得白兰走投无路，尊荣尽失！我明知道乌果是个怎样的人！却还将她唯一的女儿送到了僚疆……"

陈驳颤声叫道："明相！"

"怎么？事涉当今太后，你怕了？"

明照清也斜眼看着他："大总管，你以为当年的一切不说，就真的过去了么？否则你堂堂大内总管，又为何站在此处？你以为就凭着一些漏洞百出的凶案，就能使你和捕神还有我都身涉其中吗？否则一个白蕙之死，为何要引得太后深夜微服前去浴金殿？"

陈驳紧紧闭上嘴，但苏兰泽从后面看去，却见他的肩头在微微发抖。

"白兰生了个和她一样聪慧的女儿。"明照清望向忆兰时，目光已变得柔和起来，"可是你比你母亲更胆大心狠，你就是要逼迫得我站出来！你恨白蕙和乌果，也只是杀了他们，可是你却让我在所有人面前，自己撕开自己最血淋淋的伤疤！"

"我在僚疆，以屈辱侍奉乌果所换来的用毒之术，在如烟桥那一次，不是没有机会杀你。"忆兰笑得明亮耀眼，"可我不要你这样死去，就像对待白蕙一样。我要你们死在最恰当的时候，死得其所。"

"恕老奴多言，"陈驳终于说话了，却有气无力，"您做下那许多事情，纵是真正的上林公主也难逃其罪。"

"那又有什么关系？"忆兰的笑靥重又绽放，"不要以为时间能埋葬一切！有因，就一定会有果！"

"你……你这是自取灭亡……"陈驳的声音有着不易察觉的颤抖。

"当初若不是茹姬奄奄待毙，以太后心性，岂肯将我们接回京都？茹姬一死，我不管身份如何，也绝无好的下场！但这又如何？乌果和白蕙都已伏诛，两宫因玉琳琅嫌隙已生，而明相当年纵然因此事立功，荣宠三十年，但如今还能延续下去吗？"

"所以当你听说乌果进京觐见时，就知道时机已到。"杨恩忽然开口了，他不知何时已不再站在原地，而是倚在床榻对面的墙壁上，"你想把淑静太妃、乌果、明相等人一起串起来，因为他们都是二十五年前某一桩旧事的见证和帮凶！也只有这样，你所做下的案子才更有说服力，才更让该相信的人相信，这一切不仅是你的复仇，还与玉琳琅有关！"

他一口气说下去，没有给任何人插话的机会："也只有这样，你才能借助外来的强大的力量，逼得我们这些人一起出现在你的面前！让我们不得不听到二十五年前真实的秘辛！"

他话头蓦地一转:"我知道绮罗是你做的了。你有你母亲留在你身上的真气,想必你母亲当年没有将偃师门的秘籍交给奶娘阿奴,而是交给了绿罗,因为阿奴的处境无法藏匿秘籍。你入宫近三年,故意放出孤僻又擅毒术的名声,让人不敢接近你,也好让宫中的贵人们放心。在冷僻的上林宫中,前两年你一直在潜心研习傀儡术,因为修为有限,但时间十分充裕,所以你能做出那样精致的肉傀儡绮罗。"

"至于滋养傀儡的血肉……宫中每一刻,都有人秘密死去,身处这样肮脏又黑暗的地方,获得新鲜血肉易如反掌。"

鲁韶山张了张嘴,似乎被他少见的犀利给惊住了。

"太后微服前往浴金殿的那天,于淑静太妃的灵前,忽然出现的宫装女子……"杨恩把竹笛缓缓塞回袖中,"唔,就是那具木傀儡,仅是以木头、皮甲、胶漆等材料制作出来的人形,却那样精细入微,宛若生人!这绝不是以你区区两年的修为能做出来的东西!那具木傀儡,从何而来?"

所有人的目光,若明若暗,都投向了忆兰。

忆兰定定地看着杨恩,笑容消失了:"我就知道,捕神总是一言中的。"

她转向明照清:"我母亲留下一些东西给你,你想看吗?"

"白兰?"明照清的身体忽然颤抖起来,急切地踏前一步,"她……她不恨我吗?她还会给我留下……留下什么?"

"我先问你,你对我母亲怨憎交加,是不是就是因为她不肯跟你走?"

"白兰她为什么不肯像我一样,不顾一切?她一定是不爱我,得不到她的爱,我也不肯爱这世人。"明照清的声音又急又颤,"我费尽心思,我害她逼她,只不过想她向我屈服,我只不过是希望她爱我!我不能失去她,哪怕是折磨死她,我也不愿失去她!"

"如果那时,母亲答应了你,你会怎样?"

"我会放弃一切,跟她远走高飞!"

"你幼读诗书,少年及第,前程无量,一旦跟皇帝的妃子私奔逃走,且不说能否活下来,难道父母亲族也不顾了吗?"

"可是我爱她,我可以不顾一切,她为什么不可以?"

"每个人的际遇都不同，每个人的心也不同。不是每个人都可以舍弃这个世界，只为了爱另一个人！"

"不！"

明照清嘶声道，"她失踪二十五年，始终不肯露面！我将你送到僚疆，她明知你受尽折磨，也狠心不出！我在京中遍植白兰花，依然无法将她打动！可是我知道她在的！我知道……因为那上半阕《兰哀》，忽然在一年前传遍京都！那是我十六岁时，陪她在扬州琵琶湖畔时写给她的！而当时她也回赠了我下半阕，我觉得她的词写得太哀怨，所以没有再续写下去，所谓上下阕《兰哀》，其实也是未完之词！

"可是……那日湖边，我弹琴，她唱曲，何等快活！我将琴弦取下给她，她也摘下一朵白兰赠我，我们对湖盟誓，说生亦相依，死必同归，甚至连骨灰都要一齐洒在琵琶湖的碧水之中！如此纠缠生生世世，绝不分离！"

当时，应该是怎样两心相悦，才发下这样疯狂热烈的誓言？可是听在众人耳中，不知为何，竟有些阴冷之感。

"那半阕《兰哀》，是我放出去的。"忆兰笑容中带有讥讽，"我就是要让你恐慌、期望、不安，肉身虽在人间，心却处地狱烈火之中。"

"你说的不错，有时活着，还不如死了。自白兰失踪后，这二十多年，我日夜都活在煎熬之中。唯一让我解脱的，便是白兰……"明照清惨然道，"那《兰哀》，也一定是你母亲告诉你的……现在就请你告诉我，你的母亲……她在哪里？她留给我什么？"

忆兰伸出手来，只在茹姬枕下的床板处，不知扣住什么机关，轻轻一旋。

轧轧有声，床后的墙壁忽然从中裂开，露出后面一具石室。

忆兰将茹姬轻柔地搬到床的另一头，自己跳上床板，躬身钻入。

陈驳却反应最快，从地上一弹而起，进入室中。其他人也都跟了进去。

借着外室的烛光，看得清这室内四面皆是青石，显然是从山腹岩石之中开凿出来的一间石室。壁边有一石榻，并无枕被，看得出这是由整块青石雕成的，且与石壁相连。

榻上赫然卧有一人，锦服斑斓。仔细看时，那锦上却是"四海云气"的纹路。然而与当下时新的"四海云气"锦擅用暗色提花来表现云气的多变,并于淡泊中求雅致的特点不同,那锦却是以金银丝线交织在一起,因了光线的流动,那云气便诡谲多变,分外耀眼。

然而,如此华美的锦衣,映衬着这样简陋的石榻石室,却让人有种说不出的诡异违和之感。

床榻宽大,那人只占了一半,还余半边空处,可以清晰地看到,有暗色的痕迹一直印到石色中去,勾勒出一个淡淡的影子,看其轮廓,似乎是个人形,但那里只放有一只青灰色陶瓮。

一人一瓮,静静地卧于石榻上,越觉诡异莫名。鲁韶山只觉自己的汗毛都竖了起来。

"这榻上所卧之人……是……是谁?"鲁韶山没发现自己的话语已变得结结巴巴。他一向自恃胆大,但此时竟然无法移动分毫,勇敢地上前去看那榻上之人一眼。

忆兰笑了,她伸出一只纤手来,拇指与中指变幻数个捏诀,在空中招了招。

一道红晕从她凝脂般的颊上一掠而过,显然她是运用了真气。

随着她指诀的变化,榻上卧着的那人手臂微动。

燕敏低呼一声,踉跄着,一把抓住了旁边杨恩的胳膊。

其他人也是汗毛一炸,不由得都退后了一步。

锦衣摩擦的窸窣声中,那人以臂支榻,缓缓坐了起来。

那一刹那,如遇雷击,所有人都僵住了!

榻上的那个人,哪怕只是坐着,仍觉身形伟岸,有着渊停岳峙一般的气势。那张喜嗔自如的脸庞上,也有着严厉锐利的眉峰,线条刚毅的下颌,竟然正是明照清。

"明照清"缓缓下了石榻,镇定地站在了榻边,与明照清几乎是面对面而立,相距不过三尺。

连明照清自己也如石雕木塑,只知瞪大了眼,死死地盯着面前的"明照清"。两人中间仿佛是一面昏暗的镜子,映出内外相似的影像,又仿佛是旧时的魂魄归来，遇上了新生的肉身。

可是……可是总有什么……总有什么不对的地方……

"是木傀儡。"

杨恩不露痕迹地抽出被燕敏紧抓的胳膊，伸手出去，握住了苏兰泽因震惊而冰凉的手，淡淡的话语中，却有着说不出的钦敬与赞佩："扬州白家果然不愧为天下第一偃师。"

"这就是我母亲留给你的东西。"

忆兰仍在笑着，泪水盈眸，宛如这世间最晶莹的两颗星辰："二十五年前，你将她逼到走投无路后，她退入这处密室之中，亲手做出了这具木傀儡。

"一洞天，是先帝为金妃秘密造出的退路。这里甬道狭长，一夫当关，便万夫莫开。因正临清江，空气流通，也不怕被毒烟所攻。整个甬道和密室中暗藏有无数的机关，箭雨毒砂，防不胜防，易守难攻。先帝原是担心自己离世之后，金妃不被当时的皇后所容，到万般无奈之时，还能退到此间，没想到在他在世之时，一时不慎，便永远失去了金妃！"

"金妃临终前，将这个地方告诉了她最信任的人——我的母亲白兰。就在二十五年前，母亲原本是想将你们诱到此处，再一齐袭杀，但是不知道为什么，她进入密室之后，便关闭了通道。然后，她亲手做出了两个木傀儡，一个是你明照清，另一个是她自己……"

"就是浴金殿中，那个宫装女子……"苏兰泽轻叹一声，五指伸展，反过来紧紧扣住杨恩的手指。

"白兰！你是说白兰一直在这里？"明照清全身颤抖起来，他甚至顾不得眼前的"明照清"，旋风般地冲到忆兰面前，几乎他吐出的每一个字都在颤抖，"她……她在哪里？为什么我们来了这么久，她始终不现身？她还在恨我对不对，那就让她亲手杀了我！杀了我啊……"

忆兰伸手取过石榻上那只陶瓮，紧紧抱在怀里。

她的手轻轻抚过瓮身，如星辰般晶莹的眸子里，瞬间碎落了无数更小的星光："她就在这里。"

只听"砰"的一声，明照清一个趔趄，不小心撞上了石墙。

他紧紧盯着那只陶瓮，失声道："不！怎么会在这瓮中……不会是……"

忆兰并不理睬他，反而望向杨恩："捕神说错了一点，偃师门秘籍不是绿罗给的，而是浴金殿的老宫女花姑子给的。绿罗说，花姑子虽然疯了，但是我母亲交代过，如果有一天我回到宫中，就一定要找到花姑子，拿出母亲留给我的玉钗给她看，并且将下半阕《兰哀》唱给她听。"

"花姑子是金妃身边的老宫女，先帝驾崩后就疯了。她无处可去，又不肯在宫中被供养，便在梅苑做些杂事。幸好除了喜欢哼唱，倒也没有别的疯癫之举。"

陈驳喃喃道："说起来，当初还是明相偶然听到花姑子唱上半阕的《兰哀》之曲，一时回想起昔日情分，才在太后面前说情，保了她一条小命……难道她竟是装疯？"

"她是真疯了。"忆兰泪中有着讥讽，"可只有疯子，才能不顾世事如何变迁，仍能坚守自己的承诺，永远也不会背弃。"

白兰，究竟是一个怎样的女子？她永远都是那么看透人心，不管是自己从白家带来的阿奴，还是曾在宫中受过她重恩的绿罗，都没有能让她全然地托付。谁能想到，她竟把最深的秘密，托付给了一个疯子？

苏兰泽在心里暗喟道："世事变幻，人心难测。连自己的妹妹和情人都能狠毒如此，白兰此举，倒真是大智慧啊！"

"花姑子已经疯了，在她的世界里，就只记得我母亲的嘱托。所以她经常在嘴里哼唱《兰哀》曲，可是你们这些各怀鬼胎的人，却没有一个人留意！"

泪珠还挂在长长的睫毛上，忆兰冷冷地一笑："玉钗是我当初到僚疆时，被允许带走的唯一关于母亲的纪念之物。《兰哀》却是我很小时奶娘就悄悄教会了我。母亲费尽苦心，将这秘密分为三份，才让我在长大成人之后，成功地拿到了偃师门的秘籍，并在秘籍的最后一页，发现了这一洞天所在的地形机关图。"

忆兰一手抱瓮，一手指向石榻道："她原本卧在那里。"

明照清的手指紧紧扣住石壁，仿佛若不是借着这一点力量，他整个人随时便会倒下地去。

"从她留在这室中的一封信笺上,我明白了一切。确信那半边榻上的人形印痕,便是我母亲白兰——贞慧太妃的尸身所留。"忆兰的语调淡淡的,但却令人毛骨悚然,"当年她将自己闭于这密室之中,以精湛的秘术,用木头制作了酷似明照清与自己的两个木傀儡。最后,她将明照清的那具木傀儡搬在榻上,自己便卧于其畔,直至死去。那些暗色的痕迹,想必便是腐烂后的尸水所浸。当我来到这里时,她已化为一具白骨骷髅。衣衫烂尽,发丝枯干,那些白骨轻轻一碰,便全部散了。我亲手烧化了她的骨殖,放入这陶瓮之中。"

一股寒意从心中油然升起,瞬间弥漫了整间密室。

"她为何如此?"明照清气若游丝,喃喃道,"当初情势,如果她去找我,我未必不会放她一条生路……甚至是她就将我诱入此间,用机关将我杀死,总好过她一个人孤孤单单地守着我的木傀儡……"

"明照清"就站在榻边,二十五年的流光,仿佛都凝驻在那溢彩的锦衣上,静静地凝视着真的明照清。

没有人知道,在生命最后的时光里,将自己幽闭于密室里的白兰,是怀着怎样的心情,一刀一刀刻出这具栩栩如生的木傀儡。

刻出他飞扬的眉,刻出他明澈的眼,刻出他凝望的神采,刻出他往日的一点一滴美好的回忆,也刻出对他未来的无限忧虑和怅惘——她知道,自己不会再有机会见到二十五年后的他。正如同魂归琵琶湖的梦想,终将与她的生命一起葬送,不会再有实现的一天。

苏兰泽悚然一惊,忽然明白了:为何在看着明照清那具木傀儡时,会有一种说不出的古怪之感!

所以,她刻出来的那具木傀儡,并不是神采飞扬的少年进士明照清,也不是初露峥嵘的新贵明照清,而是她想象中的中年权相明照清,甚至那阴郁中隐显锐利的神态,也被她刻得细腻生动,宛若亲见。

相由心生,她能准确地刻画出二十五年后他的相貌,自然早就料到了,二十五年后,他终会变成怎样的人。

其实此时以她的才智计谋,加上金妃残留的部分势力,若肯奋起反抗周旋,即使他背后有皇后支使，也不是没有机会伺机逃脱。

然而她既这样懂他，自然明白，此时他对她的手段越是毒辣狠绝，心里越是挣扎痛苦。而每与他牵绊一分，她心中痛苦便深了十分，金妃已经死了，女儿也被夺走，与自己的妹妹反目成仇，甚至连他……爱情与亲情、希望与回忆，同时断绝。此时胜负得失，活命与否，又有什么意义？

她宁可悄无声息地死在这秘密之所，让所有人都找不着她的踪影。

无论是对他曾经的爱恋，还是最后的怨憎，她终是保持了温柔有力的沉默。

其实，她应该想得到：以明照清的心机深沉，纵然二十五年后，忆兰长成归来，无论设下的计策再巧妙，他未必会看不出端倪。只要他断然不理，此等秘密又不宜宣之朝堂，则以他今日之权势，哪怕两宫也无可奈何。

只是，以他那样凛冽的性子，与白兰相关的一切，那些曾经的爱与怨、恋与憎，早如种子埋于心间，二十五年来已长成参天大树，盘根错节，牢牢缠绕心腑，就算明知是陷阱，也一定要推着自己跳下去，不探个究竟，活着也没什么趣味。

"兰白一何哀，长生琼之台。夙因发青籽，怨憎逐尘开。"在广袤无尽的时间旷野里，谁知道爱痴的因何时种下，怨憎的果何时成熟？

"你且看他。"

缤纷世事，怨憎爱痴，不过是被蒙蔽的人心罢了。

"我知道，宫中的贵人们，肯放各位一齐来到此处，一定是将计就计，以为我母亲把玉琳琅的秘密藏在了此间。其实什么玉琳琅，我母亲根本没有留下任何线索！她留给明照清你的，根本就与玉琳琅无关。"

忆兰抹去泪痕，露出灿若春花的笑容："我拿给你。"

她一手抱瓮，一手就这样直直地伸出去，解开那具木傀儡的衣襟，细白的两根手指，按在了那宛若还有肌肤弹性的胸膛上。靠左一些，是心脏应在的位置，她手指轻轻一按，只听机簧弹动的微响，竟然陷进去一个口子，露出里面殷红的心脏。

明知是假的，众人还是不由得倒吸一口冷气。偃师秘术真是精益求精，即使是这些外人根本看不到的机枢中心，也做得逼真生动，那颗心脏是怵目的殷红色，如鲜血淋淋，甚至脏器间经络缠的形状，都刻得精细入微，足够以假乱真。

忆兰将那颗心握在了手里。

众人只觉自己的心顿时也悬了起来。

"砰！"

一声轻响，那颗殷红之心顿时化作碎渣残片。一片折叠成方形的布帛飘在了她的掌中，看其花纹质地，倒似乎是一方绢帕。

她把布帛递给了明照清。

明照清颤抖着手打开那已泛黄的布帛，里面竟包裹着一卷弦丝。因年代久了，只是手指轻轻一碰，便脆到断裂成了几段。

苏兰泽心中一动，想道：那便是当年他赠给白兰的琴弦吧？

帛上有字，但墨迹淡到几乎近无："兰白一何哀，长生琼之台。零落远江湖，辗转别戚爱。凤因发青籽，怨憎逐尘开。谁知怨憎苦，非从幽香来。

我生君未生，君生我已老。纵然生同时，亦难与君好。譬如庭前花，不随北风还；犹挂山中月，何曾忆白兰。

望乡一回顾，黄泉寄别书，旧弦从今断，永绝琵琶湖。"

后四句，想必是白兰最后加上去的，字迹飘浮无力，显然当时写字的白兰，已将油尽灯枯。

一直都在恨她，恨她背誓，恨她薄情，恨她不像他那样，能够热烈勇敢地诉说出自己的心意！

其实真正不懂她的人，还是他。其实她的心意，永远都在那里，根本不用诉说。或许再过十年、三十年、一百年，哪怕他到了七十八、八十岁，哪怕扬州城倾、琵琶湖干，只要他还没忘记《兰哀》，总有明白的一天。

其实，那存在的终将消失，那永恒的终将毁灭，他明不明白也没什么关系。

终有一日，要那绿水青山，天上人间，存在只依我心。

白兰，这个温柔又狠心的女人！

"兰儿。"大滴的泪水从明照清的眼中落了下来。

所有的怨愤和憎恨,在那一瞬间,仿佛都找到了出口。旧弦从今断,永绝琵琶湖。

"老奴罪该万死,"陈驳忽然重重地跪下地去,"公主此情虽然可悯,但国法难容,老奴不敢隐瞒。"

不用他多说,众人也听到有隐约的甲器交击之声,从茅舍之外传来。

"无妨的。"忆兰笑得云淡风轻:"我知道这个地方,总会被人发现。也知道皇兄既然派你来了,这一切总会有个结局。只是我有一个请求,"她决绝的眸光中,终于有了温柔的歉意,"张公子他是被我利用了,所有罪责,我一力承担。"

"不!"仿佛是忽然惊醒过来,张勇立刻叫了出来:"茹姬……不,忆兰!我张勇虽是个无能的勋贵子弟,除了玩鹰走马一无所长,却也不是贪生怕死之徒!我发过誓,就从我在护国寺看到你的那一刻,我就发誓要一辈子保护你,我不能让你受伤害!出去后我们去求母亲,去求太后!她们一定会怜悯我们的……听到你说你吃了那么多苦,我……我只恨自己没有早些遇到你……"

"傻瓜,"忆兰的声音,第一次这样温柔如水,"多希望你……永远都是这样傻……"

十月二十三,他永远不会忘记那一日。他去护国寺代刚刚病愈的母亲礼佛还愿,听说有贵人来敬香,他出于谨慎,没敢表露自己的身份。

但瞧在重金献佛的分儿上,护国寺的和尚告知了他进香人的身份,并偷偷地将他安置在邻近的禅房之中。而他,因为早就好奇上林公主之名,大胆隔着窗偷看,只是惊鸿一瞥,他见到了那个瘦弱而明快的女子……

他利用自己在宫中的关系,偷偷打听,知道她是上林公主奶娘的女儿,同公主一起在僚疆长大的茹姬。

原以为,从小命运多蹇的她,离父亡母,无辜地陪着公主僻居僚疆二十余年。如今好容易返回京都,却因为侍奉一个残废了双腿的公主,处处受人冷待……在这样处境下生长的她,应该是如传说中的僚疆一样,冷僻而幽暗的吧?

可是没想到，她虽貌不惊人，却自有一种夺目的光亮。

于是他就着了魔。以前行走宫中，巴不得完成母亲的嘱托后就赶紧离开。可是后来却常常想法子溜到上林宫附近去，他发现公主和她真的很可怜，外人只知道太后多么宠爱公主，可是除了去护国寺，她们从来没有出过门；除了太妃，也没有人去看过她们。

甚至是，当他大着胆子在上林宫外跟她搭话时，即使她并没开口，只是用那种盈盈的眼波看着他，他便仿佛听到了千言万语。

搭话的次数多了，似乎也感知到了他的善意，她终于肯对他诉说深居宫中无依无靠的凄凉，和不知未来如何的惶恐。她说着说着就哭了起来，她哭了。长这么大，第一次有女子在他面前落泪……

这哪是坊间的传说中那个擅长用毒、诡异邪恶的僚疆女子？分明是一个柔弱刚强、惹人怜爱的佳人。

他这样一个生于富贵之乡的勋贵子弟，见过的女子大多是骄横英决的贵女和曲意奉承的侍婢。陡然见到这样一个外柔内刚、与众不同的她，男人的保护欲油然而生，那个关于英雄的梦想就此苏醒。

因为蔡国长公主的护犊之情，张勇永远不可能做一个真正领兵的骁骑将军，永远只能被人称为"公子"而不是"将军"。他不能疆场杀敌保家卫国，那么就保护这个弱女子吧！他由怜生爱，由爱感受到自己的价值，感受到自己原来是可以被寄托无限的期望，自己原来也可以是别人的救星和一切，在这个弱女子的世界里，自己是独一无二的骁骑将军！

谁还能挡得住他追求梦想的决心呢？

他甘愿付出一切，哪怕被利用也没有关系。

甲胄兵器的交响在茅舍外停了下来，寂静之中，橐橐的脚步声清晰如鼓点，一步步踏近。

陈驳幕地抬起头来，如闪电般跃出石室，就在外面的室内，对着门扇扑通一声跪下："请圣上止步！"他旋风似的转过身来，眼中精光闪现！

但闻沙沙声响，却是陈驳臂弯里那柄从不离身的拂尘忽然根根张开，脱柄而出，如千万根银针，又如疾风骤雨，兜头盖脸地向忆兰扑洒而去！

杨恩并没有出手，他甚至握住了苏兰泽的手，两根修长的手指在她的掌心里坚定地按了按。

张勇尖叫一声："公主！"

忆兰不知何时，早将陶瓮放在一边。她不闪不避，十指张开，瞬间在胸前变化数种手形，目中蓦然有金赤之光，迸射而出！那样狰狞之态，偏又显形于如此美艳夺目的脸庞之上，恍若活生生的地狱修罗！

"砰！"

一声闷响，却是陈驳如石头般倒在了地上，脸上渐渐笼上一层似曾相识的黑气。那些拂尘所化的银针，在即将触及忆兰衣襟时，陡然失去了真气的催激，劲道顿时消弭，颓然飘落下来。

张勇的脚步犹自僵在当场，目中充满难以置信之色，喃喃道："怨憎会……是怨憎会……"

众人的心绪顿时都飞回了那一晚的夜棠宫。当时来自僚疆的赤华，正是以这种名为怨憎会的咒术，成功地击败了包括追风剑谷城在内的数名高手。

最后还是苏兰泽挑出那具名为绮罗的肉傀儡，以傀儡并无六根六尘的缘故，才得以抵挡赤华的咒术。身为凡人，必有怨憎。怨憎既生，定力涣散，心神也不能保持圆满无碍的境界，此时咒术就极易奏效了。即使不会孤傲轻视，但对赤华有畏惧之心，贪生怕死，自然也有怨憎，同样会被咒术所噬。

陈驳的武功深浅，虽然众人少有所闻。但看他刚才一击之威，也必是一等一的高手，却依然被这咒术所噬。

那么在陈驳的心中，到底是怨，是憎，还是由怨憎而生的畏惧？

而在场的所有人中，谁的心中又没有怨憎的畏惧呢？

脚步声停留在门外，没有进来。

明照清第一个奔出了石室，却并没有从外室的门冲出去，而是蓦地停了下来。而其他人也相继鱼贯自石室中，来到了外室。忆兰紧抱住陶瓮，最后一个缓缓步出，唇边露出淡淡的笑意。

"千金之子不坐垂堂，"明照清沙哑着嗓音，向室外道，"此处多有机关，且公主……不，忆兰姑娘……也擅怨憎之咒术，大总管已昏迷不醒……罪臣斗胆，请圣上尽快离去！至于罪臣之过……罪臣自会领担！"

"你的罪过，可不仅有这些。"

门外的男子声音低沉，威势隐然："这么多年，皇妹受苦了。"

"苦与不苦，不过都是人心中那些怨憎的执念吧。以前心中只想复仇，现在做到了，反而心中茫然无依。"忆兰叹了口气，"执念最是害人，只盼皇兄也要放下才好。至于怨憎会这种咒术，不过是看着骇人罢了。大总管，还有宫中那些中了怨憎会咒术的侍卫们，都没什么关系。不过是昏睡数日就好了，连药物都不用。说起来，连怨憎都能被时光所冲淡，更何况只是徒具怨憎之名的咒术呢？"

"皇妹所做一切，不过是为了要告慰贞静太妃之灵。"男子默然了片刻，沉声道，"不知皇妹可有什么要求？"

"名利也好，情爱也罢，那存在的终将消失，那永恒的终将毁灭。缤纷世事，怨憎爱痴，不过是被蒙蔽的人心罢了。终有一日，我要那绿水青山，天上人间，存在只依我心。"

她的脸上，仿佛隐隐绽放出光芒，"希望皇兄将我和母亲，从宗室玉牒中除籍。我有我的名字，叫作忆兰——母亲在临终前的信中写道，在最后的时刻，她总会忆起故乡扬州的白兰。那是一种明艳又安静的花。人们往往不会懂得，安静才是人生最宝贵的幸福。"

男子深吸一口气，吐出一个字："可。"

"我还有一个请求。"忆兰的眸光落在默然不语的明照清身上，刹那间变得温润而柔和，似乎还有一丝隐隐的怜悯："明照清，我本是恨你的，可是现在，我只觉得你可怜。"忆兰轻轻地叹了一口气，"你啊，你这一生，也只是怨憎的奴隶。"

"我知道。"明照清的脸上还有泪痕，柔声答道。他的脸上没有了以往那种凌厉寒峭的神情，整个脸的轮廓看上去柔和了许多。

"有因必有果。我当年知道太多的宫闱秘辛，如今偏又位极人臣，即使你不来报仇，只怕两宫也容不了我多久了。"他用轻柔的语调说着沉重骇人的话题，

"其实我并不是没有准备,如果真有人想对我动手,也没那么容易。可是……"

他长长地叹了口气,竟有说不出的欣慰和释然,"我忽然觉得,这一切的争斗再也没有了意义。圣上,"虽然隔着门扇,他的笑意却像刀子一样,连门外的男子都不禁一窒,似乎看到了那刀子刻透门板,露出来的凌锐刀尖,"您如今已独掌朝纲,不必再有顾忌了。"

门外的男子沉默了片刻,并没有回答他,缓缓道:"皇妹,你说你还有一个请求?"

"是。我想让明照清陪我再走一次,便如那一日般,从如烟桥到风陵渡。"

明照清抬起头来,微微地苦笑,但忆兰打断了他将要出口的话语:"但以今日之处境,我们自然不能再去如烟桥和风陵渡。那么,就请皇兄屏退那些侍卫,让明照清和我能安静地从这茅舍之中,走到一洞天的甬道口吧。一样有溪水,有小径,有扬州的白兰花……"

门外的人没有出声。

鲁韶山一直在侧耳聆听,此时忍不住轻声向杨恩道:"从这里,到一洞天的门口,再到外面的宫城,应该全都布下甲士了。"

杨恩默然不言,苏兰泽的心中却微微一颤——明照清的势力已经彻底完了。

过了许久,门外还是没有出声。

忆兰似乎也并不着急,只是微笑着,看着明照清。

明照清终于叹息了一声,道:"好。"

张勇急了,厉声道:"圣上并没有准奏!"

明照清扫了他一眼,目光凌锐,像冰河的反光,仍藏有冰凌的锋利。哪怕是张勇知道他已大势倾颓,不复是那令百官避道的一代权相,但被那目光一扫,还是不由得噤若寒蝉。

明照清淡淡道:"是吗?那请张公子去屏风后看看再说。"

张勇呆住,杨恩点点头,道:"那么,就烦请明相,送公主……不,忆兰一程吧。"

他微微侧转,在鲁韶山耳边轻声道:"门外那人……早就走了。"

鲁韶山也呆住了。

忆兰嫣然一笑，将骨瓮紧紧搂在怀里，竟然坐入那雕花大椅之中。椅下安有滑轮，可以自由行走，想必是来到此间后，忆兰临时改装，供茹姬出入代步所用。

她驱动车轮，车声辘辘，向前滚动，径直撞开门扇，压过门槛而出。

外面果然空无一人。那男子，还有众甲士，如潮水般退得无影无踪。

泉水潺潺，白气腾腾，藤萝低垂，花木扶疏。檐下灯笼的光照在那琵琶形的小潭上，泛出柔和的光晕，好一处静谧的世外洞天。

但是杨恩知道，就在离开这洞天的甬道之中，甚至是外面的梅苑和浴金殿两处入口，都会有无数的甲士，将此处围得水泄不通。

明照清跟在忆兰身后，随手从檐间取下一盏红绡灯笼。

绡色有些旧了，但那团光仍然温暖，一如当年在如烟桥时。

众人都走出门来，怔怔地目送着他们。

洞天内没有星和月，岩顶墨蓝如夜色。隔着藤萝的空隙望出去，外面那真正的夜空，却如深不可测的浩渺江水，被风轻轻推开层层涟漪，颜色一层深、一层浅，越往后去，终于在天际化为淡白的晨曦。

是天快亮了吗？

曦色映入洞天，墨蓝与淡白的相互晕染，仿佛有一支看不见的苍穹巨椽，饱蘸鲜墨，于虚空之中，绘出这风走云行、气象万千的一片幽暗。

明照清和忆兰一站一坐的身影，就缓缓行在这幅水墨画卷之中。明照清一手提着红绡灯，一手推着车背，时而低下头去，向车中的忆兰说些什么，忆兰也抬起头向他微笑。

红绡灯的光发出一团柔和的橙红，清晰地映出两人的笑容——那是画卷中唯一的亮色。

多少年前，琵琶湖畔，是否也曾有过这样相似的场景？

眼前的忆兰，似乎幻化成另一个淡淡的女子的身影，冥冥中看不清相貌，唯能觉出她深情凝视的眸光、唇边温柔的笑意，像琵琶湖畔的春风，若有似无，却又无所不在。

如烟桥、风陵渡、琵琶湖、邾家巷。有时候短短的一程，却是长长的一生。

他们转过院中曲折的小径，透过玲珑的假山、石洞、树丛和花草的阴影，那团柔和的橙红灯光，却依然清晰。

苏兰泽看了张勇一眼，他呆呆地站立着，望向二人行去的方向，竟像是有些痴了。

不知多久的沉寂中，忽然传来一声大叫，随即便是无数脚步声从甬道抢出，夹杂着兵器的交鸣。

几乎来不及多想，苏兰泽扶起杨恩，与众人一起抢步而出。

那盏半旧的红绡灯笼就挂在旁边一株白兰树上，似乎烛头将尽，橙红的灯光已微弱下来。其实就算烛火尚盛，在周围一片林立的刀光和火把映照下，也微不可察。

那里已围了一圈人，忽有一人排开众人挤了进来，他气喘吁吁，鬓髻散乱，形容着实有些狼狈，竟是不知何时已醒转过来的陈骏。

此时他牙关紧咬，恨恨地瞪向人圈中的地面，他失去了昔日冷静，露出难得的气急败坏。

地面上安然沉睡的，赫然正是当朝宰相明照清。哪怕只是静静地仰卧，哪怕头枕着卑贱之尘土，他也自有一种肃穆威严的气度。他口鼻间渗出的黑血和紧紧握住的拳头，手腕上突出的青筋，似乎预示着他临死前经受过毒药带来的痛苦，但他脸上的肌肉神情却相当舒展自然，带着前所未有的轻松。

鲁韶山只看一眼，道："是逍遥散……自杀……"这不奇怪，王公贵族，甚至宗亲，即使是荣耀万分时，哪个的袖中不备着这样一剂看似是毒药的解脱良药？

张勇急道："公主……不……忆兰呢？"

忆兰不见了。

显然她根本无法从甬道尽头的两个通道口离开，当然甲士们严密地搜查过院中四周，依然没有她的踪迹。仿佛她蓦然钻入地底深处，像土行孙一样，带着贞慧太妃的骨殖，永远消失了。

抬起明照清尸身的一个甲士，轻声地惊叫起来："明相……明相身下……"

以前被明照清手臂压着的地方，现在移走后，才看清那里留下了几个歪歪扭扭的血字，显然写的时候正经受极大痛苦，但仍认得出是明照清的笔迹："挫骨扬灰金水河。"

金水河，这条拱卫京都的护城河，下游可抵清江，而清江顺流而下八百里后，最终汇入之所，正是明照清故乡的琵琶湖。

琵琶湖之约，纵然他在三十年前曾亲手决绝地将其破灭，但在三十年后，哪怕只有他独自一人，也终于履行。

火光忽然自茅舍中腾起，势头极快，那些甲士们仓促间舀起泉水来想要浇灭，却毫无作用。熊熊烈焰，顿时映红了整个一洞天。

鲁韶山夹在众人之中，飞快地向甬道逃去，只听身后爆炸之声不绝，想必是那些茅舍竹篱，正在大火中飞快地坍塌。

"原来圣上和太后，还是不打算放过忆兰公主。"

"可是公主并没有伤人之意。"

"对，否则她大可以用学自僚疆的怨憎会咒术，一泄心头之恨。说起怨憎，我想宫中那位和明照清……他们心中的怨憎应该更会超过常人。"

"公主所谓要与明照清同行一程，其实不过是借此逃匿罢了，而明相一定也是明白其意，才慨然相应。但她又是怎么逃脱的呢？"

"先皇为金妃建造一洞天，是担心金妃为皇后所害。又怎会只有那两个通往宫中的出口？这逃来逃去，不就只能逃往宫中吗？况且因为金妃思念故国，喜欢大海，先帝建造浴金殿时，因担心积水成湖，没有大海的气势，所以才一反常理，建造了这临崖面江的梅苑。"

杨恩若有所思道，"我想，真正的逃生出口，应该是在茅舍之下，山腹之中，并且一直通往悬崖下的清江，那里或有其他通道，或有逃生船只。即使被宫中发现，亦追之不及。而那一把大火，应该就是她在逃生时放的，一是暂时吸引甲士们的注意力，不至于很快追上去；二来……"

他叹了口气，"那茅舍密室之中，有茹姬，有木傀儡，或许还有些别的……一起烧了，倒也干净。"

"公主她其实还是想救明照清的，对不对？所以她让明照清送她一程，可是明照清却选择了服毒自尽，这又是为什么呢？"

"天下之大，无处可逃。怨憎由心，心即天下。实在是生无可恋了吧。"杨恩摸了摸苏兰泽温凉的脸，"甚至兰泽，我们这些人的性命保存，还要感谢公主呢。如果不是她安然离去，两宫心有顾忌，恐怕你我此时，也不能在这梅苑中自在赏梅了。"

"这可说不准。"苏兰泽娇俏地笑道："又或许他们想着玉琳琅，想着留着我们，对找到玉琳琅也颇有帮助。派人监视着就行了，又何必杀死呢？明照清是权柄过大，且知道秘辛太多，他被除去，不仅仅是因为他是太后一党……那晚浴金殿中的班虎分明就是太后的人，不是也安然无恙地被圣上封为大祭司，回到僚疆去了么？当今圣上可是个聪明人……况且，他手中有皇宫舆图，那可是只有历代皇帝才能看到的东西。舆图上标注了皇宫所有的暗道，先帝可以防着当今太后，却未必会瞒过自己儿子……所以舆图上一定是标注了一洞天的位置，以圣心聪察和公主的刻意为之，想必圣上心中早就明白了五六分，否则又怎会刻意召集我们这些人，在梅苑设什么赏梅之宴？"

"我说宴无好宴吧？"苏兰泽伸手揪过一枝白梅，深吸一口冷香，"难怪张公子说喜欢梅花，倒真是有傲雪之姿、彻骨之香。"

"咦，"她忽然侧耳静听，"谁在唱《兰哀》曲？"

"兰白一何哀，长生琼之台。"有歌声透过梅花积雪，清晰地传了过来。歌喉虽有些苍老，却分外纯粹，清亮中带着说不出的沧桑。

"是花姑子啊！"

梅枝松开，数枚花瓣飘下来，落在雪地上，几乎化为一色，再难辨清。

苏兰泽怅然地看着一朵残缺的梅花："其实公主似乎对明照清……"

"我生君未生，君生我已老。纵然生同时，亦难与君好。譬如庭前花，不随北风还；犹挂山中月，何曾忆白兰……"杨恩依着那歌声曲调，吹起手中的竹笛，一缕淡淡的哀愁盘旋着升上虚空，最终融化在香雪海中那沧桑的歌声里，"凤因发青籽，怨憎逐尘开……"

苏兰泽喃喃道:"我生君未生,君生我已老。大概爱与时间,总是错过的……是不是宫中重逢,聪慧的白兰早就看出来了,这个明照清,再也不是当初那个于扬州琵琶湖畔,以白兰花赠她的少年。曾经的明朗清辉,早被世俗红尘所熏染。以他的野心,怎肯真正一辈子归隐林泉?纵然当时是为了迷恋她放弃了荣华,但难保此后漫长岁月,他心中能丝毫不起悔意。"

杨恩放下笛子,牵起她冰凉的手,暖在自己的掌中:"是啊,与其让那份爱意,变成最后的哀怨和憎恨,何不就这样归去。在人的生命里,那样的少年只有那样的一个。一旦离开,就再也找不着。什么是因果?因爱恋的难舍,造就了怨憎的相会。其实这世界上,所有一切爱恋和怨憎,都抵不过生死和时间。"

两人携手并肩,立在那片梅花中,默然无语。只有花姑子那苍凉的歌声还在耳边心头萦绕不绝:"零落远江湖,辗转别戚爱。谁知其中苦,非从幽香来。"

白兰啊,你的命运是多么悲哀。原本是瑶池琼台的仙种,却不慎落入了红尘。大概是前世的因缘,才流落在江湖中吧,经历了那么多的孤独和别离,有谁知道那幽雅的香气里,竟蕴藏着怨憎之苦呢?

"二十五年的怨憎,忆兰最终还是放过了明照清。她不是说过吗?怨憎和徒具怨憎之名的咒术一样,都能被时光所冲淡。"

"或许她终于懂得了白兰的心意——那存在的终将消失,那永恒的终将毁灭。无论世间怨憎如何交会,等待它们的,终究是温柔而有力的沉默。"

求不得

景安九年的春天，来得似乎比往年更早一些。燕敏抬起头来，瞧了瞧头上"隆庆宫"三字匾额。只有一墙之隔的梅苑，那冷冽又浓郁的香气尚未完全消湮，这边隆庆宫的墙头已垂下蔷薇嫩绿的枝条，迎风摇曳，带来盎然的春意。

　　那些细碎的嫩叶微微一动，仿佛是风掠过了枝条，但燕敏已拔身而起，手中蓦地多了一柄绵长轻薄的软剑，当空挥洒出一泓清波，顷刻间往前推漾而去！

　　波光璀璨，清媚无双。

　　"燕姑娘！"有人尖叫一声，忽而喝道，"手下留情！"

　　清波般的剑光忽然化作了无形的春风，扑面微温，满墙的蔷薇枝条忽然消失了！然后，蓦地，一蓬嫩绿的碎雨兜头泼洒下来！

　　七八个乌黑的脑袋，狼狈地从这枝叶化作的绿雨中窜出来，手上还拿着弓箭，这竟是珍贵的神越弓。神越弓不同于寻常弓箭，强度大，韧性好，同样的力道射出来威力加倍，但价格也不菲。除了太后与皇帝的亲卫，唯有长安侯府中曾经被赏赐过此弓。

　　只是一蓬碎叶子罢了，值得那样大声呵斥？

　　这几个人才刚不服气地抬起头，却不由得惊住了：丈许开外，燕敏俏颜含霜，冷冷地盯着他们。

　　她一手执剑，一手挽袂，身上月白绣银袍子经风一吹，飘飘欲飞，仿佛从天而降的仙人，随时又要凌波远去。

　　那剑只是遥遥相点，然而不知为何，却似有无形威压，扑面而来，竟让他们立时如泥塑木雕般，站着不敢动弹了。

他们共有八人，头戴纱帽，身着黑袍，腰间束有红绦，垂下一块沉沉的铁牌，牌首雕着个虎头，狰然生威，也分外醒目。

这些人是南军卫，是长安侯的属下。

长安侯是太后的内侄，过去很多年中与宰相明照清斗得水深火热，前不久明照清以谋逆罪自尽后，长安侯立即被委以南军都尉之职。

守卫皇城的称为金吾卫，皇帝的亲卫是羽林郎，守护皇宫的便是南军卫，其主官正是都尉。

这虽只是个正三品的官职，甚至还远远比不上长安侯的这个爵位，但是却说明了他重新得到了太后与皇帝的信任。按理说他应该大肆庆祝一番才是，偏偏他反常的低调，比起从前来更是低调了三分。

匆匆的脚步声传来，一个白白胖胖的宦官出现在门槛之下，还未来得及说话，便听燕敏清叱一声："快闪开！"

她外貌柔美，这一声叱喝却寒如冰凌，似有无限杀机澎湃而来！那八个南军卫心神一震，下意识地往后跃开。

只听"轰隆"一声巨响，却是旁边一侧的宫墙蓦地坍塌下来，碎瓦墙体，正砸在他们先前所立之处，顿时扑起数蓬灰尘，迷漫空中！

那宦官不由得也张大了嘴巴，连灰尘扑入喉中也不自知。不过片刻，灰尘渐渐散去，燕敏却立在了他的面前，一双眸子湛如秋水，微笑唤道："赵监！"

那宦官正是隆庆宫的宫监赵猯。

宫中有职务的宦官可以保留本姓，但是名字却必须要改。当今天子说，宦官因身体残缺，多有小人，历朝不知多少宫闱秘事都是由他们兴风作浪而起，故必要以兽为名，这样可以时刻提醒宫中人，也警示宦官们注意自己的身份，他们不过是皇家圈养的兽类罢了。

赵猯正是如此。猯这种动物，十分瘦小，与赵猯的体态大不相称。

赵猯定了定神，看那墙体时，发现断裂之处平整笔直，有如天神之剑当空斫斩一般。无独有偶，也只有这段墙上的蔷薇枝条化作一蓬细碎的绿雨，而保存完好的墙头上，蔷薇枝条犹自迎风招展，浑然无事。

他虽是宫监，也是习武之人，这一看之下，便知燕敏方才那一剑之威，竟然可以斩断墙壁，碎裂墙体。

他不禁暗暗咋舌，忖道："这燕姑娘平时看着娇怯怯的，竟有如此高深的剑术！剑神弟子，果然名不虚传，也不枉费了咱们太后疼爱她这些年。"

他瞪起眼睛，向那八个呆若木鸡的南军卫喝道："你们忒不长眼了些，这是剑神弟子燕敏姑娘，从前在宫中做过女官，现在身上还有四品的敕封！且是受了太后之命进宫的，你们就敢冒犯！"又向燕敏赔笑道："他们并非有意为之，燕姑娘原宥则个。"

燕敏蹙了蹙眉，柔声柔气道："出了什么事？我只道是有人作乱，情急之下便想以最快的法子冲入殿中救驾，却没想到是南军卫在此。"

她虽是承恩伯燕绍的嫡亲女儿，但毕竟从小便跟着剑神习武，不同于寻常的京中贵女，一眼便瞧出气氛不对。南军卫虽然守卫宫掖，但一向只在宫城各要塞及门禁之处当值，太后的寝宫之中，向来只允许宫人和宦官出入，怎的这八个人弓刀森然，居然守在宫墙之内？也难怪她蓦地遇袭之后，激起了杀机，险些便伤了他们的性命。

赵猾的小眼中光彩一闪，垂首恭敬地应道："老奴不知。燕姑娘不是要去拜见太后娘娘吗？就请入内吧，娘娘正在院中赏花呢！"

见燕敏长剑仍然在手，不禁心中一凛，更恭敬地弯下腰去，双手捧起一块玉牌，道："娘娘让老奴将这块玉牌交给燕姑娘，并特有加恩，姑娘也不必除了剑器。"

燕敏伸手接过玉牌，入手光润，触肌生寒。这暮冬初春时节，本来便尚有些寒冷，但这玉质仿佛比起寻常白玉还要冷上十分。即使是在赵猾的掌中揣了片刻，依然毫无温度。

这块玉牌是她自幼便在太后宫中玩耍的爱物，太后的原话是说："阿敏这孩子素来机警，若是察觉到今日宫中有些异常，未必肯入内来。你将这玉牌给她看看，她便会来了。"

燕敏还了一礼，也顾不得那八人回过神来的复杂神色，匆匆入内。

外面那样戒备森严，朱楹缥壁的宫院中，此时却空无一人。

往昔穿梭不断的宫人内侍都消失了身影，自然也没人上来禀引，燕敏不禁有些诧异，她踮起脚尖大胆地往里面瞧瞧，隔着当院巧妙堆积的湖石，远远看见如螭蟠之形的殿檐之下，伸出几根半枯的枝干，在满院嫩绿中，这枝干的褐白色便分外惹眼。

为了防备刺客藏匿，宫中的规矩是不能种植参天大树，树梢高度不得与墙平齐。隆庆宫也不例外，这树也不高，腕口粗细。在燕敏的记忆中，别说是开花，连绿叶也欠奉。无论四季，这地方总是这样一副冷冰冰、干巴巴的模样，无花无叶，树皮斑驳，令得多少想奉承太后的人，穷尽词汇，也只能说出"古拙"二字。

不过太后本人一向是对花木毫不在意。满宫院的绿意虽然悦目，但不过是些寻常草木，与隆庆宫华美巍峨的外观颇不相谐。

其实连燕敏都知道，宫中花房里一直是用暖房培育着，种着太后据说从少女时代起便最为喜欢的牡丹，即使隆冬也一样有花朵盛放。这原是皇帝的一番孝心，但太后近年来越发端肃低调，即使拗不过皇帝，任那花房中牡丹开得是如何繁花似锦，也只勉强许内宦们在廊下的角落里放置一两盆盛开的牡丹作点缀。若论触目程度，还及不上那株大模大样的怪树。

她眨了眨眼，心中咕哝道："这株怪树又没有发芽，这倒也罢了，怎么还伐去了几枝，变得稀稀拉拉的？记得我幼时第一次来参见太后，这树便是如此死样无活气。不过谁叫它是当初先帝从武当带回来的呢？沾了真武大帝的仙气，太后又看得珍贵，向来无人敢碰，却是谁人这样大胆，竟然伐去了几枝？"

等了片刻还不见人来，她心中有些着急，大着胆子进去，方转过那高有丈许、峻峭堆峦的湖石，蓦见一个女子立于廊下，正抬首望向那些枝条，沉吟不语。

她发髻乌墨，髻上压一顶双凤翎龙冠，冠上珠翠摇摇，恰与身上彩绣辉煌的真红大袖袍服相映，那雍容端肃之态，顿时将满宫浮动的春意都压了下去。

她吃了一惊，远远便跪下身去，伏首道："参见太后。"

皇帝尚未立后，宫中能着这样冠服者，只有曾为前朝皇后的当今太后了。

依服制，太后的燕居冠上正中镶饰一龙，左右各饰一凤，皆是纯金打制，凤口中衔有米白珍珠与红、蓝二色宝石制成的珠滴。冠的前后两侧，各饰以一朵金蕊翠叶的牡丹花，并杂以各色宝钿、瑶珠。加上那些用以固定冠发的金簪，实在是耀眼生花，贵气十足。只是那面容隐藏在这些金珠光辉里，实在是辨不分明，只觉其面容颇为苍白。

太后胡氏年轻时据说有着倾国丽色，不幸得了场重病。先帝甚至不惜远赴武当，为她祈福。虽然胡氏终于返还生机，却经不起久长的岁月磋磨，再美貌的容色，历经三十余年后，终也如那虬枝般渐渐凋残，却再也不会迎来柔嫩的春色。

大概也是这个缘故，她并不喜欢人隔她太近。便是宫中近侍的宫女，也不敢触及这个忌讳。

但令人赞叹的是，太后的身姿倒依旧窈窕，毫无衰老之态。那真红大袖袍服虽然华贵，但穿在一般人身上，未免失于呆板；此时罩在她身上，却像是起风的湖面，明暗不定，光泽流转，即使是立着不动，一寸寸都鲜活而灵动。

太后淡淡地点了点头，似乎燕敏的突然出现，也并没有在她那珠影映照的脸庞上激起任何的波澜："本宫唤你前来，是有一件事情，需得吩咐你去做。"

随着那淡然话语，燕敏只觉两道目光落在了她的身上。

她虽是贵女出身，却自幼师从剑神舒高炽，也常有机会在市井中行走，自认为胆气坚毅，但此时被那两道淡淡的目光一压，却觉如芒刺在背，发根处不由得冒出汗来，应道："是。"

太后亲手扶了她起来，道："后殿密室之中关有一人，有些事情，本宫要问一问他。记得你师父传过你'幻剑七式'，其中有一式叫'浮空映山'，名字虽然好听，却是专为分筋错骨的，剑气自筋膜而入，痛楚万分，恐怕天下没有什么人熬得过这种苦痛，你便好好去审他一审。"

太后所说的燕敏师父，正是剑神舒高炽。他一向待在宫中，但身份超然，没什么官爵，却对太后忠心耿耿，不过前几日他因故离开，太后想必这才传了她入宫。

燕敏不由得问道："但不知此人是何身份，因何被囚？敏又该审些什么？"

太后的神情有些古怪，沉吟了片刻，方道："你只消问他一句——可知道玉琳琅的下落吗？"

"玉琳琅！"燕敏心中一震，"难怪太后不交付有司，缉捕司中那许多积年逼供的好手不调，却让我动手，连南军卫都调过来了！"

这些年来，这件据说是前朝新罗所贡却半路遗失的宝物，传言中可令青春永驻的功效是否真实无人得知，倒是在朝野之间，也不知搅起多少明明暗暗的风雨。两朝争斗，宫闱秘辛，宫妃权贵，也不知因了这三字，折进去多少人。燕敏只道是众人以讹传讹罢了，没想到此时竟从太后的口中，亲耳听到它的名字。

她不敢再问，恭声应道："是。"

她想了想，又问道："不知此人可服下过什么药物？"

太后宫中虽设有机关，但若此人当真厉害，便是落入机关，也能在间不容发之隙逃出生天。纵然是逃不出宫外去，但这么一闹开去，却也令太后无光。显然太后一定是借着赐茶水点心的机会，做了另外的手脚。加上机关设计，那人才无法反抗。

太后闻言，赞许地点了点头，不知是否在肯定她的细心，道："本宫所赐的茶水中，事先泡过了玄榔。他虽只饮一口，但已中矣。"

燕敏蓦地抬起头来。

太后淡然看她一眼，她才惊觉过来，复又低下头道："是。"

玄榔是剑神舒高炽得自武当的一味奇药。武当有榔梅祠，祠前梅树与榔树相生，称为榔梅树，结出的果子赤艳可爱。然据说每一百枚果子之中，必有一枚为黑色，称为玄榔。若只是触碰倒也罢了，但以沸水浸泡，饮之可令人全身麻痹，继而长睡不醒，除非是服食麝香，才能苏醒过来。

因为并不是毒药，所以即使用银器也无法试出，又无色无味，只是浸过玄榔的沸水，有一缕若有若无的清香，与茶香类似，实在是令人最难以提防的一种药果。

只是师父说过，那武当的榔梅树已有数十年未曾开花，更不用提结果了。手头的三枚玄榔，还是数十年前的陈货，十分珍贵，已悉数献给太后。

当时燕敏心中有些纳闷：太后听政多年，即使是数年前还政给皇帝，退养隆庆宫，但其威望仍在，皇帝又是她唯一的亲生儿子，谁敢与她为难？况且深宫之中,侍从如云,若是想拿下谁,直接下旨便是,还用得着这种药果?想来不过是贵人心性,深宫无聊,一时好奇才要来把玩吧!

师父不置与否,叹了口气,说:"但愿太后永远也用不上这三枚玄榔吧。"

谁知今日便用上了一枚!又是谁人,值得太后如此凝重,定要亲自将其拿下?

周围似乎也有些异样,再仔细看时,又似乎没发现什么端倪,只是那廊柱之间,重新施了粉彩,有一根柱子还换了新的,散发出新伐之木所独有的清香。

隆庆宫的后殿帷幔低垂,当中神龛之上,供着一尊真武大帝的神像。国中崇佛者众,而宫中本来不允奉神,但太后昔日重病,是先帝前往武当求治后才得以痊愈,所以后来宫中常年供奉真武大帝,便是太后自己也颇为虔诚。

燕敏每次前来,也在神像前上炷香。此时司香的宫女也不见人影,整座殿中鸦雀无声,越显得四周寂静幽沉。神龛上的真武大帝俯身下瞰,长眉如剑,目如朗星,令人不由得心中生出肃然之意。

神案上的香炉仍袅袅飘香,香束只烧了一节小指长短,显然方才有人来添过。

此时宫中再无旁人,唯有太后立于廊下,难道是刚刚由她亲奉此香?足见其实在虔诚。

燕敏想:"太后贵为天下之母,还有什么求之不得的?要向真武日夜祈祷?"

思绪掠过,记忆深处,有个温蔼英秀的灰衣男子,也似乎说过什么?

"众生皆苦,生、老、病、死、爱别离、怨憎会、五蕴炽盛这七苦,其实都比不上求不得。任你如何英雄盖世,权倾天下,即使有上天入地的神通,终有求之不得之事。"

他说这话的时候,是在京都郊野的一处别院之中。那时冬日清肃,枝干凋枯,尚未萌出任何绿意。而他燕翅般乌黑的眉间,满是她从未见过的哀恸之意,扶住枯枝的手指,苍白修长,还在微微颤抖。

全然不像先前,他在室中向着那榻上的白衣女子时,所露出的明朗清湛有如三春阳光的笑意。

他是出来送燕敏的，背对着室内，所以那个白衣女子看不见他脸上真实的哀伤。

然而她看得分明，那白衣女子如同与他心灵相通般，原本一直安然恬淡的她，透过那片雕花窗格，望着他清瘦的背影，终于浮起哀婉之色，含泪微微一笑。

燕敏不由得双膝落下，向着真武大帝俯身下拜，低声祝祷："他半生多蹇，唯愿下半生事事顺遂，未求先得。"

说完之后，忽觉脸热心跳，只因这几句话其实多日来一直在她心头萦绕，此时不知怎的，面对着真武大帝，竟说了出来。

燕敏随即站起身来，伸手移开香炉，炉下的案面上，雕有一朵形似海棠的花形，轻轻往下一按。

只听"轰隆"一声，却是方才自己跪拜之处的地板蓦地消失了，露出一个漆黑方形的大洞。

燕敏走到洞口，纵身一跃，已落入漆黑之中。

其实洞深不过丈许，燕敏蓦从亮处落入，眼睛未曾视物，但因她对此处相当熟悉，人尚在空中，遂伸手往一旁壁上摸去，从一处凹槽中取出火折子。待到落地之时，已"啪"地打燃，顺手点着了壁上挂着的烛灯。

灯光黯淡，照耀斗室，四周空无一物，青石板地上伏有一名被缚住四肢的男子，面孔向下，一动不动，显然已昏迷多时。

玄榔毒性虽诡，但服食麝香便能解除。燕敏身上带有含麝香的药丸，遂上前一步，想要扳转他的脸颊，将药丸塞入！

冷风蓦地袭来，燕敏脑中警兆忽现，但那人出手如电，她竟还来不及躲避，喉头一紧，已被钢铸般的两根手指扣住！只消再一用力，燕敏的咽喉便会立时被扭得断裂！

燕敏眼前一黑，却听那人"咦"的一声，手指忽然松开。燕敏身体不稳，猛地往前扑倒，却被他一把抱住，这才没跌在坚硬的石板地上。

她又羞又气，愧悔交加，反手便往他的双眼插去！那人眼疾手快，一把扣住她的手腕，在她耳边低声喝道："燕姑娘，是我！"

二人交手，如电光石火，不过是发自本能，其实眼前什么都没来得及看清，但这个声音一入耳，燕敏却如雷击一般，手顿时僵在了空中。

她晃了晃脑袋，失声问道："是……是你？"

那人抖落了虚缚在身上的绳索，叹了口气，道："是我。"

他声音颇轻，但听在燕敏耳中，却如平地一声春雷，震耳欲聋，不由又问道："真的是你？"

腰侧被他扶抱过的地方，犹有余温在绕。但那人早已松开了她，退后两步，扶墙而立。听见她的问话，正要开口，却先禁不住咳嗽出声，竟有些声嘶力竭的意味。

燕敏看向身后，脸色蓦地苍白如纸，喃喃道："你如何在此处？"

不过数日，他比起上次在郊野别院中，燕敏上门探病时又憔悴了许多，背脊依然挺直，却分外瘦削，几乎承受不起衣袍的重量。他的眼睛深陷，眉下多了两片阴影，越显出了那隽美的轮廓。

只有那双黑晶晶的眼睛，光华熠熠，悲悯温润，仿佛能看透世上一切的苦难和真相。有谁能相信，这样一双直触人心最深处的眼睛，根本无法视物。但是天下人都相信，冥冥之中，他还有第三只眼睛，能勘破生死的迷雾，上穷碧落，下视幽冥。

"任你黄泉深藏，我自神目如电。"当今皇帝的这两句赞语已广为人知，并被认为是对这位屡破奇案，被称为"三眼捕神"的杨恩之最好诠释。

杨恩咳嗽一阵，方苦笑道："自然是蒙太后所赐。"

燕敏一眼看到了他的手掌，又惊叫起来，道："你的手……"

那只修长苍白的手掌掌心中血肉模糊，不知有多少道伤口纵横交错，且犹自滴滴答答地流出殷红的鲜血来。他先前是伏着的，手掌藏于身下，此时便连那衣袍的下摆也浸了不少深色的血痕。

燕敏不忍卒看，目光移到他的另一只手掌上，五根修长苍白的手指紧握着的利物，竟是一枝玉树翠叶的步摇。

时下步摇多为金银所制，玉制的倒很少见，而这一枝犹显精致：以无瑕白玉雕就花树之形，枝丫参差有致，栩栩如生。且每一根寸许长短的枝丫之上，皆嵌入细如发丝的银束环，环中系着一串串细碎的翡翠叶子。此时，杨恩握在手中的步摇犹自轻轻晃动，发出泠泠的轻响，琼玉摇曳，莹绿可爱。

燕敏不由得多看了两眼。

杨恩握紧掌中步摇，微笑道："太后赐茶，我不敢不饮。但这毒确十分厉害，只是略一沾唇，便已着道。若非我先有惕心，不断用簪尖来刺激掌心，此时便已昏迷不醒，只能任你们摆布了。"

这"你们"二字仿佛烫伤了燕敏，她的脸色变得苍白，急道："不！我……我怎会害你？"

燕敏如梦初醒地看向自己的双手，旋即又紧紧握住："不！一定有什么误会……你可是朝野闻名，得御赐龙头匕的三眼捕神啊！我……我要去向太后分说，一定是弄错了……"

她蓦地转身待走，却被杨恩唤住："可是，我的确在此之前，曾多次潜入隆庆宫。"

隆庆宫！这是太后所居，森严贵重，杨恩一向最是恪守礼法之人，怎会以臣属之身一再潜入国母寝宫？

燕敏身形僵住，他的口气平平淡淡，像在说着一件再平常不过的事情："想来太后早就发现了，所以才趁今日之机将我拿下。至于龙头匕，除了剑神师徒，谁人进入隆庆宫还能挟带兵刃？我自然是没有带在身边。那茶中之毒，我又从未见过，若是兰泽在，或许她会辨出来。"

"苏姑娘呢？"燕敏顿时想起那卧床不起的白衣女子，"你若是获罪，谁又去照顾她？"

"兰泽病重，我日夜看护，须臾未离。"杨恩平静的脸上终于不可避免地浮起哀痛之色，"直到那一晚，她身竭神虚，不知怎的竟在她榻边昏睡过去，待到清晨时被鸟鸣惊醒，却再也寻不着兰泽的踪影。只在枕边寻着了这个……"

燕敏盯着那枝步摇，唇角微动。

杨恩举起步摇："燕姑娘，你瞧这步摇，是否有些眼熟？"

燕敏迟疑了一下，脸色更白了些，却微微点了点头。

她当然见过，不过不是现在，是在十年前。十年前她拜剑神舒高炽为师，太后听闻后凤颜大悦，曾令舒高炽带她入宫觐见。

太后的隆庆宫当时还未曾重建，较之现在狭小陈旧得多。皇帝还未亲政，读书之余便是耗在花房里，隆庆宫内外都摆满了他亲手种出来的牡丹花。姹紫嫣红，争奇斗艳，如云似锦，极尽绚丽华贵之能事。

燕敏年纪虽小，也是承恩伯的女儿，深谙宫廷礼仪。她伏于光滑冰凉的地砖上，死死盯着碧金砖上的凿花银纹，十分恭顺。

直到一阵环佩琳琅声响后，有个女声道："是高炽的爱徒吗？抬起头来让我瞧瞧。"

燕敏抬起头来，看到了高踞凤座的当朝太后。

十年前的太后，芳华正盛，虽然现在想起来，她丰润的面庞一直掩映于凤冠珠翠之中，看得并不怎样分明，然而周身却透出一种勃然的艳光，连云锦般绚丽华贵的牡丹也黯然失色。

四周宫婢女官，皆屏息静气。但燕敏觉得她并不怎样可怕，那珠环翠绕之中的面庞，模糊而亲切。甚至她还大胆地抬头，仔细看了一眼太后的凤冠。

就在冠侧鬓间，在那些耀眼的金钗珠花之间，她看到了一枝步摇。以无瑕白玉琢成树冠之形，旁有枝丫伸展，秀逸有致，上缀数串银链翠叶，临风摇摇，莹绿可爱。

杨恩的声音缥缈得就像远风："那你知不知道，这枝步摇，据说其形极似传说中的玉琳琅？"

燕敏勃然变色，往后退出两步，定睛看向杨恩。

玉琳琅！

他在说玉琳琅！玉琳琅怎会是曾经太后鬓边的步摇？

杨恩温和地"看"着她："是的，我知道是太后让你来的，为的就是询问玉琳琅。"

"不，不，当初我并不知道是你……"燕敏心头乱撞，不知该如何解说才好,"太后只是说……"

太后让她来严讯逼供关于玉琳琅之事,但他却这样容易地说了出来。他一定是信任她才如此,可是她……她又该如何自处?

"那天我刚拿起这枝步摇,缉捕司与南军卫的人便同时赶到,"杨恩的声音听起来空洞又缥缈,"他们说就在前一天晚上,有人夜闯隆庆宫,抢走了太后最为珍视之物。而那人竟然是兰泽。"他叹了口气。

"苏姑娘?"燕敏的眼前仿佛浮现出那白衣如雪、清丽绝俗的身影,那样的一个女子,绝非贪恋名利甚至是青春美貌的浅薄之人,玉琳琅再珍贵,她又怎会看在眼中?

"我也不信,但我出身缉捕司,南军卫又是皇城禁卫,以我对他们的了解,他们也绝非捕风捉影之辈。"

杨恩握紧了那枝步摇,"太后母仪天下,我一个区区的草民,且已经卸去了捕头之职,既无职司之便,亦限尊卑之别,除了寻机潜入宫城,注意隆庆宫的异状之外,我想不出还有什么别的法子来查明此事。"

燕敏听到此处,已经明白过来。

杨恩虽然功夫卓绝,但皇宫内城岂是等闲之地?别的不言,便是自己师父舒高炽若在,杨恩便不可能来去自如。

想必那几日,恰逢师父不在宫内,但宫中并不乏能人高手,杨恩终于还是被发现了行迹。

但是燕敏所关心的并不是这个,她焦急地看向眼前的男子,杨恩的脸色苍白中带着些灰青,那是久病未愈又透支真气才有的症状。

顾不得其他,她手指一动,已搭上他的手腕。

她这一动固然快如闪电,但杨恩也没有反抗和躲避的意思,安然地任她那纤长如象牙的手指,轻而凉地搭在他的腕上。

他瘦得厉害,那手腕也瘦弱如竹,但看上去却毫无羸弱之态,大概亦如竹子一般,有一种秀韧坚强的气度。

杨恩淡淡一笑,看着燕敏的眉头渐渐蹙了起来:"燕姑娘,我知道自己真气消耗得厉害,已近油尽灯枯。"

"你知道？"

燕敏蓦地甩开他的手腕，厉声道："那你还敢运用真气？你知不知道你从前心脉皆断，后虽勉强接好，但亦须小心护养，才不至于有再次崩裂之忧？如今你旧伤未曾痊愈，却又强行耗费真气，殚精竭虑，你知不知道，现在你的心脉已衰弱至极？若再这样下去，轻则武功尽失，重则……"

"我暂时不会死。没找到兰泽，即使心脉皆断，我亦要拼着一息之力，绝不放弃。"

杨恩轻轻放下衣袖，盖住那瘦弱但仍坚韧有力的手腕："身为人臣，窥伺太后起居，此举有悖君臣之礼，简直是大逆不道。而我昔日在太湖盗盟一役中，已将性命奉与了社稷朝廷。若当日没有兰泽，我便早已死了。后来我既侥幸活下来，这条性命便只属于兰泽一人。眼下她生死不知，若是能救得她回来，不要说我心脉尽断，即使挫骨扬灰，亦心甘情愿。"

"你……"

燕敏瞪着他，咬紧了牙。微弱的烛光在室中弥漫开昏黄的尘灰。他站在尘灰里，温蔼地微笑着，那笑意遥远而缥缈，也仿佛这断断续续的尘灰。

她的牙关渐渐松开，眼帘一垂，却落下两颗泪来。

"三眼捕神，"她听见自己心里在说，"你自己不在乎你这条命，还有别人在乎呢。"

杨恩却抬起头来，正在打量她跃下来的那个洞口，眉头微蹙。

燕敏忽然伸出手来，攥住了他的左腕。

腕中脉息微弱而平缓——他没有丝毫反抗的意思，连真气都未曾催发。

燕敏不发一言，伸双足一顿，已带着杨恩一跃而起，跃上了殿中。

殿中依然静谧，唯有真武大帝的神像栩栩如生，怜悯而威严地俯视着他们。

杨恩苦笑道："先前我便是蒙太后传召至此，然后赐下那一杯茶。"

一杯茶水落肚，天晕地眩，记不清是如何落下去，也无法感知周边环境，只是死死守住最后一丝神智，以袖中步摇的簪尖，不停地扎向血肉深处。

燕敏却掀起一旁垂着的帷幔，拉着他脚下不停，往前而行。

织锦绣金的沉重帷幔已重重地落在身后，疾步之间，仿佛已过千山。

最后一垂帷幔掀开,眼前却豁然一亮:这是个幽深的宫院,湖石异草,点缀其中,传来清脆的鸟鸣。

杨恩蓦地站住:"你这是干什么?"

"从这里出去便是梅苑!"燕敏说得又快又急,"当初上林公主便是从梅苑逃走的,那里一定有通往宫外的秘道。你这么聪明,应该能找得到。就算是找不到,"她垂下眼帘,"梅苑那么大,总有藏身之处,他们……他们也并不敢大张旗鼓地搜查你,毕竟有陛下在……"

多年来因了师父舒高炽的缘故,她往来于深宫之中,便是静观其态,也看得出近年来太后与皇帝之间的暗潮汹涌。先是因了明相,后是因了金妃。事实上无论是宫中还是朝中,已有这样的谣言在悄悄流传:三十年前,先帝曾携当时还是皇后的胡氏秘密前往武当,只因胡氏身体虚弱,没有生下嫡统后嗣,希望能得到真武大帝的庇佑。

胡氏回宫后不到一年,便生下了当今皇帝。但是同时来自新罗的选侍金氏也产下一女,但是却夭折了。

皇后却是从那时就失了宠,先帝所有的爱都凝注到了金选侍一人身上,当时朝中只道是怜惜金氏失去了公主,现在回想起来,不过是夭折了个公主罢了,先帝却未免其难过,先是升金选侍为才人,后来索性越过美人、昭仪、婕妤、嫔等级别,破格晋了妃位,还为她专门修建那座极尽华丽精巧之能事的浴金殿。相比而下,皇后的中宫虽宽阔,却显得要陈旧得多。

一时之间,震惊朝野,妲己妹喜之说甚嚣尘上,可是无论言官们如何慷慨上书,先帝都置之不理。皇后表面颇为大度,暗地里却韬光养晦,培植党羽,网罗才士,终于在先帝崩逝之后,以雷霆之势出击,将金妃一系连根拔起,并顺便将宫中朝内的反对势力清洗一空,从此开始垂帘听政,直到三年前才在朝野一致的舆论声中,不得不归政于年轻的皇帝。

大概那流言正是由此而起,说皇帝并不是太后胡氏亲生之子,反而是金妃的儿子。其实当初倒是太后生了女儿夭折,便换走了金妃的儿子。只因金妃来自新罗小国,又是所谓的蛮夷之邦,岂能母仪天下?所以先帝才决定,对外宣称儿子乃是嫡生的皇子。之所以对金妃有着种种不合常理的宠爱,也无非是来补偿她的失子之痛罢了。

而那玉琳琅之所以近年来频频被提起，也是因那流言中说，这件来自新罗的宝物，其所谓令人青春长驻的功能还在其次，其实当初金妃知道自己必死，已在玉琳琅中藏好了证明皇帝身份的唯一证据。而数年来，涉及玉琳琅的人大都神秘死亡或失踪，似乎更坐实了这流言的真实性。

宫闱风波之中，太后无暇教育自己的儿子，即使后来登基为帝，母子之间也并不亲近。而长安侯与故相明照清分庭抗礼，也被认为分别是代表母子二人，在朝廷大权的掌揽中不可避免地进行暗中较量。

宫闱秘辛，向来讳莫如深，何况隔着遥远的三十余年？这些流言，听来虽然荒谬，却也令人将信将疑。

何况纵是没有金妃之事，因了还政之事，太后与皇帝也早已离心。便是燕敏这样一个旁人，也不免会猜想：若是太后当真是皇帝的亲生母亲，又怎会在朝中安插一个外甥长安侯，处处掣肘、步步为难自己的儿子？

从前还有个老辣果决的宰相明照清成为挡在皇帝前面的第一道藩篱，令得长安侯还有所顾忌。可明照清因"谋逆"之罪服毒自尽后，皇帝不免处在了一个尴尬的地位。

幸好太后与皇帝在关于金妃流言一事上倒是一样的果断，并达成了惊人的共识，不但下诏义正词严地斥驳过，还派缉捕司暗中缉查传播流言之人，有一批人不免掉了脑袋。原因很简单，太后只有这一个儿子，皇帝也需要正统的血脉来稳固龙位。

他们都不需要金妃，但心中早有裂隙，相互依托而又相互猜忌。

有一年，太后宫院之中的那株树皮斑驳的怪树，树丫上竟伸出一截虬枝来，那虬枝虽是黑褐色，却隐隐透出浅绿，一点也不像其他的枝干。

太后的近侍宫女星罗在树下浇水，向燕敏笑吟吟地说："这是太后的主意，说这树老是不开花也不生叶子，旁边梅苑里的梅花开得好，不如折一枝来，瞧瞧能不能嫁接到这怪树上，也叫它多些活气。"

时下手巧的花匠都懂得嫁接之术，比如牡丹，将红云牡丹嫁接到墨珍牡丹上，便能开出极为雍容的紫色花朵。

至今燕敏还记得那天的情形：春和景明，草木清新，自己跟星罗说话时，空气中犹有木质的清香，却不是源于那些草木，而是来自远处的檐宇楼殿，远远看去，极是明丽堂皇。那时隆庆宫刚刚奉皇帝旨意重新修缮完毕，皇帝为了表达对太后的孝心，这次修缮几乎是等于重建，宫内陈设更是华丽非常，完全称得上是"流羽毛之威蕤，垂环玭之琳琅"，即使是当初的浴金殿也多有不及。那怪树虽遵太后的意思没有移动，旁边却围有精致的白玉曲阑，洁白无瑕的石料，镂空雕着栩栩如生的八仙祝寿和蝙蝠祥云。

　　起初那梅枝活了下来，一派生机盎然。那些时日，太后心情颇佳，还让小厨房做了自己素来喜欢的鹿尾笋烧三合，给皇帝送去品尝。皇帝又派人献回一道九仙子炖黄精，也是太后喜食的山珍佳肴，为了品尝到地道的鲜香，太后还将自己的银箸匕换成了紫竹箸。

　　只是好景不长，过了七八天，那梅枝忽然枯萎。隆庆宫那些天气氛沉闷，燕敏来向太后问安时都小心翼翼，她服侍太后用膳时，发现太后平素常食的斋菜换了菜品，九仙子炖黄精再也不见踪影，所用的仍是纯银箸匕。箸尾上牵着细细银链，微微一动，便窸窸窣窣，牵来绊去。

　　没过两天听说太后杖毙了个宫女，正是星罗。

　　后来那怪树便一直孤零零地半死不活，再也没人敢嫁接任何枝条。

　　想来太后与皇帝也是这样，想要共生，却又无法共存。

　　燕敏说完那句话，便将杨恩一把推出去。身为人臣勋贵之女，她不能说得再多。

　　杨恩只要出了这殿室，越过小院到了梅苑，谁也找不着他。梅苑从前就是金妃寝宫浴金殿的一部分，建于绝壁之上，下临着碧波浩渺的清江。太后不喜欢梅花，去得也少，及至明照清在那里饮毒自尽后，苑中更是人迹罕至。

　　杨恩被太后召入宫中，虽是秘密拿下，但皇帝的人无处不在，未必不知晓此事。若是知道事涉玉琳琅……

　　杨恩却身形一摇，如磐石般立在当地，并不曾跃出门槛去："我如果走了，你如何向太后交代?"

"我自然有办法啊!"燕敏急得直跺足,用力推他,"你再不快走,待到被人发现就糟了……"

"夺!夺夺!夺夺夺!"

疾风破空,虽无镝音,却挟有无限杀机,暴风骤雨般劈面而来!

"哗啦!"

却是杨恩劈手拽下一条帷幔,当空一舞,已化作一团锦绣云霞,挪移吞吐,瞬间将那些长箭都卷裹于内!随即一拉燕敏,已跃回殿中,侧身避在了门扇之后。

燕敏脸色煞白,失声低呼道:"是神越弓!"

她入宫时便见太后在前院伏有那些南军卫的箭手,此时杨恩手中帷幔所卷之箭,竟有七八支之多!没想到后殿竟也有埋伏,看戒备之森严,竟不输前院。

神越弓不是寻常弓矢,箭支足有九石之力!这些箭支一起射来,威力极是惊人。杨恩手无兵刃,虽然眼疾手快,以精深内力驱使帷幔卷裹,但燕敏隔得很近,分明看到他的脸上一抹不正常的红晕一闪即逝。

"惊动了南军卫,你快缚了我!"杨恩喘了一口气,低声急促道,"否则太后必降罪于你!"

衣袖一抖,杨恩已将先前缚住他的绳索丢到燕敏手上。

燕敏咬了咬唇,一把抛开那绳索,却将整个人撞到了杨恩怀里!馨香扑鼻,云鬟触面,杨恩不禁一怔,燕敏脸上涨起红潮,将手中长剑索性也塞入他手中,低声道:"你佯作挟制,以我为盾,或许还能冲出去!"

"不行……"

"我是剑神弟子,又是承恩伯女,"燕敏不容分说,"他们不敢当真射杀我!可是你不能有事,你要是困在此地,谁去救苏姑娘?"

"苏姑娘"三字入耳,杨恩眉梢不禁一动,但仍摇了摇头:"兰泽若在,也不会让我挟持妇孺,只为自己逃生的。"

"这不是情势所逼吗?况且我不慎落入你手中,也可免去欺君之罪!"燕敏急得几乎哭出来,"若我当真有了损伤,你救出苏姑娘后,再来报我此恩可好?若我当真死了,你也可以自杀以报啊!"

杨恩目不能视,但听她说话中隐有哭音,显然出自赤诚。

他原不是什么泥古不化之人,心中焦急,又疑团重重,想到此时也唯有如此方能逃出,当下伸手点住燕敏双臂大穴,应道:"大恩不谢,唯铭记在心,以余生报之!"

燕敏含泪摇摇头,心道:"我也不要你报答我,只要你……你们都好好的……"

当下杨恩握紧长剑,当空舞出一片清光,"砰"的一声踢开殿门,跃身而出!

"夺夺夺!"

果然又是一轮箭雨!杨恩挥剑格开,燕敏上身酸麻,佯作昏迷,闭眼聆听。但听剑箭相击,铮铮之声不绝,间或伴随着杨恩衣袖掠过的呼呼风声。听到那风声,燕敏心中焦急之意,不觉为之一缓,心道:"听他衣袖飘拂之声,显然剑法纯熟,且不急不缓,便是这样生死之际,又逢苏姑娘之变,他依然如此沉着平稳,毫无激进之意。果然不愧是我天朝捕乐剑技四神之首,非但勘案如神,心神之坚定,亦少有人及。想来师父专一于剑道,其剑式之精妙固然胜过杨恩,但论剑意之沉稳,杨恩未必就逊色矣。"

耳边忽听一人喝道:"住手!官院之中,谁许你们动用神越弓?"

燕敏听那声音清朗中直,微带几分嘶哑,听起来虽觉熟悉又陌生,脑海中却顿时浮现出一张朴拙英武的脸来,讶然想道:"是鲁韶山!他的声音竟有些变了,如今在缉捕司中炙手可热,事务繁忙,怎的竟也跑到这里来了?"

又听呼啦啦一阵脚步声响,似乎来了不少人。听那跑动的声音沉而不重,是缉捕司特有的牛皮革履。

只听一人不服气地应道:"我等是太后钦点的南军卫,本就有护卫官城之责。忽见殿中有可疑之人冲出,自然要放箭相阻。倒是你,鲁司官,不在缉捕司中追捕嫌犯、缉拿奸人,怎的倒带着这许多人跑入官中来了?"

他们只是说"可疑之人",却不敢直指"刺客",想来是对鲁韶山等人颇为忌讳，并不欲令他知道内情。

鲁韶山冷哼一声："陛下有旨，南军卫的职责虽是拱卫禁城宫院，但前几日却出了那样大的纰漏，着大力整顿，从今日起禁卫之责，便由本司代理了。这人可不可疑，自有缉捕司代理，你们可以走了。"

那南军卫涨红了脸，显然十分气恼，却无言驳责。

燕敏心中奇道："缉捕司接管了禁卫？难怪这些南军卫一反常态，竟窝在隆庆宫中，定是心中不甘离宫，托了太后的名头占着地盘。谁知鲁韶山倒是初生牛犊，竟一直追到隆庆宫来，定要将他们赶走。如此看来，难道太后竟也护南军卫不住？"

她将眼睛睁开一条缝，影影绰绰果然见许多人影，反将那七名南军卫围在正中。当前一人黑袍青绶，已是五品服色，在众人之中颇为醒目，便似山林灌木之中一株英气勃勃的青松，可不正是两日之前，刚刚被擢升为缉捕司司副的鲁韶山？

缉捕司的最高职务便是司正，如今是年过七旬的上官潜。上官潜年老多病，早已不管正事，全是因了他是天朝资历最老的捕头出身，所以冠着司正之名罢了。眼下所有事务，都已由鲁韶山接管处理，这位出身于靖宁府落梅镇的小小捕头，眼下却是风头最劲的青年才俊之一。据说擢升得这样快，便有长安侯之力，而长安侯的背后，众所周知就是太后。

燕敏心中一沉。

早在"怨憎会"一案中，她便知道鲁韶山与杨恩私交甚笃，鲁韶山常说平生之愿便是成为杨恩这样的神捕，而作为早就名闻天下的前辈，杨恩对他也颇为提携。不但在几个案件中亲自带着鲁韶山，甚至据说还指点过他的武功。

如今鲁韶山是新贵，杨恩却成了太后的大忌，富贵财帛动人心，鲁韶山又会如何对待杨恩？

鲁韶山的话语还是冷冷的，却已多了几分沉着与威迫："你们再不离开，难道是想抗旨？"

鲁韶山手下的捕快没有拔出兵刃，但手中都执着三尺长的橡木棍子，中间血红，两头漆黑。这是缉捕司的水火棍，木质坚密，用到纯熟的地步，威力也不下于兵刃。

此时众棍一动,森列如林,眼看只要南军卫说个"不"字,便要马上打将过来。

那几个南军卫看了看杨恩、燕敏二人,却不敢再说,只得收起神越弓,很快退得一干二净。

这后院原就狭小,密密挤了许多人,更觉心中压迫。即使那几个南军卫退走,那压迫之感却没有减弱几分。

鲁韶山看着杨恩,眼神复杂。

杨恩神态安然,对于他与南军卫们之间的纷争,也保持了沉默。

鲁韶山挥了挥手,那些缉捕司的捕快们退后数丈,空出一大片位置,清幽的空气才仿佛又流转了回来。

"我知道你一定会来的,"他看着杨恩怀中的燕敏,"不过没想到,你竟然挟制了承恩侯的郡主。"

杨恩叹了口气,道:"因为兰泽……"

"三日之前,人定时分,我在这里见到了苏姑娘。"

鲁韶山语出惊人,杨恩脸色也不由得微微一变,目光炯然,却没有说话。

燕敏却更是惊异,人定时分,那就是亥时了,苏兰泽那么晚出现在宫中,究竟为了何事?鲁韶山一个缉捕司的司副,又怎会在宫中?

"起初是陛下召见我,后来太后又派人传唤,聆听慈谕的时间长了,宫门下了钥,只得在隆庆宫外殿的侍卫房留宿。"鲁韶山仿佛在自说自话,也并没有等待杨恩回答。

"我是第一次留宿宫中,辗转难眠,听外面更漏之声,已经到了亥时。忽然听见一声惨叫,声音极短促,若不是我尚且清醒,定然会认为是梦中惊悸之语。我从侍卫房奔出去,但见……但见从正殿门口往里,一路皆是尸体,有南军卫的,也有宫人的。"

他的声音终于有了一丝颤抖,"那些人的死状皆是一样,都是咽喉瞬间为利物所刺穿,所以都死得无声无息。唯有一个南军卫,我认得他姓冯,是朝中贵介子弟,曾得过剑神指点。他喉头中刺,但略偏了一些,想必那声短促的惨叫,便是由他发出来的。然即使如此,他亦未逃过死劫。"

他换了一口气,似乎只有这样才能舒缓胸中的闷意,"我心中惊惧,但想着这刺客一路畅行无阻,宫中护卫森严,却如入无人之境一般,可见其武艺精绝。若是伤着了太后,又该如何是好?我不敢叫喊,也顾不得许多,拔足便往宫中疾奔,方到主殿之前,忽听太后厉声喝道:'你……你怎么进来的?'"

燕敏越听越惊,听到此处时,却觉杨恩虽然未动,但那柔软衣衫之下的身躯骨骼却在瞬间绷紧。

"我听那刺客果真想要谋刺太后,便灵机一动,伸手从怀中取出火折子,点着火头后,便往那院中枯干的草木之中一掷,草木沾火即燃,入夜又是南风,风助火势,瞬间便噼噼啪啪燃了起来!我拔出铁尺,大声喝道:'臣鲁韶山前来救驾!逆贼受死!'遂一脚踢开殿门,冲了进去!"

鲁韶山的声音蓦地顿住,似乎遇到了什么艰难之处,一时连语言都无法表达。倒是杨恩缓缓开口道:"那个逆贼是什么模样?你可曾看清了?"

"当时殿室之中虽无烛灯,但外面廊下火光大起,借着那火光,能看清殿中宫人宦官躺了一地,太后拥在帐中,似乎并无什么损伤。那人立在一旁的妆台之侧,手中高高举起一物,却是一枝形如玉树的步摇!步摇的簪尖朝下,那滴滴落下的竟然是暗色的血液!"

燕敏此时几乎是紧倚在杨恩身上,先前那种既羞且窘的感觉已荡然无存,她只是惊悸地感觉到杨恩衣衫下那具身躯蓦地一冷,如怀寒冰般透出丝丝凉意。

鲁韶山已无法再直视杨恩,垂下头去:"见我进来,那人全然不惧,索性掉过头来,向我微微一笑……"

他声音嘶哑,几乎无法说下去,但还是坚持着一字一句吐了出来:"火光闪动,我看得清清楚楚,那人一身白衣,长发如墨,相貌清丽,姿容脱俗……正是苏姑娘。"

"兰泽!"杨恩喃喃道,"当真是兰泽?"

燕敏感觉到他身躯愈发冰冷,胸口心跳却甚是快疾,怦怦有声,似乎随时便要脱开腔子,一跃而去。

"那样的卓绝风姿,旁人也是模仿不来的。"

鲁韶山哑声道，不觉伸手摸向自己的喉头，他将脖中那块雪白的帛巾扯了下来。只是燕敏佯作晕迷，杨恩目不能视，都未曾看到他喉头也有一点伤痕。只是那伤痕极小，若不留意，只当是一颗长得端端正正的血痣。

"当时我只觉喉头一痛，便失去了知觉。待我醒来时，已在缉捕司的医室之中。同僚告诉我，陛下刚传来旨意，说是遵太后懿旨，着我升任缉捕司司官之副。"

他苦笑一声，那话语中的嘶哑之音，此时听起来那样清晰，"虽没有说明，但我知道是因了救驾之功。可是我心中殊无喜意，只要一闭上眼睛，总会想到那晚所见的苏姑娘。她……她……她看向我的眼神那样冰冷，又那样无情，仿佛她从未见过我，我不过如木石一般……可是既然如此，她为何没有杀死我？"

"兰泽居然对你也未曾放过？"杨恩眼神一黯，随即摇了摇头道，"不……她素来温柔善良，怎会如此无情？难道是……难道是她知道伤心蛊毒将发，所以才故意如此行事……"

"伤心蛊？"鲁韶山终于色变，急急道，"你是说苏姑娘前些时缠绵病榻，竟不是生病，而是中了蛊毒？你……你为何不早些说出来？苏姑娘精通医术，你又交游广阔，或许还能找到江湖传说中那种叫作爱别离的解药……"

燕敏也大惊失色，不觉看向杨恩：苏兰泽在去岁之末忽然重病不起，杨恩却并未延请名医，但在短短几天之内，已是形销骨立。外人只猜测苏兰泽定是得了什么无法医治的怪病，却未曾想到，竟是这号称天下第一毒的伤心断情蛊！

伤心蛊与断魂香、五蕴炽并称，被认为是世间最邪恶的三种毒药，其中伤心蛊又最是狠毒厉害，据说原为被汉人男子背弃的苗女所种，后由不法之徒引入中土，曾猖獗一时。一旦蛊虫入体，便盘踞心腑，任你有通天的本领、绝世的武功，只要触动情怀，便必受蛊虫啮心之苦。除非余生七情不动，六欲不生，方能保全性命，所以才被称为伤心断情蛊。

可是人非木石，不可能无觉无识，一生断情绝念，又有谁人能够做到？故此几乎是中者无解。也正是因为伤心蛊太过狠毒，所以后来江湖中正义之士联手追杀用蛊之人，并将蛊虫全部埋杀，几乎绝迹。没想到苏兰泽竟中了这种毒！

不过江湖上还有一种传说，"要解伤心蛊，唯有爱别离。"只是那种名为爱别离的解药，就连鲁韶山也只是有所耳闻，却尚抱有一丝希望。

"'要解伤心蛊，唯有爱别离。'此言虽然不虚，却并非像你所想的那样。"杨恩的声音淡淡的，然而听在耳中，却只觉痛意深入骨髓，"昔日在金妃墓中，我们便知道了，世上根本没有爱别离这种解药，所谓爱别离指的是唯有永绝情爱，生离死别，方能解此蛊之毒！"

他说到此处，声音渐低，道，"便是以兰泽之能，也无计可施，起初她服下黄连粉，以暂延毒性。后刺骨放了两次毒血，又拖了些时日。但去年暮岁之时，一切技穷，无法遏止，终于蛊毒全部迸发，自心腑外泄……"

鲁韶山与燕敏已听得面如死灰，杨恩的声音越来越低，断断续续："那一日清晨，我想扶她起来走走，她从被中伸出手来，我们都如遇雷击……她的手……她的手指……有一根指尖已褪去皮肉，初显白骨……"

昔时师父舒高炽闲来无事时，也常常与燕敏讲起江湖中的奇事轶闻，有一次提到伤心蛊时，也曾说过："那爱别离传说能解此蛊之毒，但遍观江湖中人，但凡中过伤心蛊的人，却无一人寻得此药，可见也是虚幻。倒是有这样一种法子可以暂延毒性，起初用黄连封住伤口，再放血两次，可保半年左右毒不复发，只是最后无法压制蛊毒之时，所受痛楚的折磨也更为惨烈。"

燕敏心中颤抖，师父的话语仿佛清晰地回响在耳边，她不由得颤声说了出来："伤心之毒，也唯有黄连之苦可以暂时遏制，或许还要流出几滴热血，亦能缓解一二。但一个人真正伤心，那是什么药也治不了的，先是心痛如啮，后来热血不存，心腑虽在，人冷如霜，所有生机仿佛都已断绝……所以伤心蛊发作之后，先是蛊虫啮心，令人痛不欲生；然后蛊毒由心腑外泄，经气血行至全身，所到之处，皮肉腐烂，偏偏脏器无损，性命犹在，只眼睁睁地看着自己慢慢变成一具白骨……"

"白骨！"

鲁韶山双手紧紧地抓住铁尺。

不！不！那明慧温柔的白衣女子，那样冰雪般的姿容、春风般的笑靥，怎能化为惨如寒霜的白骨？

"韶山，你看，佛说人间八苦，求不得之苦最是令人无可奈何。我杨恩一生自负，却终是无法解去最亲近之人的痛苦。"杨恩苦笑道，"所以我一定要离开这里，去找回兰泽。任她闯下怎样的弥天大祸，我也愿一力承担。是生是死，我都要她在我的身边，即使她当真化为白骨，我也……我也绝不相负。至于燕姑娘，我无意为难。你既来了，我……"

他轻轻一推燕敏，正欲将她交给鲁韶山，燕敏却忽然一跃而起，拔下头簪，簪尖对准了自己的颈喉。

这下杨鲁二人猝不及防，异口同声喝道："燕姑娘！"

"鲁大人，我是自愿要跟捕神离开的。"燕敏转向鲁韶山，决然道，"你若今天要拿下他，便先杀了我！"

杨恩目不能视，但听风辨物，也知燕敏此时行为，急喝道："燕姑娘！此事与你无关！"

燕敏甘冒大险，将他从地下密室中放出来，还可说成是受他所胁。但此时举动若是被太后得知，却是明明白白的抗旨！

燕敏看向他，眼中泪光闪动，什么也没说，簪尖却抵在了喉头肌肤之上，只需再轻轻一动，便会破皮见血。

"南军卫那几人虽然退下，但有缉捕司的人在，他们并不能自由行动。如今我深得圣眷，太后也颇为宠信，这里有我在，谁也不能进来。"鲁韶山忽然露出一丝古怪的笑容，道，"捕神还记不记得？昔年你曾指点过我如何运行真气？"

他在空中回手一掌，击在自己胸口上，整个人如断线风筝一般飞了开去。"砰"的一声，撞入了树丛之中。

燕敏一怔，但闻杨恩在耳边轻声呼道："韶山！大恩不言谢！"轻风飒然，她手上一松，所执长簪已落入了杨恩手中，整个人腾空而起，如驾云乘雾一般掠过宫墙，往远处疾掠而去。

燕敏又惊又喜，反手抓紧杨恩衣袖，但觉他一只胳膊正圈住自己的腰肢，虽是守礼自持，除此外别无接触，甚至连身躯也尽量拉开距离，然而他的气息温度却环绕在身畔周围。

这帝都初春的寒峭恍然远去，唯觉温煦宜人，如沐春风。

"吁！"

一声剑吟，击碎"春风"，眼前青光乍现，恍然凭空铺开了一泓粼粼溪水，却又不似寻常小溪那样静澜细流，反而清波翻卷，气象万千！

"梅溪奔涧！"燕敏蓦地只觉浑身冰冷，失声叫道，"师父！"

一道剑光如虹贯日，奋力向前刺出，直没入"溪水"之中！看似平淡无奇，但那一剑既入，仿佛"溪"中蓦然出现了一个大的"漩涡"，清波奔流，如受无形吸力一般，皆卷入"漩涡"之中，瞬间消失无踪。

但听有人清笑一声，道："好个杨恩！不愧三眼捕神之名！那只是上半式，还有下半式呢！"

轰然一声，剑啸长吟，那"漩涡"蓦地增大，无数"水流"朝天喷涌，须臾化作万丈清波，如水垂帘，猛地扑了过来！

杨恩剑身一震，也发出龙吟之声，仿佛与对方那剑啸遥然相合！长袖飘动，抬手便往那"水帘"奋力一划！"砰"的一声，"水光"四溅，跃上二人头脸衣衫，些微凉意一闪即逝。

"噫？"那人似乎有些惊讶，笑道，"石径云封，却又如何？"

虚空之中，蓦如云涌雾奔，当中却暗蕴无限劲气，迎面猛迫而来！

杨恩横剑相撞，其速极快，如电如光，眼看剑刃便要触及那"云雾"，忽然他脸上掠过一抹红晕，胸口剧痛，那由丹田而出贯注全身的真气也陡然消散！

燕敏伸手将他扶住，但觉他周身冰冷，先前那温煦气息荡然无存，不由得惊叫道："杨恩！"

杨恩衣袖挥处，已将她往一边推开，自己空门大开，双袖飘展，却恰好迎上那翻涌而来的"云气"！

"不！"燕敏锐叫一声，劈手抢过他掌中长剑，当空斜刺而出！

"铮！"

似乎是金铁交击时发出的脆响，"云气"立散，幻象顿消，只有燕敏一手执剑，一手扶住杨恩，满面通红，泪水泫然，习惯性地咬住下唇，却不肯退后一步。

杨恩只觉胸口剧痛，似乎骨骼内脏都在瞬间崩裂开来，几乎连呼吸都为之一窒。他强行凝聚真气，抬起头来，向前看去：一个高大的身影出现在数步开外的屋脊之上，手中执有一柄普普通通的铁剑。

灰色连帽大氅，兜头盖脸，垂落在地，却干干净净，并未沾上丝毫的污渍与尘埃。

帽下是一张中年男子的面孔，肤色黧黑，目光虽是凝视着二人，却是既不怎样锐利，也不怎样明澈，就是一双中年男子常见的、微黄渐浊的眼睛。

谁也未曾想到，名闻天下的剑神舒高炽竟然有着这样一张普通的面孔。普通到一旦走入市井之中，便会被淹没于潮，杳无踪影。然而，那周身所散发的气势，却如千钧之石、万仞之峰，那种威压之感，几乎是如蛆随骨，如影随形，更令人根本无法直视。相比之下，这张面孔是妍是媸，似乎都并无意义。

即使是杨恩，明明知道对方目光平和，态度平淡，只是静静地凝视，还未曾有所动作，但他的存在太过霸道强横，令人无法忽视。况且杨恩此时本就是最虚弱的时候，不过片刻，已觉背后一片冷湿，额上也有细密的汗珠不由自主地冒了出来。

他眼前忽然一黑，整个人已倒入燕敏怀中。

燕敏身形摇了摇，将他轻轻放下，"扑通"一声跪倒在瓦楞之上，顿首道："徒儿不忠不孝，望乞师父饶恕！"

舒高炽哼了一声，举起剑来，道："他是太后欲得之人，你且退下一边。"

燕敏膝行两步，反而挡在杨恩身前，额头重重磕在瓦面之上，砰砰有声，且很快便青紫一片："乞师父饶恕！"

舒高炽冷笑道："从前只道你剑法太过拘谨，长于精奥却失于果敢，没想到今日你为了这个男人，倒是果敢得很，竟然以如此强横之剑气，拦住了为师的'石径云封'，但不知对上这一式时，却又如何？"他剑身一抖，看也不看燕敏，径往杨恩身上刺去！

这一刺，并不曾像先前那样幻象丛生，似真如梦，反而极是简单利落，其拙朴处，如崖上独石，千年来静峙如斯；其灵动处，又如涧下流水，轻盈跳跃而来！

"七还人间！"

燕敏脑海中掠过这四个字，却也顾不得许多，剑光挥舞，已奋力向前扑出！

那崖石如此浑朴，不动如石，重压如峰……那涧水如此灵动，杀机暗藏，水色如刃……她仿佛一个樵者，在下坠的崖石间苦苦相抗；如一个溺者，在涌动的水波中奋力挣扎……

师父怎么说的？

人间牵绊，皆来自欲望，执着寻求，无法解脱。七还人间，不过是为了——舍弃那些执着。

虚名、权势、财富、美色、意气、情义、生死……弟子实在不孝……可是弟子宁可自己死了，也不能让他受伤。他还有未竟之事，他还没找着苏姑娘……

千思万绪，无数念头，只在这电光石火的剑锋相错之间，怆然掠过。燕敏胸口一阵翻涌，仿佛五脏六腑皆在这剑光之中被绞得粉碎！

"呛啷！"燕敏虎口破裂，长剑脱手！剑气凌厉，如风席卷，她身不由己，整个人凌空飞起，又"砰"的一声，重重跌在杨恩身边！身下一行青瓦被压得四分五裂，碎片哐啷啷滚下檐去，随即惊起屋脊下一片叫声："刺客在此！""箭手！箭手！""来人啊！抓刺客！"

舒高炽剑锋一闪，幻出一片青光，稳稳地横在虚空之中。青光之后，他形若天神，杀气凛凛。

燕敏只觉全身筋骨皮肉在强大真气的冲击之下，仿佛寸寸碎裂，然却义无反顾，张开双手，挣扎着挡在了杨恩身前！

青光剑气如山岳般幕压而来，燕敏头发衣衫皆如劲风之中的船帆一般，猎猎飞舞，仿佛随时都要脱离身体的缰绳，向未知之处断裂飘去。

然不知为何，她心中竟是一片静谧。甚至那扑面而来，疾如寒星的一点剑光，都不再可怕，而是那样璀璨！

剑光蓬然炸开，恍若化作满天繁星！

燕敏闭上了眼睛。

仿佛过了许久许久，久到天地寂然，一切声响似乎都已消湮殆尽。然而想象中冰冷的剑锋，却始终没有刺入那早已痛得寸寸裂开的胸膛。

燕敏眼皮一跳，忍不住睁开来。

她首先看到了一只手。

那只手自灰袍之中伸出来，轻轻抚落在她冰冷的脸上。

她的脸冰冷僵硬，那手却温热柔软，触之极为舒适。近前了看时，手指如玉，欺雪赛霜。对着光线看去，甚至白得透明，且修长优美，简直不像是男子所有。

燕敏心中一跳，蓦地抬起眼来：舒高炽收回手指，仔细看了看，又点了点头。

师父为什么手下留情？燕敏惶然地看向他，忍不住回头看了杨恩一眼。

杨恩犹在昏迷之中，面色消瘦，眉头紧锁。若非胸口尚在微微起伏，燕敏几乎又要惊慌失措地扑上去察看。

"这是什么？"

舒高炽问道。

他另一只手中正握着那柄铁剑，那剑此时正横锋向天，霜雪般的剑刃上凝有一滴晶莹的水珠。

天光落在水珠上，隐隐幻出七色虹彩。

"昔日我教你这幻剑七式，便对你说过，所有人间留恋皆是虚幻。你先要倾情尽性，至真至烈，然后不动如山，无情如水，方能得到剑中真谛。可是你这孩子秉性柔顺，向来不与人争斗，那些虚名薄利，你更是从来不放在心上。从来不曾见你喜欢过什么，或是不顾一切想得到什么，失了这种执着，所以剑法长于精娴，却失于平和。"

他的话语还是那样淡然，仿佛不是在刚刚生死搏斗之后，而是如同平时指点她的剑术一般，徐徐道来，绝无波澜，却又暗蕴着无限的期望。

燕敏鼻子一酸，挣扎着再次伏身于地，顿首哽咽道："师父！弟子不肖……"

先前她自称"不孝"，此时"不肖"，四字之中的深意，也唯有这对朝夕相处的师徒方能明白。

舒高炽看着那剑刃上的水珠，终于叹了一口气："这些年来，你从来没有像今天这样，为了一个人不顾一切。你可知道，纵然太后是秘密将他羁押，不会公然治你违旨之罪。但要处置你，还是再容易不过？"

燕敏伏地不起，低声应道："弟子知道。"

"你为承恩伯女，违逆了太后，即使不死，亦当从贵女圈中除名。无法匹配公卿，不再是人上之人。"

燕敏的声音中已带了几分毅然："弟子知道。"

"名利权势，你都可以弃如敝屣，只因为你身后的这个人？"

燕敏不答。

"阿敏，"舒高炽的话语之中，竟有些萧索之意，"可还记得故事中的真武大帝吗？这世间有七种诱惑，虚名、权势、财富、美色、意气、情义、生死……如今看来，令你放不下的不过是你的'美人'……然而或许你苦求之下，仍是不得，又该如何是好？"

耳畔的叫嚷声、脚步声，甚至是燕敏所熟悉的、奔跑之中的甲片与兵刃撞击之声，都越来越响，不知有多少宫中卫士，正往这边汹汹扑来。

前有师父，后有追兵，看来杨恩到底是逃不过了。

燕敏奋力往后退去，伸手紧紧捉住杨恩的衣袖。

若是他们想要动他，先要从自己的尸体上踏过去！承恩伯是三朝勋贵、世袭爵位，父亲深孚众望却远离朝堂，无论太后还是皇帝，都需要这样的伯府来装点盛世，她今天的所为，并不会连累到整个家族。

其实就连她自己也没想到，今天竟做出这样一件惊世骇俗的事来。她向来柔顺，无论是对于父亲还是师父，从无半分违逆，对于太后来说，她更是众贵女中最为恭谨顺从的一个。

虽然太后常常夸赞她说："阿敏性情柔婉，倒一点也不像个女剑客，还是未失咱们天朝贵女的风范。"但她知道，太后自己是颇具杀伐决断的女人，自然也喜欢那种坚韧刚毅的性情。

但太后知不知道？所有的女人，都有坚韧刚毅的时候，为了保护自己心底最珍贵的东西。

"可是师父在讲这个故事时，早就说过，这世间不仅有七种欲望，更有求不得之苦。"燕敏下定决心，在越来越近的喊杀声中，反而镇静下来。平时总是柔顺垂下的双眸，此时也波光熠熠地望向舒高炽。

"弟子从来没有求过什么，所以也不在乎是否得到。弟子之所以要这样做，只是不想让他和苏姑娘分开，想让他们好好地活下去。师父，十多年来，弟子看得很清楚，咱们宫中，甚至是江湖中，都没有他们这样的人……"

舒高炽身躯微震，惊诧地向她看了过来。

那张混合了血污与泪渍的小脸，因了眉宇间少见的毅然，竟焕发出一种特别柔润的光彩，纯洁，温顺，然而义无反顾："师父说过，所谓剑客，不就是应该用手中之剑，去捍卫自己心中最珍贵的东西吗？"

瓦楞格格乱响，数人已攀上屋檐，往这边奔来。

"好，好！"

舒高炽忽然冷笑一声，连说两句，蓦地回手一剑，将奔得最快的那名南军卫穿了个透心凉！

他出剑如电，疾奔如风，燕敏只觉眼前晃了两晃，他剑锋所到，瓦面上已躺了五六具尸体！

其余人看在眼里，胆战心寒，不禁却发一声喊，往后退去，连声叫道："放箭！放箭！"

弦响连珠，许多箭矢自四面楼阁上疾射而至，密集如雨！燕敏咬紧牙关，强忍住心头翻腾的血气及剧痛，挥剑正欲格打，忽闻一声清啸，身形蓦轻，自己连同杨恩都一起腾空而起！

她愕然回头，但见眼前升起一片剑影虹光，宛若屏障，那些箭矢一触之下，纷纷弹开，去势颇疾，嗖嗖数声，却是数名追赶上来的南军卫胸口中箭，惨叫声中，已跌下了屋檐。

舒高炽一手拎住他们二人，足不沾地，如鹄鸟般飘然远去。

他杀人、挡箭、救人、远遁，不过在刹那之间，然而从容自在，趋避如电，视百余南军卫如无物，果然不愧剑神之名。

江流奔湍，波浪翻涌，越衬得两岸青山疾插如屏，陡峭异常。若是在江中抬头看去，似乎连天空都被两边的山崖挤成了一线。幸而有许多不知名的藤萝草木盘踞崖上，如瀑的垂枝碎叶间透出些许绿意，倒给这峻拔清肃的江峡风景点缀了早春所独有的柔美和娟丽。

一艘乌篷白帆的木船，便在这奔涌的江涛之间逆流而上，颠簸前行。

船身狭长，两头尖尖，正是当地俗称的"豌豆角"轻舟。在满江的惊涛骇浪之间，"豌豆角"便如一枚真正的豆角般，时而被甩上浪头，时而又跌落涡心，似乎随时便会倾覆于这铺天盖地的浪涛之中，看上去十分惊险。

船舱后门垂着的葛布帘子一掀，露出一张秀丽的女子面孔，担忧地问道："艄公，这水路如此凶险，还有多久才能到达归州？"

那艄公正在船尾，手中扳着碗口粗的扁尾木舵，眼睛却紧紧盯着船舷两边的急流湍浪，口中答道："小娘子不要害怕，我们这峡江之中，向来便是如此水势，如今还是早春，又是枯水季节，你别看现时这水势凶猛，前面的江中已露出了枯滩。待过了这段水路，在前面找人绞滩拉纤上去，便是你要去的归州城了。"

舱中却传出一男子声音，叫道："燕姑娘！"

声音柔和，却有一种安然的力量。

燕敏赶紧缩回身来，但见狭小黯淡的舱中，杨恩已经坐起身来，目光炯然，向她微笑道："你不用问，我知道此时已到牛肝马肺峡，待到过了青滩，便能看到归州城了。"

燕敏想说什么，却垂下头去，帮他掖好被角。

杨恩又道："我从小在这里长大，看惯大风大浪，所以倒也不怎样难受。"

燕敏不语，过了半晌，方喃喃道："苏姑娘……苏姑娘她真会在这里吗？"

杨恩淡淡一笑，道："咱们一路跋涉到了此处，她一定会在。"

那日生死攸关之时，剑神舒高炽忽然一反常态，居然出手杀了追捕杨恩的南军卫，将杨燕二人救出了皇宫，一路送到了京都城外。便飘然远去，连一个字也没留下。

燕敏瞧着舒高炽灰袍飘飘，很快便小如芥子般消失在荒郊长草之中，不禁眼含热泪，只得向着他的背影跪下磕头。

他二人从皇宫之中逃出，身无长物，幸好燕敏身上还有几件首饰，遂换了些银两，在最近的小镇上购了一辆马车，与杨恩一路南行。

她练武日久，身体尚佳，先前与舒高炽动手之时虽然受挫，但舒高炽不过是以剑气暂时扰乱了她的真气运行罢了，稍做些调息便恢复了过来。

但杨恩却不同，他因昔日围剿太湖盗盟时受了重伤，至今未曾痊愈。且少了苏兰泽细心调理，又忧急攻心，身体迅速衰弱了下去。燕敏一路精心照料，打点行程，十分辛苦。昔日她跟随舒高炽，虽也走过些地方，但毕竟是勋贵之女，舒高炽又并非常人，素来锦衣玉食，不过赏玩风景罢了，哪里真正体会过江湖的风霜之苦？

二人先乘车数日赶到南郡，再由码头转乘轻舟前往归州，她昔日光润的脸庞已经消瘦不少，较之从前，倒多了几分楚楚之致。

杨恩虽目不能视，但从她的话音之中便能听出憔悴倦意，心下愧疚，道："燕姑娘，此番真是累你不浅。"

燕敏摇摇头，微笑道："都到了这样地步，你想赶我回去，也是不能呐！"

杨恩欲言又止，顿了顿，终于说道："到了归州，你便回去吧。"

"捕神这是何意？"燕敏睁大双眼，瞬间眼中便蓄满泪水，泫然欲滴，"难道是我一路上有什么不周到的地方，令得你如此嫌厌于我？"

"自然不是！"杨恩听她话语伤心，愧意更深，连忙道，"你我一路行来，并无朝廷追兵，亦无张榜缉拿，甚至连个暗探都没有遇见。依我想来，或许此事还与令师有关。"

"我师父？"

杨恩微一沉吟，问道："令师在宫中多久了？"

燕敏想了想，道："我五岁入宫遇见了师父，他很喜欢我，在我八岁那年便收我为徒。那时他在宫中似乎已待了几年，今年我十八岁，算起来，也有十五年以上了。"

"深宫禁地，男女有别，为何剑神却能容身十五年，而两宫帝后、朝野内外从无异议？燕姑娘，你可曾想过个中缘由吗？"

杨恩若有所思，却见燕敏涨红了脸，急道："我师父……我师父才不是你想的那种龌龊之人！他……他……"

"燕姑娘你误会了，"杨恩失笑道，"我的意思是说，令师非常人也。"

燕敏怔怔地看着他。

"剑捕乐技，有当朝四神之称，其实不过是外人的附会罢了，"杨恩道，"我出身缉捕司，生平办案无数。张白石擅机关筑造，由匠人而至匠师、大匠、匠斤，各种宫室苑囿皆出自他手。我二人的来历出身，天下人皆共知之。然而兰泽与令师，人人皆称乐神与剑神，据称令师爱剑成痴，冷酷无情，剑道在其心中有无上的地位，甚至胜过人类；兰泽性无所恋，心无挂碍，看似淡漠清和，兼具温柔慈悲，倒有神仙度化天下之胸怀。但这皆不过是谈论性情罢了，谁又知道他们的来历出身呢？"

燕敏"啊"了一声，面现诧色，道："你是说……苏姑娘她也……"

"正如你从来不知令师源出何处，我也从来不知兰泽是从何处而来，能否永远留在我的身边。"

杨恩涩然一笑，蓦地，船身剧震，仿佛撞上了什么坚硬之物，船底向前滑动，发出嘶哑之声，听起来十分刺耳。

两人也是全身一震，几乎稳不住身形，齐齐往舱前方倒去！

杨恩是背对前舱而坐，燕敏坐在他的对面，此时杨恩往后倒去，燕敏则仆身向前，恰好一头扎入了他的怀中！

男子所独有的温热气息扑面而来，燕敏脑中嗡的一声，只觉火烧火燎，如滚水烫过一般，慌忙坐起身来，一手紧紧扶住舱壁，甚至顾不得舱壁上的蔑墙划伤了手指。

数日之来，二人虽同车同舱，但一直相持以礼，对外也以兄妹相称。如这般的肢体亲密，却还是上次在宫城之中，杨恩假意挟制燕敏之时方才有过。但那次是生死关头，却又不如在狭小的舟舱之中，平白便多了些不同，也让燕敏羞喜交加，惊慌失措。

"在绞滩了，大约还有一个时辰便会到达归州。"杨恩的声音响起来，他还是那样温和平静，仿佛方才燕敏并未曾那样仓皇地撞入他的怀中。

"峡江之中，枯水季节时往往有江底礁石露出水面，且有不少的险滩，往来船只因此而搁浅。岸边便设有木制绞盘，以绞索系住船只，并以纤夫相助，一直要将其拉过险滩，方能正常行驶。"

他轻轻一笑，道，"当年我重伤之后，第一次醒过来时，便是因了所乘轻舟正在经过这一处浅滩。船身擦过石滩，格格作响，舱中床铺碗盏一起摇晃起来，终于将我从昏迷之中惊醒。"

燕敏脸上的热度不觉退了些，道："也是在这里？是青滩？"

"是啊，"杨恩的话语越发轻柔。此时两边江岸的山崖愈发逼仄，遮住了本就稀薄的天光，舟中几乎是伸手不见五指。在这样黯淡的光线中，即使无法看到杨恩的表情，但从他的语声之中，不难猜到那一段往事于他而言是十分美好温柔的记忆，"当时我醒过来，发现是在一艘船上，还以为自己落入了太湖盗盟的群匪手中，顿时一跃而起，打算要跟他们拼个你死我活！刚跌跌撞撞地冲出舱去，却见对面峭壁之上有一个白衣女子正飘然落下滩来，手中拿着两枚鲜红的野果。"

他伸手"砰"的一声，推开舱壁上的小窗，手指前方，道："你瞧，就是那里！"

舱上有窗，不过两尺见方，因担心杨恩着了风寒，一路上燕敏都未曾推开过。谁知此时被杨恩忽然推了开去，清冷的江风呼啸而入，吹得两人的鬓发衣衫猎猎作响。

些许的亲密暧昧瞬间一扫而空。

江流缩到只有数丈之宽，如一条狭长的玉带，只是这条玉带比起先前还要湍急，几乎是咆哮着从右岸的山崖下一冲而过，不断激起碎玉般的水花。

燕敏沿着杨恩手指所向看去，但见此时船只正紧靠左岸前行，果然是搁在一处浅滩之上，水只在一尺来深，可以看得清水下的碎石泥沙。

滩边依旧是陡峭高峻的山崖，崖尖如利剑般直刺向青蓝的天空。崖石嶙峋，石作青灰，石间有藤萝牵连，香草丛生，宛若画卷一般，清峻萧肃却又美不能言。

杨恩的话语近在耳畔："当时她未结鬟髻，长发垂落，如墨瀑一般，衣衫却是雪白，迎风飘展。原是素净极了的颜色，但这天地江山却忽然鲜活起来，便是那两枚野果也鲜艳欲滴，宛若仙实。兰泽啊，她哪里是什么乐神，在我心中，她就是这峡江的春神，那时我受了重伤，连同双眼视物也模糊不清。我看不清她的相貌，但她自山崖之上飘然而来的样子，我从来没有一刻忘记过。"

燕敏喉咙发涩，低声道："她很美。"

"后来我才想起来，兰泽在太湖中救起我时，我的伤很重，只来得及说了一句'送我回归州'便昏死过去，甚至连救我之人是谁都不曾看清。她用一种灵药暂时延续了我的性命，将我带到了归州。那是我祖居所在，我以为自己命不久长，只想魂归故里，却累得她千里相送……燕姑娘你今日也是如此，实在叫我心中感激和不安啊！"

一路行来，杨恩伤势渐重。不知是否宫中那一战令得他心脉旧伤崩裂，无论怎样延医服药，调息静养，精神仍是一日比一日委顿，但一路上除了购置衣物食水等外出事宜，起居饮食仍挣扎着自己操办，不让燕敏相助。

燕敏自己也知道，自己在承恩伯府，从未做过服侍人的活计，不过因为曾行走江湖的关系，比其他贵女要强得多。但昔日杨恩是在昏迷之中被苏兰泽送往归州，论到路上精心照料，却要远胜如今的自己了。

她伸指紧紧握住了裙带，道："我笨得很，哪里比得上……比得上苏姑娘？"

"在归州住下来之后，兰泽告诉我，我的心脉都已经断裂，真元也严重受损，若要救回我的性命，就必须要放弃我的眼睛。"杨恩缓缓道，"其实我早就知道了，从我醒来之后，眼前就模糊不清。即使兰泽那么美，我也只能依稀辨出一个墨发白衣的美丽身影。"

燕敏听到此处，心中一阵难过，凝视着眼前这个英秀而清瘦的年轻男子，却不知说什么才好。

"过了两天，我的眼睛便看不见了。虽然早有心理准备，但我还是痛不欲生。"杨恩声音低了下来，轻叹一声，道："但是兰泽告诉我，她会留在我的身边，充当我的双眼。我一天不复明，她就一天不离开。"

"然后，世上就有了乐神。"燕敏喃喃道："她真是一个很美的女子，我想这世上没人比得上她。"

"是的，"杨恩露出一个温柔的微笑，道，"她在我心中永远是最美的，即使我从来没有看到过她。"

两人半晌没有说话，风从窗外吹进来，清冷的气息充满了船舱。岸上有桌面大小的木绞盘缓缓转动，每转动一圈，船头的绞索便绷得笔直，发出吱吱呀呀的涩音，伴随着岸上纤夫们的号子声，船只艰难地一步步前行。

　　"我的师父，他第一次被称为剑神，或许是因为太后。"燕敏忽然开口道，"我第一次见到他时，其实不是五岁，而是三岁。那也是一个春天，我随母亲入宫见一位太妃。太妃留母亲说话，一个大宫女抱着我出去玩儿。不知谁叫了她一声，她便匆匆忙忙地把我放在了一处石阶边，告诉我不要乱走，要乖乖地坐在那儿等她回来。

　　"我还小，哪里待得住？只过了一会儿，便摇摇摆摆地站起来，一路乱走过去，最后不知从哪处侧门穿过去，竟然进了隆庆宫。

　　"太后好清净，数十年来都是如此。隆庆宫的宫女宦官只有少部分留在殿内，其余人不得召唤，连前殿的院门都不敢进去。所以隆庆宫门口才会建那么多的侍卫房，除了南军卫，还有这些宫女宦官，他们也大多候在那里，等候太后的传唤。太后有一只金铃，只要轻轻一摇，便有铃声传到外面来，他们才进去侍候。

　　"曾有宫人未经召唤入内，被太后下令乱棍打死。所以我一路行来，竟然没有遇到一个人影。院中特别静，廊檐下却开满了牡丹花，是陛下派人送来的。他那时大概不到二十岁，正是年轻好动的年纪，却因太后没有归政，他闲着无事，天天在花房里莳弄各类牡丹，然后一盆盆送到太后宫中来赏玩……"

　　船身此时或许已经过了险滩，让人牙酸的绞索声和纤夫们浑厚的号子声都消失了，变得平稳轻快起来。

　　"我瞧着那些牡丹花开得好看，便索性钻入花丛深处，也不知窜了多久，刚刚钻过一株牡丹花，便远远瞧见洒金挑线裙子的一角。我母亲也有一条相似的裙子，当时我以为母亲来找我了，正打算开心地扑上前去，却听见一个陌生的声音说：'这树今年还是不开花吗？'那声音柔软清媚，甚至还有一些娇嗔之意，听起来是个正当华年的女子。另一个声音答道：'从来不知道这树竟这样倔，这皇宫是天下最为繁华之地，难道还比不上野岩山岭吗？'这个声音轻灵明丽，听起来似是女子，但吐辞发气却又有着男子般的决然。我听得好奇，年纪又小，不懂什么宫中忌讳，冲出去叫道：'这是什么怪树？'就在这一瞬间，我看到那怪树旁边立着两个人。一个女子，一个男子。女子袍服华丽，里面所着的正是那条洒金挑线裙子。男子却是一身灰色长袍，头束发髻，别说是宫里，便是我们承恩伯府，也没有穿得这样简单的人呢！那女子看到我时，脸色一变，叫道：'怪不得花丛中一阵响动，以为是我养的阿狸呢，没想到是个小鬼！'她声音那样软糯好听，挥手却向我发出一道寒光！男子衣袖一拂，手中多了一枝牡丹花，只是迎面一晃，寒光便没入花中，无影无踪。'不要杀她！'那个男子说，'她的模样和咱们陛下小时候实在肖似呢！'当时我心中觉得奇怪，明明先前我听到的那个声音轻灵明丽，就像黄莺一般，怎的此时却浊沉了许多，就像我父亲一样。"

燕敏说到此处，眉梢微微颤了颤，还是继续说下去："我当时记得很清楚，也毫无顾忌地问道：'你的声音怎么变了？'

"那个男子哈哈大笑起来，又恢复了从前的轻灵明丽，道：'这小人儿当真有趣，你不知道用内力控制气息，便能改变喉咙里的声音吗？这种法子很好玩，你想不想跟我学？'

"我开心地说'好'！那女子却嗔怪道：'你要教她什么？啊，我想起来了，这是承恩伯的小女儿，的确跟陛下小时候长得相像，就连那种倔强又调皮的样子都一模一样。你看她都不害怕，一点儿也不像个女孩子。'

"男子想了想，道：'女子天生体纤力弱，若想在武林之中出类拔萃，最好是修习剑术。'

"女子笑道：'可是承恩伯家是前朝就有的勋贵，自矜身份，他家的小女儿恐怕不会交给你这样一个来历不明的人呢！'

"男子也笑道：'这有何难？我一生所学可是李真人亲手所授，给我两年时间，便能扬名天下。'

"女子看他不似说笑，也好奇起来，问道：'你是因为她和陛下相像，才这样认真吗？你要教她剑术，必然要以剑术来扬名才是呢！'男子傲然道：'不错，就以舒高炽之名，成就剑神之威。两年之后，我必要承恩伯心甘情愿求到隆庆宫，只为了让这小人儿做我唯一的亲传弟子！'"

杨恩听到此处，也是露出讶色："那位出现在隆庆宫的女子，穿着洒金挑线裙子的那一位，难道就是……"

"正是当今太后。"

燕敏低声道："那天，他们说完这番话后，便令人将我送回了母亲身边，母亲并不知道发生了什么事，送我的宫女自然也不知道。两年之后，我五岁的那个春天，父亲有一天忽然很高兴地回到内宅之中，令人好生将我打扮一番，将我带入了宫中。

"廊檐下的牡丹花开得还是那么绚丽，怪树还是光秃秃的，没有叶子。我在隆庆宫的主殿之上，看到了两年前的那个女子。她这次穿得更华丽了，头上戴着的凤冠上镶满了各种亮晃晃的东西，怀中抱着一只黄白花色的大狸猫。看到我时，她叫来一个大宫女，说：'把阿狸抱走。'然后好像完全不认得我一样，夸赞说：'秀稚清美，温柔纯良，不愧是承恩伯的小郡主。'她忘了她曾经说过，我倔强的样子跟陛下一模一样，纯良是有的，但根本没有温柔过。

"我父亲带着我向她跪拜，说：'听闻剑神要在贵女中挑选一个五岁女孩为弟子，臣家的小女儿阿敏，虽然有些顽劣，但性情柔顺，颇有灵性，还望太后与剑神不弃！'然后，我便瞧见太后座畔多了一人，虽然换了一身绀底云纹袍子，髻上插有玉簪，显得很精神，但我还是一眼就认出来，他正是两年前我在太后宫院之中遇到的那个懒散随意的灰衣人。

"父亲让我向他磕头，他笑了，就是个寻常男子的声音，再也没有那黄莺般的清脆明丽，说了一句：'郡主很有趣。'就像两年前，他大笑着向太后所说的'一个有趣的小人儿'那样。于是，我糊里糊涂就成了他的弟子。"

"他真的做到了，成为剑神，收你为徒。或者说，他成为剑神，只不过是为了要收你为徒而已。你……你可有……"

杨恩话未说完，燕敏已明白了他的意思，轻声道："后来我变得很乖。"

"乖？"

"我五岁之前很顽劣，因为是父亲最小的女儿，虽然我的亲娘早逝，但母亲很疼爱我。"她口中的母亲指的是承恩伯夫人，"不过自从成了剑神的弟子后，我就变了。"

她低着头，露出白净细腻的后颈，像一只优雅而温柔的白鹄，"太后和师父也从来没有跟我提到三岁时的那次相遇，他们以为我太小，其实我记得很清楚，只是我从来都不说。因为我记得他们说，我跟陛下长得像，尤其是倔强的样子。"

忽然想到杨恩目不能视，燕敏不觉有些歉然，她怔了怔，继续道，"那时我虽才五岁，但出身我们这种家庭的孩子大多早慧，我也隐约听说过陛下与太后并不亲近。既然我像陛下，剑神才一定要收我当弟子，或许正是为了安慰太后。那么将来太后会不会放我离开隆庆宫呢？我想既然陛下那样倔强，那我就变得听话，我越听话，就越不像陛下，太后就越不会喜欢我，我才能回到自己父母身边。不过……不过十多年过去了，师父每月望日、朔日来我们伯府教我剑术，其他时候要么住在隆庆宫外的侍卫房，要么就出宫走走。侍卫房那里有一个单独的院落，他在那里住了十多年。虽然我与陛下已经不相像了，但我与师父的感情却越来越好，深宫之中，甚至整个天下，我想我是唯一与他亲近的人。而我，也唯有在他面前，才会露出倔强的一面。"

"原来如此。"

杨恩还记得第一次见到燕敏时，是在明照清假扮相府主管周森泉前往他在京都郊外的寓所。即使没有苏兰泽事后的详细描述，从她行走的风声，说话的语气中，杨恩也能猜得出：那是一个身形修长、行动利落的女郎，白嫩的脸上嵌着一双晶光璀璨的眼睛，不时露出倔强的神情。

不过后来再遇到她，她却相当沉默，脚步细细，谨语微微。杨恩以为是她终于长大，懂得在后宫和朝廷中保全自己与家族的原因，没想到那只不过是她长达十余年的伪装。而在救走他的那一刻，重又还原成倔强利落的女郎。

杨恩沉吟片刻，道："剑神舒高炽名扬天下，的确是在十多年前。他深居简出，从不与人交往，都说他是先帝留给太后的暗卫，我们缉捕司的前辈还见过太后所示的一张先帝遗旨，似乎是在三十多年前，他便已跟随太后左右。也正因为此，他虽居住深宫，却从来无人反对，便是当今陛下也是默许的态度。"

"先帝遗旨？三十多年？"燕敏颇为讶异，随即神色黯淡下来，道，"这样长的时间，他一直一个人。"

"也许不是一个人呢，比如……"杨恩顿了一下，"他所言的那个李真人。"

燕敏摇摇头："可是我从来没见过什么李真人，甚至是拜师之后，师父也从未跟我讲起师承流派，他传授我的剑术似乎是浑然天成，其实只有七式。便是有千万变化，也只从这七式中来。我们在江湖中行走时，也无人知道这剑术的来历。"

远方江面上有鼓声通通传来，伴随着嘹亮的歌声，似乎是许多人一起和声吟唱。歌词古奥，带着此地独有的方言尾音，燕敏听不懂，但觉得那歌声朴拙悠长，有种纯净的清亮。

她侧耳聆听，杨恩仿佛察觉到她的疑惑，道："归州是楚三闾大夫屈原故里，屈原受谗被流放，楚亡时投江殉国。归州人每年端午都会有龙舟祭，乞求龙神在水府保护屈原。这歌声便是祭礼的神曲。我当年与兰泽在此居住之时，也曾见过龙舟祭的盛况，九龙礁心有龙潭，据说可直达龙宫。每年龙舟祭时，先赶至龙潭的龙舟便是胜者，可往龙潭之中倾入五色丝线裹扎的果馅粽子，以祭龙神。不过那都是在端午，不知今年为何这样早就开始操练。唉，若是那时我推辞朝中之召，不离开这里，兰泽也就不会……还有你，燕姑娘……"

歌声还在峡江上缭绕，他歉然道："是我连累了你。"

燕敏看着杨恩，手指卷住裙带，摇头道，"刚才那些话，我从来没对人说过。之所以要讲给你听，是想告诉你，从前我和师父是一样的，没有什么朋友。不过……不过现在我把你当作朋友，才做那些事情。所以你不用对我感到抱歉，而我的师父，他虽然放走了我，但当时看到他的南军卫都被他杀了。太后或许猜得到是他，但是以他与太后的交情，应该也不会受到太大的惩罚。我想，师父第一次违逆太后，放了你和我逃走，是和我一样，只是希望……只是希望……"

虽然杨恩看不见，但她还是认真地望着他的眼睛："希望你能赶紧找到苏姑娘。"

"好，你是我的朋友。"杨恩"看"着她，柔声道，"如果找着兰泽，我想她会喜欢你，也会跟你做朋友的。"

两人相视一笑。

因为交换了彼此心底最珍贵的往事，在这一刹那，两人之间那些若有若无的尴尬仿佛都悄然湮化了，只留下水晶般的通透和纯净。

艄公的声音在船后响起来，带着当地口音独有的长长的尾音，和远处的鼓音歌声遥遥相和："归州……莲花沱……拢岸呐……"

江水出峡，眼前豁然开朗，水面平阔，两岸青山如画。南郡治所归州城，乃是倚山临江而建，房舍鳞次栉比，时有云雾缭绕城间，远望如仙阁凌云一般。

通通鼓声，自城西江面传来，此起彼伏。江边岸坡之上，密密麻麻，皆是四乡八里赶来观看的百姓，一派热闹气象。

燕敏立于船头，往前眺望，但见上游江面之上，有九道铁灰色礁石突出水面，径入江心，虽长短不一，却都形若游龙一般，想来那九龙礁便因此而得名。

便在那礁石之间，有江水迂回成潭，其水极深，少有暗礁。此时有七只轻舟破浪而来，争相游长！舟身为黑白赤黄青蓝绿七色，形若游龙，且描有鳞片，舟首也高高昂起龙头，怒睛奋鬣，栩栩如生。舟上坐有两排壮健男子，双臂起落，桨击如雨，那龙舟便如箭一般往前划去，争先恐后，热闹非凡。

七艘龙舟梢尾均放有一面大鼓，各有人挝搥交错，鼓声起伏，正是由此传来。

杨恩侧耳聆听，讶然道："不是操练，竟像是真的龙舟祭，且七舟竞渡，已到了龙潭附近了！"

忽听江上一阵鼓噪，似乎有许多人齐声而呼！

连燕敏杨恩所在舟上的舵公也惊叫起来："神……神仙？是神仙！一定是神仙！"

燕敏定神看去，但见那九龙礁中最为险峻的礁崖之上，忽然出现了一条白色身影，却是个身着白衣之人，但见其纵身一跃，展袖掠空，于众人惊呼声中，飘然落在白龙舟中！

几乎与此同时，那舟尾击鼓者扑通一声，竟然跌落江水之中！

那白衣人双手一挥，已各握了一柄鼓槌，猛地往鼓面击去！咚！咚咚！咚咚咚咚咚！三声鼓起，如春雷惊蛰破土，催发寸寸花期，仿佛于这鼓声之中，暗蕴天地无限生机。便是燕敏隔得这样远，甫闻鼓声，亦觉心荡神摇，几乎要随之而去。

燕敏定了定神，伸手扶住杨恩，道："有个白衣人忽然从礁石上跃入了龙舟之中，抢着击鼓呢！"

她祖籍北人，又长居京都，远离江海，哪里见过这样的场景，只觉甚是新鲜好奇。

但见舟尾那白衣人双臂伸展，鼓点不断，身形随着击鼓之姿，俯仰转合，姿态极是优美干练。

鼓点愈发急促，如疾雨急雹一般，众桡手精神一振，热血沸腾，遂齐喝一声，举桨划下，径往龙潭方向冲去！

不知是否因了白衣人所在，那白龙舟原是落在后面，此时竟如箭矢飞射般，遥遥领先。其余六舟或为先锋，或助双翼，进退有度，疾慢有序。

燕敏更是好奇，道："这白衣人当真有些本事，在她鼓声催发之下，那些龙舟倒如行军布阵般，颇具章法，倒不像先前那样只是一味争路。你们归州的龙舟祭，倒是有趣得很。"

杨恩忽地脸色蓦变，锐声道："燕姑娘！你且仔细瞧瞧，那击鼓之人是不是……是不是兰泽？"

燕敏闻言大惊，凝目看去。

恰好此时，那白龙舟为避暗流，蓦地拨转船身！白衣人转过头来，背光而立，夕阳斜照，便似给全身镀上了一层耀眼金辉。江风甚劲，吹得白衣猎猎，迎风飘举，态若神仙。

燕敏便似心中重重一击，失声道："真是苏姑娘！"

世上绝色美人虽不少，然而这样凌波如仙的风姿，唯有苏兰泽。何况她依旧穿着那袭白衣，白衣为庶人之服，未见到苏兰泽之前，燕敏从来不知道白衣也会这样美，冷而绝艳，竟胜过这世上一切繁色锦绣！

杨恩惊疑不定，燕敏扶着他手臂，犹觉他似在微微发抖，高声道："艄公！摇去九龙礁！我家公子遇到故人，想要过去瞧瞧！"

艄公正待说话，却听脚下"当"的一声，是燕敏掷过一块银子，足有三四两之数，道："船费不过二两，余者都赏你了！"

那艄公略一犹豫，拾起银子，咬着牙扳过船舵，竟当真往那九龙礁驶去！

"兰泽怎会在此处？且听这鼓声，她显然深谙竞舟之味，且暗合音律，神与乐通，正是世上唯她才有的神技！这……这定然是她无疑了！"

杨恩目光如电，紧紧"看"向前方，却是神情复杂，又是惊喜，又是焦灼。燕敏自相识以来，从未见杨恩这样失色，望向那白龙舟上越来越近的白衣身影，心中暗暗祈祷："果然他二人心有灵犀，杨恩哪里不去，径奔归州，苏姑娘当真便在这里等他！只是她明知自己陷身隆庆宫失窃之嫌疑当中，怎的还敢这样大摇大摆，出现在龙舟祭上？但愿朝中追捕她之密令，尚未传至归州，也愿这些人不要认出她罢了！"

却听杨恩皱眉说道："这里数条龙舟，皆以鼓声马首是瞻，进退趋避，各有章法，争相想抢入这礁心龙潭。然而眼下乃是枯水季节，水位变浅，龙潭四周暗礁升起，漩涡极多，且江水流势也是千变万化，进入龙潭实属不易啊！"

说时迟，那时快，忽听砰砰巨响，却是赤、蓝二龙舟从南边绕行，撞上了暗礁，轰然倾覆，舟中桡手纷纷落水，往四周礁石游去，有来不及逃走的，当场便被暗流卷入江底。

鼓声再起，这次却仿佛是在催促另外几艘龙舟上前，再次付出了黄龙舟被江水卷走的代价，但也知北边有漩涡藏于江底。

第三番探路中，却是绿、青二龙舟被暗礁撞成了两半，江上只余了白、黑二龙舟，倾没的各龙舟上的桡手也只幸存了十之四五，皆是侥幸爬上礁石，瑟瑟发抖。

江边两岸百姓只道是端午龙舟祭提前操演，从前只知枯水季节龙潭奇险无比，却未料到场景竟如此惨烈。而那鼓声似乎更有奇特的魔力，令得众龙舟之上的桡手全无畏惧，竟有视死如归之势。一时间两岸目视江中，皆鸦雀无声。

鼓声又起，俨然破釜沉舟之势，逼迫白、黑二龙舟继续闯入龙潭。

只听一人喝道："住手！"

江面甚阔，江风颇劲，寻常说话都听不分明，但此人一喝之下，非但龙舟之中，便是两岸观舟百姓都听得清清楚楚。

众人纷纷望去，但见江中一叶小舟，昂然行来，已渐渐接近白、黑二龙舟，距离只有数丈之遥了。

舟头上立有一男一女，正是杨恩与燕敏。

燕敏心头怦怦乱跳，也顾不得两岸人众，简直可算是众目睽睽，伸手抓住杨恩，急道："你如此妄用真力，万一……万一你的心脉……"

杨恩伤势颇重，路上燕敏延医服药皆无功效，最后只得以自身真气为疗，幸得她师从舒高炽，内功极是深厚，真元精纯，一路上又不计自己损耗，无事便为其疗伤。所以杨恩的心脉勉强续好，旧伤又被压制下去。

然而杨恩此时在江上吐气发声，只是两个字，却是极耗真元，只怕一个不慎，心脉便又断裂。

杨恩摇摇头，坚定道："可我若再不出声，只怕她就会再害死几条人命了！"

他用尽全力，只吐出这两个字，却已足够震住乐音，亦令众桡手清醒过来。

神智一清，有人便看清了眼前处境，且见四周尚有龙舟残骸浮沉，不禁大骇，叫道："不是说只在九龙礁竞渡即可吗？怎的我等竟来了龙潭？"

白衣人抛开鼓槌，"噗噗"两声，鼓槌没入江水之中。她垂手而立，冷冷看着杨恩，却不说话。

白龙舟中有人蓦地站起，手指苏兰泽，叫道："自此女击鼓之后，我等便浑浑噩噩，只知向前，连生死都浑然不惧了！这鼓声必定有异，此女定是个妖人！"

众桡手叫道："抓住这个妖女！"舟中一阵骚乱，却是数人站起身来，想要奔上前来抓住白衣人。

白衣人衣袖翻卷，如云出岫，"砰砰"两声，正中两个奔在最前的桡手胸膛，二人口喷鲜血，身躯也飞了出去，惨叫声中，径直跌落江中！

其余桡手大骇，皆失声惊叫起来。

先前白衣人击鼓之时，袖裾滑下，掩住双手，看不分明。此时众人方看清她双手上覆一副极轻薄的鲛晶手套，雪光莹洁，熨帖适宜，便如天然另一层肌肤般，便连那手指修长、关节纤细，都显得一清二楚。

然而左手之中，却不知何时，握着一柄匕首！色作淡金，匕柄处雕有一个活灵活现的龙头。

燕敏几乎叫出声来：那正是杨恩的龙头匕！

除了苏兰泽，还有谁人能拿得到这柄由天子亲赐，能缉拿王公亲族、一品大员，为捕神象征的龙头匕？

苏兰泽美丽的脸上掠过一道几乎可以称得上狰狞的神色！她匕锋一闪，割开另一个桡手的咽喉，血光四溅！那桡手尚未出声便已气绝，随即被她抬腿踢开。苏兰泽如幻影般跃上前来，手腕高举，龙头匕已向杨恩胸口落下！

先前她击鼓引舟，状若神仙，未料到此时下手如此歹毒！只是顷刻之间，便有三人死在了她的手中。桡手们大骇之下，也顾不得许多，皆翻过舟舷，跳江游开。那邻近的黑龙舟上众桡手如梦初醒，也纷纷转头划开，人人都面带惊怖之色，只盼离得越远越好。

唯有杨恩仿佛泥塑木雕一般，只顾怔怔地"看"着苏兰泽，竟然丝毫没有闪避之意！

"呛！"

却是燕敏情急之下，挺剑前击，龙头匕这一击之下，正中剑身，火光四射！

京都乃中原腹地，远离江河，燕敏更是完全不谙水性。在这狭长的龙舟上生死相搏，燕敏觉脚下舟身摇晃不定，人却如履飞絮之上，下盘松涣，剑法本不如往常那么凝练果决，此时剑匕相交，真气激荡，舟身便是一阵摇晃，燕敏只觉头晕心慌，额上已冒出汗来，剑势微衰，苏兰泽却微微冷笑，匕首趁势而来，直逼中宫！

原来她刺杀杨恩是假，伺机杀自己才是真！

燕敏心头一凛，情急之下，手中剑尖回挑，当空一闪！夕阳恰在此时，反射于剑身之上，虹彩四射，便如眼前升起一片绚丽花海！

"剑神弟子……"

苏兰泽乍见这虹彩在阳光衬托下所幻出的奇景，仿佛一怔，她分明没有说话，燕敏却仿佛听见她心底冷冷吐出的这四个字。

然苏兰泽却没有任何惊慌，匕首不避不让，直没入那片"花海"之中！

燕敏这一式正是舒高炽所传"幻剑七式"之中的"浮空映山"，虽然取自花海烂漫、浮空映山、绚丽无限的意思，但那所有奇景丽光都蕴含杀机。起心动念之间，便藏有三式杀招在后，剑气奇特，变幻由心，一入敌方躯体，便可分筋错骨、刺血入髓，十分狠辣犀利。

当初太后传燕敏入宫，便是要她用这一招所发出的特殊剑气来向杨恩逼供。燕敏本来觉得这一招太过狠毒，然此时情急之下，为救杨恩性命，竟然不假思索地用了出来。

杨恩低呼一声："兰泽！"

袍袖一拂，手臂探出，亦入那片烂漫"花海"之中！

刹那间，仿佛四周景象，江水、龙舟、天空、花海，俱都奇异地静止了。在这多彩而凝固的画面中，唯有杨恩那只手屈指捏诀，轻柔弹出，如拈花、如拂风、如掠水、如撷雾，每一个动作都那样清晰而舒缓！

"寸短光阴！"

燕敏脑海中忽然掠过这四个字，这是杨恩的成名绝技啊！

"蓬！"

无声气流，翻涌而起，眼前"花海"瞬间被搅得粉碎，千万碎片在虚空中旋转着密密扑来！待到眼前时，却又遽然消失了！

忽有寒光一闪，燕敏定睛看时，却是一道雪亮刃锋劈面刺来！寒光之中，那淡金龙头分外狰狞！

是苏兰泽的龙头匕！

燕敏剑气方被杨恩击碎，正是旧力已竭、新力未生之际，若要化解苏兰泽这一杀招，便该往左跃避，再侧身反击，才能迫使对方收回攻势。

正待跃起，苏兰泽足下一跺，力贯舟身！那江上风浪本来甚大，龙舟如何禁得起她再发力？舟身顿时产生一阵剧烈的摇晃！

舟中仅存的那个桡手尸体，也几乎要被颠出舟外。

燕敏哪里还能纵跃起身？左足往后踏出一步，身躯后仰，似是要避过那道刃锋，忽觉脚下一空，却是匆忙之间踏入船板缝隙之中，重心失衡，顿时跌入了滔滔江水之中！

这几式交锋，如电光石义之隙，杨恩向前扑出，想要拉住燕敏，却终是晚了一步！他双足一顿，整个人掠空而过，"扑通"一声，毫不犹豫，也跃入了江中!

旁边龙舟本来早就掉头纷纷逃开,却在远处观望。此时见燕敏、杨恩二人先后入水,不禁惊呼起来,却慑于苏兰泽,无人敢前来相救。

苏兰泽冷冷一笑,悄立舟首,望着杨恩入水之处的江面,但见一个碗口大小的漩涡,正自江底慢慢地旋上来,且越来越大,越来越急。

她清啸一声,随手拣过一柄桨桡,划入水中。桨桡划动,虽只她一人之力,但那白龙舟却快疾如飞,很快远去,不多时便消失得无影无踪。

杨恩只觉四周一片昏暗,心知自己已沉入江水之中。

杨恩是归州人,知道九龙礁深入江心,可避风浪,少有暗礁,否则也不会将龙舟祭的操演之处放在此处。只是此时入水,却觉大有异常,非但不是风平浪静,反而水波挤涌,如重重铁墙撞击而来,令得他一阵阵耳鸣眼花。唯有胸腔中那口气运行周身,强力维持着灵台一点清明。

忽然,一个念头从他的脑中闪过:"是龙潭!难道刚才燕姑娘落水之处,恰好是礁心龙潭?"

所谓龙潭,其实不过方圆丈许,据说此处乃是江眼,周围江水皆往此处灌注,常会出现漩涡。洪水季节,漩涡既深且险,龙舟祭时往涡中投入猪羊等祭品,往往顷刻便被吸入江底。曾有路过的舟船不慎划入龙潭,长约数丈的船身连同货物舟人,竟然亦被漩涡所吞噬。此处漩涡大大有名,因旁边是一个名为莲沱的地方,这龙潭漩涡,便被称为莲沱三漩。

不过幸好龙潭四周的江面十分平稳,所以才不影响年年的龙舟祭之盛事。

杨恩一念未毕,只觉四周水波一阵剧烈摇晃,隐约有一串疾速水流,自头顶江面旋转而下!

漩涡!

杨恩心头大骇,索性将身一摆,宛若游鱼一般,头朝江底狠狠扎了下去!

若是寻常江水之中,达到一定深度,因水压之故,即使手捧巨石,也难以下潜。但身处漩涡中心之时,却仿佛置身于深井之中,四面皆井壁,中间却空可容人。杨恩从涡心直坠而下,一口气提在丹田之中,只觉无数水波自身躯两边呼啸而过，双足忽然重重一顿，仿佛触到了什么坚硬之物。

他心头一跳："难道到了江底？"

伸手摸时，指间粗粝，竟是一方江底岩石！

他长于江边，了解漩涡习性，知道方才自己误打误撞，落入涡心之中，才被水流漩入了江底。但漩涡习性，既可自江面旋入江底，但有时江底之物也会被旋上江面。

若是他能抓住水流转向的瞬间，便能从漩涡之中逃出生天。

但在此之前，他必须先要找到燕敏！

他双手摸索，但觉石面颇宽，且因了是涡心所在，并未附生苔泥等物，不过片刻，手中便触到一物，与岩石粗粝不同，却颇为光滑冰冷，似乎是一只细长铁匣。

他顾不及多想，将那匣子塞入怀中，继续摸索之下，手指间仿佛穿过一丛水藻，触手柔软，又仿佛触着软玉一般。

这哪里是什么藻草软玉？却是女子的头发和脸庞！

燕敏睁开眼来，但见霞光绚丽，映照一树繁花。

是梅苑？

那绚丽万千的晚霞之下，唯见冰蕊雪瓣，堆满苍褐的枝干，形似梅苑中名为素娥的雪梅，然空中分明没有浮动梅花所独有的寒香。且仔细看时，蕊中垂吐金丝，较之梅花霜姿，又多了几分艳色。

一阵风来，树梢簌簌，花瓣纷纷扬扬，便如漫天飞雪一般。

京都的草木才只露出些微绿意，花苞还没影儿，哪里像这里，早已是繁花如雪。

燕敏眨了眨眼，几乎疑心自己尚在梦中。

不知从何处传来笛音，这曲调她也是熟的，正是京中风靡已久的梅曲，这一首在梅曲中也算有名，采自韦庄的《菩萨蛮》：

"如今却忆江南乐，当时少年春衫薄。"

她陡地坐起身来！

窗扇大开，那株花树长在窗外檐前，一个身着灰蓝衣袍的男子立在树下，手引竹笛，正幽然而吹："骑马倚斜桥，满楼红袖招……"

笛音萧萧，花雨如雪，从枝头飘然而下，又于空中恋恋辗转，散落在他的髻衣之间。

落寞而孤独的神情，终于在笛声中渐渐退去，眼前的杨恩，不是燕敏记忆中那个英秀而睿智的捕神，也不是失去爱人后憔悴焦急的男子，仿佛化为曲中那个倚桥折柳的五陵少年，他眉蕴春风，含笑望向翠楼上的少女，举止倜傥风流，似有无限温柔。

她手扶窗棂，口唇翕动，无声和道："翠屏金屈曲，醉入花间宿。此度见花枝，白头誓不归……"

才唱到一个"归"字，但见箭发如雨，自院墙之外纷纷射入！

燕敏险些惊呼出声，但见杨恩舞动竹笛，驳驳声中，将那些箭支皆拨打在地。

只是如此一来，那花树又摇落了许多花瓣，杨恩的头上、肩上几乎落满，远望犹如积雪一般。

又是一阵铮铮声响，寒光陡起，倒像是暗器被击落的声音。

燕敏心中惊疑，忖道："是谁在他身边？难道是苏姑娘？"

忽见床头放着自己的长剑，她伸手一掠，紧紧握在手中。

正待要跳窗而出，去往杨恩身边，忽听一人大声喝骂道："王半江！你个无耻小人！昔日捕神与苏姑娘如何待你们归州百姓？你们今日竟然恩将仇报，做出这样卑鄙之事来！"

声音响亮而熟悉，燕敏大诧，想道："他怎么来了？"循声悄悄望去，果见一人立于窗下，恰与杨恩形掎角之势，正与墙外遥相对峙。

那是个葛袍麻履的年轻男子，打扮简单，却掩不住勃勃英气。他手中执着一柄公门中人才有的铁尺，尺上果然吸附了几簇毒针，地上也落了许多暗器，皆是铁蒺藜、铁丸、飞镖等物，双方显然对峙了不短的时间。

一个颤巍巍、底气不足的声音自墙外传来，带着几分愧意："捕神大人……

大人……属下惭愧，但也是奉上司密令，实在……实在……"

他话未说完，又是一阵箭雨射入院中。

鲁韶山才将尺上毒针抖落，见状又是大声咒骂，与杨恩一起拨打。院外王半江等人想来是畏惧他二人，只敢放箭支和暗器，一时却无法攻入院来。

燕敏心道："王半江既自称属下，想来也是捕头，既然是奉令追捕杨恩与我，怎的不从四面围攻上来？"

她当下快步走到另一面窗下，小心推窗望去，却吃了一惊！

但见窗下崖如刀削，江水在崖底奔涌而去，哪里有什么立足之处？

她顿时恍然大悟："原来这宅子三面环江，又是临崖而建，当真如要塞一般，一夫当关，万夫莫开，难怪杨恩与鲁韶山二人坚守院门，那些人便无计可施了。"

她正待要跳出院中，与二人并肩御敌，却听"砰"的一声，房门推开，杨鲁二人疾步而入。一见燕敏立在室中，鲁韶山先已面露喜色，急忙道："你醒了？室中有暗道，快带着捕神离开！"

杨恩伸手往床里一按，栏板之上，原是一面镂空雕有四幅"桃李争春""五蝠献寿""仙山楼阁""如意云翔"的木刻格扇，此时轧轧往两边移开，露出一个黑黢黢的大洞来。

外面又听弓弦声响，却是新一轮的箭支射入。

燕敏惊道："他们又在射箭了！"

鲁韶山厉声道："快走！他们会很快发现我们退入室中，马上就会攻进来！"

杨恩也不多言，一把抓住燕敏，一跃而起，双双跌入洞中！

燕敏眼前一黑，脚下踏空，但觉冷风飕飕，自耳旁不断掠过，整个人似乎往下直落，却有水声越来越近。

"砰砰！"

二人一齐跌落在地，身下一片晃荡，所触之物正是木板，跌得并不怎样疼痛。燕敏伸手去摸，却抓到了一根桨片。

她恍然大悟道："是船只！"

话音未落，只听又是"砰"的一声，一人大声咒骂，也滚落船舱之中，正是鲁韶山。

杨恩大喜，道："人都到齐，咱们快些划出去！"

此处一片漆黑，但他向来目不能视，却似乎对此她情境十分熟悉，伸手又摸到两支木桨，她递了一支给鲁韶山，三人摸索着将桨片抵住洞壁，船只借助水力，很快向外荡去。

不多时，众人只觉眼前一亮，眼前竟是一片湖泊。碧波粼粼，映照在暮色之下。前方不远处，有九道铁灰色的礁石如蛟龙一般起伏蜿蜒，直奔江心。

燕敏如坠云里雾中，忍不住看向杨恩。

鲁韶山却松了一口气，道："燕姑娘，你忘了你先前落入龙潭了吗？多亏捕神不顾生死，将你从江底救起来，安置在他归州的老宅之中。只恨这些鹰犬鼻子太灵，顷刻便追踪而到，若不是捕神宅中另有乾坤，恐怕这会儿还在跟他们缠斗呢！"

那就是杨恩的老宅？怪不得他知道宅中机关所在。那么自己所卧之床，岂不是昔日他的床榻？

燕敏脸上不禁有些发热，到后来听鲁韶山大骂同行是鹰犬，且大大咧咧，毫不为意，不禁莞尔，脸上热度也退了些，遂问道："你怎在此处？你的伤……"

"我担心捕神受了伤，你一个小姑娘跟在身边，多有不便，又去哪里找苏姑娘？想来想去，我是捕神一手带出来的，人要讲义气，捕神一生为朝廷效力，却落到这样田地！什么破司官，不做也罢！我索性挂了印，便偷偷跑出京来了。捕神昔日跟我讲过，说是曾与苏姑娘隐居于归州，如今苏姑娘无故失踪，不回来归州瞧瞧，我终究是放心不下。至于伤么，当初不过是为了找个借口脱身罢了，我虽皮糙肉厚，怎忍心将自己打得太重？"鲁韶山得意道，"来归州的路上就好得差不多啦！"

二人口中说话，手上桨却不停，很快靠上一处礁石。杨恩避开燕敏搀扶，敏捷地跃下船去。

燕敏的手停在半空，她忽然觉得有些委屈："捕神心情不太好。"

鲁韶山干巴巴的，说了句试图安慰的废话："是了。"

一张美丽而狰狞的面孔忽然在眼前掠过。燕敏想了起来：苏兰泽！

苏兰泽怎么变成了那个样子？竟会利用最擅长的乐音，借助鼓点，迷惑了那些桡手的心神，驱驭他们不惧生死，一再冲向龙潭！

被杨恩拦阻后，她竟然当着他的面，再次杀死了三名桡手，甚至还要杀了杨恩！

这是那个温柔慈悲、慧黠多智的乐神吗？昔日的捕乐二神，神仙鸳侣，不知羡煞多少旁人，怎么就走到了如此境地？

难道是因为……因为自己跟在杨恩身边？

这许多年来，杨恩向来对所有女子不假辞色，唯有这一次……

"我觉得那个人不是苏姑娘，"鲁韶山咕哝道，"我一路赶来，路上反复琢磨，苏姑娘中了伤心蛊，至今已过半年之期，我记得捕神从前说过，身中蛊毒后，最多只能放两次血，拖延到半年时间，如今苏姑娘她……她……"

他心中一颤，终究是说不下去，只偷看了一眼杨恩。

"兰泽没有死，"江风吹来，杨恩的脸色更是憔悴，决然道，"因为那株椰梅树仍然在开花。"

"椰梅？"

燕敏想起方才醒来时，满天霞光映照下，那一树如雪繁花。

"兰泽还活着。"

杨恩淡淡地"看"着她，脸色终于缓和下来，温言道："昔日曾听前辈们说过，椰梅乃是仙树，为真武大帝所植，后流传人间。所以椰梅树与其他树种不同，其生机往往与它的主人气运相合，我旧宅这株椰梅，是昔年兰泽伴我在归州养伤时亲手所植，树犹繁茂，人必健在。"

"这花树是苏姑娘亲手植下的？"燕敏想起那株繁花满枝的大树，足有碗口粗的树干，讶然道，"可是看那树龄，分明也有数十年的光阴了呀。"

"你在宫中，见过许多珍贵的牡丹，当知嫁接之术吧？"杨恩认真答道："所谓椰梅，是在椰树上嫁接的梅枝，所结花朵，似梅无香，似桃如雪，其垂丝蕊头，又如海棠娇艳。相传真武大帝少年时在山中修道，随手将梅枝插入椰树之上，祈道：'吾若道成，花开果结。'后历经四十二年，面壁修道，堪破人间七重幻境，终于得道成仙。所以椰梅花还有个别称，唤作七幻花。"

"七幻花开，七还人间？"燕敏面露讶色，点头道，"我知道这个故事，师父教我的剑法名为幻剑七式，也是源自道派，正是取此典故之意呢！"

"剑神舒高炽的剑术，竟是源自道派？"非但是杨恩，便是鲁韶山也来了兴致，"你师父性子最怪，谁也不敢问他，今日才知道他的剑术名字还不错，什么'幻剑七式'，听起来好像很厉害的样子！"

"师父不说，自有他的道理。"燕敏歉然道，"还请二位不要告诉别人。我……我从前没有什么朋友，所以也是第一次告诉人。"

她自幼是剑神弟子，若有若无地受到贵女们的嫉妒，加上练剑耗费了大量时间，闲时又多是入宫陪侍太后，或是与师父出宫历练，几乎与旁人隔绝开来，没有什么可以交心的朋友。所以此言并无半分虚处。

鲁韶山露出同情的神色，认真点了点头，道："我们是朋友，当然不会出卖你的秘密。"

"也不是秘密，"燕敏低声道，"我很珍惜……师父对我的疼爱，还有……还有……"

身上一暖，却是杨恩除下自己大氅，披在了她的肩上。

"找到兰泽后，我想她也会珍惜你的。"

杨恩的声音那样柔和，但他的眉头又悄然蹙起来，"可是兰泽为何忽然性情大变，又为何定要奔向龙潭？难道……难道是想在龙潭中寻找什么东西？"

他怀中铁匣若有若无，正抵在胸膛之上。

远处的归州城，隐没在暮霭之中，楼阁城池，远望都是模糊不清。

"兰泽离开归州，又会往哪里去呢？"

是夜，三人不敢入城，便在江边郊野之中歇息。那里树木繁盛，林深草密。杨恩过去追缉剧盗，多次在野外独行，经验颇为丰富，当下寻了两株大树，又找了些藤索之类，在树丫间结成网床模样，躺上去相当舒适。且树丫极高，又可避夜间猛兽伤人。鲁韶山则去附近农户家寻了几件男子衣裳，交给燕敏换上。又在林中打了只肉滚滚的野兔，生火一烤，焦香四溢。三人分食完毕，便上"树床"歇息。

这是燕敏第一次在这种"树床"上过夜，仰卧其上，但见头顶皆是树枝，新生的嫩芽只是一片密密麻麻的黑点。

三人相距不远，燕敏虽是独居一株大树，却能听得清鲁韶山磨牙打鼾的声音。杨恩倒是一直呼吸均匀，静静地不曾动弹。四周静寂，只不时从草丛中传来"咕"的一声，是她所不识的鸟儿在夜鸣。

风平浪静，夜空高远，有几颗星星透过树枝空隙，闪闪发光。

燕敏想道："师父过去教我幻剑七式时，总是说生而为人，无论皇帝还是乞丐，皆有求不得之事，至死其意难平，否则也不会有那七还人间方成道果的故事了。可是……可是此时我只觉诸事顺遂，心中安乐，并无任何所求之事呢。"

顿了顿，她又想道，"也不对，我还是有所求之事，希望苏姑娘能尽快回来，今日苏姑娘那样待他，我瞧他的样子，真是非常伤心。"

想到杨恩呆立船头，面对苏兰泽刺来的匕锋，不躲不避的模样，心中忽然难过起来，想道，"他对她这样好，她为什么还要偷偷离开，还抢走了太后的步摇，闯下这等大祸？如果我是苏姑娘，我一定什么都听他的，我……"

她想到此处，不禁霞烧双颊，暗啐道，"你这是什么话？你怎么会是苏姑娘？"

忽听树枝微微一响，鲁韶山鼾声立停，轻声叫道："捕神……杨兄！"

燕敏身躯一紧，努力调息，尽量不显得异常，心中惊诧，忖道："他先前都在装睡？"

杨恩轻轻"唔"了一声，也敏捷地坐起身来。

两人似乎早有默契，提身跃下树去，身法轻盈，便如落下了两片树叶。若非燕敏一直未睡，当真还察觉不了。

她在黑暗中待了片刻，终于也一跃而下，蹑在二人身后，悄然前行。

"杨兄，我们去哪里？为什么不叫上燕姑娘？"鲁韶山显得有些好奇。

"以后不要叫我杨兄。"杨恩的声音还是那样柔和，却带着些郑重的意味。

"为何？"鲁韶山有些委屈，"昔日你说叫捕神太生分，希望我叫你一声杨兄，还说……"

"昔日我还是从缉捕司荣退的三眼捕神,你叫我一声杨兄,看在香火情面上,前辈同行也会提携一二。"杨恩道,"如今虽未发明榜,但缉捕司想必也都知道,朝廷正暗中追缉我,你身为司副……"

"我不当什么司副了。太后之情,我也承担不起!"鲁韶山气呼呼道,"我一直追随你到归州来,难道还不能叫你一声杨兄吗?"

杨恩沉吟了片刻。

"只要了结了这件事,韶山便会成为司正了,这个司副,不做也罢。"

燕敏心中一震,不禁停住脚步。

鲁韶山也陡地站住,二人静默下来。

"捕……捕神?"

鲁韶山的声音有些发涩,却似乎找不着合适的言语。

"我与燕姑娘一路疾行,径往归州,片刻也未曾耽搁。你随后便能赶来,可见你路上也未曾耽搁。"

杨恩缓缓道:"你换了寻常百姓的衣服,却带着昔日所用铁尺。倒是符合你如今的心情,因我愤激卸职而去,却对昔日捕快生涯尚存留恋。韶山,你与我相处甚久,自然知道世无完人,越有普通人的软弱留恋,就越显得真实可信。"

鲁韶山张口结舌,一个字也说不出来。

"你身为缉捕司的司副,执掌天下捕快名册,能一口叫出归州捕头王半江的名字,倒也不稀奇。不过王半江在两年前已改名王一江,你可知晓?"

"啊?"

"我与兰泽当年应王半江之请,曾在归州办过一个案子,此案十分血腥,结案后王半江仍心有余悸。恰好那时我奉旨入京,王半江前来送行,说是经手这个案子后,心中总是不自在,遂找了个算命瞎子给他算了一下,说他这名字不妥,半江是水,还有半江岂不是血?易招血光之灾,所以索性改了个名字,叫作王一江。谁要是再叫他王半江,他只道是咒他有灾,便要跳脚大骂。"

杨恩的声音仿佛浸透了夜露,幽然而冷静:"可是你先前叫他王半江,他却没有还口一个字。"

"啊……"

"缉捕司的名册之上,他已改名为王一江。不过缉捕司关于那个案子的卷宗里,写的还是王半江。我被太后召入宫中之前,恰好去过一次缉捕司,查了些过去的卷宗。也瞧见那个案子的卷宗依旧封着火漆,两年来从未被打开过。"

"我……"

"你在燕姑娘救我离开隆庆宫之后,查过我经手办过的所有卷宗。"

即使在暗夜之中,杨恩的双目依旧熠熠生辉,锐利明亮:"一个激于义愤离开的卸任司副,在追赶我这样紧迫的事情之前,为何还要抽出时间,去一一翻查这两年来我所有经手的卷宗,并达到了烂熟于心的程度,甚至连个小小的归州捕头之名,也记得清清楚楚?"

"这些卷宗里,只有两点,与我从前所有的办案是不同的。一是都有兰泽在侧,二是都涉及了玉琳琅。"

这是燕敏再一次听到"玉琳琅"三字。其实她心中一直在疑惑,当初苏兰泽闯宫,为什么太后却要拿下杨恩,还要自己拷掠他关于玉琳琅之事?

"是!"鲁韶山这一次慨然承认,语速极快,仿佛急着要将心中所想一股脑地倒出来,"若是太后派我来缉拿你,我一定是不肯的。可是这个玉琳琅……捕神,我初遇你时,还是个落梅镇上的小捕头,正是玉琳琅一案,令我调入京都之中,从此卷入朝政暗潮。陛下的确许了我做司正,但是我也有自己的主意!我只想查清玉琳琅一案,即使查完后依旧只做个小捕头,不,即使是解职回乡,我也心满意足!"

"韶山此举,必有所求吧!"杨恩淡淡道,"你所求又是何物呢?"

"我毕生所求,便是成为捕神你这样的人!"鲁韶山激动起来,疾声道,"我少年时便听过你的声名,后来你因伤退隐,我心中失落,只觉空荡荡的,不知是什么滋味。谁知后来因了苏姑娘相助,你又奉诏查案,而机缘使然,我竟也能相随在你的身边!"

他深吸一口气,放缓语调,"你毕生查过那么多大案,对于一个捕头来说,即使退隐,心中亦足矣。而我……我虽做到司副,寻常不过处理司中人事财政等琐务,岂是我当初志向之所在?所以陛下令我辞去司副之职,来到你的身边,去查出玉琳琅的下落，我……我便毫不犹豫地来了！"

他声音急切，但却显然极是真挚，"是我的错，最初没有告诉捕神真实情况。但我知道此事与捕神无关，如果水落石出，你便再无嫌疑，而苏姑娘失踪，我心中也忧急如焚，如果我在捕神身边，或许还能相助一二……"

"王一江等人前来抓捕我，你早就知道，所以抢在前面，就赶来我的宅子与我相见，又助我退敌。"杨恩又道，"做出这一出戏，是为了更取信于我，还是想看看我究竟有什么后招？"

"是！"鲁韶山承认得非常坦率，"不过太后的确给缉捕司中的嫡系下了密令，要他们在各地只要见着捕神，便秘密缉捕！捕神与苏姑娘白日里出现在归州江面，众人皆见，即使我不安排，王半……王一江等人也不得不前来缉拿你。"

杨恩轻轻笑了一声："果然如此。"

他提步继续往前行去，鲁韶山愣了一下，赶紧追上前去，叫道："捕神！捕神！我……"

"你说的不错，"杨恩的声音从长草夜露中传来，"我失去了兰泽，终归还是要有人相助才行。否则天下如此茫茫，我又去哪里寻回兰泽呢？作为回报，我便与你一起去寻那玉琳琅吧！所以今晚，我才叫了你一同出来。"

燕敏听到此处，不由得怔住。

鲁韶山却似乎有些意外，喜道："那你不生我气了？我……我还是叫你杨兄可好？我之所以前来，不仅为了玉琳琅，也想找到苏姑娘……"

仿佛想起了什么，他又道，"那燕姑娘……她可是剑神弟子，当初却将你救出来，未见得不是和我一样的目的……你没有叫她，是不是心中怀疑，也不愿再与她在一起？"

燕敏脑中"嗡"的一声。

夜色深沉，露落于草木之间，她一阵疾走，裙脚都被露水湿透，此时夜风吹来，只觉大半个身子仿佛都凉了。

"燕敏是个好姑娘，"杨恩截然答道，"她和你一样，但又不一样。我只是担心她会受伤害，所以不忍让她再跟我在一起。"

他叹了口气："就此道别，也好，也好。"

燕敏一动不动，眼见前方暗夜之中，两个黑影相随远去，只觉脚下似乎有千钧之重，却无法移动半分。

终于，她将牙一咬，暗道："人人都说我性子柔顺，我今天就偏要倔强一次！你怕她伤害我，可是我……我……我偏偏什么都不怕！"

她当下双足一点，提起真气，往前面追赶而去。

归州城临江而建，气候潮湿，夜凉之后，便渐渐结成大团大团的雾气，将那些树木道路皆都掩映其中。燕敏力注双目，才能勉强看得清前方两抹黑影，她的轻功是剑神所授，也是女子路数，极是轻盈灵动，又缀得远了些，杨恩与鲁韶山二人竟未曾发觉。

行了半个时辰，但见前方一处山崖，高悬城边。崖上黑黢黢的，依稀可以辨出是几所房舍。杨恩似乎对此处颇为熟悉，在崖边藤萝丛中寻着一条小径，与鲁韶山二人缘径而上。

燕敏也奋力赶上，径路狭窄崎岖，她从前哪里走过？唯有紧紧握住两边藤条杂草，咬牙攀爬，虽不过十余丈距离，待到爬上崖顶时，已是汗喘微微。

尚未爬上崖面，忽听顶上有人惨叫一声，惊道："你……你是谁？"

听那声音，却并非杨鲁二人所发。

又是嗖嗖数声，却是利器破空之音，却是双方已动上了手。燕敏大急，蓦地拔出剑来，便待飞跃而上。忽然，她的眼前有一道剑光冲天而起，宛若凤鸾之羽铺开，青底之上，幻出金、紫、赤三色，璀璨夺目！

而杨恩闷哼一声，隐含痛楚，似乎已为剑光所伤！又是"砰"的一声，一物飞到燕敏身畔，借着剑光看去，竟然是鲁韶山的铁尺。

难道他们皆已不敌？

燕敏手腕一扬，长剑飞出，嗡吲有声，在空中划出一道锐利无比的光弧，"嚓"的一声利响，竟将那剑光幻成的"鸾羽"斩成两半！

所有繁丽光华，瞬间归于湮黑，同时消失的，还有一声冷哼。

燕敏双手按着崖面，一跃而起，疾速往前奔去。

只见前方地上倒着一人，她也顾不得许多，将他一把抱起，触手只觉湿滑黏稠，也不知流了多少鲜血，直吓得魂飞天外，哭道："杨恩！杨恩！"

"那……那不是……我……"杨恩的咳声从身后传来，随即眼前一闪，却是鲁韶山点燃了火折子。

燕敏抬起泪眼，果然只见杨恩立在自己身后，一手扶着鲁韶山，一手却按在胸上，眉头微蹙，脸白如纸。

她失声叫了一声，低头看自己怀中时，却是个不认识的矮胖男子。此时胸口半边已成了血洞，鲜血汩汩而出，足见对方剑气之强横残忍，这样重的伤势，几乎已无生存之理。

杨恩跌跪在地，从她手中接过那男子，抱在怀中，轻声唤道："一江！一江！"

声音中已隐带哽咽。鲁韶山伸手一摸，神色陡暗：那男子气息已绝，只心脏犹在轻微跳动。

"一江？"燕敏顿时想起先前杨鲁二人之言，望向眼前奄奄一息的矮胖男子，心中惊道，"他就是王一江？白日里不是他带人来抓捕我们吗，怎的杨恩对他如此情态？"

虽不明就里，但看杨恩模样，此人一定十分重要。当下出指如风，连点那王一江身上数处大穴，又从怀中掏出一只瓷瓶，倒出一丸药来，塞入他口中。

杨恩并没有拦阻，由她施为。

倒是燕敏施为完毕后，不敢看杨恩，垂首道："这是我师父教我的法子，点住心俞、关元、神阙等大穴，再服食师门灵药，即便是气息方绝之人，亦能延长一炷香左右的时间。"

话音方落，但见那矮胖男子微微一动，张口喷出血来，却将杨恩半边衣襟都染得尽湿。杨恩全然不顾，赶紧伸出手掌，贴紧他背心大穴，将真气源源不断地输了进去。

王一江咳嗽数声，借着火折子的微光，看清眼前之人，神色一宽，露出微弱的笑意："大……大人……我还……还没……没死……"

"是，"杨恩柔声慰道，"你不会死的，燕……燕姑娘很厉害，她把你救过来了。"

"苏……姑娘?"

或许是伤势太重,王一江六识已不如从前灵敏,他摇了摇头说:"苏姑娘……走……走了……不会回……回来啦……"

杨恩浑身一震:"你当真遇到了兰泽?她如今性情大变,可有伤害你?"

"大人……昨……昨晚……属下听见……院中有……有歌声……就像是……像是当年苏姑娘……唱的那样……可赶去之……之后……却只发现了……发现了这……这个……"

王一江喘着气,挣扎着从怀中摸出一物,颤抖着向他举起:"我瞒着他们……谁也……谁也没……给……"

杨恩紧握住他的那只手,却没有松开。

王一江眼角流出血泪,一滴一滴沿着脸颊落下,火光照映之下,只觉分外触目惊心:"属下该死,今日……白天……竟敢毁坏……大人……大人旧居……可是属下的家小被他们所挟……"

杨恩眼角泪光闪动,却笑道:"无妨的,这宅子太旧,我打算找着兰泽,将来住在这里,还要再修缮一番才成。到时修好了,请你来喝酒。"

王一江血泪犹在,嘴角却露出笑意:"喝……喝你们的……喜酒……我……我就……来……"

杨恩笑得更加欢快,道:"好,你要不喝上两坛,我可不放你走。"

"大……大人……你放宽……宽心……一定能找……找回……苏姑娘……我当年改……改名……其实是算命的……算命说……一江……一江这个名……名字……有……有利……上峰……"

他如岸上濒临死亡的鱼儿般张嘴喘气,却是出的气多,进的气少:"一江平生……并无他愿……只求大人……顺遂……平安……"

话音蓦断,一江的手腕也重重垂落!

杨恩一惊,伸手往他腕上一搭,只觉一片寂然,再无半分声息,王一江早已气绝身亡。

月光洒脱在他平凡而微胖的脸上,唇边尚留着一抹释然的笑意。

直到掘土为墓之时，燕敏才蓦地发现，原来这处崖面，正是杨恩旧居的后院。难怪先前杨恩寻着小径上来，显得对地形那样熟悉。王一江能在这里等他，想必两人早有约定。

王一江被葬后院墙下，峙崖临江，能隐约听见江涛奔湍之声。

不知何时，一弯冷月移出云层，高挂在夜空之上，远远地瞧着众人。

没有墓碑，鲁韶山奔到室中，搬来一张长几，三两下砍成一块光滑的木牌。也不用笔墨，杨恩贯力指间，在牌上刻下七个大字："义友王一江之墓。"

"那个案子，是我退隐后接的第一桩案。当时王一江亲自在我这宅院之外求我相助，还是兰泽劝我出来，我们才得以结识。我赴京之前，他来相送，说道，但使我有所遣，虽万死而不辞。"

杨恩垂手立在墓前，低声道，"没想到这一次，竟累他为我失了性命。'义'之一字，他当之无愧。'友'之一字，却是我心中有愧。"

"白发如新，倾盖如故。只是昔日景仰捕神之心，虽万死而不辞。"鲁韶山怔怔地望着月下的墓碑，道，"论起这个'义'字，我不如他多矣。"

燕敏远远站在一边，有些不敢去看那墓碑，只觉心头酸楚，想要大哭一场，却又不能出声。

杨恩却转过身，向她走了过来。

燕敏手指藏在衣下，不禁紧紧扭在一起。她看着杨恩苍白的脸，却不知道自己的脸比他还要苍白。

杨恩却向她伸出一只手掌来，五指摊开。

燕敏惊疑地看过去，淡淡月光之下，但见他掌心之中，赫然是一枚小小的铃铛。

那铃铛不过鸽蛋大小，空心穿孔，上绘云纹，正是近年来女子们装饰手腕的饰品之一。燕敏自己也有一枚金铃铛，串以细细金链，戴在手上，行走间丁零有声，俏皮可爱。

然而眼前这一枚铃铛入手极轻，非金非银，竟然是木头雕成的！

"兰泽失踪之后，我即向归州王一江飞鸽传书，让他帮我留意旧居之况。"杨恩竟在向她详细解释？

燕敏睁大了眼睛。

"王一江不负所托，日夜留意，虽未见着兰泽，却发现了这枚铃铛。"杨恩拿过铃铛，手指轻轻摩挲，道，"这的确是兰泽的东西。不过，她那一枚是金的，这一枚是用榔梅木雕成的，大概是她来这宅中，取了一段榔梅树的树枝，临时雕刻而成。"

单论形状，木铃铛与寻常铃铛无异，足见苏兰泽雕工之精。然而云纹却不过寥寥几道，可见其时间紧迫，无暇精雕细琢。

"你怎知一定是她亲手所雕？"燕敏忍不住问道。

"兰泽那枚金铃铛，曾不慎摔碎一角。这枚铃铛也是如此。"杨恩仔细指给她看，果然木铃铛缺了一角，却是人为削去。淡淡的月光下，他的手指修长雪白，甚至白得有些透明。

一个男人怎么能有这样好看的手指？

可是燕敏更懂得他的深意。

他是知道她此时的心境，知道她在害怕、担忧、愧疚，所以特意将这样隐秘之事告诉她，只为了表示对她的完全信任。

燕敏鼻子一酸，鼓足勇气："捕神，方才那一剑……"

杨恩向她摆摆手，鲁韶山的声音响了起来："王一江说见着了苏姑娘，可苏姑娘放下这枚铃铛，又是何意？"

鲁韶山走到近前，眉宇间隐见担忧之色，"她分明在江边见着了杨兄，为何一言不发，反而出手攻击，甚至扬长而去？听说伤心蛊到了后来……或许会神智昏乱……"

"不，"杨恩摇摇头，托起那枚木质铃铛，"我知道兰泽的意思，她当面不说，或许有难言之处。但这枚铃铛，却已经告诉了我她的去向。"

"去向？"

"榔梅树本为仙种，相传为真武大帝昔日亲手所植。真武修道之所，正在均州仙室山。真武得道之后，仙室山便得名武当山，意即'非真武不足当之'。"

"那跟铃铛又有什么关系？"

"无金的铃铛，应该正是取'武当'二字谐音。我想兰泽所去之所，应该正是武当山。"

武当山在均州境内,因道教敬奉的"玄天真武大帝"(即真武)在此得道,世人皆称此地是道教福地、神仙居所。且此地山崖高险,峡涧幽深,飞云荡雾,极具灵气,历朝皆有慕名朝山进香、隐居修道者,如东周尹喜,汉时马明生、阴长生,魏晋南北朝陶弘景、谢允,唐朝姚简、孙思邈、吕洞宾,五代时陈抟等,均在此修炼,皆成道果,武当山也因此被誉为"亘古无双胜境,天下第一仙山"。

武当山半山之处,有一石台自崖间伸出,因四周陡峭异常,往往连猿猴也不得上,世人认为是神仙下降之所,且云气浓厚,朝夕不散,故称为云台。

此时那云台之上,却有一个白衣人凭栏远眺,伫立良久。

云气卷涌,如海潮起,白衣若隐若现,恍似神仙中人。

"果真是来了啊,"白衣人轻声道,"吾若道成,花开果结。不知你们这些人,曾开过怎样的花朵,又会得到怎样的结果呢?"

杨恩三人由归州一路南行,至郡南折向西,日夜兼程,不过三四日的辰光,已赶至均州武当山下。

武当山奇峰林立,溪涧纵横,前人有诗说"七十二峰接天青,二十四涧水长鸣",足见其险深广阔。到前朝景贤皇帝时因皇后病重,往武当祈祷后果然痊愈,为酬谢神灵,数次敕令兴建武当,先后督使丁夫数十万人,耗银百万,建成宫观、道院、亭台、楼阁等百余处,房舍千余间,遍布峰峦幽壑。

要在这样一座名山之中寻找苏兰泽,真可谓是大海捞针。

燕敏巾帻短袍的男子装扮,昔日白嫩的面庞已皴黑了不少,染了些风霜之色。她抬头看向眼前峻岭崖壁,向杨恩担忧道:"这山道着实崎岖,不如我们寻几个山民,你乘肩舆上山吧。"

杨恩摇摇头,道:"我来找寻兰泽,总得有些真心,岂有乘肩舆之理?"

鲁韶山想说句什么,又咽了回去,只是暗暗摇了摇头。

杨恩气色比起前几日又差了许多,自从苏兰泽离开后,似乎连他的生机也在飞快地消逝。这些天鲁韶山雇了马车，和燕敏一路尽力服侍。杨恩甚至还取出一张据说是苏兰泽留下的药方，鲁燕二人依方抓药，在车中也一直熬药不断。但几乎是浸在药香中的杨恩，还是在不可抑制地憔悴下去。

且为了赶路，三人在车中几乎是同处同眠。每天夜里，燕敏缩在角落里佯作睡去，但若睁大了眼睛仔细聆听，都能听到杨恩咬紧牙关时发出的咯咯轻响。想到他所受到的身心双重折磨是如何惨重，燕敏在黑暗中便忍不住流下泪来。

即使如此，白日见到杨恩时，他仍然保持了那种英秀温蔼的气度。且离武当越近，他那双眼睛便越是明睿生辉，且多了一种坚毅沉着之意。燕敏虽然心中愁肠百结，但每当看到他的目光时，便又觉心中平稳了许多。

上山道路为青石铺就，倒还算平敞，行了三十余里后，道路变得逼仄起来，忽闻水声清越，却是一条清溪自山间奔来，水流湍急，飞溅如雪。溪涧之上，横有一道石梁，可勉强通行。

三人过石梁后，但见山道崎岖，蜿蜒而上，道旁有一石碑，上书"第一山"三字，笔法飞动，跌宕跳跃，道骨丽韵。燕敏一眼便认出是米芾的真迹，心中暗赞道："此碑此字，果然不愧'第一山'之名！"

正思量间，忽听前方"豁剌剌"一阵水响，却是一黑衣人自溪涧之间飞奔而来，脚下甚是快疾，溪水中卵石密布，苔多湿滑，他奔来却如履平地，只踏得水花乱溅，涧边树丛中鸟雀也惊飞一片。

只听一声清叱，又有一人从崖上飞掠而来，头戴纯阳巾，身着青蓝袍，此人却是个道士。那道士此时手执一柄明晃晃的长剑，身形飘飘，双袖展开，宛若一只大鹤。

那黑衣人奔跑虽疾，无奈这道士来得更快，人还在空中，剑光一闪，已刺向那黑衣人背心！

黑衣人大叫一声，往前仆倒，连滚带爬，样子虽然难看，却避过了这一剑。

那道士骂道："还真不要脸！"身形在空中一个翻转，剑锋径向黑衣人颈边劈落，招式极是精妙！

鲁韶山不欲泄露身份，入山前便将铁尺藏起，新买了一柄长剑挂在腰间，此时便拔剑掷出，"呛"的一声，恰好击在那剑身之上！

那道士手腕一震，剑身荡开，"噗"的一声，擦过黑衣人颈边，却正好插在了溪泥之中。

那黑衣人捡回性命，顾不得水花扑了满面，爬起来奋力纵身一跃，已上了石梁。正待再逃，忽然眼前人影一闪，却是鲁韶山站在面前，哼道："救了你性命，也不曾有个'谢'字，也没个说法，便这么跑了？"

黑衣人身形瘦小，相貌枯黄，是个颇为猥琐的中年男子，闻言也不答话，只退后一步，一双眼睛骨碌碌乱转。

石梁狭小，前有鲁韶山挡路，后有道士拾剑欲来，一时间无法逃脱。

他见那碑边站着两人，一人是个男装少女，另一人满面病容，显得十分憔悴，已是初春，他却还披着件皮氅，氅面织金绣花，看上去价格不菲。当下恶念一动，弹身而起，落在二人身畔。掌中寒光一闪，却是一柄匕首，已架在那满面病容之人颈上，狠声道："兀那姓孙的小牛鼻子也欺人太甚，竟从紫霄宫一直追赶你爷爷到此！识相的快放了爷爷，不然便叫这人死在爷爷手里，也是你这小牛鼻子造的杀人之孽！"

那小道士看这三人情形，只道那满面病容之人虽被挟制，却气度雍容，并无惊慌失措之态，只道这样涵养，定是哪户富贵人家的公子，那男装少女和眼前这武功不俗的年轻男子都是其婢仆。

他虽年少，却也知道眼前这黑衣人向来歹毒，若当真逼得急了，难免伤及无辜。又见那男装少女和眼前的年轻男子都呆立当地，并无任何动作，甚至连表情也相当愕然，只道是他们吓得傻了，遂向那黑衣人喝道："你也是江湖上的人物，却挟制一个手无寸铁之人，传出去可叫人笑掉了大牙！若是放了这人，将那东西还我，道爷我也就放了你一条生路！否则道爷脾气上来，定将你斩个十七八块，做一坛子脓血肉酱！"

鲁韶山皱眉道："久闻你武当道士，剑术内功，天下精绝。然也不能没了王法，青天白日，瞧你都说些什么话……"

那小道士露出不耐之色，斜了鲁韶山一眼，冷笑道："你当自己是侠客还是官差？说这些废话，不如先救了你家公子再说！说到王法，这条中山狼如今挟人为质，胁迫道爷我，这难道就不曾触了王法？"他声音清嫩，年纪甚小，看上去不过十四五岁，那袍巾穿戴起来，很有几分飘然之概。听这说话举止，倒有些老成之气。

"我家……我家公子自然是要救的，但你这般公然追杀，口出恶言，又岂是道家弟子所为？"鲁韶山倒也不是呆气，只是深知武当山因受过皇帝敕封，被认为是皇家道场，香火极盛，道观过百，道众数千，虽说眼下并非进香的最盛时机，但若被香客瞧见道士拿着兵刃追赶"路人"，又口出恶言，总是不妥。

"这人盗走我观中仙果，我奉师命前来追赶，又犯了哪条王法？"

小道士眉毛竖起，显然已来了脾气。

鲁韶山见他这副模样，却觉甚是有趣，索性沉了脸，道："你拿着剑砍他，若不是我拦住，只怕他早就皮开肉绽，筋烂骨断，性命都送在你手里了！"

"谁说我要他性命了？"那小道士更是生气，一晃手中长剑，道，"我不过是想用剑背砍他后背大穴，令他昏晕罢了！你可瞧过木剑能伤人皮肉、断人筋骨吗？"

鲁韶山定睛一看，不禁瞠目结舌。

那小道士手中所执长剑，果然是一柄木剑。上面明晃晃的，却是刷了一层箔水，经阳光一映，粲然生光。

这二人只顾斗嘴，那黑衣人却按捺不住，向鲁韶山喝道："兀那汉子，还不快些让开？"

手上匕锋一压，却是威胁般地在"人质"颈前磨了磨。

耳边却只一人道："让开做什么？"

声音淡淡的，听起来很平和，但不知为何，竟似隐有威势，令他心头一震！

然后他看到了一只手，肤色淡白，显然气血不足，然而五指修长，骨节细致，颇具优雅之美。

这只手只在空中屈起两指，轻轻一弹，他便觉自己腕上蓦地一痛，手指不由得松开，"哐啷"一声，是匕首落在了地上。

屈指，弹出，匕落。分明是电光石火，只在刹那之间，每一个动作，他都看得清清楚楚，可就是无法躲避，他的手脚还有内力，却在刹那之间，显得滞重之极，缓慢无比。

这是什么功夫？

他脸上惊骇，几乎感觉不到自己领子一紧，随即身上几处穴道被点，"扑通"一声，被人如丢麻袋般掷在了那个小道士足边。

"并不一定要动刀动剑的，对不对？"

鲁韶山拍拍手，很得意地望着那个小道士。

小道士盯着那个满面病容的"富家公子"，呆在了那里。

"我知道你是谁了！"

他忽然跳了起来，得意地叫道："寸短光阴！我师父说过，天下只有一个人会这门功夫，你是捕神！你是三眼捕神杨恩！"

那黑衣人穴道被封，本就十分沮丧，此时听到"三眼捕神"四字，只觉脑中"嗡"的一声，心中又加上了万分的绝望。

三眼捕神杨恩，自己怎么撞到了他的手里？还将他当作了好胁迫的"富家公子"？

"富家公子"立在石梁上，向小道士点了点头。

山风吹来，他轻咳了一声，燕敏习惯地伸出手来，赶紧帮他把那皮氅紧了紧。

武当山气候寒冷，炎夏里固然是避暑天堂，这初春时节却着实料峭，所以，杨恩才在均州城中买了这么一件皮氅，虽贵了些，却胜在暖和。二人从京都出来，一路全仗燕敏变卖首饰开销，但到了归州之后，杨恩不知在老宅中取了些什么财物，倒宽裕起来，不但路上食宿都全部包办，还置了不少衣物，连鲁韶山和燕敏身着的夹衣男袍也是上好的吴绫料子。他身体虚弱，分外怕冷些，便比他们多了件皮氅，也难怪被认为具有富家公子出行的派头。

"你是'兔脚贼'田何？"杨恩"看"向那黑衣人，田何不由得把手往后一缩，因为他觉得眼前这位捕神的目光，恰好落在他细长枯瘦的手爪上，这正是"兔脚"二字的来历。

是谁说三眼捕神昔年曾受重伤，双目已盲？

他的目光虽然平和，却有种说不出的锐利，仿佛上穷碧落下穷黄泉，都能看得清清楚楚,这是因为有第三只法眼吗?

"道长剑法精妙,虽内力稍弱,然吞吐崩弹之间,有鱼争龙凤之态,倒像是南岩宫一脉的鱼龙剑法,"杨恩并不因为小道士年轻而显出丝毫轻视,平平一揖,"如此说来,道长应该是南岩宫邱玉清道长门下?可是道长这剑……"

小道士瞪大了眼睛,又是惊喜,又是钦佩,一时反应过来,手忙脚乱地还还礼:"是!是!小道师父正是邱玉清道长!这鱼龙剑法便是师父所授!捕神知道这些,一定与我师父交情不浅!"

他看看手中银光闪闪的长剑,露出尴尬的神情:"师父说我性子暴躁,不准我用铁剑,这柄木剑还是我七岁时师父给我的,说是前辈道长以仙木所刻,可是我如今好歹也是南岩宫的当家道士,怎么能拿柄木剑耍玩?师父遗命又不能违背,是以……是以……"

"邱道长确是忠厚长者,"杨恩微笑道,"不知邱道长最近可好?杨恩正想前往南岩宫拜谒呢!"

"师父他……他……"

小道士嘴角一瘪,眼圈一红,已带了哭音:"师父已于去岁初冬羽化,师兄们也先后出门云游,如今南岩宫只剩我一人了!"

"邱道长羽化升仙了?"杨恩神色一黯,失声道,"昔时邱道长曾云游京都,与我手谈数日,十分相得。他言语玄妙,为人谦和,从不以前辈高人自居,只称与我是忘年之友,未料京都别后,竟成永离!"

他叹了口气,又道,"原也是我有些难处,想求助于邱道长,如今看来,却是无缘了。"

鲁韶山和燕敏却明白过来,武当山有数道山径可行,杨恩却选了这条较为崎岖之径,原来是打算顺路前往南岩,也好向邱道人问询苏兰泽之事,却未料邱道人却已离世,除了为故友伤怀之外,又添了失望之意。

小道士抹了把眼泪,向杨恩端端正正行了个礼,朗声道:"小道孙碧云,见过捕神大人!师父虽然不在,但小道从小长在武当,捕神但有所遣,定然竭力趋奉。"

他听到"忘年之友"四字,是把杨恩当成长辈来礼敬了,甚至还向燕敏稽首为礼，只是不睬鲁韶山。

杨恩向他回礼，又问："这田何却是偷了南岩宫什么东西，累你从南岩一路追下山门来？"

但凡盗贼见着捕头，便如鼠见猫儿一般。何况这是遇到了天下知名的三眼捕神？田何此时吓得瑟瑟发抖，连声央求道："是小人一时糊涂，只道那匣中有什么宝贝，没想到……没想到……"

孙碧云抬手一指，气道，"他偷了师父的仙果！"

鲁韶山见他还在气自己，将方才脱手插入溪泥之中的长剑拔了起来，插回鞘中，却故意笑道："这世上哪有什么仙果？仙果不是都应该长于瑶台阿母苑中才对吗？"

"你懂什么？"孙碧云急道，"难道你不知我武当榔梅果，便号称仙果吗？昔日景贤皇帝在时，便是因为在山中得了仙果，才治好皇后痼疾的！后来景贤皇帝敕封武当，大建观院，使我武当名扬天下，号称第一仙山，全是因了这小小的榔梅果，这不是仙果，又是什么？"

燕敏想起归州杨恩老宅那株榔梅树，便向杨恩悄悄道："捕神可见过榔梅果吗？"

话一出口，他不禁暗暗懊悔，心道："他说那榔梅树是苏姑娘亲手所植，那时他双目已盲，便是结果，又怎会'见过'？"

杨恩摇摇头，道："榔梅树并非凡种，开花结果都属不易。兰泽所植的那株榔梅，数年以来也只开过两次花，从未结果。"

燕敏见他神色怅然，只道是因了自己失言，更是又急又悔，想道："我行事终是粗疏不周，若是苏姑娘在他身边，必不会如此失言，惹他伤心。"

却不知杨恩心中想道："是了，兰泽当初种下榔梅时，曾说开花结果，皆看缘法。她与我在归州的第一年，那榔梅树开过一次花。第二次开花，却是在她无端失踪之后。难道这花开之中，当真藏有命运的玄机？我与兰泽，还会不会等到结果的一天呢？"

鲁韶山俯身往那田何背上一拍，又在他肩、胸各处一摸，他是积年的捕头出身，这几下干脆利落，直起身来时，手中便多了只小布袋，袋口以碧绦系紧，精巧可爱。

他见那小道士孙碧云眼睛一亮，遂明白了几分，晃了晃小布袋，道："可是这个？"

"正是！"孙碧云伸手出来，急道，"你还我！"

"看都没看，你怎知道就是？"鲁韶山其实心中也颇为好奇，遂顾不得孙碧云气急的眼神，伸指解了那布袋，只轻轻一倾，便从袋中倒出一物，滴溜溜地落在掌心上。

他不禁一怔，脱口道，"这哪是什么仙果？分明不就是一枚……一枚……"

虽未曾见过槚梅果，但见过杨恩老宅的那株槚梅树所绽花朵，与桃杏之花十分相似，想来果实也相差不远。但眼前掌中果实虽然大小如杏，却分明是木头所雕，澄黄光滑，可以清晰看出细腻的木纹，也不知经过了多少年的摩挲触摸。

燕敏先是一怔，心道："这仙果竟是木头雕的，倒还别致。只是有些眼熟，倒像在哪里见过一般。"

孙碧云身影一掠，已自鲁韶山掌中掠走那槚梅仙果，大声道："不错！这仙果并不是真的！槚梅树早在三十二年前便不再结果啦，可是我师父昔年曾见过真正的槚梅果，因为我小时吵着要仙果，所以用槚梅木给我雕了这个，在我心里，这就是槚梅仙果！是师父……师父他……"

他毕竟年纪小，虽然尽力显得老成，但说起过世的师父，还是忍不住露出孩子气的脆弱来。

燕敏看得好生不忍，走到他身边，轻轻拍了拍他的肩，道："是，如果是至亲所赠，深情所致，即使是木头雕成的，也比瑶池仙果要珍贵千倍百倍！"

孙碧云感激地看了她一眼，道："谢谢……谢谢姐姐……前日我遇到个神仙般的白衣姐姐，她也是这般说来。"

"姐姐？"

这一次却是杨恩与鲁韶山异口同声地问出来。

便是燕敏也脸色一变，追问道："神仙一般？可是穿着白衣，长发如墨，相貌清丽脱俗的年轻女子？"

孙碧云诧道："你怎么知道？虽然她看上去极是虚弱，衣衫上也满是尘土，却依旧清丽脱俗，我们武当山中，虽也多女道士，却没有一人比得上她的美貌呢！"

杨恩的声音几乎在微微颤抖："她……那个神仙一般的女子，她在哪里，道长可知晓？"

"当然知道啊，"孙碧云笑得十分开心而骄傲，一指山上，道，"她就在我们南岩宫里！"他看了两眼那"兔脚贼"田何，终于不耐烦地一脚踢去，田何应声在地上滚了几滚，满身泥土，十分狼狈。

孙碧云喝道："滚！滚！今日算你运气，小爷我遇着了师父故友，也不愿开什么杀戒了，你就快给小爷我滚吧！"

田何爬起身来，赶紧跪倒，向众人磕了几个头，抱头鼠窜而去。

沿山道直上，过南天门，便至南岩。南岩又名独阳岩、紫霄岩，是道教所称的真武得道飞升之圣境。山势飞鬈，状如垂天之翼，峰峦秀美，崖壁奇峭。时才初春，一路上行来草木尚凋，不过有些微绿意，而这里的林木却苍翠悦目，不愧在三十六岩中名列第一。

南岩宫便建于独阳岩下，远望饰栏崇台，层层叠砌，倒也气势不凡。只是山门冷清，几乎不见一个道士，门窗朱漆脱落，显然已颇为陈旧。

孙碧云显然十分自豪，一路指指点点道："听师父说，三十多年前，先帝曾携当时病重的皇后前来武当祈祷，就住在咱们南岩宫。真武大帝庇佑，又得到了榔梅台修炼的李真人敬献的榔梅仙果，皇后回宫后果然痊愈，不久生下了皇子，先帝大悦，重修南岩宫，重赏了李真人，还在咱们南岩对面修建了榔梅仙祠。喏，那里便是了！"

他衣袖一挥，众人沿着他手指看去，隐约可见对面半山腰处，建有一处道观，黛瓦红墙，掩映在翠树云岚之中。

倒是鲁韶山听到"榔梅"二字，心中一动，想起苏兰泽在归州杨宅所种的那一株来，笑问道："榔梅树当真结果么？我在别处也见过此树，都是梅枝嫁接榔树而来，却只开花，不结果。"

孙碧云对他一直没有好脸色，此时更是不屑，道："那是自然！若是株株榔梅都能结出果来，为何只有武当榔梅才称为仙果？这花木与人一般，都是讲究机缘气运，机运未到，有的开不出花，有的就算开得出花，也结不了果。"

燕敏听在耳中，忖道："这小道士虽然脾气不好，毕竟是道门中人，小小年纪，说话间也大有深意。"

说话之间，众人已穿过两仪殿、元君殿、南熏殿，这些殿皆是歇山顶式、琉璃瓦面，虽然褪去了光艳之色，但依稀可以想象出当年的辉煌。

鲁韶山忽然惊叫一声，道："那是何处？怎么崖中还有宫殿？"

众人抬起头来，但见前方崖壁之上，耸峙有一座石殿，竟是在崖间开凿而成，远望殿体恢宏，斗拱壮丽，上接碧霄，下临绝涧，时有云气萦绕四周，当真如仙台琼阁一般！

孙碧云更是得意，道："这你都不知道？是咱们南岩宫赫赫有名的石殿！你没见那殿门之上，还挂着'天乙真庆宫'的匾额？那可是先帝——景贤皇帝的亲笔御书呢！"

鲁韶山和燕敏往来宫中，都见过景贤皇帝之御笔，当下认出孙碧云所言不虚。

匾上字体雄伟开阔，古朴而又不失典雅，隐隐透出杀伐之机。俗话说字同其人，这样的笔法与这位得位不易，但文治武功俱有建树，有"尧舜之景，德贤千古"之称的皇帝生平作风，倒也颇为相符。

殿中甚是宽阔，深约丈许，宽也有三四丈，有殿室三间，通透无门。正殿之中供奉有真武神像一尊，金盔战甲，手执梅枝，且不像别处真武是脚踏龟蛇之像，而是有五龙捧出祥云，真武踏于云上，仿佛正在冉冉飞升。那五龙昂首奋尾，各具姿态，栩栩如生，更增威势。鲁韶山与燕敏都是第一次见着这样的真武神像，不免赞叹称奇。

正对神像的是洞口，下临绝崖，只有一带雕花石阑可倚，远处峰峦清晰可见，时有山风穿掠殿中，更添几分寒意。

孙碧云又指着石殿右下方崛起的一座奇峰，大谈此峰相传为"真武"舍身成仙之所，如今峰上还有梳妆台、飞身岩等遗迹。

杨恩一直不曾出声，此时方问道："昔年听尊师说过，石殿乃南岩宫之中心，如今我们已到了此处，却不知你那位神仙般的姐姐又在何处？"

孙碧云尚未答话，只听一人幽幽道："你这郎君也真是个无情之人，身边有佳人在侧，兀自不足，还要追问那神仙般的姐姐，却是为何？"

众人一怔，却见殿中神像之后，缓步走出一个人来。

连孙碧云也吃了一惊，叫道："你是何人，怎的会在此地？"

那人身着半旧的翠蓝道袍，发挽道髻，左手拿香，右手执着一把笤帚，倒像是个寻常打扫殿务的中年道姑。她面容普通，肤色青白，也说不出什么出众之处，偏是往那一站，便叫人无法不将目光移过来。

道姑不理睬他，却对燕敏道："你一个好好的小姑娘，跟着两个男子到处跑着找另一个女子，叫外人看了，岂不荒唐？归去兮？噫，不如归去！"

燕敏的脸唰的一下变得通红，往后退了一步，却说不出话来。

孙碧云却脸色一变，伸手抓住杨恩衣衫，大叫道："神仙姐姐！神仙姐姐！你怎么到那上面去了？"

众人循声望去，便是鲁韶山和燕敏，也不由得失声惊呼。

那石殿本是临崖而建，崖前有灰白石柱直伸出栏外丈许，石柱尽头雕有盘龙，栩栩如生，狰狞奋鬣的龙头之上，不过巴掌大小的空地，此时却有一双素白丝履，轻踩其上。

从素履往上看去，是一袭翠色道袍，飘舞不定，恍若九霄降下的神仙，随时便要随风飞去。

当真险到了极点，却也美到了极点！

鲁韶山脱口叫道："苏姑娘！"

不是如雪白衣，也不是如墨长发，而是翠色道袍和一个规规矩矩的道髻，但那样绝尘脱俗的背影，就连鲁韶山都本能地觉得：这就是苏兰泽！

他心头的念头疾转："苏姑娘怎的扮成这般模样？莫不是自知蛊毒不治，故此准备轻生？"

一念未了，但见眼前灰影一闪，已跃过石阑，落在那雕龙石柱之上！鲁韶山只觉双腿蓦软，叫道："杨兄当心！"

石柱粗如碗口，柱面却只有一掌宽度，若是行走其上，恐怕连最纤细的女子弓鞋也难以覆在实处，何况是杨恩这样七尺昂藏男儿？那双青布鞋履差不多只有履尖触着石柱，勉强保持着身体平衡。

一阵风来，鲁韶山不禁一阵晕眩，杨恩与那翠衣人似乎连远处峰峦，都在轻轻摇晃。

杨恩伸手一掠，已攫住那人袖袂，疾声叫道："是……是不是你？"

孙碧云那年轻稚气的脸庞之上，忽然掠过一道青气！

他挥手一抛，那柄银光闪闪的木剑脱手飞出，破空刺向杨恩！鲁韶山大喝一声，来不及跃起相格，手中铁尺疾射而出，"砰"的一声，正中剑身！

木剑应声而断，却"嗡"的一声，涌出一团金色光点！

此时山风甚劲，又是在这狭窄的石柱之上，那木剑劈面抢刺、铁尺截断、金点飞出，都不过在电光石火的弹指之间，杨恩便是有通天的本领，又往哪里挪避？更何况前方石柱尽头，还有一个神游天外、不理不睬之人？

孙碧云往后跃出，脸上浮起得意的冷笑。眼前忽然青影一晃，一人扑上石阑，张臂在空中一跃，挡在杨恩身前，且如旋风般当空一转，竟将那团金光尽数卷入了自己的怀中！

沙沙数声，那团金光没入衣襟，顿时消泯不见。那青影晃了一晃，再也立足不住，自石阑上一头栽下！

杨恩哑声叫道："接住她！"

他将身一纵，竟然凌空扑出，抓向那正疾速落下的青影！只一手却蓦地伸出，向上抓探！

人影一晃，却是鲁韶山蓦地弹出，扑向石阑，于间不容发之隙，紧紧捉住了杨恩手掌，将二人生生自阑外拽了上来！

杨恩甫一落地，便急忙转头"看"去！鲁韶山随之看去，但见石柱尽头空荡荡的，哪里还有那翠袍道髻的身影？唯有山风簌簌，掠过柱上龙头，仿佛先前所见，只是一道稍纵即逝的幻象。

"苏姑娘……不见了……"鲁韶山低头看去，但见一身青衣的燕敏，如软泥一般瘫倒在杨恩怀中，双目紧闭，无声无息，似乎已晕死过去。

孙碧云此时早就不见了踪影。

杨恩虽抱住燕敏，但神色怔忪，如失去魂魄一般，半晌都未曾回过神来。

只听一人疾步过来，道："若不快些救她，只怕马上就来不及了！"

听那声音，竟是方才那位执事杂役的道姑。

她一把从杨恩怀中扶起燕敏，伸手往其心口处一按，随即脸色一变，从怀中取出一只小小瓷瓶，先倒出一些黄色粉末来，塞了些在燕敏口中，道："你们皆是男子，她这伤势，在此料理多有不便。我先将她扶到侧殿包扎，你们且在这里等候。"

鲁韶山阻拦不及，又见杨恩竟然也任她所为，不禁急道："谁知道你又是什么人？我们……"

杨恩伸手在他肩上一按，止住他话头，哑声向那道姑揖道："有劳前辈了。"那道姑也不废话，麻利地扶起燕敏，果然到侧殿中去了。

鲁韶山惊诧莫名，见她走了，向杨恩低声嚷道："燕姑娘又没受什么重伤，怎的就由这么个老道姑扶走？我看这南岩宫处处诡异得紧，先是一个道士没有，那个孙碧云分明不是好人，如今又冒出个老道姑……"

说到此处，只见杨恩垂目不语，神色惨淡，心中有些不祥之感，遂改口问道："杨兄？"

"方才那翠衣人，究竟去了哪里？"杨恩怔怔道，"只是一瞬间，我拉住了燕敏，却再也不见她的影子……你说，她是不是伤心之下，便跃入崖中？可是……可是燕姑娘，我不能不管，她方才所中的那些金色光点，是……"

他的手指不觉蜷紧，垂首道："燕姑娘的伤……那是伤心蛊。"

"伤心蛊？"鲁韶山惊道，"这等恶歹之毒，怎会在武当出现？那孙碧云虽然行为诡异，但内力剑术确属道家一脉，并不像是什么邪魔外道！如何会……"

杨恩低声道："先前我还不敢相信，然而方才这老道姑拿出那瓷瓶来，我便确信了。那瓶中……瓶中乃是黄连粉，昔日兰泽中此蛊毒之后，亦是口服一些，另有一些涂抹于伤口之上，内外夹击，蛊虫害怕黄连的味道，便不敢从伤口处出来，只好留在心脏之中，两毒相克，反而减缓毒性，才能暂时保住性命……"

他闭了闭眼睛，道，"燕姑娘为了我才身中蛊毒，我……我……"

鲁韶山呆了片刻，只觉心中难过之极，想到燕敏一路行来，历经艰辛，难得她出身贵女，非但冒着性命之忧抗旨放走了杨恩，且竟还能受得了这般跋涉之苦。杨恩双目失明，真元疲弱，鲁韶山虽然也尽力照顾，毕竟是个男子，失于粗疏。杨恩一路熬服汤药、饮食衣物，多是燕敏精心照管。鲁韶山又不是无知觉的木头，哪里会看不出燕敏对杨恩暗蕴的情意？

杨恩心念苏兰泽，别无旁骛，鲁韶山向来视苏兰泽为天人，心中对燕敏这种心思当然相当不满，平常倒是不加理睬，燕敏总是默然处之，从未与他计较。

直到此时，瞧着那侧殿的石壁，鲁韶山才怔怔地想道："燕敏不过是喜欢捕神罢了，且一路看她举动，发乎情，止于礼，并没有什么出格的行为，也不曾做态勾引，倒是真心实意希望捕神能找着苏姑娘。韶山啊韶山，你自认为与捕神相交莫逆，对苏姑娘也钦敬仰慕，还常自诩英勇豪义，可是方才那生死一线之时，你为何不敢扑上石阑？为何不能像燕敏一般，宁可掉落悬崖，也要奋尽全力，为捕神挡下那一团至毒之蛊？"

他又想道："若那翠衣人正是苏姑娘，她身中蛊毒，本来就命不长久，又亲眼瞧见捕神为救燕敏，反而松开了她，是否当真会伤心欲绝，跃入崖中？"

正心如乱麻，忽听脚步声响，却是燕敏独自从侧殿中走了出来。

鲁韶山不禁吓了一跳，奔上前去，叫道："你醒过来了？怎的那道姑也不扶你一把，就由着你自己走了出来？"

言毕伸手就要扶她，燕敏似乎吃了一惊，闪身避开，闷声道："不要碰我。"

鲁韶山一愕，燕敏随即反应过来，温言道："我听那道姑说，我身上刚中了毒，你们都须离我远一些，以免受池鱼之殃。"

杨恩原本也伸手想扶，闻言便放下手来，柔声道："那你此时可好些了？"

燕敏颈上多了一条翠蓝长巾，想来是那道姑留给她的，当下裹住大半头脸，道："只是有些怕冷怕光，那道姑便送了这条巾子给我，聊以御寒。她说自己是方外之人，不能介入红尘争斗，便从另一侧殿门走了。"

她声音微弱，神情委顿，显然中毒之后情绪不佳。鲁韶山讪讪地退后几步，道："这样也好，也好。"

杨恩都听在耳中，顿了一顿，终于叫道："燕姑娘！"

燕敏嗯了一声，却低着头，并不看他。

"此事原是杨恩的错，失于思量，竟累得燕姑娘身中此毒。"杨恩向她行了一揖，话语之中，却十分真挚，"不过我想，所谓解铃还须系铃人，这孙碧云既然冒充南岩宫道士，向我施这伤心蛊之毒，想来自我们入武当之后，便已落入他们的窥伺之中。只需我们找到他及背后指使，或许也能找到解救之法。"

他从袖中抽出两支洁白晶莹的手套，戴在双手之上，这才俯身拾起那两截断裂的木剑，正待细看，却听燕敏叫道："别动那剑！"

杨恩"看"她一眼，她忙道："先前那团金色光点……那些蛊虫，便是从这剑中飞出来的……"

杨恩点了点头，道："我知道。"他似乎不以为意，轻轻摩挲剑身，剑中却再无动静，显然蛊虫已经完全飞尽。

"既然如此，不如我们就快些去找吧！"鲁韶山在阑边捡起铁尺，急道，"方才那翠衣人不知去向，也不知是否当真坠入崖底？我们找到那孙碧云后，还可令他带路，好好去崖底查探一番才是！"

"也好，韶山，你还不快些找出那孙碧云遁地之处？"杨恩的嘴角终于带上了一丝微笑，"这小道士方才假装惊慌失措，却顺手从我怀中摸走了那支步摇！"

燕敏却吃惊地望向他，不过只扫了一眼，又飞快地垂下头去。

"哼，任怎样狡猾的贼盗，还斗得过捕头？杨兄你定是故意让他取走的吧？"鲁韶山得意道，"山人自有妙计，叫那小贼道无处可遁！"

他扫视一眼四周，径直往那殿中的真武神像走了过去。鼻子却在空中嗅了嗅，露出笑容来，伸手往那梅枝上轻轻一拂，燕敏只觉眼前一花，鲁韶山已经凭空消失，再无踪影了！

她正待说话，却觉臂上一紧，是杨恩拉住她衣袖，示意她也走到神像之前。他也如鲁韶山一般，鼻子在空中嗅了嗅，伸手按上梅枝。

两人脚下一空，所有光亮瞬间消失，石殿中那样飒爽流动的山风，被幽暗微冷的气息所取代，已经落入了一处漆黑所在。

"这……这是哪里？"

过了片刻，燕敏战战兢兢的声音响了起来。

"我猜想，这或许应该是山腹之中一处天然的洞窟。只不知为谁发现，略加修凿，建成了一条地道。一头的出口在南岩宫石殿之中，这出口被人为地压上了一尊真武神像来掩饰。至于另外一头，走过去，也就知道了。"

杨恩的话语还是很平和，没有丝毫的慌张。

这地道虽在地底，却并不潮湿，脚下所踩及手掌所触的地方，皆坚硬粗糙，竟然全部是岩石。全凭人力，是根本无法在山腹崖岩之中，挖出这样的通道。杨恩说的没错，这应该是一处天然的洞窟，只是被当作一条秘密地道在使用。

杨恩松开她的衣袖："地面还算平坦，你走在我后面，小心一些。"

"还是我走在前面比较好……"她怯怯地道。

"不知韶山走到哪里去了，竟没有等我们，我身上也没有火折子。"杨恩耐心地解释，"我眼睛看不到，较之于你，反而更易在昏暗中前行。"

他果然走得极稳，有几次似乎要碰着石壁，都能巧妙地避开。

燕敏走在他身后，两人空洞的足音在地道中孤寂地响起，谁也没有作声。

"咦，"杨恩蓦地停下脚步，"你可曾闻到，似乎有花的清香。"

花的清香，风的清新，自由自在的气流，迎面扑来。

燕敏蓦地停住脚步，杨恩敏锐地感觉到了她的异常，问道："前方是否是一处开阔地？且气流通畅，难道我们出了山腹，已来到地面上来了？"

"是，"燕敏抬起头，眼中掠过一缕迷乱神采，喃喃道，"我想我们是来到了仙境。"

不知不觉中，暮色已降，四周皆是峰岭，奇峭陡立，如剑耸峙，投下奇怪的暗影。透过峰影间隙，隐约可见对面南岩群殿的轮廓。

这地道行来，也不过两炷香时分，竟然离南岩已经如此遥远！

燕敏环视四周，但见此时他们所立之处正是峰岭之间，靠岩临崖，一方天然伸出的石台之上。

恰在此时，一轮明月升起，银辉明光，照耀得四周清晰可辨。但见石台颇为宽阔，台面光滑而平整，方圆足有数丈，却甚为幽绝。最令人叹奇的是，崖边生有数株大树，粗如缸口，最粗者可容五六人环抱，枝丫密伸，繁花满枝，几乎覆盖了大半个石台。那缕缕清香正是由此而来。

月光之下，可见那花色深浅不一，有红有白，与桃杏无异，蒂下垂丝如金，又似海棠绝丽。在月色之中，便已如云霞烂漫，不难想象，若是在晴空丽日之下，那花色浮空映山，绚烂岩际，必然更为殊艳夺目。

鲁韶山的声音在身后响起来："走了老半天，原来是迷了路，幸好还是赶上来了……哎呀，杨兄，我可不是看花了眼么？如今才是初春，怎的这花开得如此之盛？没想到那黑黢黢的地道走完，竟有这样一处好地方，哪里像是人间，难道这就是传说中的洞天福地？"

杨恩并未答话，却轻咳一声，道："孙道长，我等虽不是嘉宾，却也并非恶客，为何避之不见？"

树下一块岩石之后，有人影一晃，慢慢走出来。

月光照在他的脸上，先前那种年轻气盛与焦躁易怒的神情都消失得无影无踪。他的脸莹洁如玉，眉宇之间皆清和之气，

这才是真实的孙碧云。

他大大方方地向杨恩等人一揖，气度洒脱，却苦笑道："小道实在想不到，捕神大人与鲁司官，竟然还能找到这里来。"

"青蚨之香，就是专门对付你们这种鬼鬼祟祟之人的！"鲁韶山好容易逮着机会嘲讽回去，自然不会客气，"你大概想不到，我抢你那颗什么劳什子师父留下的木头仙果时，就已经悄悄抹上了青蚨之香吧？"

青蚨乃是一种小虫，传说青蚨生子，母与子分离后仍会聚回一处，若是将青蚨母子血各涂在钱上，母钱用后必会飞回寻找子钱，子钱也是一样去而复返，相守不离。如此一来，钱币便用之不竭。

这青蚨之香，顾名思义，一旦附于物上，无论水浸日晒，终是不能除掉那香气，只需索香探寻，便无法逃离。

孙碧云的脸色有些难看，强笑道："既然如此，小道也就腼颜请教，但不知是何时露了马脚？却叫几个照面下来，便被二位神不知鬼不觉在我随身之物上，下了这青蚨之香？"

"孙道长此来，准备倒是相当充分。比如你的确修习过鱼龙剑法，而且相当娴熟，用来证明你的南岩宫弟子身份，确然无虚。"杨恩淡淡道，"可是你忘

了，我是见过邱道长的。"

孙碧云眉头微动："那又如何？"

"当初在京都之时，我双目已盲，邱道长却能与我手谈弈棋。"杨恩道，"我们下的是一种特殊的盲棋，棋子以温凉石所制，通过棋子温凉，来辨分黑白。在外人看来，邱道长为人谦和，所以肯陪我下这种只有盲人才会学的围棋。但下棋时邱道长告诉我，他修炼内功时不慎岔了真气，恐怕已伤了眼睛经脉，过不了多少时日，便会双眼尽盲。他学会这种盲棋，不过是为了以后目不能视之后，聊以打发时光。啊，对了，这次前来武当，我并不知道他已羽化登仙，包裹之中，原还带着一副温凉棋呢！"

孙碧云不禁一怔。

"你自称是邱道长最小的爱徒，如何会不知道他眼脉受损，便连阳光都不能直视？更不会单只为了好看，便将这剑身涂上什么闪闪发光的箔水，不惜去刺痛师父的眼睛。"

杨恩"看"着他，"也只有把自己装出一副年少暴躁却又敏感的样子，才能够大大方方地拿着这柄剑，却不引发我的疑心。那时我便猜到，这剑身之所以要用银箔相覆，一定是里面有某种厉害的东西，必要用这种法子才能掩藏。只是我不曾想到，这剑身之中，居然是伤心蛊的虫巢。我从前只见过以人为虫巢，却并不知道，原来树龄极大的古木，若制成薄匣，亦能令蛊虫藏身，只是外面须覆以银箔，才能完全隔绝虫巢，令蛊虫不至于闻见人气而发狂。"

虽然早就猜到了大半，但是鲁韶山想到那断成两截的木剑之中，那密密麻麻被啃啮出来有如蚁穴一般的小洞，还是全身发麻，肌肤起栗。

杨恩歉疚而痛惜地望向燕敏："若我早些猜到这个，燕姑娘也不用受虫啮之痛，更不必服黄连之苦了。"

燕敏以巾掩面，轻声答道："世上万事，喜怒哀乐，酸甜苦辣，又怎么说得清呢？伤心蛊未必真的最令人伤心，黄连也未必真的最苦。"

鲁韶山心中一动："燕姑娘此话，大有深意。"

杨恩点了点头，道："自然，你露出的马脚还不止一处。"

"还有那个倒霉蛋田何！他的身上也有甚多蹊跷。"

鲁韶山笑道，"这人倒是如假包换，是真正的'兔脚贼'，在江湖上大有声名。不知怎的落到了你们手上，定然是吃尽了苦头，不得不配合你们演这一场戏，最后恐怕还是连命都难以保住吧？你这小贼道心肠歹毒，对无辜之人都能用伤心蛊，又岂会真正放走他？"

孙碧云哼了一声，道："他下山太快，一时不慎，已跌死在梅溪涧中了。"

鲁韶山怒道："你果然又胡乱杀人，简直是目无王法！"

孙碧云冷笑道："你还是先保住自己这条小命，再来谈谈王法！你说从田何身上也能看出蹊跷？我却不信！"

"你可知这人为何得名'兔脚贼'？"鲁韶山似笑非笑，斜眼看着孙碧云，后者翻了个白眼回敬他，道，"自然是因为他的手脚形状有异，尤其是脚上有一撮白毛，极似兔毛。"

"啊哈，你连这都知道，可见还是下了番功夫。"鲁韶山仰天大笑一声，却看不出他脸上有什么佩服之色，反而满是嘲讽道："可是田何是什么人？这种江湖上有名的贼盗，对自己亲娘老子尚且隐藏三分，又在你手中吃尽苦头，怎会将所有实话都告诉你？你鲁爷却是积年的捕快出身，对这些贼盗再清楚不过。实话告诉你罢，田何得名'兔脚贼'，还有一个原因，却是他腿脚轻快，跑起来一溜烟就不见了，就如荒野中的兔子一般，狡狯难捕啊！"

孙碧云忍住气，冷冷道："那又如何？"

"兔子长着什么样的脚？"鲁韶山讽道，"前脚短，后脚长，故此上山容易，下山难。所以猎狗撵捉野兔，都是往山下赶，这样兔子就跑不快，很快会被猎狗捉住。如果田何当真是自己去偷南岩宫的东西，被道士追赶，他为什么不往山上跑，却往山下跑？分明是你看到我们三人正在上山，逼着他往山下跑，才能与我们'偶遇'。而他知道自己根本无法逃脱，索性只是陪你跑一圈罢了。"

孙碧云听到此处，不禁呆住，道："竟是如此……"

鲁韶山咻地一笑，道："你处心积虑，自以为天衣无缝，却不知早就露了马脚。就连自己的老巢也被人跟了来，就快被一窝端了，还敢在这里自吹自擂？"

他看了一眼杨恩，"若不是那南岩龙头柱上的背影，当真像是苏姑娘，你以为我们当时还会跟你虚与委蛇？只是没想到你武当门下，竟然也有伤心蛊那种歹毒之物，倒真是污了道门风气！至于自作聪明，装神弄鬼，倒还在其次了！"

孙碧云毕竟年轻，尚未养成城府，腾的一下红了脸，对于鲁韶山的斥责之语，竟然无法反驳。

忽有一个声音幽然道："碧云长居山中，虽然有些聪慧，却终究抵不过各位历阅世情、老到谨密，果然还是露出了破绽。"

听那声音，分明是个男子，似清风拂过檐下铁铃，又如溪水跃过涧底崖石，说不出的清冷悦耳："不过，各位既然来了，碧云也不能说无功而返。"

一阵风过，满树繁花，纷落如雨。不知何时，花树之下，花雨之中，有一个白色身影，悄然而立。

鲁韶山只觉呼吸一顿，脑海中一片空白，仿佛天地之间，唯有眼前落花、伊人独立。

便是燕敏也睁大眼睛，呆在了那里。

那人一袭白色道袍，发挽道髻，唯有少许散发垂落肩上，漆黑如墨。

从前总觉苏兰泽清丽不可方物，然见了此人，方知什么叫作不染尘埃。那白衣穿在他身上，宛若万古不化的冰川之巅，洁白到了极致，竟隐隐地透出莹蓝来。可是这样冷寂到了极处的衣饰，却又被那张容颜点缀了颜色，艳丽无伦。

便是那满树繁花，也似乎失之黯淡。花瓣飘落，恋恋低徊，于空中萦绕不去，似乎都只愿陪伴在那白衣之侧。

平生所知赞誉美人之辞，到此竟似乎都已穷尽。

"冷极始知艳色重，神情何惧浊尘染。"鲁韶山从不爱吟诗作赋，此时鬼使神差，脑海空白之中，竟忽然蹦出这两句诗来。

眼前这白衣人也唯有冷艳二字，方能形容。既冷且艳，冷极更艳，美到了极处，想必只有天上神仙，方能比拟罢，又或者他正是被谪落的神仙呢？

鲁韶山胡思乱想，念头纷呈中，只听那白衣人道："捕神大人，别来无恙？"

鲁韶山心中一动，想道："他这话问得好怪，倒像是跟杨兄是故旧知交一般。"

杨恩举手一揖，淡然道："见过真人！"

先前在南岩宫中,孙碧云谈天说地,讲到武当山道派众多,各派之中,又以清微、龙门、正一等派为大,其中南岩宫原主持邱玉清便是龙门派掌教,这等身份,俱称为真人。

杨恩口称真人,或许只是一种尊称罢了。不过眼前这白衣道人,气度非凡……

"能居于武当南岩之下,如此洞天福地,自然不是寻常之辈。"

鲁韶山自言自语的话音未落,孙碧云露出一个古怪的笑容,道:"不,这里不是南岩宫。"

他衣袖一拂,指向那几株粗容数人合抱的花树,微带讽意,笑道:"素闻苏姑娘在归州杨宅种过榔梅树,也开过两次花。怎的到了它真正的故乡武当,这位博闻广识的鲁司官,就认不出来了呢?"

"这是榔梅花?"

鲁韶山赶紧揉了揉眼,仔细看时,但觉眼前这副落花美景,与归州杨宅之中的那棵树的确颇为相似。只是杨宅中花色如雪,且仅有一株,显得单薄了些,而此处却是有粉有白,深浅不一,且花朵堆簇,密密而生,即使纷然而落,仍不负"繁花似锦"这四字之美。

"我旧宅之中,那榔梅之花并无香气,此处却香气袭人,故不能辨。"杨恩"看"向孙碧云,"此处洞天福地,是为何名?还要请孙道长赐教。"

孙碧云目光一闪,似乎对他有种莫名的敬畏,甚至还有些好奇,较之对鲁韶山自是要客气恭敬许多:"三十余年前,景贤皇帝携皇后前来祭拜真武大帝,时有道人李素玺,得景贤皇帝诏见,奏对清静无为之道,治国安民之理,深得帝心。又以榔梅仙果进上,皇后服后身体康健如初,"他目中又闪过一道异光,继续道,"景贤皇帝大悦,遂敕修武当,建榔梅仙翁祠,李素玺被封榔梅真人,诰同国师。虽然李真人以年迈为由,推托了景贤皇帝欲传他入朝的圣意,然李真人所创的榔梅派在武当一脉之中,却地位超然,不同寻常道派。"

他看向那株最为粗大的榔梅树,道,"这一株相传为真武大帝亲手所植,其余榔梅树皆为其子孙,便是后来的榔梅仙翁祠旁榔梅树也是由此分枝移植。而李真人所进榔梅,正是自此处采摘,天下之间,也唯有此处榔梅开花方有异香。盖因其继真武之仙气,又聚日月之灵机,自然神秘珍奇,非凡木所比!"

杨恩讶然道:"此处竟不是榔梅祠吗?"

孙碧云微笑道:"从此山腹之中出去,正是榔梅祠。但这处洞天福地却另有一个名字,便是古榔梅台,又名五龙观。"

鲁韶山蓦地想起南岩宫中真武神像脚下的祥云为五龙所捧,不禁道:"你们又是什么人?怎么会住在这个地方?"

依稀之间,仿佛有某个熟悉的影子在心头悄悄浮动。

"呛!"铁尺在手,他已跃起身来,划过夜空,如鹰隼般凌空扑去!所扑之处,正是那花树之下的白衣人!

杨恩方叫出一声:"韶山且慢!"但见寒光闪处,孙碧云拔出了长剑,也纵身跃起!

这次剑身却并非木质,而是明晃晃的百炼精钢,杀气逼人!

"砰!"剑尺相击,鲁韶山只觉一阵旋转劲气,透剑而至,陡地化作无数剑光!

这并不是先前孙碧云展演过的鱼龙剑法!

鱼龙剑法"仰飞禽之身,吸走兽之形,会意于鱼龙之变幻",故柔韧缠化,吞吐崩弹,如鱼争龙凤,虚灵而玄妙!

然而剑光却如此明媚鲜妍,分明是月色清冷,眼前却宛若有无数榔梅繁花浮现晴空,绚烂多姿,映照整个山岩!

鲁韶山挥尺后退,但觉繁花之中,透过无限冷芒,往他疾射而来!

"铮铮!"却是斜刺里伸过一枝竹笛,迎风一晃,正挡在鲁韶山身前,发出两声脆响。

"满山繁花"瞬间消泯不见,孙碧云旋身后翻,如一片树叶般悄然落地,手执长剑,满面惊愕,唯有一道潮红蓦地从颊上飞掠而过。

"碧云,捕神手下留情,你先退下吧。"

白衣人淡淡一笑,孙碧云先是一愕,随即神色恢复平和,居然还向杨恩行了一礼,方才退下,举止之间,少了先前南岩宫刻意做出来的浮躁举动来掩饰,那循循温雅的优美风度,便自然而然地体现出来,隐约有乃师之风范。

"然捕神虽以'寸短光阴''弹指神通'蜚声江湖，鲁司官亦向有武勇之名，想要凭武力挟持，夺回兰泽，又或从此地而出，只怕皆是不易。"分明是在嘲讽威胁，但从白衣人口中说出来，竟是如此优美动听，如泉珠跳跃，带来山川独有的清灵之气，令人心旷神怡。便是鲁韶山此时胸口隐隐作痛，正是拜孙碧云剑气所赐，若非杨恩及时相助，恐怕要受重伤。他原是心中恼怒，且也不以为然，却终是无法对眼前这白衣人口出恶言。

"捕神手中竹笛，可否借本座一用？"

杨恩一怔，双手奉上，道："是在下亲手所制，未免失于粗劣。若是真人不弃，自当奉上。"

昔日在归州之时，杨恩见苏兰泽精擅乐技，不觉技痒，跟着学了几天音律，便偷偷砍了截竹子，亲手做成这管竹笛。他倒也五音俱全，勉强能成曲调。兰泽虽觉好笑，他却对自己亲手制成的第一管竹笛十分珍爱，一直带在身边，后来用得顺手，甚至还被拿来当了兵器。

因经常摩挲，那竹子的翠色已经褪去了不少，泛黄而柔润。笛子下垂着绛色流苏，也是半新不旧，但上面的梅花方胜结子打得很精致，中间还嵌着米粒大的珍珠，这却是兰泽的手艺。

鲁韶山是明白这笛子来历的，更是奇怪，摸了摸头，想道："这两人越发有意思，竟是要以乐会友不成？"

孙碧云从旁边快步而出，拿过笛子，走入花影之下，奉给玉榻之上的白衣人，又退到一边。

白衣人引笛而吹，曲调熟悉，正是流行京都的梅曲经典之一——韦庄的《菩萨蛮》："如今却忆江南乐，当时少年春衫薄……"

笛声悠扬，自花间萦转而起，渐渐穿入夜空月色之中。"骑马倚斜桥，满楼红袖招……"

鲁韶山与燕敏在归州杨宅之中，箭手环伺之时，也听杨恩立在花树之下，吹奏起这样一支曲子。

只是这白衣人此时吹奏而来，个中奥微转折，喜怒哀乐，却是历历在目，恋恋耳边，仿佛一直要钻入人心底深处，其寄情抒怀，技艺精娴，自然是远远超过杨恩。

便连鲁韶山也不由得怔立当场,入神倾听。

"翠屏金屈曲,醉入花间宿……"

疏音淡淡,恬然盈耳。少时往事,如潮水一般奔涌而来。鲁韶山自幼家贫,受人耻笑,遂立下志向,一定要名扬天下,光宗耀祖。后来得靖宁知府之力,入公门当了捕头,见过多少离合悲欢,更觉人性灰暗,人生无趣。直到机缘巧合之下,遇着了那个温蔼英秀的男子,还有他身畔那明慧柔美的苏兰泽。从此,他的生命之中,仿佛有了另外的方向。

他蓦地惊醒,却见眼前一花,那白衣人不知何时,竟然已离开玉榻,跃上树梢,笛声清越,穿云裂石:"此度见花枝,白头誓不归……"

身后榔梅繁花,如云似霞,他便踏于这云霞之上,白衣如雪,容貌绝丽,宛若神祇一般,俯瞰世间:"此度见花枝,白头誓不归……"

那富贵浮云,又有什么值得挂怀?过去心心念念想要获得,其实也并不那么重要。他只想如捕神一般,名扬四海,如杨恩一般,兰泽相伴……

眼前花海重重,宛若仙境,只要踏出一步,只要……

忽听刮刮两声,粗哑刺耳,牙根发酸,宛若秃鹫闯入凤凰林中,先前那曲中美好境像、无限旷怡,皆被破坏得一干二净!

笛声微微一颤,终于断绝。

鲁韶山大怒,正待张口喝骂,忽有一只手伸来,紧紧捉住他的手腕。暖流真气,源源不绝地涌入腕上经脉之中,他脑中"嗡"的一响,蓦地清醒过来。

他忽觉脚下有些异常,低头一看,不禁骇然:却是不知不觉之中,自己竟然走到石台边上,半边脚掌已悬在崖外虚空之中,只消再行半步,便会跌得粉身碎骨!

他一摸脸上,满手冰冷,原来不知何时,满脸竟都是泪水!

再看燕敏时,她虽然仍以蓝巾掩去大半面孔,却也是泪光盈盈,泫然欲滴。

就是孙碧云也怔怔地站在一边,呆若石雕。

而那些花朵也仿佛有灵性一般,在乐音中落了一地,红红白白,几乎已将石台之上铺满,再难看到石面本色。

握住他手的人却是杨恩！

他原本插于腰间的铁尺，握在杨恩另一只手中，此时铁尺伸出，犹停留在一处岩石壁上。方才那粗哑涩滞的噪音，想来正是杨恩挥动铁尺，刮过石壁而发！

此时杨恩见鲁韶山清醒过来，方才舒了一口气，松开了他的手腕。

鲁韶山陡地明白过来，又惊又怒，手一指那白衣人，喝道："你这乐音……你这乐音摄人心魂！你……你……"

他想说胜之不武，但对方并没有亲自动手，而杨恩出手相救时，亦没有阻拦，可见这白衣人原本的意思，只是要叫他们知道其修为通玄，无法匹敌。

白衣人抛过笛子，杨恩伸手接过，却听白衣人笑道："捕神心神坚定，纵然在我乐音之中，亦不曾失去本性，尚能运功相抗，实在难得。然本座只不过用了五成功力罢了，若是催到十成，不知捕神可能抵御？"

"兰泽之乐，可动人心。没想到真人的乐技，真可谓臻入神境，非但人心皆迷，便连花木都为之凋零。别说十成，便是再加两成，杨恩便已神困心乱。"

杨恩哑声道："乐技如斯，何况剑术？真人若想夺去我们的性命，想来也只在举手之间。真人却并未动手，留下我们性命，意欲如何呢？"

他虽未如众人一般失态，但神情比之先前又委顿不少。鲁韶山心下惭愧，忖道："众人皆迷而他独醒，连这白衣人也为之钦服，可见其心性如何坚定。但凡有如此心性者，都非寻常之人，当初太湖之畔，苏姑娘初见之下，便肯倾心相随，定然不仅是因为他是三眼捕神之故。"

白衣人跃下花树，随手折下一枝椰梅花，向杨恩道："归州杨宅之中，那花色如雪，我这里却是红白不一，你可知为何？"

杨恩应道："正有此问，愿真人为我解惑。"

鲁韶山手不由得按向铁尺，懵懂不解，心道："这两人怎么跟打哑谜般，说得颠三倒四，这不是在说苏姑娘吗，怎么又扯到花的颜色上了？"

白衣人手抚花枝，道："真武修行，七还人间。历经虚名、权势、财富、美色、意气、情义、生死七种幻境考验，最后得道升天。他先前手植椰梅树，花开如雪，称为七幻花，待他七还人间，修行得道后，便化为红白双色，方为椰梅花。"

花影浮动，露出树下一方床榻，洁白莹润，竟然是美玉所雕。白衣人索性斜倚其上，衣袂堆雪，玉光相映，竟是一副打算长谈的样子。

"最后一关是碧霞元君化为美人，向他表示倾慕之意。真武拒绝后，美人伤心欲绝，自峰崖之上纵身跳下，那飞身岩便由此得名。"

鲁韶山往山崖前方看去，那里影影绰绰，有奇峰耸立，正是白日里孙碧云所指，名为梳妆台、飞身岩之处。

"我们是什么人并不重要，重要的是，捕神大人能否通过这七重幻境，修成正果。将那归州七幻花，变成真正的椰梅花。"

白衣人淡淡一笑，容光炫目："本座想来，捕神已经知道我是谁，也知道为何我会令碧云用那伤心蛊之毒了。"

"当日在太湖救我一命之人，正是真人。"杨恩缓缓道，"救命之恩，没齿不忘。现在我只想知道，兰泽在哪里？"

此语一出，不但是鲁韶山与燕敏，甚至连孙碧云也呆住了。

鲁韶山蓦地回头看向花影深处那谪仙般的白色身影，喃喃道："当初救捕神之人，不是……不是……而是师尊您？"

杨恩目光湛然，冷静安然，但所说的话语却恍若霹雳炸开："然而归州江上的'苏兰泽'也一样是你！因为你本就与兰泽相貌肖似，难以分辨。"

鲁韶山心头剧震，但见花影之中，有一人缓步行出，白衣如雪，长发似墨，眉纤目清，直鼻樱唇，果然正是苏兰泽！

鲁韶山晃了晃脑袋，定睛看去：先前为这白衣人容色所眩，竟不曾好好打量，此时方觉他虽与苏兰泽相貌肖似，但举止之间却多了岁月淬炼出的风华气度，苏兰泽与之相比，未免就失于单薄。但若是他刻意收敛起这样的风华，猝然之间，还当真无法令人分辨真伪。

此时他松松在头顶挽了个道髻，余发散落，与孙碧云那种清爽利落的道髻相比，却是慵懒中透出矜贵之意。他的髻上斜插一枝步摇，聊以取代道簪。那步摇乃白玉所琢，形似树冠，旁有枝丫伸展，秀逸有致，上缀数串银链翠叶，随步轻摇,莹绿可爱。

步摇为女子之物,他却用来充作长簪,但瞧上去却是赏心悦目,毫无脂粉之气。

鲁韶山一见这步摇,脸色蓦变,拔出铁尺,向杨恩急道:"玉琳琅!是太后那柄名为玉琳琅的步摇!那姓孙的小贼道偷了去,居然插在了他的头上!"

他转念想到一事,赶紧又道:"那太后宫中夺走步摇者,也是此人假扮?还有先前南岩宫石殿之外,龙头石柱上的白衣人……"

"那才是兰泽。"杨恩目"视"着"苏兰泽",道,"真人,在下所言,可有虚妄?"

"任你黄泉深藏,我自神目如电。"白衣人轻声一笑,如泠泉清响,"好个三眼捕神,但不知你是从何时起,方才识破呢?"

"因为那枚木铃铛。"杨恩道:"木铃铛,无金之铛,引我们前来武当。"

白衣人笑道:"那铃铛却当真是兰泽亲手所刻,本座亦反复看过,并无机关。而这无金之铛四字隐语,也是本座见着兰泽那枚金铃铛,临时想出来的。为何倒是这木铃铛露了破绽呢?"

月色空照,山峰静寂。他朗朗道来,虽比不上白衣人声音之清丽悦耳,却沉着安然。

"我并不知道,真人为何要令兰泽冒险入宫,惊动太后,不得不亡命于江湖。但你当然猜得到,我若失去兰泽,因京都离归州最近,所以我先至归州,若归州不见她,我会再前往太湖。只因在这世间,兰泽过往足迹,皆是随我而留,从太湖到归州,再至京都。唯有这一次……武当,是我因她而来。"

这寥寥数语,说来并不怎样激昂,却叫人听在耳中,心中蓦震。

"所以你必须要在归州留下痕迹,令我径来武当。只因……只因兰泽所中蛊毒已过半年,恐怕……恐怕……不能再拖延下去……"

鲁韶山手指一颤,不由得握紧了铁尺。

"铃铛为椰梅木所刻,且看那锋向快疾,正是兰泽临走前所掠走的龙头匕所致。那是昔日陛下赐给我的物件,若是我一见到这物件,定会认出来,也一定会相信,兰泽在归州老宅之中她亲自削好这铃铛并留下来,但迫于什么紧急之事,不得不先行离开……"杨恩道，"还有，你是想要让我认定，龙舟中的白衣人正是苏兰泽。只是她同样因受人胁迫，不得不对我佯动杀机，甚至将我引向那漩涡之中！"

鲁韶山听得越来越是迷糊，忍不住道："杨兄，我真的没有听懂！"

"龙舟之事，我们先搁下不提。"杨恩果然从善如流，"那枚木铃铛，虽然王一江为此甚至失去了性命，但我却知道，这枚铃铛并不是兰泽所留，甚至他所见之人，也并不是兰泽。"

那一年，杨恩在太湖中身受重伤，心脉俱碎，幸得被人救起，送回归州老宅，又经苏兰泽日夜精心调理，方才拣回一条命来，却从此失去了双眼。

那一年的春天，苏兰泽在院中种下一株椰树，又嫁移梅枝，这样新奇的做法，杨恩未曾听说过，可是椰梅树居然活了下来。

那时他心情烦躁，自暴自弃，虽然心中很是感激苏兰泽，但很多时候都沉默寡言。自从有了椰梅树后，苏兰泽便常扶他去树旁转一转，让他亲手抚摸那些新芽，甚至弄了条软尺来，每隔两天便量一量，告诉他树干又多发了几寸。

随着椰梅树的渐渐长大，那树木所独有的勃勃生机终于令杨恩的心绪也渐渐平复。苏兰泽告诉他，人生具眼耳鼻舌身意这六识，是福气，也是苦恼。有了这六识，自然能深谙色声香味触法之趣，感受这大千世界之乐。只是有谁知道，这世界就一定是真实的呢？也许所有的执着不过是幻象罢了。正如当初的真武一般，识破七种幻境，方才得道升天。

所以，身为一个捕快，失去眼睛也并不可怕。因为眼见未必为实，如果能够用心去体会这大千世界，反而能够学会避开那些幻象，找到被掩蔽的真相。

此后不久，归州捕头王半江，也就是后来的王一江，亲自上门，请他勘破"长生梦"一案。这是他失明后第一次破案，也是第一次学会用心去感知。

"长生梦"一案告破，他声名大噪，重出江湖。三眼捕神之名，传扬天下。人人都传说他双目虽盲，其实是杨戬转世，生具第三只法眼，能勘破幽明生死，解除三界疑难——"任你黄泉深藏，我自神目如电"！

可是没有人知道，真正给了他第三只法眼之人，不是什么天神，而是那陪侍在他身畔、不离不弃的白衣女子——苏兰泽。

也就在他破"长生梦"一案的那年春天，那时王一江还没有上门求恳，椰梅树竟然第一次开出了满树繁花，堆簇如雪。

苏兰泽惊喜万分，说："椰梅树可是仙树，其开花结果，俱无定数，全看气运。今年竟然开了七幻花，看来你时来运转，从此定会安乐康泰了！"

再后来，他受朝廷诏令，入京查案。"不老人""病死疑""爱别离""怨憎会"……侦破各类奇案，声名愈隆，再也无暇回去归州。

可是苏兰泽私下拜托了王一江，让他帮忙照看椰梅树，连一片叶子都舍不得伤害。

那晚王一江被神秘人所杀，以他多年捕头之能，未必会察觉不到危机，但他仍然留在老宅之中，焦急地等候杨恩潜来。只因他和杨恩一样，太明白这株椰梅树对苏兰泽的意义，她将此树看成杨恩的化身，又怎么会忍心割下一段树枝，雕成区区一只木铃铛，只为隐喻她的去向？

而这样的苏兰泽又怎会见到杨恩带着燕敏，便因嫉生恨，甚至不惜在江上对他兵刃相向？

所以归州的那个"苏兰泽"，必然是假的。

有时候，眼见未必是实，只有用心感知，方能识破真相。

"原来如此。"

白衣人听到此处，如清泉流涧的气度之中，也不禁微微一滞，叹道："你还是来了武当。"

"迫使兰泽闯入太后宫中那一刻起，你的计划便已发动，不是吗？"杨恩目光清亮，隐有锐光，"聚集众龙舟桡手，在枯水季节强行闯入龙潭，并当众在潭中抛下铁匣；还有在武当山下做戏，诱我们进入南岩宫，再向燕姑娘突施伤心蛊……我若不踏着你布好的陷阱，一步步进来，又怎会入得了这椰梅台？若我不经七重幻境，又怎能找得到兰泽？"

白衣人并不答他，一手倚着玉榻，另一手却随意拂出！真气激荡，宛若风至，吹得花枝摇曳不定，他的脸也在花影之中若隐若现。

"兰泽真正留在旧宅的不是木铃铛，而是这个。"

杨恩从怀中掏出一只锦囊，取出一只光洁润莹的玉镯。

月光之下，看得出那镯子是白玉琢成。其中有玉纹，似是七缕浅碧，如花攒簇，映在玉色里，那样渺茫而飘移。

握在手中，镯身紧紧贴着指间，淡淡的玉质凉意从肌肤一直沁到心里。

"七幻花开的那一年，我与兰泽起身赴京之前，在归州街头，她看到了这只玉镯很是喜欢，我便为她买下，这也是她唯一肯接受的我所赠之物。"

杨恩手举玉镯，缓缓道："'爱别离'一案告破后，兰泽郁郁许久，还曾问我，'是否所有相爱的终点，都是别离？'还说，因为她身无长物，若有一日不得不离开，便会留下这只玉镯，聊以为念。如今她果然离开，留下了这只玉镯。"

"兰泽向来温柔慈悲，却并非软弱之人。想来这天下人中，能迫使她入宫掠扰太后，又不得不仓促离开我，甚至未曾留下只字片语之人，除了她的至亲至爱，还有何人？"

鲁韶山忽然醒悟过来，手一指白衣人："你……你是苏姑娘的什么人？啊，你也精擅乐技，你……"

鲁韶山这一惊非同小可，他望着那花影中清丽出尘的身影，蓦地醒悟过来，叫道，"正是！若非是师徒二人，怎的相貌气度如此相像……不！不！即使是师徒二人，也不一定要如此相像……"

他拍了拍自己的脑门，觉得自己从未像今天这样糊涂过。

"不错。"白衣人淡淡一笑，"当年太湖之中，兰泽将你救起，苦苦哀求于我，我才出手救回你的性命。恰逢兰泽艺成，需入世间历练一番，我便与她约定，让她留在你的身边，但若你双目复明，她便必须回山。"

"你身为前辈真人，怎能出尔反尔！"鲁韶山顿时来了精神，叫道，"杨兄双目仍不能视，你怎么就强迫苏姑娘回来了？"

白衣人含笑看向杨恩："若你双目仍不能视，南岩宫外，龙头柱上，你怎么就能拉住了兰泽，不使她跌入万丈绝崖之中？"

杨恩身躯一颤，将那玉镯重又放入锦囊，送回怀中。他的动作极慢，每一下都轻柔小心，仿佛那玉镯仍戴在心爱之人臂上一般，唯恐稍过粗暴，便伤了她那如雪般柔嫩的肌肤。

孙碧云心中没来由的一痛，蓦地惊觉道："这与我何干？我心痛做甚？难道我也不慎中了伤心蛊不成？"

"那龙头石柱之上的翠衣人，居然真是苏姑娘？"

鲁韶山反应过来，骂道："你为了试探杨兄，竟连自己徒儿的生死都不顾！卑鄙！"他虽然激愤，但说到此处，不知为何，眼眶却是一热。

"我若不知捕神双目已经复明，又岂能召回兰泽？何须多此一举试探？"白衣人淡然道，"这一次，却是兰泽自己要去的。"

杨恩蓦地抬起头来，目中忽现异彩，却只是凝视着白衣人，不发一言。

"她肯回山，也并非受本座之胁迫，而是自愿。"

白衣人轻叹一声："至于她为何回来，除了受昔日誓言所拘，还有什么原因，捕神心中，就真的不知吗？"

杨恩身躯剧震，几乎站立不稳，鲁韶山眼疾手快，赶紧将他扶住，无意中触过他的手指，竟是寒凉如冰。

忽听有人咯咯一笑，道："回来得正好，这所有人一齐回来，我才最是开心。"这声音轻快明丽，如黄莺鸣啭，说不出的清脆动听，却不知为何，听起来令人起栗。

白衣人遽然动容，自玉榻上一跃而起，失声道："是你！你竟然已经到了？"

燕敏原是一直立在一块岩石旁边默不作声，此时方站起身来，疾步走出，同时一把揭开了脸上裹着的布巾！

分明是燕敏的眉目，但在这月色之下，却又有着一种说不出的诡异。

燕敏向来是柔顺的、温和的，即使心中偶现的倔强，也被掩藏在良好的素养之下。眼前的这个"燕敏"却不一样，她周身所散发的气势，却如千钧之石、万仞之峰，这种气势压倒了一切，也模糊了一切。相比之下，面孔如何，眉目如何，似乎都并无意义。

她不是燕敏！

鲁韶山蓦然惊悟过来：这是只有久居上位之人才独有的气势。因为在他们看来，世人微若蝼蚁，这世间的一切也不值得珍惜，所以无所顾忌，无所挂碍，自然就有了这种冰冷而威迫的气势。

可是这样的人，天下之间，也寻不出几个来。他们所在之处，也绝不应该是在这神秘的武当山中、榠梅台上！

白衣人想要跃下玉榻，脚下一软，竟然险些仆倒！孙碧云大惊，想要趋前扶住师父，却忽觉天晕地眩，"扑通"一声，自己先软倒在地，长剑撒手落地。他强撑着想要爬起身来，但四肢实在酸麻无力，仿佛所有的筋络都被抽走，单留下一堆松软的皮肉。

他惊怒交加，奋力看向鲁韶山时，却见他勉强与杨恩相扶，背靠着一块突出的岩石，慢慢坐倒在地，看样子也动弹不得，露出痛苦的神情。

"燕敏"妙目凝视，目光落在白衣人身上，笑道："不用试着运功解毒啦，好师兄，你我从小跟着师尊，你精擅医乐诗书，我却钟爱药石易容。你爱救人，我就爱害人，我那时偷偷研制了多少毒药，不都是你在师尊面前代为遮掩的吗？你自然知道，在所有的毒药中，我最喜欢的自然是情志之毒。"

她掩口轻笑，似乎觉得很有趣。

"这种情志类的毒药，以情为引，以药石为催剂，情绪与药力相生相缠，最难用内功驱除。纵然是堂堂榠梅真人，被称为武当不世出之奇才的玄七郎，内功通玄，乐医诗书无所不精，也无法做到太上而忘情，对于这种毒药，在一个时辰之内，也是无可奈何的。"

她瞥了一眼孙碧云，道："小师侄，你先前心情激荡，无法抑制，与平时大为相异，便是已中了这毒啦！今天师姑第一次与你见面，不妨就教诲你一次，这种毒呢，也是我擅长制出的毒药之一，无色无味，如烟般化开，呼吸之间，便已毒入肺腑。此毒之名，叫作不悔。人哪，有时候明明心中后悔，还要硬撑着不认。比如你们此时，是不是十分后悔，怎么就没有想到我会这么快回来，怎么就没有想到要防备这小小的燕敏呢？还是过去了三十多年，师兄你竟然忘了，我最擅长的杂学，除了毒药，便是易容哪！哈哈，哈哈哈哈！"

她放声长笑，笑声凄厉，再不复先前的明丽婉转，当真如山中枭鸣一般，极是瘆人。鲁韶山却觉得，比起先前那故意做出的少女般娇痴可爱的笑声，这笑声倒还顺耳得多。

但是更令他惊愕的是白衣人的身份。

先前白衣人曾说，三十余年之前，李素玺因敬献榔梅仙果有功，被封榔梅真人，地位等同国师。先前这假燕敏却称这白衣人为玄七郎，还说他就是榔梅真人。难道李素玺羽化之后，便是由眼前这貌如仙人的玄七郎接替了新一任的榔梅派掌门？

可是榔梅真人在武当道派之中，地位非比寻常，怎的却做出这许多有失身份之事？

鲁韶山脑中一片纷乱，不知眼前这"燕敏"既然是榔梅真人同门师妹，怎的二人情形却如此诡异莫名。

那"燕敏"笑声未绝，却听杨恩咳了两声，微弱道："先前在下正有许多不解，真人若只是想召回兰泽，引我前来，以伤心蛊加害，又何必生出其他许多事端？冒犯太后，强闯龙潭，皆是匪夷所思，甚至引火烧身……咳咳……咳咳咳……"

他喘息一声，苦笑道："如今我才明白，原来真人一石二鸟，并不仅仅只是因为在下与兰泽二人，还有这一位……这一位……"

"这是我的师妹梅若雪。"被称为玄七郎的白衣人终于叹了口气，道，"雪妹，不错，我故意引你回来，我……"

"师兄，你什么话都不必说了，将玉琳琅还我，我便解了你们所中之毒！"被称为梅若雪的女子似乎烦躁起来，将那布巾往面上一顿乱抹，猛地掷在地上，锐声道："否则你们谁也别想活着出去！"

"不……不行！"

鲁韶山扶住岩石，奋力抬起头来，叫道："玉琳琅……是太后之物！岂能落到你的手中！"

"太后之物？"梅若雪斜过眼来，似笑非笑，面容却异常阴冷，鲁韶山与她视线相接，不由得打了个寒噤。

却见她竖起一根手指，点了点自己的鼻尖，说，"那你瞧瞧，我是谁？"

先前脸上涂抹的易容之物，皆被布巾擦掉了大半，露出了一张陌生的面孔。

这人双颊消瘦，下颌尖尖，肤色也异常苍白而干燥，眼角、额头、嘴边都有着纵横的细纹，唯有那黛色的长眉、杏仁形的双眸，尚遗有昔日秀美之姿。但即使如此，亦颇显苍老，那容色清丽，宛如仙人的玄七郎，哪里像是她的师兄？

仿佛看出了鲁韶山的疑惑，梅若雪冷笑一声，睥睨之间，气势迫人："鲁司官，当日宫中你放走杨恩与燕敏二人，本宫令你戴罪立功，前来查探玉琳琅的下落，你却至今未有任何讯息回禀，又该当何罪呢？"

鲁韶山手上一松，再也无法扶住岩石，喝道："你是谁？你……你……"

仿佛想到了什么，他脸色煞白，再无血色。

梅若雪笑意越发阴冷，嘴角边两条细纹斜曳而下，更添森沉之意："你既查不到玉琳琅，我就亲自前来了。"

她取下腰间长剑，在空中轻轻一抖，化出七朵剑花，剑花绚丽夺目，一闪即逝："好师兄，你要是不信，我只好先拿你的好徒儿来祭一祭这剑了。"

梅若雪出剑如电，向孙碧云胸口刺去！

"铮！"一声利响，剑光幻出一片云气风色，顿时将梅若雪之剑裹封其中！

梅若雪剑势陡滞，有条人影如闪电般一跃而出，蓦地拉住孙碧云，疾速滚向一边！"噗！"梅若雪的剑气冲破幻影，激射已至，径直插入孙碧云原先所靠的崖岩之中！剑身几乎没入一半，足见其气势之强横！

孙碧云面白如纸，虽然依旧是动弹不得，却出了一身冷汗。

再看身边救命恩人时，不禁吃了一惊：那是一个面目柔美的少女，穿着件半旧的翠蓝道袍，只是此时泪光盈盈，纤弱的身躯似乎摇摇欲坠，赫然正是燕敏！

"是你？你分明被我留在南岩宫中，怎么竟跟着来了？"

梅若雪颇为意外，转念一想，却明白过来，望着杨鲁二人，冷笑道："难怪鲁韶山分明是先入的地道，却落在了我们后面。想必你们早就发现燕敏换了人，所以他后来重新回到地面上，从南岩宫侧殿之中，将燕敏再次带入了地道。你们倒是沉得住气,来了这许久,竟然都冷眼旁观,却始终不曾戳穿我的伪装呢!"

鲁韶山鼓足勇气,想要表现得更洒脱一些,却不知在对方那杀气充溢的剑机笼罩之下,自己露出的"洒脱微笑"比哭相还要难看:"我带有青蚨之香,既然在孙碧云身上都用了,为何我与杨兄和燕姑娘不也用上一些呢?如此一路上也防着走失嘛!"

"我……我身上也有青蚨之香?"燕敏愕然道,再看向梅若雪时,神情却几度变幻,既痛楚,又不安,看上去颇为复杂。

梅若雪却一弹掌中长剑,睨了燕敏一眼,笑道:"好!好!你既来了,自然最好!一并灭口,很是方便!"

听她这话中意思,竟是将这一众都看作了死人。

孙碧云离燕敏最近,只觉得她那纤弱的身形又是一颤,但似乎并非是因为恐惧,而是伤心……

"等一等!""哐啷"一声,灰影一闪,却是杨恩抛出一物,砸在了离梅若雪足有五尺之处的地方。这显然不是为了攻击她。

只是这一物抛出,整个场中气机一变,仿佛是张得满满的网上被戳出了一个网眼!梅若雪剑机勃发之时,那凌锐杀气瞬间从这网眼中逸去了不少。鲁韶山只觉身上无形一松,忍不住轻舒一口气,心中却暗暗惊道:"捕神心脉受伤,内力已弱,但他神识仍是敏锐如斯!这一步踏出,便能准确无误地占据梅若雪之剑眼,若是内力充沛时,借此反击,只怕也能打梅若雪个措手不及!"

众人目光投去,皆看得清清楚楚:这是一根半旧的竹笛,绛色流苏,如扇状铺开,半掩于层层的落英之中。

"果然神目似电!"梅若雪持剑而立,似乎对于自己剑机消泄并不在意,冷笑道,"看来眼睛瞎不瞎,果然不重要!"

她出语伤人,尖酸刻薄,鲁韶山不禁陡现怒色,杨恩却咳了一声,道:"瞎了不要紧,总好过有眼无珠,走错了路。"

这两句话好生奇怪。

鲁韶山眨了眨眼。有眼无珠,难道不是看错了人吗?怎么会扯到走错了路上?

"不想做太后,也就罢了,隆庆宫那个金笼子,住着也没什么趣味。"杨恩的声音平淡,说出来的内容却字字惊雷:"退后一步,倒也能啸傲山野,自由自在。可是你连唯一的徒弟也起了灭口之念,连师兄的弟子也要斩草除根,全然不顾自己身出榔梅一派,竟是要将榔梅一脉赶尽杀绝,当真是枉称剑神!"

名闻天下的剑神舒高炽与深居宫中的皇太后,竟然是同一个人——榔梅真人李素玺的亲传弟子!

鲁韶山与孙碧云一般,几乎要疑心自己所听到的都是幻觉。

梅若雪右手微垂,剑尖指地,附近花瓣如受无形之力,吸附而来,在剑尖盘旋不已,宛若这些落英重聚生机,被剑气催发,于这杀机凌厉的利剑之尖,再次绽开了艳丽花朵。

"燕姑娘,其实你之所以敢带我从皇宫逃走,当时心中隐隐约约就已经猜出了令师的真相吧?"

杨恩缓缓道,"但不知你心中当真肯定之时,是在归州旧宅还是在南岩宫石殿之中?"

鲁韶山更是心惊,燕敏却垂目不语,然而孙碧云看到,她长长的睫毛上正渐渐浮上了一层细密的水雾。

杨恩"看"向燕敏的目光,真挚而温暖:"那一日,从皇宫逃出时,我心脉受损而昏迷,可是却在半昏半醒之时,听到了燕姑娘反问剑神的一句话,她说:'师父不是说过,所谓剑客,不就是应该用手中之剑,去捍卫自己心中最珍贵的东西吗?'"

他的声音听起来像是远处掠过南岩的山风,带着簌簌清音,"我知道,燕姑娘出身高贵,又是剑神弟子,前途无量,她半生顺遂,如何反而会将成全我与兰泽的念头视为心中最珍贵的东西,甚至不惜抛弃家族前途?世人皆说,剑神舒高炽素来孤僻,只崇尚无上剑道,却从未懂得感情。若果真如此,燕敏与之朝夕相处十三年,也应该如木石无情才对,怎会对我与兰泽的感情如同身受?"

风掠树梢,又是一片花瓣如雨,纷纷飘落。

"既然剑神并非无情之人,"鲁韶山惑然道,"她此时为何又要连燕姑娘都不放过?"

杨恩的面容,在花雨中似真如幻:"因为玉琳琅。玉琳琅才是舒高炽心中最珍贵的东西,超过同门之谊,超过师徒之情,甚至超过了荣华富贵——因为这三者她皆已得到,唯有玉琳琅,她求之而不得。"

梅若雪剑气乍吐,杀机仿佛铺天盖地而来,却终是悬而未发,那朵"榔梅花"却旋转得越发疾急。

"……求不得。"燕敏身躯再次摇了摇,似乎心中的可怕之事终于得到了验证,整个人似乎再难承受这千钧之重,终于"扑通"一声,向着梅若雪所在的方向跪倒在地,哭道,"可是……师父……可是那件东西……早就沉入了龙潭啊……"

梅若雪微微冷笑,侧身避开,根本不肯受她这一跪。

杨恩淡淡道:"或许,当初将我骗入宫中时,剑神的计策便早已开始。"

夜色深沉,明月挂上树梢。苍褐枝干,却掩于月色的阴影下。那满树繁花,如云霞般浮于半空之中,灿烂华美,却又缥缈无依。

"我与舒高炽交过几次手,"杨恩道,"他与江湖中其他的剑术高手不同,剑中气机强横,如山倾海啸,瞬间便有摧枯拉朽之威。或许也正因为此,天下人,包括我杨恩在内,从来不会想到剑神竟是女子之身。"

在鲁韶山的记忆中,那端坐凤座之上,执掌天下近三十年的皇太后,与总是不言不语却令人无法忽视的中年男子,怎样也无法混为一谈!

只有一样,他二人是相同的——回想起来,众人只能记住他们的气势与声音,却总是难以记住他们的面容。

那是因为舒高炽相貌实在太过普通,而太后总是高高在上,掩映在冠饰珠翠的光芒之中。

天下人皆知,剑神舒高炽是太后的影卫。

然而如今换个角度去思忖,也只有所谓的影卫,才能与"主人"在互换身份时那样轻松自如吧?声音容易改变,至于气势……即使是他们有着同样威严慑人的气势,所有人也会认为,那是因为舒高炽跟随太后的年份太长,以至于气势也会如此相似。

"兰泽闯入隆庆宫，取走了步摇，却留我在身边。太后秘而不宣，旁人若是得知，只以为是太后好颜面，我却知道不是。"杨恩坦率道："因为多年之前，机缘巧合，我从曾金妃的家臣死士、幽冥门主朴正焕手中得到了一只菊纹锦盒。他说这盒中藏有天大秘密，盒中空无一物，但安有雕镂精致的嵌板，正是新罗国中贵族女子的首饰匣的样式。从嵌板镂空的形状来看，此锦盒中的原物，正是一枝树形步摇。所以我一见这枝步摇，便猜到它极有可能便是玉琳琅！"

梅若雪眼瞳微微一缩，剑尖"花朵"艳光大炽。

"兰泽抢走此物，那么她一定已经知道与玉琳琅相关的秘密。如果我是太后，当然也会缉拿住我杨恩，因为我杨恩是与兰泽最为亲近之人。"

杨恩道，"然而对我拷问显然并非上策，不如设计纵我逃走，或许才有寻回兰泽之可能！燕姑娘便在此时被宣入宫中，果然她得知内情之后，对我有了恻隐之念，再加上一个与我颇有交情的鲁韶山，二人终于联手帮我逃离了皇宫。"

众人屏息聆听，但听他继续说道："为了避免我疑心，我们在逃离之时，终于遇到了'闻讯赶回'的舒高炽。但在燕姑娘舍命相救下，剑神终于放走了我们。接下来的事情发展看上去也十分合理。太后为怕失了颜面，未曾明榜缉拿，我们日夜兼程，赶到归州。而在那一日龙舟之上，所谓的兰泽忽然出现，在众目睽睽之下强闯龙潭，只为了要将那铁匣抛入江心之中！但这一次，剑神却露出了破绽。"

因精神不济，杨恩微微侧首，让背后的岩石承继更多的重量："龙舟之中，被杀的三名桡手之中，有一名正是乔装后的剑神！当然，剑神聪慧如此，哪里会真正被割破要害？之所以假死卧于舟中，不过是伺机欲动罢了。"

梅若雪眉梢一动，终于露出讶意，冷声道："你如何得知？我敛息心神，连师兄都未曾认出来呢！"

"是，玄真人扮作兰泽，在江上露面，本意便是为了要引起你的注意。可是他并不曾想到，你就在他的身边！"

杨恩淡淡一笑，"这世上最为锋利的不是宝剑，而是时光。时光能斩断所有熟悉的一切，即使是昔日亲近的师兄，与你相别多年后，已未必能认出今日的剑神。然而与你朝夕相处十三年的弟子，却很快认出了你。"

梅若雪身形暮震，却并不曾转头面对燕敏。

"燕姑娘心中慌乱，又见这所谓的苏兰泽武功精深，似乎对她的剑术十分熟悉，而且对她又生出了杀意。当时情形混乱，无法判定敌友，她唯有佯作失足，跌入江水之中！"

他轻叹一声，道，"她都忘了自己根本不通水性，可是我跳入江中救她，好不容易从涡心中旋了上来，气力却几乎耗尽。正在此时，眼前水中，却垂下一条绳子，我赶紧抓住这条救命的绳子往上爬，才发现绳子的另一头系在那白龙舟中的舵上，而原本龙舟中的'桡手尸身'却消失得无影无踪。"

此事燕敏尚是首次听闻，不禁呆怔在那里。

"你分明是不必露出这样的破绽，可是为了救燕姑娘，你却终于丢下了那根绳子。"杨恩叹道，"接下来，便是你为了迷惑我，故意暗中派缉捕司的人前来我宅中剿捕，只是我再一次在燕姑娘与韶山的帮助下，借助暗道逃走。但你不知，此时我却暗暗安排了一个圈套。王一江晚上来宅中等我，正是他白日里率众袭击我时，我暗中传给他的讯息。我本来是打算跟他配合，说些假话来诱使你露出行迹，只是我没有想到，他在那里发现了木铃铛，而你发现木铃铛似乎是椰梅木，想要夺过来瞧瞧，竟然取了他的性命！"

他目中有了痛惜之意，缓缓道，"是你杀了他，所以，我也不会放过你。可是我内伤极重，若你远遁，我又如何追赶得上？所以我索性将计就计，以这一枚木铃铛编出些话来，将你诱来了武当。比如，兰泽的金铃铛上从来就没有什么摔破的痕迹。便是那枚木铃铛上的摔痕也是我手指用力，当场捏出来的！"

梅若雪冷笑道："原来如此！亏你做的好戏，竟连燕敏也一并瞒过了！只是你就算将我诱来了这山腹之中的椰梅台，又能如何？"

"当时我想不通，玉琳琅是一枝步摇，且就在我怀中。你在宫中药晕我后，为何不及时搜检我身畔之物，却千里迢迢一路跟踪于我？那一日，你藏身舟中，冒充一个桡手，便是想从假冒苏兰泽的玄真人手中，夺回那只铁匣吧。可是你亲眼看到铁匣落入江中，为何还不死心？王一江不过是拿到了假冒苏兰泽之人留下的木铃铛而已,为何一定要被你杀死?"

杨恩目中亮光一闪:"在归州我的旧宅之中,榔梅……不,七幻花开,燕姑娘倚于内室,和着我的笛声,唱起那一支梅曲。此曲流传已久,是梅曲名章之一,兰泽也曾唱过。据她说少年时便已学得此曲,只是她虽讲得一口流利官话,唱起曲来,终究是遗了少年时的口音,'白头誓不归'的这个'誓'字,终究是带了些卷舌,便似是舌中掩了一颗滴溜溜圆的珍珠。燕姑娘,你是京都人,不应该会有这种卷舌之意,可是你却与兰泽唱得一模一样。"

燕敏睫毛一颤,抬起眼来,杨恩似乎看到了她的惊愕,解释道:"我双眼已盲,仅靠耳力辨声,对于舌尖气流的辗转异常灵敏。你虽在室中,并未唱出声来,但只是嗓子未曾发音,唇形开合,舌头起动,却与发音时一般无二。"

他的双目仿佛落入了月辉,发出隐隐的光芒:"后来王一江奄奄一息之时,又是燕姑娘以灵药秘术,延长了他一炷香的时间。当初我在太湖之中,兰泽亦以相似的法子救过我。燕姑娘与兰泽素无交集,为何在这些方面如此相似?甚至是归州龙舟之中的那个兰泽,我所听到的剑气风声,也与燕姑娘你如此相似!兰泽、燕姑娘、玉琳琅、铁匣、武当、榔梅花……这之间,究竟是怎样的关系?"

"若不诱你来到此处,我不会知道当朝太后的身世,也不会明白,你心中最为珍贵之物,并不是玉琳琅,而是它背后的秘密!王一江正是因这秘密送了命。而在你心中,根本就是为了这个秘密,才要将我们全部杀死!"

梅若雪瞳孔收缩,仿佛尖利如两束银针,咯咯笑道:"那是自然!你们谁也别想活着!可是阿敏,你看,我早说过,杨恩不值得你如此,他从来没有相信过你,你所求之物,终究是求之不得!"

"是……是我骗他在先……我早就认出了师父,甚至是过去在宫中,每次见到太后,都有一种奇怪的感觉……可是太后从来没有用过剑,如果用过……我早就该明白了……"燕敏泪流满面,双手紧紧扣住落满花瓣的石面,指间已被花汁染红,她也浑然不觉,"不管在哪里,不管师父变成什么样子,只要用剑,我就能认出来!师父,阿敏从五岁就跟着你,阿敏所有的剑术,都是你一点一滴亲自相授的呀……可是你……你既然是太后,你为什么要……要将我……许配给……"

"够了！"

梅若雪别过脸去，冷喝道："这世上，根本就没有什么剑神舒高炽！我不是你师父！我也从来没有拿你当过我的弟子！"

她阴冷的目光落在了玄七郎脸上，"师兄，把我的东西还给我！"

"等一等！"鲁韶山大声叫道："你是梅若雪，如何会变成太后？先帝为皇子时，胡氏便以良家子身份为侧妃，虽不是正妃，但也要经过宗室府层层遴选，身家清白方能入侍。你根本不可能入选！真正的胡氏又在哪里？"

他目光炯炯，逼视梅若雪："我知道你一定会将我们灭口，可是在临死之前，我身为缉捕司的司副，却有权知道真相！"

"好一个小捕快啊，这样的勇气，倒是有几分杨恩的模样了。"梅若雪哼了一声，却不理他，倒是向玄七郎漫然道，"师兄，我们离别已有三十余年，你想不想我？"

玄七郎倚在榻上，一手斜搭榻边，肌肤莹白，几乎与玉榻同为一色。即使是中毒之后，全身瘫软，他的姿态之中也有一种天然的优雅，似乎不过是午后微倦，才这样慵懒乏力一般。

他当下苦笑道："雪妹，当年你不辞而别，这三十余年之中，我一直都在想，究竟你遇到了什么事，竟然忍心抛下师尊和我，一走了之？"

"原来师兄这三十余年来，并没有忘了我，我还以为你如今逼我回来，仅仅只是因为师尊的遗命呢！"

梅若雪淡淡一笑，但脸上殊无喜色，只有木然与阴冷："那些往事在我心中藏了三十余年。既然你们都想听听，索性一个时辰还很长，我便讲出来，也好叫我自己轻松轻松。这三十余年来，我虽站在人间巅峰，却沉重得很，成天讲些无趣的话语，除了珠儿——哦，就是那个偶然被我易容成太后的宫人，她早就被我下过毒，每年都要服食解药方能活下去，她的性命在我手中，自然不敢违逆我半分。况且能偶尔做回太后，于她而言，也是这无趣宫女坐等老死的生涯中唯一的乐趣……我们会交谈一两句无关紧要的真话。我从未相信过任何人，也从未让任何人窥见过我的内心,包括我的丈夫,我的儿子,还有我的徒弟……"

"很多年前,师尊李素玺真人在榔梅台修道,创立榔梅派,并收下师兄与我二人为弟子。榔梅台藏于山腹之中,是师父因了无意中的机缘,发现的洞天福地,此地灵气充盈,最利修行。故此师尊秘不外宣,只在出口处修了几间房舍,以掩藏行迹。我们不在榔梅台,就在那房舍之中,实在气闷得很。我和师兄都是孤儿,从小便由师尊养大。师兄性情沉稳,与师尊肖似,我却生来顽皮好动,练功之余,总是溜出去玩耍。武当七十二峰,三十六岩,二十四涧,我都玩了个遍,除了南岩。南岩峰岭奇峭,林木苍翠,上接碧霄,下临绝涧,是武当山三十六岩中最美的一处。真武大帝便在此得道升仙,昔日吕祖也曾在此修道,尤其是南岩石殿,坐北面南,由前朝道士建于悬崖之上,其梁柱、檐椽、斗拱、门窗、瓦面、匾额等,均用青石雕琢,榫卯拼装,十分精致。我最喜石殿,因为那里景致幽美,我常常想要上去逛一逛,有一日终于鼓足勇气,前去拜见邱玉清老道士。"

"邱老道这人有个怪僻,最是厌恶女子。南岩宫连女香客也不准进去,所以弄得香火冷清。我在武当之中虽然从不露面,但谁都知道李老道有我这个女弟子。邱老道却连师尊的面子都不买,他一听我想入殿中,便毫不客气地将我赶了出来。我回到洞中,便大发脾气,声称下次还要去南岩,若是邱老道再拦,我便闯进去。师尊为人温厚,对邱老道一向容忍,如何会让我去闹事?可瞧我这样生气,又知我性子骄纵,也不忍拂了我小孩心性,想了想,便告诉我,如果我当真喜欢去南岩的石殿,真武大帝的神像之下便是一个地道,也不知是哪位前辈真人所留,是昔日师尊无意中发现的,与咱们榔梅台相通。"

"有了这地道,我便常常通过地道跑到南岩宫去,那里地方宽广,道士却少。尤其是那座山中石殿,几乎无人进去,那里地势又高,可以眺望到很远的地方,我最喜在那里玩耍,去的次数也最多。记得那一日,我依旧在石殿中玩耍,忽听鼓乐喧天,远远瞧见一支队伍上山来了。那时这山上还荒凉得很,若非逢着各路神仙生辰节日,平时不过是零星几个香客,哪里来过这样气派的队伍?队伍长如蚁阵,前面的上了山腰,后面的还在山门,当中簇拥着一顶华盖八宝辇车,旌旗飘飞，彩娥如云，恍若真武大帝下降一般。"

她笑了一声，"那时我不过是个没见识的小姑娘，自然不知道什么叫作天子五辂，什么叫作卤簿仪仗，只觉得气派又风光，那样热闹繁华的景象，我在这武当山住了十八年，可还是第一次见呢！"

"那支长长的队伍直奔南岩宫而来，四对红衣人先前而至，展开一卷黄绫，也不知在说些什么。先前那不可一世的邱老道，早就穿着他最新的道袍，跪在了南岩宫门口，连胡子都激动得直抖。

"我灵机一动，打晕了一个小道士，匆匆换上他的衣服，守在石殿之中。邱道长匆匆忙忙地迎出去，带着满宫的道士跪在道边。我藏身殿顶，好奇地往外看，但见辇上出来一个年轻男子，他头戴一顶样式奇特的玉冠，上覆丝绮，前后各垂十二旒，穿有赤、白、青、黄、黑五色玉珠，并佩有簪纽、缨纽、朱缨、玉簪等饰，珠光盈目；衣上绣织有许多精美的图案，肩上是红色的日纹、白色的月纹，背上是五色星辰，照耀着下摆上的山峦之纹，臂袖处是金色的龙纹，袖摆处是五彩之羽的锦鸡纹、赤红色的火纹，还有虎、蜼等纹样。即使我尽力地凝聚了真力，贪婪认真地端详着他的一切细节；即使我那时并不懂得什么玉冕天冠、玄衣纁裳，还是觉得心荡神摇，眼花缭乱，似乎整个天地一下子变得热闹起来，都涌到了我的眼前。"

"他看上去和殿中供奉的真武大帝有些相似，但却比那木雕泥胎的神像更英武、更华贵、更不凡！仿佛他才是真武大帝，从那云霞缭绕的九霄之上，降落到了这样寂静无趣的凡间。忽然一声惊雷，震得我差点从殿上摔了下来。原来是众人山呼'万岁'，都是诚惶诚恐的模样，邱老道和其弟子激动得热泪盈眶，他们的呼声被淹没在这雷霆般的欢呼声中，仿佛连整个南岩都在微微颤动。我这才知道，原来这位如真武大帝一般的男子，竟然就是当今圣上。"

她的声音如黄莺婉转，清脆明丽，如同燕敏第一次在隆庆宫听到的那样，可是又不同。因为此时她的声音听起来既温柔，又妩媚，熟悉中带着陌生。

那不是高高在上、蔑视众生而又冷漠孤独的太后，也不是沉默寡言、对她却总是温厚关切的师父，这是一个熟悉又陌生的人，她的甜蜜、真挚、妩媚、可爱都留在了三十余年前。而椰梅花淡淡的香气，正如传说中的还魂香。让三十余年前的往事和心情，还有那样美好的少女，都在香气中短暂地还魂。

"我又听见那些人如雷鸣般地呼唤'皇后千岁'的声音，那真武大帝一般的英俊男子伸出手来，从辇中扶出一名华服盛装的女子。"

她咻地一笑，毫不掩饰心中的轻视："她头上戴着翠龙金凤冠，上饰翠龙九、金凤四，龙凤口中都衔有珠滴，还有各色珠花宝钿，那样重的冠，就那细细小小的颈子，也不知怎的当得起？"

燕敏想起自己离开皇宫前，最后一次在隆庆宫见着她时，她正立在廊檐之下，看着满园的花木出神。这并不是什么隆重的场合，可是她依旧端端正正地戴着燕居冠，冠上镶龙嵌凤、珠钿密布，那重量也不会轻，但她却挺直了颈子，微微抬起下颔，端庄而贵肃。

不累吗？朝中内外命妇，虽对太后的冷漠私下颇有微词，但对她的仪态却向来是赞扬的，便是因为无论何时见着她，她总是仪态高贵，无可挑剔。

想来，只因她不会容许自己像当初另一个女子那般，被珠宝翟衣压得喘不过气来。她要告诉自己，那个女子当不起的，她一定当得起。所以即使是累，她也会咬着牙忍下去。只是没想到，这一忍，便是三十二年。

"可是他表现得那么喜欢这个赢弱的女子，那么深情地牵着她的手，接受天下众生的跪拜，让她共享他的尊荣；甚至为了祈祝她的安康，不惜奔波千里，来此仙山朝拜真武大帝。就连那么厌恶女子，连我也要驱逐的邱老道，一见到这个女子，还不是一样奴颜婢膝、巴结奉承？"

梅若雪喃喃道，"我咬着牙转过头，在梁上挂着的铜镜里，看到了自己的模样。"

她轻轻抚着自己的面颊，道，"我长得美，自己都知道。有时偷偷溜出去，在山间行走，遇到些香客或是别派的道士，他们总是惊呼赞叹，以为我是洞天的神女。可是在咱们椰梅派中，我再美，也比不过师兄你。"

玄七郎一声不响，静静地卧在玉榻之上，凝视着她。他白衣似雪，与云霞般的椰梅花相映生辉，令人不敢逼视。岁月于他，只增添了更多华彩。而岁月于她，却意味着苍老憔悴。

"在那一刻，我忽然觉得胸口处有一团火，轰的一声烧了起来。"梅若雪道，"我不明白，过去我那样努力，希望自己变得更美、功夫更好、才学更高，可是长得美有什么用？功夫好有什么用？才学高有什么用？我怎么也比不过师兄，便是眼前这个风一吹便要倒的女子，我也一样比不上！不！我也要站上人间巅峰，令万里山河向我俯首，令众生匍匐于我的脚下，轰轰烈烈，世所瞩目！"

"可是我无法接近他们！皇帝的身边有着几个极厉害的随从，他们的武功比起师父来也不会逊色。只是我隔得远，内息又一直保持平静，暂时未被发觉罢了。我百无聊赖，又舍不得离去，整个白日里便仔细观察这支队伍的举止，他们放下辇车，收起旌旗，又有许多面目秀美的少女在南岩宫内外布置，忙忙碌碌，将瓶盂几椅等用具并各色锦帷丝褥源源不断地运入石殿侧畔的两仪殿中。显然，他们晚上就在此过夜，绝不会离开。

"这一夜对我来说至关重要！我心中忽然起了一个念头，悄悄地退回到地道里，回到榔梅祠中准备了一番，待到深夜时分，又悄悄从地道潜了回来。我原是小心翼翼从地道中出来，只怕他那些厉害的侍卫会在附近。虽然我早有说辞，但还是希望尽量不要冒险。谁知道石殿四周一片寂清，竟连一个宫人也没有。各处殿檐下都挂上了琉璃宫灯，一片璀璨，倒似星河落入了凡间。"

"我一眼便看到了这样寂静的原因所在——阑干前有二人相依而立，虽然卸去了白日所见的冠服，换上了柔软的缎衣。二人合披一件月白如意云纹绀缔丝夹衣，一看便知是那女子的常服，他贵为皇帝，居然毫不嫌弃，与她并头握手而立，就连背影都那样华贵典雅，当真宛若神仙眷侣。"

不知为何，燕敏觉得她说到这"神仙眷侣"四字时，并非艳羡，却含着冷笑。

"我听那女子嗔怪道：'这次你骗了臣妾来武当，一路招摇倒也罢了，如今又占了道士们的观院，只为祈祝臣妾病体，却是不妥呢！'他却说：'你贵为皇后，身体康健，便是天下之福。住这么一所破道观，又有什么不妥？'他的虽然声音柔和，却有一丝不耐烦。那女子顿了顿，又委婉道：'陛下江山得之不易，更当谨慎行止……'话未说完，他已抢过话头，不耐烦道：'你又来了！这江山此时便匍匐于朕之足下，需要谨慎什么行止？若是样样小心，步步谨慎，这皇帝当得也没什么趣味！'那女子还要再说，他却冷笑道：'朕知道了，你是在提醒朕，没有皇后你当初种种襄助佐辅之举，便没有朕今日的万里江山！你还要朕待你如何呢？多年来朕优待你母族，给你尊荣，连你的身体也如此在意，你还有什么不满足？'说到最后几句时，他话语锋锐，殿中回音激荡，把我都吓了一跳。"

众人听到此处，也颇为愕然。

景贤皇帝昔日还是三皇子，论嫡论长，皇位都轮不到他。但他骁勇善战，屡建功勋又手握重兵后，也开始有了夺位之念，终于借着"清君侧、除奸佞"的名头，起兵造反。只是从古到今，通往皇位之路向来血腥满地、步步荆棘。他在阵前冲杀之时，后方疏于防范，竟令得一支敌军越过阵线，攻到了他的府第门外！

他正妃早逝，府中家务皆是由侧妃胡氏料理。胡氏平时是个看上去娇弱的人，此时却显出了杀伐决断的本事，于一片忙乱中组织起护卫仆婢，给了人人发兵器，与敌军一番激斗，竟然守住了王府，令得胡氏名声大噪。人人都说三皇子一个侧妃尚能如此明毅果决，足见三皇子有用人之能，实为难得之明君。

后来他终于攻破京都，逼得那位皇帝自焚，他便成了景贤皇帝。

而这位胡氏，先是入宫被封为慧妃，后来中宫空虚，她又极具贤名，遂被扶为皇后。皇帝与她伉俪情深，六宫形同虚设，连她那身份低微的母族，也满门封侯。而她也不负贤德之名，常常忠谏皇帝，赢得朝野上下一片赞扬。

人人都羡慕她的好命，便连梅若雪也是如此。

只是在这个寂静的夜晚，在这南岩石殿之中，她才窥出了那如潮美誉之下的冷漠真相。

"没想到那个看上去娇怯羸弱的女子也冷笑一声，道：'得天下人心难，失天下人心易。陛下既然明白，臣妾就不再多言！陛下，人生总有求不得之苦，你得了这一样，自然就求不到那一样。'便是我站得远远的，也听得出来她话语中的威胁之意。当时我才明白过来，为什么这对天下最尊贵的夫妇相处之时，要将所有人都远远遣开。"

梅若雪轻声一笑，那笑声在空寂的洞室中响起，却将众人都惊得微微一震。

"他一听这女子之言，不禁勃然大怒，森然道：'若是朕没了你这个好皇后，便也不会再有求不得之苦，但有所求，必然如愿！'"

"我听到此处,心中一动,忽然掠过一个大胆的念头,咯咯笑道:'既然如此,二位何不来烧一炷龙头香呢?'"

"龙头香!"

这一次却是孙碧云失声叫出来:"你……你……"他手指远处遥遥相对的南岩,向杨恩等人叫道,"那石殿之外,你们落下之处,便是龙头香啊!"

"不错,"梅若雪咯咯笑道,"捕神大人,你那心上人所立之处,巴掌大小的地方,从前放有一只小小香炉,便是龙头香所在之地!只因这石柱孤悬崖外,常人到此,莫不目眩神摇,心中恐惧,脚下发软,还未来得及往炉中插上一炷香,便已失足落崖,跌得尸骨无存!世人求神拜佛,莫不是以为自己心地虔诚,天地可鉴,谁知到头来,却是既贪且怕,什么好处都想要,什么代价都不肯付出,便是这小小一段险程,也无法沉下心来安然走完。跌死崖下,又有什么好可惜的?"

她望向玄七郎,笑得更是欢畅。

燕敏听到此处,心中又是战栗,又是愤怒,却又有着一丝小小的欣喜,忍不住想道:"他双目不能视物,却敢凭着一点孤勇,涉足那样险要的生死之地,他对苏姑娘的心意……可当真是珍贵得很……"

却听杨恩轻咳一声,道:"梅真人,他们……先皇伉俪,可曾烧过这龙头香?"

"他们当时吃了一惊,怎么也想不到身畔竟还会有人。我看他眉头一动,张口便要唤人,我自然早有预料,只挥袖相拂,便已点中了他二人身上穴道,叫他们动既动不得,叫也叫不得。"

梅若雪笑盈盈道:"可笑的是,这二人分明是早生背离之意,此时又被点中穴道,一齐软倒,却依旧共披着那件女子夹衣,显得真是情深义重。"

众人目瞪口呆,尤以燕敏和鲁韶山为甚。

梅若雪早在少女时竟如此大胆,也难怪她后来能安坐后宫,把持朝政三十余年。

"那一晚的夜色真是美妙,"梅若雪悠悠道,"月朗星稀,玉宇无尘。对面的叠字峰、金鼎峰、滴水崖、崇福崖……在夜色中皆依稀可辨,宛若水墨画卷般。我穿着白衣,飘然掠出石栏,已落在石柱尽头的盘龙之上,足下恰好踩着那龙头，我俯身拿起香炉，向他们笑道：'都说这南岩宫的龙头香最是灵验，在此许愿能得到真武大帝庇佑，你们不是说这世上都有求不得之苦吗？来来来，谁烧到这炷龙头香，谁就能如愿以偿，有求必得！'"

她嘴角含笑，仿佛所言并不是天下最为荒诞妄为之事，而只是闺中少女一时兴起的游戏般，"当时的情形你们未曾见过，实在很是有趣，他二人望着我，眼中又是惊恐，又是诧异，只因我来之前，早就精心易过容了，我的相貌就跟那女子一模一样！"

燕敏心中一颤，一个可怕的念头浮上心间，又被她自己拼命地摁了下去。

"三十余年来，一闭上眼，我自己都能看见那夜自己的模样。白衣素裳，墨鬓高髻，髻上插一枝步摇，临风摇晃，玲珑可爱，越衬得五官明朗，非但与那女子一模一样，而且比起她的羸弱病容，尚只有十八岁的我要分外鲜妍明丽。哼，当初我瞧这女子第一眼时，便觉易容她甚是容易，谁叫我们身量相仿，且都是瓜子脸、杏仁眼呢？要知道这易容之术，最要紧的便是身形脸庞呐！不过我瞧见陛下眼中的惧怒之色慢慢化作了惊艳之采，便知道我比起那胡氏年少最盛之时，还要美貌得多呢！"

她笑出声来："陛下是多么聪明的人呢，最擅长的便是审时度势，不然当初岂能从一个普普通通的皇子，成为九五之尊的皇帝？我一看他的眼神，便凌空弹出一道劲风，解了他身上穴道。我知道他不会叫侍卫来，他果然也没有出声，只是慢慢地从地上站了起来，而且根本不曾扶一下他'深爱'的皇后。"

洞中皆如死一般的静寂，只有她的声音还是那样脆如莺啭："他说话的声音有些嘶哑，但比起先前对他的皇后，却要温柔了许多，他问我：'你是哪家洞府的神女，来此人间一游？'我笑了起来，答道：'妾奉真武大帝之令而来，愿为人皇效力，有求必得，如愿顺遂。'"

"听到这话，他也笑了，笑得很慢很慢，瞧着我的眼神也变得炽热起来，问道：'那神女你呢？你若令我有求必得，你自己可有什么欲求欲得之物？'那个女子在他的脚边奋力扭动，又翕动嘴唇，想要发出声音，却苦于穴道未解，只憋得满脸通红，我几乎以为她此时便会断气呢，可是她没有，而她的丈夫连看都没有看她一眼。"

"我笑着答道：'我的愿望便是做你身边的女人，陛下能答应吗？'他大笑起来，眼神闪闪发光，说：'这正是朕的愿望，当与神女一同如愿！'他蓦地转过身来，一把抱起那个女子，双臂举起，便将她抛过石栏，径直摔入悬崖之中！"

虽然早就隐约地猜出了这个可怕的结局，但此时燕敏仍是忍不住低呼出声，而其他人的脸色也都苍白了许多，便是连周围虚空仿佛都凝冻住了。

"我拔下头上步摇，插入那小小香炉之中，笑道：'上苍庇佑，万事顺遂。'"

梅若雪环视众人，微笑道："喏，师兄，就是你后来从我宫中取走的那一枝。那天你出现在宫中，又拿走了我的步摇，我便知道，你终于找到了我。"

"你易容成胡皇后的样子离开了武当，皇帝派人在崖底找到了真正胡皇后的尸体，并换上了你的衣衫。为了掩人耳目，你甚至还令人找到邱玉清，由他来劝说师尊，献上梛梅果为祥瑞。皇帝顺水推舟，宣称胡后病体已愈，并敕令大修武当各道观宫院，还称梛梅果为仙果，并为师尊扩建了从前的房舍，修成了这座梛梅仙翁祠。"

玄七郎叹息一声，他的声音轻柔而悦耳，仿佛涧中潺潺而来的清溪，那幽幽的叹声便是涧上萦绕的朦胧云气："师尊临终之前，让我一定要找你回来。你自以为天衣无缝，却不知师尊早就猜到了你的去向。他说你体中藏有寒毒，虽然你有法子抑制此毒，但三十年后，时刻都会毒发身亡。"

梅若雪仍是笑盈盈的，只是那笑意之中多了几分凄凉："那么师兄可知道，我与你自幼都是被师父抚养，师尊和你都精通医理，我自己也深谙药性，为什么我体内还会藏有寒毒，直到离开后才被师尊察觉？"

玄七郎不禁一愕，似乎梅若雪的问话令他有些意外。

梅若雪眼波流转，仿佛还是当初那个在师兄面前撒娇弄痴的少女，映衬着她那因长年易容不见天日而苍白枯干的脸庞显得分外诡异："因为我一直在试着调弄一种奇怪的毒药，可是又不敢让人发现，更不敢问询师尊，虽然最终把这毒制了出来，自己却也不能避免，毒入骨髓，缠绵至今。"

"师父精擅药理，雪妹你从小便随师尊研习，天下间怎会有你解不了的毒药？况且师尊只说将你找回来才有解毒的可能，这究竟又是何意？"

玄七郎皱起眉头看向梅若雪，她微微一笑道："因为此毒便是伤心蛊。"

"什么？"这一次却是众人皆惊叫出声，燕敏更是呆立如偶，面上满是震惊之色。

伤心蛊歹恶毒辣，为天下三大奇毒之首，相传是苗家女子被弃后所制，蛊虫藏于体内，以心为食，继而啃啮整个身躯，便如人伤心至极后，先是心痛欲裂，后又全身痛楚，如行尸走肉，到最后只余白骨。

可是谁也想不到，真正的伤心蛊竟是这位武当名门弟子梅若雪所制！

她一生如此传奇，又幸运无比，拜过名师，嫁给皇帝，亲生儿子也继承帝位，而她是天底下最为尊贵的女人，已达成了当年南岩宫中所愿！

可是为何她会制出这样的蛊毒，甚至不惜身受其害，三十余年后，她又为何抛弃一切荣华，回到这梛梅台中？

"不……不对……"鲁韶山忽然开口道，"中了伤心蛊毒之后，便是服食黄连，又割血放毒，也最多不过半年寿命，可是你……你却……"

"你说得不错。常人有七情六欲，若心动情摇，自然引发蛊毒。"梅若雪的笑容很得意，却又有一种说不出的凄凉，"我可不一样，我虽身中蛊毒，但三十余年之中，却只有一次动情。"

"从未动情？"鲁韶山惊得目瞪口呆，喃喃道，"三十余年，你竟然……"

"我从来没有喜欢过先帝，怎会对他动情？"梅若雪的笑意变冷，道，"他过去被胡氏所谓的恩义拘了那么多年，不得不做出伉俪情深的样子，也不敢移情其他嫔妃。可是胡氏跌下了南岩，我成了皇后，他对我又有什么好担心的？我只要尊贵荣华，他只要纵情随性，各取所需，所求皆得。更何况他从来没有真正在乎过我，甚至在他死后，还将我真正的来历写成一道密诏，交给了那个新罗的贱人！只为了保住她的小命！"

梅若雪如果真的爱先帝，怎会在三十余年后回想起来，只记得他的衣冠如何繁复，却没有一个字提到他的容颜。

"你还有当今陛下……他是你的……"燕敏喃喃说道，后一句低不可闻，"你的亲生儿子……"

"不错，起初生下他时，我心中喜悦，顿生爱怜之情，却惹发蛊毒，险些失了性命。"

梅若雪淡淡道，"后来我便命宫人将他抱开，直到他成年才与他见面。至于你，阿敏，"她冷笑一声，残忍地说道，"我虽然以舒高炽的身份与你相处，可是今日我明知师兄向你下毒，却袖手旁观，后来更借你的身份进入椰梅台，而将你抛在南岩之下自生自灭，我对你是否有情，难道你还感觉不出来吗？"

"师父！"燕敏摇摇欲坠，"我是你的徒弟啊……你过去对我好过，不是吗？"

"这世间，夫妻可成仇敌，母子可以反目，誓言可以成空，何况你我只是师徒？"梅若雪冷冷道，"深宫寂寞，若没有你，我又该如何度过？对你好一些，也不过是为了我自己罢了。如今我不会再回去，所以也就用不着你了。"

燕敏脸色蓦地变得苍白，手捂心口，往后踉跄几步，恰好跌坐在杨恩之侧。她刚中伤心蛊毒，即被扮作道姑的梅若雪及时医治，当即服食黄连，又放血散毒，所以即使先前有情绪波动，也并不曾察觉蛊毒的厉害。

然而此时，她的心情一阵剧烈震荡，似乎有一种前所未有的刺痛，仿佛千万根尖针在心头蓬然炸开，刺入血液经络之内，连带脑中一阵眩晕，再也支持不住。

忽然，杨恩斜刺里伸出一只手来，将她牢牢揽住！

温和而明亮的双目，此时正关切地看着她，手指紧握住她的手掌。

燕敏只觉一团暖流自掌心而入，直入心中，仿佛将那受伤的心腑缓缓包融，剧痛仍在，却不再如前那样难以抑制。

只听杨恩轻声道："人之衷情，发自真心。只要你未曾负人，又管他人是否负你呢？"

燕敏含泪看向眼前那双温蔼的眸子，只叫了一声："杨大哥……"

她说完便垂下了头，满头秀发掩住了脸庞，只有泪珠如断线珍珠般扑簌簌自发间跌落下来，在坚硬的地面摔成了无数碎瓣。

"玉琳琅就在这里。"

玄七郎微微一笑，无力地指了指自己头上的道髻。髻发之间，那支步摇莹然生光，翡翠叶片在夜风之中轻轻摇动："你十三岁那年的生辰，我问你要什么礼物。你悄悄地告诉我，很想买一枝步摇。可我们是山中清修的道门中人，师父再是宠你，也绝不会给你买这种寻常女子才用的头饰。于是我偷偷溜到这里，用师父送我的斩龙剑，割下了师父用来练功的寒玉榻上的一块玉料，又用剑雕琢了很久，还用掉了我过世父母留给我的唯一一块翡翠玉佩，才做成这枝步摇，送给了你，并取名为玉琳琅。可我没有想到，终有一日，我还会从你手中将这枝玉琳琅拿回来。"

原来这就是玉琳琅的来历？

鲁韶山心中惊疑不定，从当年的落梅镇开始，所有案件之中，都若有若无地隐现出这玉琳琅的影子。可是谁也想不到，它真正的来处，竟然会是武当。

"什么新罗进贡的宝物！什么令人青春永驻！为了维持该死的身份，我天天易容，不是顶着胡氏的脸，便是顶着舒高炽的脸！连睡觉都是如此！我的肌肤难见天日，任何灵药都无法令容色回春！"

梅若雪忽然暴怒起来，尖声道，"统统都是那个男人该死的谎话！他后来腻烦了我，只想保护那个新罗女人，连自己的儿子都要利用！"

她冲上前去，手指几乎要戳上了玄七郎那张绝美的面容："如今连你也想要夺走我的东西！"

"雪妹……"

"我不会让你们得偿所愿！我不会让任何人威胁到他的江山！"梅若雪厉声喝道，"我来之前，早就放下了椰梅祠暗道出口的拦门石，现在，这里唯一的通道便是通往南岩的那一头，可是由我挡在这里，任是你的好徒儿，她也无法离开！"

"他们都在这里，我也绝不会离开。"

一个柔和的声音响起来，花树深处，有白色身影缓步而出，立在了玉榻之畔，低声道："师尊！徒儿不肖，还是跑了出来。"

玄七郎衣袖一拂，如云气飘逸，长身而起，跃下榻来。他先前那些瘫软无力之态全都消失不见了，依旧是气度清越，风华照人。

梅若雪退后一步，惊惧地望向他。

玄七郎微笑道："雪妹，你所用不悔之药虽然精妙，但师兄这三十余年精修道家功夫，却也并非昔日的玄七郎。不用一个时辰，亦能驱除此毒。"

他伸手一拂，已折下一枝榔梅花，花枝破空而来，点向梅若雪面门！

剑锋一弹，光芒蓦起，化作无数光点，拖成一具青底金羽的绚丽鸾尾，往那花枝翻卷而去！

鲁韶山一见那"鸾羽"，陡然惊悟过来："那晚归州杨宅之中，杀死王一江之人正是梅若雪！难怪当时燕敏那样难过，而杨恩亦并无多言！"

但听玄七郎叹道："好一式'青鸾偷寄'！雪妹，你瞧我这一式'雪色风香'，却又如何？"内力震处，满枝花朵尽数飞出，恍若在那光晕之中，降下了漫天雪片，簌簌有声，尽打入那"凤尾"之中！

"凤尾"消散，梅若雪闷哼一声，踉跄往后跃去，剑尖却在旁边崖石上一点，蓦地弹回，化作七道剑影，径刺玄七郎胸、腹、肩各处大穴！

"'七还人间'？"玄七郎终于脸色微变，衣袖拂出，真气如瀑而至，花枝弹出，亦"咻"的一声，破空飞往那剑影之中！

榔梅真人李素玺在道教中地位虽高，但因少有露面，故在江湖中声名不广。然而他座下两个弟子，一人小试剑术，即威慑江湖，成为一代剑神；另一人所收弟子，却以医乐诗书名动天下，被称为乐神。"剑捕乐技"，这辈声海内的四神之中，榔梅门下便占了半数，足见李素玺虽一生韬光养晦，却着实惊才绝艳，学究天人。

眼前这二人剑术俱为当世翘楚，且又为同门，彼此熟知，此时交起手来，各尽毕生所学，唯觉剑气纵横，弥漫夜空，到最后只觉光影一团，瞬息变幻，连二人身影都已瞧不分明。

"蓬蓬！"

剧响声中，剑影破碎！

燕敏尖叫一声："师父！"

却见梅若雪如断线风筝一般飞了出去，又重重撞在岩石之上，滑落在地。

她勉力撑起身来，却"噗"的一声，张口喷出一蓬鲜血，顿时染红了满地花瓣，凄艳夺目。

玄七郎叫道："雪妹！"他奔出两步，忽然捂住心口，望地便倒！

这一下变故当真出人意料，花影中掠出一条白色身影，奔到玄七郎身边，哭道："师尊！师尊！"

忽有一人跃起身形，从背后张臂扑来，将那白色身影抱个严严实实，呼道："兰泽！果然是你！"

白色身影蓦地僵住了。

然而，那熟悉的温暖、熟悉的气息、熟悉的怀抱，终究是融化了一切的顾忌与僵硬，她抬起头来，含泪凝视着眼前熟悉的面孔，还有那双充满了惊喜与泪水的眼睛，轻轻道："小捕快。"

她半跪在地，扶着玄七郎，终于哭了出来，"师尊……师尊，你怎么了？"

"果然是你！"

梅若雪翻身跃起，唇边仍有鲜血，却毫无委顿之态，目光如刃，在苏兰泽面庞之上，纵横交错，狠狠看了几眼，厉声道："杨恩说的没错！你果然与你师尊相貌肖似！当初本官在京都之时，虽经常听人提起你的名字，却从未见过你的样子！若早些见到你，也不会误以为你就是玄七郎，猝不及防之下，被你抢走玉琳琅，逼得我不得不千里迢迢，赶回武当！"

忽然又有人影晃过，却是鲁韶山也一跃而起，毫无方才羸弱之态，欢喜地叫道："苏姑娘！我们忍了这么久，装作中毒的样子，就是为了等你到来啊！"

梅若雪大吃一惊，失声道："你……你怎么也没有中毒？还有杨恩……你们……"

燕敏扶着岩石，缓缓站了起来，她看了看梅若雪，不由得低下头去。

"师父，我跟了你这么久，你给过我很多灵药，比如清心丹，你说过，只要含在口中，便能对付天下所有的迷药……我……我……这次来武当，我也将药带在了身边……"

梅若雪不禁一窒，狠狠地剜了她一眼。

"师父……我还带着伤药，你刚才吐过血，你的伤……"燕敏嗫嚅着想要靠近，梅若雪却忽然翻手一掌，将她打飞出去，幸好被孙碧云眼疾手快，一跃而出,稳稳扶住,怒道:"她是一番好意,你怎的不识好歹?"

梅若雪冷眼剜来,孙碧云不禁一噤,却听她厉声道:"我与她的事情,轮不到你插手!就你师父这所谓的仁慈性子,自幼便效仿真武、修道入圣的人,何时肯向人下过杀手?"

燕敏含泪看去,但见她虽口沁鲜血,但精神尚佳,且说话间中气充沛,显然未伤至真元。

"当年接到令我入京的诏书时,我本想托病推辞,兰泽你却尽力赞同。我只道是你不愿我郁郁终老于林下,后来才觉得或许并非如此。"杨恩忽然说道,他放开苏兰泽,双手却依旧紧紧握着她的双肩,"在京都之时,你向来与我形影不离,但是每次入宫,你都不肯随我前去。唯一一次,是那次夜棠宫宴请僚疆大祭司乌果,僚人擅毒,你才与我同行。只是,入宫之前,你再三地问过我,知道陛下与太后并不出现,只是令当时的宰相明照清主持此宴,你才松了一口气,似乎很是释然。"

苏兰泽眼波一闪,低下头去,手中却捧着一物,送上前来——是那柄小巧锋锐的龙头匕。

杨恩接过龙头匕,叹了口气:"我一直以为,你生性不爱受拘,所以一直避见陛下与太后。直到你蛊毒入心,再难延治之时……你不辞而别,临行前还闯入隆庆宫中,夺走了太后的玉琳琅!"

"因为师尊说过,师姑你身中剧毒,若不回来,怎生保住性命?"苏兰泽转过头来,对上梅若雪的目光,似乎在对她说话,却有意无意,回答的却是杨恩的疑问。

"当初师尊令我踏入红尘,历练世情之时,便告诫我说,绝对不要见到太后。为了怕引起疑心,我索性也不愿见陛下。杨恩素来对我极好,几次诏见,都是他帮我婉言相拒。不过师尊当初也说,如果见到太后,便是我离开杨恩之时。"

"原来如此……"杨恩望向苏兰泽怀中奄奄一息、但面容肖似的玄七郎,道,"只要太后见着你,就一定会猜到你的来历。何况你平生所长,恰好也是医术、乐技和诗书,博闻广识,技艺如神……这与玄真人一脉相承。"

"本宫赶回武当，可不是为了保住这条性命！"梅若雪冷笑道，"只是为了拿回我的东西！你用玉琳琅抢走的东西！"

"那件东西，师尊早就当众沉入归州龙潭之底，那里是峡江中最为险恶之处，水流湍急，一旦冲走，便会随波逐流，直入东海。"苏兰泽道，"师尊这样做，本就是要告诫那些心怀叵测之人，玉琳琅的秘密早就不在了，也永远找不回来了。师姑还有什么可担心的呢？"

"谁说我不担心？"梅若雪咯咯笑道，"玉琳琅的秘密不在了，可你们还在！"

"师姑是想斩草除根，"苏兰泽也冷笑道，"只是你那不悔之药，也并没有那么厉害，师尊、我、杨恩、燕敏、鲁韶山，我们五人皆不曾中毒，你想要杀人灭口，恐怕不能吧！"

"你们这些小辈，就算是加上那个孙碧云，我梅若雪也绝不放在眼里！"

梅若雪脸上露出一丝诡笑，"至于你师尊，他或许是这世上唯一武功胜我之人，只是你瞧一瞧，他当真没有中毒吗？"

苏兰泽伸手往玄七郎腕上一搭，瞧见那里有一点血痕，脸色蓦变，心猛地沉了下去。她几乎是不假思索地拔出匕首，飞快地割开了那点血痕，鲜血顿时涌了出来！

鲁韶山一怔，发现那匕柄铸有一个淡金龙头，正是杨恩的龙头匕！

苏兰泽顾不得其他，从怀中取出一只瓷瓶，倒出些淡黄色粉末，敷在伤口之上，又将余下粉末尽数倒入玄七郎口中。

梅若雪放声长笑，笑声清脆而婉媚，不看相貌，当真以为她还如当初的少女一般："你身中伤心蛊，难道还看不出来，你这位师尊也中了伤心蛊之毒吗？"

鲁韶山心中一沉，此时便连他都闻出了那淡黄色粉末熟悉的苦味：是黄连！

"不！不可能！师姑你当初离开时，在师公那里留下了一管伤心蛊。师公虽然气愤你制此毒物，但念及那是你心血所至，终于没忍心下手毁去。后来师公以椰梅木制成空心剑身，将其关在剑中，以椰梅灵气为养，在他羽化之前，将此物留给了师尊，师尊每隔十年，便以新的椰梅木剑更换，一直至今……师尊深谙蛊性，怎会不慎中毒？"孙碧云一直呆若木鸡，此时才冲上前来，一把抓住玄七郎的手，求救似的看向苏兰泽："师姊！你再看看！再仔细看看师尊啊！一定不是伤心蛊，对不对？"

玄七郎剧痛稍缓，徐徐睁开眼来。

他有一双与苏兰泽极为相似的凤眼，眼痕微挑，近了看时，越觉摄人心魄。岁月并未曾在他的脸上留下任何痕迹，反而沉淀成了玉一般柔润的光华。不难想象，在其年华最盛之时，会是怎样的风华绝世，令人沉醉。

"碧云，"他声音微弱，"我所中的的确是你师姑的伤心蛊。"

"师兄，你怎么不问问，当初我为何要研制伤心蛊？"梅若雪眼神顽皮灵动，仿佛还是当年髫龄之时，在山中与玄七郎朝夕相对的人一般："伤心蛊也是情志之毒，中毒者心痛欲绝，那么制毒之人的心情，又会是如何，师兄你就没有想过吗？"

杨恩心念疾闪，已想起当年木指童子以此蛊毒暗算苏兰泽时，是将蛊母养在一名宫女体内。木指童子临死之前，已有悔悟之意，他最后所说的那个"黄"字，原来是"皇"字，且不是皇帝，而竟然是皇太后。

玄七郎凝视着她，眼中浮起一抹愕然，缓缓摇了摇头。

"是啊，师兄你从小就那样出色，过目不忘，阅籍能诵，一开始便被确认为师尊的衣钵传人。咱们榔梅派甚至是整个武当道门，都要靠你来光大，一心想要修成正果的你又怎么记得住那个只知道顽皮玩耍、调药易容的小师妹呢？"

梅若雪咯咯发笑，眼中光芒却越是恶毒："师兄，你现在明白了吗？真正光大榔梅派的人是我！是我让师尊位同国师！是我兴建了榔梅仙翁祠！是我重修了整个武当！这一切的一切，我做到了！而师兄你呢？"

"三十余年来，你还是把自己关在这山腹之中的榔梅台！你以为，你能勘破人间幻象，道成果结，一如真武大帝吗？"

她一指苏兰泽，锐声道，"你不但把自己关在这里，你还把你的徒儿也活生生拉回来，也关在了这个活棺材里！"

杨恩只觉苏兰泽纤肩微颤，便伸手轻抚，以示安慰，却听玄七郎叹了口气，道："所以，三十二年前，你就将伤心蛊的一只蛊母，偷偷封在了我的玉榻之中，是吗？"

众人皆惊，梅若雪也是一怔，随即冷笑道："寒玉榻乃是天生奇玉，人卧于其上，可以培元养气，榔梅花落于其上，虽有月余也不枯萎。蛊母藏于其中，便如冬眠一般，自然也能存活个几十年。师兄你现在明白，已是晚啦！那不悔之毒，在空中弥漫开去，既能令人筋软骨酥，亦恰好有唤醒蛊虫的奇香。此香你们闻不到，蛊虫却能闻到。它早就苏醒过来，悄悄爬上了你的寒玉榻，钻入你心中去啦！"

说到此处，梅若雪又发出一阵得意的长笑，笑声震动四周，峰谷之间，仿佛也隐有回响："当时我原是想着，终有一日，也让师兄你尝尝伤心之痛的滋味。可是我却没有想到，师兄你这样的人，根本从未有过男女之情，如何伤心！如何心痛！我今日催发这蛊母害你，不过是想着，就算没有男女之情，你对自己的弟子总有爱怜之情罢？我若杀上个一两个，你不是一样会动情心痛？谁知你关切他们太甚，我都尚未动手杀掉他们，你所中蛊毒倒先引发了伤心之痛！"

她手中长剑一振，剑光如雪，遥遥指定了苏兰泽，"如今我索性就杀了她，叫你们大家都好好心痛一次！"

"不……雪妹，"玄七郎叫道，"我方才心痛，并非是为了他们！我是见你受伤吐血，心口忽然悔恨无加……"

他眼神微黯，道："自你当初离开武当，三十二年来，我没有一天不悔恨……"

"为我？"梅若雪眼神狐疑，眨了两眨，冷笑道："人之将死，连师兄这样的真人，也会骗人了吗？"

"我从师尊那里知晓你的下落后，数年来一直暗中相护。你当年虽然在宫廷政变之中获胜，也夺回了铁匣，却一时心软，将其秘密陪葬于景贤皇帝陵墓之中。然而近几年来，金氏余孽及朝中异己相联合，以寻找玉琳琅为名，到处搜寻这只铁匣。直到七年前，金氏的家臣朴正焕从金妃墓潜入到暗中相通的景贤帝陵中，找到了铁匣的下落，并交给了权臣明照清。我获知此事后，心急如焚，恰逢上林公主为母报仇，翻出昔日那桩宫廷旧案，明照清身殒其中。我才从明府中得到这铁匣，将其丢入归州江心水涡湍急的龙潭之底。我之所以这样做，便是要告诉所有你的朝中政敌和你，从此你再无任何秘密可为对方所持……"

"可是你还没有将玉琳琅还给我！"

"玉琳琅分明是我当年送你的步摇之名。后来新罗国为了讨好你，想贡献美玉并请你赐名，你才顺口说出这'玉琳琅'三字……你一直深以为惧的，其实是那铁匣中的东西，这步摇之中，并无任何秘密……"

"谁说没有秘密？"梅若雪咬牙笑道，"铁匣纵然不在，我也要你把步摇还我！"她直直地伸出手去，眼睛盯向玄七郎髻上的步摇。

"我本应该守护在你的身边，"玄七郎轻声道，"可是我要守着榔梅台，守着榔梅花开，为你解去体内之毒，所以，我便将兰泽派到了你的身边。"

他摇摇头，"这么多年来，兰泽受我所派，一直都在你的身边，她才是你真正的影卫。你怎么不想一想，多年来你数次遇险，俱被化解。为何独独这一次，兰泽抢走步摇，却无人能拦阻她？只因她就是你的影卫！"

"是你？"梅若雪蓦地将头转向苏兰泽，尖声叫道，"居然是你！怎会是你！"

"是我。"苏兰泽的笑意之中带有几分凄哀，"若非一直隐藏在你的身边，我如何能认得杨恩？"

她看向杨恩，眼中柔情无限，轻轻道，"时至今日，我什么都说出来吧。八年之前，你屡破奇案，名满天下，又蒙陛下亲赐龙头匕，我正是在你进宫谢恩之时，第一次见到了你。第一次见到你，我从此心念在兹，时刻铭记。你以为在归州是第一次遇着我，却不知道你每次来宫中，我都在暗地里遇见你，一次又一次。"

众人仿佛都痴了，只有她柔婉的声音如溪水潺潺般发出，较之玄七郎，却多了几分缱绻情意："你去太湖那一次，我不知为何，心有不祥之兆，第一次不顾师尊的叮嘱，擅自离开了太后身边。我赶到太湖之时，你浑身是血，已沉入湖心之中……"

她声音哽咽，却露出温柔笑意："我将你从湖中捞出来，以灵药护住你的气机，一路奔到武当，跪求师尊相救。师尊起先不肯，我便说'师尊从前说过，所谓剑客，不就是应该用手中之剑，去捍卫自己心中最珍贵的东西吗？师尊要捍卫的是昔日的爱意，我要捍卫的是对眼前这个男人的爱意！'师尊这才答应救你，与我定下了那个誓约。"

她看向梅若雪，淡淡一笑，"太后，师姑，正因为我是你的影卫，所以你的起居习惯，我都知道得清清楚楚。我取走那枝步摇，选定的时机也恰恰刚好。当时你刚卸去一半的易容，我却偏偏点燃了宫内外的烛火。只因我知道，你此时万万不敢追赶，我也就无惧你的剑术，方能安然脱身。"

梅若雪双目瞪大，跌跌撞撞退出几步，脸上却忽然失去了血色。

舒高炽在太后身边数十年，在宫中是除了皇帝之外，唯一可以存在的"男人"。然而即使最苛刻的言官与宗室令，也无法认为舒高炽与太后有什么宫闱之私。只因太后数次被刺，确实是有影卫忽然出现，击毙刺客，保全了太后安危。

人人都以为那个影卫就是舒高炽，而身为"舒高炽"的太后本人，又以为是自己儿子安排的护卫。

母子俩一向疏远，她甚至没有亲口问过儿子一个字。

所以这么多年来，她从来不知道那个影卫竟是自己那个记忆中高贵出尘、宛若神祇仙人的师兄玄七郎派来的。

然而，儿子呢？自己的亲生儿子，原来并不曾关心自己的安危！

梅若雪心头仿佛有什么东西，正在悄然崩裂开去。

她手捂心口，手指痉挛般揉成一团，忽然张口一喷，一蓬鲜血猛地喷溅而出！只是这一次，在满地花瓣的映衬下，那血的颜色极深，想必若在天光下看时，一定殷红夺目。

"我要杀了你！"一声悲鸣，仿佛受伤的母兽在风雷夜中仰天嘶吼！

剑光一闪，直指空中，瞬间明月青空，化作满天风雨，呼啸怒号，扑面而来！

剑气强横至此，所迸之芒，竟连日月之辉，亦能掩夺！

"'七还人间'……幻剑七式！"燕敏在光雨中骇然叫道。

在带着杨恩逃离皇宫时，化身舒高炽的太后梅若雪，曾施展过这一式剑法，当时她并不曾施出全力，但以燕敏修为几乎只能闭目待死。

"舒高炽"曾说："所有人间留恋，皆是虚幻。你先要倾情尽性，至真至烈，然后不动如山，无情如水，方能得到剑中真谛。"

"舒高炽"从前还说过："这幻剑七式，虽只有七式，但每一式皆有独到深意，可为千千万招，变幻无穷。只是我穷尽大半生，也只练到第六式'果结道成'，虽只有六式，但仗剑之威，除了我师父，恐怕已无人能敌！"

"舒高炽"最后叹了口气，说："我师父啊，那是已经看透生死、飞升悟道之人，自然懂得'七还人间'之真谛，才能果结道成。"

眼前的梅若雪临风飞起，袖底手腕微曲，剑光蓦涨！那一瞬间，她长发乱舞，眉眼狰狞，恍若化作了传说中的神魔，剑芒万道，如毒龙喷出邪恶之火，扑向整个天地！

她不是真武，七还人间，再无留念，只是为了毁灭这人间！

"不，是榔梅剑法。"苏兰泽的声音淡淡响起。

杨恩只觉手底一松，他心底蓦沉，伸手去捉时，却扑了个空！眼前一道青光，却是苏兰泽手执长剑，一跃而起，迎上那蓦压而下的铺天剑幕、风雨雷火！

是，苏姑娘说得不错，这本来就是榔梅剑法。所谓幻剑七式，不过是"舒高炽"想出来的名字。

燕敏怔怔想道。

这一路行来，她或许早该明白，所谓幻剑七式，与这武当山、榔梅祠，本就有着千丝万缕的联系。

"浮空映山""梅溪奔涧""石径云封""雪色风香""青鸾偷寄""果结道成""七还人间"……

就连这些名字，也都脱离不开武当。

榔梅花、梅溪涧、梅若雪、玄七郎……

这样的生死相斗，惊天动地，已不是常人所能相助或阻拦的。玄七郎心情激荡，引发蛊毒，燕敏和鲁孙二人根本就冲不进那团缠斗的剑气之中！

忽听一声清唳，杨恩跃起身来，竟然抢在苏兰泽之前，张袖展臂，拦在了梅若雪剑势之前，他的指尖弹出一缕白光，那白光激射而出，撕破剑幕一角，迸射出一道金蛇般的火光！

鲁韶山大喝一声："杨兄！你不能……"

一语未了，但见杨恩身形在空中一滞，随即如断线风筝般飘落而下！

几乎与此同时，苏兰泽掌中剑气激发，宛若怒鬣长龙，奋力穿破层层光电，昂首直上，疾刺而至！

鲁韶山一跃而起，接住杨恩，只觉他通体冷如寒冰，即使隔着衣衫，也能感觉到那种透骨寒意。

他什么也顾不得，大声叫道："孙道长！孙道长！"

杨恩眼前蓦地迸裂，有血色缓缓弥漫开去，就连口鼻耳中，也有暖流徐徐沁出。

孙碧云的惊叫之声，似乎隔得极是遥远："他强运真元，心脉断裂了！"

苏兰泽心口蓦地发出一阵剧痛，仿佛无数蛊虫开口狂啮心口，她眼前一黑，剑势稍慢，已有一道剑气劈空而来！似近似远，似疾似慢，风擦过剑身时，溅出的嘶嘶声都清晰入耳，连同那阴毒冷寒的剑气，一起在虚空中化作一蓬灰白光雨！

她猛地咬住舌尖，借着这乍然而来的刺痛，保持了瞬间灵台的清明！她不闪不避，迎面疾扑！

"噗"的一声，已有冰冷利器透肩而入！

几乎与此同时，她的真气激荡，直贯剑身，竟生生撞上对方利剑，虹光射出，照彻天地！

铮铮利响，连绵不绝，空中落下无数碎片，疾密如雨！

梅若寒凄鸣一声，如石头般从空中蓦地跌落！

随即一片白影也飘然落下。苏兰泽双手空空，却屹立当地，望着那个在满地花瓣中一动不动的女子，却终是往玄七郎身前一揖，哑声道："师尊！弟子……弟子震断了师姑经脉……"

"好一式'果结道成'……没想到你竟比为师还要强，竟然先行练成了这榔梅剑法之中最为艰难、也最为精深的一式剑招。"玄七郎惨然笑道，"幸好你练成了此式，否则若败于雪妹之手，只怕榔梅一脉竟因我一念之仁，要断送在她的手上了！只是你的伤……"

孙碧云惊叫起来："师姊，你受伤了……"他手忙脚乱地从怀中掏出好几只瓷瓶，又手忙脚乱地倒出一把药丸来，就往苏兰泽奔了过来。

"站住！"苏兰泽厉声道，"你先去救治杨恩！"

她话音刚落，身躯一晃，却被一双敏捷的小手扶住，她转头看去，却见燕敏含泪向她一笑。

孙碧云犹豫了一下，终于转身往杨恩奔去。

苏兰泽肩上所中的那截剑身，也早在激荡的剑气之中化为碎片。然而伤口之中却汩汩流出血来，很快染透了半身白衣。

她强忍剧痛，指点燕敏从自己怀中取出几只药瓶，道："点云门、灵墟等穴，服八宝紫金丹一粒，以保真元，另以五龙散敷治伤口，以阻血气外泄。"

燕敏好不容易包扎好了伤口，正想开口问一问苏兰泽可有不妥，却听有人叫道："兰泽！"杨恩悠悠转醒，看到苏兰泽浑身是血，不禁大惊，挣扎着想要爬起身来，眼前人影闪过，却是苏兰泽扑了过来，将他紧紧抱住："我早就知道了！你一直运功与药石相抗！你明明早就可以复明，可是你偏偏不要！所以我只能离开……我只能离开……"

他露出笑容，回手将她搂紧，她伏于他怀抱之中，眼泪滚滚，顷刻间将他的衣衫打湿一片，呜咽道："你真傻，这样运功，是逆气而行，年长月久，必会损伤心脉！你心脉在昔日太湖之中，早就受过重创，若是再次断裂，便是神仙也救你不回……"

她的手指搭在他的腕脉上，忽然怔住了，回头看向孙碧云。

"方才是我慌张了，拿脉没有按准位置，竟以为他心脉断裂。"孙碧云躲闪着目光，有些报然地擦了把额上的汗，"不过他强行催发真元，长期阻住眼睛周围的血气运行，对于心脉还是有很大伤害的。"

鲁韶山狠狠瞪他一眼，道："庸医！不！庸道！"

"我是庸道庸医，你刚才就不要大叫孙道长孙道长呀！"孙碧云毫不客气地回敬道，"再说他心脉那样微弱，连手脚肌肤都已冰凉，只要真元消耗过度，便会当场昏厥！若不是我给他喂服黄精丸，又佐以万银丹培元活血，他这会儿怎么还能活蹦乱跳地把我师姊抱得这样紧？你以为我们武当的丹药这样金贵，是谁都能当饭一样大把大把吃下去的吗？"

鲁韶山张口正欲回敬，却听苏兰泽低低叫了一声："师……师尊……"

众人不由得都随之看去，但见玄七郎不知何时已挣扎着爬起身来，挪到梅若雪身边，将她扶了起来，揽入怀中。

"师兄，"梅若雪胸口微微起伏，气息微弱，脸色越发苍老憔悴，与玄七郎容颜相映，当真如枯木之与香草、沙砾之与霜雪，"当时我离开你，固然是为了荣华富贵。可是……可是……也不尽然。师兄你完美无瑕，像是天上的神祇，而我……我什么都不如你……你一定……一定不会喜欢我……所以我想远远逃开你……即使我变成了天下最尊贵的女人，我还是不敢……不敢回来……"

太完美，只能是天上的神祇，平凡的世人，又怎敢接近？便如太阳那样耀眼，靠得太近却会灰飞烟灭。即使自己也如明月一般光照四海，却仍然不敢靠近太阳的炽烈。

"不，雪妹，我一直喜欢你，从师尊把你捡回来那一天，我便知道，我永远都不会离开你……"玄七郎露出微笑，紧紧贴在了她早已失去光泽的黑发之上："我从前以为自己很完美，直到你离开后，我才发现，没有你，我这一生，无论怎样也不能完美。没有开花，如何结果，果未结成，怎能得道？我知道自己欠了你，如果你要伤害我才好受些，那也是我应得之果。所以，即使你用伤心蛊来害我，我也毫不在意……"

众人一惊，连梅若雪都惊疑地移开脸庞，直直地看向玄七郎。

她垂下眼帘道："你既能让小道士用伤心蛊去伤了燕敏，又怎会发现不了寒玉榻中的蛊母？"

太完美的人本就是孤独的。

"雪妹，你不要怕，师尊说过，要解除你体内寒毒，唯一的解药就是榔梅仙果。"

"榔梅仙果？"梅若雪露出凄然的笑容，"可是榔梅何时开花，何时结果，无人能知，便如师兄你何时喜欢我，何时厌恶我，我从来都不知道！我这一生，总是逃不开这心伤之痛。"

梅若雪笑得越来越凄厉，甚至眼角都笑出了泪光，"要解伤心蛊，并非爱别离，而是机缘。可是机缘是这世上最求之而不得的东西啊……"

"不!"玄七郎急急道,"师尊羽化之前,说过你离开三十年后,只要榍梅花开,就一定要我把你找回来。而今年榍梅花恰好开放,我想,师尊道术玄妙,他老人家一定是早就料到,你必要此时回来,才有机会救回性命!"

"可是我已经经脉俱断,剧毒入髓……"梅若雪惨淡一笑,道,"是我咎由自取,我以为只要杀了你们,就能保护我的儿子……却没想到……"

她勉强抬起目光,飘如蛛丝,将目光投落在燕敏身上:"阿敏这孩子说,她之所以要护着杨恩……来……来找你徒弟……并不是因为……她想求得……求得什么……也不在乎是否……得到……所谓剑客,不就是应该用……用手中之剑,去捍……捍卫自己心中最珍贵……的东西吗……"

燕敏"哇"的一声哭了出来,扑到了她的身前:"师父!"

虽明知眼前的女人面目陌生,并不是记忆中那个沉默而温和的"他",但是十余年朝夕相处的情义,却不能就此抹去:"师父,你到底有没有喜欢过我?你当真对阿敏这样无情?你一点也不念着我吗……"

"阿敏……我说过,你和陛……陛下小的时候很像,我才……我才收你为弟子……可是后来……你不那么像他……我却还是……还是将你……留在我的身边。"

玄七郎闭了闭眼,两颗晶莹的泪珠从眼角滚落,跌入衣襟之中,消失不见。

"你快到寒玉榻上去运功疗伤,我总能想到办法,和你一起等到榍梅结果……"

他一把抱起梅若雪疾步走往花树之下,将她放上那张寒玉榻,自己也坐在榻边。

"苏姑娘!"

梅若雪气息奄奄,却兀自伸出手来,指向苏兰泽:"我还有一事,想请教苏……苏姑娘……"

玄七郎一怔,苏兰泽哑声道:"你说吧。"

杨恩心中不安,上前一步,站在苏兰泽身后。

"当年我离开武当,曾移植榍树于宫中,并按武当嫁接之法,插接梅枝,以为留念，可是三十余年来，这椰梅树却始终不死不活，既不枯死，亦不曾发出嫩芽。"梅若雪喘了两声，似乎是强行提起真气，说话倒比先前流畅了许多，"可是归州城中，杨恩故居的那株椰梅树为何……为何能开出花来？"

"但不知师姑在宫中，是怎样种养此树？"苏兰泽反问道。

"我……令人精心照料，以美玉为阑干，施甘泉之净水……"

"我只是随手将梅枝插于椰树之上，杨恩醒过来那一日，梅枝便发出了新芽。此后越发繁茂，终有花朵满枝。"苏兰泽沉吟片刻，道，"我想，那深宫之中，太后之尊，终究不是你的结果，一切不过是机缘罢了。"

"那归州城西，杨宅之中，虽曾繁花满枝，却也未曾结果！"梅若雪冷笑一声，奋力提高声音，说道，"纵无玄椰，师兄想来也有当初我师父李真人留下来的其他灵药，便是不能立时解毒，但延迟到椰梅树结果那一日，并不是什么难事。所以我倒也不要你领我的救命恩情！可是你昔日在真武大帝面前发下什么誓言，难道就此不算？"

"师尊……"苏兰泽面孔如雪，哀求般地看向玄七郎。

"兰泽，你看我与你师姑，即使从小一起长大，我们的情意却未能矢志不移。人心比我们想象的更为软弱。你经历过那么多故事，看过为求长生不惜炼烧亲人的施氏，因为图谋富贵就背弃前盟的玉树，因为孤单所以不惜陷害那么多人共葬于墓中的琴绣心，还有怨憎交织、终酿大错的明照清……"

"可是，白兰到最后也终于是原谅了明照清。"苏兰泽忍不住反驳道，"由爱而生怨，由爱而生憎，可是怨憎的归宿，不一样是那无法割舍的爱恋吗？"

"那么，你的誓言又该如何呢？"玄九郎冷冷看她一眼，唤道，"碧云，你过来。"

孙碧云应声上前，走入花影之中，立在榻侧，担心地望向苏兰泽。

"我椰梅一派，学成之后，都须下山入世，历经磨炼，方能回山闭关，修炼道术，直至果结道成。当初师公如此，这三十余年来我是如此，兰泽你也是如此，还有将来碧云，亦不能免之。"

玄七郎双手扶榻，淡淡道："兰泽，昔日你向为师苦苦哀求，要我救回杨恩一命。为师担心你因此生出羁绊，有碍道心，于是你在真武大帝神像之前发下重誓，说是只要杨恩双目复明，你便马上回山，绝无拖滞。因此我才出手相救，并耗费了自己十年真元及师尊所留的三粒天王补心丹，才保住杨恩性命。这天王补心丹是师尊当年遍采武当珍奇药草所制，若是常人服食一枚，可延寿二十年，于我们修道中人，最有益处。但以师尊之能，也只有这区区三粒。"

"也正因此，为师想到自己道果难成，这才决意抛去顾虑，踏入尘世，守护在雪妹身边。如此说起来，我还要感念杨恩你才对。可是，如果兰泽想要毁去誓言，那么我便触动这榻底机关，我与雪妹、碧云随寒玉榻落入地道，而地道的出口就此关闭。这里四处皆为绝崖，椰梅台上又无食水，何况兰泽与燕敏总会毒发，鲁韶山和你，也终会为她们陪葬！"

杨恩不禁一震，向苏兰泽看去。苏兰泽低下头，一颗大大的泪珠落了下来。

他只知自己当时伤势极重，实在没有想到，便是以玄七郎医术之精，亦要付出那样大的代价。

难怪苏兰泽不得不受誓言所束，回到武当。

更何况，她还看出了自己的心意：他宁可损害心脉，也不愿双眼复明。

可是，以苏兰泽师承自玄七郎的医术，他终究是拦不住眼前渐渐而至的光明。

"所以，南岩宫石殿之外，龙头石柱之上，你突然出现，便是为了要试探我，是否眼睛已经复明？"

杨恩伸出手来，清楚而准确地拈起苏兰泽发间一片花瓣，又松开手指，看着它飘然落地。

然后他抬起眼来，一眨不眨地看向苏兰泽："兰泽，当初在回归州的路上，我目力已损，只是看到了你模糊的影子。先前在龙头柱上，我根本来不及仔细看你的脸，只想紧紧拉住你，怕你跌落下去；后来我又一直拼命阻住眼睛周围的经脉运行，唯恐自己又能看得见……我知道你很聪明，若是我看得见，你一定会发现。"

他的手指轻轻抚上她光洁的脸庞，"这一次，我可不再抑制了，我要好好看着你，记住你的样子，永远也不忘记。"

他的目光清湛而明亮，仿佛一直能看到人的心底深处。

苏兰泽泪流满面，却一直忍着没有哭出声来。然而那种无声哭泣，却更令人深感恻然。

"从兰泽离开我，到这一路行来，所遇种种，皆让我有一种预感，似乎我正在经历一场前所未有的修行。"杨恩的目光恋恋不舍地移过苏兰泽的眼睛、鼻子、唇线……他的双目熠熠生辉，如同天地间最璀璨的星辰，即使是那一轮明月与之相比，也黯然失色。他轻声道，"只到我看到榍梅花，便会想起你跟我讲过的七幻花七还人间，果结道成的故事。虚名、权势、财富、美色、意气、情义、生死……识破七重幻象，才能飞升得道。为了找到你，我从宫中逃出来，成为钦犯，虚名还是财势，皆已失去，我只希望能找到你，陪伴你踏遍天下，寻找克制蛊毒之法。如今玄真人或许能得到仙果，你便有治愈之望，而燕姑娘和韶山始终陪伴在旁，对我不离不弃，情深义重，我又怎能让他们都因我而死？"

他微微一笑，推开苏兰泽，后退两步，"不过是个誓言罢了，想要破解，也很容易。"

寒光一闪，却是杨恩拔出龙头匕，毅然扎入了左眼之中！

众人惊叫声中，苏兰泽的哭叫尤为凄厉："杨恩！"

匕光再闪，杨恩又将匕首扎入右眼。

杨恩含着微笑，双眼缓缓流下血线，他将龙头匕紧紧握在手中，轻声道："你看，我的双眼再也不能复明了。你也不能离开我，对不对？"

榍梅台上，寂静如死。

忽有风掠过树梢，簌簌落下一阵花雨。

苏兰泽猛地冲过来，一把抱住杨恩，颤抖着手，想要为他的伤眼敷药，却被杨恩坚决地避开了。

"誓言已破，"他此时再也没有了那种明亮的目光，只有两个血肉模糊的创口，然而却依然保持了安然柔和的话语，"玄真人，可以救兰泽了吗？"

"榍梅结不结果，还未可知呢！"

梅若雪忽然出声，冷冷道，"不过，伤心蛊是我制出的，我手上当然有解药。不然当初我生下孩子之时，因一时情动引发蛊毒，又怎么能活下来呢？"

"师父？师父果然是有解药的！"燕敏眼神一亮，扑通一声跪倒在地，"求师父为苏姑娘解毒！"

"傻孩子！"梅若雪叹息一声，从怀中摸出一只织金锁绣的锦囊，高高举起："三十多年前，我偷了师父一枚枯干的榔梅果，加上其他药材，炀制成三枚解药，我称这解药为玄榔。"

"是玄榔？可是，师父你不是说这是迷药吗？"燕敏睁大了眼睛。

"我从前是骗你的，"梅若雪淡淡道，"可是我自己吃掉了两枚，现在这囊中只有一枚了。"

"一枚？"

众人异口同声，失声呼道，脸上都浮起了复杂而失望的神情。

"只有一枚。"梅若雪冷笑道，"燕敏与苏兰泽，一个是我弟子，一个是师兄的弟子，我们左右为难，全看你的意思了。你愿意救谁呢，捕神？"

燕敏长身而起："给苏姑娘！"

"给燕敏！"杨恩与苏兰泽几乎同时出声。

这一次，倒是梅若雪怔住了。

"你一路跋涉，甚至为破誓刺瞎双眼，所求不过就是与苏兰泽相守！"梅若雪厉声道，"如果苏兰泽毒发身亡，你所求成空，难道就不会痛苦吗？"

"我还有半年时间，或许可以等到转机！"燕敏急道，"苏姑娘中毒比我深得多，自当服食这枚解药！"她再次向着梅若雪顿首不已，"求师父成全！"

"人生在世，总不能万事顺遂。便是真武，也要七还人间，方能放下一切。所以，求之不得，在于不舍。只要能舍得，便不再有求不得之苦。"杨恩微笑道，"我与兰泽得以相守，榔梅或许也会结果，一切还有希望。"

他轻轻握住苏兰泽的手："就算等不到榔梅结果的那一日，兰泽若离开人世，我相从赴死，也再无遗憾。"

二人相视一笑，分明是言及生死大事，却浑不在意，只要如此执手相看，便已愉悦无限。

正因为这一段情意从来都是至真至诚，光风霁月，所以才没有嫉恨，没有误会，不顾生死，亦不曾错过。

"师父,你一直不解,为何我要逃离皇宫,逃离开那未来的命运……"燕敏怔怔地看着杨苏二人,轻声道,"你以为我只是因为喜欢杨恩……是,我喜欢他,可是我喜欢他的时候,他身边已经有了苏姑娘……"

杨恩和苏兰泽也怔住了。

所有人都看向燕敏,她脸色晕红,却勇敢地看向杨恩:"昔日我对师父说,每个剑客心中都有自己想要捍卫的最珍贵的东西。我心中最珍贵的东西,是如真武修行一般,历经劫难、七还人间都不曾动摇的真情,就像杨恩与苏姑娘那样……我一路相随,摒弃生死,不顾家族,不爱荣华,所为并非是要得到杨恩,而是想要任情任性一回,去捍卫这种珍贵……"

"师父啊,"花瓣纷落之中,她轻声道,"即使你和师伯如此优秀,尚且因了猜疑和误解而错过,与之相比,难道他们这种舍得一切的感情还不够珍贵吗?"

"原来如此!原来如此!原来如此!"梅若雪忽然自榻上坐起,放声长笑,笑声中却再无先前的凄厉阴冷,而似乎有无限感慨:"求之不得,在于不舍。便如苏兰泽你先前那般,以'果结道成'胜我,便是因为你舍得!"

"师尊当年说过,"玄七郎静静道,"榔梅剑法最高的境界便是舍得。我从前只道这最后一剑,终属虚妄,却没想到兰泽竟能悟出真义……舍得不顾生死,舍得毅然赴难,舍得摒弃这肉身所有的哀乐,投向那刹那虹彩般耀目的剑光,这才能刺出那样所向披靡的一剑!想来人世百态,亦是如斯!"

他轻轻叹了一口气,"想那红尘万丈,终究是苦多乐少……我设下此局,虽然为了救回雪妹,其实也未尝不是在试探杨恩与你,我总是担心,你们心志若是不坚,会步我与雪妹当年之后尘……如今看来,却是我错了。"

他看向梅若雪,柔声道,"即使是真武大帝,最后修仙将成之际,看到美人因他伤心而跳崖,亦一样愿意舍弃修为,随之跳下,去救她回来。那时他并不知,这只是一种考验,因为空中有五龙相候,他其实不会粉身碎骨……他舍弃了一切,不管不顾……可是,如果没有这舍得的纵身一跳,就不会有真正的得道飞升。"

淡淡的苦笑中,玄七郎的话语缥缈如风:"我年少气盛,自命不凡,只想远胜同侪,而你心高气傲,一心想要比我更为耀目。如果我肯停下前行的脚步等一等你,如果你肯默然跟随在我的身后……七还人间,皆是执念。雪妹,你我虽然归来,却终究未成道果啊!"

梅若雪怔坐良久,陡然从嘴角流出一缕鲜血,往后蓦倒!

玄七郎一把搂住她,手掌已按上她的背心,真气源源而入,只觉她心脉衰弱之极,他疾声唤道:"雪妹!"

"师兄,你还记不记得……我从前的剑法……是你教的……"

梅若雪喃喃道:"那一年……我问你……榔梅花开……是什么样子……你……你舞剑给我看……剑光之中……似有……花落如雨……而你……人美如玉……好一式……浮……浮空映山……"

梅若雪倒在他怀里,眼中神光渐渐黯淡,"只可惜……只可惜我再也不能……与师兄同看那榔梅花开,是如何浮空映山、绚烂……绚烂岩际……穷尽一生……也是求之不得了……"

"师父!师父!"

燕敏哭叫着扑上前去,紧紧抓住梅若雪一只苍白枯瘦的手掌:"师父……"

"阿摇……"

她神智已有些昏乱,蓦地一个激灵又清醒过来:"是阿敏啊……你要……照顾好阿摇……"她挣扎着将手中锦囊塞入燕敏手中:

"……玄榔……伤心蛊的解药……有两枚……我刚才……只不过是……想试试他们……"

燕敏呆住了,握着手中的锦囊,眼泪却不停地流了下来,她忽然想起了什么,赶紧把锦囊又塞往玄七郎手中:"师伯!你快些把阿敏的这一枚玄榔给师父吃下去啊!师伯!师伯!"

玄七郎含泪将锦囊重新放入燕敏手心:"好姑娘,你师父的伤势是多年寒毒纠结于心,又绝情绝义,强行冰封心脉所致。如今毒性迸发,如洪水奔涌,玄榔……已是无用了。"

"杨恩……杨……"梅若雪手掌乱抓,"玉琳琅……"

玄七郎一手抱住梅若雪，另一手拔下髻上步摇，轻轻放在她掌中。她却举着步摇，拼命伸向杨恩所在的方向。

杨恩疾步上前，接过那枝步摇，另一手却握着龙头匕。

燕敏惊疑地看着他，扑上前来，挡在梅若雪身前，哀声道："捕神！师父虽杀了王一江……可是……"

杨恩将龙头匕抛给了苏兰泽，又轻轻推开燕敏。

"我会将这支步摇交给陛下，"他附在梅若雪耳边，轻声道，"那铁匣，陛下他永远也不会看到。这里的人也没有一个人会看到。"

梅若雪仿佛松了一口气，手掌终于缓缓落下，她翕动着嘴唇，声音微不可闻："我那孩子……他总疑心我不是他的母亲……我好后悔……为了保持这张脸、这个身份……从那一次……那一次毒发……我竟从来没有好好地抱过他……我制出不悔之毒……其实这些年来……我没有一天……没有一天不后悔……可是……心中最珍贵的东西……终究是……求不得……了……"

数十年岁月，那些生命中出现过的人和事，爱情、权势、名利、阴谋、婚姻、争斗……如走马灯般在眼前飞掠而过，梅若雪的记忆最后定格在三十一年前生下阿摇的那一刻。

短暂的温情、致命的喜悦却是那样甜美，多年来不断诱惑她，让她辗转难安，日夜不宁。

可是在这个时候，她觉得，如果能让她再抱一抱阿摇，即使是死去也觉得值得。

从前她总是想，就算不与他亲近，但只要竭尽所能，留给他一个再无险川危壑的太平天下，也不枉母子一场。

如今看来，竟然都错了。

或许他一直暗暗渴求的，因了她的自私和冷漠，却从来未曾得到。

景安十年。

武当山的春天比京都来得更早，京都还是万木萧瑟，武当山已是草长莺啼、**蜂舞蝶飞**，峰峦林涧也透出润绿的春意。

立在南岩宫石殿之中，可以看到对面半山腰里的榔梅祠，那黛瓦红墙的宫殿道院都掩映在葱茏的绿树之中。

一对年轻男女携手立在祠内一面石崖之前，正仰头看向崖上几行新刻的字，那字迹笔法潦草，石痕犹白，显然是路人一时兴起，随手拿起匕首类的尖锐之物，在崖面上随意留下的诗句："玄帝偷暖著枯芽，石径云封第几家。雪色风香尤意会，青鸾衔出榔梅花。"

"祠内无人，连阶下也生出杂草，师父他……应该还没有出来吧。"

那白衣墨发的清丽女子轻叹一声，吟道："'青鸾衔出榔梅花'，那阔别已久的榔梅花，几时才能得见呢？"

"好香，"那眼上蒙有青布的英秀男子忽然道，"兰泽，你仔细找找，这好像是榔梅花的香气呢！"

苏兰泽一怔，四处一扫，忽然眼睛一亮：紧挨着一间侧殿的崖岩上，有几株半人高的小树，开了数十朵花。花色深浅不一，有红有白，与桃杏无异，蒂下垂丝如金，又似海棠绝丽。

虽然只有数十朵，却已有云霞之姿，不难想象，若是长成大树，繁花满枝时，那花色浮空映山，是何等绚烂。

"真是榔梅花！没想到这里也有！"苏兰泽惊喜交加，奔到岩下说："杨恩，你鼻子真灵！"

"眼睛彻底看不见了，鼻子要是不厉害点，不是一辈子都要被你欺负吗？"

"讨厌！"她眼中泪光闪闪，还是忍不住笑了。

两人安静下来，紧握着手，站在那些榔梅花前，沐浴在奇异的香气里。

"师尊将我们赶出榔梅台时说，'我若道成，花开果结。'去年他们没有出来，可见榔梅花虽然开了，却没有结果。"

她出神地看着那些花朵，终于忍不住道，"你没有杀她为王捕头报仇，是不是因为……因为你知道……她再无生还之机？"

"这里的榔梅花都开了，那榔梅台上必定繁花如云。"

杨恩沉吟片刻，道，"草木皆有灵性，榔梅花依然开放，说明人的生机尚在。结不结果,便看机缘吧!"

椰梅花真能再结出仙果吗?玄七郎心中之"道",当真能够修成吗?

其实人的生老病死、爱憎怨痴,便如这椰梅的开花结果一般,根本就是强求不得的吧!

天色将近傍晚之时,二人才从南边下山,回头看去,对面的南岩宫已是灯火通明,观院巍峨,分列殿庭,隐约有道士身影,往来不绝。

"你这位师弟,倒是颇有能耐,不过一年时间,他便把南岩宫弄得风生水起,不但香火鼎盛,听说还以'三教之说'而上达天听,屡得徽诏、谕赐之宠。这位孙碧云孙真人,恐怕是武当山中最为年轻的一位掌教罢!只是长此以往,南岩宫自然越是兴盛,椰梅祠却渐不可闻。"

"他是不愿侵扰了师父和师姑,才将椰梅派的道场移到了南岩宫,而非椰梅祠。"苏兰泽叹息道,"不过,他能到如此地位,也多亏了官中顾念香火之情的那一位……"

"咣!咣!"

却是南岩宫前,晚钟之声蓦然响起,山鸣谷震,鸟雀惊飞,扑簌簌飞下峭壁,落入幽深的绝涧之中。

杨苏二人执手而立,看向鸟雀消失之处,二人在夜色中嗟叹良久。他二人心中皆明,当年真正的胡皇后便是葬身于此。

景安十年春末,太后忽染重病,药石无效,三月之后,薨于隆庆宫。

举国哀悼,依制,京中三年不得有婚嫁宴乐,百官及内外命妇皆带重孝三月,宫中守丧一年,殿室苑囿,到处皆素幡白幔,茫茫如降下一场大雪。

一个宫人跪在座前,悄声道:"人找到了,是赵监派人来禀报的……"看了看她微蹙的眉头,便赶紧住了言。

燕敏穿着一身素袍,内白外麻,腰系粗麻所制的苴绖,一寸宽的麻布条从额上交叉绕过,再束发成髻,以尺许长的竹片为笄,紧紧挽住,外以粗布包住头发。

这样的装束比起平时的翟衣凤冠,反而轻便了许多。她的心中也并不是怎样沉重,或许是因为她心中清楚,那个卧于金丝楠木重棺之中,有各色珍宝簇拥,接受百官朝拜,具无上之哀荣的女人,并不是真正的太后。

她只是担心皇帝,因为他现在是她的丈夫。

她匆匆地走过重重宫殿,一路上遇到的宫人宦官都恭敬地跪倒行礼。她无暇理会,径直往前走去,在蔷薇满墙的隆庆宫外,一个眼睛红肿如桃的宦官迎上来:"皇后娘娘!"

是隆庆宫从前的宫监赵猾,他黑瘦了不少,不复从前白白胖胖的模样:"陛下在内殿……谁劝也不离开……"

隆庆宫还是那样金碧辉煌。只是,失去了它的主人,就仿佛失去了灵魂一般,变得空洞而茫然。

它的主人,那个强横的、高傲的、令人战栗的女人;那个沉默的、温厚的、面目普通的男子……

她的心脏仿佛被蛊虫狠狠啮咬了一口,疼得战栗起来。

她跨入了太后的寝殿之中。

太后宫中也是一片雪白,角落里放着盏雁形宫灯,孤零零的灯火之下,有一个身着同样斩衰丧服的雪白身影,一动不动地坐在早已空荡荡的床榻之上。

她疾走几步,赶上前去:"阿摇……"

这是只有他们两人独处时,才会有的称呼。对于他来说,这个称呼来自一个遥远的回忆。对于她来说,却很近很近。

"你看,床下有暗格。她居然还做了这个暗格!"

他转过头来看她,眼神疲惫,神情茫然,"你猜她会在暗格里放什么?放的是一只铁匣子,但是铁匣子被锁得紧紧的。可是我找了半天,却没有钥匙。太后从前的掌事宫女也不知道钥匙在哪里,看来是太后亲自掌管了。贵为一国太后,何须如此?这匣里面难道是什么了不得的珍宝,还是秘密?"

即使太后已经"薨逝",但多年的冷淡和疏远还是让他无法释怀。即使是面对着与自己情意深笃的皇后,也只是以"太后"称之,却叫不出那两个亲昵的字眼。

匣子就放在床头，是宫中常见的那一种，不过宫里都是金银、玉石、檀木匣子，铁匣子还从未见过。眼前的铁匣子长一尺二，宽一尺，四棱方正，虽然是铁制，但匣面浮雕菊纹，很是精美，颇有异国情致。

他盯着那菊纹，眼神中有着隐约的焦灼和不安。

燕敏心中一动，一段早该忘怀的往事连同那个女人含泪的眼睛，蓦地浮现在心中。

她本能地把手伸向妆台上，从首饰匣里拿出一枝步摇来，说："昔日师父还没有归隐时，臣妾作为他的弟子，为从前的明相做过影卫。记得有一次，南军卫的鲁都尉来见明相，他那时还是缉捕司的一个捕头，明相便已对他颇为青目……鲁都尉说起江湖上有一种能工巧匠，能将钥匙铸成首饰模样，在京中各贵人内宅风靡一时。前日，阿摇你让我来收拾太后的遗物时，我便发现了这个，原还诧异并没发现什么上锁的箱匣，却不知道床下还有暗格……"

步摇形若玉树，那枝丫上连缀的翡翠叶片，闪如泪光。

他几乎是一把抢了过去，颤抖着手，连连捣错了几次，燕敏耐心地等在一旁，看着他终于将步摇的簪尖插入钥孔，手腕微转，"啪"的一声轻响，锁孔弹出，匣盖打开了。

"阿敏……"他抱着匣子，怔了片刻，忽然伏到床上，像个孩子一样哭了起来。呜呜咽咽的哭声中，她仿佛听到他在隐约叫着："母后……"

她伸手轻抚他哭得发抖的背脊，自己也泪流满面。她想起有一个女人，曾带着怎样的悔恨与眷念，在生命的最后时刻，断断续续地向她交代："要……照顾好阿摇……其实这些年来……我没有一天……没有一天不后……悔……可是……心中最珍贵的东西……终究是……求不得……了……"

灯火摇曳，照入被他紧紧抱着的匣中：那匣子被收得满满的，其中皆是半新不旧的婴儿的衣物鞋帽，最上面的一件小袍服，以金线绣有小小的五爪金龙，昂首奋鬣，熠熠生辉。

五 蘊

引子：九相之图

"女施主！女施主！！"

门外一阵乱嚷，伴随着砰砰的敲门声。

盈持揉着眼睛打开房门，便见外面一片火光。

火光映着知客僧智光的脸，平素里笑团团的脸上，青中带白，仿佛才从无间地狱逃出来的幽魂。

"你……你这是……"

她吓了一跳。

"血月之夜，九相图满。今日血月浮空，烦请叫了尊主珍娘子，寺里要送两位下山了。"

盈持蓦地抬头，正当午夜，头顶一轮圆月高悬，只是那本应皎洁的月色中，竟隐隐透出血光。

智光身后还跟着几个手执火把的僧人，火把颤个不定，脸色忽明忽暗。

乙卯年，终南血月。竟然真的来临了！

法通那个老和尚说过什么来着？盈持模糊地想。

"第七个了。"

智光宽大的僧袍颤个不休,急得几乎舌头打结:"女施主,圆光寺的女香客不见了……年年都要丢一个,这次是第九年……"

盈持皱了皱眉,她的眉纤而淡,带着些惺忪的懵懂。

"主持说了,让送两位连夜下山!"

"你可别吓自己,那圆光寺的女香客许是去玩儿了,"盈持哧地一笑,眼神清明起来,不过十四五岁的青衣小婢,模样娇俏,竟是胆气雄壮:"这终南山涧多路滑,说不定跌哪里去了。"眼珠一转,她看向智光:"为何你只叫我们走?我明明记得,东院也有位姑娘在,说是跟兄长来进香……他们怎么不走?"

"女施主!你你……你……"智光被气得结巴:"江……江……江……"

一个男子闪身出来,站在盈持面前。

"在下江度,永康人氏。与舍妹已收拾妥当,只待二位同行。"

盈持扫了他两眼,不过二十七八岁,衣色半旧,质地却不错,髻上一枝碧玉竹节簪。眉疏目平,气度沉稳。

永康江氏,盈持没听过,但平时进出,也无意中扫过几眼西院,那位江姑娘日常起居连个侍婢都没有,想来家道中落已久。

"单凭着几个抖得筛糠般的小和尚,如何平安将我们送下山去?便遇鬼怪妖魔,也不过是添道点心罢了。"

盈持浑不在意,在场诸人却变了颜色。几个僧人几乎要将火把抖跌在地。

智光更是脸色难看:"女施主!噤声!"

他缩着头往四面看,只有无声山风,淡淡血月。四周山峦静默,如夜兽窥伺,他不由得打了个寒噤。

盈持沉下脸来:"你若真有救人之心,为何舍近求远,不送我们去找魏处士……"

一阵风过,暗香浮动,有数片花瓣在风中飞卷而来,掠过众人脸颊,悠悠飘落。

这是她们所住西院的红玉兰。

眼前忽然掠过初春透明的天光,碧瓦飞檐边伸出的枝丫上,那片片精致如白玉的弧形花瓣。

景安十一年的春天，明艳华美，充满生机。而她和珍娘子，已经足足有三个年头，没有见过那些端丽的白玉兰了。

"持而盈之，不如其已。你从此之后，便改名盈持吧。"

那个身着淡朱翟衣的女子，双手负后，兀立在那株白玉兰树下，春光灿然，花瓣四落，她整个人也仿佛在微微散发出光芒。

便是那样骄傲的珍娘子，也无法在她的面前，昂然抬起头来。

她向珍娘子道："盈持自请侍你左右，你们便一起去吧。"

这一去，就是三年。在这"一片白云遮不住，满山红叶尽为僧"的终南山，见惯了峰险岩峭，钟灵毓秀，僧道云集，缁素接踵。过惯了野茶为饮、麦饭为炊的山居清苦，也终于在这血月之夜，见到了终南山弥陀寺的红玉兰。

据弥陀寺饶舌的知客僧智光说，寺中最有名的就是两株红玉兰，各在西院和东院。自唐以来便在寺中，高可过檐，粗可环抱。据说开得最盛时，一株便有百余朵，花大如碗，香气扑鼻，繁美灿烂，一似华锦。更奇的是，寻常玉兰都是在春天盛开，这弥陀寺的玉兰花期却是在中秋前后。

"可惜……"智光说到最后，很惋惜地叹了口气："听说从前啊，中秋月圆之夜，便会很多贵人常来赏玩。还有许多贵人，也如你家珍娘子一般，提前多少天便住进了寺里，就会守着红玉兰开花呢。"

贵人来赏玩又如何？盈持见过珍娘子画中的红玉兰，这红玉兰的红，没有牡丹那般沉着端艳，也不如红梅的冷凝纯粹。倒像是朱里掺了灰，又如赤里搅了墨，最后还拿赭白冲了一冲，便有了这般红得深重的颜色。的确罕见，香气又浓，可哪里比得上京都的那一株？高贵莹洁，如珠如玉。就像……就像那株白玉兰的主人，让盈持一见便生自惭形秽之心。

她毕竟还只有十五岁。十五岁的少女，总是有着自己执拗的心思。

执拗地喜欢那株白玉兰，但也执拗地留在珍娘子的身边，执拗地思念京都……哪怕身处在这令当世隐士趋之若鹜、都会感慨一声"从此吾心可安"的终南山，仍然执拗地将它当作一梦醒来，仍旧惶然四顾的异乡。

"小施主，当知五蕴皆空，度一切苦厄。"初到弥陀寺时，那个瘦成一把骨头的主持老和尚法通，忽然对她说："正如拨开乌云，方能见日。你不放下这个心魔,是睡不好觉的。"

他怎么看出来的?盈持瞪了他一眼,引来珍娘子嗔怪的回眸,吓得她赶紧低下了头。

弥陀寺,从前听说倒也是个大寺,自唐朝时便建于终南。如今破败不堪,香火冷落,只余一正殿、两偏殿、并三个院落而已。朱漆墙面脱落得十分斑驳,传说中的碧瓦朱墙已被草顶泥壁所取代。寺中僧侣也只有五六个,不来香客就穷得喝西风,稍来几个香客又忙得如陀螺,那个智光号称是知客,其实盈持还经常在厨下看到他满头大汗地煮粥,又旋风般地挑桶去担水。想想京都那些寺庙,便是个名不见经传的小庙,也比他们强百倍。

主持便是那个又枯又瘦、几乎一阵风就能吹走的老和尚法通。身上的袈裟褪得都看不出颜色,说一句话便要喘三下,哪里比得上她在京都见过的大师们的一根指头?还劝她"五蕴皆空"?她才不要听。

盈持终是忍不住,嘟嘴低声道:"既然什么都是空,弥陀寺如今也不是名刹了,还留着红玉兰做甚?"

"住口!"珍娘子喝止了她,向着老和尚双手合十行礼,微微一笑:"大师说的是。听说学佛修持,五蕴为本。可是我等身在红尘之中,此眼所见,心中有感,感触流转,时时不息。又怎么能做到拨云见日呢?"

他们说的话,盈持统统听不懂。

不过珍娘子似乎说得很有道理,因为法通只是叹了口气,就再也没有说下去。而盈持也莫名地松了口气。那老和尚虽然极老,脸上的褶子能夹死苍蝇,但那双老眼里却透着冷光,似乎一直能看到人心底最隐秘之处。好在听说他不但老,还生着重病,珍娘子带她也只见了一次,此后住在了西院,一心一意,只等着那红玉兰开花赏玩,倒再也没见过那老和尚。

"魏处士闭关已久,如何寻他?"智远还在喋喋劝说:"便是我在弥陀寺这十来年,也不曾见过一面……"

一片花瓣落在足边,盈持抬起足尖,轻轻一辗,便化为香泥。

她斜了江度一眼:"无魏处士相护,我们不走。谁来我们也不怕。"

珍娘子初到弥陀寺时，便对盈持说过：

"虽则远在终南，我们不惹事，当然也不怕事。"

不怕事是自然的，只是盈持不解，既然是不想惹事，在终南山脚下那个"白石别庄"待着不好吗？何苦爬了足足五六个时辰，才来到这弥陀寺？要知道终南虽号称为山，实则群山险壑无数，弥陀寺所在名为南五台，又称太乙山，乃是终南山中段的主峰。由清凉、文殊、舍身、灵应、观音五峰组成，山上远眺有如笔架，雄奇神秀。路却难走得很，珍娘子纤纤弱质，上来更是艰难，一路上顾不得许多风度，几乎是手足并用，狼狈不堪。纵有盈持尽力扶掖，一只珠履还掉入了山涧。那履上珍珠足有黄豆大小，华彩斐然，从前自然算不得什么，可如今却叫盈持心痛了许久。

便若说是赏花，这红玉兰再好，可当初在京都中，珍娘子什么奇葩异卉没见过？

"我上南五台，只是为了一个人。"

珍娘子似是看出了她心中的疑惑，三年相处，令她也不再如当初那样矜贵骄横，难得地跟盈持解释了一句："盈持，听说，他来看过红玉兰。"

盈持当时打了个冷战。虽珍娘子没明说，但她听得出来，那是个男人。

男人啊……

怪不得，珍娘子画了那么多幅红玉兰。分明她没见过，却画得那玉兰树栩栩如生。

珍娘子修行了三年，似乎这胆子是越修越大了。

但当初珍娘子从暴怒的棍棒下救了她的小命，她便决定生死相从。别说等个男人，便是珍娘子要去无间地狱转一转，盈持也会毫不犹豫地踏向那狱中铁汤沸火。

"砰"！

小姑娘纤丽的身影一闪即逝，木门猛地关上！众人都不由得往后一缩，只觉那门扉险些便撞着了鼻尖儿。

智光摸了摸头，喃喃道："可是，女施主，如今我们主持他……他恐怕就要……"

山风吹过，不知穿过哪里的岩缝山隙，发出呜咽之声，如泣如诉。

"师……师兄……"

一个僧人哭丧着脸，向智光问道："那九相图，真的……真的有吗……"

不远处的禅房里，有微弱灯火，闪动不定。

一盏残灯，就放在简陋的木几上。

主持和尚法通，双手合十趺坐在蒲团中，灯影下他的身形，越发瘦成一把枯骨。

他抬头望向壁上，那里挂有一幅半旧的画卷，徐徐展开，足有九尺之长。卷上影影绰绰，皆是人形，或卧或伏，延续而下。

"新死相……"

灯火的阴影里，有一个略显苍老的声音忽然出声了，似乎还有些惊诧："这是……檀林皇后九相图？"

一个老道士在灯影里站了出来，往前走上几步，想要端详这幅长卷，又猛地停住脚步。

他头发花白，挽了一个道髻，身板却是笔直，脸上光润甚至有如少年。

倒是跟随他走过来的那个年轻些的道士，背负肩囊，赞叹地叫出声来："这檀林皇后，当真美如天女！"

最上的图画，是一个凤冠华袍的绝色女子，卧于锦榻之上，绫被簇拥，乌发披枕，四周帐幔垂缀各色珠宝，极尽华美之能事。

只是跪伏于榻边的宫人内侍，都作哀哭之态，让人恍然觉出，那女子早已香消玉殒，仿佛看到玉林摧折，明珠碎尘，更是由衷浮起惋惜之情。

"佛经记载，檀林皇后为一小国之后，美如天女，见者无不心动神摇。她笃信佛法，在自知重病不治时，便交代侍者，在她死后不要入殓下葬，而是将尸体曝露于道路之旁整整四十九日，即使风吹雨淋也绝不遮蔽。意在令众生能观她死后之变相，从而明白生命之无常。山河大地，肉身灵魂，所见所观，所经所历，不过是五蕴汇聚，终将散去，如同幻梦一场。"

法通沙哑的声音，在室内缓缓响起。一字一顿，虽有些吃力，但仍然叙述清晰。

他端坐于蒲团之上，整个身躯因为久病已缩成一团，几乎只剩一把瘦骨。

那年轻道士惊道："为何如此？她生前虽然美貌，但这一死，经风吹雨淋……"

老道士叹了一口气，道："秋宇，你且往下看。"

秋宇目光下移，蓦地跳起身来，往后连连退出数步，几乎背要抵上墙壁，这才颤声道："那……那几幅画面，怎的一幅比一幅要……恶心……"

第二幅画面，是七日之后。那华美绝丽的女子，从内里开始腐烂，气息膨胀，使那身躯渐渐鼓满而黑肿，枯干的乌发缠入道边的草根。

旁边三个小字，名为肪胀相。

秋宇道人闭了闭眼，鼓足勇气往下看：

女子衣衫早已被风雨半朽，肌肤烂透，脓血横流，有些地方隐约露出白骨。昔日那一双明媚眼波之处，已只有两个黑洞，污血在不断流下来。

这是血涂相。

接下来的，是肪乱相、啖食相、青淤相、骨连相、骨散相、古坟相……

死去的日子越来越久，渐渐的，蛆蝇聚集，尸臭薰恶，吸引了野狗兀鹰前来啄食。又有野狼争相撕咬，碎肉断骨，模糊一片。

华服凤冠，早就撕毁不见。甚至全身上下，终于血肉尽去，或腐烂，或被吞食，

倒是那具白骨的形状，在逐渐明显起来。无非也是双窟如洞，四肢如干，与别的骷髅并无不同。

此时绝色眉眼，气度风致，已丝毫不存。

风雨冲刷，四季变迁，那具白骨也散落四处，断肢残骸，慢慢融入了尘石草木。

到得画卷最下方，一切归于平寂。荒原草生，只有一座孤坟，高大崔巍。

坟前树有墓碑，碑身依稀有精致的雕刻花纹，或许还有墓主的名讳。

但年长月久，最终都湮没于荒草间。

似乎这世间，从未有过卷首那风华绝代的女子，她留给世间多少的惊艳，只存在于檀林皇后四字之中。

卷尾一行小字，工整端庄，却透出淡淡的漠然：

"五蕴自本可皆空，绿底平生爱此身。守冢幽魂飞夜月，失尸愚魄啸秋风。名留无间松岳下，骨化为灰草池中。石上碑文消不见，故人冢际泪先红。"

秋宇道人胸口一紧，竟是连到了口边的询问，都问不出来了。

"《檀林皇后九相图》，原是寺中历代相传之物。本只是为了警示世人，却没想到如今妖魔横行，令这人间堕为地狱。"

法通和尚的沙哑声中，有着无奈和愧疚，似乎还有着一些惆怅。

秋宇道人忍不住道："大师，难道这南五台的传说都是真的？所谓'九相图出，血月现世，'……"

"弥陀寺香火冷落，门庭萧条，皆因为此。"

法通和尚叹息一声，指间念珠缓缓转动：

"红月玉兰，原是南五台才有的盛景。然而鬼魅横行，红月变成了血月，玉兰也……这些年来，也不知祸害了多少无辜女子。九相图原是让人勘破五蕴，却成了妖魔作恶的印记，老衲修行之所便是地狱，还谈什么得道成佛？"

他苦笑一声，黯淡灯光落在他的头顶，也是一圈黯淡的光晕：

"松隐道兄，你我二人论交三十年，今日这弥陀寺的生死存亡，老衲……"

他盘膝而坐，话语戛然而止。双目微合，已渐渐失去神采。

松隐心中一震，待要上前时，听见一声凄厉的尖叫，蓦地划破了深黑的夜空！

"有鬼！"

就连那木几上的灯影，也仿佛随之一颤！

尖叫声传来之处，正是弥陀寺东院！江度兄妹所居！

一、此身久相忘

砰！

江度跑得最快，已推门入院，厉声喝道："弱兰！"

夜空如缎，被月辉泼成血色。一株高可过檐的玉兰花树，似浮绣于其上。枝丫交错，繁花盛放，少说也有数百朵，花瓣惨白，形如微弧。夜风一动，便似万千白骨妖魔的手爪，在血海中浮沉招摇。

盈持还是第一次见着这白玉兰，撇了撇嘴，道："我看这白玉兰，终究是不如红玉兰。"

智光跑得额上见汗，喘气道："祖宗！现在不是……是赏……赏花……花……"

盈持往里面探了探，灯光也无，一团暗黑，不禁揉眼道："还以为有什么热闹……早知道我就不来……"

一声利啸，破空而起！

那啸声尖利阴戾，如啼猿夜枭，如风吹暗岩，众和尚忍受不住，智光第一个捂住了耳朵，惊叫道："是那物事……那……"

簌簌声响，白玉兰花瓣疾落如雨，却是一顶罗轿破开花叶，凌空升起！

轿中一团烛光，透壁而出，映得轿身通体血红。轿中是一个蝉鬓花钗的妙龄女子身影：她支颐而坐，垂眸凝驻，似有幽然之思。

这样一幅美妙场景，若是在春夜闺楼之中，不免令人心猿意马。

然而这罗轿大小不过三尺，这女子身形岂不只有尺许？是人是鬼？是妖是魅？

"装神弄鬼！"

蓦有一道剑光，自远处激射而来！

噗噗数声，数条挡在前面的枝干花朵，瞬间粉碎四溅！眼看剑光便要击中罗轿！

嗖！江度手腕挥处，有寒光而出，当的一声，堪堪拦住那道剑光！

光芒一闪，应声落地，却是一柄桃木剑，纹理紧密，模样古朴，显然有了些年月。

"你敢相助妖魔！"

秋宇急匆匆赶来，喝道："还拦住我师叔的剑！"

江度手掌一伸，那道寒光飞旋而回，竟是一柄短剑，光敛寒水，一看便知非同凡俗。

他冷声道："轿中人是舍妹面貌！"

松隐足尖一挑，桃木剑飞回手中。他一伸手，自秋宇背囊中拈出四枝长箭来，喝道："七星赶月！"

双手一挥，四箭镝声大作，脱手飞出！纯以手腕之力，声势竟不弱于劲弓！

智光"啊"地叫道："七星赶月，天网仙阙！"

夺夺数声，四箭插在白玉兰树上，错落有致！

果然，那箭头之上金光微闪，仔细看时，却是淡金丝线，细如蛛丝，四箭错落，那些金丝也巧妙地互相穿梭，俨然一道"金网"凭空而起！

嗡！

玉兰花树微微一震，那诡异罗轿正撞在了"金网"之上！

松隐凌空跃上花树，与再次跃起的江度一起，往那罗轿扑去！

它虽无轿夫，却似乎有灵性一般，轿头一摆，试图往东南飞去！

秋宇从肩囊中也抽出一物，竟是一柄大弓，弦粗如指，弓身沉黑，他肩上还有箭囊，反手抽出三箭，搭弦拉弓，一箭射出！

夺！

那箭半入树干，又凌空拉起一道金丝！

罗轿再次撞上！它团团乱转，似在寻找逃遁之路。

松隐人在空中，手臂暴涨，掌中所握，正是方才被江度打落的桃木剑，剑身虽未开刃，但在这夜色之中，竟也隐隐泛出光华，不逊于任何利器！

剑尖划出，直取轿头！

夺！

秋宇第二箭射出！罗轿上下六路，只余一隙便被完全封死！

啊！

一声女子惨叫，从西院传来！

"珍娘子！"盈持脸色蓦变，一把抓住秋宇，叫道："是西院！"

秋宇一怔，盈持已松开了手，足下一顿，整个人竟越墙飞起，身形轻捷，如一片云般落在屋脊之上。几个起落，便往西院奔去。

智光陡然醒悟，向松隐叫道："西院还有一位珍娘子！此时落了单……"

松隐剑势不变，喝道："先救了这一个！"

秋宇咬牙拉弓，正待出，忽听闷然声响！轰隆！竟似是西院方向，有墙壁应声而倒！

一片绚丽灿烂的剑光，自西边升起，几乎照亮了半边夜空。

"乱云飞渡！"秋宇大惊，嚷道："是武当榔梅派！"

他一分心，罗轿在空中一个轻拧，避开松隐那一剑之威，已遁出"金网"！

江度喝道："哪里走？"

江度咬牙扑出，几乎逼尽丹田之气，已纵至数丈之高！

然而似乎虚空之中有无形之手而来，将它猛地抬起，径往高处升去，遁入夜色之中，很快消失不见！

江度身形一闪，往那罗轿遁走之处追去！

松隐落在树上，怒道："秋宇！"

"师叔！"

秋宇嗫嚅道："我……"

松隐一跃而下，顾不得再骂他，喝道："去西院！"

血月掩云，西院里朱红花瓣迎面纷飞，仿佛凭空下了一场艳丽而诡异的花雨。

花雨之中，赫然浮现一个黑影，腋下似有翅翼相连肩胛，远远看去，似一只巨大的蝙蝠！依稀可见那黑影爪下攫有一道白色身影，也不知是死是活。

唰！斜刺里如瀑剑光，合着一条小小身影，正射向那道黑影！

竟然是盈持！

黑影发出一声桀笑，返身一爪，竟不惧剑光，铮！

爪剑相碰，那爪竟坚逾铜铁，只将剑身一扭，咔嚓！剑身立断！盈持断线风筝一般，被弹飞开去！

嗖！哏！

鸣镝声响，有黄光破空而来，凛然生威！

那黑影似是识得厉害，暗黑的翅翼在空中轻巧地划过半道弧线，疾捷避开！

夺！一声锐响，却是那株红玉兰树已被长箭射中，没羽而入！

恰在此时，那轮血月挣脱云翳，猛地跳入夜空，

黑影发出一声恼怒的尖叫，先前藏于背光处的面庞，瞬间显现出来！

那是一张狰狞丑恶的面庞，赤面环目，靛唇外翻，露出两排森森白牙，猩红长舌自牙间伸出，腾起一股腥臭，令人欲呕。

鬼物！

秋宇心头大惊，拈箭搭弓，弦声再响！

"住手！"

盈持爬起身来，忍痛叫道："它抓了……我家珍娘子！"

秋宇一怔，果见那鬼物另一爪下那条白影，有些似人的身躯。

那鬼物似乎也有些忌惮，双翼一拍，便要远远飞开！

此时它距地面已有数丈，便是松隐亲至也赶它不上，盈持尖叫一声：

"放下我家珍娘子！"

娇小的身影如弹丸一般，竟从地上一弹而起，足在树干上一顿，便如闪电般地扑向了那鬼物！

秋宇急道："你！喂！你……"

盈持不顾生死，竟是凌空扑去，紧紧抱住了那条白影！鬼物抬起一爪，正待往她脑后拍落，却听弓弦一声，黄光蓦至！

"嘎！"鬼物痛叫一声，那箭竟穿爪而过！夺！射入黑暗中去。

鬼物含恨向前一掠，竟带着两人，遁入夜色之中！

"追！"

松隐的叫声破空而来:"它带了两人,飞不远!"

"呀!呀!"

鬼物展翅一掠,不过几息之间,弥陀寺灯火便在远处。

若是任由它带走,谁知天高山峭,林深树密,到了哪个鬼域?

盈持方才尽力一纵,紧紧抱住珍娘子的腰肢。

此时双臂僵直,几乎要失去知觉。

幸好隔着衣衫,隐约感知到珍娘子微微起伏的肌肤,让她心底尚存一丝热念。

有女子细细的声音,似在虚空中响起,若断若续,凄哀冷厉:

"平生颜色病中衰,芳体如眠新死姿。恩爱昔朋留犹有,飞扬夕魂去何之。"

盈持猛地睁大眼睛!

美丽的女子因病而逝,容貌却依然未变,像是春天的花朵那样,令人感到惋惜和留恋。

那是何处亡魂,尚在哀咏生前的青春?

刷!

一道寒光,忽地在眼前撕开夜幕!寒霜般的光芒里,盈持看到足下飞掠而过的草木石崖间,有一人手执短剑,一跃而起!

抬头的一瞬间,她认出来:是江度!

"江公子!"

她不敢松手,放声大叫:"救我们!"

鬼物双翅一展,竟避过那道寒光,乘风而上!

盈持心中忽然一沉:鬼物离地有数丈之高,便是练有轻身功夫的高手也不是神仙,如何能跃上来?

一念未了,只见江度曲指一弹:

铮!

短剑脱手而出,破空而来!寒光如雪,只在空中微微一旋。

鬼物"嘎"的一声大叫!随着盈持的惊叫声,一只鬼爪,连同爪中两人,如石头般自空中坠落,"砰"的一声闷响。

几乎同时,空中落下无数暗绿光点,如萤虫飞舞,几乎要扑到脸上来。

初秋时节,哪来的萤虫?

"鬼物哪里走!"

江度大喝声中,盈持只觉风声刮脸,萤火飞舞,树林中有黑鸦飞起,嘶哑的鸣叫声,惊得树叶一阵簌簌乱响。也不知他用什么法子,已经和那鬼物交上了手!

山间都是长草,二人一路滚落,不断撞上灌木、岩石,最后终于撞上一株碗口粗的黄荆树,重重一震,终于停了下来。

咻咻!一道火光夹杂浓烟升空而起,是用以传递信号的烟弹。

盈持见过这种烟弹,终南山隐士颇多,各居山头,平时有事联络,也多是用这种松脂制成的烟弹。或许是江度在召唤帮手。

盈持强忍着浑身剧痛,爬起身来:"珍娘子!珍娘子你醒醒!"

怀中女子伏地不动,她颤抖着,用力在百会穴上一按。

女子微微一颤,盈持大喜:"珍娘子!"

"嘘……"

是珍娘子的声音,微弱响起:"听!"

打斗声忽然停了,四周静谧,连虫声也未曾听闻。冷冷银辉,从崖壁前的凹陷处透了过来,那是一弯寒月升上山崖。仿佛一只偷窥的眼睛。

那歌声!还是似悲如凄的女子歌声,夹杂着另一个女子的哭泣,似乎就在耳边,又似乎远在山崖之间,一字一字,宛若蛛丝,寸寸皆粘于耳边。歌声如那歌中亡魂在哀叹回顾,徘徊不已:

"颜花忽尽春三月,命叶易零秋一时。老少本来无定境,后前难遁速与迟。"

盈持忽然觉得手背上有些酸痒,正待低头看时,眼前寒光一闪,草叶树枝簌簌齐落,不远处的数点暗绿萤火也随之敛灭。

即使是隔了数丈,盈持仍觉面上一寒:"好强的杀气!"

"谁在这里?"

歌声消失了，一个男子声音冷冷道："再不出来，休怪我不客气！"

盈持心头一动，是江度！听他这语气，似乎未能截杀那鬼物，竟一路追过来了。那鬼物若是逃了，或许正在近前……

珍娘子一把按住她："不要动！那萤火……萤火飞过来了……"

正是方才那漫空飞舞的萤火，尚余数十点被风一吹，正往她们面前飞来。

盈持只觉手背上酸痒钻心，低头看时，却见一点小小萤火，正停在左手背上，一闪一闪，犹如活生生的萤虫，在扑扇着薄薄的翅膀。

"珍娘子！这萤火有毒！"盈持右手一把扯下外衫，往珍娘子头脸一兜，捂得严严实实。随即往腰间一按，便待出手迎上飘舞而来的萤火。

忽有一道明亮火光，蓦地凭空射起，将四下里照得明如白昼。所触之处，那些暗绿光点，如汤沃雪，顿时消失不见。

"不要乱动！"

一道柔和的女子声音响起：

"此为幽冥之火，内含磷毒，触之肌肤溃烂。"

又是几道火光闪过，余下残窜的暗绿光点都烧得干干净净。

"那不是火光……"盈持眼神蓦然亮了，喃喃道："是剑光……珍娘子，是剑光啊……"

"竟是幽冥鬼火！这鬼物难道与幽冥门有关？"

数条身影顷刻奔至，为首的正是那松隐与秋宇两个道人，后面还有弥陀寺几个僧人，智通的光头上都流着汗，经月光一闪，熠然生辉。

江度的身形闪现出来，冷冷道："幽冥门这等邪门歪道，早在十年前被朝廷下令缉捕司剿灭，鬼王之说，却已有十余年时光。"

"幽冥鬼火中磷毒极重，又飘忽不定，制成暗器杀伤力极大。不过只要是走正阳一路的功法，都能克制。当初神捕大人追缉幽冥门时，便以弹指神通克制。"松隐沉吟道："江公子这剑术似乎是武当一脉，清正阳和，并不惧冥火。而方才那道火光，亦是令百邪辟易，是魏处士的赤炎剑术？"

秋宇哼道："魏节那厮，唯恐沾着些许红尘，岂会管这等闲事？"

冷风拂来，有个温柔的女子声音道："外子多年不闻世事，不知何处得罪仙长，竟得如此轻慢？"

盈持"啊"的一声，跳起身来，叫道："可是魏夫人吗？魏……魏节魏处士的夫人？"

众人一见她二人，都既惊又喜，但来不及问询，却被"魏处士"三字惊得呆住了。

终南上下，甚至宇内四海，并非所有不做官的读书人，都当得起旁人称上一声"处士"。

魏节却当之无愧。他原是长安旧族，少年学剑，罕遇敌手，人称"临风一剑长安君"。父母因疾离世后，他便在终南山中舍身崖上结庐而居，以"五蕴"为名，"愿舍此身，奉于高慈"，不求功名利禄，顿时声名鹊起。

也是机缘凑巧，三十年前，景贤皇帝微服前来终南山，恰与魏节结缘，一席深谈后，认为他有管仲之能，却宁愿避居山中，德行高洁犹胜管仲，因此称他为"山中国相"。

后又让当时的太子亲自求教于魏节门下。景贤皇帝认为他有春秋战国时齐国国相管仲之能，尤其是太子登基成为新皇，还特意赏赐魏节，至舍身台时，魏节闭庐不出，婉辞不受，更是名声大噪。便是智光在寺中多年，也从未想到，会在这里见到魏节之妇。

"魏夫人？魏处士夫妇理应在舍身台五蕴草庐，怎会来此？"

江度转身视向前方，夜空幽暗，弯月透寒，十步开外的长草之中，有两个女子缓步而来。

他盯着为首那个身着丝麻衣袍的女子，缓缓道："倒是方才有鬼物被在下一剑逼走，遁入这深涧之中。不知这位娘子可曾窥见些影踪？"

松隐等人静静旁观，无人出声。

盈持张了张嘴，心中也生出疑窦：血月之夜，这魏夫人无论身份真假，出现在鬼王出没之地，本就不大寻常。只是……

为首那女子三旬上下，麻衣布履，发上只插一根荆钗。淡淡如血的月光，落在她皎然的面容上，如飞叶入雪，仿佛被无声化去，别有飘然之姿。

她身后是个双十年华的小姑娘,容貌俏艳,臂挽竹篮,腰间挂一柄长剑,此时正满含怒意地瞪着江度。

那自称魏夫人的女子摇了摇头:"我们是看见冥火后过来的。这山中多有荒涧,死兽之骨积年已久,被风一激,常有冥火飞起。这冥火不同于寻常的磷火,如意便以阳炎剑术除去。鬼物之流,并不曾见。"

江度冷笑一声:"那鬼物大如车头,双翼七尺,恰在这里不见了影踪,你们……"

"你想说我们与鬼物有牵连?"

那少女截断他的话头,冷道:"你既是一路追过来,难道不曾听到什么?"

江度一怔,似乎想了起来:"挽歌……"

"不错!"

盈持急忙道:"我也听到了!还有哭声!"

"倒是你们可疑!"如意毫不客气道:"血月之夜,老道士小道士和尚们一起跑到这里,又是什么缘故?"

"魏夫人,"松隐缓缓开口,态度温和:"今晚弥陀寺有鬼物作祟,掳走这女客主婢二人,江公子途中截中鬼物,却在此失了踪迹……遇到夫人多问几句,也是在情理之中。"

"掳人?那……那鬼物……又……"魏夫人睁大了眼,咬了咬唇,忽然呜咽一声,宛若枝头摇落了一滴轻露。

她竟然哭了?

盈持在珍娘子身边,早就见识过各色女子。当今时世,女子生存不易,但凡是能在人前活得光鲜的,必然都有极其强韧的内心。"便是哭,也是有所图谋。"珍娘子曾这样冷静地告诫她:"盈持,你要记住,想要什么,便要自己奋力去争。若是哭一哭便能得到,那是父母娇宠的稚子才有的权利。"

所以她们的眼泪,往往是朝着肚里咽回去。便是有当众哭得眼泪滂沱的,但凡达到目的,一眨眼便能破涕为笑。

魏节之妻,岂同寻常女子,此时遭人怀疑,不是更应该勃然色变或怒声叱责么?

"世人常说五蕴皆空，心里却着实看不空。"那个弥陀寺瘦得吓人的法通和尚的话，在此时又浮上盈持心头："色受想行识，样样都以为是真的。看到眼前的，便要想当然。想当然了，还要去做。做了之后，还认为自己是对的，至死不悔。"

看到的，未必是真的。色蕴易破。

所以，那些女子的眼泪，无论她们哭得多么楚楚动人，都不是真的。

可是眼前的魏夫人……她的哭一定是真的。从来没见过这般柔弱美丽的泪颜。泪水如雾气一般，凝结在了那长长的睫毛下，在月色中闪耀着细微的棱光。被夜风一吹，旋即飘然落下。

盈持觉得自己的心，都要被那几滴泪珠给落化了。色蕴不易破啊。

"又？"江度眼光一闪，踏前一步，厉声道："你见过那鬼物？"

"夫人！"

如意怒色转悲，眼圈也是一红，扶得魏夫人更紧了些："不一定便是那鬼物……不不，这世上没有什么鬼物，夫人……你不要伤心……"

松隐一怔，不觉抚上了桃木剑，咳了一声，道："莫非……"

"如意！"魏夫人放声大哭："可是我心里……总想着那鬼王……阿露她……她失踪那晚，也有血月现世……"

鬼王。

众人不禁一震。

"九相图出，血月现世，九女皆至，鬼王娶亲！"

这四句谶语，自入终南以来，盈持便已听说。

那是个与她们颇有渊源的老隐士，听她们说要来南五台，神情便是一凝：

"南五台啊……可是不太平呢……"

"南五台是太乙山中五个小峰，有清凉、文殊、舍身、灵应、观音五台，那舍身台是昔日名动天下的魏处士隐居之所，魏节剑术精深，有谁那样不长眼，竟敢在南五台生事？"

老隐士眯了眯眼，点头叹道："有魏处士在，那些宵小之辈，原是不敢生事的。可惜遇上鬼神之事，魏处士毕竟一介凡人，又能奈之得何？"

"鬼神之事？"

珍娘子轻笑一声，道："那更不用怕了。我等福缘深厚，自有皇天后土相佑，虽鬼神何惧。"

那老隐士忙道："娘子还是小心些为是。相传千余年前，有一小国君主，其皇后美艳无双，却不幸殒命，君主不愿将她埋葬，亲眼见她尸身腐败，历经九相，化为土灰。深感肉身之脆弱，发誓修魂成魔，不入三界轮回，自号鬼王。盼她复活，得了一个邪术，便是每遇血月之夜，取一女子为祭，共取九女，一一展现九相，便能让他爱妃复活。这太乙山间，原也有不少修行的女冠、妇人，着实被祸害了几个。血月并非每年都有，这鬼王之祸，已有十数年，也有高僧道士想要做法收他，皆是无济于事，甚至连僧道都折了几个。故近两年这附近道观庵堂，但凡是妇人女冠，已是大半搬走了。便是弥陀寺的香火，也是一年不如一年呢，只怕法通那老和尚，愁得胡子都要揪掉了。"

珍娘子却不以为然，笑道："若说天下鬼物，多聚于地府深泉，那先父当是见过最多的，哪里见过他受一丝一毫之害？从前……从前便有人说过，这天下的鬼魅，都源自人心。"

"魑魅魍魉，皆是人心。老道总不相信有什么鬼物！"

松隐一弹桃木剑，剑声长吟，惊破了盈持的思绪："行正道，扬正气，所至之处，百邪辟易，何惧神鬼！"

"妾也盼并无什么鬼王……"魏夫人眼中泪珠盈盈：

"阿露是妾身的表妹，三年前上山来小住几天。南五台风光秀丽，便私自出来游玩，妾等到天黑也不见她回来……那夜，也有血月当空……后来，后来便在这灵应台，寻着了她一只丝履……我们也曾令人槌绳而下，只说涧底深不可测，竟无法落到实地……至今只得一个衣冠冢……"

泪珠转了两转，终于掉落下来，呜咽道："妾父母早亡，为姑父姑母抚养长大，待如己出，妾……却没照管好阿露……只能偷偷来祭祀一番……"

一阵风起，吹起如意臂间竹篮上的盖布一角，秋宇眼神一瞥，依稀可见放有盘碟火石等祭物。

"可是师傅，"秋宇咕哝道："魏处士节操高洁，剑术出众，天下共知，怎么就对鬼物邪魔也视而不见呢?"

呛!如意拔剑而出,怒道:"你敢辱我师尊?"

"如意!"魏夫人连忙拉住如意。

月光之下,她虽已拭去泪痕,但眼皮仍是微微红肿:

"外子身患恶疾,养病多年。又如何……如何……能为阿露报仇……"

众人都是大吃一惊,魏节近些年几乎销声匿迹,原来竟是重病在身。

江湖风波险恶,谁能无几个仇家?不敢露面,自然是情理之中了。

如意回剑入鞘,怒道:"若不藏身草庐,师尊自己尚且不能保全,你们既自许侠义,为何不来护着我们?"

江度冷冷道:"你们关上草庐成一统,谁护得着?便如方才,你既有赤炎剑术,若肯早些出来拦截,那鬼物也不会消遁不见!"

"你自己追丢了鬼物,却迁怒我们!"如意怒目而视:"休说我不曾见着鬼物,便是见着了,又为何要去自寻死路?人是在弥陀寺丢的,你怎么不找他们?"

智光等几个僧人脸色一变。

"不知魏处士身患何疾?"松隐忙道:"我楼观派中,也有医书炼丹一脉,颇多妙手……"

智光见他开口,低头合十,忍气不言。

魏夫人凄然摇头,道:"外子之疾,药石无效。所需一味药引,在这世间恐怕已是绝迹。人身不过五蕴聚合,自有它的聚散。倒也罢了。"

她外貌柔弱,这几句话也是鸣音细细,但却自有一种坚定意味。

盈持喃喃道:"原来这是楼观派的道士,倒似乎做着弥陀寺和尚的主。"

终南山麓之北,有翠峰千嶂,层层叠叠,远望如同楼观。西周时便有人在此筑台,在台上讲经说法,唐时颇为鼎盛,因此也称为楼观台。北朝时渐成道教宗派,称为楼观派。楼观台便是其道观总枢,也是道法重地。及至到了本朝,楼观派一向宣扬老子西升化胡之说,即使与终南山的佛寺,也颇有些不睦。这松隐与法通虽有私交,但看他在弥陀寺和尚中似乎还颇有威望,才叫人纳罕。

"我有奇药一味,可治世上百病。"

珍娘子的声音，在风中轻轻响起："魏夫人，可愿一试？"

她一开口，众人不由得投来目光。

这世上竟有如此悦耳的声音，在这山风中，仿佛琅环之条，轻击成响。

如意撇了撇嘴，目光落在珍娘子主婢脏污不堪的衣上，冷笑道："藏头露尾，口气倒大！"

魏夫人眉头轻蹙，道："你……你是何人？"

珍娘子淡淡一笑，裹住头脸的外衣，顷刻掀落。

如匣箧初启，宝色沧然，又如风卷云裂，彤光乍现；便是那惨淡的血色月辉，也在瞬间亮了一亮。

呛啷一声，却是秋宇的长弓落到了地上。智光等人更是张大了嘴巴，其他人虽冷静些，却无不惊艳。

"人身不过五蕴聚合，"那是那琅环般的声音，带着真正美人才有的漫不经心："唤我珍娘子吧。这是我的婢女盈持。"

她莲步上前，那脏污的长衣，在草尖轻轻拖曳而过，带着华裳般的雍容，向魏夫人伸出手掌。

掌心微开，在魏夫人眼前轻轻一晃，旋即握紧，唇边漾起若隐若现的笑意："这味奇药，魏夫人可满意？"

魏夫人脸色蓦变，眼睛猛地睁大。

"胡言乱语！"她丢下一句呵斥，转身就走，脚步匆匆，竟似带有怒气。

二、唯不忘相思

钟声嗡鸣，穿林而来。

盈持回头，目光越过林梢，依稀是弥陀寺黯淡的灰瓦，如同初见。

盈持在心里叹了口气。

然而，弥陀寺那瘦得一阵风便似吹走的老和尚法通，再也不会出现了。

昨晚回寺之后不久，便听说法通已经圆寂，遗命大弟子智信接任主持，但智信云游未归，寺中智光几个僧人六神无主，幸有松隐带着秋宇帮忙支撑。

也因忙成一团，她二人离开时，无人察觉。

"珍娘子，你说法通急急叫来了松隐，可不像是仅仅因大限将至，与故友告别那么简单呢。"

"珍娘子，那个江公子不肯回寺，说还要找寻他妹子，你说他找得到吗？"

"珍娘子，我们真的找得到魏夫人吗？都说五蕴草庐外设有机关，是当年技神张白石的杰作呢……"

"珍娘子，你昨天掌心上写的，便是那奇药之名吧？我看那群和尚道士也好奇得很呢！"

"珍娘子……你今天真好看，就是有点奇怪……"

"噤声。"

珍娘子哼了一声："聒噪！"

乌束鬒发，插一根白玉楼台仙人簪。内着广袖交襟道服，外罩一层素青纱衣，一派素淡女修士打扮，便是仗着那般绝艳的容色，倒越衬得唇色点朱，眉如黛山。浓与淡的对映，才真正美得惊心动魄。

便是盈持看惯了自家珍娘子的美，也要忍着心头的怦怦乱跳，又有些心酸。

珍娘子向来巧于妆饰，无人出其右。自来终南，沉寂了许久，今日才又看到几分旧时的模样。

一个多时辰行路下来，舍身台便出现在不远的青山之间，山崖峻拔，石岩堆积，幽静中透出浑厚，又有清泉潺潺，自崖间流下深涧，涧中薄有雾气，藤萝牵引，却空无一人，也看不到任何房舍。

"珍娘子……"

盈持忍不住又开了口："这……"

珍娘子微微一笑，袍袖滑下，露出腕上一串豆大的红珠，肌肤胜雪，那珠子便红得耀眼。

她扬起手来，珠串往那深不可测的涧底落下！

盈持尚未叫出声来，只听"咯"的一声轻响，薄雾瞬时散去，藤萝深涧化为乌有，唯一一座桌面大小的石台，凌空伸出，那串红珠正静静地卧于其上。

盈持顿时捂住了嘴："珍娘子！"

"一个小小的阵法。"

珍娘子淡淡道："但如果我们贸然走下去，下面的机关会让我们死无葬身之地。"

盈持忽然睁大了眼睛，瞪向前方：

一只素白的手，出现在石台之上，细长的手指，勾起了那串红珠。

手腕、衣袖、肩头、螓首，渐渐浮现出来。若那石台如一幅空白画卷，便仿佛有人在一笔笔描绘下来，一个美人的轮廓渐渐成形。青衣白裙，发梳双鬟，如幻如影，虽是青天白日，盈持却觉颈后一寒。

美人抬起脸庞，向她们看来。

眉眼俏丽，似曾相识——正是跟随在魏夫人身边的如意。

风吹乱了如意的鬓发，整个人仿佛才鲜活过来。

她从鼻子里哼了一声，道："随我来吧，夫人在等你。"

珍娘子轻轻一跃，落于石台之上，盈持忙跟了下来，这才发现石台边上有一条石阶，一直伸往台下，右拐入崖间，消失不见。

三人向下走去，果然崖间有一缝，仅容侧身而过。如意当前走入，珍娘子随后，盈持走在最后，忍不住回头看了一眼，惊叫出来："那台阶！台阶……"

身后涧雾茫茫，那些台阶居然凭空消失了！盈持若是退后一步，便在崖缝边沿，脚下临着深涧，冷风打涧底卷上来，带着透骨的寒意。

如意露出轻蔑的一笑，昂首前行。

崖缝不长，半支香功夫便走了出来，眼前豁然开朗：

前方一片密林，浓绿间隐约缀有殷红，每株树皆有碗口粗细，想来颇有些岁月。树下皆是绿草，长及半身，间有一条小径，依稀蜿蜒入林。轻雾弥漫林中，如上好的绡纱，在晨风里拂动不已。依稀有几声清脆的鸟叫，却又隔得似乎颇为遥远，仿佛是怕惊醒了这林中仙梦。

"都说魏处士伉俪情深，一日魏夫人回娘家探亲，不过数天未回，魏处士便遣人送信，信上说，'相思殊盛，如春林初发。'他二人所居草庐外的树林，便被人称相思林。原以为是因相思而得名，今日才知，原来真正种的是相思树啊。"

珍娘子立在林边，伸手一拂，便折下一支深绿的枝条。宽大厚绿的叶间，一簇簇红豆殷红似血。

如意眉头一挑，忍住不言。

"相思树，结的这果子不就是相思子，又名红豆吗？奴婢学过的，红豆生南国，春来发几枝。望君多采……采……"盈持在一旁掉书袋，竭力回想当年学过的诗句。

"望君多采撷，此物最相思。"珍娘子伸手折下一枝红豆，信手把玩："此红豆，非彼红豆。虽然都是相思子，但这世上的相思，却是各不相同的。"

盈持仔细看去，叫道："是了！据说相思子是半红半黑的，这里的却是通红呢！"

珍娘子瞥她一眼，懒得说话。

"珍娘子，你乱折人家的相思树，人家会生气啊！"盈持看她漫不经心，抛下这一枝，又要去折另一枝，赶紧出言阻止。

"放心吧。"白玉般的手指只微一用力，又折断一枝，另两根手指拈起红豆，随意摘下，在指尖只摩挲片刻，便毫不在意地抛诸草间："无人会顾及的。"

那殷红的点子落入绿草丛中，稍纵即逝。仿佛一滴女子泣血的泪珠。

盈持从前听人说过相思树，不过是岭南一种灌木，至少高过人头，此处的相思树却是高大的乔木，树冠浓密，遮阴蔽日。再走片刻，那小径尽头便豁然开朗。这相思林的尽头，原来是一处陡峭的断崖。

临崖有一间草庐，就建在一株高大的相思树下，树冠繁茂，远远露出一角澄蓝天空，云气淡抹，有如画境。

一个白衣女子，就立在草庐的柴扉前。一阵风来，她那纤柔的身影便似要随风而去，正是魏夫人。

盈持心道："难道这就是大名鼎鼎的五蕴草庐？"想到那名扬天下的魏节，或许正在庐中，不禁一阵激动。

如意走在最前，默不作声，奉上那串红珠。魏夫人微微一笑，接了过来，随意串在腕上。

盈持不由得又看向珍娘子，实在想问一问，这串红珠显然是魏夫人所有，但昨晚魏夫人震惊之后并未再与珍娘子搭话，反而默然离开，不知珍娘子从何处得来。

"珍娘子非寻常人，繁文缛节索性一并免去了。"

魏夫人说话还是轻柔如朝露："不妨开诚布公，珍娘子所求为何？"

盈持想起珍娘子昨日一伸即拢的手掌，实在好奇究竟是什么奇药，令得魏夫人明显失了分寸。

"我想求见魏处士。"

珍娘子微笑道："必有重酬。"

"你？"

如意忽然冷笑一声："你一个贵人弃妇，我师尊是何等人物，岂会管你这区区内宅之事？"

珍娘子笑意未动，淡淡道："你一个老来扮俏的妖妇，又敢以何嘴脸来存于此间！"

如意脸色蓦地大变，眼神如淬毒一般射过来，尖声道："贱人！你胡言乱语什么？"

"珍娘子既是贵人，"魏夫人伸手拦住如意，轻声道："岂不知我们这草庐以五蕴为名，第一蕴便是'色蕴'？所见所闻，未必是真。老丑妍媸，并无分别。"

如意脸色红得发黑，怒道："夫人！你拦着我做什么？这等无用弃妇，便不该让她踏入一步！"

"我回来察看过，衣衫完好，并无沾上冥火。"

魏夫人一双妙目潋如静水，道："今日允你前来，只想知道，我究竟是何处露了破绽？"

衣有冥火？

盈持蓦地回头，瞪了一眼珍娘子，心头雪亮。

原来昨日珍娘子根本就没有什么奇药！她掌心所写，是魏夫人衣有冥火？

等等！魏夫人看样子并无武功，可是如意修习阳炎剑术，岂会让冥火粘身？除非……除非……

盈持的手微微一动，真气已盈满经络，蓄势待发。

魏夫人目波一闪，道："你二人尚在鬼王之手时，分明是听到了崖下一人哀歌、一人哭泣，我和如意恰从崖后而出，又灭掉了幽冥鬼火，且表明了身份。你的疑心从何而来？"

"夫人！"如意森然道："杀了她们岂不……"

"如意，"魏夫人温言道："若我们不知道破绽在何处，或许还会遇到她这般的聪明人。"

如意一怔，冷哼一声，不再出言。

她这般说法，定然与鬼王脱不了干系！

盈持惊怒交加，惕意更深，心底却浮起疑窦：魏夫人所言不错，她确与鬼物并不在一处。珍娘子素来聪慧，又是看出了哪里破绽呢？

"夫人关于祭怀表妹的故事讲得极好，却又生得这样一副楚楚可怜的相貌。无论是从情从理，都足以糊弄过那些男人。"

珍娘子绝丽的面庞上，浮起一抹淡淡的嘲意："然而比你更擅伪饰的女子，我实在见过不少，故此听虽听了，却未必当真。"

魏夫人打量了她一眼，珍娘子不以为意：

"说谎并非易事。不但从情从理，枝节末叶也必不能少。夫人备了祭品，素衣淡服，腕上却还挂着相思串，尚可说是与魏处士夫妻情深，连片刻摘下都不肯。只是如意这半徒半婢的角色，剑上桃木珠都不肯取下，若魏夫人真心痛令表妹之殇，岂能容忍！"

魏夫人神色终于微变，盈持随着她目光看向如意。

如意腰间长剑柄上，挂有一串极常见的流苏，以为剑饰。流苏上端，缀有三粒玉珠，攒着中间一颗木珠。盈持却看不出是否桃木。

"这剑想必不是俗物，"珍娘子微笑道："才以千年桃木之珠为饰，千年桃木色泽暗沉，也不是人人认识。但我想魏夫人必定认识，对也不对？"

她瞧着如意因了那"半徒半婢"四字，脸涨得通红，却以手紧紧团住那串桃珠流苏，笑意更深：

"既然我生了疑惑，只好再试魏夫人一试。"

"所以你在掌中写了衣有冥火四字，是为了试探我。"

魏夫人长出一口气，神色恢复如常：

"若我置之不理……"

"那我也就罢了。只当魏夫人一时粗疏，未曾留意如意。"珍娘子道：

"可魏夫人走时，却暗中示我，将那相思串留在草丛之中。显然心虚了，果然经不起试探。"

"我杀了你！"

如意面容狰狞，剑光陡闪，已扑上前来！

铮铮！铮铮铮！

电光石火之间，盈持腰间弹出软剑，已与她交手五剑！剑气如霞，一迸而出，激荡开了魏夫人与珍娘子的鬓发。

"住手！"

魏夫人厉声喝道："如意！"

"若不杀了她们，被那帮子道士知道……还有那个姓江的扎手……"如意身形竟闪过盈持剑势，剑尖如蛇信般，蓦地探向珍娘子！

噗！

盈持剑尖已刺入如意肩头！鲜血溅出！

而如意当真狠辣，不动不避，剑势不变，竟是一心想要刺入珍娘子咽喉之中！

"珍娘子！"盈持吓得几乎魂飞魄散，尖叫道："大胆！"

剑身一绞，如意肩头已被刺穿！

而几乎与此同时，盈持只觉眼前一花，魏夫人与珍娘子身形一动，竟然凭空消失了！

扑！如意的剑尖划破虚空。

盈持拔剑而出，带起一串血珠，咬牙向如意扑上去："你还我珍娘子！"

砰！

头顶盖板猛地阖上，落下一层浮灰。

珍娘子咳了几声，又坐了片刻，等脑中的晕眩缓缓褪去，才爬起身来，讶然道:"机关?"

四面皆暗不可辨,唯一的光是墙角的一盏青铜雁灯,三捻灯芯,也不过晕染出一团拳头大小的光晕。

但她只是吸一吸鼻子,便闻出了泥土的腐潮之气:这里应当是一间挖在地底的暗室。

"你这么聪明,当然不会认为我夫君就在草庐之中。"魏夫人的声音,从暗处幽幽传来:

"这是当初技神张白石为五蕴草庐设下的机关。"

"技神?"珍娘子眸光闪闪:"魏处士真是相交遍天下,听说张白石名列剑技捕乐四神之列,虽擅机关土木之术,却为人倨傲,轻易不肯出山。先帝陵和金妃墓便是出自他手,没想到这小小一个草庐,也能见技神风采。"

魏夫人没有作声,过了片刻,咻地一笑:"你胆子倒大,知道鬼王与我有关,却一点都不怕。"

如意的声音忽然响起:"夫人救我!"

轧轧声起,西南角黑暗之中,忽有冷风扑面,却是一扇暗门缓缓打开,两个人走了出来。

如意走在最前,双鬟散了大半,肩上一团血污,模样狼狈。一柄长剑搁在她的颈边,后面圆睁双目神态惕然的持剑少女,正是盈持。

盈持一见珍娘子,顿时大喜,叫道:"珍娘子!你果然没事!"

珍娘子还未开口,如意已怒道:"既然她没事,你还不放开我?"

盈持冷冷道:"再说一句,我便看是你颈子硬,还是我这剑快!"

"入庐十年,"魏夫人叹了一口气,柔声道:"如意你的脾气,倒似还如十年前一般火爆。"

盈持心中一动。这如意看上去,也不过十六七岁,十年前……

如意咬了咬牙,低下头去:"我……我只是怕她们引来外人……这婢女剑法高明,胆子又大……"

"你应该知道,我那串相思珠,是阵法之钥。纵然有外人窥见石台浮现,没有这串相思珠,也无法入内。便是绝世高手入内,难道我就怕了吗?"

魏夫人温柔地看着她，道："近些年来，你并无这般急躁。"

"夫人！"如意猛地抬起头来，眼神狠狠剜向珍娘子：

"你难道看不出吗？这贱……"

颈上一痛，剑刃入肌，盈持冷冷地瞪过来。

如意一窒，不敢再说。

魏夫人又叹了口气："珍娘子，你是个聪明人，既然知道这里机关重重，又有求于我，若还是让你的人如此胁迫如意，又有什么意思呢？"

盈持也知道，方才多亏魏夫人瞬间按动机关，让珍娘子躲过如意的杀机，显然此言不虚。而她毫无武功，如意似乎对她也并不畏惧，但她仍将如意收得服帖，显然必有手段。

珍娘子笑道："我不过是要拜见魏处士，又不是为了要杀他的爱徒。"

灯光微微，光晕浅浅。魏夫人的侧影，便映在这光晕里。

她的睫毛极长，如蝶翅一般，秀鼻丰唇，胸高腰细，纵年华已在老去，着实还是个美人。

魏夫人浅浅一笑："珍娘子，方才多问你几句，是我自己好奇。以珍娘子这般人物，我既有心邀入草庐，定然是要答应你前去见我夫君。"

如意哼了一声，似乎仍愤愤不平。只是唇边浮起一缕诡异笑意。

盈持看在眼里，暗暗生疑，却听魏夫人道："如意，十年来辛苦你了，这次你便随我一起去吧。"

"是！"如意神色大喜，一双杏眼闪闪发亮："如意……如意一定会听夫人的话……"她瞪了珍娘子一眼，却颇有得色，"才不会再对无关之人动手！"

魏夫人转向珍娘子，笑道："如何？"

珍娘子嫣然一笑，示意盈持松手，肃容道："我有求于处士，自不愿结仇。处士有恙，所需药引想来颇为难得。这天下奇药珍材，我虽不敢说尽在囊中，但有心去求，也算不是十分艰难。"

魏夫人笑了笑，道："所言正是。"

这四个字说出来，总觉有些不对。盈持胸口又塞入无数疑团，但见珍娘子与魏夫人相视而笑，看似和意融融，更有说不出的暧昧诡异。

她撤开长剑，回于鞘中，快走几步，站在珍娘子身边。

如意狠狠瞪她一眼，正待说些什么，魏夫人盈盈上前，伸手往壁上不知何处一按。

轰隆隆！

眼前石壁，似有人拉扯一般，往两边缓缓退去，露出眼前一条甬道。壁上插有火把，火光之下，隐约可见道底铺有青石，宽约六尺，一直往黑暗深处延伸而去，不知其踪。

甬道顶上似乎也有气孔，道中气息并不难闻，每隔一段路，魏夫人便熟练地点着壁上的火把，又灭掉身后的，宛如一尾短小的火龙，在试探着迤逦前行。

火把似是松脂所制，散发出淡淡的松香，冲淡了地底的土腥。

如意紧随其后，一路都在伸手整理鬓发，勉强挽好双髻，又从襟中抽出块丝绢，仔细擦去脸、颈上的血污。只是肩头剑伤，却是无论怎样也掩盖不住。

或许是想到此处，如意不免几次回头，瞪向珍娘子与盈持的目光中，是毫不掩饰的憎恨嫌恶。

盈持悄悄捏了捏珍娘子的手，手指在她掌心写了个一字。

珍娘子回了个字。

她二人多年相处，心意相通。盈持不禁身形微颤，眼中露出讶色。

前方甬道幽深黑暗，如千古猛兽张开的大口。

若不是知道自家珍娘子的心结，盈持恨不得拉上她马上掉头逃走。

"这甬道尽头，才是真正的五蕴草庐？"

珍娘子似乎在无话找话："魏处士以此为名，别具深义。"

"夫君所练功法，即名五蕴神功。曾说，大千世界，无常是本。人人都以为自己看到的是真的，躯体、城池、草木走兽，都似乎是活生生的存在。此之谓色。"魏夫人的声音，在甬道中幽幽响起，"因相信自己看到的都是真实，有占有、恐失、忧变之心，才有了苦乐忧喜，此之谓受。既有感受，心中思量反复，有了自己的看法，此之谓想。有了想，做下许多事来，此之谓行。做出许多事后，知道这是自己的念头使然，此之谓识。五蕴流转，方成人身与灵魂。这世间千千万万的人，有谁又能逃过五蕴流转呢？"

珍娘子想了想，道："这五蕴之说，环环相扣，情理之中，但说来说去，无非还是落在一个'我'字上。只因看不破这个'我'，便有无数烦恼。"

似是触动了心怀，她轻轻叹息一声："只是，人存于天地间，若没这个'我'字，又如何知道'我'还活着呢。"

如意不禁扭头看去，只见甬道微光之中，珍娘子衣袍翩然，乌发雪肌，一双眼睛尤其粲然生辉，不由得想起昨晚初见她时。

她自问也见过不少美人，却从未见过如珍娘子这般绝世容光。不论是身在何处幽暗之中，都仿佛焕发一种光辉，令得任何人见着，都不由得自惭形秽、退避开来。若她肯开颜一笑，那俯仰难画之美，不知多少人愿倾尽所有，如何还有未尽之憾呢？

魏夫人衣袖挥处，不知触动哪处机关。

轰隆隆！

机杼声响，石壁洞开！阳光如金，无限煦光，皆射入甬道之中！光影之中，满树翠色摇摇，山风拂面而至，竟是一派畅然风光。

珍娘子脱口赞道："山腹之中，竟有这等神仙福地。"

魏夫人道："此乃舍身崖。"

两边峭崖如削，成"人"字形，劈空而立。崖上有树木猗斜而出，却掩不住足下的万丈深渊。冷意夹杂云气，一阵阵升腾上来，微带腥臭之意。

一个翠裙少女迎上前来，圆脸杏眼，容貌娇憨。她向魏夫人行了一礼，手中捧着一只陶甑，奉上前来。

魏夫人往甑中看了看，眉宇间浮现忧色，道："只饮了一口。夫君的病，又加重了不少。"

盈持瞧在眼里，忖道："魏节此病，竟然都是真的。魏夫人昨晚出现得甚是诡异，那鬼王必与她有关。只是魏节病重，那些掳来女子，又……又能有什么用处……"

如意急道："夫人！既是如此，何不将那药引……"

珍娘子微微皱了皱眉，道："怎的似乎有些气味？"

话音未落，盈持已一把抓住珍娘子，失声叫道："珍娘子！转过身去！"

然而一切都已是迟了。珍娘子目光投向上方，双唇瞬间失去了颜色，如遇雷亟。

右崖向阳，风光怡人。左崖背阴之处，山石嶙峋，鬼气森然。远处有九扇巨石，如屏障般拔地而起。

每一扇巨石上，都挂有一具尸骨。

虽尸身有些已朽，但那残余的鲜艳衣片与枯干长发，可看出都是女子。

最为醒目的，还是一具尚算"新鲜"的女尸。尸身微胀，撑得那身鲜艳的上缥下朱蜀锦衣裙微微裂开，露出黑肿的肌肤，发髻被山风吹散，枯发缠入崖壁的树根石隙之间。虽然脸上已经发肿变形，但依稀还能辨出五官端秀。

旁边那一具尸体，衣衫早已半朽，只有数片挂在身上。肌肤已腐烂不堪，或许是被鹰兽所食，腿臂等处只剩白骨，头颅上两个眼睛也只剩下黑洞，有蛆虫不断爬进爬出。

接下来的尸体，越来越是不堪。有的血肉尽去，有的四肢枯干，到得最后一具，已经只剩白骨，反而干净得瘆人。

最靠里的巨石上，空荡荡的，只旁边枯草丛中，依稀可见散落着数根白骨。

远远看去，每一扇巨石，都如一座天然的画框。每一具尸骨，便如无上妙手绘就的地狱丹青。

珍娘子蓦地捂住了自己口鼻，盈持疾速将一枚粉色丹丸塞入她口中，自己也服下一枚。她并非寻常少女，死生之相见得不少，但此时仍觉背上冷得瘆人。

如意冷笑道："人死九相，终成尘土。你们连这些都看不透，还来终南山修什么道？"

盈持喃喃道："九相图！此处为何会有九相图？"

她忽然噤声。

九相图出，血月现世，九女皆至，鬼王娶亲！

若从最里看起，这一具具尸骨如同镜像，记录了时光残酷的回流：起初还是白骨，根根骨节，渐渐连结完好，脑后甚至还留有几缕枯发。再往后，渐渐有了腐烂的皮肉、流淌的脓血……仿佛它们被看不见的力量驱使着，一点一点地回到那久死的躯干之上。

然而，死亡就是死亡，这样的汇聚也不过是徒劳，反而令死亡更加狰狞。

这些死者，生前或许都是身形苗条、面庞清秀的女子。然而从腐坏的五官，很难分辨她们有什么不同。

眼前的一扇扇石峰，宛若天然的画框，画中人仿佛从头到尾只是一个人。如冥冥中无常之手，截取了她死后的不同片段，残酷地展现于观者眼前。

最是人间留不住，朱颜辞镜花辞树。

这人间留不住的，又何止是朱颜和花朵呢？

"九相图啊，"魏夫人转过头来，凝视着珍娘子美艳的面庞：

"新死相、肪胀相、血涂相、肪乱相、啖食相、青淤相、骨连相、骨散相、古坟相，新死之美，与白骨之凋，对比如此强烈。据说，对九相而参禅，便能勘破五蕴之谜。九相图所在的石崖下，便建有五蕴草庐。"

盈持颈发耸然，连额上都起了冷慄，颤声道："珍娘子！我们回去！她们是疯子，魏处士……一定也疯了……"

魏夫人掩口一笑，道："夫君一直在庐中养病，并不知晓我这一片苦心。这九相图，是我今日才让小翠从秘库中取出来的，准备给夫君一个惊喜。"

盈持无法想象，在知道自己夫人竟如此扭曲阴暗时，魏节是否真的会那般"惊喜"。

"颜花忽尽春三月，命叶易零秋一时。"

那丹丸似有安神之效，珍娘子恢复了些血色，道："魏夫人，这首并非挽歌，你也并不是在吊祭你的表妹。"

"我是在献祭。阿露，也不过是祭品之一。"

山风拂来，魏夫人单薄衣裾如蝶翻飞，微笑道："珍娘子应该早就明白了吧？"

"所以，你引我至此，并不是为了见魏处士。心中早沉沦幽冥地狱，三春花盛，秋叶命凋，在你看来，并无半分区别。正如你的表妹，纵然她父母于你有抚养之恩，但在你如同鬼域的心田之中，也与其他祭品一般无二。"风声陡疾，自涧谷中旋卷而上，吹得珍娘子发丝乱飞，她恶心欲呕，勉力站直身形，眸中却无半分惧怕：

"有谁肯信，传说中的舍身台鬼王，竟然就是你——魏夫人。"

虽然早就猜到，魏夫人与鬼王脱不开关系，甚至怀疑过魏节，但盈持万万不曾想到，珍娘子竟说魏夫人就是鬼王。

她不由得挠了挠头："可是鬼王那般巨大，魏夫人……"

"鬼域、人间，并无区别。"魏夫人温柔一笑，如弱柳在空中轻拂："我是鬼王，这里便是地狱。你们都是我的祭品。"

盈持本能地按向腰间长剑！

山风冷冽，将珍娘子的话语似乎也吹成缕缕寒意："夫人，何谓祭品？受用得了的，方是祭品。我与盈持，可不是寻常女子……"

呛！如意拔剑出鞘，径直往珍娘子脸上划去！

她心中早就嫉恨珍娘子美貌，此时妒意迸现，出剑快疾，眼看便要触着那张国色无双的脸庞。

唰！

一道白光闪过，如意只觉大力震来，不由得往后退出两步。

翠衣少女站在她面前，手执一柄长剑。

如意骇然看向自己手掌，纤白五指微微张开，越抖越烈，剑柄眼睁睁便从掌中滑落，呛啷！剑身落在地上。

"夫人！"如意转向魏夫人，颤声道："我的真气……"

盈持脸色蓦然也变得惨白，丹田之中的真气，竟然也无法提起。

如意忽然脚下一软，摔倒在地，嘴角慢慢沁出血来。

"越是试着运转真气，就越是四肢无力。强行冲击经脉，反而会伤及肺腑，更为虚弱。"魏夫人立在原地，柔声道："你看这位盈持姑娘，可就聪明得多。"

盈持含怒瞪她。珍娘子面沉如水。

"夫君身患重疾，我又不会武功，若不在甬道的火把里设下暂时封人真气的'滞灵散'，如何保全我们性命呢？前两次我带你来，都是事先给你服了解药。啊，你一定也懂的，吸入滞灵散后，再服解药，也得一个时辰后，方才有效。"

魏夫人笑吟吟道："舍身崖内，一个时辰，有小翠一人，就足够了。"

翠衣少女默然站在一旁。

"夫人，给我解药！"

如意倒在地上，见魏夫人与小翠都不上前，心中忽然涌上一阵恐慌，挣扎着伸出手去：

"我是师尊的弟子，又不是外人，不仅是小翠，我也可以保护师尊和夫人啊……夫人你赶紧解封我的真气，让我助你一臂之力……九相图……"

她眼中一亮，嘶声道："九相图一成，师尊的病就会好了……我相助夫人十余年，夫人岂能功亏一篑？"

天低风急，山峭壁削，崖间那些尸骨瑟缩无声，宛若地狱。

珍娘子紧了紧衣衫，冷冷道："说是九相图，数来数去，为何只有八具尸骨呢？"

"因为你就是那第九具尸骨！"

如意蓦地转过头来，眼神如刀，毫不掩饰满腔的狠毒：

"从古坟相到肪胀相，各寻一女子并不难，唯有新死相……新死相，要的是刚刚死去，容色如生的女子，而檀林皇后，是绝色美人……"

一股寒气，直贯脑门。

盈持颤声喝道："大胆！你们简直丧心病狂！"

"我们找了许久，这终南山上修道的女子虽多，却色相平平。但若在山外买来，又恐入山露了马脚。这一次算我们运气，弥陀寺来了几名女子，姿色皆是不凡。不是你，便是那姓江的女子！"

如意失了真气，一径说完这些话，便喘息起来：

"那晚只是顺手掳了你，只是没想到，你竟然这么美……这么美……"

她盯着珍娘子的面庞，竟然有些失神，继而目光又转向魏夫人："夫人！我在你身边侍奉十余年，小翠是三年前才来，而我二十五年前便已闻名江湖，若不是我的'十丈软红'，那许多女子，有的也是护卫环伺，如何能被我们轻易掳来……"

盈持倒吸一口气："毒罗刹！你是毒罗刹付连城！你心狠手辣，害人无数！不是说你在长安作乱，被侠客诛杀了吗？"

她眼神怪异，在如意俏丽的面庞上转了几转："怪不得我家珍娘子说你老来扮俏……"

"她伤重逃入终南，为我所救，改名如意。"

魏夫人悠悠道："如意，当初我为你取此名，所为何来？"

如意一怔，目光闪动，嗫嚅道："夫人你说，希望我令师尊万事如意。"

刹那之间，便如一道闪电猛地劈过，照得珍娘子心底一片雪亮！

如意那似曾相识的眸光！

也是一个春日，云天澄澈，玉兰初绽。天地万物，都笼在琉璃般的春光之中。

她满心欢喜地转过阑干拐角，想要亲手去摘一朵玉兰缀在襟边，去哄一哄昨日刚闹过小脾气的他。

却一眼看到了他，还有那个"她"。

他带着微微的笑意，看向敛首低眉的"她"，对"她"的淡然也不以为意："还记得初见你时，你也是站在这玉兰树下，穿一件如雪的衣裳，也分不清玉兰是你，或你是玉兰。只知春风十里，都肯为你停驻。"

他是怎样的眸光呢？像沉在水底的阳光，若隐若现，光晕荡漾，却一触即湮。

就像是……此刻的如意！

那样莹然浮沉的目光，她早就不止一次地见过了啊！

是委屈的欢喜，还是隐忍的期待？或许还有对命运的感激，和一点小小的侥幸。

魏夫人含笑掠顺额边的鬓发：

"如意，你有七年未曾见过你师尊，还记得他吗？"

"师尊……风采绝世，但凡见过之人，恐是永生难忘。"

还记得初见那日，是在甬道外的舍身台草庐。春和景明，树色初绿，点点相思子缀于林间。他白衣如雪，手执竹笛，坐在崖边松下吹奏，连山风流云，都仿佛为之停驻……

也曾任性恣意，视人命如草莽，才有了毒罗刹之名。只到那一日，春光流云之中，清逸脱俗的男子，一曲悠然的笛音，催开了岁月蒙尘间、一颗少女迟来的芳心。

春风十里，都不如他的笑容。何况，八年前，当魏夫人引着她，远远向他拜下时，他对她，笑得那样温柔。

听说魏节所练最高心法"五蕴神功"进阶迅速，天下无双。只是越练到后来，越易出现心魔。

但她觉得，她还未练功，便早已有了五蕴的心魔。

因着见得他的美，方得色蕴；心神俱醉，神魂颠倒，这是受蕴；只觉世上再无可及他之人，便是想蕴；原是借终南养伤，从此却心甘情愿，笼闭在这小小的南五台间，已是行蕴。

而识蕴的力量更是强大，盖过了她从前的执念。

"原来你是生了妄心。"

珍娘子美目之中，有着淡淡的嘲弄和怜悯："怪不得……你连称一声魏夫人师母都不肯。"

"不！夫人，不是这样的！"

如意仰起头，急急辩道："如意若生妄心，何必度此二十五年？二十五年来，但凭夫人驱使，从未有违！"

为着那男子惊鸿一瞥的出尘仙姿，她全心全意，拜伏在他的足下。从此江湖上再无声名，那又如何？

总有一天……总有一天，他的病可以痊愈，所有的障碍去除得干干净净，她可以侍立在他的身边，捧栉沐巾，端茶递盏，朝夕不离。

这般情景，在寂寞山居的漫漫时光中，是唯一的慰藉和希望。

因为魏夫人说过，她付如意，是魏节唯一的弟子。

直到……直到三年前多了一个小翠。

珍娘子笑意之中，嘲意更浓：

"口是心非，唯女子耳。"

"你这贱人……"

啪！

如意眼前一花，颊上已着了重重一击，顿时口齿肿胀，剧痛难忍。

"你……"

她骇然看见，珍娘子治光照人的脸庞上，似乎并没有什么怒意，有的只是一种俯视的轻蔑，仿佛如意只是一只微不足道的蝼蚁：

"你与虎谋皮，自己不明白吗？魏夫人何等样人，当初收你入舍身台，恐怕心中已然起意，要以她为新死相的图中人吧？"

"你胡说！"

如意脊骨上一阵阵发寒，没想到这娇怯的美人，竟有这般大的手劲，这一掌打来，熟极而流，悍恶威猛，脑门犹在嗡嗡作响。但她顾不得许多，此时莫大的恐惧已经压弯了她这二十五年来渐直的脊梁：

"如意有错，但这女子来历不明，夫人……师母先祭了这女子，如意……徒儿我自任师尊与师母处置……"

盈持心头大震："她用一个'祭'字，难道魏处士之病竟是心魔……"

"夫君二十五年前受心魔所扰，闭庐养病。近几年来，眼见得越发衰弱，"魏夫人叹道，"让他如意，便是让他解除心病。如意啊如意，你如今可明白了？"

似平地一声惊雷，惊得如意面覆乌云气怒交加：

"夫人……你……你当初不是这样说的……你有了小翠，便要过河拆桥？"

小翠忽地上前，一把拿住了如意的后颈！

"放开我！小翠，你今日害了我，明日她也不会放过你！你看，我为她做事二十五年……"

如意面露哀求之色，小翠却无动于衷，手上用力，将如意拎到身前。

如意双手蓦挥，指尖弹出一团红雾："你去死！"

小翠无可躲避，眼见那团红雾就要扑上面门！

"十丈软红！"

盈持一把拉住珍娘子，往后急退。

这十丈软红之毒，昔日是毒罗刹傍身之技，色泽嫣红好看，但毒性极烈，触之肌肤溃烂，一旦吸入可令神思错乱、数息即死。也不知毒罗刹用何种秘法藏于甲内。

她与珍娘子虽都已服下防毒的清心丹，但仍不敢涉险。

小翠忽地张口，吐出一股浅碧色水雾！

噗！

那红雾遇水即融，瞬间消失得无影无踪！

盈持忍不住动了动鼻子，空气中隐然一股药草清香，看来这小翠是有备而来，那股水雾里必有解毒的药液。对不得小翠一直不曾开口说话。

如意冷笑一声，也张口一吹，一团红雾凌空飞出！盈持"啊"的一声，十分惊异：十丈软红这类剧毒，藏于指甲内已经让人惊异，此时竟发现她口里也能藏毒，而且毫不影响正常发声出言。毒罗刹之名，果然不虚！

小翠一声不吭，罗袖飞舞，当空招展，旋如一朵大花，竟将那团红雾尽数揽扣在内！只听袖里噗噗不绝，无数蜂巢般小洞在袖上炸开！缕缕红雾，自洞中逸出！

盈持脸上变色：这毒竟霸道如此！

如意哼了一声，得意道："我便没了真气，也绝不……"

一语未了，只见小翠双掌一合！那缕缕红雾，竟被她扣在掌心，一闪即湮！但那"十丈软红"毒性何其剧烈，一阵焦臭味马上传来，小翠白嫩的手掌上，瞬间穿出数个焦黑的小洞，尚在冒出缕缕灰烟。

如意不由得也惊呼一声！

"我这毒一触即死，你……你怎么不死？"

四周忽然陷入了死寂。

小翠掌上分明蚀了数个小洞，且有些皮肉已经破烂。她仍一声不吭，走上前来，一把拎起如意，往舍身崖深处而去。碎裂的皮肉，因了那余毒之力，不断脱落下来。

魏夫人柔声道："小翠要你做什么，你都要听从，否则，死法有一百种，种种的痛苦可不一样呢。"

如意双目瞪大,如同木偶,身体被在山路上拖行,连呼痛怒骂都似乎忘了。

"珍娘子!"

盈持只觉自己手指都在发颤:"小翠她……"

小翠掌上用力,皮肉不断碎裂,然而始终并未流血,渐渐露出的亦非白骨,而是一截坚木。

"先是鬼王,后有小翠,偃师门秘术为帮凶,还有舍身台的机关与滞灵散相助,"

珍娘子眉间掠过一抹异色,冷笑道:"怪不得夫人敢行这般禽兽之事,不惧人间法网恢恢!"

盈持浑身一震:

"偃师门?"

偃师门承自上古,传至前朝扬州白氏。擅制傀儡,且以一种独门秘术,驱使傀儡如同生人。据说先帝宠妃金氏死后,哀毁欲垣,遍寻天下偃师妙手,制成一具酷似金妃的傀儡。他朝夕拥"她"在怀,不久驾崩,据坊间流言或许正与傀儡有关。偃师门数百人被赐死,那些巧夺天工的傀儡也都被付之一炬。偃师门从此在江湖上销声匿迹,至今已近四十年了。

盈持厉声道:"偃师门妖术惑众,朝廷严令禁用,魏……"

她碰上魏夫人似笑非笑的目光,蓦地想起来:魏夫人连九相图这种邪术都敢施为,何况偃师门的傀儡?

"珍娘子果然厉害,连一个小小婢女都见识不凡,"

魏夫人瞳孔收缩,却似是并不在意珍娘子的厉辞,笑意不减:"是否早就发现了端倪?"

"偃师门所制的傀儡,非但栩栩如生,且与寻常的傀儡不同,不需要通过丝线的牵制来做出种种动作,而是用的一种类似真气驭使的秘术。当然,如何修炼这种真气,如何激发傀儡,这就是偃师门才知的秘术了。"

珍娘子缓缓道,她虽然脸色苍白,显然受惊不小,但似乎有一种与生俱来的骄傲,让她仍是挺直了背脊,不肯有半分退缩:

"我被那鬼物所掳，盈持在救我时，一剑刺中鬼物胸口，如击门板。"

"门……门板？"

"偃师门傀儡术妙夺天工，即使是木制傀儡，亦会在外表覆上肌肤，与生人无异。那鬼物羽翼铁爪、肌肤气息，都与人们心中的鬼王一模一样。甚至还能听到它有着起伏的呼吸声。但我知道但凡傀儡，心口处往往都有一块活动的木板。拿掉这块木板，可以瞧见傀儡体内交错如蛛丝一般的构造。据说，正是因为有了这样复杂的构造，当施术者将真气送入傀儡体后，再以秘术操纵，便会激发它做出不同的动作。还有江公子一剑削下鬼爪，唯有幽冥鬼火当空飞舞，鬼物虽然呼痛，但我挨着它极近，却知它虽发出呼痛之声，呼吸起伏却没有丝毫变化。但凡有生命之物，即使是鬼王，也不可能如此麻木。"

珍娘子抬起头来，双眸如同璀璨宝石，在昏暗中闪闪生光：

"我父亲说过，天下没有鬼物。人只要自己心中无惧，行事就不会昏乱无章。从一开始，我就知道，所谓鬼王之害，一定是人祸。魏夫人，魏处士心怀大志，你作恶多端，就不怕为魏处士惹来弥天大祸吗？"

"你到底是谁？"

魏夫人似乎只到此刻，才真正凝视眼前这个绝色的女子。

她浮起一缕完味的神色："看来，我未先取你性命，倒是有一定用处。"

盈持咬了咬牙，道："九相图乃是佛家警示世人美色骷髅之义，魏处士既是这般心怀大志之人，其心魔或许并非美人……"

"就是因为美人。"

魏夫人柔声打断了她："小姑娘，我曾是他的枕边人。他心系何人，酿成心魔，我岂能不知？何况我还偷偷见过那卷画，画中美人，世所罕有。"

"你……你夫君心有别属，你还要为他造下这等罪孽？"

盈持难以置信地瞪着这姿貌柔美的女子："你就丝毫不觉得委屈？"

魏夫人淡淡道："他这般俊慧无双的人物，生来便是叫世人敬仰，叫女子倾心的。若非这般人物，又怎配做我徐姗的夫君？"

虽处终南山中，平心而论，魏夫人之仪容便是与盈持所见那些贵人家的主母相比，也绝不逊色。若以"魏夫人"三字衡量，更无一步行差。

此时"徐姗"二字一出,却有几分狂恣不羁之态。

她掸了掸衣衫:"我母亲出自扬州白氏,前朝族中有两人入宫为妃,名动一时。可惜卷入宫廷争斗,连带白氏一族都荡然无存。我母便是侥幸逃出,嫁与我父。我自小便得母亲传授偃师之术。可惜我根骨不好,习武无所成,父母早逝,姑父姑母想将我嫁入城中小族。何其可笑!"

她脸上浮起傲色:"白氏一族虽覆,不过气运罢了,我岂能与燕雀为伍!都说终南仙山,为宇内群山之冠,我所嫁的男人,为天下群英之冠。能与他共立这终南之巅,负手看山间白云往来,脚下无数蝇营狗苟,何其有趣!破家离族,别亲弃乡,倾尽资产,不惜一切,为他负尽天下人,做尽罪孽事,永堕阿鼻血池,又如何?"

魏夫人朗声一笑:"我徐姗已不枉此生!"

"终南之巅?群英之冠?"

珍娘子冷笑道:"便是站在这世间巅峰,亦不过执念罢了。"

魏夫人嘴角上挑,别具意味:

"都说五蕴皆空,谁肯看破?都说执念不好,谁肯放下?珍娘子若是放下心中执念,今日又怎会出现在这里?"

珍娘子一时默然。

"无论是我的执念,还是珍娘子你的执念,只有一个地方、一个人能给我们答案。"

魏夫人的笑容如同淬蜜的砒霜,散放出致命的香气,素手往前一指:

"看到了吗?五蕴草庐,魏节。"

沿她手指的方向往前看,长草丛生,夹着一条极窄的小径,沿崖往前延伸,远处一扇扇陈列尸骨的巨石下,怪石嶙峋,云气缭绕。那名闻天下的魏处士,传说中神仙般的人物,便藏于这尸骨堆中、云气深处。

三、回首烟云处

高崖如劈,半截危台凌空伸出,下临深涧,形如鹰钩。

几株绿树迎风轻拂,点点鲜红惹人注目,又是那无所不在的相思子。

树下一座草庐,不过一正两厢,甚是简单。只檐下窗前种了一大片黄菊,开得灿烂如金。

小翠拎着如意,正等在檐下。她似是被打扮了一番,颊敷胭脂,唇点涂朱,容色极尽妍丽,先前的狼狈荡然无存,竟让人看得一时移不开眼。双髻也换成了望仙高鬟,穿榴红纱衫、系秋香色裙子,一条鲜红披帛蜿蜒于地,仿佛是从云端裁下一段彩霞。

魏夫人拉过如意,伸手在门扇上扣了两下,柔声道:"夫君,阿姗来了。"

庐内似乎有人嗯了一声,魏夫人衣袖拂处,盈持只觉眼前一花,脚下微微一震。门扇旋转,盈持现往前看时,首先映入眼帘的,竟是一堵墙壁,壁上有两处方孔,透出微微的光线。

环顾四周,幸好珍娘子尚在,两人似乎是身处墙壁夹层之中,地方狭窄,只容刚刚转身。

珍娘子捏了捏盈持的手,示意她贴上方孔张望:

室内光线略暗,依稀可见魏夫人与如意竟已立在室中,小翠守在门口。盈持眨了眨眼,往四周一扫,忽觉眼前微微一亮。

一个白衣男子,随意卧于南窗之下。窗扇半开半阖,半暗半明的光线,落在榻几上一束黄菊之上。然而比那花朵更为粲然生辉的,却是那白衣男子的面容。

名闻天下的处士魏节,岁月的昆吾刀在他身上并无留下任何痕迹。白衣轻挽,青带束发,端然有林下之范,却又隐隐透出一股清贵之气。俊美的脸庞上,一双眼睛光华流转,便是盈持与珍娘子藏于墙后,明知他不可能看到自己,心中都是一动:"他看到我了!"

珍娘子捏着盈持的手指,不免加重了三分,连心都怦怦跳了起来:除了魏节,还有谁有如此风范,不愧有"山中国相"之誉?

如意紧紧看着那白衣男子,似喜欲狂。魏夫人的脸色,却是微微一黯。

"你今天还是不舒服吗?"她柔声哄道:"如意说,她的飞天舞跳得极好,看看好不好?"

魏节开口了,嗓音柔和,却似是带有说不出的倦意,道:"两年前你带来的那个,跳得着实做作得很。"

飞天舞,据说先帝朝时,艳冠后宫的金妃最擅此舞,因此风靡一时。舞姬们仿效佛前飞天神女,披帛高髻,短衫束裙,以妍姿柔丽而著称。只是金妃与先帝先后薨逝,后宫之中,也就渐渐兴起了白苎舞、采莲舞,飞天舞也就在各类盛宴上销声匿迹了。

珍娘子与盈持视线一对。

二人都想起了那个不幸丧生的女子,魏夫人表妹阿露。

"不一样的。"

魏夫人声音更是温柔,婉转劝道:"如意去过京都。"

魏节哼了一声,倒也没有拒绝。

盈持试着伸手推了推面前的墙壁,墙壁如她所想那般,一动不动。

魏节曾是顶尖的高手,隔得这样近,哪怕有一堵墙,也不可能不察觉到她们。可是看魏节的模样,是当真不知。这墙壁定然不是寻常物。

魏夫人让她们前来,却又暂时不让魏节见面,也十分蹊跷。但这女人心思歹毒,绝计没安好心。

正思量间,只听铮铮两声!

弦索蓦响,却是魏夫人不知何时,怀中已抱着一柄曲项琵琶,此时拨弄两声,如裂金石!

如意浑身一震,魏夫人含笑道:"好如意,你偷偷练了三年的飞天舞,怎的见了你师尊,反而害羞起来了?不如我为你伴奏,你且跳一曲如何?"

如意脸色惨白,满怀怨毒地瞪了她一眼。

盈持心下雪亮:付如意对魏节暗生情愫,三年来偷练飞天舞,却不知道一切尽落在魏夫人眼中。

如意这身装扮，想来也是魏夫人刻意安排。

可如意这一派妍姿鲜丽，在她最初的私心里，只是为了在心爱之人的眼前，展现飞天之美，而魏夫人之前故作不知，恰恰是为了让这美达到极致，再残忍地将其活活掐断、生生毁灭！

魏夫人铮铮两声拨弄，曲奏渐急，显然是在催促。

如意咬了咬牙，左袖抛飞，右臂抬颔，手指散如兰花，正是飞天舞的起式。

而她的脸上，也化为了另一种复杂的表情。似是哀婉，又似是惧怕，然而还带着企望的隐隐光辉。

魏节低低"咦"了一声，似乎有些意外，看向如意，道："竟不知如意有此绝技呢。"

他话音低沉悦耳，如三春和风。如意惨白的脸上，竟又浮起浅浅的晕红，似有千言万语，也只讷讷道："是，师……师尊……"

铮铮连声，如催如促。

如意眼神一滞，衣袖挥出，往虚空一拂，翩飞如蝶般，跳起了飞天舞。玉肌雪肤时时闪现，鬓上步摇发出叮当碎响，还有那稔熟的琵琶弦声。这原也是盈持昔日惯看的场景，此时却觉一根根汗毛都在竖起。

如意初时还稍显僵硬，跳得片刻后，身形渐已熟软，竟和着乐声，且歌且舞起来：

"肪胀新死名难言，既经七日渐才存。红颜暗变失花丽，玄鬓先衰缠草根。"

腰肢款摆，秋波慢送，口中吐出凄哀阴怖之极的歌声，与妍媚冶娇的舞姿夹杂相映，倒有一种奇异的魔力：

"六腑烂坏余棺椁，四肢洪直卧郊原。郊原寂寞无随者……"

珍娘子忽然一颤，伸手扑在壁上，低声道："盈持！你看她……她……"

一种僵硬的青白，从如意的高高伸出作舞的左臂开始浮现，水纹一般往下蔓延，很快便到了肘弯，而如意此时应该作出一个抚额的动作，手臂竟然无法弯曲，以一个诡异的姿势凝固在那里！

新死相！

三字从珍娘子和盈持脑海中一掠而过。

"这是活活把人变成死人！禽兽！"

剑光一闪，是盈持拔剑而出，用力往壁上砍去！

火星四溅，却毫无用处。

青白的僵色，自左臂开始蔓延，如意半裸的雪脯也开始变色。

如意猛地一咬嘴唇，鲜血迸溅！双眼中血色一闪，瞳孔里竟出现了竖棱形光芒！

她发髻一摆，那柄步摇已经握在手中！步摇上金花五树，绚丽多彩，但不过是舞姬首饰，自然不是真金，下方一根尖利的长簪，却为黄铜所制。尖锐锋利，如同短匕！

几乎同时，小翠身形如烟，扑了过来！

扑！

步摇已刺入小翠胸口！但小翠只是一顿，双臂伸出，已掐住了如意的粉颈！

如意唇边鲜血流出，脸上狰狞一笑，步摇在小翠胸口用力一搅！随即她颈子一扭，竟生生将小翠凌空甩起，重重拍在地上！如意反手拔出步摇，屈肘侧跃，猛地压落小翠胸口！

这几式如兔起鹘落，小翠倒在地上，胸口已塌了一大块，想必机栝受损，如乌龟被翻壳过来一般，无论怎样笨拙挣扎，总是无法动弹。

金光一闪，如意已将步摇的簪尖，指在了魏节喉间！"……独趣冥途中有魂。"如意居然还好整以暇，将最后一句唱完，笑道："夫人，你若动上一动，冥途之中，除了我，还会加上一魂了。"

"你！"魏夫人微微变色："你还有真气！"

"行走江湖，谁人又没有保命的手段？"如意自唇以下，几乎已被鲜血糊满，连颈上胸前都沾上了大块血渍，面目可怖："你这样的大小姐，只知谋算人心，哪里懂得悍不畏死！"

盈持在珍娘子掌心里轻轻写了"截气诀"三字。

珍娘子点点头，她也曾听说过，江湖上有这样一种邪术，以生机激发真气，暴起伤人，但为时不长，且极易丧命。遂在她掌心写道："暂避。"

如意原本修为不弱，只是一时不意被魏夫人制住，现有用了截气诀，至少一炷香时间内比从前还要强上三分。珍娘子二人躲在这夹墙之内，只要魏夫人不按下机关，绝不愿主动出去。

"师尊，"

如意凑近木榻，手上步摇却一丝不移，贪婪地打量着眼前的白衣男子："我的好师尊，七年了，如意可算见着你了。"

魏节倚榻而坐，便是方才的变故，也并未让他有什么动容，淡淡道："如意，你这是做什么……"

"师尊，"如意抹一把唇边汩汩而出的鲜血，目光落在这清俊的男子脸上，不觉带上了几分痴意，喃喃道："夫人她嫉妒我，她不让我喜欢你。可我……我喜欢你，是真的……"

她抬起另一只僵直的手腕："师尊，你看，你最爱的相思子，我……我也……早就偷偷做了一串，就想着有一天能见着你，给你……给你看一看……"

手腕青白，一串相思子鲜艳欲滴，仿佛一行经年凝固的血泪。

魏节微带疑色，看向近在眼前的女子："如意，你……你好像有些变了……"

即使那令皮肤僵化的毒素尚未到达脸部，但真元受创，也无法再保持对躯壳的润养。便是夹墙中的珍娘子和盈持，也能远远看见如意的变化。少女娇嫩的肤质，不易察觉地往下瘪塌，光洁的肤色里，也似乎揉进了岁月的青灰。

如意目光陡变，想要捂脸，手却僵直不能动。

"师尊！"她的声音尖利起来："不是这样的！我……我只是受了伤，有些憔悴了，我……"

"如意，"魏节的目光还是那样温润明亮："你何必骗我呢？早在你第一次见我时，我便知道，你不是十岁的女童。你用了缩骨功，改变了容貌。你也不是毒罗刹付连城，你是她的师傅付倾国。世人只知罗刹门擅毒，却不知易容也是门中秘技。"

如意似乎整个人都呆住了，身子轻轻地颤抖起来。夹墙里的两个人，也呆若木鸡。

"当然，不完全是因为，付连城其实是死在曾经行侠仗义的我的手里。还因为少女们的笑纹是不同的，饱满娇憨的、尾端上翘的笑纹，与这样垂落如雀尾的、疲倦而坚持的笑纹，又怎会一样呢？"魏节的话音，如春风和暖："须知这世上的驻颜之术再高明，也只是术呀。"

"你早就知道一切！你还杀了我徒儿！"如意眼中血色陡现，簪尖往前稍稍一递，已压住了魏节喉间薄薄的肌肤："二十五年前你为什么不说？二十五年！你明知我是谁却一直在骗我！你在骗我！"

珍娘子见那簪尖一抖，几乎要叫出声来。

轧轧！眼前的那堵墙、方孔忽然消失了，一股融合了菊香、脂粉、血腥的气息扑面而来。

"珍娘子！盈持姑娘！救救我夫君！他如今没有任何武功，小翠又……"魏夫人六神无主地扑了过来，盈持身形一闪，挡在珍娘子前面，气道："你都下了滞灵散，我又如何救你夫君！"

魏夫人目光惶急："夫君若有闪失，珍娘子你所求之事，必然成空！"

"成空？"如意仿佛听到了天下最好笑的笑话，尖声笑道："我呢？我二十五年忍辱负重都已成空，今日我要让这一切都成空！"

她手腕挥起，簪尖猛地插向魏节咽喉！

魏夫人发出一声刺耳的尖叫！

珍娘子闭上双眼。

然而，没有意想之中的惨呼，没有四溅的血气，那花树五枝的步摇，凝固在魏节的喉上虚空一寸，却没有扎下。只听如意轻声道："师尊……你明知我是付倾国，二十五年前，为何允许我留在舍身台？你既杀了我徒儿，为何当时……当时要对我手下留情？"

珍娘子将眼帘睁开一道缝，只见付倾国半跪榻上，上身压向魏节，姿势极其暧昧，连鬓边几缕秀发，也几乎拂着了魏节的俊容。

青白的僵色，几度欲爬上右臂，又被她咬牙逼回。隐约可见臂上青筋坟起，似乎随时就要爆体而亡。

"师尊，你对我是不是……还有一丝……"

她的话语忽然顿住，半是迷醉半是期望的眼神，陡地一变："你……"

噗！

一声轻响，仿佛是极快的锋刃，扎入一块稀烂的豆腐。

珍娘子弯下腰，已忍不住干呕起来。盈持摇摇欲坠。

白衣如雪的男子，仍保持着那样温柔的神情，半仰着身子倚坐在榻上，然而一只素白如玉的手，已直直插入付倾国的腹腔之中！鲜血争先恐后地涌了出来，浸透秋香色舞裙，淌满半榻，血腥之浓令人几乎要逼住了呼吸。

呛啷。

付倾国手中的步摇落在了榻上的血泊里。她的身体却保持着僵直的姿势，固执地不肯倒下，脸上也保持着惊骇的神情。

有人轻轻咳了一声。

珍娘子蓦然抬头，仿佛方才在耳边响起的，是晴空一声霹雳！

是内室！

内室还有人！

那人叹息一声，道："阿姗，她都要死了，你何苦还要作弄呢？"

声音很轻，带着极具磁性的柔和，竟与魏节的声音一模一样。

魏夫人的脸，瞬间放出了光芒。就连那秀致的眉眼，也仿佛多了几分少女的娇媚。

她甚至如少女般撅起朱唇：

"你不陪我，我闲了这么久，不捉弄人，怎么打发辰光？"

珍娘子的目光，投向了通往内室的西窗角落里，那一道极不起眼的斑竹帘子。

帘子掀开，一个中年男人慢吞吞地走出来。

男人穿着一件青衫，洗得有些发白。不多的头发，后脑上尤其脱落不少，勉强挽了个髻儿，插一枝竹簪。盈持不由得动了动鼻子，疑惑地看向这个男子。

他随意地扫了众人一眼，厌倦道："弄出这许多血来，真是烦人。"

魏节缓缓从付倾国腹中掏回手来，自襟中抽出一块手帕，擦去手上血渍。

"徐姗……你竟敢……竟敢私藏男人……"付倾国软倒在榻上，死死盯住那男子，口中也不断有鲜血涌出，声音微弱，几不可闻：

"你……你……又是谁？"

魏夫人几步上前，一把揽住那男人的手臂，嗔道："这两位贵客厉害得紧，阿姗不过是试她们一试罢了。"

盈持翻了翻眼，明白过来：魏夫人根本就留有后手，方才那副惶急，不过是因了付倾国前车之鉴，想要试探自己罢了。

"师……魏节！"

付倾国胸口剧烈起伏，向魏节尖声道："你要还是个男人，就去杀了那对奸夫淫妇！"

那男子目光一转，投向付倾国。

只那一眼，半开的南窗外，那些迎风飘摇的绿树，此时忽然停滞了。

那男子站在那里，身形微胖，青衫上还有几道褶皱，带着这个年纪常有的一些邋遢。然而只是这样淡淡的一眼，即使是旁观的盈持，都蓦然心中一寒：在这片虚空里，仿所有生机都被这纵横的杀气压榨殆尽。

这是历经风波踏遍江湖的绝世高手，才有的强大威压。

付倾国陡然住口，脸上露出痛苦的神情，嘴边涌出大股大股的鲜血，胸口起伏不定，如被抛上岸的涸鱼般，再说不出话来。

"咳咳，"魏夫人第一个受不住，身形一软，捂着喉咙，咳出声来。

盈持与珍娘子往后退了几步，"咚"的一声，背脊顶在了墙上。

男子收回目光，室内威压陡然消去。他衣袖一拂，已将魏夫人扶住。

"奸夫淫妇？"他的声音平平，没什么起伏："阿姗？我闭关不过二十五年，怎的就与你成了奸夫淫妇？"

付倾国眼睛一瞪，却听魏夫人扑噗一笑："夫君，她从未见过你，自然不认识你。"

夫君？

付倾国尖叫道："你……你又嫁人了？"

盈持不由得看向榻上的魏节，唯见他双目温润闪亮，似笑非笑。沾满血渍的白色衣衫，如梅映雪野，在风中轻轻飘动，宛若谪仙。

"千辛万苦，终于得见魏处士。"

珍娘子缓缓上前，眸中晶光闪耀："故人之女，前来拜见。"

盈持手指一紧，攥住自己衣角，才没有叫出声来，只震惊地睁大了双眼。

珍娘子盈盈拜下的方向，是向着那个青衫男子。

男子手腕轻动，一张竹几凭空飞起，往那榻上平平推去！

哐啷啷一阵乱响，伴随着付倾国尖利的呼痛声——她连同那个白衣"魏节"，如一堆破铜烂铁般，被这张竹几随意拂落，重重跌下地来。

几乎与此同时，榻面蓦然往下一翻，鲜血、碎屑连同那根仍遗落在榻上的步摇，一起落入榻下，消失不见。取而代之的，是一张干干净净的竹榻，榻面覆着同样洁净的蒲草座席。

男子身形一闪，人已坐于竹榻之上，他点着一根檀香，室内气息顿时为之一清。一双不大的眼睛，淡然地看向珍娘子：

"你倒好眼力，老夫正是魏节。"

"不！"

付倾国失血过多，脸色白如鬼魅，细细的皱纹不知不觉中，已浮现在眼角鼻侧，越显老相。她直勾勾地看向青衫男子：

"你不是魏节！你怎么会是魏节！魏节魏处士，我师尊，他是神仙般的人物，他……"

她仿佛想到了什么，扭头瞪向魏夫人：

"你想故意气我，对不对？"

"如意……付前辈，"盈持闭了闭眼，终于忍不住开口："你好好看看这位'魏节'……"

魏夫人的脚边，就是跌落在地的白衣"魏节"。

他躺在地上，虽然不曾动弹，眼睛仍是润泽光璨，黑中透青，流转着令人迷醉的光芒。

魏夫人抬起绣着折枝花的布履，踩在他的胸口，向着付倾国微微一笑。

"不！不！我以前分明是见过他的……他就是这个样子……你骗我！"

付倾国目光熊熊，仿佛倾尽了最后的生机，化为这怨毒的光焰，射向一脸温柔笑意的魏夫人：

"你为什么要骗我?"

"最初救你,确是为了制作九相图中第一人。"

魏夫人的足尖一晃一晃,调皮地点着"魏节"的胸口,那里隐约传来空洞的"砰砰"声。

"当年我只引你远远看了这西贝货一眼,你便双眼如盲、心神俱醉。我说他要收你为徒,你便灵台昏沉,愿粉身为报。我只要抬出他的名头,你便肯心甘情愿,自堕泥淖;我告诉你阿露喜欢他,你便恨之入骨,费尽心机,将她引入崖下跌死。我说身体多病寿元不永,你便俯首帖耳,驯如牛羊。"

她叹了一口气,似乎还颇有憾意:

"夫君闭关,横竖也要二十五年。这些年,你尽心尽力,亲手帮我找齐八人,自己又乖乖填上最后一个。而我呢,不过付出半部赤炎剑诀罢了。你啊,真是一个最好的帮凶呢,手段高明,狠毒奸猾,偏偏还傻。"

她抬起脚,娇笑着退开:"付如意,你制出最完美的九相图,却从未勘破人间五蕴。我可是出身偃师门白家,我家阿五,与二十五年前的魏处士一模一样,你倾心相恋倒也不亏。"

付倾国的目光,落在"魏节"如雪的白衣上,几道脏污的足迹分外醒目。

她忽然挣扎着翻了个身,狼狈地滚到了"魏节"身侧,她撑起身来,距"魏节"的脸庞只有数寸。

众人都是一惊,但无人阻拦。即是珍娘子毫无武功,也看得出来,付如意已是强弩之末。

付倾国盯着那双眼睛。

那双仿佛融化了世上所有春风的眼睛,温润澄净,世所罕有。

有谁知,这只是一具惟妙惟肖的木傀儡上,一对上好品相的鸦青宝石。

大概这世界上,五蕴的流转中,多少欲起欲灭,根本就不会有一双这样的眼睛。

也只有宝石中的光芒,才会那样温润、澄净、纯粹。

青白的僵色已经冲破了最后的抵御,纱袖浸透了血污,肮脏不堪。然而细脆的手腕上,那串相思子,却仍是红得鲜艳欲滴。

"我不叫付如意,连付倾国也只是化名。你……你记住了。"

她看着地上那具白衣飘然的俊美傀儡,仿佛他仍是七年前那个白衣翩然的神仙般的男子,轻声道:"我本姓胡,名晶晶。"

嘴角浮起一缕笑意,那道青白的僵色终于冲上了脑际,她直直往后倒去。

砰!葛嘟嘟!

一阵碎响,无数血红的点子跃落地面,争先恐后往四面八方跳去,有的滚落榻底,有的消失在墙角,只有两三粒转了几转,静静停在她透出死灰的颊边,仿佛滚落了几滴相思的血泪。

她再也没有动弹。

魏节摇了摇头,径直在榻几上,提起小小的陶壶,往陶盏中注入茶水。

反是魏夫人欢喜地冲到榻边,拉住了魏节的袖子,叫道:"夫君,你看新死相!多么美妙的新死相!"

她指向付倾国,仿佛那不是一具尚有余温的尸体,而是春天里盛开的鲜花,而她是撒着娇的少女,要她的情郎一同欣赏那花朵的娇艳:

"九相图中的新死相,其实并不是指的刚刚咽气,而是六个时辰后,身体僵硬,肌肤青白,尸斑将出未出之时才是。可我想你闭关二十五年了,你性子急,恐怕一刻也不愿多等,我就让小翠给她灌了尸化丹,这丹的药效时间是半炷香,原想着她跳到飞天舞中,最为妩媚的那一式'反弹琵琶'时,恰好是尸毒发作,全身僵直死去,那才叫好看呢!"

她遗憾地叹了一口气:"可惜人算不如天算,谁知道她还有这种术法,将所有生机付于瞬间暴发,竟能冲破滞灵散!"

"九相图?"

魏节皱起了眉头,越显得鼻翼处的两条油腻:

"这便是你告诉我,可以解我心魔的妙药?"

他把手中的茶盏递给魏夫人,魏夫人就着他的手,心满意足一饮而尽:

"我还以为她死前要恨天作地一番呢,没想到她就这么安安静静地死了,死得真好看!"

室内静寂,山风徐徐,绿树轻摇,树间那点点鲜红的相思子若隐若现。

魏夫人年纪虽然不轻，但相貌清丽，此时说话又清又脆，让盈持有一刹那间的恍惚，仿佛是一个最寻常不过的午后，绣窗前的少女在娇滴滴地抱怨，樱桃不红、猫咪不乖、胭脂的香味不够浓。

"夫君，夫君，你喜不喜欢，喜不喜欢呀？我还有漂亮的八相图没给你看呢！"

她笑语连珠，不管不顾，竟真的拉着魏节往出走。魏节比她年长，但她也已年过四旬，可此时天真烂漫的模样，竟似乎连珍娘子二人都忘记了。

山风送来了她的话音尾声：

"二十五年了，我种了好多相思树呢……"

珍娘子立在室内，纹丝不动。

二十五年，听魏夫人的语气，似乎这二十五年间，魏节闭庐修行，她并未在他身边。最近的一次，大概就是七年前，她带付如意前来，所见到的正是先前的白衣"魏节"——那个栩栩如生的木傀儡阿五。

想必魏夫人自己每月前来，见到的也是阿五。

凭借这点慰藉，度过二十五年茫茫岁月，并以自己扭曲的方式，寻找着帮助魏节度过心魔的办法。

魏夫人行径疯狂，又有两个不畏滞灵散的傀儡为助，与她们已是不死不休之局。

盈持如今当然明白，珍娘子所言，在终南必须要找的那个人，正是魏节。而珍娘子如此无畏无惧也要前来的原因，却是因为那年京都的玉兰花树下，让她心神大震如坠深渊的某人。

盈持轻轻叹了口气：魏夫人如此、付如意如此、珍娘子也如此，还有那魏节，他那般天纵英才，落到今天这惨淡地步，不也是为了魏夫人口中所言的那个画中美人吗？

五蕴之谜，唯情为最。

因着看到那个人，便生出万千妄想。因着妄想难灭，便不顾一切。不顾一切，自会有种种行径。而最后，无论得失成败，已是刻骨铭心。

可是，盈持立在这血污满地、有如修罗场的室中，不合时宜地惆怅想到：

如果一开始，就错了呢？也许那个人，那个深铭心间让你不惜一切代价的人，真实的他，或是她，与你心中所想象的，根本就不一样呢？

"魏处士！"

珍娘子飞快地踏出室门，向着那个遥遥前往山崖间的男子背影，厉声喝道："你的心魔，并非美人！一看九相图，便再难回头！"

两人一齐回头。

长草之间，魏夫人脸上急怒浮现，魏节却毫无表情。背后八扇石屏，尸骨隐隐。

四、五蕴早生迷

劲风袭来，一条白色身影衣袖飞舞，向珍娘子的背心，已刺出杀意凛冽的一剑！

呛！

盈持剑身方一交击，竟被荡开！她脱口而出："是你！"

"魏节"剑势不衰，一点寒气，径直取向珍娘子咽喉！盈持剑尖一震，三朵剑花陡地绽开，当空拦截！果然是真气并未受滞。

魏夫人喝道："阿五！杀了这贱人！"声音中透出兴奋。

不精搏击之术的魏夫人当初将重伤垂死的付如意救回，又胆敢将她留在身边二十五年，自然也是仗着阿五。在漫长的二十五年开始前，阿五应该是得到过魏节的指点，连同那些阵法、滞灵散一起，留给妻子作一道保护的屏障。否则魏夫人的偃师之术再精妙，也不能给予他如此精妙的剑技。

"魏节"——阿五长剑疾刺，一朵剑花砰然炸开！

嗖！

黄光一闪，如匹练凌空而至，带着沉压一切的气势，堪堪正中阿五剑身！阿五死死握剑不撤，整个人被大力带起，猛地往后飞起，直砸出数丈开外。

盈持剑花一收，仗剑立于珍娘子身侧。

自崖边一处怪石后，有两人飞鸟般一跃而下，却是一老一少两个道人。

年少的道人身背一只大弓，弓上一支箭蓄势待发。来人正是秋宇与松隐。

魏夫人脸色一变，口中默念几句，喝道："阿五！"

松隐伸手如电，只在那箭枝上轻轻一弹！箭枝离弦而出，"夺"的一声，竟是穿胸而过，余劲未衰，将他牢牢钉在地上！此时无论他如何挣扎，整个人都只在地面扭动不已。

魏夫人圆睁双目，怒道："你们如何进得来？"

她目光扫向珍娘子，几乎要喷出火来，喝道："如意擅隐匿之术，若有人悄悄跟你进来，绝瞒不过她！"

珍娘子微微一笑，道："瞒她？你精于偃师之术，我为何就不能精于阵法？你给我相思串，我便探知了阵眼所在，随手破去，又何足道哉？"

魏夫人冷哼道："你说是你进来时便暗中破了阵，放他们进来？大言炎炎！我这阵可不是那些路边货色，乃是技神张白石当年亲设，岂能被你轻易破去？还有滞灵散……"

秋宇哈地一笑，道："魏夫人，尊夫给你滞灵散时难道没说过？这是我楼观派秘药，寻常弟子拿不到，可我师叔，是十老之首。"

魏夫人恼怒地掉过头去，叫道："夫君！"

魏节一直未动，此时方向松隐点了点头，道：

"松隐道长，想必是苍云道长的高徒吧？这柄射日弓的图纸，还是我当初与法通、苍云一起绘制的。"

松隐一怔，定睛看了魏节几眼，讶道：

"是……是魏处士？"

魏节微胖的脸上，露出一缕含义莫名的笑容：

"一别二十五载，竟让人有烂柯之感了。令师和法通还常常一起谈禅论道吗？"

松隐脸上神情变幻，终于恭敬地揖了一礼，道："家师已在三年前仙逝。法通禅师也于前晚圆寂。"

二十五年岁月流逝，他记忆中的魏节，与眼前这个平俗微胖的男子，只剩下眉间依稀的印象。但此时魏节一开口，却有种莫名而熟悉的压力，让他心里一震：这人真是魏节！

魏节轻哼一声："知交零落，人世越来越是无趣了。"

他又看向珍娘子："这位珍娘子方才说是故人之女，未知是魏某哪位故人？"

一切都在珍娘子的掌握之中，正如过去那些年一样。

盈持觉得，自己从来没真正懂得珍娘子，但并不妨碍她有着近乎盲目地崇拜。

连她都不知道，珍娘子还有一手破阵的本领。至于楼观派的相助……

松隐和秋宇向珍娘子躬身为礼，站到了她的身后。

"倒是我看走了眼！没想到你们竟是狐貉一丘！"魏夫人恨声道："夫君，便是他们进来了又如何？你先跟我去看九相图，心魔一破，以你的功夫，他们整个楼观派来了我们也不惧！"

"九相图！"秋宇怒道："你这妖妇！当真害了那许多无辜之人！魏处士，你难道也要包庇这狠毒的妖妇吗？"

他紧握射日弓，手背上青筋微微跳起。

"我带阿姗到此，正是要做个了断。"魏节长叹一声："当初我练功出岔心魔难克，这才闭关不出。你有张白石阵法相护，外人无法进入舍身台草庐。你若是闷了，便带上阿五出去转转；甚至你若不愿等我，我也提前写好了放妻书任你改嫁……你为何要去好端端地制什么九相图？"

"我不改嫁！"魏夫人尖声叫道："改嫁之后，你正好与你的美人双宿双飞？休想！我偏要破了你对她的心魔，让你从此心甘情愿与她再无牵连！不要说害死九个人，便是九十个、九百个，我也绝不手软！"

"阿姗！"魏节厉声道："你胡说什么？我哪来什么美人！"

"魏处士之恙，竟是与心魔有关？"松隐细细打量魏节，道："我楼观派也有一些秘药，不知……"

"我心我自知，药石无效。"魏节无奈地一笑，叹道："年少之时，一位故人擅卜筮之术，曾道我有一劫，需闭关二十五年，方有一线生机。若二十五年仍然无解，只能出关寻求机缘。哪像内子所言这般荒谬！"

"你当初若是对她明说，她便不会胡乱行事，将听来的歪门邪道当作救治你的良药！"秋宇怒声道："师叔！来时那八扇石屏的惨状，你我都看得清清楚楚！终南乃是修行的仙山，怎能容如此恶毒行径之人！还有那个如意！一定都是帮凶！珍……娘子！"

面对那秋水般的两道目光，秋宇不由脸上一红："望您定夺！"

"夫君！"

魏夫人抓住魏节衣袖，脸上已带了企求之色："求你去看一眼！就看一眼好不好？夫君，我等了你二十五年！那么漫长的二十五年，我杀了那么多人，我连阿露都……夫君，我都是为了你，求求你，你去看一眼九相图！好不好？"

魏节一动不动，闭了闭眼睛，无奈道："阿姗。我知道你一心为我，这些罪孽，我不会让你一人承担。"

"你为什么就是不肯去看！"魏夫人猛地摔开他的衣袖，脸上浮起狞色，道："是为了这个女人？不愿在这个女人面前，失了你魏处士的颜面？就像二十五年前，你收着那个绝色美人的画卷，只有深夜才敢悄悄拿出来端看？"

魏节目光一沉："阿姗！"

"那幅画卷，就在我手里！"魏夫人往后退出一步，冷冷道："上面还有你亲笔题的诗句，我有白玉台……"

魏节却又淡淡地笑了："阿姗，二十五年前，这位珍娘子年纪尚幼，又怎会与画中人有关？我魏节僻处终南三十年，从未与任何女人有染，闭关前也从未有女子踏入舍身台，你难道不知？"

魏夫人的冷色中，竟有一抹红云掠过，旋即又厉声道："那你杀了这个女人！你杀了她！不去看九相图，只要亲手杀了她，你的心魔一样会破！"

盈持忍不住讽道："我看真正有心魔的，是你这女人！"

珍娘子一双似笑非笑的明眸，未曾掠魏夫人半眼，便落在魏节身上："魏处士，无巧不成书，我年幼之时，家父也为我卜过吉凶，说我乃贵命，但命中当有一劫。此劫转机，便在终南。我想这终南山中，唯魏处士声名最盛，又有山中国相之誉，想来那转机定在魏处士身上。"

魏节缓缓道:"既这般巧,莫非我二人,皆为彼此之转机?"

珍娘子微笑道:"昔日吕后母子势弱,入山延请商山四皓,便赢得一丝转机。未知魏处士之贤,与商山四皓相比如何?"

魏节目光停驻在她那张国色天香的脸上,身形一动,竟然拜伏于地,行了一个大礼:

"草民魏节,参见贵妃。"

一阵风来,珍娘子衣袂飘动,她含笑而立,冶仪高华,四周仿佛不是荒崖长草,而在瞬间化为金殿玉阙。

松隐与秋宇对视一眼,颇为讶然。魏夫人遽然色变,盈持更是跳起身来,叫道:"你……你怎知我家珍娘子……你不是闭关二十五年不问世事?"

"草民闭关不出,但阿姗每月前来探视,虽不能见面,有时会提起一些朝野之事。贵妃端懿明慧,世所知之。"魏节恭声答道:"故草民虽初觐贵妃天颜,却已知当今之世,除了贵妃,无人能有如此绝世之才貌,亦无人敢有吕后之雄心!"

"好一个绝世之才貌,吕后之雄心!我奉皇后凤旨,前来终南修道。"珍娘子笑意中终究有一丝怅然:"一应宫中诰封,都似是前尘往事。我本名珍珍,你还是叫我珍娘子吧。"

短短几句,秋宇听在耳中,却觉得波涛暗涌,藏无数秘事。他一向是个不怕事的性子,此时连头都有些不敢转动。只上前拔了那阿五胸口的长箭,便退到松隐身后。

魏节已请众人前往草庐一坐,态度已大为不同。

庐中竟是相当洁净,血污尸首都已消失不见。盈持猜想这或许是方才众人离开时,落在最后的阿五所处理。而珍娘子和自己,是否也本应在阿五的"处理"范围之中,所以魏夫人先前才连一个眼神都吝奉呢?

此时魏夫人阴沉着脸,紧挨魏节而坐。她自从入了舍身台,就彻底撕去了最初那层柔弱清娴的外衣。榻上唯一端坐的,自然是珍娘子。盈持侍立,松隐与秋宇二人坐于一旁,一直默不作声。

阿五立在室门口,胸口长箭被抽出,胸前一片狼藉,面上依然若无其事、丰神俊雅，为众人奉上茶水，只是看他那模样……秋宇拍了拍胸口，自觉是喝不下去的。

魏节忽然站起身来，再次拜倒在地，沉声道："草民有罪，阃内不修，愧对贵……珍娘子。"

魏夫人忍不住冷哼一声："失宠之人，死在宫内宫外，又有什么不同？"

魏节喝道："阿姗！"

"燕后出身三朝勋贵承恩伯府，又曾在太后宫中任女官。"珍娘子坦然答道："而我……只有一弟在刑部为侍郎，且年轻资浅，被认为是'邀宠幸进'。"

她淡淡一笑，容光照人："我与陛下年少相识，如在民间，便是结发夫妻。在我心中，他不仅是一国之君，还是我的夫君。谁不愿一生一世一双人，可偏偏，在世人眼中，与他名正言顺为一双人的，不是我，而是燕后。"

魏夫人呆住了，脸上的阴沉之色，不觉消退了许多，喃喃道："你……你这女人比我还贪心……那是一国之君啊……"

"五蕴流转，执念深沉，谁又能逃过呢？"

珍娘子浮现一缕苦笑，道："我与燕后相争，燕后便让我来终南修道。"

魏节道："听说武当椰梅派孙真人，剑术高深，颇受帝后信任，我看珍娘子侍婢的剑术，竟有几分像是椰梅派……"

室外天光，被山风送入室中，仿佛凝成那个女子的模样。

翟衣凤冠，端和典雅，似乎永远都不会因她的挑衅有任何失态，甚至有时还能感受到她看向自己的目光中，有着隐约的怜悯：

"贵妃心中有恙，就前去终南修道吧。听说那里白云千重、红叶如火，或许会让贵妃心有所悟，安康和宁。"

甚至还专门叫了孙真人进宫，指点了盈持一段时间的剑术。

她在终南待了两年，也没有发现任何人前来搅扰她的生活。是那个女子的骄傲和忽视，才给了她宫中所未有的广阔天地吗？

第三年，她终于忍不住，前往弥陀寺。法通昔年交游广阔，知交之中，正有魏节。

耳边响起盈持声音，答道："孙道长供奉于宫中，多有武婢得到他的指点。

我学了几招,又有什么关系?"

珍娘子微微一笑,道:"正如尊夫人驱使傀儡扮作鬼王,那一招幽冥鬼火,前朝余孽,倒也有人使过,难道便与其有关吗?"

魏节陡然抬头,眼中寒光一闪:"珍娘子慎言。"

"商山四皓若非待价而沽,也不会被吕后请出山林。"珍娘子的目光与他相接:"魏处士若当真有隐遁之意,便不会有任何心魔。"

"隐遁山林,也未必就逃得过红尘之扰。"一直未作声的松隐忽然道:"我楼观派自齐梁以来,备受历代君王恩遇,可武当椰梅派出了国师,我们……"

他苦笑一声:"还有弥陀寺,当初何其繁盛,如今也寥落至此。"

秋宇紧紧握住射日弓。听门中长辈时常谈起,终南与京都不远,先帝每次前来终南,几乎都会前往弥陀寺赏玩玉兰。那时的弥陀寺,高大巍峨,气派不凡。香火繁盛一时,似乎不过转瞬之间,便如此荒凉破败。法通曾是登座讲法信徒如云的禅师,从此也闭门修禅,再不入世。个中原因,似乎正与贵人相关。

松隐师叔这次偷偷带了他出门,又刻意带上了可克阴邪的射日弓。说是要去查找那为祸的鬼王,其实不过是为了效力于新的贵人。

秋宇有些迷茫地眨了眨眼睛。

他不是佛门弟子,可是也读过佛门经典。从前他认为自己懂得五蕴之义,如今才发现,单单是勘破色蕴,看透想蕴,便已是大不容易。

"不!"

魏夫人忽然站起身来,尖声道:"我夫君可不是你们这等趋炎附势之徒!他若要做官,当初就应先帝之召入朝了,又何必隐居终南?他的心魔……"

她的话音蓦地截断,一缕鲜血,自唇角流了下来。

她忍不住捂住小腹,纤细的腰肢如虾一般蜷缩起来,跌倒在地。

"痛!"她伸手去抓魏节的衣摆,呻吟道:"夫君,我好痛,痛得连肠子都快断裂了……"

"没事的。"魏节弯下腰,温柔地握住她的手:"痛一会儿,便再也不会觉得痛了。"

魏夫人的眼睛,猛地睁大,恐惧、不信、哀伤、惊愕种种情绪,都浮现在她那清媚的月牙眼中。

盈持惊怒交加，喝道："你……你对魏夫人做了什么？"

"她早就有了心魔。"魏节握着魏夫人的手，并没有放开，低声道："我知道，从嫁给我那一天，她便担心我的离开。我闭关二十五年，她日复一日，等待着我不知哪一日的出关。后来，又结识了那副倾国……她爱我没有错，我……我再也遇不到如阿姗这般爱我的女人……"

盈持觉得自己的声音都在发抖："可你还是……你是在方才那杯茶里下了断肠散？你闭关出来，第一个毒死的，便是等你二十五年的女人？"

"我是魏处士，"魏节俯首看着怀中痛得几乎神志不清的女人："山中国相，天下为公。她再是爱我，也犯下不可饶恕的罪行。她害死了那许多无辜的女人，不能不付出代价。我原是想着，在九相图前让她有个交代。却遇到了诸位，不得不在此惊扰贵人，望娘子原宥。"

他轻轻抚摸着魏夫人柔软的头发，此时她痛得挣扎起来，发髻散乱，露出了仔细藏于黑发中的缕缕银丝。

珍娘子紧扶榻几，方才勉强坐稳身形。饶是她见惯了宫廷血腥，此时也说不出话来。

就在这张榻几上，刚刚出关的魏节，给见到爱人后欢快如少女的魏夫人，不动声色地下了断肠散。

是否在男人心中，家国天下、公道正义，还有……名分……永远都要胜过爱情？

可是，她又不得不矛盾地承认，在她心中，大丈夫便当如此。所以她希望……自己拥有那个名分。

而魏节，这般冷静自持、公私分明的魏节，若能为她所用，必然是最有力的一条臂膀。何况他与自己的身世，有着更为紧密的关联……

"她素来在意自己容貌，断肠散虽然听着可怕，但死后却很是安详。我不能伴她到老，总不能……总不能……"魏节的眼中没有泪水，但那满含的哀伤却比泪水更为沉重。魏夫人呜咽一声，泪水滚滚而下，混合着唇边鲜血，如断线的相思子，很快淌湿了前襟：

"夫君……是我……我的错……我……"

"三十年了，魏处士这把玩人心的手段，依然如故。不愧是五蕴神功的传人。"

一个冷冷的声音，从室外传来。

阿五掌中剑光一闪，已对准了门扇。

砰！

门扇大开，一个人影，连同山风绿影，一起涌入沉闷的室中。

"江度！"

"江公子！"

珍娘子的眼神微微一敛。

"既然魏处士如此光风霁月，为何要在舍身崖的入口处，悄悄开启困龙阵呢？"

江度半旧的衣袍，落了一层淡淡的天光，有着一种温润的气度。而他本人却如一柄出鞘的利剑，然而温润与锋锐，竟又有着和谐的共存。

"困龙阵？"

珍娘子心念一闪："方才魏处士跟随魏夫人前往九相图之地，原来是为了设下困龙阵！"

"困龙阵乃是技神张白石所创，阵法巧妙隐蔽，即使张白石自己前来，若不是特别留意，也难以窥见此阵。"

松隐手抚长剑，缓缓道："魏处士闭关二十五年，看来神功果然恢复，将我与秋宇二人的踪迹早就看在眼里，真是好生敏锐！"

"我当时并不知各位身份，自然小心了一些。"魏节歉然道："未料却让这位公子误会了。"

"误会？"

江度嗤地一笑，寒光闪处，短剑已刺至魏节面门！

魏节抱魏夫人在怀，身形微偏，剑刃几乎是擦颊而过，带起一道血痕！

"不是他！是我！"魏夫人剧痛之下，嗓音已带沙哑："鬼王是我的木傀儡所扮！掳人是我的主意！你丢了妹子，要杀便杀我……"

回答她的，仍是毫不留情的短剑，陡然化为万点寒光，当头笼向魏节！魏节紧抱魏夫人，避无可避，只得猛地向前扑倒！砰！魏节的额头撞上了门槛，瞬间青肿一片。

　　"你放开我！让我去死！"魏夫人哑声哭道："我反正是要死了……夫君……你这般待我……我死也无憾……"

　　哐！一只茶盏被掷到地上，陶片四溅。

　　"住手！"珍娘子厉声喝道："你是来杀我的，何必伤及无辜！"

　　江度手中的短剑，仍遥遥指向魏节，却转过头来，看了珍娘子一眼，沉声道："下官不敢！"

　　珍娘子冷笑道："缉捕司自杨恩起，便是燕后鹰犬，本宫都避到了舍身台，仍逃不过你们的追踪。鲁统领，本宫从未听过你有什么妹子，何必冤枉魏处士夫妇！"

　　鲁统领！是那位久闻其名的鲁韶山！

　　众人一齐变色。

　　盈持睁大了眼睛，好奇地看过去。

　　京都权贵如云、衙门林立，缉捕司不过一个冷僻衙门罢了。然而前一任缉捕司，却出了个大名鼎鼎的杨恩。江湖上都说，天下绝技，尽在四神，剑捕乐技，各法通玄。有神捕之称的杨恩屡破大案，不但深得圣心，且得两宫看重。只是他与乐神苏兰泽甘愿退隐江湖，便荐了当时只是一个寻常捕快的鲁韶山为捕头。

　　鲁韶山行事稳重，不过数年间便被擢升为统领，为帝后心腹。

　　松隐更在心底暗暗叫苦：实未想燕后如此厉害，终究还是派了鲁韶山来终南。但转念一想，燕后如此忌惮，足见虽过了三年，张贵妃圣宠并未衰减。富贵险中求，武当槲梅派据说与燕后师门有旧，楼观派只能转投张贵妃。然而后宫之争，如暗流险礁，也极是凶险……松隐苦涩地看了一眼，却发现自己这师侄浑不知厉害，正双眼发光地看着鲁韶山，一副崇敬模样。

　　"下官的确是为魏处士而来。魏处士乃是天下闻名的高手，方才连我剑术都难以抵挡，足见心魔未解。"鲁韶山瞥了一眼魏夫人："你命不久矣，难道也想你夫君终生闭关，湮然一生吗？"

魏夫人咳出一口血来,喘道:"你……你待怎样?"

鲁韶山道:"张贵妃乃是贵人,手眼通天,便是远在终南之地,都有楼观派耆老任其驱使。若当真有魏处士无法忘怀的美人,酿成心魔,为何不去求求贵妃?将那美人赐他,心魔自然能解,何必非要九相图?"

珍娘子眼神闪动,沉吟片刻,竟点了点头。

魏夫人眼中一亮,魏节已满面怒色:"一派胡言!"

话音未落,只觉腕上一麻,手指松开。鲁韶山凌空一招,似有无形之力,顿时将魏夫人拉到了近旁。

"弹指神通!这就是神捕大人的弹指神通!"秋宇兴奋得脸上发红:"果然厉害!"

鲁韶山不觉一笑,向魏夫人道:"我方才所言,你意下如何?"

断肠草毒性甚强,但并不如鹤顶红饮之疾死,而是一阵阵发作,只到肠腑渐渐蚀烂而亡。魏夫人脸色灰白,方才熬过一轮剧痛,露出犹疑之色。

"魏节愿投入贵妃门下,刀山火海,尽愿效力!"

魏节站直身形,沉声道:"阿五!"

剑光一闪,阿五和身扑出,鲁韶山执剑相格,一指弹出,阿五心口"噗"的一声,劲气竟当胸穿过!而阿五身形不停,后竟弃剑于地,双臂张开,紧紧抱住了鲁韶山!

而魏节伸手往榻上一拂!

轧轧!

地面翻转,惊呼声中,除了阿五与鲁韶山,其余人尽皆落入地下暗室之中!

轰隆!

地面上传来一声巨响,震得暗室都一阵摇晃,簌簌落下灰尘来。

"魏节!你胆敢用震天雷谋害朝廷命官!"

珍娘子咬牙叱道:"鲁韶山若丧命于此,燕后必不罢休!"

"珍娘子与燕后,莫非还有罢休之时?"魏节似笑非笑:"正如当初的皇后与金妃之争,金妃不过一着失慎,失了先机,便成冢中枯骨!"

暗室顶上缀有核桃大小的几颗萤石,发出幽幽的光芒。

他转向魏夫人,柔声道:"阿姗,那幅画卷,你告诉我放在哪里,这里地道四面通达,我可以去取。"

"夫君?"魏夫人惊疑地看着他,剧毒已销蚀了她大半生机,此时她褪去了戾恶之态,又似是盈持那晚月下看到的模样,如烟如露,似乎随时便要化入虚空之中。

"你……你果然喜欢的是她……"

她颤抖着手,猛地撕开衣襟。

秋宇"啊"的一声,赶紧转过头去。

衣襟并未扯开,撕破的是衣襟的表层。魏夫人伸指入内,在襟边之处,小心翼翼地摸出一根卷得极紧的物事,再以手指缓缓抚平展开。

淡淡荧光之下,盈持已看清了那幅画卷!

不过两尺见方,极薄的丝帛托底。却以金朱青绿艳色,绘出一个妍丽清媚的美人,怀中抱着一只菊纹锦盒。尤为出色的,是美人那双盈盈秋波,欲语还休,似有柔情万千。

盈持心中一动:这美人,竟与魏夫人有几分相似,只是姿容更美。魏夫人不过只有十之三四的仿佛。

"名动天下的魏处士,肯娶我这样一个父母双亡的小族之女,或许并不因为我对你的爱,"魏夫人的脸色白得惊人,"是因为……是因为我长得像她……对不对?"

她忽地捂住了小腹,画卷跌落在地,而她也随即软倒,大口大口的鲜血从口中涌出。最后一次断肠之毒,终于发作。

魏节一把扶住了她:"阿姗!"魏夫人与这美人相似?难道魏节喜欢的,是这画中美人?

盈持心中又疑又惊,度其画卷色泽,已是年代久长。当初魏节风华正茂之时,遇着这美人,求而不得,所以就选择了魏夫人?

然而……然而魏节这心怀天下的山中国相,当真有如此情深义重之时?

"十五岁那年……我听到了你的故事……十六岁那年,我拼命嫁给了你……我知道你其实……其实是不喜欢我的……我想着时间若是够长,你……你总会明白我的真心……你要隐迹终南，我便陪你一起；你要克制心魔，我便……你喜欢相思子，我便种了许多。每年结子，我便选中一颗，如今已是三十颗。"

魏夫人几乎半身都被鲜血浸透，魏节将她紧紧搂在怀中。饶是他心如铁石，此时也不由得动容：

"阿姗，我当初娶你，并不是因为我恋慕别的女人！"

"真……真的吗？可是……可是你看……"

魏夫人抬起手腕，那串鲜红欲滴的相思子，紧贴在满是鲜血的唇边，漾起一朵奇异的笑容："你还是不曾说……说你爱……爱我……但这三十年……我徐姗……从未后悔……"

声音蓦地断绝。相思子从腕上脱落在地，仿佛落了一地的血泪。

三十年前，魏节携她归隐，不知羡煞了多少女子。魏节甚至将舍身崖畔，种满了她喜欢的相思树，哪怕凶残如付倾国，也是嫉羡于心。

其实她早就明白，这场相思，终究不是她一个人的。

三十年的孤独，和无助的守护，为此几乎负尽所有人。九相图中的女子是她千方百计找来的，作为这场爱情的祭品，而她自己，何尝又不是在祭台之上？

秋宇本是深恨魏夫人毒辣，此时见她卧于血泊之中，不知为何，心中竟是一片茫然。

楼观道修的道术，是擅结草为楼，观星望气。松隐不顾楼观道其他九老的劝阻，一心要带他效力珍娘子，便是观终南之山，有贵气东来，蟠居于中。

可是谁人望得出魏节煌煌风范下的隐微心愿，谁又望得出魏夫人毒辣手段下的血泪？

此时他却想起弥陀寺那个圆寂的法通和尚说过的话："劝劝你师叔，几十年了，还不明白吗？气为何物？运为何物？人为何物？不过都是心念的流转罢了。"

一切的喜怒哀乐、权术智谋、悲欢离合，一切有形无形，色想受行识，以为那都是真的，其实不过是虚空中流转的心念。

魏节放下怀中人，摇摇晃晃地站起来，只见那幅画卷，正拿在珍娘子的手中。

画上还有一行小字，珍娘子轻声念出来，似乎有一瞬间的停顿："我有白玉台，仙人为我开。但闻风过去，不见人往来。原来如此……原来如此……"

淡淡荧光下，她的脸通透莹润，如同一尊青玉的雕像：

"你娶徐姗为妻，是因着她貌肖金妃？因为三十年前，你效力于金妃吧？"

魏节一震，珍娘子淡淡一笑："论理，我本是不认得这画中女子的。不过，这画技用了宫中待诏的笔法，但这卷画用的丝帛，无论质地色泽，都显然过去了许多年。还有，女子身着的八重锦极是珍贵，寻常宫妃不敢逾越。此女明眸善睐、肤白颔圆，有新罗女子的特征，手中所执菊纹，也正是新罗金氏的徽记。除了金妃，还能有谁？"

魏节看着那幅画卷，仿佛有什么无形枷锁，被他忽然挣开，先前颓废之态，尽都褪去："果然瞒不过珍娘子。"

珍娘子抖了抖手中的画卷："金妃薨逝，所有画像遗物，因着一些缘故，至今宫中已经荡然无存。你还存着一幅，自然是曾在她麾下效力的缘故。"

秋宇目光投向地上那串相思子，忍不住道："或许，也有恋慕之故？"

松隐狠狠剜他一眼。

"你是觉着，若魏处士因恋慕金妃之故娶了魏夫人，总归让她在天之灵有些慰藉？这十四五岁不谙世事的小姑娘的想头，怎的你这小道士也有？"

珍娘子笑意微深："魏处士何等样人？恐怕娶魏夫人为妻，多半是当护身符吧。"

护身符？

盈持目光一闪。

"珍娘子果然慧眼独具，不似凡俗之人。"魏节站直了脊背，竟有了几分渊峙之态：

"当初先帝令我效力于金妃，争夺后位。可惜天不从人愿，金妃娘娘一病不起，那时太子尚年幼，我们这些人便失了依恃，"说到"太子"二字时，他眼中光芒渐闪："后来……又出现一些变故，我便回终南隐居。然而，宫中秘辛，想必娘子也曾有所耳闻。金妃虽与当时的皇后，也就是当朝太后相争得水火不容，但太子殿下登基之后，却从不曾削去金妃任何身后尊荣。"

他指了指画卷中的锦盒，金线勾挑的菊纹，栩栩如生。

而他眼中的光芒，也在渐渐聚拢，明亮起来："因先帝之故，太子与当时的皇后并不亲近，太子继位，这母子二人也并不和睦。燕后为太后钦点，姿容平常，且因了这缘故，皇帝绝不会与燕后毫无嫌隙。珍娘子这般国色，若能善用金妃旧事，当有奇效。何况这锦盒之中，有重要之物……"

　　他微微一笑，仿佛又回到了昔日运筹帷幄之时："江湖之中，可令人潜入武当，行阴损之事，又可在宫中安插人手，诬与孙真人。几番行事，武当派声名大落，自会殃及燕后。便是朝堂，也并非无力回天。燕后乃勋贵之后，却难获士林清眼。而在下昔日颇有清名，若巧来造势……如果娘娘肯带我入宫……"魏节眼中迸射出炽烈的光来，连声音都有些颤抖："臣必……"

　　他忽然停住了话头。

　　不知何时，珍娘子已退至最后，而松隐的剑和秋宇的箭，都一起对准了魏节。盈持挡在珍娘子身前，怒目相视。她的左手之中，正拿着那串相思子。

　　"珍娘子？"魏节察知有异，微微皱了皱眉：

　　"这是何意？"

　　盈持将相思子往墙上一按。轰隆隆！

　　后面墙壁竟裂开一道大缝！魏节目光一闪。

　　"魏处士肯投我麾下，自然最好。只我有一事不明，当初魏处士为金妃筹谋，不知是以何身份立足？"珍娘子终于开口："是称呼你魏监呢，还是大长信？"

　　魏节脸色陡变！

　　"珍娘子何意！"

　　"啊！"盈持忽然叫起来："我是说先前他一出来，我便闻到一股怪味。那怪味……"话音未落，珍娘子一把拉住她，已退入裂缝之中！魏节双掌中陡然黑气腾出，五指一张，向她们抓了过来！

　　铮！

　　剑花绽放，灿如云霞！是盈持的剑刺入掌中！如中生铁，竟再难深入半分！

　　魏节痛呼一声！掌中黑血滴出，狞笑道："这一式浮空映山，若是孙真人，我倒还忌惮一二！"

他手掌蓦偏,"啪"的一声,剑竟断在肉掌之中!他足尖一点,凌空而起,翻身在壁上一点,黑气挟带滔天劲气,迎面扑来:"哪里走!"

嗖嗖嗖!

是松隐夺过射日弓,气贯箭枝,疾速射出!

三箭连珠,金线交织,在空中竟连成一张简易的大网!

魏节手掌一挥!哗啦!那箭气凝就的金网竟被他徒手撕开!但那金网边沿,忽有火焰腾空而起,他大叫一声,掌缘竟然腾起了火焰,腥臭之气扑面而来!身形不由一顿!

几乎同时,松隐与秋宇退入裂缝!砰!裂缝合拢,魏节再次扑上去的身体,重重撞在石壁之上!

他怒声叱喝,双掌连拍,只拍得整个石壁砰砰作响,灰尘四落。

"魏节果然好生厉害!"秋宇心有余悸,抬袖抹去额上汗珠:"便是不怕他的震天雷,恐怕我们也不是对手!师叔,他这可不是五蕴神功!"

"他的心魔未解,五蕴神功哪里恢复了?这是尸余掌!以死尸练功,置掌于尸首胸腔之内,取尸气蓄于经脉,一旦催发,碰上对手肌肤,立时便会让对手肌肤溃烂,毒气攻心而死!"

松隐额上也有一层冷汗:"先前在石崖那里,我便觉得那些九相图里的尸首颇为诡异,每具尸首的胸腔里都有碎裂的痕迹,想必正是他练功所为!"

"这就是射日弓?听说木为百年拓桑、弦为天蚕丝、箭为玄金,经丹火粹炼,不惧任何毒邪的射日弓?"盈持好奇地端详着那大弓,道:"你来弥陀寺,倒是准备充分。"

松隐尴尬地抹去了细汗:"法通他提醒过我,说这多年未见,珍娘子若入舍身台,还是小心为上。我想着鬼王那邪物出现在此,带上射日弓总是有备无患。只是说起来,当初这射日弓,也有魏节一分心思在内,谁知如今……"

"珍娘子,不!张贵妃!"

魏节厉声大喝,隔着厚厚石壁,兀自隐隐传来:

"不错!三十年前,我在弥陀寺法通和尚禅房之中,因缘得见微服出巡的先帝!先帝说,若要盖世之奇功,需行他人不能之奇事!我若以功名入仕,终究年纪太轻，如何能成金妃臂助？所以后来，我……我净身入宫！"

秋宇惊恐地看了一眼珍娘子，盈持撇了撇嘴，小声道："先前我便怀疑他，这世上男子初见我们珍娘子，没有不惊艳失色的，偏他视若无睹。后来又闻到那熟悉的怪味……"

秋宇忍不住问："那怪味是什么？"

盈持脸上一红，道："我们宫里，过了三十的宦官，不得在贵人殿前侍奉。腌腌臜臜的……没得叫人恶心。"

松隐轻咳一声，秋宇顿时明白过来：宦官是刑余之人，器官受损，年岁越大，便越难自控，先前魏节身上那若有若无的臊臭气息，或许正因此而来。

"可是……"秋宇喃喃道："魏夫人她……她知不知道？"

魏节从宫中逃回时，已然身躯残缺，心理自然也不再正常，如何能与她有着寻常男女间的亲近？最初托词是画中美人，此后托词是心魔闭关，二十五年来，所有孤独冷寂，皆由此而来。

魏夫人可知道真相？

或许不知道，她身心为情所迷，一切色蕴在她眼中，皆是魏节印记。

或许知道，毕竟曾是少年夫妻。但情之所至，只要这个人在身边，其余一切，皆不重要。

又或许，她所爱的，从来就不是眼前的这个人，而只是自己心中的梦幻。

"前朝金妃身旁宦官之首，称大长信，名唤魏狖。金妃病逝，身边人作鸟兽散，这魏狖也不知去向。"珍娘子微嘲道："又有谁能猜得到，阴毒多谋的宫中宦官魏狖，竟然就是以隐居为名博天下赞誉的魏节呢？嘿嘿，山中国相，先帝这四个字，当真大有深议。魏处士，若勘不破五蕴之谜，便是将五蕴神功练至天下无敌，也是枉然。"

"行大事者，不拘小节！"魏节的喝声，犹自震动墙壁，"珍娘子岂可因我身体残缺，便弃我不用？百里奚曾为奴，太史公受宫刑，为何珍娘子避我如蛇蝎！佛经上说，世间万物，皆是五蕴所聚，一切离合皆是大道。这样的道理，谁人看不透？可谁人又能做到？什么山中国相操如雪？你们见过真正的山中雪吗?见过吗?"

他双眼微翕,喃喃道:"终南山每年都下雪,这南五台远离人迹,雪下得更大。白茫茫的一片大雪,山峦、松林、溪涧、飞禽走兽,什么都看不见,只有雪,只有……都说天地有大美而不言,有谁知道,这世间的大美,往往最无用!雪野、沙漠、大海、山林!都是无用之物!"

他高举双手,仿佛伸向之处,不是触手可及之室顶,而是无穷无尽的苍穹,嘶声道:"它们有大美,却是无用之大美!一如我那山中国相的清名,虽美又有何用?一百年、一千年、一万年,永远都是那个样子!它们能让我一呼百应吗?能让我仆从如云吗?能让我卤簿仪仗,威仪赫赫,出入金殿,跻身玉堂,于富贵红尘之中,受万人敬畏吗?

二十五年了!二十五年来离群索居,红尘中多少五蕴变化,我却不能亲历其变,若是你们,只怕早就疯了,而现在,珍娘子你分明有用我之意,为何忽然反悔!"

"因为你骗了魏夫人。"

珍娘子的声音,在幽暗的地室中,如琅环在风中冷冷响起:"你从宫中逃回,担心她发现你已是阉人,又不见了金妃画像,疑神疑鬼,为自保而慌闭庐不出,不惜冷落她二十五年。此为一。

你不敢杀她,又怀疑那画像为她所取,索性扮作贪恋美色而入心魔,诱使她去掳杀人命,制作九相图。只盼她能落入正道中人手里,自然为你除一后患。此为二。

你以断肠草将她毒杀,其实不过是为了在我们面前力证清白,可你偏偏还要做出山中国相洁如雪的模样,骗得她到死都对你一往情深。此为三。"

魏节蓦地默然,过了半响,方才不甘心地叫道:

"那又如何?她本就该死!她是偃师门余孽,又制九相图害死无辜之人,连自己表妹都不放过!珍娘子用人之长,并非用人之德!"

"不错。可你当初娶她时,动机本就不纯。你以为她的相貌,可让你有一线生机。如今你遇到了我,这一线生机便可寄于我身,她自然没了生存下去的必要。"

珍娘子在黑暗之中,手指不断掐算,幽幽说道:"可魏夫人有千般不好,也不应该死在你的手上。只因她心中仅存的善念与情义,尽都付与了你。"

她声音之中,似乎带着喟叹:"魏夫人的心魔,在嗜情极深,身不由己。你的心魔,所嗜者则是无上权力。我解不开你的心魔,自然不敢用你。"

"珍娘子!不!贵妃娘娘!"魏节本以为自己深谙舍身崖的机关暗道,但摸索良久,从前的机关竟然毫无触动,不禁心中惊惶,凶戾渐褪,哀求起来:"我知道是我对不住阿姗,我放过她走的,我给了她二十五年的机会!可是她不肯,她还害死那许多人命……她总归是要死的,死在我手里,她反而心满意足……贵妃娘娘!求求你带我出去!我知道很多秘密!那只菊纹锦盒的秘密!还有,这舍身崖中机关重重……"

"你闭关二十五年,并不知道,许多当年的秘密,如今早已无用了。"

珍娘子掐算已毕,反手往墙上拍出一掌,石墙升起,一排石阶出现在眼前。

众人默不作声,鱼贯而出。

轧轧的声音,惊动了哀求中的魏节。

他惊怒交加的声音,从墙壁那边传来:"你竟然会机关阵法之术!是了,你姓张!我知道你是谁了!你是……"

砰!石墙落下,隔绝了他最后的声音,也隔绝了一切爱恨情仇。

隐约可见光尘浮动,草木清气涌入,鲜明有如新生。

五蕴草庐塌了半边,院子一片狼藉。檐下的黄菊不见了,那里有桌子大小的一个深洞,碎瓦泥土满地都是。

寒光闪动,有人挥舞着短剑,砍瓜切菜般,将仅存的两根庐柱应声砍断。

秋宇不禁咋舌,心道:"便是我楼观派数百年传承,也没这样坚固锋利的宝剑。"

轰隆!

整座草庐彻底倒塌,将一切覆盖于下,远远看去,竟似是一座高大的坟茔。

鲁韶山头也不回,道:"那边石屏上的尸骨,我都收来了,一起丢在这草庐之下。一切恩怨,尽都埋葬了吧。"

秋宇还在好奇地看着他的短剑，似乎更像一柄匕首，锋刃上有淡淡的金光。

松隐一把拉过他，向珍娘子行礼道："容贫道先为珍娘子探路。"

珍娘子点头已允，松隐便拉了秋宇风一般地往前奔去，珍娘子忍不住嫣然一笑，如云破日出，光华万丈。

秋宇脸上更显得呆了，忽然一拍脑袋，叫道："糟了！还没来得及问魏夫人，鲁统领妹子在哪！"松隐往他脑袋上猛地一拍，秋宇一脸懵懂，脚下不得不走得飞快，两人很快消失在长草之中。

珍娘子笑意未敛，看向鲁韶山："那木傀儡的震天雷，没把你炸死？"

盈持吓得不敢说话。

鲁韶山板着脸："臣命大，区区震天雷，一时半刻死不了人。倒是珍娘子你，再这样肆意妄为，就真要当心这条性命了。"

"谁派你来气我的？"珍娘子翻了个白眼，竟显得放松了许多："是他，还是她？"

鲁韶山不答。

珍娘子哼了一声："我知道的，自然是她。除了她，谁还会这般贤淑端肃，当真要行什么训诫后妃之德。送我到终南修道，修的什么道？哼。我如今自然是明白了。"

"把我妹子还我。"鲁韶山忽然道。

"什么你妹子？分明是你们缉捕司暗部中的女捕快，叫什么来着？外表娇娇弱弱的，武功不怎么厉害，人倒精明，费了好大劲才让盈持把她打晕。就藏在我的房中床底，但我知道，我与盈持都被那鬼王掳走，你们必不会去查我的房间床底。"

鲁韶山气得磨了磨牙："我起初也被蒙住了，后来看那罗轿，便知道上当。"

珍娘子抚了抚稍为散乱的鬓发，漫不经心："你怎么发现的？"

鲁韶山冷冷道："那轿能凭空飞起，自然是你用天蚕线设了机关。又与自己的侍婢声东击西，加上两个你安排下的道士帮忙，弥陀寺法通病重将死，其余和尚，岂是你的对手？只可惜，珍娘子长于锦绣丛中太久，竟忘了那般精巧的轿中人，鬼王可做不出来。便是整个终南山，恐也无人会做。唯有宫中有针神之称、年年都把摩合罗做得巧夺天工的张贵妃，方才有那样的手段。"

"啊，倒是我的疏忽了。你也够谨慎啊，明知我和盈持都未见过你本人，还是扮得逼真。跟得也紧，若你不是刻意站出来提醒我们，我都不知道你也在终南。"

珍娘子取下那一枝白玉楼台仙人簪，在手中把玩。只在簪头轻轻一弹，似乎触动机簧，一颗小小相思子自"楼台"中滚落出来，鲜红如泪，静静停在掌心。

鲁韶山看着那支玉簪。

珍娘子手掌一收，白玉的温润，在掌心中渐渐化开："这是我爹在世时送我的，他还刻了几句小诗呢，"

她轻声念道："我有白玉台，仙人为我开。但闻风过去，不见人往来。"

一阵山风从崖边吹过去，草庐上的残草，被吹得簌簌作响。

千百年的风依然过去，但曾经的主人不再往来。

短暂的生命里，如风过去、不再往来的人，太多太多了。

鲁韶山身形渐远，声音飘忽在风里："皇后派来的车驾已在山下久候，珍娘子修道三年，便是命中有劫，此时也了结，该回宫了。"

盈持看着鲁韶山的身影，悄悄向珍娘子道："其实他很聪明。方才……他提醒了我们，借着震天雷，又避在了一边。就知道魏节一定会将我们拖入暗室，松隐那老道士就见机得晚，你没见他一边听，一边恨不得堵上耳朵，脸一直都是白的像纸呢。"

"算了，这不是宫中，魏节也永远不会出现，那些话，听过就算了。老道士虽有攀附之心，小道士还有些赤子之情。楼观派的好意我仍是心领，也不必闹得太僵。"

珍娘子握住白玉楼台仙人簪，先前傲慢刁蛮的神情，渐渐褪去了，化为倦然一笑：

"多像一场梦啊。这三年来，我处心积虑，一心以为是逃离她的掌控，只要请得山中国相般的人物相助，便能风光回宫，得偿所愿……我以为我会在终南看到神仙眷侣、感怀矢志不渝，没想到却是奔向了阿鼻地狱，看到了真正的地狱变相……所有的不平、企盼、野心，都不过一场大梦！如今我才明白她当初对我说过的话了……她送我来终南，不过也是让我明白，什么叫做人间五蕴……离合聚散，从无永恒。生命如此，万物如此，情意亦如此。我……我……我才是那个，从来没有明白五蕴之意的人啊……"

先前眼中不过是薄薄一层水雾，此时忽然蓄满了泪水。她陡地蹲下身去，双手抱膝，毫无仪态地放声大哭。

盈持的眼圈也红了，她默默地跪在了珍娘子的身边。

尾声

"神仙眷侣，操如冰雪，尚且有离合聚散，我们终究也不过是红尘中人。"帘后人喟叹一声，道："她若真正明白五蕴之义，在这深宫之中，想来该知道行事分寸，足以平安此生。也不枉了本宫大费周折，送她去终南修行一场。"

珠帘低垂，鲁韶山就立在帘外。垂下头来，地面锃亮的凿花金砖，反射着窗外投入的天光，令人有一刹那的缭乱。

衣裙窸窣，似乎是帘后人起身了。

鲁韶山的鼻端，忽然有些发酸。分明是在椒房殿明媚的光影中，却仿佛浸身于终南山最后一晚的月色里，除去了血色的狰狞，莹然，澄澈、美丽，不知为何，让人想要潸然泪下。

"微臣实在很想知道，娘娘当初，曾对张贵妃说过什么？竟令她在终南临行之前，思之痛切，大哭不已。"

燕敏侧脸过来，微微一笑。

珠帘的微光，恰在此时镀在了她的面部轮廓上，更衬托出了年轻的皇后那端丽柔和的脸颊线条。

"当初张贵妃恃宠自骄，本宫对她说，在这世间，没有任何东西可以永恒。一切的妄念，都不过是五蕴流转中的幻影。"

"娘娘既然深知五蕴皆空的道理，对张贵妃都有悲悯涵容之意，为何还要执着于那一道幻影呢？"

他不知道自己为何会讲了这么逾越的一句话。

"因曾见过，万千幻影中的唯一真实。将这一抹真实藏于心中，方能不再有其他执念。"

燕敏柔和的目光，如珠帘般摇曳不定："听闻鲁统领已与缉捕司暗部的方芷兰订下了亲事，男才女貌，堪称佳偶。昔日情怀，在你心中，可否化作一道幻影？"

鲁韶山蓦地沉默了，微风入殿，吹得那片珠帘轻轻晃动。无数的珠光瞬间破碎，化为点点光雨，映得立于帘前的人晦暗莫名。

在那遥远的西陵峡中，青山绿水，桃花红叶。那一对神仙般的眷侣，应正徜徉其中，尽享闲适之趣罢。

鲁韶山知道，他们是永远也不会回到京中来了。明慧如雪的某个身影，注定只是他这短暂一生中，一掠而过的萍踪浮影。

正如他无论怎样拖延，终是无法拒绝与暗部的那个女子定亲、成亲，然后，渐渐熟悉起来，生儿、育女，建立一个属于他的家。

何况如今，方芷兰与他，在终南山，还有过生死与共的情谊。

既然知道五蕴皆空，又为何还要执着于幻影呢？

这句话，更像是他在问自己。

"魏氏夫妇胆敢冒犯贵妃，论律早就该死。鲁统领处理极妥。倒是珍珍此番得了教训，回宫后听说颇知进退，想必此后不会再向朕撒娇弄痴，非要往朝中安插自己人手了。这全是因了你当初的主意，朕心甚慰。"皇帝微笑道："阿敏，太后当初没有看错，你心怀广仁，才具高华，确堪为天下之母。"

"阿敏是陛下的妻子。"燕敏垂下眼睫，淡然答道："令陛下后宫安宁，前朝无虑，妃嫔和睦，子嗣昌盛，便是阿敏的心愿。"

皇帝仿佛窒了一窒。

灯烛一跳，如同不甘的那小小一点心愿，还是让他鬼使神差地问出来："所以……也包括要让珍珍安守本分?"

"陛下,张贵妃虽然性情骄奢,然而却有一颗爱着陛下的赤诚之心。所行虽有悖逆之处,也都是出自这颗拳拳爱人之心。无论陛下是富有四海,还是芸芸一员,张贵妃爱陛下之心,也绝无转移。这样的情感,放眼四海,众生芸芸,也恐怕很多人一生难以求得。更何况陛下不是寻常之人,更当好好珍惜。"

浅浅的笑意,如涟漪般从她的眉眼间漾开:"就连阿敏,也是羡慕得很呢。"

皇帝的目光落在她的脸上。

白玉般的肌肤,修长柔美的眉梢,端庄温淳的目光,就那样向他坦荡地看过来,如同暮春的阳光,柳梢的微风。

母仪天下者,或许正应该有着这样的相貌与风仪。

何况她出身高贵,才华出众,甚至还有着外人所不知晓的高深剑技。

对于先帝定下的这样一位皇后,他说不出有什么不满的地方。这样的端方完美,他相信放眼四海,也再不会挑出更胜她一丝一毫的人来。

可是……可是……为什么心中就是还有那样一丝不甘呢?

"阿敏既然羡慕,为什么不能如珍珍一般待朕?"

这句话突兀地迸了出来,连他自己都遽然吓了一跳。

"陛下,臣妾乃是皇后。"那浅浅的涟漪消失了,如同一池秋水,她平静而安宁,向他看过来:"陛下有张贵妃一人之爱,此生便足以圆满。再多一人,便成残缺。"

她没有再说下去,只是向他微微一福,起身往殿外走去。

秋风入殿,迎面拂来,吹起她翟衣彩裾,如云霞翩然,鬓上华胜微微颤动,似要随飞而去。

这样的场景,在此后的一生中,时常在他独处的静谧中,清晰地浮现出来,让他的心中安宁而泰然——她会一生相伴,绝无分离。

然而每当想起这样的场景,他又常常恍惚地想,是否她从来就没有真正留在他的身边。

这,难道也是一种五蕴的聚散么?

殿宇深处,传来隐约的乐音。张贵妃性喜宴乐,归来后特别喜爱终南一带的曲调，那些曲调多以胡琴奏之，尤以苍凉见长。

此时，也只闻胡琴喑哑，如长咏，如短叹，如夙夜长开眼，如平生未展眉。

一个女子声音，隐隐唱道：

"载梦浮舟歌桃叶，合枕听雨意幽咽。已过千山观暮云，不见万里长明月。也曾青丝满华胜，归来侧帽覆霜雪。年少不肯识春风，哪知春风是永别。"

番外篇　白头

月色如水，水波如烟，渐渐融在一起，朦胧如纱罗般，经风一吹，飘拂不定。

对岸的檐宇街市、灯火人群，蒙在这层纱罗之后，都有些影影绰绰的，瞧不分明。

有石桥横跨两岸，如长虹卧波。桥边一块石碑，碑身斑驳不平，连刻在碑上的"如烟桥"三个字也有些模糊，显然这桥有些年月了。

一个头戴帷帽的男人负手立在桥边，帽檐上长长的玄色披纱一直垂到颈下，掩住了他的面容。他身后四五步处，站着个驼背苍头的老仆，安静得好像已融入黑暗之中。

四周荒凉，夜风微凉，这一对主仆的身影也显得那样孤独，仿佛蕴含有无限风霜。

潺潺的流水里，忽有三两声胡琴的弦响在对岸响起来。隔着凉夜水气，那曲调越显得苍凉。有个女子声音和在这琴音中，凄凄哀哀地唱道："一曲凤求凰，千古诉风流。若得同心侣，不将神仙求。山在海未枯，凰去凤亦休。高车驷马在，几人得白头。"

"高车驷马在，几人得白头。"帷帽人自语道，"连文君如此才貌双全的佳人，也有白头之叹。果然司马相如达成了'高车驷马'的平生之愿后，就背离了曾经的山盟海誓吗？"

这声音低沉，似乎有无限感慨。

"按京都的习惯，孟兰节这一天，都是戌时开始放灯。放灯的人多，自然也少不了痴男怨女，天人相隔。"老仆嘶哑着嗓子答道，"这边虽然放灯的人少，但戌时将至，天又冷，我们还是赶紧放了灯回去吧。"

对岸的胡琴歌声已悄然湮灭。帷帽人点了点头，接过了老仆递上的一盏荷花灯。

"啪！"一声轻响，光焰闪过，随即夜色中亮起一团淡淡红光，这红光却是在河的下游，距他们主仆数十步之处。

那是一盏白纱制成的荷花灯，柔和的光辉映衬出一张新月般的脸庞。

那张脸上竟然也蒙着一层白色轻纱，通身的衣衫也是素色，衬着幽暗的河水，有一种朦胧的不真实感。

这个素服女子身边跟有一个披发小婢，此外再无侍从。

似乎是感知到了帷帽人的目光，她望了过来。

白色轻纱边缘露出凤眼美目，顾盼流波，哪怕在暗淡的夜色中，仍然有一种动人的光彩。

帷帽人却收回目光，点亮手中的荷花灯，俯下身去，将灯轻轻放入水中。

与那素衣女子的白荷灯不同，他的那盏是绛红绡纱制成的荷花灯，重瓣叠蕊，栩栩如生。花蕊正中放有一根红烛，烛光透过绡纱，温柔地映照出清澈的河水，轻轻漾动。

"山在海未枯，凤去凰亦休。高车驷马在，几人得白头。"

忽听歌声再起，声音却是发自那个素衣女子。

不同于刚才的歌声，她的嗓音甜美中带有一丝沙哑，听声音那女子已不再是娇嫩的少女。但那样苍凉的曲调被她唱出来，却似咏如叹，别具一番诱人的风情。

帷帽人恍若未闻，转身欲走，那素服女子却叫住了他："同是伤心人，相聚亦是情。郎君缘何如此匆匆也？"

帷帽人停下脚步，答道："女郎意欲何为？"

这女子年纪不轻，但头蒙白纱，看不清发式，也不知是否婚嫁，所以他以女郎相称。

素服女子凤眼流波，一步步走过来："见郎君与妾同放河灯，一时心生感慨，妾的居处离此处不远，愿请郎君移步，秉烛相谈，共度长夜，不知郎君可能允否？"

听她谈吐，显然非市井之辈，但言语间暗含轻佻，又不像是安于闺阁的女人。

"咦，谁在学我唱歌？"灯光一闪，却是个年轻女子站在桥头。

她不过二十来岁，高挑匀称，只是眉稀眼小，肌肤黄瘦，与那素服女子一比，纵然年轻了许多，论容光却远远不如对方。

她一手提着盏灯笼，恰好照出另一手揽着的胡琴。

素服女子忽然长袖挥拂，腾出一片白色粉雾，顿时将帷帽人和那老仆笼罩于其中！

那帷帽人只觉鼻端闻到一阵甜香，中人欲醉，身子不禁晃了一晃，似乎要跌倒在地。那一直沉默不语的小婢，忽然抢身上前，身形一蹲，双臂回抱，以一种异乎寻常的敏捷，熟练地把他背了起来！老仆还没来得及吭声，便倒在地上。

提灯女子一怔，急道："喂喂！你们干什么？抢人哪！"

素服女子见她年轻，又是孤身一人，根本不放在眼里，哼了一声，道："劝你走得远远的，不然当心小命不保！"

帷帽人似乎已无力反抗，软软地伏在那小婢身上。

恰在此刻，对岸忽然有无数红光蓦然亮了起来。那是一盏盏被放到河中的荷花灯。

戌时到了。

红光越来越多，不多时，那幅月色水烟织就的纱罗，便化作一条流光溢彩的锦绣星河。

对岸的一切便分外清晰起来。

岸边人头如簇，无数团红光先后融入星河之中。

桥身传来一阵阵脚步声，显然还有放灯的人赶到岸这边来。

年轻女子大急,一跃跳下桥栏,叫道:"吴氏!你怎么害人!"

那素服女子脸色大变,森然道:"你竟然认出了我,这可怨不得我了!"

她衣袖再挥,又飞出一团白雾。但那年轻女子却不闪不避,叫道:"我不怕你的散魂香!我是来……!"

话音未落,只见寒光一闪,素服女子已亮出一柄薄如柳叶的匕首,和身扑了上来!

年轻女子不料她竟忽施毒手,只得将灯笼用力丢去,那灯笼被她的匕首一挥,被剖成了两半!匕锋已逼至面门,年轻女子仓皇中用胡琴一挡,咔嚓一声,那匕首竟然透琴而过!

年轻女子看来只是粗通武功,只这两招便被逼得手忙脚乱,素服女子早就起了杀意,力贯匕身,琴身纷纷碎裂,雪亮的匕尖已扎向年轻女子胸口!

忽然有暗风袭来,胭脂腕脉一麻,匕首把握不住,"啪"的一声落在了地上!

素服女子心中暗惊,退后一步,这才发现周围已悄没声地围上了四名黑衣人。

为首一人手执铁尺,喝道:"拿下!"

"且慢!"素服女子尖声道,"我犯了什么王法,要你们缉捕司来多管闲事!"

她早看出这四人虽然普通打扮,但那掌中铁尺已显示出公门身份,为首那人腰间垂落的铁牌颜色特殊,为五铁五铜所铸,这是缉捕司捕头才有的腰牌。

为首那人只在二十来岁,相貌颇为英武,闻言,一指那小婢身上的帷帽人,以及跌倒在地半晌没有起身的年轻女子,冷笑道:"你迷香掳人在先,杀人在后,证据确凿,还有什么话说?"

素服女子凤眼中的媚色尽去,带上了冷煞之意,正待说话,那地上的年轻女子却抢着道:"谁说她要杀我?"

她这一开口,连素服女子在内,所有人都怔住了。那捕头睁了睁眼,辩道:"可是你……你刚才差点被她用匕首……"

"她是我姨娘,"年轻女子爬起身来,笑嘻嘻地挽住素服女子的胳膊,也不顾她的僵硬，说道，"我这姨娘脾气大得很，她不喜欢我弹的胡琴，便要打我。我偏又赌气砸烂了灯笼，她就用匕首吓我玩儿。"

那捕头简直不敢相信自己的耳朵，指了指小婢背上的帷帽人，道："那他被迷香弄晕……"

年轻女子道："我姨娘只带个小婢在这里放灯，四周无人，只多了这主仆两个男人，难免心中害怕。担心歹人才先下手为强，一个弱女子不用迷香，又用什么办法？"

明知她说话不尽不实，但一时这捕头四人还无法反驳，面面相觑。

只听一人道："去把她放的河灯拿回来！"

众人一怔，只见那理应昏迷的帷帽人竟从小婢背上抬起头来，衣袖一挥，所指之处，正是河岸水边胭脂先前放走的那盏白荷灯。

因水波平缓，白荷灯尚在岸边回旋不去。捕头只在刹那间，便明白了帷帽人的意图，喝道："拿灯！"

一捕快反应最快，已向水边扑去！

素服女子嘬唇尖啸一声，那小婢原回抱帷帽人双腿的双手，竟以一种匪夷所思的角度，反曲向上，伸至帷帽人颈间，狠狠掐了一下！

捕头喝道："住手！"正待飞身扑上前去，忽见原本倒地的老仆弹起身来，袖中伸出一只筋骨枯结的手掌，只在那小婢肩颈处轻轻一按！

那捕头认得老仆所按之处，正是手足少阳、阳维之交会的肩井穴，其认穴之准、力道之稳，堪称一流高手，哪里还有先前那老迈昏沉的模样？

然而素服女子竟似乎毫不放在心上，反而足尖一点，急急掠向水边，长袖夭矫而出，已缠住先前那名捕快的小腿！那捕快猝不及防，"扑通"一声跌倒在地。

另一名捕快恰在此时纵身而起，斜刺里将她挡在岸边！

素服女子袖底飞出一团白雾，扑面而来！那捕快只闻到一缕甜香，自然识得厉害，赶紧屏息运气，气息只微微一窒，素服女子身如鬼魅已擦身而过！

而那老仆此时一掌按下，分明已按在了那小婢肩井穴上，但她竟然形若无事，甚至手臂都没有半分凝滞，已掐上帷帽人颈间！

只听一声轻喝,光芒蓦然闪现,亮碧如雪,却是帷帽人手中多出一柄短剑,已砍在了小婢伸来的左手掌沿上!

年轻女子不禁闭上眼睛,颤声叫道:"你怎的也如此狠毒!"

"格"的一声轻响,却没有呼痛之声,年轻女子睁开眼来,只见帷帽人和老仆也是脸色大变!

那短剑果然削铁如泥,小婢左手竟被齐刷刷地斩落,只留下光秃的手腕!但剑刃、手腕、衣衫、地面却没有一滴血迹!

而那小婢似乎毫无知觉,纵然只是光秃的手腕,依然格格用力,想要向着帷帽人的颈间掐下去,披散的发间,依稀可见其苍白毫无表情的脸庞,形状诡异可怖!

而此时素服女子已掠至水边,衣袖一挥,卷起一片水波,向那白荷灯涌奔而去!

一柄铁尺横刺里伸来,当空舞作一团灰影,密不透风,竟将那片水波悉数挡回!却是那捕头挡在了前面,而先前跌倒的那名捕快已爬起身来,"扑通"一声扑入水中,手臂伸出,刚好够上白荷灯的花瓣。

素服女子前路被捕头挡住,身形一转,忽然轻飘飘向左掠去,双足交错,竟然凌空落在河面上。

此时灯火四起,对岸放灯者众多,依稀可辨这边的情形。他们只是看见数人在打斗,轻易不敢过来近前,但见到这女子素服白纱,飘然凌波,不禁喝彩道:"仙姑!仙姑!""仙姑站在水上呢!"

素服女子长袖翻卷,砰地击在水面上,顿时激起一阵波浪,白荷灯被浪头漾开,那捕快伸手便扑了个空。倒是那捕头反应极快,只在那捕快身后轻轻一拍,真力暗运,已将其往前送去,离那白荷灯便又只有半步之距。

素服女子右手只在耳畔一拂,冷光一闪,竟是耳坠上的明珠脱空弹出,击向那白荷灯!她本就凌空立于水波之上,明珠打出的角度又十分刁钻,众捕快根本无法阻拦。听闻明珠破空之时,嗤嗤有声,这样的力道,若是打中白荷灯,只怕那灯瞬间便会被击碎,沉入河中。

年轻女子已经惊呆了,喃喃道:"她竟然宁可打碎白荷灯,也不让人瞧见那灯上名字,难道这白荷灯的主人……"

忽见白影一闪,如青云出岫,飘然落于水面。一只欺雪赛霜的纤手,自轻云薄雾般的绡衣中伸出,似乎只在刹那间,那明珠去势陡衰,已稳稳嵌入两指之中。

喝彩声轰然再响:"仙姑!""这才是真正的仙姑呢!""天哪,盂兰节果真如此灵异吗?"

那捕头却怔在了当地,只看着那凌波而立的白色身影,神情若喜似狂,叫道:"是苏姑娘?"

纤手轻弹,明珠复又飞回,不偏不倚,竟嵌回素服女子耳垂之上。

素服女子一惊,强行凝聚的内息瞬间消散,身形一软,原是凌波而立的双足不由得陷入水波之中!但觉手腕一紧,却被一只半凉不温的纤手握住,一股大力传来,她顿时身不由己腾身而起,只觉耳边风声呼呼掠过,灯火水光飞逝如电,尚未反应过来,足底硌硬,却已触到了实地。

素服女子惊魂未定,用力脱出手腕,喝道:"你……你是人是鬼?"

她不敢抬眼,向旁瞥去,心中又是一紧:原来那小婢已倒在地上,双臂向前伸出,如死了般一动不动。满头乌黑的长发,如瀑布一样四下披散。蓬乱的发丝下伸出半截光秃的手腕,样子十分诡异。

而那帷帽人负手站在一边,老仆依然静静地守在他身边,仿佛融入黑暗之中。然而即使他此时仍显得一副老态龙钟的模样,又有谁敢再轻视半分?

此时那捕快已捞回了白荷灯,递给年轻捕头,道:"头儿,这灯上果然有名字,却没有姓氏,只有'之轩'二字。"

素服女子咬牙道:"'之轩'二字,就违了国法吗?"

只听一个女子声音如切冰碎玉,淡淡道:"陆夫人,我们此来,自然不是只为了捞一盏河灯。"

素服女子身形一颤,缓缓抬起头来。

面前已多了一个人。

那是一个绡衣乌发的女子。单看那衣袖里露出的一截皓腕，还有几乎毫无瑕疵的纤手，便知方才凌波而至的便是她了。

素服女子一向以美貌自负，即使并不是在最青春的年华，姿容依然艳丽，特别是着素色衣衫时，最能衬托出一种眩目之美。

然而眼前这个同样穿着素白绡纱的女子，没有丝毫修饰，却清丽出尘，"皓若山上雪，皎若云间月"。

令得她在那一瞬间自惭形秽，不禁转过头去，似乎要躲避这女子照人的光华。

那捕头大喜过望，跳到绡衣女子身边，叫道："苏姑娘！真是你来了？捕神大人呢？他怎么没来？"

帷帽人看在眼里，喃喃道："原来是她……除了苏兰泽，世上哪还有第二个姓苏的女子，能有如此风神？"

年少时便加入缉捕司，因洞察如神、无案不破，被认为拥有冥冥之中的第三只法眼而名动京师的三眼捕神杨恩。他虽然在数年前因围剿太湖盗匪时身负重伤，双眼失明，近年来已处于半隐退的状态，然而"长生梦""不老人"等迷案的告破，不但令他声名再起；甚至连在他身边陪伴的那神秘的红颜知己——以精通乐理、博闻广记而著称的乐神苏兰泽也被广为人知。

苏兰泽一指那横卧在地的小婢，道："擅用偃师门秘术，便是第一桩罪过。"

"偃师门"三字出口，所有人都是一凛，投向小婢的目光中，便渐渐有了惊惧和了然的意味。

偃师门一词最早出自《列子·汤问》。

据说周穆王西巡狩猎时，在归途中遇到了一位自称偃师的神秘匠人。偃师献给周穆王一名伶人，伶人举手投足，随意自如，歌声清越而合乎音律，舞姿百变而应乎节拍，周穆王于是招来自己的侍妾们一起观看，就在表演将结束之时，这个伶人竟向一个最美丽的侍妾飞去调戏的眼风。周穆王不禁大怒，想要杀了偃师和伶人。

偃师畏惧，赶紧禀告说："这个伶人并不是真人，而是小民用木头做出来的傀儡啊，凭借巧妙的机枢牵引，暗中用力量控制，才使它的举动和真人一模一样。那伶人又怎么可能真的调戏大王的爱妾呢？"

周穆王并不肯相信，于是偃师竟然当众剥下伶人的外皮和毛发，露出里面的躯干，那伶人果然是以木头、皮甲、胶漆等材料制作出来的，然而不论是肝、胆、心、肺、脾、肾、肠、胃、筋骨、关节、皮毛、齿发等，全都精细入微。等偃师重新把这些零件拼好后，那个伶人又立刻且歌且舞，鲜活如生！周穆王不禁佩服地感叹："原来人工之巧，竟也能达到造化之工啊！"

偃师之术，与后来的公输般、墨子等人创立的机关之术又不一样。机关术多以畜力作为动力，用机枢来控制，如守城、攻击、运输等，讲究力道刚硬，有肃杀之风，多用于行军打仗、刺探情报等。所谓公输般的飞鸢、墨子的连弩车、诸葛武侯的木牛流马就是此类。与剑神舒高炽、捕神杨恩、乐神苏兰泽齐名的技神张白石，便是公输般后人，极擅宫殿暗室的机关之术，世皆称之鲁班门。

但偃师之术不同，一来是偃师所制作的傀儡，无论人兽禽都栩栩如生，追求细节的最逼真和最精巧，不像机关之术只追求肃杀阳刚，务要一击中的，外表却甚是粗糙；二是不需要借助外来的力量，而纯粹通过一种世代相传的秘术，聚集和贯注一种神秘的力量，来驱使其鲜活灵动。

懂得制作和驱使秘术的门派，被称为偃师门。他们最初不过是制作一些伶人傀儡卖艺为生，到后来技艺愈发精湛，人偶甚至可以听从主人的命令，暴起伤人，充当没有生命的刺客。

据说先帝晚年时，心痛金妃之死，遍寻天下偃师妙手，终于为他做出一具形貌肖似金妃的傀儡。他朝夕拥"她"在怀，不久便暴病身亡，据坊间流言，先帝之死或许正与傀儡有关。当时的皇后，也就是如今的太后严令追缉偃师门人，数百人被下旨赐死，偃师门从此在江湖上销声匿迹，而那些巧夺天工的傀儡也都被付之一炬。

三十年来，偃师门人再也没有出现过，而"偃师门"三个字，也成了惑众妖术的代名词，黎民百姓连提一提都怕大祸临头。甚至是皮影戏的人偶，也只在近几年才悄然出现，唯恐触了禁忌。

当今圣上亲政后，已不如太后临朝时那般严厉，但傀儡的禁令并没有废除。所以苏兰泽才有此言。

此时见那小婢伏卧在地，满头乱发掩住了面颊，但整个身躯并没有呼吸的起伏。且那被帷帽人情急之下，一剑削断的手腕，截面干燥平整，根本没有溅出一点活人应有的血液和肉脂！

这小婢果然是个傀儡！那先前陆夫人尖声作啸，想必正是运起真力，来驱使小婢行动的一种秘术法门。

只是她尖啸之后，小婢却试图掐死帷帽人，显然绝非善意。

陆夫人喘了一口气，凤眼中浮起一抹嘲意，道："我虽出身偃师门，但早与他们决裂。且我嫁到陆府，也是先帝赐婚。我家老爷的母亲，正是出自太后的娘家，我会这些小玩意儿，太后也是知道的。这些年来，我家老爷一直卧病在床，我身为女人不擅经营，家中境况日益困窘，又不想让太后烦心，所以削减了不少的奴婢，恰好前些日子，我在柴屋发现了旧时的一个傀儡，恰好身边的小婢得了病，便用傀儡代役。"

她轻声一笑，道："何况前些年偃师门早已灭绝，圣上仁厚，近年来极少提起。民间皮影戏尚且恢复了，妾在府中即便役使一个傀儡，纵然太后知道了，念在妾操持家务照顾夫婿的苦劳上，也罪不至死。"

"夫人说得有理。"苏兰泽还是那样不急不躁，制止住马上就想跳起来的那捕头，道："但朝廷对偃师门的禁令并未撤销，如今陆夫人你牵涉到傀儡一事，便是堂堂的锦衣陆府，也绝不会置国法于不顾，而严拒缉捕司入内查案吧。"

那捕头顿时明白过来，咧嘴笑道："正是。"

陆夫人那美丽的凤眼刹那间如午间猫的瞳孔般收缩了起来，垂下的手指，不自觉地已掐紧了衣角。

那捕头从腰间取下铁牌，往空中高高一扬，道："缉捕司捕头鲁韶山，今晚在河边偶遇陆夫人，"他故意把"偶遇"二字咬得极重，手向着帷帽人主仆及那个年轻女子一挥，"恰见所携傀儡暴起伤人，你们都是证人，此时便随我等一同入陆府，查个究竟吧！"

年轻女子闻言便抱起琴身，走到陆夫人身边，笑道："我姨娘出了事，我自然是要去的。"

陆夫人心烦意乱，喝道："谁是你姨娘？你这……"

"兰蕙争香开双蒂，琵琶湖畔对门居。"年轻女子笑吟吟道，"姨娘当真忘了阿茹吗？"

陆夫人凤眼陡睁，难以置信地望向年轻女子："你……阿茹……"

那张黄瘦而平凡的脸庞上满是笑意，却让陆夫人全身一颤，几乎要站立不稳，幸好被年轻女子一把扶了起来。

"姨娘不要生阿茹的气，阿茹以后一定乖乖的，陪着姨娘去湖边划船、捞虾、采莲蓬，哪怕到了七八十岁，也都听姨娘的话。"

她这番话，分明是个乖巧可爱的女孩子在撒娇弄痴，但陆夫人却僵如木偶，一动不动，只是死死地盯着她。陆夫人脸上有白纱遮蔽，看不清表情。然而凤眼之中，却有千万种情绪交织变化，说不出是喜欢还是伤心，又仿佛有着惧怕和怀念。

那老仆身形一动，正待向鲁韶山说句什么，却被帷帽人示意制止。

帷帽人的目光，一直停驻在陆夫人身上。用一种低得只有老仆听得到的声音道："多年未见她了，又事涉偃师门……不如，就去瞧瞧热闹。"

"陆府"两个敷金大字衬着暗金匾底，高悬在门楹之上，显得雄浑开阔又不乏典雅，正是出自前朝景贤皇帝手笔。

陆府所在，离河岸不远。虽然处于京郊，但以前也曾是一座颇具盛名的别墅。涂彩填朱的廊檐，墙头高踞的瑞兽，无不显示着这座府第曾经的富贵风光。

然而年代久远，那些朱彩已经斑驳，瑞兽也残破不堪，门阶下青苔遍地，甚至连府墙上也长出许多野草，在夜风中轻轻摇曳。

先前那捞灯的捕快摇了摇头，凑到鲁韶山跟前，悄声道："这锦衣陆府以前的老主母，听说还是太后娘家的表妹，怎么门庭如此冷落？"

另一个捕快把嘴往前一撇，低声答道："王大头，京都的皇亲国戚多了，陆府如今的老爷不得力，当然就成了弃子。我看哪，只怕是因为娶了这个女人，才失了太后欢心吧?"

夜风灯影里,照出那素服妖娆的陆夫人。

她没什么华丽的妆饰,但宽大的衫服中,却依稀可见那盈盈的腰身。

行走间,那腰身仿佛一寸寸活起来,如弯曲的水流、摆动的柳枝,有一种说不出的媚意。

王大头忍不住咽了口唾沫。

陆夫人腰身轻摆,已低头进了府门。

前院也颇为荒芜,只是院角荒草之中,有一带小小曲阑,虽然陈旧了,但也看得出这是用上好的紫檀木所制。阑中别无他物,只放有一只石缸。那缸用的是上好的青石料子,被打磨得光滑锃亮,又以鎏金箍紧缸口,灯光一照,流光灿烂。

陆夫人见他们都在打量那石缸曲阑,便笑道:"说来惭愧,妾身二十多年前,以走索行走江湖,平时经常在缸沿上行走,以练就上佳的轻身功夫。与拙夫定情后,起初人人都以我的身份来轻贱取笑。拙夫索性让人用金箍了缸沿,以金石相衬,取情比金石之意,又用紫檀木的阑干围起来,以示郑重,后来取笑我的人才渐渐少了些。"

鲁韶山虽没作声,心中却微微一动:"看来传闻不假,陆大人果真对这位夫人颇为爱惜尊重。"

他想要往前走几步仔细看看,却被府中的老门子劝阻了:"老爷卧病后,家业又改落,夫人哪还有心思照管这些玩意儿?那里蛇虫颇多,又多荒草积水,生出许多蚊子。如今天热,有时哑婆还把一些鸡鸭骨头并羽毛之类的也丢在那里,恶臭得很,只怕大人们闻了不适。"

王大头的鼻子用力一抽,连忙叫道:"果真臭得很!"

帷帽人不禁长叹一声,道:"可惜了那一段'情比金石'的佳话,如今也败落如此了。"

"我家主人险些遭到陆夫人毒手一事,正是老奴方才所说的那样。"

厅堂之中,帷帽人的老仆已向鲁韶山讲出了桥边惊险一幕:"这女子行事诡异，恐怕不止掳人这般简单，还望官爷明察！"

陆夫人嗤了一声，嘲笑道："你家主人深夜放着一盏红荷灯，显然是为了纪念一个女人，却鬼鬼祟祟地戴着这么顶帷帽，到了这里还不肯取下来。也不知算不算行事诡异？谁知你又是人是鬼？"

"你驱使傀儡袭击我，违反了朝廷的严令，是缉捕司的嫌犯，我却是此案的证人。天朝律令，证人只需向缉捕司提供证词即可，又需要证明什么身份？"

帷帽人语声低沉，却有一种隐隐的威仪。

陆夫人慢条斯理地拂了拂衣角，媚态顿生："傀儡一事无可抵赖。明日妾身自会入宫向太后请罪，各位大人还有何话说？"

苏兰泽虽然也在厅中，却一直站在窗前，仰望天际明月，不问不闻。而那阿茹解下一根发绳，专心致志，一直试图将碎裂的胡琴绑成原状。

鲁韶山眼珠一转，道："陆老爷何在？他曾领正四品衔中奉大夫职，虽然告病在府已经二十余年，但我们也该拜见拜见。"

陆夫人不答，却伸手取下面纱，叫道："哑婆！"

廊下转出一个花白头发的婆子，褐衣短衫，束手站在那里，静静不言。

面纱除下，露出一张眉目姣好的脸庞。众人都在心里赞了一声，但见那张脸上形若鹅蛋，鼻挺嘴小，纵然肌肤已失去了少女那样柔润的光华，但凤眼顾盼之间，依然有着妩媚的风韵。

陆夫人扫了一眼众人，道："老爷或许还没睡，你去禀告一声。"

她顿了一顿，又道，"外子行动颇为不便，多年来无法行走。全靠哑婆用小车推行。哑婆没了舌头，不会说话，请大人们原谅。"

她一眼瞧见被众捕快带入室中的那傀儡，脸色不禁一变，恳求道，"妾身役使傀儡一事，已经认罪。只是外子体弱，一向不知这小婢竟不是活人，望各位大人允许妾身收起此物，否则若被外子看见这断手残肢的情景，只怕于病体有碍。"

鲁韶山听她言辞恳切，心道："这女人纵然狠毒，对自己丈夫倒还颇为关切。"便点了点头。陆夫人便令哑婆过来，比画了几下，哑婆年纪虽然不轻，但行为甚是敏捷，很快就把那傀儡扛过肩头，消失在内室之中。

苏兰泽却叫过一个捕快，附耳说了几句话，那捕快也随之出去，过了片刻才回来，却没有丝毫异状。

帷帽人负手而立，耳中却在留意聆听内室的动静。

不多时，只听脚声橐橐，伴随着辘辘车声，却是哑婆推着一辆小车从内室出来了，陆夫人抢步上前，柔声道："子庭，今天怎样，晚上我不在，你可有按时吃药？"

车上的锦褥缎被拥着一个满脸病容的男子。

早听说锦衣陆府的这位陆老爷，名瞻，字子庭，父亲出自官宦之家，母亲又是太后娘家的表妹，于前朝时已颇有些声势。陆子庭当时不过二十岁，便高中了进士，正是意气风发之时。他不但长得俊秀，且能诗擅画，曲艺杂家无所不精，是京都有名的贵公子。这锦衣陆家，便是他中了进士之后，因陛见先帝时应答得体，先帝龙颜大悦，特赐他官纹锦衣而得来的名号。

陆子庭后来娶世家女王氏为妻，仕途更是坦阔。偏在此时，他于街市中遇见了一个走索卖艺的女子，一见倾心，竟带回了府中。

不久之后，陆府不慎起火，火势十分凶猛，陆父陆母都在火中丧生。而陆妻王氏受了惊悸，很快就染病身亡。

陆子庭哀伤过度，竟然就此一病不起。太后虽赐下不少东西，但终因了陆子庭一直缠绵病榻，少见外人，连官职都不得不辞去，昔日声名显赫的锦衣陆府，也变得萧条冷寂。

幸好他带回来的那个卖艺女子一直在榻边殷勤服侍，渐渐开始操持家务，虽因为身份卑贱没有扶正，但陆子庭对她言听计从，府内上下，已将她视作陆府的女主人。这"陆夫人"三字，也就渐渐叫得顺口了。

朝中风云变幻，往往起于须臾。何况陆子庭卧病二十余年，对太后一系无法出力，也就渐渐被弃在一边，后来更是在官场中销声匿迹。若不是陆夫人与他伉俪情深的佳话一直流传在京都之中，恐怕连他这个名字，也要渐渐湮灭在那些新贵群中了。

许是常年不见阳光，陆子庭的肤色极为苍白，且有了许多细细的纹路。然而，他毕竟养尊处优，又少见外人，看上去颇为年轻。尤其是那一双眼睛，不像别的中年人带上了几分世事的浑浊，仍然如宝石般黑亮，带有几分年轻人才有的纯净和稚气。

　　鲁韶山一众连忙行礼道："陆大人！"
　　陆子庭抬了抬手，示意他们起身，说话有气无力，仿佛再说几个字，便要昏睡过去一般："贵客光临，有失远迎……咳咳……陆某卧病多年，府中事务一向是……是夫人打理，招待不周，还望恕宥……"
　　陆夫人俯身帮他掖好被角，嗔道："我哪里招待不周了？偏你不放心我。"虽是这样说话，但那盈盈目光，没有片刻离开过他的脸。
　　陆子庭望着爱妻浅浅一笑，瞳孔黑亮，光华流转，仿佛有无限温柔宠溺之情。在这一瞬间，竟让周围人有了种错觉，仿佛他还是昔日那"骑马倚斜桥，满楼红袖招"的锦衣公子，当年便是用这一双流光溢彩的黑瞳，于万千人中，一眼便看到了高高索绳之上，那个轻盈如燕的身影，从此情定终身。
　　二人四目相视，爱怜横溢，浑然忘了身边所有人。
　　目为心窗，人的行为可以作伪，但人心不会，目光更不会。
　　便是那冷峻的帷帽人也不禁在心里暗忖道："原来传闻是真的，这陆子庭夫妇果然鹣鲽情深。"
　　鲁韶山却不禁看了一眼那绡衣如云的苏兰泽，那张冰玉般的脸庞上，平静如昔，看不出任何的神情。
　　他忍不住想道："苏姑娘让我们盂兰节在如烟桥对岸，留意一个来放灯的女子，果然就有了陆夫人的傀儡一案。可是陆夫人如何知道，苏兰泽和捕神大人向来形影不离，为何今晚没有同行？"

　　还是阿茹咯咯一笑，打断了陆氏夫妇的柔情蜜意："既然姨父体弱，夜深露重，不如还请先歇息吧，反正他什么也不知道。"
　　陆夫人蓦地惊悟过来，柔声向陆子庭道："让哑婆送你早些歇息，安排好客人后，妾身就过来。"
　　陆子庭微微点头，又向鲁韶山等歉道："如此陆某就先告退了。"
　　拥在锦绣之中的身影，连同那辆精致的小车，在哑婆推动下，渐渐消失。

陆夫人目送丈夫走远，再回过头来时，目中的柔情已经变成了冷嘲，道："鲁捕头，鲁大人，你已经见过拙夫，还有什么吩咐？"

鲁韶山向王大头使了个眼色，道："事涉傀儡，虽然夫人你说那是旧物，但却让人难信，在下不得不搜检贵府，望夫人见谅！"

话音刚落，王大头等三名捕快便分散开去，转入廊下。陆夫人眼见他们四处搜寻，也不拦阻，只是微微冷笑，虽是看向帷帽人，却有意提高声音，好让苏兰泽听见："妾身虽然曾对这位爷不敬，但那是妾身走了眼，没想到您也是个人物。如今正好做个见证，妾身不过是役使了一个傀儡，这些捕快大人却如强盗一般，在府中翻检不休。"

帷帽人淡淡道："公道自在，何必多言？"

以前的锦衣陆府被大火烧毁了十之八九，后来家境败落，也无意修缮。现今陆府周围，还余一片废墟，所剩宅院，也不过四五进而已。

王大头等人走了一圈，才发现陆府中空荡荡的，除了那个老门子和哑婆外，几乎没看见别的婢仆。到最后，他们连水缸、柜门都打开来看，仍是空空如也。

陆夫人只是冷笑，时而讥言道："我要是费心做了许多傀儡，也不必放在缸中柜里罢？"

王大头的神情越来越焦急，道："怎么可能？"

他终于按捺不住，冲到陆夫人面前，厉声道："林公子呢？那个俊俏哥儿，你把他藏在哪里了？"

陆夫人讶然道："什么林公子，妾身不知。"

王大头又气又急，叫道："哪个林公子？当然是京都最大的香料铺林掌柜的独生爱子！琴棋书画无所不精的风流公子，谁人不知，谁人不晓？你把他藏在哪里？快给我交出来！"

陆夫人陡地双眉倒竖，喝道："我不过是役使了一个傀儡，你却污我妇道人家的清白！谁不知我心中，从来就只有我丈夫陆子庭一人！我二人当初发下誓言，要白头到老恩爱不移，岂容你信口雌黄？"

她说到此处，已是满面怒容，目光如刃，狠狠地盯住王大头，令得后者竟不由得退了一步，强道："你……你要真是如此坚贞，怎的那许多美少年都在你陆府消失了？你分明就是效仿晋后贾南风之事，私通……"

话未说完，只听陆夫人低嘶一声，竟一头狠撞了过来！王大头情急之下，向旁闪避，同时挥掌相挡，"砰"的一声击中陆夫人左肩！

陆夫人身子晃了一晃，却并不闪避，显然是气急攻心，讲不得什么武功章法，竟如市井泼妇般，凭着一股悍恶之气，又恶狠狠地撞了上来，闷响声中，正中王大头心口！

王大头没想到这娇怯怯的女子，忽然间仿佛变成了猛虎，撞得胸口疼痛无比。他眼见陆夫人牙齿咯咯有声，似乎要再扑上来，不禁吓得肝胆欲裂，仓皇之下连连后退，只一迭声叫道："头儿！头儿！"

白影一闪，斜刺里纤手挥出，只在陆夫人额间轻轻一点！陆夫人如遇雷击，顿时僵住，通红的脸色也渐渐褪去，眼神由凶狠渐渐变得清明起来，盯着眼前那个白衣女子道："你……你做什么？"

苏兰泽收回手来，淡淡道："贞与不贞，白头与否，存乎于心，何惧他言？"

陆夫人胸口不住起伏，咬牙道："我与子庭……我与子庭除非是死……不！就算是死了，也一定会白头相守！"

鲁韶山一把拨开惊得呆住了的王大头，拿过那盏白荷灯，盯着陆夫人道："陆夫人从小便是孤女，没有父母亲人，嫁与陆老爷二十五年来，也没有与任何亲族朋友有往来，况且白荷灯上这'之轩'，二字，绝不是对长辈亲人的称谓。"

"即使不是男女私情，这位之轩，又是谁人？"

京都习俗，盂兰节时放河灯，是寄托对逝去之人的哀思，企盼亡魂能攀上河水上的荷灯，前往西方极乐世界。荷灯分红白，亡人为男放白荷灯，亡人为女则放红荷灯。

陆夫人斜他一眼，先前的悍恶完全消失了，还是那种冷冷的嘲意："妾身见别人盂兰节都放河灯，伤感自己连父母兄姐的名姓都不记得了，所以胡乱写个名字，以寄托哀思，难道这也犯法？"

她口齿颇为伶俐，掳走帷帽人与放河灯之事，竟被揭得干干净净。

阿茹倒是"噗"的一声笑出来，道："姨娘言之有理，我也只知母亲，不知父亲的名姓呢！"

王大头瞪她一眼，喝道："巧言令色！你以为将人藏了起来，本捕快就真的找不着他？"

陆夫人掩口打了个呵欠："那你找吧，这里不是缉捕司的大牢，妾身可要先安歇了。寒舍简陋，各位就在此自便吧。"

言毕，她腰肢款摆，竟真的往后堂去了。阿茹眼珠转了转，叫道："姨娘！等等我！"一溜烟地跟了去，王大头想要喝止她，但又望一眼鲁韶山，嗫嚅道："头儿！要不要派个人跟上去……"鲁韶山没好气地哼道，"都是你这没脑子的乱来！打草惊蛇，再查就更难了！你又没将人家收监，她要睡觉你还能拦着不成？跟到哪里去？去人家夫妇的闺房吗？"

帷帽人一直端坐在椅上，沉吟不语，此时开口道："之轩这个名字，颇为耳熟。不过，似乎二十多年前听过这个名字，现在已记不分明了。"

王大头一直呆呆地没作声，此时忽然叫起来："咱们再找找林公子，我……我再仔细瞧瞧……"

帷帽人微诧道："林公子果真在此？区区一个富商之子，怎么会惊动你们专办要案的缉捕司？不是还有专司民案的京捕营吗？"

他虽然到了此时仍未摘下帷帽，但行坐之间，自有一种慑人威仪，更显身份神秘莫测。鲁韶山到缉捕司已有些时日，颇长识人之能，也知道京都权贵如云，说不定一个市井小贩就能上达天听。何况这帷帽人仪态威严，且显得对各衙门极为熟悉，说不定是个大人物！

此时鲁韶山与他说话都不由得放低声音，肃然答道："不敢有瞒大人，数月来连续有年轻貌美的男子在如烟桥附近失踪，京捕营也曾接案，却始终没有头绪。直到上月时，有一蒋姓男子忽然跑到京捕营报案，说有鬼魅迷人之事。"

"鬼魅迷人？"帷帽人失笑道，"朗朗乾坤，哪来的鬼魅？"

话音未落，忽听一人尖声叫道："有鬼！有鬼！无皮鬼！有皮鬼！有鬼啊！"
接着又是一阵瘆人的笑声，间或化为低低的哭泣，哭声凄哀，似断若续。且有"通通"的闷声也在哭笑中响了起来，仿佛是捣臼的杵声，但寻常的杵臼又怎会发出如此大的声响？虽然只是单调的、沉闷的声响，但一声声响起来，在这寂黑的夜里，令人分外毛骨悚然。

仿佛在回应那些响声，风来穿户，吹得烛火摇摆不定。一片惨绿的荧光从窗外飘忽而过，那一瞬间，甚至连烛火都被映成了惨碧的颜色！

王大头惊得一跃而起，往后退去，牙齿打战，望着鲁韶山道："头儿！莫不真是……真是……"

鲁韶山心中发虚，但一回头看到白衣飘然的苏兰泽，顿觉羞愧，喝道："心中有正气，怕什么鬼魅？"

他脚下一点，早破门而出，呛地抽出了铁尺！

不知何时，一轮弯月已升上了天空。冷冷月光，洒落遍地，屋脊高低不一，如伏在深夜里的猛兽。

而点点绿光就浮在清冷的月色里，上下飘飞，化作一片惨碧的光影。

鲁韶山倒吸一口冷气，心中想："鬼火？真的有鬼火！"

定睛看时，他才发现那片"鬼火"虽然疏密不定，但围绕飞舞之处，却在院角处的紫檀阑干一带！

金沿石缸静静地伫立在那里，在鬼火的映照下，发出幽幽的亮光。一个麻衣长裙的身影就站在缸沿之上。只见那纤瘦的背脊竟抱着一根腕口粗细的木棍，一下下捣向缸底！而那奇怪的通通闷声，正是棍头捣击缸底发出的声音。

鲁韶山定了定神，铁尺一指，喝道："谁？"

那人猛地回过头，向他发出一阵阵哭笑之声。

此时苏兰泽和王大头等捕快们都奔了出来，鲁韶山此时胆气更足，喝道："装神弄鬼！快些下来！"

"砰"的一声，却是那人蓦地丢掉手中木棍，惊叫道："不要过来！有皮鬼！有皮鬼！鬼呀！"

王大头等人虽然仗胆奔出来，但此时见到这绿火飞舞、阴气森森的场景，也暗暗有些发悸。

倒是苏兰泽毫无惧色，长袖挥舞间，将团团绿火驱散，道："不过是些磷火，夏夜闷热，倒毙的禽兽也不少，或许是它们的骨骸在发光，不必惊慌。"

鲁韶山忖道:"苏姑娘都如此胆大,莫非我一个男人还怕这些不成?"他足下一点,飞身掠向缸沿,一手执尺,另一手已如电探出,立刻揪住了那人衣领,喝道,"下来!"

磷火被扑得四面飞散,那人尖叫一声,被鲁韶山掷下缸沿,当即跌坐在地,抱着膝盖呜咽起来。隔得近了,众人才辨出这竟是个女孩子,披散的长发下,只隐约看到女子尖尖的下颔和苍白的肌肤。

只听脚步声响,有人踽踽而来,手中提着一盏灯笼,却是那老态龙钟的门子。他瞧见这许多人,怔了一下,叹气道:"各位吓着了吧?这是哑婆的侄女小蝉,前些时得了疯病,咳咳……"

他咳嗽了半晌才喘过气来,一面伸手去拉那小蝉,一边道,"这孩子以前也是很机灵的,得病后就成了这副样子,人不人鬼不鬼……"

他这个"鬼"字刚说出来,小蝉又是一声尖叫,猛地推开他的手,叫道:"有鬼!有鬼!"

尖叫哭笑声中,她飞快地跑开,融入夜色暗处去,再无踪影。

室内,帷帽人仍端坐在那里,甚至连手中端着的茶盏也依然没有放下。

他见鲁韶山等人进来,便道:"蒋生后来如何了?"

鲁韶山望着窗外的夜色阴影,沉声道:"那蒋生说,有日从歌馆回家,走在如烟桥畔,忽有辆马车在他身边停下来,车中有个少女,姿容颇美。他受到诱惑,上车与少女同坐,少女奉一盏酒给他,他喝了便昏迷过去。醒来时,他感觉自己在一处黑暗的所在,四处都是泥土墙壁,似乎还有血腥的味道。他试图敲打墙壁,居然有两面都传来回敲的声响,但是壁土太厚,除此之外听不到别的声音。"

帷帽人"唔"了一声,听他继续讲下去。

"不知过了多久,忽然有灯光亮起来,之前那个少女打扮得很漂亮地走了进来,给他送来饭菜。饭菜有一种浓重的药味,他只能勉强咽下去。他很喜欢那个少女,不断与少女攀谈,问询她的名字,又问她这是什么地方。少女只告诉他说,这里是阴阳交界的地方,名叫第五狱。他很害怕,不断乞求少女放了他。少女对他似乎也有好感，但不敢放他出去。只是告诉他说，这狱中关押的人并不止他一个人。

"待的时间长了，蒋生发现此地在地底深处，像是一个地窖，只有一处拳头大小的圆洞可以透入些许亮光。他想要呼救，但只能从圆洞看到三尺开外的地方，那是一堵陈旧的朱色墙壁。"

"蒋生放弃了逃走的念头，他只能通过那个圆洞中的天光和月光，来记录自己待在这里的时间长短。偶尔无聊时，他还试着敲打土壁，起初土壁还有些回音，到了后来，却得不到任何声响。"

"如此过了十余天，忽然头顶窖盖打开，那少女仓皇地奔进来，浑身血迹，样子很狼狈。她什么也不说，只让他喝下一杯酒。蒋生再次昏迷过去，醒来时发现自己躺在某条僻静的街道边，身体被裹在一条被子中。有路人将他送回家中，家中人几乎不认识他。蒋生揽镜自照，发现自己肌肤消瘦，双目突出，但奇怪的是，他的肤色却异常红润，似乎随时便有血丝渗出一般。名医诊治过后，说他心腑的血气全被药物驱发出来，溢露于肌理之间，如果再这样下去，恐怕会心竭而死。"

"蒋生十分害怕，认为自己一定是遇到了鬼魅，便报到了京捕营。询问精通药理的名医后，我们了解到，蒋生服用的那种驱发血气的药物之中，颇有珍贵药材在内，价格不菲。而那床裹着他的被子，虽然有些陈旧，但却是填充了上等丝绵的缎被，且丝绵中还夹杂有名贵的香屑，必是世家大族所用之物。京捕营近期接到多起年轻男子失踪的报案，又遇蒋生此桩奇遇，恐此事涉及权贵隐秘，就将此案转到了我们缉捕司。"

"然后你们通过调查，认为陆府有极大嫌疑？"帷帽人从腰间摸出一块铜牌，轻轻放在案上。

鲁韶山一眼认出那铜牌正是吏部的三品腰牌，缉捕司本属刑部，但吏部管理天下官员品制，眼前这帷帽人必是有官职在身，说起来也算是自己的上司。于是，他与众捕快一起垂手行礼，才答道："我们曾将蒋生蒙上眼睛，用马车载上，反复在如烟桥附近行走。他饮下那杯酒后虽昏迷，但药效并不是立刻发作，最初马车行走的一段时间内，还残存一些知觉。"

"我们又查勘了其他年轻男子失踪的地方，几乎都在如烟桥附近，且极有规律，约每七日，便会有一个年轻男子失踪。由此可以确定，这些失踪案均为同一人所作，而作案者的巢穴正在如烟桥附近。与之相符的地方，唯有离如烟桥一射之地，且周围少有人烟的锦衣陆府。且陆夫人与陆老爷伉俪情深，多年来与周围没有任何联系，平时也几乎不见陆老爷出来走动。外人也怀疑陆夫人软禁了陆老爷，而陆老爷的身体如此虚弱，很难有床第之欢。如此说来，陆夫人掠走年轻男子淫乐，也在情理之中。"

"今日缉捕司在如烟桥设伏，也正是离上一次年轻男子失踪的时间隔了七天，对否？"帷帽人的目光似乎能穿透帽上的帷纱，让鲁韶山不禁垂下目光，答道："正是。"

"你们应该很早就到了如烟桥附近，却到最后才冲出来，最初是否对本官起了疑心？"帷帽人不紧不慢，却让鲁韶山大为尴尬，干笑一声道，"大人这副打扮，的确有些……"

"虽然陆夫人有极大嫌疑，你们也以傀儡为由进了陆府，目前却全无证据。且陆府毕竟还与太后娘家有亲，陆夫人当年……太后也都是明白的，傀儡一事，并不足以震慑她说出实情。"

帷帽人道："我看你们先前的情形，似乎是想找到关押蒋生等人的密室所在，是不是？"

王大头几次欲言，却又吞了回去。

帷帽人恰在此时，把目光投到了他脸上，道："七天前，最后一个失踪的年轻男子想必就是你所说的林公子。或许这个人就是你们安下的诱饵，却没想到鱼儿吞了饵，却并没有咬钩。"

王大头脸上一红，鲁韶山却狠狠瞪了他一眼，道："他自作主张，与那林公子约好下饵，直到林公子真个失了踪，他才来向我告知此事。却没想到林公子真个找不着了！"

王大头鼓了鼓腮，抢道："也不是找不着，林公子家里本是开香料铺的，自然有办法。他跟我约好，将特殊香料磨成的粉藏在鞋底，鞋底处有一块地方镂成细网。行走之时，香粉从鞋底漏出来，如此一来，不管他在哪里，必然留下痕迹。他本是个风流公子，成日里衣衫熏香，那些掳走他的人也必不会怀疑。"

帷帽人不动声色地望着他，道："那你为何又会寻不着他呢？"

王大头懊恼道："只因我发现那香粉气味竟然到处都是！不要说这座陆府，就是如烟桥畔的气味香痕，也不比陆府少！那林公子究竟在哪里，我反而不知道了！陆夫人甚是狡猾，仅这些香粉，也做不了证据！"

帷帽人抬起头来，目光穿透帷纱，停留在苏兰泽清丽的脸庞上，问道："苏姑娘也在今晚出现在如烟桥，恰好与鲁捕头相遇，这大略也不是巧合，不知可有什么高见？"

苏兰泽嫣然一笑，道："大人既然问到此处，心里难道不是早就知道答案了吗？"

在众人愕然的眼神中，帷帽人站起身来，走到苏兰泽先前站立的窗下，轻声一笑，道："欲知君所在，碧焰映清辉。"

只听一人讶异道："什么碧焰，什么清辉？"

那声音中带有浓浓倦意，显然才从睡梦中起来。

循声望去，站在门口的正是斜挽髻发、身着白缣，只在外面披了件长衫的陆夫人，那个阿茹随在她身边不停地打着呵欠。

陆夫人觉得各人投向她的神情颇有古怪，忙道："妾身听到外面有小蝉的吵闹声，这才起身来瞧瞧。现下哑婆带小蝉回房了，惊扰了各位，实在抱歉。"

帷帽人点了点头，道："你也该来瞧瞧了。"

他环视整座厅堂，但见陈设清雅，四壁挂有字画，并放一整套红梨桌椅，古朴典雅，纵然有了些年代，但一看便知是上品。靠近厅门的多宝槅上，摆放瓶盒古玩之类，件数不多，但件件精致。鲁韶山等人虽然不是行家，但也瞧出这多宝槅上的东西颇为名贵，特别是一只霁蓝釉玉壶春瓶，细颈垂腹，并有青花竹石芭蕉纹样，远看釉色匀润，莹蓝剔透，宛若宝石雕成一般，熠熠生辉。

而最为与众不同处，是这只霁蓝釉玉壶春瓶之下，铺有一方红锦，紧挨着瓶身的锦面上，端端正正摆着一张小笺。

果然帷帽人缓步过去，仔细端详瓶身，陆夫人的声音已响了起来："这位爷请仔细些,这只玉壶春瓶是当初妾身嫁与子庭时,由先帝所赐。旁边那张笺上,便是先帝亲题的贺诗。"

其实不用她出声,便是鲁韶山等人先前入厅时,已一眼瞧见了笺尾处那方方正正的印鉴:"望海山人。"而且大家都肃然行过了礼。

当年景贤皇帝宠爱金妃,如痴如狂。金妃来自万里海波之外的新罗国,常常思念故乡。景贤皇帝为她建浴金殿,筑望海楼,自己也刻了方私下的小印,名为望海山人,有与金妃分担忧苦之意。特别是金妃死后,景贤皇帝思念忧甚,除了正式场合的旨意外,所有的敕令手诏,几乎全部用"望海山人"之印。

帷帽人点头道:"本官自然认得。"

陆夫人这才发现放在几上的吏部腰牌,不禁惊疑交加,喃喃道:"大人……你……"

帷帽人看着那张小笺,念道:"年少结发迟,白头终偕老。琴瑟相御久,谁言不静好。"

陆夫人微笑道:"当年妾身因出身寒微,嫁与子庭时,也遇到了颇多阻难。最后还是子庭求得先帝的恩典,赐妾身入府,才成全了我二人的情意。子庭当时已有妻室,我二人结发已经迟了,但白头之愿仍然不迟。所谓'年少结发迟,白头终偕老',正是子庭当初与妾身约定的誓言啊!"

帷帽人"唔"了一声,道:"年少时为情痴狂,也是常态。然而岁月久长,却有无限的变数,月有阴晴,人心多变,情爱易逝。胭脂你从小行走江湖,见遍人间百态,如何不懂得这个道理?况且你与子庭,不啻是云泥之别,当初许下这个誓言时,难道心中真的没有一丝猜疑和不安吗?"

陆夫人听到"胭脂"二字时,凤眼蓦睁,脸色一白,失声道:"你……你怎知我当年的闺名?你是谁?"

鲁韶山望着那帷帽人,心中的不安越来越浓,但脚下却仿佛僵住一般,难以移动分毫。

帷帽人并不答言,却伸手移开那只玉壶春瓶,另一只手毫不在意地将先帝御笔的小笺连同红锦一同拿了起来。

陆夫人惊叫一声,冲了过来,却见人影一闪,那老仆已挡在了面前。她原是江湖走索出身，最擅长的便是轻功。然而无论身法如何变幻，那老仆笃定如山，始终都挡在她的面前。

鲁韶山看在眼里，心中不安更甚，忖道："看这老仆如此厉害，偏偏神机内敛，华不外露，单以养气功夫来论，便已跻身一流高手之列。京都虽多权贵，但能驱使这种人为奴仆者，决计不会超过三人。区区吏部三品官职，又怎能够？"

想到此处，他的心更是怦怦乱跳了起来，竟忘了吩咐捕快们上前助战。

陆夫人无法近前，尖叫道："你好大的胆子！竟敢如此对待先帝御笔！我要禀告太后，我……"

"胭脂，"帷帽人叫出这个名字时，没有丝毫生涩之意，仿佛已叫过许多年一般，"你自然是知道的，这不过是一首戏谑所谓佳儿佳妇的赐诗罢了。"

他话调平淡，但却隐然有傲睨天地之意："即使是先帝御笔，那又如何？"

陆夫人忽然噤住了，望向那帷帽人的目光中也渐渐多了乞怜之意，这还是鲁韶山第一次看到她如此神情："你……大人……大人你为何如此？就算我在河边冒犯了你，那是因为……因为我根本没有认出来……"

鲁韶山心中又是一跳，第一次后悔在如烟桥傻乎乎地冲了出来。

阿茹一直站在那里，似乎是惊呆了。

"可是苏姑娘已经发现了。"帷帽人笑了一声，手掌抚上了锦下的楠面。

陆夫人脸色煞白，厅中寂静如死。

所有的目光都落到了帷帽人修长而指节分明的手指上。

那手指摸索片刻，灵巧地往下一按，那块楠面忽然往下塌陷，随着轧轧轻响，整个多宝槅向两边缓缓分开，露出黑黢黢的甬道口。

众人都不由得发出一声轻呼，然而随即一股腥臭扑面冲来，正准备冲进去的王大头内心一阵翻腾，差点呕了出来，赶紧捂住鼻子，叫道："这……这是什么味道？"

这里不只有血腥味，还有着泥土的腥气和腐烂的恶臭。更要命的是，在这些本就腥臭难闻的气味中，竟带有浓郁的香气！那是由上好的沉香、檀香、栈香等香料炼制而成的，若是在玉堂金屋之中，其缭绕的芬芳或许会令人迷醉，但掺和在这些腥臭之中，却分外令人作呕。

王大头只顿了顿,仍然捂着鼻子,像旋风一样奔入甬道,口中叫道:"林公子!你在吗?林……"

一个身着灰衣的身影静静地出现在门口。

门内是似要啮人的黑暗,然而他的身旁却笼有一层淡淡的光影。那光影如此宁静祥和,令人心中有一种莫名的安谧之感,不再恐惧门内的黑暗。甚至连那些令人作呕的腥臭,都似乎远远地退避开去,变淡了许多。

而苏兰泽一直冷然无波的眸中,已漾起温柔的爱怜之意。

衣衫早已脏污,却掩不住他那安然的风度。英秀而略显疲惫的脸庞上,一双眼睛熠熠生辉。

窖顶不高,如帷帽人和鲁韶山身高七尺的人甚至站不直腰。从狭长的通道进去,果然有三处窖室,地面都铺有细草垫,并一些被褥、水碗、便壶等,十分简陋。

众人即使手捂口鼻,还是有些脸色发白,但都默不作声,似乎震惊过甚,反而失了言语。

鲁韶山屏了屏呼吸,强忍恶心,在几间室里探查一番后,道:"四处墙壁没有暗道,地面没有掘埋的痕迹。"他这话却是向着那灰衣男子所说,在王大头看来,即使是面对缉捕司主官时,鲁韶山的眼中也不曾流露出如此钦慕亲近之意。

自从帷帽人发现了入口,陆夫人似乎死了心,哪怕灰衣男子出现,也懒懒的不甚理会。只到此时,她才皱了皱眉,不易察觉地扫了他一眼。

"地窖气流不畅,若再埋尸于此,腐烂后容易生出疫毒。陆夫人既然费了心思,将此处作为囚禁年轻男子的长期巢穴,自不会让他们轻易染上疫毒而死。"灰衣男子答道,"那些男子若是死了,此处也绝非埋骨之所。"

鲁韶山不禁有些泄气:"那此处血腥之气甚浓,又从何处来?"

灰衣男子指了指一处窖室的墙角:那里有拳头大小的洞口,只是此时正当深夜,没有光线透进来。但鲁韶山只是走近那小洞,便觉几乎窒息——那浓郁的血腥气，果然是从那里传来的。

他眼中一亮，道："这外面……"

"这两日，我也曾寻到机会，离开这密室地窖，暗中在四处查探过。"灰衣男子道，"也曾从洞中放出磷火，再寻机离开地窖，在外面寻找绿光所在。但那地方却颇为明显，正是院中那处阑干和石缸所在之处。阑边丢弃了许多死掉的禽类和腐肉，哑婆一两天就会清理清理，但终究还是有腥臭之气。"

陆夫人忍不住道："你……你处心积虑，有意混入我府中！只是我那密室早已锁上，你又如何能出来？"

灰衣男子淡淡一笑，道："但凡密室，内外都会有开门的机关，方便主人进出。那晚我假作被药迷昏，其实耳中一直聆听你们的动静。你们将我送入地窖后，我听见你走到西墙角下，按向壁上三尺之处，拔出一个巴掌大小的东西，并向左转动三圈，窖门立刻打开。后来我依法炮制，当然可以自由出入。"

陆夫人冷笑道："一派胡言！当时我将你丢入地窖中时，因为我对机关所在很是熟悉，所以根本没有点亮烛火。你如何看得清我是拔出机关木桦，又向左转动三圈？"

她森冷的目光逼向站在一旁的哑婆，道："难道真是家贼难防，你们一家子都是如此？"

哑婆吓得连连摇手，又啊啊大叫，显得颇为焦急冤屈。

鲁韶山忍不住道："陆夫人，你这可是冤枉了哑婆！寻常人在黑暗之中，就算清醒，也难以发现你机关的秘密。可是他不一样！'任你黄泉深藏，我自神目如电'这两句话，陆夫人难道从未听闻？"

"这两日承蒙夫人照拂，直到今日，才能向夫人告知在下身份。"

灰衣男子凝视着陆夫人瞬间煞白如纸的脸，缓缓道："在下并不是什么福祥银楼的少掌柜秦林，而是杨恩。"

鲁韶山大声补上一句："三眼捕神杨恩！"

"所以，大人您是瞧破了那些磷火，才对那只玉壶春瓶起了怀疑吗？"

杨恩换上苏兰泽带来的干净衣衫，坐在椅中，任由她灵巧地解开他打结的发髻，微笑着向帷帽人道。

"从在如烟桥畔见到苏姑娘的那一刻，我一直在想，捕神与乐神向来形影不离，乐神在此，捕神去了哪里？"

帷帽人端坐杨恩对面，不紧不慢道，"苏姑娘与鲁捕头等人在如烟桥设伏，后又及时叫破陆夫人身份，顺势进入陆府。其实前段时间年轻男子频频失踪一事，我也有所闻。再有陆夫人对我迷掳在先，以及各位举止奇怪，哪里还想不到陆府有着极大嫌疑？"

"苏姑娘进入陆府后，一直不言不语，只在窗前观看月色。"帷帽人笑了一声，"但我却知道，在苏姑娘心中，区区一轮明月，哪里及得上捕神你的熠熠光辉？"

他举止谈话一直颇为肃重，此时难得戏谑一句，但众人却深以为然。

唯有杨恩目光一闪，答道："明月高悬，海照涵清，岂是杨恩一个卸职的缉捕司捕头所能比的？"

苏兰泽结髻的手法轻柔快捷，而杨恩微偏着头，这样的角度可以让她的手指更灵巧，且不必太用力抬肘。单从这样一个小动作，便能看出来，他二人的默契亲近，远非常人能比。

陆夫人的脸色一直是煞白如纸，此时神情中竟有些黯然。而阿茹只是好奇地打量这一切，目中光彩闪动，不知在想些什么。

鲁韶山心中又是欢喜，又是惆怅，自己也分辨不清。

帷帽人摇摇头："每人心中都有一轮明月。你与苏姑娘便是彼此的明月。当时入陆府后，那样的情形下，苏姑娘又怎会有闲心逸致，观看外面的明月？直到小蝉姑娘追着磷火而来，我留神看了一眼苏姑娘，见她眉宇间的隐忧在刹那间消散，真如明月破云而出，光照天地。"

苏兰泽脸上一红，嗔道："大人怎的取笑不休？"

帷帽人叹道："世人心性，亦如明月，多被乌云遮蔽。苏姑娘与捕神如此心意相通，彼此相守，我也只有赞羡而已，绝无取笑之意。我昔年征战，于疆场荒野间，也多见到磷火，民间多称为鬼火。磷原是人或兽类体内的一种东西，遇热则燃，夏夜闷热，所以易见磷火。但寻常的磷火，光焰也不过是零星几点，随意飘浮。但小蝉追逐的磷火,却都是从院角飘出来,再分散在夜空之中。且在院角时颜色稍浅,到了院中,被这夏夜的热风一吹,却明亮了许多。说明院角飞出磷火的地方,比院中要冷上一些。但更冷些的地方,只有地底了。我当时便猜到,那地底必有蹊跷,而那磷火,更像是有人故意为之。"

陆夫人张了张嘴,望向杨恩,道:"那磷火……是你……"

杨恩从怀中取出一枚石子模样的东西来,笑道:"我因为听韶山讲过蒋生的遭遇,知道有拳头大小的洞与外界相通。虽然洞的出口颇为僻静,又在陆府那片火烧过的废墟中,便是大声叫喊,也未必被前院听闻。但这种磷石,略略加热后,便会在暗处发出磷光。若将它捏碎后,再以内力炙烤,便可化为点点磷火,从洞中飞出,于暗夜之中,引来人的注意。"

陆夫人喃喃道:"我正是不忍对你下手,这才……这才在如烟桥放灯时,妄想再掳他人,才惹来了这群煞星……"她的神色转厉,尖声道:"原来你来之前,便准备了这些磷石,也是打定了主意前来骗我!你那日对我说过的话,也是为了骗我,是也不是?甚至你的眼睛看不见,你也不曾告诉我!"

帷帽人轻声一笑,故意道:"难道堂堂三眼捕神也会说些甜言蜜语,来欺骗无知妇孺吗?"

此时陆夫人多掳年轻男子之事,已是证据确凿,杨恩滞留陆府这段时间,二人的确暧昧。

他从帽底瞥了瞥苏兰泽,但见她面色如常,并没有丝毫怨怒,甚至还向着杨恩嫣然一笑,笑意中尽是信赖与温情。

"那日我在地窖中吹起笛子,吹的是兰泽教我的《长相思》。"杨恩道,"夫人你听到了笛声,便前来问我,这世间真有如此刻骨铭心的相思?这世间爱人,可真能白头?我回答你说,我与我心爱的人,相别瞬间便相思,相守一生便白头。"

他"望"着苏兰泽,浅浅一笑,"这几句话,没有一个字是假的。"

阿茹听到此处,不知为何,眼睛竟渐渐发涩,慌忙抬袖揉了揉双眼。

陆夫人怔怔地待在那里,垂下头来。

苏兰泽脸上发热,忙向帷帽人问道:"大人是如何发现密室的机关正是在多宝槅中呢？"

帷帽人答道："如陆府这样的门第，当年一定会建有密室，其进口和密室所在，应该在以前的陆府后院中，以备不时之需。整座陆府虽毁于大火，只有前院经过修缮后可供居住。那密室所在，或仍在后院废墟之中。但以陆夫人之能，绝不会弃置不用，她会偷偷将密室入口改在前院，方便进入。"

"我又推想，若我是她，会将入口建在何处？她性子狠厉，行事快捷，不像是寻常女子谨慎的作风，反而大胆冒险，越是将入口设在眼皮底下，越易隐藏。况且陆府只有老门子和哑婆两个下人，陆子庭病卧在床，小蝉又已疯癫，真掳来年轻男子，要将其搬入后室，的确大费气力。若密室入口在陆府正厅，载有年轻男子的马车可直接驶入院中厅下，轻易便能将其搬入密室。"

"别忘了，那个蒋生，或许是那个少女私自放走的，她既是私自放走，也不可能会有帮手。一个纤纤弱女，也不可能将蒋生那样的男子搬弄很远，所以密室入口必离厅门不远。"

阿茹忍不住问道："那您又如何肯定机关是在多宝槅中？"

帷帽人答道："一来，多宝槅出现在厅门不远处，便有些突兀。槅上珍品大多易碎，进出颇不方便。当然也可看作是陆府败落后，有些不甘心，故刻意在最醒目处显摆昔日所有的珍品。然而我观察到多宝槅上的那些瓶盒之属上，多积了灰尘，这显然是陆府婢仆稀少，打扫不可能勤力尽心的缘故。但那玉壶春瓶上，却光亮无尘。"

"可是……或许因为这是先帝所赐，又是祝贺陆氏夫妇新婚的珍品，以陆夫人对陆老爷的情深义重，格外多加拂拭所致啊！"阿茹此言一出，陆夫人的嘴角便微微一抽。

"姑娘所言也有道理。"帷帽人不急不躁，指了指那被放在一边的玉壶春瓶，"可是光亮无尘的是瓶颈之处，瓶底的圈足却仍有灰尘。说明此瓶经常被人移动，并不是经常被人拂拭。"

阿茹仔细看那玉壶春瓶，见果然如此，不禁大为佩服："大人明察秋毫，恐怕与捕神也不相上下呢！"

她话语无邪，杨恩却笑了："我所长者，不过是查访阴私，破勘迷案罢了。

大人所长者，恐怕不尽于此。"

"里面什么都没有，这才真是怪了！"王大头越想越气，指着陆夫人道，"你这恶女人！自林公子被你从如烟桥带走后，我一直安排人看住陆府，除了两日前你又掳了一人……我现在知道此人是捕神大人了……根本没有任何人出来！林公子一定还在府中！"

陆夫人已恢复常态，冷冷道："我不过是关了捕神两天，以礼相待，并没有丝毫涉及淫秽之事。而你说的林公子，活不见人，死不见尸，更没有任何道理可言！至于密室，我不过是改了个入口方向罢了，原是老太爷在世时所建，也算不得罪过。此案如何了结，我倒想听听几位大人的意见！"

她言辞犀利，王大头无法反驳，本就垂头丧气，想到回去后要被鲁韶山修理，不禁头皮发麻，一个字也说不出来。

苏兰泽就在此时出了声，她望着的还是帷帽人："大人先前说到，陆夫人将密室入口改建在厅门不远处，是因为婢仆老弱。可是您似乎忘了她还有个傀儡可供驱使。"

"当初陆夫人一心要嫁入陆府，甚至不惜与偃师门决裂。后来偃师门出事，她唯恐影响到自己，更是小心谨慎，尽力服侍陆家父母不说，还将以前走索时的许多旧物统统烧掉，以表明心迹。这样的女人，岂会长年在府中放有一个傀儡，惹人口实？她所说的话，不尽不实，当然也不可信。"

帷帽人回答得颇有条理。

杨恩忽然道："当初掳走我的也是傀儡。"

苏兰泽望向王大头，后者顿时明白过来，忙道："诱走林公子的却是一个少女，与蒋生一案手法相似。"

苏兰泽眸中光彩涟涟："林公子之前，被掳走的人是蒋生。但据蒋生说来，当初诱他之人是一个少女。若我没有想错，应该是蒋生逃走后，那少女行迹暴露，陆夫人再无可用之人，只好用上了傀儡。这傀儡便是在林公子之后，杨恩之前，由陆夫人临时赶制出来的新傀儡。"

鲁韶山在心中长叹一声，暗道："捕神大人与苏姑娘果然心意相通，苏姑娘尚未问及，捕神便知她要问什么了。我看那陆夫人口口声声说与陆老爷白头到老，却未必比得上捕神大人与苏姑娘的心意如一。"

陆夫人咬了咬唇，冷冷道："那又如何？"

苏兰泽笑道："听闻偃师门傀儡之术冠绝天下，栩栩如生，我想见见您那个小婢，成不成呢？"

陆夫人叫道："哑婆！"

果然那哑婆又悄没声地出现在后室的门口，神色恭谨，垂手侍立。

陆夫人向她比画了几下，哑婆却咿咿呀呀地叫起来，又连连比画，并往后院指去。

陆夫人唇边露出一缕笑意，皱起眉头，抱歉道："这可糟了，方才妾身让哑婆把那傀儡带到后室去，谁知她会错了意，竟将其带到后院用火烧掉了。"

"什么！你……你这是毁灭证据！"王大头又急又气，跳起来道，"我要送你去见官！"

"大人勿怒。"陆夫人笑盈盈道，"妾身的仆妇不懂事，便是烧了也没什么。妾身仍然承认自己制作了傀儡，并会主动向太后请罪的，各位都是人证啊！"

苏兰泽微微一笑，道："杨捕快！拿出来吧。"

一名捕快应声出去，不多时转了回来，回来时他只穿中衣，肩上扛着一捆东西。那捕快用原先穿着的黑衣将那东西裹得严严实实。

那捆东西丢在地上，几下扯开黑衣，露出里面的东西。

除了杨恩，几乎所有人都轻呼出来："是傀儡！"

那傀儡自腿部以下都被火焰烧成了焦黑，但大半截身形以及那熟悉的衣衫、披散的长发，仍可辨出这正是如烟桥畔，那个随从在陆夫人身边，试图掳走帷帽人的小婢傀儡！

陆夫人刀子般的眼神扫向哑婆，后者连连摇手，发出一连串惊慌的咿呀声。

"你不必怪哑婆。"苏兰泽淡淡道，"因为她急着要回来，将陆老爷从房中推出与我们相见，所以无法亲眼看着傀儡完全化为灰烬，只是点着了便匆匆离开。而我早料到了你会有这一招，所以叫杨捕快随后赶去，终于将这关键的证物抢了下来。"

"不过是个傀儡罢了，"陆夫人的眼中终于有了惶急的光芒，强行想要镇定下来，"妾身早说过了，有没有这证物，我都自认私制傀儡之罪。"

"可是你的罪过，绝不至此！"苏兰泽腾身站起，目光已变得冷寒如冰："陆夫人！这真的只是一个傀儡吗？"

"啊！"

一声凄厉的尖叫出自阿茹口中，而鲁韶山满头大汗，拿着一只血淋淋的手掌，他被众捕快紧紧扶住，这才摇摇晃晃地站起身来。

几乎所有人的脸都变了颜色，只有陆夫人到了此时反而镇定下来，眼中露出绿莹莹的凶光。

这个傀儡或许并非传说中偃师门的傀儡那样，五官四肢宛然如生。甚至是那张脸庞，也不过是用了类似肌肤的色漆草草地涂了一层，再用软泥捏出五官轮廓，然后戴上长长的发套，梳个垂鬟披发，那头发如瀑布一般披散下来，掩住了些微的破绽，再穿上衣衫鞋履，借着夜色的掩护，便有了如人一般的面容形态。

得知傀儡并非真正的女人后，捕快们便剥去了它的衣衫，揭开了它心口上的那块木板。

众所周知，偃师门所制的傀儡与寻常的傀儡不同，不需要通过丝线的牵制来做出种种动作，而是用的一种类似真气驭使的秘术。

针对这种秘术，傀儡的心口处往往有一块活动的木板。拿掉这块木板，可以瞧见傀儡体内交错如蛛丝一般的构造。据说，正是因为有了这样复杂的构造，当施术者发出长啸，以啸声将真气送入傀儡体中，便会激发它做出不同的动作。

虽然很多人都知道原理，但如何修炼这种真气，如何激发傀儡，这就是偃师门才知的秘术了。

而揭开木板，确定此物为偃师门傀儡，也是在过去缉捕司查勘所有关于偃师门案子时，所用的一个取证手法。

而此时鲁韶山拿掉那块木板后，的确看到了傀儡体内，如蛛精所在盘丝洞一样复杂的构造。

但马上便有一股强烈的腥臭扑面而来，比那密室中的气味还要浓烈许多倍！

急切间，他想捂住口鼻，但他的手已伸入"盘丝洞"中，且正捏着那一团冷冰冰、软绵绵、又粘又腻的物事！

那是已经开始腐烂的、污血淋漓的脏腑胃肠！

"韶山！韶山！"苏兰泽顾不得鲁韶山双手的腌臜，一边急急地从一只小瓷瓶中倒出丹药，喂到他的口中，一边颤声解释："我猜出这傀儡是用林公子尸身所制！可是先前傀儡手腕被削断时没有血肉，显然是经过处理的干尸。我没想到……没想到这女人如此狠毒，竟然没有将内脏取出来……"

想到那恶心的手感，鲁韶山不禁又是一阵翻江倒海的干呕。他办案时间还短，以前在落梅镇，后来在缉捕司，虽然也多次验过尸，但毕竟事先都有心理准备，不如这一次发生得猝不及防。

他无力地想要摆手，又赶紧缩了回来，脑门一阵阵发晕："我……我没事……苏姑娘，你离我远一点……当心弄脏了你……你在我心中就像天上的仙子……如何能……"

这句话说出口，他忽然就怔住了。

他虽然在心里把这话说了一千次，一万次，但从来没有奢想过，竟会有一天当着她的面，自然而然地说出来！而且捕神大人还在旁边！

人心易变，情爱更是如此。两个相爱的人，恨不得彼此透明紧密，连一粒沙子都容不下！自己这一句话出来，要是让捕神大人对苏姑娘有了芥蒂，可如何是好？

一个柔和的声音恰在此时响了起来："你既然将兰泽看作天上的仙子，兰泽又怎会嫌弃你此时的脏污呢？"这是杨恩的声音，他将一块干净的帕子递了过来。苏兰泽嫣然一笑，将那粒药丸送入了鲁韶山的口中，随手接过帕子，仔细擦去他嘴角呕吐溢出的污物，柔声道："正是，韶山，你不必在意。"

那一瞬间，鲁韶山心中涌起一种又酸涩又甜蜜、又羡慕又欣慰的感觉。他的眼睛发热，差点要哭了出来，捕神与乐神，杨恩与苏兰泽，他们两心如一，从来就没有过猜疑。

"苏姑娘猜得没错，"陆夫人眼中的绿光并没有褪去，反而闪得更亮，仿佛荒野中的磷火一般，令人不寒而栗，"小蝉这个贱人，迷上了蒋生，竟偷偷放了他！自己也就疯了！我无人可用，哑婆要照顾老爷，门子又太过老朽……我既然会做傀儡，为什么不用现成的材料？"

她放声大笑，笑声凄厉而得意，"你们可知道？偃师门人能制作十几种材料各异的傀儡，最易做的就是这种了！拿活人来做，都根本不用操心骨节身形，只需附上一层外皮，加上头发五官，便是个能跳会动的傀儡啊！所以我只用了半天！半天时间，那鲜灵灵的林公子就变成了肉傀儡呢！"

"你……你疯了……"阿茹惊恐地看着她，身形微颤，"姨娘！姨娘，你以前不是这样的！我听我娘讲过，说你又温柔又善良，最初进偃师门学做傀儡时，还被那些木头做的胳膊吓坏了呢，何况是肉傀儡……"

"岁月这么长，人心都是容易变化的……"陆夫人咯咯笑道，"我也会变啊，阿茹，你娘如果还活着，她也会变啊！不信，你将来见着你娘的心上人，瞧瞧他现在变成了什么样子……"

"把这个毒妇拿下！"帷帽人勃然大怒，喝道，"掳人不算，还用活人来做肉傀儡！简直是丧尽天良！"

杨捕快等人也早已愤恨填膺，当下齐声允诺一声，便待上前！

"且慢！"王大头忽然跳出去，挡在了陆夫人身前，叫道："谁也不准过来！"

鲁韶山服下丹药，才觉胸口烦闷之感去了大半，闻言喝道："王大头！你是得了失心疯么？竟然维护嫌犯？"

"我费尽心机，连林公子都搭了进去，不过就是为了拿到这毒妇犯案的证据，我为什么要维护她？"

王大头抹了一把眼泪，呜咽道，"林公子！哪里是什么林公子！他是我表弟，我想查出陆府掳人的真相，所以和他约好……可他毕竟不是捕神大人，无法通过三寸不烂之舌保住性命，还……还被人制成了肉傀儡！"

"那你……"鲁韶山实在对他的行为不得其解，王大头已叫了起来："可是我也不准你们就这样把她拉到缉捕司的牢房去！"

他蓦地从怀中扯出一张明黄纸张来，叫道："我有圣旨！圣旨！"

"你疯了！竟敢假传圣旨！"鲁韶山又气又怒，喝道，"这是杀头之罪，你不知吗？"

"我这是真的圣旨！"王大头不屑地向鲁韶山一挥手中纸张，一阵风来，纸面招展开去，露出翻腾云中的龙形暗金纹路及鲜红大印——杨恩和帷帽人都怔住了！

那果真是圣旨！那印是再也熟悉不过的"受命于天"的四字篆体！众人互视一眼，都从对方眼中看出了惊疑与无奈，只好一齐跪拜下去，道："接旨。"王大头看出了他们的表情，得意扬扬地念了出来："景安八年，皇帝诏曰，着将京都诸男子失踪一案主犯交由刑部侍郎张幼台全权处置，钦此。"

"此案明明是缉捕司主办，嫌犯因是世家大族，也应交给大理寺处理，为何要由张贵妃之弟张侍郎来处理？"

起身后，帷帽人第一个发了话，显然暗藏怒气，"张贵妃在后宫得宠也就罢了，难道还要干预朝政吗？"

王大头虽有圣旨，但见帷帽人着怒，心中还是有些发怵，不禁往后退了退，几乎要踩上陆夫人的裙角，赶紧闪了开去，道："大人……此事的确是张贵妃的意思，小人只是个捕快，不敢……不敢有违……"

"张贵妃是前年入宫，两年来由一个小小七品贵人，一直被封为一品贵妃，受宠之深，恐怕只有当年的金妃才能比拟，金妃都还没做过贵妃呢！"这话也只有苏兰泽才敢平平常常地说出来，"太后并不喜欢她，她又与陆府素无往来，为何会向圣上求得这样一张圣旨？定要保住陆夫人的性命？"

她质询地望向陆夫人，委婉道："后宫波涛诡谲，夫人若涉其中，还望谨慎，否则不但自己粉身碎骨，恐怕连陆老爷也要受到牵连。"

陆夫人自己也呆了半晌，苦笑道："陆府早已败落，张家如日中天，平时怎会正眼瞧一瞧我们？贵妃忽施青目，其实妾身也不明就里。我……我不会随他们去的。"

"你不要命吗？"王大头气急败坏地瞪向她，叫道，"我搭上了我的表弟，以后缉捕司想必也不能待了，就指着此事了结，再谋个出处！你……你竟然说不随我们去？"

陆夫人冷笑道："谁知道你们包藏了什么祸心？我身为世家妇，不过是杀了一个林公子，他若是正经人，为何在如烟桥肯随陌生女子上车？我只需说是他想凌辱于我，我自卫杀人，最多也不过是个斩监候，或软禁府中一世罢了。岂愿跟你们混在一起，与虎谋皮！"

王大头阴恻恻地笑了一声，道："原来你打的这个主意！实话对你说，你若不顺了贵妃娘娘的意，便是斩监候也会让你斩立决，软禁也会变成暴毙！"

帷帽人冷冷道："张贵妃好威风啊，不但插手刑部之事，罔顾国家之法度，偏偏圣上还赐旨默许！候我面君之时，倒要好好问问圣上！"

王大头心知不能善了，索性豁了出去，"砰"的一声推开厅门，手指外院，狞笑道："实话告诉你们吧，我来陆府前，已暗地让人报知了张侍郎！此时刑部已派兵前来围住了陆府，你们一个卸了任的缉捕司捕头，一个吏部的三品官儿，能奈我何？"

仿佛是呼应他的话语般，外面火光陡亮，阵阵马蹄奔跑声顷刻间已在陆府外停了下来。府外隐约传来呵斥声，随即无数火把蔓延开去，果然将府墙层层围了起来。

鲁韶山气得几欲冲冠眦裂，喝道："大头！我们做捕快的，堂堂正正办事，认认真真做人，难道不好吗？如此贪图富贵，连自己表弟的性命都不惜牺牲，又昧着良心放走嫌犯，有何面目立足于天地间？"

王大头梗着脖子，斜眼道："头儿！这是我最后一次叫你头儿！你自己迂腐守旧，年纪轻轻耗在这儿消磨时光，可不要拉我下水！"

他狞笑着望向陆夫人，道，"你不随我去刑部也行，若不想受那皮肉之苦，索性此时老老实实说出来，还免得连累了我这昔日的兄弟！今天刑部带队之人，可是鼎鼎大名的卢虎，他当年征战僚疆，立下过赫赫战功，杀人不眨眼，又脾气暴躁，可是什么都做得出来！"

陆夫人诧道："你要我说什么？我有什么可说的？"

王大头喝道："你还要装傻么？我既然抬出了张贵妃，莫非你还不明白我要的是什么？我要你给我那种叫作白头的灵药！"

陆夫人喃喃道:"白头?"

"对!"王大头双眼放光,"京都人都传说,你这个妖女当年一定是对陆子庭下了这种药,不然以你的身世姿色,如何能进得了锦衣陆府的大门?后来陆府虽然败落,但陆子庭二十余年来对你一直情意深重,他的正室死后,多少人来说媒,他一概不允,只守着你一人!而你一个江湖走索的卑贱女子,竟然最后也混到了名副其实的陆府夫人的地位!若说你没有那种叫作白头的灵药,谁人相信?"

"原来,张贵妃所求的是这种灵药啊!"苏兰泽轻声道,"都说天下间有这样一种灵药,给男子服下后,可以终身忠贞不渝,夫妇如鸳鸯般相守白头。张贵妃虽然得宠,但想必对未来也颇为不安,才会不惜一切,向圣上求得这张圣旨,又叫兄弟部下出马,一定要从陆夫人手中得到传说中的灵药。"

"白头?哈哈哈,这种灵药,你们真的想要么?"

陆夫人忽然尖声大笑,笑到前俯后仰,到最后几乎直不起腰来:"白头!哈哈!白头!"她抬起头来,如玉的脸上有几道亮晶晶的东西,原来她竟然笑出了泪水!但泪光盈盈之中,眼中却满是那熟悉的嘲讽之意。

"你不肯拿出来?"王大头咬紧腮帮,怒道,"进了刑部大牢,不愁你不招!还有这些人……"他阴森的目光一一扫过室中诸人,随即一抬衣袖,正准备呼叫外面的兵士进来,杨恩平和的声音响了起来:"王捕头,你若真的想得到白头,那也不难。"

王大头将信将疑地看着他,想要说些什么,但终究不敢质问杨恩,又将话咽了回去。

倒是鲁韶山忍不住道:"捕神大人,你怎知白头的秘密?"

杨恩微微一笑,道:"白头到老,需得夫妇俱全。既然陆夫人不肯说,陆老爷或许能说。反正这白头的秘密,他二人都是知道的。"

王大头眼中一亮,不觉望向陆子庭消失的后室,叫道:"正是!"

"且慢!"陆夫人厉声道,"谁也不准去打扰子庭!"

王大头心中怦怦乱跳,只觉那泼天富贵正在前面招手,如何肯听陆夫人的话?他当下一跃而起,冲向后室的通道口,一把拨开呆立在那里的哑婆,就往内冲去!

寒光一闪!怆然声中,却是陆夫人一掠而过,随手拔出壁上宝剑,剑锋如雪,直刺向王大头后颈要害!

这一剑虽事起猝然,但既准且狠,真气激发于剑身,发出噗噗的轻响,显然陆夫人气怒交加,已经全然动了杀机!

王大头惊叫一声,掌中铁尺上撩,金铁声响中,已勉力架住剑身。但陆夫人剑身斜掠,再度斩上铁尺!真气激荡,只听"咔嚓"一声,铁尺竟然应声而断!

陆夫人剑光闪处,已向王大头颈部斩落!

灰色的衣袖恰在此时,已从空中拂来,袖底伸出两根修长手指,一瞬间的工夫,也不见他如何动作,两根手指已捺在那剑锋之上。

仿佛周围一切景物都凝固在那一刻,时间光阴,蓦然缩得极短,但每一寸的景物,每一点精微的变化,在这凝固的瞬间里,却又回放得如此清晰。

只是轻轻一弹,那宝剑已从陆夫人手中脱出,在空中掠过一道雪亮的弧光,唰的一下,半插入地板中!

"寸短光阴!""弹指神通!"有几人叫了出来。

"寸短光阴"和"弹指神通"是三眼捕神杨恩最擅长的功夫。

然而对帷帽人来说,这还是首次见到。帷纱之下,看不清他的神情,但那老仆却不由得直了直背,昏暗的老眼深处,有极细的光芒射出来。

王大头便在这剑脱手飞出的空隙间,刺溜一下冲入了后室!

"站住!"陆夫人双眼蓦地变得血红,不顾一切地想要冲进去,却被杨恩挡在了面前。

灰色的衣袖迎风飘拂,使这英秀的男子更多了几分温雅风范。但对陆夫人而言,却像是一堵铜墙铁壁,她怎么也难以逾越。

"这……这是怎么回事?"熟悉的孱弱的声音响起来,却是陆子庭的声音。

王大头得意扬扬地出来,他的身后是推着那辆小车的哑婆。陆子庭拥被坐于车上，还是那副苍白疲惫的样子。

这一次，陆夫人竟然没有上去嘘寒问暖，只是远远地瞧着他。说不出那眼神之中究竟有多少复杂的情感，似乎有缠绵爱意，也有彻骨哀伤，更或者……还有一丝说不出来的冷寒冰凉。

"陆大人，"王大头一指陆夫人道，"尊夫人有违法纪，或有杀身之祸！"

他本以为陆子庭会大惊失色，谁知对方只是双肩往后略靠了靠，淡淡道："那又如何？"

"尊夫人涉嫌多起掳掠男子案，我们有确凿证据，可以证明有一位林姓男子丧生于她手，被生生制成了肉傀儡！"王大头瞪了瞪眼，"若将尊夫人交付有司，不但会为死者偿命，此事传扬开去，还会连累锦衣陆府的声名！陆大人愿意如此吗？"

陆子庭叹了口气，道："当真如此，也无可奈何。"

王大头却步步紧逼："但陆大人若肯告知'白头'的灵药所在，在下或有可能为尊夫人保住性命，自然也不会连累到贵府名声。"

杨恩忽然道："陆夫人，陆大人身体虚弱，所处的地方正对着窗口，不妨将车移到这边来，免得着了风寒。"

哑婆闻言连忙将陆子庭推到一边，陆子庭微微向杨恩点了点头，道："多谢捕神大人。"

王大头双眉一挑，正待说话，却听杨恩道："陆夫人，我在贵府待了两天，有件事我一直很想问您。"

陆夫人似笑非笑，擦去眼角的泪水，悠悠道："何事？"

杨恩"看"着她，神情渐渐肃然起来。

令得陆夫人竟有瞬间的失神，耳边已听他问道："小蝉为什么发疯？"

陆夫人身躯一震，道："她放走蒋生，觉得对不起我，所以疯了。"

"我来陆府前，就让兰泽去查过，你当年江湖走索时，哑婆便跟在你的身边。三年前，哑婆故乡的侄女前来投奔，你们破例收留了她，让她在府中做婢女。她就是小蝉。"

"小蝉当时全身血迹地冲进来放走了蒋生，她平时对你言听计从，若不是受到极大刺激，决计不会如此。且她疯了之后，总是喊着'有皮鬼、无皮鬼'，这又是什么缘故呢？"

"不过是个婢女罢了！"陆夫人猛地转过身去，不再看他，"妾身怎么会知道！"

"两日前，因听韶山说起最近的京都男子失踪案，虽然陆府大有嫌疑，但因身份特殊，缉捕司不敢轻易沾惹。而我既已是闲云野鹤，且与兰泽多年未曾在京，陆府中人深居简出，也未必认识，倒是前来陆府查勘的最佳人选。所以我便在如烟桥边故意徘徊，又掩盖自己双目已盲之假象，果然被诱入府中。"

他顿了顿，"我被关入密室地窖后，每晚都会在夜深人静时，弄开门锁偷偷出来，想在府中发现一些端倪。可谁知府中冷寂如斯，我没有发现被掳男子的踪影，也没发现陆夫人有任何淫乱之行，却发现了一些奇怪的现象。"

陆夫人垂下眼帘，细长的手指专心理好陆子庭衣衫上的皱褶。

"陆夫人每晚都与陆大人在一起，可是奇怪的是，陆夫人总是在唱曲，陆大人却总是倾听。那曲子颇为熟悉，似乎是二十五年前，京都流传一时的梅曲《白头》中的一折。"

"怪不得听起来熟悉，说起来过了二十多年，我都不记得这些曲文了。"帷帽人低叹一声。

阿茹的手指不觉按上胡琴，于那残破的琴身上，拨弄着仅有的两根弦，铮铮有声，隐约也成曲调，她低低唱道："一曲凤求凰，千古诉风流。若得同心侣，不将神仙求。山在海未枯，凤去凰亦休。高车驷马在，几人得白头。"

"这折《白头》讲的是卓文君与司马相如之事。"苏兰泽见鲁韶山等几名捕快听得一头雾水，便解释道，"当年司马相如清贫时，在富翁卓王孙家弹得一曲《凤求凰》，得卓女文君青睐，遂跟他私奔。二人私奔后生活困窘时，卓文君甚至不惜当垆卖酒，也算得上患难真情。司马相如前往京城求取功名，曾指一桥发誓说，不高车驷马，不过此桥！后来他得到朝廷赏识做官，且文采风流，名噪一时，便起了与文君绝离之意，想要另纳美妾，卓文君便写下一篇《白头吟》表明心意，司马相如十分羞愧，二人重归于好。"

鲁韶山听到此处，想了想，便道："司马相如虽然薄情寡义，但不过是一时迷惑，且有错能改，倒也不失一对佳侣、一段佳话。"

阿茹咯咯一笑，道："鲁捕头，世间女子心思柔软，或有感念旧情的时候。然世间男子却不尽然，拥有了司马相如那样的富贵权位时，又怎会因为一首《白头吟》便改变了心意，重归糟糠之妻的身边？其实司马相如富贵之后，早已与卓文君恩断义绝。"

鲁韶山不服气道："姑娘此言差矣！世间男子，或多贪恋荣华之辈，但也并不都是如此，便如捕神大人与苏姑娘……"

他说到此处，苏兰泽的脸上已微微一红，嗔道："韶山！"

阿茹淡淡一笑，黄瘦的脸上竟也带有一种隐约的沧桑之意，与她的年纪颇不相称，唱道："可是鲁捕头，这人间千万个男子中，却只有一个三眼捕神！"

杨恩负手于后，缓缓道："陆大人与陆夫人伉俪情深，相守二十五年，陆夫人却为何要唱起这样一支《白头》的曲子呢？而我故意在地窖的通风孔处一遍遍地吹《长相思》时，听到笛音的陆夫人，又为何要问我那样的话语？那时我想，或许陆大人夫妇，并不如外人所传的两心如一，才相守白头。"

王大头呆呆地听到此处，才叫起来道："原来捕神你说了半天，是想说陆大人夫妇并没有情比金石，天下间没有白头这种灵药，让我空手而归？"他那一向伪作憨厚的大脸上，狰狞的神情越来越明显，"可是捕神你分明也说了，陆大人卧病多年，陆夫人掳走这么多男子，却并没有涉及任何淫乱，这难道还不能说明他们情比金坚吗？"

"陆夫人掳走那么多男子，除了林公子被制成肉傀儡，蒋生侥幸逃脱外，其他人为何踪影全无？"

杨恩的反问让王大头愣了愣，道："也许这些人被抛尸在外……"

"前后失踪共有五名男子，陆府中尽是妇孺老弱，不管抛于河中，还是埋于道旁，多有不便且易被发现。"

"或许埋在府中……"

王大头说了半截便将话吞了回去，杨恩微微一笑："你们刚才分明仔细查看过府中甚至是密室地窖，以你们这些积年办案的经验，若有埋尸时出现的新土，早就被你们发现了。"

"那些腥臭！"王大头忽然想起了什么，跳起身来，冲出门去。

众人以为他是去叫刑部救兵，随后跟出，没想到王大头却是冲向院角那处阑干石缸处，叫道："不管是怎样处理尸体，腥臭总无法掩饰。陆府颇为整洁，偏在此处堆些腐肉禽羽，我就有些怀疑！不如我们挖开这里……"

此言一出，他便住了嘴。

清冷月色下，众人都看得分外清晰：除了方才小蝉在这里哭闹，引来众生所留下的脚印之外，只有荒草积水而已，根本没有一丝一毫被挖掘过的新土痕迹。

王大头不甘心地往缸里探头看去，又捂着鼻子颓丧地收了回来：缸底也只有一洼下雨后残存的积水而已，且那水因时日久长，颜色颇深，也散发出难闻的臭气。

陆夫人立在厅门阶前，脸上挂着月色般清冷的浅笑。哑婆手扶小车，而车中的陆大人半拥着锦被，还是有气无力的模样。

"还有个问题，在下也不明白。"

杨恩道："夫人既与大人伉俪情深，每晚都相对而坐，唱曲解闷。为何外人入府时，夫人每次却不亲手推车，而是假手哑婆呢？"

"张贵妃的心思，我身为女人，自然是懂的。她纵然一时得到万千宠爱，可在宫中想要跟圣上长相厮守，那却是妄想。嘿嘿，看这世间，连普通夫妇都难白头，何况是万乘之尊？"陆夫人并不回答杨恩，冷笑道："别看圣上此时宠爱贵妃，任予所求，谁知君恩何时断绝？当初子庭迷恋我时，恨不能朝夕相守，说什么'早知浮生如梦，恨不一夜白头'。然而浮生数十年，有无限变数，他对我的心意也未必矢志如一。所以当时我想，只有用这个法子，才能叫他一夜便是一生，一生与我白头到老。"

她这几句话说出来，不知怎的，竟有几分阴森之意。

王大头惊喜若狂，叫道："我就说你对陆大人用了这种药！我果然猜得没错！你快献出来！若此药有效，张贵妃便可保你不死，让你跟陆大人白头到老！"

"只可惜，这种白头的法子，圣上是不会用的，张贵妃也只是一场空想，更救不了我的性命。锦衣陆府毕竟是太后娘家，况且我虽掳人杀人，以命相抵，却也罢了。我没有做出有违闺阃的淫乱之举，太后也不会由着你们污了陆府名声。"月色照在陆夫人脸上，更显其脸色的惨白。她盯着王大头，淡淡道："我没什么好怕的，也用不着向张贵妃献媚。"

王大头脸色一黑，似乎没有听出来，他要的是白头的灵药，而陆夫人却只是说到白头的法子。

杨恩还是紧跟着开了口："陆夫人不肯回答在下刚才的问题，可是在下还有件事想要问问您。我听兰泽说，我先前在地窖之中，各位初入陆府，都已与陆大人见礼。然而此时分明众人之中，多了一个我，为何陆大人竟视若无睹，既不相见，也不询问，更丝毫不觉得惊讶呢？"

明知他双眼早盲，什么也看不见，然而此时凝视过来，那温和安然的目光里，竟有着熠熠的光彩，仿佛充满了无限的悲悯，却又有着分外犀利的洞察。

那一瞬间，陆夫人仿佛一盆冰水兜头泼了下来，昏乱燥热的心在那一刻变得冰凉。

陆夫人身形晃了晃，似乎再也支撑不住。

眼前人影一闪，随即砰砰两声，却是哑婆仰面倒在地上，头颈折向一边，竟然已昏厥过去！

坐有陆子庭的小车滴溜溜转了半圈，却落到了王大头的手里！而王大头另一只手却高高擎起一柄匕首，雪亮的锋刃不偏不倚，正搁在了陆子庭的左颈上！

陆夫人定了定神，看清眼前情形，不禁惊怒交加，叫道："你好大的胆子，竟敢伤我陆府中人，劫持我的丈夫！太后知道了，定不饶你！"

"若问不出'白头'的灵药，张贵妃首先就不饶我！捕神大人、鲁头儿，还有这位始终没露出脸来的吏部大人，哪个又肯饶过我？"王大头的鼻孔里咻咻喘出粗气，眼瞳也越来越亮，"快说！不然我一刀杀了陆子庭！让你们也不能白头到老！"

陆夫人双手发抖，一时竟然说不出话来。

王大头将匕首往陆子庭的咽喉处更贴了贴，喝道："尊夫人不怕死，大人你也不怕么?我现在可是如同困兽,什么事都能做得出来!大人,你当年服下的灵药,到底在哪里?"

凑得近了,他几乎能看清陆子庭苍白的肌肤。他的肤质依然如年轻人一般平滑细腻,没有中年男子常有的粗大的毛孔,只是皮肤有些松弛。可是……陆大人身上总有一种奇怪的感觉,他的身上有一种味道,那是从肌肤深处发出的、若有似无的甜郁气息,他的肌肤如此平滑,没有任何血色和活力,甚至没有丝毫的起伏……

王大头心头剧颤,化作一声惊天动地的惨叫,他的手腕猛挥,锋利的匕首终于切入了陆子庭咽喉的肌肤之中!

"陆大人!"

"住手!"

"王大头!"

纷乱的呵斥声中,"哐啷"一声,匕首掉在了地上。王大头几乎是连滚带爬地、浑身颤抖着扑回鲁韶山脚下,他一手紧紧抓住鲁韶山衣衫的下摆,另一手指向陆子庭,他的脸因为恐惧已经扭曲得不似人貌,颤声道:"鬼!头儿!有鬼啊!"

颈部肌肤已被切开一条两寸长的口子,却没有鲜血流出来,夜风一吹,被拉开的那角肉皮,便在月色下轻轻颤动。

可是陆子庭还是保持着那种姿势,拥被而坐,神态疲惫而孱弱。

唯有那一双眼瞳仍然黑亮有神,光华流转,如宝石,似星辰,一直凝视着陆夫人,似乎蕴含有千言万语、无限柔情。

死一般的寂静中,陆夫人缓缓走到陆子庭身前,半跪下来,伏在了他的膝上。

"子庭,我知道你是爱我的,我放火烧了陆府,令你父母妻子先后丧命,甚至无理取闹,不许你再接近任何外人,你全部都依从了我……可是我还是不放心。你是锦衣陆府的主人,如此出色的翩翩少年,凭什么就对我一生不离不弃,凭什么就跟我白头到老?直到……直到那一夜,你与我情浓之时,感叹说'早知浮生如梦,恨不一夜白头',我的心里就更慌了。对于未来是否长相厮守,原来你也在暗暗担忧啊！我……我不能再等了……从那一夜起，一夜变成了一生，你是我一个人的了。这二十五年来，我们天天在一起，说话、唱曲儿，白天看云，晚上看月亮，有时我还给你数星星……你乖乖的，就是这么看着我，带着笑容，一个字也不反驳我……这样多好，你一直在我身边。不会像安定伯府的老伯爷，纳了一房又一房；也不会像奋威将军那样，出了名的爱流连花巷，明宿暗娼。我……我心中知足得很，我怎么会喜欢别的臭男人？"

苏兰泽听到此处，下意识地看了一眼那椅上端坐的"陆老爷"，果然见他那双眼珠一眨不眨，盯在陆夫人的脸上，嘴边肌肉向上弯起，形成两道浅浅的弧线，一副充满笑意的样子。

一股寒意升上脊骨，她不禁打了个冷战。忽觉手掌一暖，熟悉的气息随风送来，连心中都有了暖意——是杨恩站在她身旁，轻轻握住了她的手。

"子庭，"冷月凄光之中，只听陆夫人柔声道，"就算等不到你我都白头的那一天，我也绝不会离开你。"

她一手抱紧陆子庭的腰身，另一手却飞快地抄起了王大头跌落在地的匕首，凤眼含情，依然凝视着陆子庭，雪亮的匕锋已毅然划过了自己的咽喉！

新鲜的腥气瞬间弥漫开去。

"我早就猜出来了，大人你也早就猜到了一二，不是吗？"阿茹提高灯笼，照亮脚下的桥面，向帷帽人道，"因为《白头》这支梅曲，讲的是司马相如死后，卓文君哭坟时所唱的曲词。这分明是一曲挽歌，哪有对着活生生的丈夫，却唱起寡妇哭坟时的曲子之理？"

"还有那盏白荷灯……"帷帽人缓缓拾级上桥道，"二十五年前，梅曲开始风靡于京都，陆子庭也着了迷，有时兴趣来时，还扮作戏子优伶的模样去戏台唱上一段。那时候，很多达官贵人都有这样的嗜好，被认为是风雅之举。还有的人会给自己取上一个艺名，以示对梅曲的看重。"

他望向桥下，曾经照亮河面的千万盏河灯，此时已经完全湮灭了。河面一片黑暗，只有若有若无的灰色水雾，于虚空中缭绕不去。

"子庭的戏名，就叫之轩。"

灯光透过绡纱，柔和的暗红像一朵红荷，在黑暗中静静吐放。

老仆远远地走在后面，仿佛隐沉在黑暗中。

"大人既然猜到了，为何不说出来？"

"……"

"大人为何还要交代那些缉捕司的人，让他们也不准为难我？说起来，我出现得这样诡异，又称陆夫人为姨娘，理应也有嫌疑才是。"

"因为，你很像我的一位故人。若她还有孩子，也有你这样大了，也该叫陆夫人……不，是偃师门吴胭脂……一声……姨娘。"

"所以大人是爱屋及乌，才放过了小女子么？小女子无以为报，就唱这一曲《白头》送给大人你吧。"

阿茹嘻嘻一笑，唱道，"一曲凤求凰，千古诉风流。若得同心侣，不将神仙求。山在海未枯，凰去凤亦休。高车驷马在，几人得白头。"

她此时唱的调子，跟在如烟桥时唱的却不太一样。

先前只是一味地凄凉，此时却婉转温和，哀而不伤，仿佛是在多年后，默然低首，淡淡俯视那些岁月的烟尘。

夜深将暝，水雾越发腾上来了，桥对岸的市井屋檐、树木石径，都缥缈不清，甚至连阿茹和帷帽人之间也有了一团团浓重的雾气，映得那灯笼的红光都有些模糊了。

只有那柔婉含哀的歌声穿过雾气，清晰地抵达心底。

帷帽人道："先前在如烟桥，我听过了。"

雾中传来阿茹的笑声，道："还有几句呢，我再唱，你听好了。"

歌声再起，曲调未变，词却变了："当时有明月，曾照湖边柳。琵琶犹如故，兰香不长久。"

帷帽人蓦地转过头来，厉声道："你是谁？"

灯笼熄灭，阿茹不见了。

而在如烟桥的对岸，陆府外不远的河边，杨恩、苏兰泽、鲁韶山三人也在凝望着河中的水雾。

"当时我被掳走时,车中除了那个林公子制成的肉傀儡,还有哑婆。她将我送到之后,分明是跟陆夫人说了几句话,我也听到了她的声音。然而当我先前从密室出来后,却发现她从头到尾都一声不吭,并且被称为哑婆。"

"我又察觉到她始终没有离开陆子庭左右,而平时府中没有外人时,吴胭脂与陆子庭在一起,并不需要哑婆在旁。然后我仔细聆听,发现所谓的'陆子庭'在说到'也无可奈何'时,就有了个明显的破绽。"

"太后出身枫原胡氏,那里的官话与我们京都官话听起来一样,实则不同。比如'无可奈何'这四个字,枫原人会说'莫可奈福'。陆子庭从小在枫原长大,这一句却是字正腔圆的京都口音。"

"然后我借着说风大,让陆子庭的小车转了个方向,正背着窗口。窗外有风吹入,顺风和逆风时,一个人说话的声音会因风的影响,而有微妙的不同……自我眼盲之后,我常常在想,我怎样才能像一个常人那样照顾兰泽,而不是只享受她对我的照料?后来,我学会了根据兰泽说话时声音的微妙不同,来判断她所站的方向是逆风还是顺风,这样我就可以提醒她是否该添加衣衫来避去风寒的侵袭……"

他当然看不见苏兰泽和鲁韶山眼中的泪光,继续说下去:"但无论是车转向前还是转向后,陆子庭的声音却没有丝毫变化。我这才意识到,是有人在用腹语冒充陆子庭说话,而这个人就是哑婆!其他的破绽就显现得更多了,比如陆子庭之前根本没有见过我,中途也没有任何人冲入后室告知他我的身份,可是当他第二次出来时,我让哑婆把他的车子推到避风处时,他竟然说了一句'多谢捕神大人'。但即使如此,若不是看到了那口金沿石缸,我还是很难想象,陆子庭竟然早就死在了吴胭脂的手中,这二十五年来行走说话,一如常态的'陆子庭',竟然只是一具木傀儡。"

鲁韶山吐了口气,仿佛要排遣心中的恶浊:"那口缸……"

"偃师门的傀儡虽然栩栩如生,却毕竟不是真正的人类躯干,也没有元气作为生机之源。无论是木制还是肉制,每过一段时间,都需要用特制的胶漆来浸泡滋养。那口缸根本不是什么吴胭脂当年走索时,私下练功专用的石缸。缸底厚实，圈足圆腹，正是偃师门人用来调制傀儡所需各类材料的炼魂缸！缸的石质也不是青石，而是极似青石的青虹石，据说各类胶漆入缸后，在短时间内不会凝结，正好可以用来浸泡傀儡！"

鲁韶山只觉一阵恶心，瞬间便翻江倒海，不禁蹲下身去。苏兰泽连忙取出清心的药丸递给他，向杨恩嗔道："韶山本来身体不适，你还说这些做甚？到时写入卷宗，也就是了。"

但鲁韶山强忍着摇了摇头，不肯接过那药丸："身为……身为捕快……若无强大心力，怎么……怎么能……成为捕神这样的人……又怎么保护苏姑娘……和捕神……捕神大人，您继续……继续说吧……"

杨恩微微点头，道："那缸的周围虽然荒乱多积水，遍生青苔，但缸中虽有一洼浅水，却没有青苔痕迹，显然常常被拿来使用。林公子刚在数天前被制成肉傀儡，根本不需要浸泡滋养，那这缸中曾浸泡之物，又是哪一具陈年的傀儡呢？"

他终于也叹了一口气，"种种疑点，难道我还猜不出陆府中的秘密吗？"

"偃师门的傀儡之中，最易制作的是以活人尸骨为底托的肉傀儡，而最难制作的便是传说中周穆王曾见过的那种木傀儡。只因活人尸骨极易腐坏，但木质却能够长久存在。可是吴胭脂终究还是没有得到偃师门的真传，她只能制作骨骼脏腑为木质的傀儡，却终究不能用木头、皮甲、胶漆等材料制出栩栩如生的表皮，而只能用活生生的人皮……"

"而人皮虽经过特殊的硝制，仍难维持数十年。所以二十五年后，吴胭脂才不得不用加入秘药的新鲜血肉来不断滋养这张人皮。而那些神秘失踪的年轻男子，正是成了她的牺牲品。"

"二十五年前……"鲁韶山只觉心中翻腾，几乎说不下去，"正是她与陆子庭情意笃深之时，她怎么下得了手……"

苏兰泽想到吴胭脂临死前的情形，那满足的笑意、含情的眼神，心中涌起一种分外复杂的感觉，似乎是惊惧，又似乎是厌恶，还有着一些说不出的无奈和同情："是她太爱陆子庭，还是她的占有欲太过强烈？所以要他发下誓言还不够，要他抛弃前程还不够，甚至放火烧毁陆府，令他父母妻子先后丧命也还不够……"

不难想象，二十五年前，那个秋夜萧瑟的夜晚。陆子庭刚许下相守白头的誓言，便被骗饮下放有迷药的美酒，昏睡在吴胭脂的怀中。而那个深爱他的女子是如何含笑带泪，磨刀霍霍，仔仔细细，一点点剥下那张完整的人皮。

再斩木为形，炼石为胶，将那俊秀皮囊附于木质的骨骼之上，严丝合缝，化为一个全新的"陆子庭"——一具伴随在她身边，永远也不会离开的木傀儡。

早知浮生如梦，恨不一夜白头。若能共你白头，哪怕空有皮囊。

杨恩望向水雾弥漫的河面，道："若情长存心间，至深时可视富贵如浮云，权力如粪土，甚至穿越时空，超脱生死，是三界之中至纯至美之物。然而众生往往将执念错认为情，由此生嗔恨心，造无穷恶业。两人相守固然是好，但过于执着，以为只有此才是唯一希望，甚至不惜造恶来成全占有的欲望，就是执念。"

"咦，那帷帽人又是谁呢？王大头这个该死的叫来了刑部的卢虎，我本来担心以缉捕司的名头压不住这个粗人，没想到帷帽人出去，只是叫了一句'虎头'！那粗暴如虎的卢虎，竟然就温柔得像只猫咪，一声不吭地带着手下人全部撤走了！"鲁韶山忽然想到此处，疑惑地望向杨恩。

苏兰泽抿嘴一笑："先前他调侃我和杨恩，说什么'在苏姑娘心中，区区一轮明月，哪里及得上捕神你的熠熠光辉'？杨恩不是回答了吗？'明月高悬，海照涵清'，岂是杨恩区区一个卸职的缉捕司捕头所能比的？"

"还有他那身手不凡的老仆和随手摞出来的吏部三品腰牌，以及猫咪样的卢虎，难道你还想不出这帷帽人的身份吗？"

鲁韶山整个人忽然僵住了："难道是年少高中，文武双全，曾带卢虎等人征战僚疆，立下不世功业，所以名震朝野，得到圣上垂青，后来又得以掌管六部，百官避道的……"

杨恩淡淡一笑，抬头望向天空：天色将曙，一弯新月的影子，仿佛湖青丝绸上的刺金绣影，已变得极淡极淡。

"明月高悬，海照涵清——正是当朝宰相，明照清。"